世界传世藏书

世界禁书文库

马松源 ⊙ 主编

线装書局

目 录

世界传世藏书

世界禁书文库

目录

心爱的

第一部　一个二十岁的年轻人

4

世界禁书文库

红 与 黑

【法】弗雷德里克·司汤达 ⊙ 著

邹 博 ⊙ 译

线装書局

第　一　部

第一章　小　城

把成千的生物放在一起，
剔除了坏的，
笼子里便不热闹了。

——霍布斯

在法国弗朗什-孔泰省，维里埃尔算得上是景色最为秀丽的城市之一。城里白墙、红瓦、尖顶的房屋独具特色，错落有致地分布于小山的斜坡上。一丛丛栗树，枝繁叶茂，勾勒出山坡的蜿蜒起伏。昔日，西班牙人在此修建的旧城墙，现已坍塌，杜河就在残壁脚下的数百米处流过。

维里埃尔北边有一座高山遮挡着，这是汝拉山脉的一条支脉。每年十月寒流初起，嶙峋的维拉山峰便白雪皑皑。一道湍流由山上奔泻而下，穿过维里埃尔城流入杜河，从而给许多木锯提供了动力。这是一种极其简易的工业，但却给多数市民，其中更多是农民带来了福利。然而，这座小城富起来并非是由于木锯。市民们的普遍富裕，主要还是靠生产一种名叫米卢斯的印花布，因而自拿破仑战败以来，维里埃尔几乎家家户户都将房屋的墙面修葺一新。

人们一踏进这座小城，就能听见一种嘈杂的轰隆声，使人感到头晕目眩。这声音发自一台外形可怕的机器。二十把笨重的大铁锤，因为急流推转齿轮带动了它们，便一起一落，发出巨响，震得石块铺砌的路面都在颤动。每天，每把铁锤生产的钉子成千上万，难计其数。随着铁锤的起落，一些年轻貌美的姑娘将小块铁坯放到大锤下，转眼间，铁坯就变成了钉子。这种劳动看起来十分粗陋笨拙，却是让初次来到这个法国和瑞士交界的山区里的游客感到最为惊奇的一种工业呢。如果有人走进维里埃尔城打听一下，这座能使大路上的行人震聋耳朵的制钉厂是谁开办的，人们就会拖长声调告诉他："嗨！那是市长先生的。"

维里埃尔有一条大路，自杜河岸边一直通到小山的山顶。游客只要在路上稍微逗留一会儿，十有八九会遇见一位行色匆匆、神气十足的显要人物。

行人一见到他，都急忙脱帽致敬。他身着灰色套服，头发灰白，宽额头，鹰勾鼻子。从总体上看，相貌还算端正。他曾经获得多枚荣誉勋章。初次见面，甚至让人感到他的相貌既有小城市长的尊严，又有四十八至五十岁男人尚存的那种魅力。但是要不了多久，他那种自鸣得意和狭隘平庸的神情，便会使从巴黎来的游客产生反感。最

终游客得到的印象会是这个男人的才干仅仅限于：他能让欠他帐的人按期如数偿还，而他欠别人的账，则是尽可能地拖延还期。

这人便是维里埃尔城的市长德·雷纳尔先生。他步伐庄重，穿过街心，走进市政府，身影便在游客的眼前消失了。但是，倘若这位游客继续散步，往上再走一百步左右，一定会发现一座相当别致漂亮的住宅，从与房屋相连接的铁栅栏望进去，可以看见景色优美的花园；远处，便是勃艮第群山构成的一条天际线，它好像是特意雕琢而成，来让人们赏心悦目似的。眼前的景致，使游客忘却了那已开始令他窒息的争逐蝇头小利的铜臭气息。

有人告诉游客，这幢房子是属于德·雷纳尔先生的，它刚刚落成。维里埃尔市长如今能拥有这幢方石建筑的漂亮宅邸，完全是获利于他的铁钉加工厂。听说，他的祖辈是西班牙人，那是个古老的家族。据他本人说，远在路易十四征服此地之前，他的祖宗就来到这儿定居了。

从一八一五年起，他为自己身为工厂主而感到不体面了，因为这一年，他荣升为维里埃尔小城的市长。他拥有的那座繁花似锦的花园，呈阶梯形一层层向下伸展，直至杜河岸边。每层花园都筑有护墙，这也是德·雷纳尔先生经营铁器业的成就。

在法国，您别指望像在德国莱比锡、法兰克福、纽伦堡那些大工业城市附近那样，能经常见到这类明丽如画的花园。在法国法朗什-孔泰省，谁家筑墙越多，在自家宅地上层层叠叠垒起的石头越高，他就越能得到邻人的敬重。德·雷纳尔先生的花园，自然是筑满了高墙陡壁，特别是其中的几小块土地，是用重金购买的最好地段，因而就越发令人羡慕。就拿那个锯木厂来说吧，它位置独特，濒临杜河岸边，在您刚走进维里埃尔城时，就给您留下了强烈的印象；您一定还注意到，厂房屋顶的木板上，用巨大的字体写着"索雷尔"这个姓氏。在这块六年前曾是锯木厂的土地上，如今却正在修筑德·雷纳尔先生的第四层花园平台的护墙了。

尽管市长先生盛气凌人，但他也不得不一再亲自登门造访老索雷尔这个倔强且又固执的农民，并送给他许多光灿灿的金路易，才使他同意将其工厂迁移到别处。至于推动木锯运转的那条公共溪流，德·雷纳尔先生也依靠权势在巴黎活动，让它迁回改道了。在一八二几年大选以后，这桩美事他终于如愿以偿……

为了得到索雷尔这块一阿尔邦的土地，作为交换，德·雷纳尔先生把杜河下游五百米处沿岸的四阿尔邦土地给了他。尽管那块地段的位置对于做枞木板生意非常有利，但精明的索雷尔老爹（自他发财后，人们都这样称呼他）还是巧妙地利用了邻人急不可耐的心理和强烈的占有欲望，另外又赚了他六千法郎。

确实，这笔交易曾引起当地精明人士的非议。有一次，那是在四年之后的一个星期日，德·雷纳尔先生身穿市长制服从教堂回家，远远望见老索雷尔被他的三个儿子簇拥着，正瞅着他微笑。这微笑在市长先生的心灵深处投下了一道阴影，从此以后，他常常思忖，他原本可以少花不少钱来进行这笔交易的。

在维里埃尔城要想得到公众的敬重，最重要的是一方面要多多垒石筑墙，一方面不能采用那些泥瓦匠从意大利带来的设计图纸。这些泥瓦匠是每年春季穿过汝拉山的峡谷前往巴黎的。假如有冒失的建筑师采用了这种革新的图纸，就会使他一生都背上刚愎自用的坏名声，使他在那些审慎而稳健的人物心目中，永远声名狼藉。而在弗朗什-孔泰省，正是这些人物左右着舆论，掌握着褒贬权的。

事实上，这些审慎的人物在当地实施的是一种最令人讨厌的专制戒律。正是由于这个可恶的字眼，对于在被称之为巴黎的这个伟大的共和国里生活过的人来说，旅居在这样的小城里是不堪忍受的。专断蛮横的舆论（这也算得上是一种舆论？），不论在法国的小城市，还是在美利坚合众国，都是同样愚蠢的。

第二章　市　长

> 权势！先生，难道算不得什么吗？愚者的尊崇，稚童的惊奇，富人的美慕，贤者的轻蔑。
>
> ——巴纳夫

距杜河河面约百步之高的山坡上，有一条公共散步道，需要修建一道巨大的护土墙，这对于提高政府行政长官德·雷纳尔先生的声誉来说，确是一件幸事。这条公共散步道，由于地理位置极佳，被誉为法国最优美的景区之一，但是每年春季遭雨水冲刷，路面沟壑交错，难以通行，人人都感到极为不便。这就给德·雷纳尔先生提供了一个大好机会，于是他在那里修筑了一堵两丈来高、二十多丈长的护土墙，以便展示他治理城市的业绩，使其永垂不朽。

为了建这道护墙的胸墙，德·雷纳尔先生不得不跑了三次巴黎，因为前任内务大臣曾经公开宣布，他是维里埃尔散步道的死敌。如今，护墙的胸墙离地面已有四尺来高了。似乎要向现任和前任大臣们挑战似的，此刻，胸墙表面正在镶饰方形石板。

有多少次，我把胸脯倚在这些平滑光洁、泛着青灰色的大块墙石上，心里想着昨夜告别的巴黎舞会，把目光投向杜河河谷！远处，河的左岸，有五六条山谷蜿蜒曲伸；谷底深处数条小溪清晰可辨，形成叠叠银色瀑布奔腾急泻，汇入杜河。山里的太阳格外毒辣，每当正午烈日当空，在这处平台上憩息的游客，便可在悬铃木茂密枝叶的绿荫下沉入遐想。这些树木生长很快，葱绿中泛着蓝光，这是因为市长先生让人运来新土添加在巨大的护墙后面的缘故。尽管遭到市议会的反对，他还是坚持将散步道拓宽

了六尺多（虽然他是极端保王党人，我是自由党人，鉴于这一点，我还是要赞美他）。为此，他和维里埃尔走运的贫民收容所所长瓦勒诺先生一致认为，这片台地完全可以和圣日耳曼-昂-莱的台地相媲美。

这处名为"忠诚大道"的散步场所，人们可以看到一二十处立有刻着这一名称的大理石石碑。无疑，这些石碑又使德·雷纳尔先生增添了一枚十字勋章。对于"忠诚大道"，我要指责的只有一件事，那就是市政府当局派人肆意修整，甚至剪光这些茁壮的悬铃木枝叶的野蛮方式。其实，即便是树木，它们所期待的，也是人们在英国所看到的那种雄伟壮观的形态，而不是又低又圆又平的树冠，活像菜园子里最普通的蔬菜。但是，市长先生的意志是专横的，凡属市政府所有的树木，每年必遭两次无情的修剪。当地的自由党人则认为（当然也不无夸大之词），自从副本堂神父马斯隆先生习惯将修剪的树枝占为己有之后，市政府园丁的手就变得更加残酷无情了。

这位年轻的神父是几年以前从贝藏松派到这儿来的，他的任务是监视谢朗神父和附近的几个本堂神父。有一位曾经在意大利军队里服役过的老外科医生，退役后隐居在维里埃尔。按照市长先生的说法，这个老兵既是雅各宾党，又是波拿巴分子。在他去世之前，有一天他竟斗胆向市长先生抱怨，说这些美丽的树木时常遭到摧残性的修剪。

"我喜爱树荫，"德·雷纳尔先生这样回答他，并显示出一副高贵的神态，他认为对于一个曾获得荣誉团勋章的外科军医说话，这样才显得不失体面，"我喜爱树荫。我让人修剪我的树，是为了生成更多的树荫。除了像胡桃树那样另有利可图之外，我无法想象，种树还能有什么其他他用途！"

"有利可图，"这就是维里埃尔城的至理名言。仅仅这几个字，就代表了这个小城四分之三以上居民的习惯思想。

在这座让你感到如此美丽的小城里，有利可图被作为决定一切事情的准则。初来乍到的外乡人，被周围那些清新、深邃的山谷的美景所吸引，首先想到的会是这儿的居民对美一定很有鉴赏力。的确，本地的美丽风光常常是他们的热门话题，我们不否认他们对此十分重视，不过这是因为家乡的美景，吸引了众多外地游客，他们的钱使客栈老板们发了财，而且通过纳税机构，给小城带来了收益。

在秋天的一个晴朗日子里，德·雷纳尔先生让妻子挽着胳膊，在"忠诚大道"上散步。德·雷纳尔夫人一边倾听着丈夫神色严肃的谈话，一边担心地注视着他们的三个男孩的举动。大孩子约有十一岁，不时地跑近胸墙，看情形试图要爬上去。一个温柔的声音便呼唤出阿道夫这个名字，使那孩子放弃了冒险的念头。德·雷纳尔夫人看上去约有三十岁，仍然相当漂亮。

"巴黎来的那位衣冠楚楚的先生一定会后悔的，"德·雷纳尔先生显然是生气了，脸色比平日里更加苍白，"我在城堡里也不是没有几个朋友的……"

这里，我本想用两百页的篇幅，向您详细介绍一下外省的情况，但是我还绝不至于如此残忍——勉强让您去听那些外省人冗长的对话，尽管他们的语言是含蓄而又巧妙的。

这位令维里埃尔市长如此憎恶地从巴黎来的衣冠楚楚的先生不是别人，正是阿佩尔先生。两天前，他不仅设法进入了维里埃尔的监狱和贫民收容所，而且还参观了市长和当地主要产业主们所开办的慈善医院。

"可是，"德·雷纳尔夫人胆怯地说，"既然您清正廉洁，一心一意地为着穷人谋福利，这位巴黎来的先生又能将您怎么样呢？"

"他是专为找茬儿来的，然后他会写文章，登在自由党的报纸上。"

"您是从不看这类报纸的呀，亲爱的。"

"可是有人会同我们谈论起这些雅各宾派的文章的。这些都会分散我们的精力，干扰我们的好事。至于我，我是永远不会原谅这个本堂神父的。"

第三章　穷人的福利

> 一个有道德品行、
> 光明磊落的本堂神父，
> 乃是全村的福音。
>
> ——弗勒里

我们应该了解一下，维里埃尔的谢朗神父已是一位八十岁的老人了，然而山里的新鲜空气，给了他一身硬朗的筋骨和刚毅的性格。当然，他有权随时视察维里埃尔的监狱、医院，甚至贫民收容所。阿佩尔先生是由巴黎方面介绍给这位本堂神父的。他谨慎周到，恰好在清晨六时整赶到了这个奇特的小城，然后径直去了本堂神父的住宅。

谢朗神父读着德·拉莫尔侯爵写给他的信，陷入了沉思。德·拉莫尔侯爵是法国贵族院议员，本省最富有的地主。

"我上了年纪，并且在这儿受到人们的爱戴，"他终于低声自语道，"谅他们不敢对我怎么样！"他迅速转过身来，面朝着巴黎来的客人。尽管他已经是耄耋之年，但是一双眼睛却炯炯有神，闪烁着神圣的光芒，表明他乐意参与这项略带危险性的崇高行动。

"跟我来，先生，不管我们看见什么吗，您都不要在监狱看守面前，尤其是在贫民收容所的管事们面前发表任何意见。"阿佩尔先生明白，他是在和一位信得过的人打交道。他尾随着尊敬的神父，参观了监狱、医院和贫民收容所，并提出了许多问题，尽管得到的回答离奇古怪，令人费解，但他没有流露出丝毫指责的意思。

这次参观持续了几个小时。本堂神父邀请阿佩尔先生共进午餐，但他借口有几封信要写，婉言推辞了；他不想过多地麻烦这位宽厚的盟友。大约三点钟，他们两人结

7

束了贫民收容所的视察，又折回到监狱这边。在门口，他们碰到了监狱看守。这人是个彪形大汉，足有六尺来高，罗圈腿；一张极其丑陋的脸，由于恐惧的原因，变得更加鄙俗可憎。

"啊！先生，"他一瞥见神父就立即说道，"和您在一起的这位先生，是阿佩尔先生吧？"

"是又怎么样呢？"神父问道。

"昨天，我就接到省长先生最明确的命令，不准阿佩尔先生进入监狱。这项命令是省长派宪兵骑马跑了一整夜送来的。"

"我告诉您，努瓦鲁先生，"神父说道，"跟我一起来的这位客人，正是阿佩尔先生。您知道，我可是有权随时进入监狱的，不论在白天还是在黑夜，而且我想让谁陪同就可以让谁陪同。"

"是的，神父先生，"监狱看守低声说道，活像一条因为害怕棍棒才勉强就犯的獒狗，"只是，神父先生，我有妻室儿女，如果我被告发了，他们会撤我的职，我可是全靠这份差使维持生计的啊！"

"我失去我的职位，也同样会感到难过的，"善良的神父说道，声音也更加激动了。

"那可不一样啊！"监狱看守焦急地说，"您啊，神父先生，谁都知道，您有一处上好的地产，每年有八百里弗尔的收入……"

这就是事情的经过，可是人们对它议论纷纷，以各种不同方式添枝加叶，闹得沸沸扬扬，两天来竟在维里埃尔小城里激起了各种各样的不满和仇恨的情绪。此刻，德·雷纳尔先生与他妻子之间发生的小争论，正是起因于此。

一清早，市长先生就在贫民收容所所长瓦勒诺先生的陪同下去了神父家，向他表示了最强烈的不满。谢朗神父没有任何保护人，他感受到了这些话语的份量。

"好吧，先生们！我已八十高龄，信徒们会看到，我将是本地区第三个被撤职的本堂神父。我在这儿已经五十六年了，我差不多为全城的居民行过洗礼。我刚来的时候，这个城市还只是个小镇呢。我每天都为这儿的年轻人主持婚礼，从前就连他们祖父的婚礼也是由我主持的。维里埃尔就是我的家。但是对革职的恐惧丝毫不能让我昧了良心，不能迫使我接受另外一种行为准则。当我看见那个外地人的时候，我就想过，这个巴黎人也可能真是个自由党人，自由党人现在是太多了。但是他们对我们的穷人和囚犯，又有什么危害呢？"

德·雷纳尔先生的指责，尤其是贫民收容所所长瓦勒诺先生的指责，变得愈来愈强烈了。

"好吧，先生们，让人撤我的职吧！"老神父颤声地喊道，"但是我不会离开这块土地的。大家都知道，四十八年前，我继承了一块地产，每年有八百里弗尔的收入，这足以够我安度晚年了。我在职期间，没有任何不明不白的积蓄。先生们，大概正因为如此，有人谈起要罢免我的职务时，我才并不感到那么惊慌失措。"

德·雷纳尔先生和他的妻子一贯和睦相处，但是当妻子怯生生地反复向他提出："这位巴黎先生能给囚犯带来什么危害呢？"他却因不知如何回答她，就要恼羞成怒地发起火来了。这时妻子发出了一声惊呼，原来他们的二儿子刚刚爬到护土墙的胸墙上去了。尽管这堵墙比墙外的葡萄园要高出二十来尺，他仍然在上面奔跑。德·雷纳尔夫人唯恐惊吓了孩子使其摔下墙去，不敢向孩子呼喊。终于，那个为自己的勇敢行为快乐无比的孩子看见了母亲，发现她吓得脸色苍白，这才跳到散步道上，向母亲奔去。当然他少不了要挨一顿训斥。

这段小小的插曲改变了他们刚才的话题。

"我一定要把小索雷尔雇到家里来，就是那个锯木工的儿子，"德·雷纳尔先生说道，"让他来照看这些孩子。他们开始变得越来越淘气，我们已经管不住他们了。小索雷尔是个年轻的教士，或者说差不多就算是一个教士了，他精通拉丁文，一定能使我们的孩子有所长进。本堂神父说过，他有坚强的性格。我给他三百法郎的年薪，并且供给伙食。原先我曾对他的品行有过一些怀疑，因为他是获得荣誉勋章的那个老外科医生的宠儿。那个老外科医生曾以表亲的名义寄宿在他们家中。实际上，这个人很可能是自由党的密探。他曾说过我们山里的空气对他的哮喘病有好处，但是这一点并未得到证实。他曾参加过布奥纳巴特在意大利进行的历次战役，据说他甚至还签名反对建立帝国。正是这个自由党人教小索雷尔学习拉丁文，并将随身带来的一大堆书籍留给了他。所以，过去我未敢动过这个念头，让木匠的儿子来和我们的孩子待在一起。但是，恰好就在我和本堂神父永远不能互相谅解的那件事发生的前一天，神父对我说，这个小索雷尔三年来一直钻研神学，还打算进神学院呢。因此，他不是自由党人，而是个拉丁语学者。"

"我这样安排还有一个用意呢，"德·雷纳尔先生继续说，同时用一种外交家的风度瞧着妻子，"瓦勒诺新近为他的敞篷四轮马车买了两匹健壮的诺曼底好马，成天神气活现的，可他还没有给他的孩子们请家庭教师。"

"他很可能把我们物色的这一个抢走呀！"

"看来你赞同我的计划啦？"德·雷纳尔先生说，并对妻子刚才的高见报以感激的微笑，"好了，事情就这样定了。"

"啊，仁慈的天主！我亲爱的，这么快你就拿定了主意！"

"这是因为我性格坚强果断，神父对此已有领教。我们不必掩饰，这里已处于自由党人的包围之中。那些布商们全部嫉妒我，我对此深信不疑；他们之中已有两三个人成为富翁了。好吧！我倒是很高兴能让他们瞧瞧，德·雷纳尔家的孩子们是怎样在他们的家庭教师带领下去散步，这会令他们感到肃然起敬。我的祖父常对我们说，他年轻的时候就有过一位家庭教师。这可能要花费我一百多个埃居呢，但为了保持我们的身份，这笔费用应被列为一项必需的开支。"

这突如其来的决定使德·雷纳尔夫人深深陷入了沉思。她是个身材修长、体态丰

润的少妇，早就是山区里公认的当地美人儿。她神情纯朴自然，举止轻盈敏捷，充满了青春的活力。在巴黎人眼中，这种洋溢着天真活泼的气息，不加修饰的自然风韵，足以在人们的感观上撩起一种温柔的快意。如果德·雷纳尔夫人知道自己在这方面所具有的魅力，一定会感到羞愧万分的。她那颗圣洁的心从来没有卖弄风情、矫揉造作的念头。瓦勒诺先生，那个富有的贫民收容所所长，曾经钟情于她，向她献过殷勤，但是毫无收获。这件事使德·雷纳尔夫人的贞洁增添了一道绚丽夺目的光辉。因为这个瓦勒诺先生，年纪轻轻，身材魁梧，体格强健，面色红润，蓄着浓黑的络腮胡子，是被外省人称为美男子的那种举止粗鲁，厚颜无耻，嗓音洪亮的人。

德·雷纳尔夫人非常腼腆，看起来似乎也很怪僻。她对于瓦勒诺先生不停地动作和刺耳的嗓音尤为反感；而对于维里埃尔人所谓的那种娱乐也是退避三舍。为此，她招来了人们的非议，认为这是由于她出身高贵而清高孤傲。她对此并不在意，不过她看到城里的男公民们去她家拜访的次数越来越少，她倒是十分开心。说实在的，她在他们的夫人们眼中，充其量不过是个傻瓜。因为她对丈夫从不会耍心眼，她错过了许多难得的机会，没能让丈夫从巴黎或贝藏松给她捎回漂亮的帽子。只要能让她独自一人在美丽的花园里漫步，她就心满意足了。

她是一个纯真无邪的女人，她甚至从没有想到过要对自己的丈夫评头论足，更不会承认她已厌倦了自己的丈夫。她猜想，当然未曾明确向自己承认，夫妻之间大概就是如此而已，再没有什么更加亲密温存的关系存在了。她喜欢德·雷纳尔先生，尤其是在德·雷纳尔先生向她谈起关于孩子们的培养计划时。他决定让大儿子做军人，二儿子当法官，三儿子成为神父。总之，她感到与她熟识的任何一个男人相比，雷纳尔先生还算是一个不太令人讨厌的人。

她对丈夫的这一评价倒是合情合理的。在人们的眼中，维里埃尔市市长是一个风趣、高雅的人，这个美誉是靠他从他的一位叔父那儿继承的半打趣闻轶事赢得的。老上尉德·雷纳尔革命前曾在德·奥尔良公爵的步兵团里服役，来到巴黎之后，有幸被允许进入亲王的沙龙。他在那儿见到过德·蒙特松夫人，著名的德·让利斯夫人，以及王宫建筑设计师迪克雷先生。这些人物频频出现于德·雷纳尔先生所讲述的轶事中。久而久之，细致入微的描述回忆这些轶事，渐渐成为他的一项重要工作。所以近来他只是在某些隆重场合才讲述这些有关德·奥尔良家族的轶事。另外，只要不是谈到钱的时候，德·雷纳尔先生总是表现得彬彬有礼，因此他理所当然地被人们推崇为维里埃尔城最有贵族风度的人物。

第四章　父　与　子

世界传世藏书

> 如果事情真是这样，
> 难道是我的过错吗？
> ——马基雅维里

"我的妻子确实有见地！"翌日清晨六时，维里埃尔市长一边喃喃自语，一边朝山下索雷尔老爹的锯木厂走去。"尽管我是为了保持我优越的地位，我才向她提起那件事，但我却没有想到，假设我不聘用这个像天神一样精通拉丁文的小神父索雷尔，那么贫民收容所所长这个头脑一刻也闲不住的家伙，很可能有着和我同样的念头，会捷足先登地把他抢了去。那么以后，他该会用怎样自负的口气炫耀他孩子们的家庭教师啊！……这个家庭教师一旦被我雇来，他还会穿着黑袍吗？"

当德·雷纳尔先生正为此犹豫不决，考虑入神时，忽然远远地看见一个身高近六尺的乡下人，看样子从天刚亮他就在那儿忙着，丈量那些堆放在杜河岸边拉纤道上的木材了。他看见市长先生向他走近，似乎很不高兴，因为这些木材堵塞了道路，堆放在那儿是违法的。

这个人正是索雷尔老爹。当他明白了德·雷纳尔先生的来意，是聘请他儿子于连当家庭教师，他感到奇怪，更感到高兴。然而他在听对方谈到这件事的时候，仍佯装作一副快快不乐和漫不经心的样子。这一带山里的居民很擅长以这种方式来掩饰他们内心的狡诈。他们在西班牙统治时期曾经是奴隶，至今仍然保留着埃及奴隶的那种面部表情。

索雷尔最初的回答，只是背诵那些他记得烂熟的冗长的客套话。当他复述着那些废话的时候，脸上堆起一种做作的微笑，这种微笑更增添了他面部的那种与生俱来的虚伪和近乎欺诈的神情。这个乡下老头，思维十分敏捷，他一边说着一边暗自揣摩，试图弄清楚究竟是什么原因促使这个重要人物想把自己那个不中用的儿子请到家里去。他最不喜欢于连这个儿子，而德·雷纳尔先生却偏偏看中了他，情愿每年为他付出三百法郎这样一笔出人意料的薪俸，并供给膳食，甚至答应为他置配服装。关于服装这一项，是索雷尔老爹出于生意人的本能，灵机一动，突然提出的一个附加条件，德·雷纳尔先生也一口答应了。

但是这个要求，却使市长先生吃了一惊。"既然老索雷尔对我的建议并不那么高兴和满意，没有做出合乎情理的反应，"他暗自思忖，"很显然，另外已经有人向他提起过这件事，如果不是瓦勒诺，还能是谁呢？"德·雷纳尔催促索雷尔当场敲定此事，但

世界禁书文库　红与黑

是没能如愿。这个奸诈诡谲的乡下老头儿，固执地拒绝了他的要求。他说，他还要征求一下儿子的意见，就好像外省人一位有钱的父亲真的要征求一个身无分文的儿子的意见那样，而不只是为了做做样子的。

水力木锯厂就是建在溪边的一座厂棚，厂棚由四根粗大的木柱支撑着框架，上面覆盖着棚顶。在厂棚中间八至十尺的高处，可以看见一把大锯，时而升起，时而落下。一台构造很简单的机器正将木料送到这把大锯下。一个大轮盘在溪流的冲击下转动着，并带动这部具有双重功能的机器运转着；机器的一部分使锯子上下起落，另一部分将木料缓缓送至锯子下面，锯成一块块木板。

索雷尔老爹走近他的工厂，用洪亮的大嗓门喊着于连的名字，但没有人应声。他只看见两个大儿子，他们都是五大三粗的汉子，正用笨重的斧子将枞树树身劈得方方正正，送到锯木头的地方。他们神情专注，十分准确地沿着木料上标着的黑线劈削着，每一斧劈下去，都飞起片片大块的木屑。他们没有听见父亲的喊声。老索雷尔朝厂棚走过去，进到棚里，在于连平日应该守着的大锯旁寻找，但没有找到。后来他在高出锯子五六尺的地方终于发现了于连，他正骑在屋顶的一根横梁上。他并没有专心地看守着机器，而是正在埋头读书。没有什么比这更叫老索雷尔憎恶的了。于连身体单薄，与两个哥哥相比，差别甚大，不适宜干体力活，对于这些，他都可以谅解，但是于连喜爱读书的怪癖，令他深恶痛绝，因为他本人就不识字。

他叫了于连两三声，于连都没有听见。此时这个年轻人的注意力完全集中在他的书里了。这种全神贯注，比起锯子的嘈杂声来，更加妨碍他听见父亲那可怕的叫喊。最后，老索雷尔顾不得自己上了年纪，敏捷地跳到一根正在锯着的大树身上，又从那儿一步窜上了支撑着棚顶的横梁。他扑上去就是凶狠的一拳，将于连手中的书打落在溪流里，接着又是狠狠一巴掌，扇在于连的脑袋上。于连被打得失去了平衡，眼看着就要从十四五尺的高处落下，掉进正在转动着的机器的铁轴中，被碾得粉碎。在这千钧一发之际，他的父亲伸出左手一把擒住了他：

"好啊！你这个懒鬼！你在看守锯子的时候，为什么总要读你那些混账书呢？晚上到神父那儿混时光的时候，再读它们也不迟呀！"

于连尽管被打得头昏眼花，满脸是血，但还是回到了锯子旁边他的工作岗位上。他眼中噙满了泪水，与其说是由于皮肉之苦，还不如说是因为他失去了那本心爱的书。

"下来，畜生，我有话对你说！"

机器的响声仍然使于连听不见这道命令。这时他的父亲已经下到地面上，不愿再费神爬上机器，于是便找来一根打胡桃用的长杆，敲打着于连的肩膀。等于连的脚刚一着地，老索雷尔就粗暴地推搡着他往家走。"天知道他又要把我怎么样！"年轻人心中嘀咕着。他一边走，一边悲伤地看着溪水，他的书就掉在这条溪流里。在他所有的书中，那是他最心爱的一本书：《圣赫勒拿岛回忆录》。

于连两颊绯红，眼睑低垂。他是个十八九岁的年轻人，看起来文弱，相貌说不上十分端正，但眉清目秀。他长着一个鹰钩鼻，有一双黑而大的眼睛，平静的时候显示出沉思和热情，但此时此刻却流露出一种刻骨铭心的仇恨。他的头发呈深褐色，发际很低，因而显得额头窄小，当他生气时，呈现出一种凶狠狠的样子。在人类诸多不同的相貌中，可能没有比他的相貌更具有惊人的与众不同的特性了。他的身材细挑匀称，显示出他的敏捷灵活多于强壮有力。从幼年起，他那时常陷入沉思的神态和苍白失血的脸色，就使他父亲认为他活不了多久，即便是活下来，也是家庭的累赘。在家里，他是全家人鄙视的对象，因此他也仇恨他的两位兄长和他的父亲。每逢星期天在广场上玩耍的时候，他总是逃不脱当众挨打的厄运。

将近一年前，他那副清秀漂亮的面容，才开始博得少女们的几句赞语。尽管于连遭到人们的轻视，被视为一个弱者，但他对于老外科军医却十分敬佩，因为这位老军医有一天竟敢对市长提起关于修剪悬铃木的事情。

这位外科医生有时付钱给索雷尔老爹，买下他儿子白天干活的时间，以便教于连学习拉丁文和历史，也就是说，教于连学习他所经历过的那段历史：一七九六年的意大利战役。老医生在临终时，把他的荣誉军团十字勋章、半晌的拖欠未付款和三四十本书都遗赠给了于连。在这些书中，最珍贵的一本刚才已经落进了市长先生利用权势改道的那条公共溪流里。

于连刚跨进屋，就感到肩膀被父亲那只强有力的大手抓住了，他浑身哆嗦，以为又要挨打了。

"老实回答我！"乡下老头儿刺耳的嗓音直冲于连的耳门，同时像孩子摆弄手中的铅制玩具兵那样，把于连的身子拨转过来。他用那双凶狠的灰色小眼睛直视着于连那双又大又黑，溢满泪水的眼睛，仿佛想从这儿一直窥视到于连的心灵深处。

第五章　谈　判

拖延缓进则能挽回局势。
——爱尼乌斯

"你得老老实实回答我的话，不许撒谎，书呆子。你是怎么认识德·雷纳尔夫人的？你什么时候跟她说过话？"

"我从来没有和她说过话，"于连回答，"除了在教堂里，我也从来未见过这位夫人。"

"那么你一定盯着她看过啰？下流坯！"

"从来没有过！你知道在教堂里，我只看见天主，"于连用略带伪善的表情补充道，他认为这样才可能使自己免遭一顿耳光。

"这里面一定有什么名堂，"狡黠的乡下老头沉默了片刻又说，"看来从你这儿是诈不出半个字啦，你这个伪君子！反正，我就要甩掉你这个包袱了，没有你，我的锯木厂只会更加兴旺发达。你讨得了本堂神父或其他什么人的欢心，给你谋得了一份美差。去打点你的行装吧，我要送你去德·雷纳尔先生家，你就要去给他的少爷们当家庭教师啦。"

"干这个给我什么报酬呢？"

"管吃，管穿，还有一年三百法郎的工钱。"

"我可不愿当仆人。"

"你这畜生，谁对你说是去当仆人了？难道我愿意自己的儿子当仆人？"

"那么，我和谁在一起吃饭呢？"

这个问题倒使老索雷尔感到为难了，他觉得如果再这样谈下去，他有可能说出什么轻率的话来，于是便冲着于连大发其火，将他凌辱了一通，大骂他是个贪吃鬼，随后便搁下他，找另外两个儿子商量去了。

不一会儿，于连便看见他们各自靠在自己的斧柄上，聚在一处商量着。他向他们注视了许久，也猜不出个所以然来。为了避免被人发现，他躲到了锯木机的另一边。他希望自己能对这个改变他命运的意外消息深思熟虑一番，但是他又觉得无法去静心思考；他的头脑总是在想象着他将在德·雷纳尔先生的豪华别墅里看到些什么东西。

"宁可放弃这一切，"他对自己说道，"也不能让自己堕落到与仆人们同桌吃饭。我父亲如果逼迫我就范，我宁愿去死。我有十五法郎八个苏的积蓄，我今天晚上就逃走。走小路不用担心会遇见一个宪兵，两日内便可到达贝藏松，到那儿我可以去当兵，必要时我还可以去瑞士。不过这样一来，我的远大前程，我的雄心壮志，以及神父这个通往一切的美好职业，都将全部成为泡影，化为乌有了。"

于连厌恶与仆人同桌吃饭的这种心理，并非是生来俱有的。为了能出人头地，他可以去做比这更痛苦的事。他的这种厌恶情绪是受到卢梭《忏悔录》的影响。他仅借助于这本书来构筑他的大千世界。另外，《大军公报汇编》和《圣赫勒拿岛回忆录》都是他最珍贵的经典。为了这三本书，他可以牺牲他的生命。他从不相信任何其他他的书。他相信了老外科军医说过的话，把世上所有别的书都视为谎言，认为那些书都是骗子们为追逐名利而杜撰出来的。

于连除了具有一颗火热的心以外，还具有一种非同寻常的惊人记忆力。他十分清楚，他未来的命运取决于谢朗神父的态度。为了得到他的赏识，他把拉丁文的《新约全书》读得能倒背如流，还记熟了德·迈斯特先生的《论教皇》，其实他对这两本书都不太信服。

索雷尔和他的儿子于连，好像双方有过某种默契似的，在这一天里，彼此都避免和对方交谈。傍晚时分，于连去本堂神父家听神学课，但是他认为，向神父透露有关别人向他父亲提起的奇怪建议不够谨慎。"这或许是个圈套，"他暗自琢磨，"应该装出把它忘掉的样子。"

翌日一大早，德·雷纳尔先生就打发人来请老索雷尔。这个老木匠却让市长等了一两个小时才姗姗到来。一跨进门槛，他就忙不迭地又是道歉，又是行礼，至少不下于百来遍。他连续不断地提出各种各样的异议后，终于弄明白了他的儿子将和男女主

人同桌吃饭，遇到来客人时，才单独和孩子们一起在另一间屋里吃饭。老索雷尔看出市长先生对此事确实急于求成，便越发变着法儿提出新的要求；再说，他对此事内心还存有种种疑虑和好奇，便提出要看一看他儿子的卧室。那是一间配有家具的宽敞的房间，布置得十分整洁，仆人们已在忙着将三个孩子的小床搬进去。

这情景使这乡下老头得到了启示，随即他又很自信地要求看一看为他儿子置配的服装。德·雷纳尔先生打开书桌抽屉，取出一百法郎。

"拿上这笔钱，你儿子可以去杜朗先生的呢绒店定做一套黑礼服。"

"那么，如果我将来把他从您这儿带回去，"乡下老头说道，顷刻间他已将那些恭敬的客套忘得一干二净了，"这套黑礼服还归他所有吗？"

"当然。"

"那好吧！"老索雷尔拉长声调慢悠悠地说道，"我们现在只剩下一件事需要商量了，那就是您将付给他多少工钱？"

"怎么？"德·雷纳尔先生气愤地叫喊起来，"昨天我们就谈妥了，我出三百法郎，我想这就够多的了，也许还太多了呢！"

"这是您出的价，我一点也不否认，"老索雷尔的语气更慢了；然后，他用眼睛紧紧盯住德·雷纳尔先生，施展出只有不了解法朗什-孔泰省农民的人才会为之惊奇的那种天才，又补充道："不过在别处，我们会感觉更合适些。"

听了这句话，市长先生不免大惊失色，然而他还是恢复了平静。他们这场双方都颇费心计的谈话进行了足足两小时，几乎每句话都经过再三斟酌，谨慎思考。最后，乡下佬的精明终于战胜了有钱人的精明，因为后者不必靠精明也能过活。一切有关安排于连新生活的各项条款都被一一敲定；他的工资不仅定为每年四百法郎，而且每月一号预先支付。

"好吧！我每月付他三十五法郎，"德·雷纳尔先生说道。

"凑个双数吧，"乡下老头谄媚地说，"像我们市长先生这样既发财又慷慨的人，准会加到三十六法郎。"

"好吧，"德·雷纳尔先生说道，"我们该到此为止了吧！"

德·雷纳尔先生说出这句话的时候，已经按捺不住内心的愤怒，语调变得异常强硬。乡下佬意识到，他应该适可而止了。于是这回轮到德·雷纳尔先生进攻了。当老索雷尔迫不及待地要为儿子领取头一个月三十六法郎的工资时，德·雷纳尔先生坚决不同意。德·雷纳尔先生忽然觉得，他应该把自己在这次谈判过程中所扮演的角色讲给妻子听听。

"把刚才我给你的那一百法郎还给我，"他生气地说，"杜朗先生还欠着我的钱呢，我会带你的儿子去裁一块黑呢料的。"

在德·雷纳尔先生这种强硬的攻势之后，索雷尔又小心谨慎地说起那些恭维的话来，他喋喋不休，又唠叨了足有一刻钟。终于，他确信再也榨不出什么油水了，才起身告辞。他最后行了一个礼，以下面的话结束了这次拜访：

"我这就回去把我儿子送到城堡来。"

每当市长先生的臣民们想讨好他时，都是这样称呼他的宅所的。

索雷尔回到他的锯木厂，怎么也找不到他的儿子于连。原来于连担心会出什么事，在半夜里就出去了。他是想把他的书和荣誉军团十字勋章，找一个安全可靠的地方存放起来。他把这些东西送到一个年轻木材商家中。这位木材商是他的朋友，名叫富凯，住在附近俯瞰着维里埃尔的高山上。

当于连重新露面的时候，他父亲向他骂道：

"该死的懒鬼！天知道你将来是不是有点出息，能把这么多年来的伙食钱还给我！拿上你的破烂玩意儿，滚到市长家去吧！"

于连这次没有挨打，感到很纳闷，便赶快动身了。一逃出可怕的父亲的视线，他便放慢了脚步。他觉得他应该去教堂里逗留一会儿，这对于自己的伪善面目也许还是有些好处的。

"伪善"这个词使您感到惊奇吗？在于连还没有这个可怕的意念以前，这位年轻乡下人的心灵，曾经走过了多么漫长的历程啊！

当于连还是个孩子的时候，曾看见第六团的一些龙骑兵从意大利归来。他们身披白色的披风，头戴缀着黑色鬃毛的铜盔，把马拴在父亲屋子的窗栏上，这情景使于连如痴如醉地爱上了军人的职业。后来，他又情绪激昂地聆听了老外科军医讲述洛迪桥战役、阿尔科战役和里沃利战役的故事。他发现，老人投向他那枚十字勋章的目光，像火一般的炽烈。

但是在于连十四岁那年，人们在维里埃尔开始建造了一座教堂，对于这样的一座小城来说，这座教堂可谓是雄伟壮观了。特别是四根大理石柱子留给于连的印象尤为深刻。这四根大理石柱子曾经在治安法官和年轻的副本堂神父之间引发了不共戴天的仇恨，因而在当地名声大振。年轻的副本堂神父是从贝藏松派来的，据说他是圣会的密探。治安法官险些丢掉了他的差使，至少公共舆论是这么说的。他怎么竟敢顶撞这位神父呢？这位神父几乎每隔半月去一趟贝藏松，人人都说他是去会见主教大人的。

就在当时，那个治安法官——一个儿女成群的大家庭之主——接二连三地办理了几桩案子，似乎都不太公正，因为这些案件控告的都是居民中阅读《立宪新闻》的人。正确的一方终于胜诉。其实，也只不过是三五个法郎的事，但是，这样一笔小小的罚款，正好让于连的教父——一个制钉商给摊上了。这个男人气急败坏地大声叫嚷："这世道真变啦！二十多年来，人人都知道，治安法官是一个多么正直的人呀！"这时，于连的朋友，那位老外科军医已经去世了。

于连突然缄口不再谈起拿破仑的名字，他宣布要当一名神父。在他父亲的锯木厂里，人们经常可以看见他孜孜不倦地背诵着本堂神父借给他的一本拉丁文《圣经》。这个善良的老人对于他的进步大为赞叹，并时常腾出整个晚上的时间给他上神学课。于连在他面前表露出的只是对天主的虔诚感情。可谁又能想到，在于连这副如此苍白、温柔，好似少女的面容下，竟隐藏着坚韧不拔的决心呢？他宁愿去死一千次，也要飞黄腾达，出人头地。

在于连看来，要出人头地，首先就得离开维里埃尔，他痛恨他的故乡。他在这儿所见识到的一切，都禁锢、僵化着他丰富的想象力。

童年时代，他曾有过一段神采飞扬的时期。他美滋滋地梦想着，有朝一日他被介绍给巴黎的漂亮女人们，他会用他的光辉业绩去赢得她们的青睐。为什么他就不能得到她们中一个人的爱呢？当年波拿巴还处在贫贱境地的时候，不就赢得了艳丽动人的德·博阿内夫人的倾心爱慕吗？许多年来，在于连的生活中，他几乎每时每刻都在对自己说："波拿巴虽然只是个贫寒、微贱的中尉，但靠着他那把宝剑，便成了世界的主人。"这种想法使他内心承受的巨大不幸得到了安慰，也使他在欢乐的时候加倍地感到欢乐。

维里埃尔教堂的兴建和治安法官的宣判，令他豁然启悟，他的头脑里出现了一个全新的念头。起初这个想法使他一连几周像疯子般地癫狂，最后它又以强大的威力控制了他的整个身心。只有热情奔放的灵魂在确认自己创立了一种独到的见解时，才具有这种势不可挡的威力。

"波拿巴名扬四海之时，正是法国担心被侵略的时候，战绩不仅必要，而且时尚。可如今我们看到的一些四十岁的神父，就有十万法郎的年俸了，已经相当于拿破仑那些著名将领收入的三倍。一定是有人支持他们。瞧这位治安法官，一直是那么精明，那么正直，况且资历又那么深，只因为害怕得罪一个三十来岁的副本堂神父，竟干出有损于自己名誉的事来。我应该去当一名神父。"

在于连研究神学两年之后，有一次，当他正沉浸在新的虔诚中时，不想那团噬食着他心灵的火焰突然喷涌而出，暴露了他的内心世界。那是在谢朗神父家举行的晚宴上，善良的神父把他作为博闻强识的天才介绍给在座的教士们，不料他却突然狂热地赞颂起拿破仑来。事后，他把右臂吊在胸前，谎称是因为搬动枞树时脱了臼。整整两个月时间，他一直保持着这种不舒服的姿势。经过这样的自我体罚后，他才原谅了自己。瞧，眼前这个十九岁的外表柔弱的年轻人，看起来至多只有十七岁，肘下夹着一个小包袱，走进了维里埃尔那座宏伟壮丽的教堂。

他感到教堂里昏暗、僻静。恰逢节日之际，教堂里所有的窗子都挂上了深红色的帷幔，阳光透过帷幔照在教堂里，散射出道道炫人眼目的光线，更增添了一种庄严肃穆的浓烈的宗教气氛。于连不由自主地战栗了。他独自一人在教堂里一张华丽的长椅上坐下，长椅上刻有德·雷纳尔先生家的徽章。

在祈祷用的跪凳上，于连注意到一张印着字的碎纸片，纸片展开着，好像故意放在那儿让人读似的。他把视线移到纸上，只见上面写着：

路易·让雷尔在贝藏松伏法，有关处决及其临刑前的详情细节……

这张纸已撕得残缺不全。纸的反面可以看见一行开头的几个字：第一步

"谁会把这张纸片放在这儿呢？"于连想，"可怜的不幸者啊！"他叹了口气补充道，"他的姓氏最后两个字恰好和我的一样……"他把纸揉成了一团。

走出教堂时，于连以为在圣水缸旁看见了一摊血迹，其实，那只不过是人们溅泼在地上的圣水，由于照在窗子上红色帷幔的光线的反射，使它看起来像血一样鲜红。

最后，于连为自己内心的恐惧而感到羞愧了。

"难道我是个懦夫吗？"他自言自语道，"拿起武器！"

这句话，在老外科军医的战争故事中曾多次提及，它对于连来说，就是英雄气概

的象征。他站起身，迅速朝德·雷纳尔先生的住宅走去。

尽管于连下定了决心，但当他走到距离德·雷纳尔先生的房子只有二十多步远的时候，他又强烈地感受到一种不可抗拒的恐惧。铁栅栏敞开着，他觉得它是那么富丽气派。他必须走进去。

因为于连来到这所住宅里而感到惶恐不安的，并非于连一人。德·雷纳尔夫人生性胆怯软弱，她一想到这个陌生人，由于职务关系，将经常置身于她和她的孩子们之间，就感到张皇失措。她平日惯于让孩子们睡在她的卧室里。清晨，她看见仆人们把他们的小床搬进指定给家庭教师住的那套房间里，禁不住黯然泪下。她请求丈夫把小儿子斯塔尼斯拉斯-格扎维埃的床搬回她的卧室，但是没有得到应允。

女性的敏感在德·雷纳尔夫人身上已经发展到了过分的地步。在她的想象中，这位家庭教师是个令人难以忍受的讨厌家伙，他举止粗暴鲁莽，外表蓬头垢面，让他负责管教她的孩子，只是因为他懂拉丁文，为了这种野蛮的语言，她的儿子说不准还会受到鞭笞呢。

第六章 愁 闷

> 我不知道我是谁，
> 我在做什么？
> ——莫扎特
> （《费加罗》）

当德·雷纳尔夫人远离男人的视线的时候，她那种活泼、优雅的天性，便又自然而然地流露了出来。那天，她正是带着这种天然的风韵，从客厅朝着花园敞开的那扇落地窗走出来，看见了大门旁站着一个年轻的乡下人。他差不多还是个孩子，脸色苍白，沾着泪痕，显然刚哭过，身穿洁白的衬衣，腋下挟着一件紫色平纹结子花呢短上衣，浆洗得十分干净。

这个年轻的乡下人，面色是那样白皙，目光是那样温柔，使得德·雷纳尔夫人那略带浪漫幻想的心灵，一开始以为这可能是一个女扮男装的年轻姑娘，来向市长先生求情办事的呢。他愣在大门旁，显然是不敢抬手去拉门铃，德·雷纳尔夫人突然对这可怜的人儿动了恻隐之心。她向他走过去，暂时排遣了家庭教师即将到来而引发的烦恼。于连的脸对着大门，没有看见她走来。当他听到耳边响起一种温柔的声音时，不禁吓得打了一个哆嗦：

"您上这儿来干什么，我的孩子？"

于连急忙转过身，立刻被德·雷纳尔夫人那柔和的目光打动了，内心的羞怯也随之消去了不少。随即他又为她的美貌而感到大为震惊，他忘记了一切，甚至忘记了他来此地的目的。德·雷纳尔夫人又将刚才的问话重复了一遍。

"我来这儿当家庭教师，夫人，"他终于开口了，并且尽快擦拭着脸上的泪痕，那使他感到很难为情。

德·雷纳尔夫人愣住了，惊得张口结舌。他们四目相对，彼此靠得很近很近。于连还从来没有见过一个穿着如此考究漂亮的人，特别对方还是一位女性，容貌又如此艳丽动人，并且用一种甜美的声音和他说话。德·雷纳尔夫人注意到，大颗的泪珠仍然挂在这个年轻乡下人的双颊上，这张脸起先还是那么苍白，而现在又变得这么红润了。她情不自禁地笑了起来，笑得是那么开心，完全像一个小姑娘欣喜若狂的笑。她嘲笑自己，她简直无法想象自己有多么幸福。怎么，眼前的年轻人，就是那个家庭教师！就是她想象中的将要来训斥鞭打她的孩子们的那个衣冠不整、肮脏邋遢的教士！

"是吗，先生，"她终于对他说话了，"您懂得拉丁文？"

"先生"这个称呼使于连感到分外吃惊，他不由得思索了片刻。

"是的，夫人，"他腼腆地回答。

德·雷纳尔夫人大喜过望，又壮着胆子问于连：

"您不会苛刻地训斥这些可怜的孩子吧？"

"我？训斥他们？"于连惊讶地说道，"为什么？"

"是吗，先生？"她顿了一会儿，声音愈来愈激动地又补充道，"您会好好待他们，您答应我了吗？"

于连再次听见对方郑重其事地称他为先生，并且出自一位衣着华美的夫人之口，这是他压根没有想到的事。在于连少年时代所营造的幻想楼阁中，他曾暗自思忖过，只有当他穿上漂亮军服的时候，上流社会的太太们才会屈尊和他说话。而现在，德·雷纳尔夫人则完全被他那漂亮的面容、黑大的眼睛和那一头卷曲的美发迷惑了。此时，他的头发比以往显得更为卷曲，那是他为了凉爽，他刚刚将头发在公共水池中浸过。德·雷纳尔夫人感到格外高兴，因为她曾经担心，这个不祥的教士会对他的孩子们冷酷无情，粗暴蛮横；真没有想到，他竟然有着姑娘般羞涩的神情。对于德·雷纳尔夫人这样一个性情平静的女人来说，她的担忧和眼前的现实之间形成的悬殊，无疑是一件了不得的大事。终于，她从惊愕中清醒过来，她发现自己和一个几乎只穿着一件衬衣的年轻人就这样站在大门口，彼此又挨得如此近，不免吃了一惊。

"我们进屋去吧，先生，"她神色尴尬地对他说道。

在德·雷纳尔夫人一生中，还从未体验过一种纯粹的快乐能这样深深地震撼着她的心灵；在她经历了揪心的担忧之后，也从未有过如此令人喜悦的情景出现在她的面前。这下子她可以放心了，一向由她亲自悉心照料的这些漂亮的孩子们，不会落入一个肮脏、暴躁的教士之手了。她刚一走进客厅，便回过头来，她看见于连正怯生生地尾随于身后。于连看到如此富丽堂皇的房子，露出了惊讶的神色，这在德·雷纳尔夫

人眼中，又增添了几分可爱之处。她简直不能相信自己的眼睛了，她尤其觉得一个家庭教师应该穿黑色的衣服。

"这是真的吗，先生，您真的懂拉丁文吗？"她止住脚步又问道，唯恐自己搞错了，因为这一信念使她感到了幸福。

这句话大大伤害了于连的自尊心，一刻钟以来的那种陶醉感，顿时都烟消云散了。

"是的，夫人，"他说道，竭力做出冷淡的样子，"我懂拉丁文，可以说与神父先生不分上下，甚至有时候他还称赞我比他强呢。"

德·雷纳尔夫人察觉出于连的表情很可怕。他停在距她两步远的地方。她走上前去低声问：

"开始的几天，您真的不会鞭打我的孩子，即便是他们的功课不好？"

这声音出自一位如此妩媚的夫人之口，是那样温柔，差不多近乎乞求，顿时使他忘却了一名拉丁语学者应有的矜持。德·雷纳尔夫人的脸离他的脸很近，他闻到了女人夏装上的芳香，这对于一个贫穷的乡下人来说，可是一件不寻常的事。于连的脸涨得通红，不由得叹了口气，声音变得微弱起来：

"您不用担心，夫人，我一切听从您的吩咐。"

德·雷纳尔夫人对孩子们的担忧彻底消除了。只是在这时候，她才被于连那非同一般的美所深深触动。他那近乎女性的容貌和拘谨的神态，对于她这样一个本身就很羞怯的女人来说，一点儿也不显得可笑；而通常人们认为男性美所应具备的那种阳刚之气，反倒让她望而生畏。

"您多大了，先生？"她问于连。

"快满十九岁了。"

"我的大儿子十一岁，"德·雷纳尔夫人完全放心了，"差不多可以做您的朋友了，您可以跟他讲道理。有一回他父亲要责罚他，其实只打了轻轻地一下，他就病了整整一个星期。"

"我和他相比，真是天壤之别啊！"于连暗暗想道，"昨天我父亲还打了我，这些富人是多么幸福啊！"

德·雷纳尔夫人已能觉察出这个家庭教师内心所发生的最细微的变化，但是她把他的这种悲伤错误地当成了胆怯，她很想给他一些勇气。

"您叫什么名字，先生？"她问道。于连感受到了她说这话时的声调和神态所产生的全部魅力，但是却不能领悟出这到底是什么原因。

"我叫于连·索雷尔，夫人。我有生以来第一次走进陌生人的家里，我感到非常害怕，我需要您的保护。初来的几天，我有许多方面要请求您的谅解。我从来没有进过学校，我太穷了。除了我的表亲——一个外科军医，荣誉团的成员——和谢朗神父两人之外，我从来没有和别人谈过话。神父可以向您证明我的人品。我的哥哥们经常打我，如果他们向您说起我的坏话，您可别相信；我要是有什么过失，请您多原谅，夫人，我决不会有什么恶意。"

当于连说着这很长的一段话的时候，心情也逐渐平静了下来。他仔细端详着德·雷纳尔夫人，她的身上有一种完美无瑕的风韵所产生的效果，当女性的风韵为本性天成的时候，尤其是当她本人又不去刻意追求这种风韵的时候，就会产生这种效果。于连对于鉴赏女性美颜为内行，此时他可以发誓说德·雷纳尔夫人至多只有二十岁。他突然生出一个大胆的念头，想去吻她的手，但很快又害怕起来。过了一会儿，他暗暗想道："这位漂亮夫人，对一个刚刚离开锯木厂的穷工人，可能会有蔑视的心理。我要是不去履行一个可能对我有利的行动，以减轻她对我的蔑视，那我就是个懦夫。"也许于连多半是受到"漂亮小伙子"这个称呼的鼓舞，近半年来，每逢星期日，他都经常听到年轻姑娘们重复着这几个字眼。正当他内心斗争不已时，德·雷纳尔夫人向她说了两三句话，叮嘱他一开始应如何教育孩子。于连竭力克制住自己，脸色又变得十分苍白，他很不自然地说道：

"夫人，我绝不会打您的孩子，我可以对天主发誓。"

他一边说，一边大胆地握住了德·雷纳尔夫人的手，送到自己的唇边。这个举动使她大吃一惊，她想了想，又觉得受到了冒犯。由于天气很热，她裸露的胳膊，只盖了一层薄薄的披巾，于连将她的手举到唇边的动作，使她的胳膊完全暴露出来了。过了一会儿，她才责备起自己来，怎么没有立刻做出反应，表现出自己的愤慨呢。

德·雷纳尔先生听见说话声，从工作室里走出来，他用在市政府主持婚礼时那种庄严而又慈祥的神情对于连说：

"在孩子们见到您之前，我必须先跟您谈一谈。"

他把于连带进一间工作室，他的妻子想让他们俩单独谈话，但是被他留住了。德·雷纳尔先生掩上门以后坐下，神态显得很庄重。

"谢朗神父跟我说过，您是个品行端正的人，这儿所有的人都会尊重您的。如果您能使我满意，往后我还可以帮您谋个小小的前程。我希望您今后不要跟您的亲戚及朋友们见面，他们的言谈举止对我们的孩子不太合适。这儿是三十六法郎，是您头一个月的工资，但我要求您向我保证，这工资里的一个子儿都不准交给您的父亲。"

德·雷纳尔先生对那老头儿窝了一肚子火，因为在聘请于连的问题上，那老家伙比他要更为精明。

"现在，先生，根据我的命令，这儿所有的人都将称您为先生，您将会体会到进入一个体面人家的好处。可是现在，先生，您还穿着短上衣，这让孩子们看见会有失您的身份。仆人们看见他了吗?"德·雷纳尔先生问妻子。

"没有看见，亲爱的，"她答道，显出一副沉思的神态。

"好极了，请您穿上这个吧，"他对感到惊诧的年轻人说道，同时将自己的一件礼服递给他，"现在让我们一起去呢绒商杜朗先生的铺子吧!"

一小时后，德·雷纳尔先生带着穿了一身黑色套装的新家庭教师回来了，他看见

妻子仍然坐在原来的地方。德·雷纳尔夫人见于连回来，感到心里平静多了，她端详着他，忘记了刚才害怕的事情。可是于连根本就没有想到她。尽管他的内心对于命运和世人充满了不信任，但在此刻，他的心灵却只是一个孩子的心灵。他觉得，从三小时前他在教堂里战栗的那一刻起到现在，仿佛已经生活好几年了。他注意到德·雷纳尔夫人的神情冷若冰霜，心里明白她还在生气，因为刚才他竟大胆地吻了她的手。但是，于连换上了一身与往日迥然不同的新衣，一股自豪感油然而生，竟然使他得意忘形。他竭力想掩饰住内心的欢乐，反倒使一举一动显示出做作和狂乱。德·雷纳尔夫人看着他，眼里露出惊异的神色。

"请庄重点，先生，"德·雷纳尔先生对他说，"如果您还想得到我的孩子和仆人们的尊敬的话。"

"先生，"于连答道，"穿上这身新衣服，我觉着浑身上下都不自在，我不过是个贫穷的乡下农民，从前我只穿过短上衣。如果您允许，我想回到我的房间去了。"

"您觉得这个新收获怎么样？"德·雷纳尔先生向妻子问道。

德·雷纳尔夫人差不多是出于一种本能，下意识地向他丈夫隐瞒了实情。

"对这个年轻的乡下人，我可是不像您那样乐观，您的殷勤只能使他变得傲慢无礼。您瞧吧，不出一个月，您就不得不打发他走了。"她说。

"好吧，即使我们打发他走，也不过就破费百十个法郎罢了。然而维里埃尔人将习惯于看见德·雷纳尔先生的少爷们有一位家庭教师。如果我让于连仍旧是那身工人打扮，这个目的就别想达到了。打发他走的时候，刚才我在呢绒铺为他定做的那套黑礼服，当然要留下来；至于在裁缝铺买来的那套成衣，也就是我让他穿在身上的那套，就算是赏给他吧！"

于连在他房间里度过的那段时间，德·雷纳尔夫人觉得只不过是片刻功夫。孩子们得知家庭教师来了，都围着他们的母亲七嘴八舌，问长问短。终于，于连出来了，他完全变了一个人。如果说他庄重，还很不够，他简直就是庄重的化身。他被介绍给孩子们。他跟他们说话时的神态，就连德·雷纳尔先生本人都感到吃惊了。

"先生们，我来到这儿，"他就要结束对他们的讲话时说道，"是为了教你们学习拉丁文，你们当然都知道什么叫作背书。这是一本《圣经》，"他一边说着，一边让他们看一本三十二开本的黑面精装的小书，"尤其是我主耶稣的故事，也就是大家称之为《新约全书》的那一部分，今后我要经常让你们背诵。现在，你们可以先让我来背背看。"

他们的长子阿道夫接过了那本书。

"请您随手翻开一页，"于连继续说，"任意挑一段，只要告诉我头三个字，我就可以把这本圣书——我们的行为准则背下去，一直背到您让我停下来为止。"

阿道夫打开书，念了两个字，于连就随声背下了整整一页，就像他平时说法语那样流利通畅。德·雷纳尔先生瞧着他的妻子，那神色好不得意。孩子们看见父母惊异的表情，也都一个个瞪大了眼睛。一个仆人来到客厅门口，于连仍在继续背诵拉丁文《圣经》，那仆人起先站在那儿一动不动，随即便离去了。不久，夫人的贴身女仆和厨娘也来到了门口，这时阿道夫已在书中翻开八处不同的地方了，但是于连一直背得轻松自如。

"啊，我的天主！多么漂亮的小教士！"厨娘大声说道，她是一个极虔诚的善良姑娘。

德·雷纳尔先生的自尊心受到了威胁，这时候，他已不再想着如何去考察家庭教师，只是忙着在记忆中搜寻，也想找出几句拉丁文来。终于，他念出了贺拉斯的一句诗。其实于连熟知的拉丁文只限于《圣经》，其他则是一无所知。他皱起眉头答道：

"我打算献身的圣职，禁止我去读一个如此世俗的诗人的作品。"

德·雷纳尔先生又援引了相当数量的所谓贺拉斯的诗作，并向他的孩子们介绍贺拉斯是何许人，但孩子们对于连早已佩服得五体投地，对他们父亲的谈话并不在意。他们的目光只盯着于连。

仆人们还待在门口。于连心想，应该让这次考试持续下去，便对最小的孩子说：

"应该让斯塔尼斯拉斯-格扎维埃先生也在圣书中给我指一段。"

小斯塔尼斯拉斯十分得意，他好歹凑合着念出了某一段的第一个字，于连立即又背出了一整页。真是天助德·雷纳尔先生大获全胜，正当于连背得畅如泉涌时，诺曼底骏马的主人瓦勒诺先生和专区区长夏尔科·德·莫吉隆先生走了进来。这个场面使于连赢得了"先生"的尊称，就连仆人们也不敢不这么称呼他了。

当晚，维里埃尔全城的居民都涌到德·雷纳尔先生家里，前来瞻仰这位奇才。于连用拒人门外的冷漠态度，一一回答了他们所提出的问题。他的名声大振，很快就在城里传开了。几天之后，德·雷纳尔先生担心有人会把于连从他这儿挖走，于是便向于连提出签订一份为期两年的聘约。

"先生，这是不可能的，"于连冷淡地回答，"如果您要辞退我，我不得不走。一份聘约可以拴住我，而您却不要承担任何责任，这样太不公平了，我不能同意。"

于连很善于表现自己，他来到这个家里还不足一个月，就连德·雷纳尔先生本人都敬重他了。这时候本堂神父与德·雷纳尔先生及瓦勒诺先生已反目为仇，再没有人能够了解他，泄露出他过去对拿破仑的崇拜了，而且于连从此以后每谈及拿破仑时，只是表露出深恶痛绝的情绪。

第七章　精选的姻缘

> 他们想要感动这颗心，
> 却又总是伤害这颗心。
>
> ——一个现代人

孩子们都崇拜于连，但是于连却并不爱他们，因为他的心思是在别的地方。然而，

对于孩子们的一切活动，他都保持着最大的耐心。他冷静、公正、沉稳，的确是一位称职的家庭教师。他的到来，几乎驱散了家里原有的那些烦闷，因而受到众人的受戴。至于他呢，对于这个他已插足的上流社会，仅仅是感受到仇恨和厌恶。事实上，这个社会只是在餐桌的最末端接纳了他，或许这就是他仇恨和厌恶的原因吧！有几次，在盛大的晚宴席上，他好不容易才抑制住自己对于周围一切事物所怀有的仇恨。特别是圣·路易节那一天，瓦勒诺先生在德·雷纳尔先生家高谈阔论，于连险些暴露了自己的真实思想。他借口看管孩子，逃进了花园里。"对廉洁的颂词是多么动听啊！"他愤愤地咒骂道，"仿佛这是世界上唯一的美德了，然而对于一个自从管理穷人的福利以来财产顿时增加两三倍的人，却又是那样的尊敬，那样的奉承！我敢打赌，他甚至连孤儿弃婴的救济金也捞了一把。对于这些可怜的孩子们来说，他们的苦难较之其他穷苦人的苦难则更为深重。啊，这些恶魔！恶魔！而我同样也是一个弃儿，父亲恨我，哥哥们恨我，全家人都恨我。"

在圣路易节的前几天，于连独自一人在一片小树林里一边散步，一边念着日课经。这片小树林俯瞰着忠诚大道，人们称之为"观景台"。忽然，他远远看见他的两个哥哥从一条僻静的小道上走了过来。他试图避开他们，但是已经来不及了。这两个粗鲁的工人看见他们的兄弟漂亮的黑礼服，非常整洁的外貌，以及他对他们所表现出来的赤裸裸的蔑视，不禁妒火中烧。他们将他狠狠揍了一顿，直打得他满身是血，昏厥过去，才扬长而去。德·雷纳尔夫人和瓦勒诺先生及专区区长一同散步，恰巧也来到了这片小树林里。德·雷纳尔夫人看见于连僵直地躺在地上，以为他死了。她惊惶失色，激动异常，以至于引起了瓦勒诺先生的嫉妒。

然而，瓦勒诺先生的担心未免太早了点。于连觉得德·雷纳尔夫人非常美丽，但正是由于她生得太美了，所以他才仇视她。这是他生命中遇到的第一块暗礁，这块暗礁差一点使他倾覆沉没，击碎他的发迹梦。他竭力避免同她说话，为的是让她淡忘头一天见面时，他亲吻她的手的那种激情。

德·雷纳尔夫人的贴身女仆埃莉莎，一见到年轻的家庭教师之后，就堕入了情网，她常在女主人面前提及他。埃莉莎的爱情招惹了一个男仆对于连的嫉恨。有一天，于连听见这个男仆对埃莉莎说："自从这个肮脏的教士来到这个家里以后，您就不愿意再和我说话了。"于连是无辜的，他不应该受到这种辱骂，然而出于漂亮小伙子的本能，他倒是加倍注意自己的仪表了。瓦勒诺先生对他的仇恨也在逐渐增长，他公开指责于连这样注重打扮，对一个年轻教士来说是有失体统的。其实，于连也只是穿了一身黑色套服，没有穿道袍而已。

德·雷纳尔夫人注意到，于连与埃莉莎小姐的交谈比往常更为频繁了。她了解到，他们的谈话是由于于连缺衣服穿而引起的。他的衣衫少得可怜，以致他不得不经常地把衣服送到外面去请人浆洗。而料理这类生活琐事，埃莉莎倒是对他很有用处。这种极度的贫困完全出乎德·雷纳尔夫人的意料之外，并深深地触动了她。她很想送他些礼物，但是又不敢冒昧。这种内心的斗争，是于连给她带来的第一次痛苦的感觉。在此之前，对于她来说，于连这个名字与那种纯洁清白的、完全是精神上的快乐感情一直是同义词。于连的贫困境遇，使她焦灼不安，她终于向丈夫提出来，送几件内衣给于连。

"真是傻瓜！"德·雷纳尔先生答道，"怎么！给一个我们对他十分满意、而他为我们服务也很周到的人送礼物吗？只有在他不好好为我们干活的时候，我们才需要送点礼物去激发他的热忱。"

对于丈夫的这种处世之道，德·雷纳尔夫人感到羞耻。在于连到来之前，她还不曾注意到这一点。她每次看见于连极为整洁而又异常简单的穿着，心里总是惦念着："可怜的孩子，他是怎样对付过来的呢？"

渐渐地，她对于连缺这少那也习以为常了，只是充满了怜悯和同情。

有些外省女人，人们在与她们相识的头半个月里，很可能会把她们当成傻瓜，德·雷纳尔夫人就属于这种女人。她毫无人生经验，不喜欢与人交谈，有着一颗敏感而孤傲的心灵。人皆有之的那种追求幸福的本能，使她往往对于那些粗俗的人们的行为浑然不觉，而命运却将她抛进了这样的一群人中间。

假如她稍微接受过一点教育，她那种纯朴的天性和敏捷的头脑定会引起人们的注意。但是，她作为富有的女继承人，是由那些修女教养成人的。那些修女是"耶稣圣心"的狂热崇拜者，她们对敌视耶稣会的法国人怀有强烈的仇恨。德·雷纳尔夫人颇有见地，她认为在修道院里所学到的一切，都是些极其荒谬的东西，因而不久她就把它们忘得一干二净了。但是她又没有别的东西去填补心灵中的空白，结果便变得一无所知。作为一笔巨大财产的继承人，她很早就成为人们阿谀奉承的对象，况且她又是一名狂热地笃信宗教的虔诚信徒，这些都导致她以一种孤独、内向的方式生活着。从表面上看，她十分谦和并善于克己，维里埃尔的丈夫们，个个都将她视为妻子的楷模，德·雷纳尔先生更是为之感到无比骄傲，其实她平时的这种精神状态，不过是她的极端倨傲性格的表现而已。任何一位因骄傲而被人们作为例子的公主，对于她周围的宫内侍从的行为所给予的关注，都远远超过了这位表面上如此温柔、如此谦逊的女人对于她丈夫言行举止的关注。在于连来到她家之前，她实际上只关心着她的几个孩子。他们的小小疾病，小小烦恼，小小欢乐，占据着她的整个心灵。而这颗心灵，在贝藏松的圣心修道院里的时候，崇拜的却只有天主。

如果她的哪一个儿子发起烧来，她就会像死了孩子般地悲伤不已，只是她不屑于把这样的事张扬出去罢了。在刚结婚的头几年里，出于倾诉衷肠的需要，她常把埋于心底的这类苦恼说给丈夫听，然而对方的反应却总是阵阵粗鲁的笑声，耸一耸双肩，并夹杂着几句"女人傻念头"之类的粗俗俚语。这类嘲笑，尤其是涉及孩子们的病情时，真像是锋利的匕首刺进了德·雷纳尔夫人的胸膛。正是这类戏弄和嘲讽，取代了她少女时代在耶稣会修道院里听到的那些对她阿谀逢迎的甜言蜜语，是痛苦完成了她的教育。她实在太孤傲了，甚至对她的女友德尔维尔夫人，她也不愿谈及这类烦恼。在她的想象中，所有的男人都跟她的丈夫以及瓦勒诺先生、夏尔科·德·莫吉隆区长一样。男人们天生粗鲁，对于金钱、权势、勋章以外的一切事物，都是极端地麻木不仁；对于那些与他们相抵触的一切推理都盲目地仇视。在她看来，对于男人来说，这些都是天经地义的事，就好像他们脚穿靴子、头戴帽子一样自然。

许多年以后，德·雷纳尔夫人仍然不习惯与这些嗜钱如命的人相处，然而她又不得不生活在他们中间。

这些对于年轻的乡下人于连来说，就是他成功的机会了。德·雷纳尔夫人对这颗高贵而骄傲的心灵充满了同情，在这种同情中，她感受到了新颖甜蜜和令人销魂的乐趣。她很快便原谅了于连的极端无知和举止莽撞；这无知在她眼中又多了一份魅力，而这莽撞她则可予以纠正。她发现于连的谈话颇值得一听，哪怕他谈论的是一些最普通的事，甚至有一次，他谈论起一条可怜的狗，当那条狗穿过街心时，被一辆疾驶的农家货车轧死了。这悲惨的一幕曾引起德·雷纳尔先生哄然大笑，而德·雷纳尔夫人却注意到，于连那弯弯的、好看的黑眉毛锁紧了。她渐渐地觉得，只有在这名年轻的教士身上，才存在着宽厚、高尚、仁爱。这些美德，在她高贵的心灵中激起了同情，甚至钦佩，她唯独对他才具有这种情感。

如果是在巴黎，于连对德·雷纳尔夫人的态度就会迅速变得简单起来。不过在巴黎，爱情是小说的产儿。年轻的家庭教师和腼腆的女主人可以从三四本小说里，乃至吉姆纳斯剧院的台词里，找到对他们处境的解说。所有的小说都会为他们勾勒出他们要扮演的角色，为他们描绘出他们应效仿的榜样。虚荣心迟早会迫使于连去追随这种榜样的，即使他没有丝毫的乐趣，甚至可能会产生厌恶。

在阿韦龙或比利牛斯的小城里，由于气候炎热，哪怕是微不足道的小事，也会变得具有决定意义。而在我们这里异常沉闷的天空下，一个贫寒的年轻人只能是野心勃勃，因为他那敏感脆弱的心灵，需要得到金钱换取的快乐。他可以天天看见一个三十岁的女人，循规蹈矩地克守着贞洁，尽心尽力地照料着孩子，绝不到小说里去寻找自己行为的楷模。在外省，一切都是那么缓缓地进行着，一切都是在逐渐中形成，倒是显得自然得多。

德·雷纳尔夫人想起年轻家庭教师的贫寒境遇，常常伤感得暗自流泪。这一天，她正哭得像个泪人似的，被于连撞见了。

"啊！夫人，您遇到什么不幸了吗？"

"没有，我的朋友，"她答道，"您去叫孩子们来，我们一起去散步。"

她挽着他的胳膊，紧紧依偎着他。她的态度让于连感到奇怪。这是她第一次称他为"我的朋友"。

散步快结束时，于连发现她脸色绯红，并且放慢了脚步。

"您大概听说过，"她说，但是眼睛并不看他，"我是我姑母的唯一继承人，她很有钱，住在贝藏松。她送给我许多礼物……我的儿子们有了进步……如此令人惊异……为了表示谢意，我想请您接受一件小小的礼物。其实只不过是几个路易，您可用它去添置几件内衣。不过……，"她说到这里，脸涨得更红了，止住了话头。

"不过什么，夫人？"于连问道。

"用不着把这事告诉我丈夫，"她继续说着，垂下了头。

"夫人，我地位低微，但我并不卑贱，"于连停住了脚步，两眼喷射出怒火，身子挺得笔直，"您有没有好好想过，这样是不妥当的，假如我隐瞒着德·雷纳尔先生，做了与我的钱有关的任何事情，那么我就连一个仆人都不如了！"

德·雷纳尔夫人惊呆了。

"市长先生，"于连继续说，"自从我来到这儿，他已经付给我五次三十六法郎了，我随时可以把我的收支账簿给德·雷纳尔先生看，给任何人看都行，甚至可以给憎恨我的瓦勒诺先生看。"

听了这番责备，德·雷纳尔夫人脸色灰白，浑身战栗。直到散步结束时，他们彼此谁都没能找到一个借口把谈话再继续下去。在于连那高傲的心里，对于去爱德·雷纳尔夫人，已成为越来越不可能的事情。至于她呢，她尊重他，仰慕他，并为此受到了他的斥责。她借口弥补她无意中使他蒙受的侮辱，允许自己给予他最温存体贴的关怀。这种解决方式的新颖感让德·雷纳尔夫人整整快乐了一个星期。结果，于连的怒气得到了部分平息，但他远没有发现其中与他个人情趣相同的东西。

"瞧，"他暗自想，"这些富人就是这样，他们侮辱了别人，随后又装腔作势，以为这样便能加以弥补！"

德·雷纳尔夫人太冲动也太天真了，以致不顾自己原先已经拿定的主意，还是把送礼物给于连并且遭到他拒绝的情形告诉了她的丈夫。

"怎么，"德·雷纳尔先生禁不住大发雷霆，"你居然能容忍一个仆人的拒绝？"

德·雷纳尔夫人一听见"仆人"两个字，竟激动地惊叫了起来。德·雷纳尔先生继续说道：

"夫人，我现在要像已故的德·孔代亲王把他的侍从们介绍给他的新娘时那样说：'所有这些人都是我的仆人。'我给您念贝桑瓦尔《回忆录》中的这一段话，对于维护我们的地位是至关重要的。凡是不属于贵族阶层的人，生活在您的家里，接受一份工资，那他就是您的仆人。我要去跟这位于连先生谈一谈，并送给他一百法郎。"

"啊，我亲爱的！"德·雷纳尔夫人战战兢兢地说道："您千万别当着仆人们的面这样做啊！"

"当然，他们可能会嫉妒他，并且有理由这样做，"她的丈夫一边说，一边走开，同时心里盘算着这笔钱是否太多了一些。

德·雷纳尔夫人倒在一把椅子里，几乎痛苦得昏厥过去。"他就要去羞辱于连了，这都是我的过错！"她厌恶她的丈夫，她用双手捂住了自己的脸。她暗暗发誓，永远不

再向他吐露心里话了。

当她再次见到于连时，全身战栗不止。她感到胸部一阵阵抽缩，以致说不出一句话来。在窘迫中，她抓住了于连的手，紧紧地握住。

"怎么样，我的朋友，"她终于能开口了，"您对我的丈夫满意吗？"

"我怎么能不满意呢？"于连答道，脸上挤出一丝苦笑，"他给了我一百法郎。"

德·雷纳尔夫人望着他，显出迟疑不决的神色。

"让我挽着您的胳膊，"她终于说道，那种勇敢的语调，于连从来没有见她有过。

她径直走进了维里埃尔的书店，毫不顾忌这家店老板有着自由党的可怕名声。她选购了价值十路易的书分给孩子们。而这些书，她知道正是于连想读的。她要求每个孩子在书店里把名字写在各自分得的书上。正当她为自己敢于用这种方式向于连表示道歉而感到高兴的时候，于连却因在书店里瞧见了琳琅满目的书籍惊讶不已。他从来不敢步入这样世俗的地方，他的心突突地跳个不停。他压根儿就没有去揣摩德·雷纳尔夫人此时心中想些什么，而是集中精力地思考着，对于一个学习神学的年轻人来说，用什么办法才可以获得其中的一部分书籍。他终于想出了一个主意，觉得要点手段，也许可以说服德·雷纳尔先生以达到自己的目的。于是，他借口要给孩子们的翻译练习找教材，因此需要购买出生于本省的著名贵族的传记。经过一个月不懈的努力，于连看到这个主意成功了，而且非常顺利。所以不久以后，他在跟德·雷纳尔先生谈话时，竟敢冒昧地向德·雷纳尔先生建议，到这家书店订阅书籍。这对尊贵的市长先生来说，无疑是一件很为难的事情，它意味着去帮助一个自由党人发财致富。德·雷纳尔先生倒是十分赞同让他的大儿子 de visu 一些著作，他认为这是一项十分明智的措施，因为他的大儿子将来进了军校以后，会听到别人在谈话中提到其中的某些著作。但是于连发现市长先生只肯谈到这儿为止，便不愿再继续往下深谈了，他估计其中定有什么隐情，但又猜不透到底是什么原因。

有一天，于连对德·雷纳尔先生说："先生，我一向认为，一个像雷纳尔这样的可敬的贵族的姓氏，如果出现在书商那脏污的登记簿上，是极不合适的。"

德·雷纳尔先生的额头舒展了。

"对于一个学神学的穷学生来说，"于连继续说道，语调显得更加谦卑，"如果有一天在租书商的登记簿上发现他的名字，这也会是一个很大的污点。那些自由党人会谴责我借过最下流的书。谁知道他们会不会在我的名下，添写上那些邪恶书籍的书名呢？"

但是，于连这次失算了。他发现市长先生的脸上又流露出为难和生气的表情，他止住了话头。"我已经把握住这个人了，"他暗地思忖。

几天以后，最大的那个孩子当着德·雷纳尔先生的面，向于连问起在《每日新闻》上预告过的一本书。

"为了避免使雅各宾党人有任何口实而感到得意，"年轻的家庭教师说，"同时又使我能够解答阿道夫先生的问题，我看可以派您府上身份最低微的仆人去书店预订书籍。"

"这主意倒是蛮不错，"德·雷纳尔先生说，显然他非常高兴。

"不过应明确规定，"于连用严肃而又近乎沉痛的表情说，这种神情，对于那些眼看自己期待已久的事就要成功的人，是再合适不过了，"应该明确规定，这仆人不得带回任何一本小说，这些危险的书籍一旦进入府内，就会把夫人的女仆引诱坏，更不用说男仆了。"

"您忘记那些政治性的小册子了，"德·雷纳尔先生神情傲慢地补充道。他对孩子们的家庭教师所发明的这一巧妙的折中办法感到赞赏，但他又试图掩饰这种心态。

于连的生活就是这样由一系列小小的谈判构成。他关心自己谈判的成功，远远胜过关心德·雷纳尔夫人对他的偏爱的感情。其实这种感情很明显，只要他愿意，就可以从她的心里看出来。

在他来到维里埃尔市长家之后，他过去一直存在的那种精神状态，又重新出现了。在这儿，如同在他父亲的锯木厂一样，他极端鄙视与他生活在一起的每个人，同时也受到他们的憎恨。他每天都可以目睹专区区长、瓦勒诺先生以及市长家的其他高朋贵客对眼前刚发生的事情评说一番，然而他们的谈话，是那样的不符合事实。某一个行为，他认为是值得称道的，却恰恰会遭到周围这些人的斥责。他总是暗暗地在心里予以反击："多么残忍的家伙！"或"多么愚昧的家伙！"有趣的是，尽管他是那么骄傲，而对于那些人的谈话内容，却常常是全然不解。

他有生以来，仅仅同老外科医生进行过推心置腹的交谈。他仅有的那一点浅薄的见解，不是与波拿巴在意大利的几次战役有关，就是与外科手术有关。他年轻而勇敢，喜爱听老外科医生那些最痛苦的关于外科手术过程的详尽描述。他心里想着："我连眉头都不会皱一下。"

德·雷纳尔夫人第一次试图与他交谈一些与孩子教育无关的事，他却大谈起外科手术来，吓得她脸色灰白，恳求他不要再讲下去了。

除此之外，可以说于连是一无所知。因此，当他与德·雷纳尔夫人生活在一起，碰到两人单独相处时，他们之间便会出现一种不可思议的沉默。在客厅里，无论他的举止是多么谦恭，她总能够从他的眼睛里觉察出一种傲视一切来宾的精神优越感。倘若她单独与他相处片刻，她便能感受到他那明显的窘态。她为此深感忧虑和不安，因为女人的天性告诉她，这种窘态绝非是什么温柔多情。

于连根据从老外科医生那儿听来的上流社会的某些故事，得出一个莫名其妙的观点；依据这个观点，每当他与一位女性在一起的场合，大家出现沉默，他就会感到丢面子，好像这种沉默是他的过失似的。在两人单独谈话时，这种感觉就更加令他痛苦不堪了。关于一个男人和一个女人单独相处时应该说些什么，在他的头脑中，充满了无限夸张和虚无缥缈的幻想，因而在他局促不安的时候，他的想象只能给他带来一些

不切实际的念头。他的心灵犹如坠入五里云雾之中，然而这也摆脱不了最令他耻辱的沉默。因此，在他跟德·雷纳尔夫人和她的孩子们作长时间的散步时，他那原本就够严肃的脸，在令人不堪忍受的痛苦煎熬下变得更加严肃了。他非常自卑。如果他勉强迫使自己找话说，也只能说出些极为荒谬可笑的话来。更为糟糕的是，他看到了自己的荒唐，而且又把它加以夸大，然而有一点他是无法看到的，那就是他的眼睛。他的眼睛是那么美丽，显示出一颗如此炽热的心灵，就如同技艺超群的演员，往往能使不具有迷人含义的事物，焕发出迷人的光彩。德·雷纳尔夫人注意到，他和她单独相处时，只有当他被意外的事情分散了精力，不再考虑着要把恭维话说得妥帖中听的时候，才能谈出一些娓娓动听的话来。由于来市长家拜访的那些朋友们，都谈不出什么真知灼见能引起德·雷纳尔夫人的兴趣，于是她便怀着无限快乐的心情去欣赏于连心灵上的闪光了。

自从拿破仑失败以后，外省的道德观念严格禁止一切类似于风流的事情。人人都害怕被革除职位。骗子们到圣会里找靠山。伪善甚至在自由党里也形成风气。沉闷的气氛愈加浓重了。除了读书和种田以外，几乎找不到其他方式来消遣解闷。

德·雷纳尔夫人是她那位虔诚奉教的姑母的继承人，她十六岁就嫁给了一位体面的绅士。她有生以来，没有体验过，也没有看见过世上哪怕是微乎其微的与爱情相关的感情。只有她的忏悔神父、善良的谢朗先生曾经因为瓦勒诺先生追求过她的原因，才向她谈及了爱情。但是谢朗神父把爱情描绘得那么粗俗下流，以至于爱情的含义，对她来说，就意味着卑鄙无耻的淫荡。偶尔她也翻阅过几本小说，但是她把小说里看到的爱情视作例外，甚至视作纯粹的虚构。由于对爱情的无知，德·雷纳尔夫人倒也感到十分幸福，她经常关心着于连，从来没有想到自己有什么可指责的地方。

第八章 小 风 波

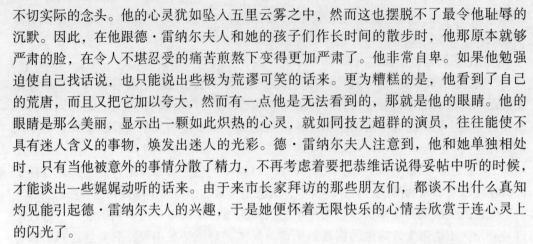

> 于是有叹息声，由于压抑，显得更深沉，
> 有窃视的目光，由于窃视，显得更甜蜜，
> 还有羞红的面颊，虽然他并没有犯下罪。
> ——《唐璜》，第一章第七十四节

德·雷纳尔夫人那天使般的愉快心境，不仅得之于她的性格，也得之于她眼前的幸福，只是当她偶尔想起她的女仆埃莉莎的时候，才稍稍蒙上一丝阴影。这个姑娘新近继承了一笔遗产，她在向谢朗神父做忏悔时，向他吐露了想嫁给于连的心愿。神父为他的朋友所降临的幸福感到由衷的高兴。但是于连却态度坚决地告诉他，对于埃莉莎小姐的提议，他根本不可能接受，这令神父感到惊讶万分。

"我的孩子，要小心您脑袋里在想些什么，"神父皱紧了眉头说道，"您若单单为了宗教志向，才蔑视这笔阔绰的财富，我得祝贺您。我在维里埃尔任职本堂神父已经有五十六个年头了，但就目前的种种迹象来看，我就要被革职了，这使我感到难过，不过我毕竟还有八百里弗尔的年收入。我告诉您这件事的详情，是为了让您不要存有幻想，以为神父的职业会有多好的前途。如果您想攀附权势，那您注定要坠入地狱，万劫不复。您也可能发迹，但那必须损害穷人的利益，奉承区长、市长，巴结达官显贵，卑躬屈膝投其所好，这种行为就是尘世间所谓的处世之道，对于一个世俗的人来说，这种处世之道与灵魂的获救并非绝对水火不相容；但是对于我们奉献圣职的人来说，就一定要有所选择了，要么是留尘世发迹，要么是到天国享福，中间道路是没有的。去吧，我亲爱的朋友，好好想一想吧，三天以后给我一个肯定的答复。我痛心地感觉到，您心灵深处暗藏着一股热情，它向我表明，您没有一个教士所必需的那种对尘世欲望的节制能力和牺牲精神。我已揣摩到您的心思。但是，请允许我对您说，"善良的神父两眼噙着热泪，补充道，"您若是做了教士，我将会为您的灵魂得救而担忧。"

于连动了真情，他感到很羞愧。他有生以来第一次看到有人这样关心他。他再也止不住激动的泪水，躲到山上的大树林里痛痛快快地哭了一场。

"我为什么会落到这种境地呢？"他终于止住了哭声向自己发问了，"为了这善良的谢朗神父，我想我情愿献出一百次生命，然而，他刚才却向我证明，我不过是个大傻瓜。我尤其想瞒着他，而他却猜透了我的心思。他刚才向我提起我那隐藏的热情，这正是我想发迹的计划。我打算放弃一年五十路易的俸金，本指望他能赞扬我对宗教的虔诚和志向，可恰恰相反，他却认为我不配当教士。"

"将来，"于连又想，"我只能依靠我那经过考验的坚强性格去行动了。谁能想象到，我会在眼泪中寻求欢乐？谁能想象到，我会爱这个证明我是个傻瓜的人！"

三天之后，于连找到了一个借口，其实他在第一天就应该想到了，这个借口完全就是一种恶意中伤，但这有什么关系呢？他吞吞吐吐地向神父表白，说他拒绝埃莉莎有充分的理由，这种理由致使他一开始就无法接受这桩婚姻计划，而这个理由又不便言明，否则会伤害第三者。这无异是在指责埃莉莎的品行。谢朗神父发现，在他的言谈举止中，有着一种全然世俗的热情，这跟应该激励鞭策年轻教士的那种热情根本不同。

"我的朋友，"他又向于连说道，"我看您与其做一个没有信仰的神父，还真不如去做一个受尊敬、有教养的体面乡绅呢。"

对于这一番新的忠告，于连的回答相当中听，一个虔诚的年轻神学院学生可能使用的词儿，他都用上了。然而，他说话时的那种声调，他眼中隐藏不住的热情火花，仍然使谢朗神父深感不安。

我们没有必要对于连的未来过分悲观，他能够恰当地找出一个伪善的理由，编造出一套既圆滑又审慎的话，就他这个年龄来说，已让人刮目相看了。至于他的动作和

腔调，那是因为他一向只与乡下人打交道，没有见识过上流社会大人物的榜样。不过以后，他只要一有机会与那些先生们接触，他的举止、手势就会和他的谈吐一样，也能博得人们的赞赏。

德·雷纳尔夫人觉得很纳闷，她的女仆埃莉莎新近交了好运，得到了一笔财产，但是却并没有给这个姑娘带来多少欢乐。她看见她经常去找本堂神父，而回来的时候眼里总是噙着泪水。有一天，埃莉莎终于向她谈起了自己的婚事。

德·雷纳尔夫人觉得自己是病了，一种类似高烧的症状搅得她彻夜难眠。只有当她看见她的女仆或者于连在场时，才感到自己仍然活着。她满脑子只想着他们，想着他们婚后家庭的幸福。这个小小的家，清贫简陋，靠着五十路易的年金生活，然而那种情景在她眼中，却呈现出一种迷人的色彩。于连倒可以在专区首府布雷当一名律师，那儿距维里埃尔仅有两法里远，她还有机会见到他。

德·雷纳尔夫人确信自己要疯了，她将这一感受告诉了丈夫，之后她便真的病倒了。当晚，她的女仆照例前来服侍她，她发现这姑娘又在掉泪。当时，她厌恶透了埃莉莎，并且粗暴地对待了她，但事后又立即请她原谅自己。这使埃莉莎哭得更伤心了，她说如果夫人允许的话，她要向她倾吐满腹的委屈。

"那您就说吧，"德·雷纳尔夫人说道。

"唉，夫人，他拒绝了我，八成是有坏蛋说了我的坏话，他也就相信了。"

"谁拒绝了您?"德·雷纳尔夫人问道，她紧张得几乎喘不过气来了。

"夫人，除了于连先生，还会有谁呢?"埃莉莎一边说一边抽噎着，"他拒绝了我，神父先生也没能说服他。神父先生认为，他不该借口因为是女仆，就拒绝了一个好姑娘。说穿了，于连先生的父亲也不过是个木匠罢了；至于他本人，来夫人府上之前，又是靠什么生活的呢?"

德·雷纳尔夫人不再听女仆说下去了，她按捺不住内心的喜悦，险些儿丧失了理智。她让女仆把她深信不疑的事情又重复了好几遍，证实于连确实已经断然回绝此事，不可能再改变主意重新采取一个较为明智的决定了。

"我想为您作最后一次努力，"德·雷纳尔夫人对女仆说，"我去和于连先生谈一谈。"

第二天午餐后，德·雷纳尔夫人同于连谈了足足有一小时，她一边为自己的情敌辩护，一边看着埃莉莎的爱情和财产不断遭到于连的拒绝，尽情享受着这其间的乐趣。

渐渐地，于连抛开了他那些拘谨刻板的语言，对德·雷纳尔夫人贤明的规劝回答得轻松风趣了。她在度过了这么多绝望的日子之后，现在再也无法抵挡住这幸福的激流了，她的整个灵魂都被这幸福淹没了。她感到头晕目眩，一下子昏了过去。当她清醒过来被舒适地安置在卧室里时，她让所有的人都退下。她感到非常惊骇。

"难道我爱上于连了?"最后她暗暗地想。

这一发现，假若是在以往任何时候，都会使她悔恨交加、焦躁不安的，而此刻对她说来，只不过是桩奇怪的事情而已，似乎这对她无足轻重。刚才的一场经历使她心力疲惫，她再也没有多余的感觉去承受激情的摆布了。

德·雷纳尔夫人本想做点针线活儿，不料却酣然睡去；当她醒来时，并未觉出以往常有的那种恐惧感。她太幸福了，她不可能把事情往坏处想。这位善良的外省女人，天真淳朴，对于感情和不幸中的一些新的细微变化，从来不曾试图从中咀嚼出一星半点的感受去折磨自己的灵魂。在于连到来之前，德·雷纳尔夫人一门心思忙于繁多的家务，而在这远离巴黎的偏僻小城里，这通常就是一个贤妻良母的命运。因此，当她想到男女爱情时，就如同我们想到彩票一样，认为那是一种确定无疑的骗局，是疯子们才去追求的幸福。

晚餐的钟声响了，于连带着孩子们走过来。德·雷纳尔夫人一听见于连的说话声，脸便涨得通红。自打她坠入情网后，人也变得机灵些了，为了解释脸红的原因，她抱怨说头痛得很厉害。

"瞧，女人都是这个样，"德·雷纳尔先生说道，并且发出粗俗的大笑声，"这些机器，总是有些什么毛病需要修理！"

德·雷纳尔夫人虽说已听惯了这类俏皮话，但他说话时的腔调仍然让她反感。为了排解内心的不快，她把视线转向于连，看着他的脸；此刻他即便是天下最丑的男人，也能得到她的欢心。

德·雷纳尔先生很注意模仿宫廷中人们的习惯，每当初春风和日丽，他便携家旅居韦尔吉。那是一个小乡村，因加布里埃尔的悲惨遭遇而出了名。村里曾有一座古老的哥特式教堂。距风景如画的教堂遗址百步之遥，有德·雷纳尔先生的一座四个楼塔的古城堡和一座花园，花园的布局如同杜伊勒里宫公园，周围有茂密的黄杨树，小径两旁栽有栗树，每年修剪两次。附近还有块园地，栽着苹果树，可当作散步的场所。果园尽头有八到十棵参天的胡桃树，枝叶扶疏，约有八丈来高。

每当妻子赞赏这些胡桃树时，德·雷纳尔先生就说："这些该死的胡桃树，每一棵都使我损失半阿尔邦地的收成，树荫下怎么能长好麦子呢。"德·雷纳尔夫人仿佛初次见到乡间的景致，她的赞赏近乎到了狂热的地步。这种令她振奋的感情给了她智慧，也给了她决断力。来到韦尔吉的第三天，德·雷纳尔先生因市政府有公务要办就回城去了，德·雷纳尔夫人便用自己的私房钱雇来了一些工人。原来是于连给她出过一个主意，在果园里和那些大胡桃树下，用沙石铺一条小路，孩子们清晨散步时露水就不会打湿鞋了。这个主意一经提出，不到二十四小时，便付诸实施了。整整一天，德·雷纳尔夫人都快乐地和于连在一起指挥工人们干活。

维里埃尔市长从城里回来，发现了这条新修的路，十分吃惊。他的到来也使德·雷纳尔夫人感到吃惊，她已经忘记了他的存在。一连两个月，他都十分气恼地谈论妻子的胆大妄为，指责她进行如此重要的改造工程竟然不征求他的意见。不过，德·雷纳尔夫人花的是她自己的钱，这多少能给他一点安慰。

德·雷纳尔夫人整天和孩子们一起在果园里奔跑，捉蝴蝶。他们用浅色薄纱做了几个大网，用来捕捉可怜的鳞翅目。这个粗野的名字是于连教给她的，因为她让人从贝藏松买来了戈达尔先生的那部精彩著作，于连经常向她讲述这些昆虫的奇特习性。

他们毫无怜悯心地用大头针将蝴蝶钉在一个很大的纸板框子里，当然这硬纸板框子也是于连设计制作的。

现在，德·雷纳尔夫人和于连之间终于有了一个谈话的话题，于连再也不用承受沉默给予他的可怕折磨了。

他们谈个不停，尽管谈的都是些十分空泛无谓的内容，但仍然兴趣盎然。这种活跃、忙碌、欢快的生活正合大伙的心意，只有埃莉莎小姐除外。她觉得被活儿压得喘不过气来了。她说道："即使在狂欢节参加维里埃尔的舞会，夫人也没有这样精心打扮过。她现在每天要换两三次连衣裙呢。"

我们虽然无意奉承任何人，但我们也不得不承认，德·雷纳尔夫人天生丽质，皮肤极好，她让人做的几件连衫裙，胳膊和胸部都很袒露。她生得丰润匀称，这种衣着，对她是再合适不过的了。

"您从来没有像现在这么年轻，夫人，"从维里埃尔来韦尔吉赴宴的朋友们都这么说。（这是当地人的一种说法。）

有一件奇怪的事情，说来让人都不大相信，那就是德·雷纳尔夫人这样注重打扮，竟然没有什么直接意图，她只是从中获得快乐。她的全部时间，除了跟孩子们和于连捕捉蝴蝶，就是和埃莉莎一起缝制衣裙，心中并无其他杂念。她只回过维里埃尔一趟，想去购买从米卢斯运来的新款式夏季衣裙。

她回到韦尔吉时，带来了一位年轻的女人，这是她的表亲德尔维尔夫人。自打结婚以后，德·雷纳尔夫人便与她日渐亲密起来，她们曾经是圣心修道院时的伙伴。

德尔维尔夫人对于表妹那些她称之为疯念头的想法，常常报以阵阵大笑，她说："我要是一个人呆着，绝不会有这些念头。"这些出人意料的想法，在巴黎被称为幽默，德·雷纳尔夫人若是在丈夫面前谈及这些，一定会像说了什么蠢话那样感到羞耻，但是德尔维尔夫人的到来，给了她勇气。起初，她还是用羞怯的语调向德尔维尔夫人叙说她的心思，后来两位夫人单独相处的时间长了，德·雷纳尔夫人才活跃起来。一个漫长而寂静的上午仿佛一瞬间便过去了，然而却让这两个朋友感到非常快乐。在这趟旅行中，理智的德尔维尔夫人发现，她的表妹远没有从前那么快乐，但是远比从前幸福了。

再说于连自从来到乡下以后，过的是一种纯粹孩童式的生活，他和他的学生们一样，兴高采烈地追逐蝴蝶。从前他得处处束缚克制自己，事事想着耍弄手腕，而如今他独自一人，远离男人们的视线，且又出于本能地毫不惧怕德·雷纳尔夫人，因此他尽情享受着生活的快乐。在他这样的年龄，况且又是置身于世界上最美丽的群山之间，这种快乐是何等强烈啊！

德尔维尔夫人刚来到韦尔吉，于连立刻就感到了她的友善，于是忙不迭地带她去大胡桃树下新修的小路尽头观风景。确实，那儿的景致不说超过瑞士和意大利的湖泊周围那些最令人赞叹的奇异美景，至少也可以与其相提并论了。如果从那儿再走出几步远，登上陡峭的山坡，即可到达突兀的悬崖峭壁。悬崖向前倾出，几乎突出到河面上空，周围是茂盛的橡树林。于连感到幸福、自由，甚至俨然像这个家庭里的国王。他经常带领着两位女友登上崖顶，陶醉在她们对这雄伟壮丽的景色的赞美中。

"对于我来说，这儿简直就像莫扎特的音乐一样迷人，"德尔维尔夫人说。

于连在维里埃尔城里时，那儿有哥哥们对他忌恨，父亲对他的专横暴躁，因而尽管附近乡村的景色也很美，但在他眼里，总是显得黯然失色，索然无味。来到韦尔吉，他完全忘却了这些痛苦的往事，他的身边生平第一次没有一个敌视者存在。每当德·雷纳尔先生住在城里不回来（这是常有的事），他就放心大胆地沉湎于书本之中。白天，教完了孩子们的功课，他便自由自在地夹着书本去岩壑间诵读；晚上，他也可以痛痛快快地酣然入梦了。而在以前，他想要读书，却只能在晚上，还得小心谨慎地把灯藏在倒置的花盆里遮掩灯光。书本是他行动的唯一准则，是令他心醉神怡的恋人。他在书本里找到了幸福、惊喜和气馁时刻的慰藉。

拿破仑对于女人的某些看法，以及拿破仑对其统治期间某些流行小说价值的评论，让于连第一次开了眼界，获得了一些新的观念，而这些观念对于所有与他年龄相仿的年轻人来说，早已不是什么新鲜的东西了。

盛夏来临，大家晚上常爱在距住宅数步外的大椴树下纳凉。夜幕降临时，树下黑沉沉的。一天晚上，于连一边聊天一边打着手势，侃侃而谈，愉快地享受着其中的乐趣，况且还是面对两位漂亮的女人呢。他挥动起手臂，无意中碰到了德·雷纳尔夫人的手，那只手搁在一把油漆过的木椅背上，这张椅子平日就放置在花园里。

这只手很快便缩了回去，但于连心想，他应该有责任做到让这只手在他碰到时不缩回去。想到自己有一种责任要履行，想到如果达不到目的，他就会成为人们的笑柄，或者更确切地说，会使自己产生自卑感，他心中原有的欢乐，顷刻间便又消失得无影无踪了。

第九章 乡间一夜

盖兰先生的狄多，富
有魅力的素描。
——斯特隆贝克

第二天于连再见到德·雷纳尔夫人时，目光显得很古怪，他注视着她，就仿佛面

对着一个仇敌，将要与之决斗似的。他这种目光和昨天晚上如此不同，使德·雷纳尔夫人心慌意乱，全然摸不着头脑。她一向待他是多么好啊，可他却似乎是生气了。她无法移开自己的视线，不去注意他的目光。

幸而有德尔维尔夫人在场，于连则可以少说些话，多琢磨一些自己的心事。整个白天，他唯一的事就是阅读那本能激励他的书，来再一次淬砺他的灵魂，坚定他的意志。

他让孩子们早早就下了课，接着，德·雷纳尔夫人的出现又提醒了他，要全力以赴地维护自己的荣誉。他暗暗下定决心，必须在今晚握住她的手，要她同意把手留在他的掌心里。

日头渐渐西斜，决定性的时刻也愈来愈近了，于连的心跳得异常厉害。终于夜幕降临了，他觉察出这一夜将是一个漆黑的夜晚，不觉心中窃喜，压在他心头的一块巨石落地了。天空布满了大团大团的乌云，随着闷热的风飘忽不定，好像预示着一场暴风雨将要来临。两个女友出外散步，很迟才回来。于连觉得，她们今晚的一切举动，似乎有些不同寻常。她们喜欢这种天气，对于某些敏感的心灵来说，这种天气似乎更能增添爱的欢乐。

大家终于一一落座，德尔维尔夫人坐在于连旁边，德·雷纳尔夫人紧挨着她的女友。于连一心想着他将要去尝试的计划，竟找不出半句话来应酬。谈话显得无精打采，毫无生气。

"如果有一天我第一次参加决斗时，难道我也会这样怯懦、这样不幸吗？"于连心中思忖，因为他太不信任自己，也太不信任别人，所以他不会不审视一下自己目前的精神状态。

在这致命的焦虑之中，他觉得相比之下任何其他的危险都显得微不足道了。甚至有许多次，他真希望德·雷纳尔夫人突然有什么事情，不得不离开花园，回到屋里去！于连不得不竭力克制自己的情感，由于自制得过于猛烈，他甚至连讲话的声音都完全改变了。随即，德·雷纳尔夫人的声音也颤抖起来，然而于连却毫无察觉。他的使命感向他的懦弱心理发动的这场恐怖战争，令他痛苦不堪，以致他不可能注意到自身以外的任何事了。城堡里的钟声已敲过了九点三刻，他还是不敢有所动作。于连对自己的懦弱感到愤慨，他想："只要十点钟一敲响，我就去履行那项等待了一整天的夜间计划，否则我就回到卧室，用手枪打碎自己的脑袋。"

在等待和焦虑的最后时刻，于连的心情过于激动，几乎失去了理智。终于，他头顶上的钟敲响了十点，这该死的钟声，每响一下，都在他心底回荡，令他心惊肉跳。

当十点钟最后一响的余音还在空中回荡时，他终于伸出手，一把握住了德·雷纳尔夫人的手，但对方立刻把手抽了回去。于连简直不知道自己在做些什么，他又再一次握住了她的手。虽然他激动得不能自已，仍不免吃了一惊，因为他握着的那只手冷得像冰块。他使足劲紧紧地握着她的手，对方又做了最后的努力，试图挣脱他的手，但最终这只手还是留在了于连的掌心里。

他的心完全被幸福的激流淹没了，这倒并不是由于他爱着德·雷纳尔夫人，而是因为一场可怕的折磨终于结束了。为了不让德尔维尔夫人有所察觉，他认为自己应该说话了，于是他的声音变得响亮而有力。然而，德·雷纳尔夫人的声音却恰恰相反，流露出异常的激动，以致她的女友以为她是病了，建议她回到屋里去。这使于连感到了危险："如果德·雷纳尔夫人回到客厅里，那么我又要坠入白天的可怕境地了。我握着这只手的时间还太短，仍不足以显示我的胜利。"

当德尔维尔夫人再次提起要回客厅时，于连又使劲握住了那只已经驯服的手。

德·雷纳尔夫人已经站起身，但随即又坐下来，有气无力地说道：

"我觉得，说实在的，是有点不舒服，不过园子里空气新鲜，对我倒是有好处。"

这几句话确认了于连的幸福。此时此刻，他的幸福已经达到了峰巅。他滔滔不绝地说着话，忘记了装模作样，两位女友倾听着他的谈话，觉得他是世界上最可爱的男子。不过，在这突如其来的高谈阔论中，还是显得缺乏一点儿勇气。这时候开始起风了，这正是暴风雨的前兆。于连十分担心德尔维尔夫人被风吹得身体不适，一个人先回到客厅里去。那样一来，他就得和德·雷纳尔夫人面面相觑，单独在一起了。刚才，他那种足以采取行动的盲目勇气几乎是偶尔获得的，他感到现在哪怕是要他向德·雷纳尔夫人说一句最简单的话，恐怕也是力不从心了。无论她的责备是多么轻，他也会一触即溃，那么刚才所获得的胜利，也就付诸东流了。

幸运的是这天晚上，他那些动听夸张的谈话博得了德尔维尔夫人的好感。先前她总是认为他笨拙得像个孩子，不那么讨人欢心。至于德·雷纳尔夫人，他的手握在于连的掌心里，她什么也没有去想，只是任其自然。这天晚上，在这棵大椴树下度过的这几个时辰（当地传说，这棵大椴树是大胆的查理亲手栽的），对她来说，是一段幸福的时光。她怀着快乐的心情静静地谛听着，风吹动茂密的椴树枝叶，发出轻轻的呻吟；几颗稀疏的雨点，落在最低的树叶上，弹奏出嘀嗒的响声。其实，当晚有一个情形本应让于连大可放心的，可是他却忽略了这一细节：一只花盆被风吹倒在他们脚边，德·雷纳尔夫人不得不从于连手中抽出手来，起身去帮助表姐扶起花盆，当她再次坐下时，几乎没有迟疑，又把手伸给了于连，仿佛这在他们两人之间已经形成了某种默契似的。

午夜的钟声早已响过，大家终于要离开花园，各自分手了。德·雷纳尔夫人深深陶醉在爱情的幸福之中，她是那样的天真无邪，几乎没有丝毫的自责之意。幸福夺去了她的睡眠。然而于连却睡得很沉，懦弱和自尊在他的心里斗争了整整一天，已将他折磨得疲惫不堪了。

第二天早上五点钟，有人把他唤醒，他几乎已经把德·雷纳尔夫人忘得一干二净了。如果她知道的话，那对于她真是太残酷了。于连已经履行了他的责任，一个英雄的责任。这个想法使他充满了幸福感，他把自己锁在卧室里，怀着一种全新的乐趣，

专心致志地去阅读他心目中的那位英雄——拿破仑的丰功伟绩了。

当午餐的钟声传来时，他正在阅读《大军公报》，昨晚的战绩早已被他抛之脑后。他一边下楼向餐厅走，一边用轻佻的口吻对自己说："应该告诉这个女人，我爱她。"

他期待着会遇见那双情意绵绵的眼睛，不想却瞧见了德·雷纳尔先生那张严厉的面孔。德·雷纳尔先生从维里埃尔回来已有两个多小时了，他发现于连整个上午都没有照管孩子们的功课，十分不满，不禁怒形于色。当这位达官显贵不高兴，并认为自己无须掩饰时，他那副尊容真是再丑陋不过了。

丈夫每一句尖酸刻薄的话语，都深深刺伤了德·雷纳尔夫人的心。至于于连，却依然深深地沉浸在心醉神迷的状态之中，因为前几个小时在他眼前展现过的一幕幕伟大事件，仍然萦绕于他的脑际，因此一开始，他几乎无法转移注意力去聆听德·雷纳尔市长先生的严厉训斥。过了好一会儿，他才用相当生硬的语气答道：

"我病了。"

这种答话的口气，即使一个远比市长先生脾气好的人听了也会大光其火的。市长先生真想回敬他一句，叫他即刻就滚蛋，但是他忍住了，因为他想起了他那句座右铭：凡事不能操之过急。

"这个愚蠢的小子，"他立刻又转念想道，"他在我家已赢得了好名声。瓦勒诺会聘请他，或者他将娶埃莉莎为妻；在这两种情况下，他都会从心底讥笑我的。"

德·雷纳尔先生的考虑尽管明智，但他还是发泄了心中的不满，他那一连串粗暴的字眼渐渐激怒了于连。德·雷纳尔夫人眼看就要哭出来了。刚吃过午饭，她就要求于连让她挽着胳膊去散步，并亲昵地偎依在他身旁。然而，不管德·雷纳尔夫人向于连说什么，他只是低声应道：

"有钱人就是这个样！"

德·雷纳尔先生紧挨着他们的身旁走着，有他在场，更增添了于连的怒色。于连突然发现，德·雷纳尔夫人靠在他胳膊上的姿势不同寻常；这个姿势令他感到厌恶，他粗暴地推开了她，抽回了自己的胳膊。

幸亏德·雷纳尔先生并未看见这个新的失礼举动，只有德尔维尔夫人注意到了这个场面。她的女友的泪水夺眶而出。这时，德·雷纳尔先生正在追赶一个乡下小姑娘，并不住地朝她扔石块，因为她刚才抄捷径从他们果园的另一端穿过。

"于连先生，我求求您，忍耐一点吧；您想想看，我们谁没有发脾气的时候呢，"德尔维尔夫人急急地劝说道。

于连冷冷地瞧了她一眼，目光里显露出极端的蔑视。

这眼神让德尔维尔夫人大吃一惊，如果她能猜测到这目光的真正含义，她还要更加吃惊呢；那么她就可以从中发现一种最残酷的复仇的朦胧愿望。或许，正是由于这样一些屈辱的时刻，才造就了那些罗伯斯庇尔吧！

"您的于连真凶，他让我害怕，"德尔维尔夫人向她的女友低声说道。

"他有理由生气，"德·雷纳尔夫人回答，"他使孩子们取得了惊人的进步，只是一个上午没给他们上课，这又有什么关系？应该承认，男人们都是冷酷无情的。"

德·雷纳尔夫人有生以来第一次感到心里燃起了一种欲望，想对丈夫进行报复。至于于连呢，他那一腔仇恨的怒火眼看就要爆发了，他恨透了一切有钱人。幸亏这时候德·雷纳尔先生叫来了他的园丁，正和园丁一块儿忙着用成捆的荆棘将穿越果园的捷径堵塞起来。

在这次散步剩下的全部时间里，于连成了两位夫人殷勤安抚的对象，但他始终一言不发。德·雷纳尔先生刚一离开，两位女友便声称累了，要求于连让她们每人挽着一条胳膊。

于连走在两个女人的中间，他脸色苍白但傲气十足，神情忧郁又不乏坚定；而她们两位夫人由于心烦意乱，却是两颊绯红，露出窘色。这恰好形成了强烈的对比。于连蔑视眼前的两个女人，蔑视世上一切温柔的感情。

"怎么？"他心想，"我甚至没有五百法郎的年金来完成我的学业！啊！见他的鬼去吧！"

这些严肃的思想占据了他的整个身心，两位女友的殷勤安慰，他根本不屑一听，偶尔听清几句，也只能使他感到厌恶。那些谈话既无意义又愚昧、浅薄，总之，女人气十足。

德·雷纳尔夫人为了找话说，使谈话继续下去不至于冷场，她谈起了她丈夫这次从维里埃尔回来，为的是向他的一家佃户购买一批玉米皮（在当地，人们用玉米皮充填铺床的草垫子）。

"我丈夫不会再来我们这儿了，"她补充道，"他去忙着指挥他的园丁和仆人，更换家里所有的草垫呢。今天上午他们已将二楼的草垫都换过了，现在他该在三楼了。"

于连的脸色徒然变了，神情古怪地瞧了德·雷纳尔夫人一眼，随即加快脚步将她拉到一边，德尔维尔夫人没有跟随而来。

"请您救救我的性命吧！"于连对德·雷纳尔夫人说，"只有您才能救我，因为您知道，那个男仆恨透了我。我得向您坦白，夫人，我有一张肖像，我把它藏在我床上的草垫子里。"

听了这些话以后，这回轮到德·雷纳尔夫人脸色苍白了。

"只有您，夫人，在这个时候能进入我的卧室。靠近窗户那一头，在草垫的角落里，您仔细搜寻一下，可别让人看见，您将找到一个小纸盒子，黑色的，很光滑。"

"盒子里装着一张肖像！"德·雷纳尔夫人说，她几乎站立不稳了。

于连觉察到她沮丧的神情，便立刻抓住了这个机会。

"我对您还有第二个请求，夫人，我恳请您不要看这张肖像，这是我的秘密。"

"这是个秘密！"德·雷纳尔夫人重复道，声音很微弱。

尽管她是在那些只对金钱利益才感兴趣，并为自己的财产而感到自傲的人们中间

教养成人的，但是爱情却已经在她的心田里注入了慷慨的甘霖。因而，虽然这颗心已经遭到了残酷的伤害，但是此刻，她仍表露出最单纯的忠诚。德·雷纳尔夫人为了能够顺利完成于连的重托，向他提出了必须弄明白的问题。

"你是说，那是一个小圆盒子，黑纸板做的，很光滑，"她临走时匆匆问道。

"是的，夫人，"于连神情严峻地回答，通常男人们在遇到危险时，都具有这种神情。

德·雷纳尔夫人登上了城堡的第三层楼，她脸色苍白，就好像迈步走向死亡似的。更糟糕的是，她感到自己就要晕倒了，但是，必须要帮助于连的信念，又给了她力量。

"我必须拿到这个盒子，"她边说边加快了脚步。

她听见她的丈夫在和男仆说话，他们正在于连的卧室里，幸亏他们立刻又去了孩子们的房间。一走进于连的房门，她就急忙掀开床垫，将手伸进草垫子里，由于用力过猛，把手指都划破了。要是在平时，她对此类小疼痛是十分敏感的，但在此刻却毫无感觉，因为几乎与此同时，她触到了盒子光滑的表面。她抓起盒子，立即在房内消失了。

她刚刚摆脱了担心撞见丈夫的恐惧，一瞬间又坠入了由这只盒子带来的恐怖之中。这回她觉得真要晕倒了。

"这么说，于连是另有所爱，我手里拿的正是他心爱的女人的肖像！"

德·雷纳尔夫人坐在前厅的一张椅子上，内心遭受着妒火的可怕煎熬。此刻她的极端无知倒是起了作用，惊愕减轻了她的痛苦。于连走进来了，他接过那只盒子，没有道一声谢，也没有说一句话，径直跑进了他的卧室，点起火把盒子烧了。他脸色惨白，神情颓丧，对于刚才遇到的危险，他未免看得过于严重了。

"拿破仑的肖像，"他摇着头暗自说道，"竟然被发现隐藏在一个自称对篡权者怀有刻骨仇恨的人家中！而且是被德·雷纳尔先生发现的，他是那么一个极端保王党人，又是那么恼怒于我！最不谨慎的是，在肖像背面的白纸板上，有我亲手写下的几行小字，那么我对拿破仑的狂热崇拜，也就更令人无可置疑了！这些充满仰慕的话语，每一句后我都注明了日期！前天我还写了一句呢。"

"那样我将名誉扫地，毁于一旦！"于连一边自语着，一边看着盒子在燃烧，"我的名誉就是我的全部财富，我仅仅靠它活着……况且，那是怎样一种生活啊，我伟大的主啊！"

一个小时以后，疲乏和自我怜悯使他变得温柔起来。他遇见了德·雷纳尔夫人，他握住她的手亲吻，内心充满了从未有过的诚挚的感情。幸福使她涨红了脸，但是几乎与此同时，她又怀着嫉妒的怒火，把他推开了。这一举动深深刺伤了于连的自尊心，他像一个傻瓜似的呆立着。他审视着德·雷纳尔夫人，觉得她不过是个有钱的女人而已，于是他轻蔑地让她抽回手，径直地走开了。他来到花园里，一边散步，一边凝神沉思，他的嘴角泛起一丝苦涩的微笑。

"我在这儿散步，安静悠闲，俨然像一个能支配自己时间的人！我竟丢下孩子们不管！我又要听见德·雷纳尔先生那些侮辱的话了，他是有道理的。"于是，他急忙去了孩子们的房间。

平日里，他很喜欢那个最小的孩子。这孩子对他表示的亲近，多少抚慰了他那颗灼热痛楚的心。

"这孩子还没有蔑视我，"于连心中想道，但是他立即又责备自己，认为这种缓解痛苦的方式是自己的一种新的软弱，"这些孩子们亲近我，就好像是他们亲近昨天刚买来的小猎狗一样。"

第十章　雄心与逆境

> 热情掩盖得再深，也会暴露，暴露它
> 的甚至就是隐藏它的黑暗，正如最黑暗的
> 天空预示着必有最强烈的暴风雨。
> ——《唐璜》第一章第七十三节

德·雷纳尔先生巡视了城堡里所有的卧室，又回到了孩子们的房间，他身后跟随着抱着草垫子的仆人们。这个人突然走进来，对于连来说，就如同已经盛满水的罐子里又添加了一滴水，马上溢了出来。

于连一个箭步朝德·雷纳尔先生冲过去，他的脸色比往日更加苍白，更加阴沉。德·雷纳尔先生停住了脚步，看了看他的仆人们。

"先生，"于连对他说，"您认为，您的孩子跟其他任何一位教师在一起，能像跟我在一起，取得同样的进步吗？如果您回答不，"于连不容德·雷纳尔先生开口，又继续说道，"您怎么敢指责我，说我撇下您的孩子不管呢？"

德·雷纳尔先生吃了一惊，他刚一定神，便立刻从这年轻乡下人奇怪的口气里得出一个结论来：他的兜里一定是揣着什么条件优厚的聘书，打算离开我这儿了。于连愈说火气愈大：

"没有您，我照样活得很好，先生！"他补充道。

"看见您这么激动，的确令我遗憾，"德·雷纳尔先生结结巴巴地说。此时仆人们在十步之外，正忙着铺床。

"我并不需要这个，先生！"于连怒不可遏地回答，"想一想您说的那些侮辱我的话吧，甚至还是当着夫人们的面说出的！"

德·雷纳尔先生对于于连的要求，心里是再明白不过了，一场痛苦的思想斗争撕裂着他的心；而于连呢，确确实实已经气得发了疯，他大声咆哮道：

"先生，我知道迈出您府上的门槛，上哪儿去。"

听了这句话，德·雷纳尔先生仿佛看见于连已经被请到瓦勒诺先生家中了。

"好吧，先生，"他终于叹了口气对于连说道，那神情活像是请外科医生给他施行最痛苦的手术似的，"我同意您的要求。从后天起，也就是下个月的头一天，我每月付给您五十法郎。"

于连心里直想笑。他吃惊得愣住了，满腔的怒火已经烟消云散。

"看来我对这畜牲鄙视得还不够！"他暗自思忖，"这无疑是一个天性卑劣的小人所能表示的最大歉意了。"

孩子们听见了这场争吵，都惊得目瞪口呆。他们跑进花园告诉他们的母亲，说于连先生大发脾气，不过他每月可以得到五十法郎了。

于连习惯地跟在孩子们后面出去了，甚至没有再回头看德·雷纳尔先生一眼。他撇下他一个人，在那儿生闷气。

"瓦勒诺先生一下子就让我又破费了一百六十八个法郎，"市长先生自语道，"对于他承办的孤儿用品供给一事，我一定要狠狠教训他几句。"

不一会儿，于连又走到德·雷纳尔先生面前：

"我要去向谢朗神父做忏悔；我荣幸地通知您，我将要离开几个小时。"

"啊，亲爱的于连！"德·雷纳尔先生说道，脸上堆起最虚伪的笑容，"一整天时间也行啊，如果您愿意，就明天一整天吧，我的好朋友，您骑上园丁的马去维里埃尔吧！"

"瞧，他要去找瓦勒诺回话了，"德·雷纳尔先生心想，"他还没有给我任何许诺，不过必须让这个年轻人的头脑冷静下来。"

于连很快便离开了。他走进山上的树林中，穿过这片树林，可由韦尔吉直达维里埃尔。但是他并不想那么早去见谢朗神父，更不打算强迫自己再去扮演一个伪善角色。他需要在这儿调整一下自己的情绪，把自己的心灵看个透彻，倾听一下那些撞击着他心灵的诸多情感的声音。

"我打了一个胜仗！"他一走进树林，远离了人们的目光，便立刻对自己说道，"我的确打了一个胜仗！"

这句话正是他当时处境的绝妙写照，因此使他心里多少安静了一些。

"我每个月有五十法郎的薪俸了。刚才德·雷纳尔先生一定十分害怕，可是他怕什么呢？"

这个又幸运又有权势的大人物，一个小时前，于连曾对他大动肝火，可是有什么事情能让他害怕呢？于连默默想着这个问题，他的心情已完全恢复了平静。他在树林里慢步走着，有一瞬间，他几乎感受到周围那令人陶醉的美景。在树林中间，兀立着一块块巨大的岩石，这是很久以前从山上滚落于林中的；一些粗壮的山毛榉树长得几乎和这些岩石一般高了。巨大的岩石投下的阴影凉爽宜人，但是三步以外的地方，却是烈日炎炎，烤得人不敢停留。

于连在这些巨大岩石的阴影里休息了片刻，又继续往山上攀登。不一会儿，他走过一条依稀可辨的狭窄小路——这是条只有牧羊人才走的山道——他发现自己已经站在一块巨大的悬岩上，他确信自己已经远离世界上所有的人。他所置身的位置，使他的嘴角绽开了微笑，并向他描绘出了他所梦寐以求的精神境界。高山纯净清新的空气，给他的心灵带来了安宁，甚至快乐。在于连心目中，维里埃尔市长始终代表着世界上一切有钱和傲慢的人，但是他觉得，先前使他激动不已的那种仇恨尽管表现得非常强烈，却丝毫没有涉及个人恩怨。如果他从此见不到德·雷纳尔先生，不出一个星期，他就会完全忘掉他，甚至包括他的城堡，他的狗，他的孩子们及他的全家。"我真不知道是怎么回事，我居然能迫使他做出那么大的牺牲。怎么！每年增加了五十多个埃居！况且我刚刚才摆脱了最大的危险。一天内竟获得两个胜利；第二个胜利虽然不值一提，但是必须琢磨出个前因后果来。不过，还是待到明天再说吧，这些伤神的揣测！"

于连站立在那块巨大的悬岩上，凝视着茫茫苍穹。八月的烈日熏烤着天空。悬岩下的田野上，蝉儿在欢快地鸣叫，当叫声停止的时候，他的周围一片寂静。方圆二十里的地盘展现于他的脚下，尽收眼底。于连发现一只鹰从头顶上的巨大岩石间飞出，静静地在空中盘旋，不时地画着一个又一个的巨大圆圈。他的眼睛不由自主地追随着这只猛禽，它的飞行既安详平稳，又强健有力，深深震撼着他的心灵。他羡慕它的这种力量，也羡慕它的这种孤独。

这曾经是拿破仑的命运；难道有一天，这也将会是他的命运吗？

第十一章　一个晚上

即使朱丽亚的冷淡也含有温情，
她的纤手从他的掌中轻缓地抽回，
但留下轻轻地一捏，如此温馨而恍惚，
使人感到甜透，感到迷幻。
　　　　——《唐璜》第一章第七十一节

不管怎么说，于连还是到维里埃尔去了一趟。真是凑巧得很，他刚从本堂神父出来，就撞见了瓦勒诺先生，他急忙将加薪的事告诉了他。

回到韦尔吉以后，于连一直等到天色黑透了，才下楼到花园里去。他的精神已疲惫不堪，因为一整天里许多强烈的感情不断刺激着他。他想到两位夫人，心里不由得忐忑不安："我对她们说些什么呢？"他根本没有意识到，他的思想境界还停留在一些鸡毛蒜皮的琐事上，而通常这些小事不过全是女人们的兴趣所在。德尔维尔夫人，甚

至她的女友德·雷纳尔夫人，对于连常常感到不可思议，捉摸不透；而于连对于她们向他说的那些话，也只是一知半解。这就是力量所产生的结果，我敢说，这正是那股激荡着这个年轻野心家心灵的冲动、奔放的热情的强大力量。在这个奇异的年轻人的心里，差不多每天都会有一场暴风雨。

这天晚上，于连走进花园，他打算留意听一听那两位漂亮的表姐妹有什么高论。她们正焦急地等待着他。他仍然在平日他坐的那个位置坐下，挨着德·雷纳尔夫人。不久，夜色变得更浓了。他试图去握住那只白皙的手，他早就看见这只手离他很近，搁在一张椅背上。她迟疑了一下，但最终还是从他手里把手抽了回去，显然是不大高兴。于连打算对此暂且作罢，继续那令人愉快的谈话，这时他听见了德·雷纳尔先生走近的脚步声。

于连的耳边仍在回荡着早上那些粗鄙的话语。"这家伙财运亨通，享尽了富贵荣华，"他心中想，"我要是当着他的面，把他妻子的手占为己有，这不是可以将他嘲弄一番吗？对，我就这么做，他曾是那样地蔑视我！"

有了这个念头，于连性格中原本罕见的那种内心平静很快便又消失了。他无法再去考虑其他的任何事情，只是焦虑不安地希望，德·雷纳尔夫人心甘情愿地让他握住她的手。

德·雷纳尔先生忿忿不平地谈论起政治来，因为在维里埃尔，显然已经有两三个工厂主比他更富有了，他们想在选举中击败他。德尔维尔夫人注意地听他说话。于连对这一类话题感到恼火，他把椅子挪近了德·雷纳尔夫人的椅子。黑暗掩盖着所有的动作。他甚至大胆地将手移近了她那裸露在裙衫外的美丽的胳膊。他心慌意乱，神不守舍，竟然鬼使神差地把脸也凑近了她的胳膊，大胆地把双唇贴在了上面。

德·雷纳尔夫人浑身战栗。她的丈夫离她只有四步远；她急忙把手伸给于连，同时又本能地把他推开了一点。德·雷纳尔先生还在继续咒骂那些发了财的无耻之徒和雅各宾党人，而这时于连却在他妻子伸出的手上印满了热烈的吻，至少德·雷纳尔夫人感觉到了他的吻充满了热烈的情感。然而，这可怜的女人却在这个不幸的日子里拿到过一个证据，证明她热恋着的这个男人——尽管她自己并未承认——已另有所爱！在于连外出的那段时间里，一种极度的烦恼始终折磨着她，使她想了很多很多。

"怎么！我是在恋爱吗？"她暗暗地想道，"我有了爱情！我，一个已婚的女人，会钟情于另一个男人！不过，"她又继续想道，"对于我丈夫，我可是从来没有产生过这种痴情，这种情感使我无时无刻不去想着于连。其实，他不过还是个孩子，对我充满着敬意而已！这种痴情很快就会消失的。我可能对这个年轻人怀有的感情，和我丈夫有什么关系呢？我和于连所谈的，不过是些异想天开的事情，德·雷纳尔先生也许会对此感到厌烦呢。他一心只想着他的事务。我可并没有从他那儿拿走什么送给于连。"

这颗天真的心灵纯洁无瑕，还从来没有玷污过丝毫的虚伪，此刻却让一种从未体验过的热情引入了歧途。她想错了，但她并未察觉到，然而道德的本能却因此受到了惊扰。这便是于连走进花园时她内心的矛盾和斗争。她听见于连的说话声,几乎同时又看见于连在她身旁坐下了。她的灵魂仿佛被这迷人的幸福夺去了似的,十五天来,这幸福一直诱惑着她,但更使她感到惊讶。对她来说,一切都是那样的出乎意料。然而过了一会儿,她又暗暗想道:"难道于连出现在这儿,就能足以抹去他的一切过失吗?"她感到了惊恐,也就在这时,她从于连手里抽回了自己的手。

于连的吻充满了热情,她还从不曾接受过如此令人心醉的吻,顿时使她忘记了于连或许爱着另一个女人。顷刻间于连在她眼中已不再是个有罪的人了。由怀疑产生的钻心痛楚消失了,一种甚至连梦中都没有想到的幸福来到了面前,给她带来了热烈的爱情和疯狂的欢乐。这是个迷人的夜晚,人人都感到欢乐愉快,只有维里埃尔市长是个例外,他一直对那几个发了财的工厂主耿耿于怀。于连不再去想他那暗藏着的野心,也不再牵挂他那很难实现的计划了。他有生以来第一次被美的力量征服了。他沉迷在一个温柔缥缈的梦境中,这梦境与他的性格是那样地格格不入。他轻轻地握着那只他所喜欢的异常美丽的手,恍恍惚惚地听着椴树茂密的树叶在夜风中轻轻摇曳所发出的沙沙的响声;远处杜河岸边的磨坊有几条狗在吠叫。

但是,于连的这种感情,只是一种快乐,并不是爱情。他回到自己的卧室以后,只想到一种幸福,那就是重新捧起他那本最心爱的书;一个人在二十岁的年龄,对世界的看法以及对将来在这个世界上他可能成就一番事业的考虑,是高于一切的。

不过他很快又把书放下了。因为他不断地想到拿破仑的胜利,他对自己的胜利又有了某种新的认识。"是的,我打了一个胜仗,"他自言自语地说道,"但是应该乘胜前进,应该趁这个傲慢的绅士退却之际,彻底挫败他的傲气。这才是纯粹的拿破仑的作风。他指责我荒废了他的孩子们的功课!我应该再请三天假,去看望我的朋友富凯。如果他拒绝了我,我就逼迫他立即解除聘约,想必他是会让步的。"

德·雷纳尔夫人一夜都无法闭上眼睛入睡,她觉得迄今为止,自己还没有真正生活过。于连在她手上印满了热辣辣的吻,她不能不去回味这种幸福的感觉。

突然,一个可怕的字眼出现在她的面前:通奸。凡是能加在性爱这个概念上的种种最下流猥亵的想法,都纷纷涌进了她的头脑之中。这些念头力图玷污她为自己描绘的那幅温柔、圣洁的美景,而这幅美景她是以于连和爱他的幸福为对象来描绘的。未来被抹上了可怕的色彩,她看见自己成了一个遭人鄙弃的女人。

这是个可怕的时刻,她的灵魂飘荡到了一个完全陌生的地域去了。昨天,她还在感受那种从未体验过的幸福,而此刻却又一下子坠入了不幸的深渊。她从没有想到过会有这样的痛苦,它们搅乱了她的理智。有一瞬间,她想到去向丈夫坦白,说她担心自己爱上于连了。那样倒是可以谈谈他了。幸亏她想起了在她结婚前夕姑母曾告诫过她的话,说妻子向丈夫坦露心底的秘密是很危险的,因为丈夫毕竟是一家之主。她在极度的痛苦中扭绞着自己的双手。

矛盾和痛苦的思绪肆无忌惮地纠缠着她。时而她担心于连不爱她了;时而可怕的犯罪感又折磨着她，好像第二天她就要在维里埃尔广场上被执行"示众柱刑"，她的通奸行为将用字牌公之于众。

德·雷纳尔夫人没有丝毫的人生经验。即使在她十分清醒的时候，运用她全部的理智，她也看不出在天主眼里的罪人和在众目睽睽之下遭到人们蔑视唾骂的罪人二者之间有什么不同。

当通奸这个可怕的想法以及按照她的理解这一罪行所带来的一切耻辱的想象暂时停止，让她安宁片刻的时候，她又想到了天真无邪地和于连生活在一起的甜蜜。这时，她发现自己又被抛入了于连爱着另一个女人的可怕的想法之中。她的眼前又浮现着于连那张苍白的脸，当时他是那么担心丢失他的那张肖像，或许他是害怕让别人看见那张肖像会连累那个女人。这还是她头一次在于连如此沉静、如此高贵的脸上看到恐惧的神色。为了她或者为了她的孩子们，他可是从来没有如此的激动过。这种新增添的痛苦已经达到了人类心灵能够承受不幸的最大限度。德·雷纳尔夫人在不知不觉中发出了惊叫声，女仆被惊醒了。很快她就看见她的床边出现了一盏亮着的灯，她认出了埃莉莎。

"他爱的是您吗？"她在狂乱中叫喊了一声。

埃莉莎发现女主人处于一种可怕的慌乱之中，大为吃惊。幸好她没有留意这句奇怪的话。德·雷纳尔夫人察觉到自己的不谨慎，便对女仆说："我在发烧。我想，大概还说了些胡话吧，您留在我身边吧！"由于必须努力克制自己，才使她完全清醒过来，她感到不那么痛苦了。刚才的半睡眠状态使她一度失去了理智，现在又重新恢复了。为了避开埃莉莎投来的凝视目光，她吩咐她朗读报纸。就在这姑娘用单调的声音读着《每日新闻》上的一篇长长的文章时，德·雷纳尔夫人下定了决心要维护她的贞洁，她决定当她再见到于连的时候，一定要用极其冷淡的态度去对待他。

第十二章　旅　行

> 在巴黎有风雅的人，在外省
> 则有性格刚强的人。
>
> ——西埃耶斯

第二天清晨五点钟，德·雷纳尔夫人还在梳妆的时候，于连就已经从她丈夫那儿获准了三天假期。出乎于连的意料，他感到自己竟然渴望再见到德·雷纳尔夫人，他一直想着她那只十分美丽的手。他下楼走到花园里，等待了许久，仍不见德·雷纳尔夫人露面。但是，于连如果真爱她的话，那么他一定会发现，她站在二楼半掩着的百叶窗后面，额头抵着玻璃，正在看他呢。尽管德·雷纳尔夫人已下定了种种决心，但是她最终还是决定来到花园里。她平时苍白的脸色此刻却涨得通红，显然，这个天真

纯朴的女人内心，正骚动着不安。一种克制的、甚至愠怒的心情破坏了她那深沉静谧的表情，平日里正是这种仿佛超越人世间一切庸俗的利欲之上的表情，给她那天使般的容颜平添了许多妩媚。

于连急忙走到她的身边，欣赏着她那在纱巾下显而易见的娇美的胳膊，因为在匆忙中，她只披了一条纱巾。清晨的新鲜空气，似乎使她的容颜更为美丽动人；而昨夜内心的骚乱，只能使她的脸色对于一切外界的感受更加敏感。这个漂亮的女人端庄动人却又充满了思想，这在下层社会里是根本找不到的。她似乎在于连的心底唤起了一种他从未感觉到的能力。于连正全神贯注地欣赏着他那贪婪的目光意外发现的种种魅力，他压根就没有想到他所期望得到的那种友好的接待。当他发现对方竭力向他表示出冷冰冰的态度时，他感到十分吃惊，他甚至认为他从中看出了她的意图：让他安分守己，不要有非分之想。

愉快的微笑从他的唇边消失了，他想起了自己的社会地位，尤其是在一位高贵而富有的女继承人的眼里所处的地位。顷刻之间，他的脸上只剩下孤傲和对自己愤怒的表情。他的心底涌起一阵强烈的怨恨，他为了她，居然把动身的时间推迟了一个多钟头，然而得到的却是如此屈辱的冷遇。

"只有一个傻瓜才会对别人生气，一块石头落下，是因为它有重量。难道我永远是个孩子吗？我何时才能养成这样的好习惯，完全是为了这些人的钱才向他们出售自己的灵魂呢？如果我要尊重自己，使他们也尊重我，那就必须向他们证明，我不过是用我的贫困与他们的财富做交易；而我的心灵则远比这些为所欲为的家伙纯洁、高尚得多，它高不可攀，小小的恩宠和蔑视都难以触及它。"

这些情感纷纷涌进了年轻的家庭教师的心里，他那张易变的脸显出了痛苦、傲慢和冷酷的神情。德·雷纳尔夫人感到局促不安，乱了方寸。她原打算在见面时表现出的那种贞洁的冷淡，顿时换成了十分关注的神情，这种关注正是由于她刚才目睹于连的那种意外突变而引起的。他们两人都缄默不语，就连早上有关身体、天气之类无关紧要的话都没有说。幸而于连的理智还没有受到任何激情的干扰，他立即找到了一个适当方式，向德·雷纳尔夫人表示，他认为他们之间的友谊是多么地微不足道；他只字未提他将要进行的小小旅行，向她行了个礼便转身出发了。

她痴痴地望着于连离去的背影，她被他目光中的那种阴郁的骄傲神色惊呆了，昨夜他的目光还是那么和蔼可亲。这时，她的大儿子从花园深处跑来，一把抱住她，说道：

"我们放假了，于连先生出门旅行了。"

听了这话，德·雷纳尔夫人感到一股强烈的寒流涌遍了全身。她的贞洁的念头给她带来了不幸，而她的软弱给她带来了更大的不幸。

这场新的风波占据了她的整个思想，经过一夜担惊受怕才刚刚做出的明智决定，全被她抛之脑后。现在的问题已经不再是拒绝这个如此可爱的情人，而是可能要永远

失去他了。

她必须去吃早餐了。德·雷纳尔先生和德尔维尔夫人在餐桌上又偏偏只谈论着关于于连外出的话题，这更增添了她的痛苦。维里埃尔市长注意到，于连向他请假时的强硬口气；他认为，这其中一定有什么原因。

"毫无疑问，这个小乡巴佬的兜儿里一定揣着某个人的聘约。不过，这个人即使就是瓦勒诺先生，他对这六百法郎年薪的数目，恐怕也会望而退却的，因为他得每年支付这样一笔钱！看来昨天在维里埃尔，大概有人给了于连三天的期限来考虑这件事，因而今天一清早，为了避免给我一个肯定的答复，这位年轻的先生就出发去了山里。不得不认真考虑去对付一个粗暴无礼的穷小子，我们竟然落到了这步田地！"

"我的丈夫还不明白，他是怎样地伤害了于连，"德·雷纳尔夫人暗想，"既然连他都认为，于连要弃我们而去了，而我，又能怎么样呢？啊！一切都无可挽回了！"

她声称头痛得厉害，回卧室上床睡去了。至少，这样能痛痛快快地哭一场，而且不用去回答德尔维尔夫人的许多问题了。

"瞧，女人就是这样！"德·雷纳尔先生又老调重弹，"这台复杂的机器总有什么地方要出毛病。"他带着嘲弄的神情走开了。

偶然事件使德·雷纳尔夫人陷入了狂热的爱情之中，正当她忍受着这种爱情所带来的最残酷的折磨时，于连却在连绵群山之间最美丽的景色中兴致勃勃地赶路。他必须越过韦尔吉北部的大山脉。他沿着山路走着，这条山路穿越山毛榉大树林逐渐升高，沿着高山斜坡蜿蜒曲伸，看不见尽头。高山以北是杜河的河谷。不久，这位旅人举目眺望，只见脚下低缓的丘陵之间，杜河静静地向南流淌着，远处便是勃艮第和博若莱一带肥沃的平原。这位年轻的野心家，不管他对这类美景的感受是如何的迟钝，却也禁不住时常停下脚步，欣赏这壮丽广阔的大自然美景。

他终于到达了大山的山顶，从这附近抄近道，便可到达一个偏僻的山谷；他的朋友富凯，一个年轻的木材商人，就住在这里。于连并不急于见到他，也不急于见到其他任何人。他像一只猛禽，藏身于山巅光秃秃的岩石之间，这样可以远远地窥视向他走来的任何一个人。他在一处几乎陡直的峭壁上发现了一个小岩洞。他一鼓作气爬上去，很快置身于这个隐蔽的处所中。"在这儿，"他眼里闪烁着快乐的火花，"任何人都不能伤害我了。"他突然生出一个念头，想在这儿写下自己的思想，以尽情享受其中的乐趣，因为在别的地方，他这样做可是十分危险的。一方石板恰好充作写字台。他挥笔疾书；周围的一切景色都从他眼里消失了。最后，他终于注意到夕阳在博若莱遥远的山峦后渐渐隐退了。

"我何不在此过夜呢？"他自言自语地说，"我有面包，而且我有自由！"说到自由这个伟大的词儿，他的心顿时激动兴奋起来；他的伪善使得他即使在富凯家里，也是不那么自由自在的。于连待在岩洞里，双手托着脑袋，眼睛眺望着平原；他的梦想，他的自由快乐，令他心潮澎湃，他觉得有生以来，从来没有像现在这样幸福。他心不在焉地注视着落日的余晖一道道消失殆尽。在茫茫的夜色里，他心醉神迷地沉浸在冥思遐想之中，他想象着某一天他在巴黎会有什么样的奇遇。首先那会是一个女人，她的美貌和才华都远远超过了他在外省见到的任何女人。他疯狂地爱着她，而她也爱他。如果他暂且离开她，那也是为了去赢得荣誉，因而更加值得为她所爱。

　　一个在巴黎上流社会的可悲现实中教育出来的青年，即使他具有于连那样丰富的想象力，当他的梦幻发展到如此地步时，也会被冷酷的讽刺所惊醒，伟大的行动也会随着实现它们的希望一起破灭，被一句众所周知的格言所取代："离开你的情妇，危险呀！一天难免两三次被欺骗。"然而，这个年轻的乡下人，在他自己和最英勇的行为之间，看见的只是缺少机遇，对于其他他一切都视而不见。

　　但是沉寂的黑夜已经代替了白昼，要到达山谷中富凯居住的村庄，还得走两里多路呢。在离开岩洞之前，于连点起火，细心地焚烧掉他所写的一切文字。

　　当他凌晨一点去敲门时，他的朋友感到十分惊讶。他看见富凯正忙着记账。这是一个身材高大的年轻人，长得相当难看，脸部线条生硬而粗犷，鼻子极大，不过在这副不讨人喜欢的外貌下，却藏着一颗善良淳朴的心灵。

　　"你怎么突然到我家来了，是和你的德·雷纳尔先生翻脸了吗？"

　　于连向他叙述了昨天所发生的事情，不过他表达得很有分寸。

　　"就留在我这儿吧，"富凯对他说，"我知道你认识德·雷纳尔先生、瓦勒诺先生、专区区长莫吉隆和本堂神父谢朗，你已了解这些人的性格；你完全可以参与拍卖业了。你的算术比我强，你就替我管账。我的生意可赚钱了。我不可能样样事情亲自去做，想找个人合伙干，但又担心撞上一个骗子，所以每天都会错过一些好买卖。将近一个月之前，我让米肖·德·圣阿芒赚了六千法郎。我们已经六年没有见面了，那天是在蓬塔尔利埃拍卖场偶尔相遇的。为什么你就不能赚这六千法郎呢？至少也可以赚三千法郎嘛。如果那天我有你和我在一起，我就会出高价承包采伐那片树林，所有的人都会马上让给我。你就做我的合伙人吧！"

　　这项建议扰乱了于连那如痴如狂的梦想，使他感到不快。富凯是个单身汉，因而两个朋友像荷马诗中的英雄一样，自己动手准备了夜宵。在吃这顿夜宵的过程中，富凯一直让于连看他的账目，向他证明他的木材生意有多么赚钱。富凯对于连的学识和性格颇为赞赏。

　　当于连终于一个人待在这间枞木小屋里时，他想："确实，我可以在这儿赚几千法郎，然后再根据法国风行的时尚，选择一个不错的职业，从军或者当神父。我有了一笔小积蓄，就可以用来解决日后碰到的那些琐碎的困难。在山里深居简出，倒可以让我躲避一下我对诸多事物的可怕的无知，而这些事物，正是客厅里所有的先生们的热门话题。但是富凯打定主意不结婚，他又一再对我说，孤独的生活使他很苦闷。显然，他找一个在生意中没有资金入股的合伙人，是希望这个人成为他永不分离的伙伴。"

　　"难道我要欺骗自己的朋友？"于连气愤地嚷道。虚伪和没有同情心，原是他这个人谋求幸福的惯用伎俩，可是这一回，面对一个爱他的人，他却不能容忍自己有一星

半点的不忠诚。

但是于连又忽然高兴起来，他找到了一个拒绝的理由。"怎么！我得卑怯地荒废七、八年时间！那时我就二十八岁了！而在这个年龄，波拿巴已经干出了一番最轰轰烈烈的事业！当我奔波于这些木材生意中，讨好几个下贱的无赖，默默无闻地赚得几千法郎的时候，谁又可以保证，我尚能存有那些立身扬名的神圣热情呢？"

善良的富凯一直以为，他们合伙的事已经商定了。第二天早晨，当于连用极冷静的态度答复他宗教的圣职志向不容许他接受经商的建议时，富凯感到十分惊愕。

"但是你想过没有，"他又重复道，"我让你做合伙人，或者说如果你愿意，我每年给你四千法郎？可你却要回到你的德·雷纳尔先生那儿去，而他轻视你就像你是他鞋子上的污泥！等到你面前有了二百个路易，谁还能阻挡你进神学院呢？我还要告诉你，我可以帮你在本地谋一个最好的神父职位。因为，"富凯压低了声音补充道，"我向……先生，……先生，……先生提供烧柴，我卖给他们的是头等橡木，而他们只按照白木的价格付款。当然，再没有比这更好的投资了。"

任何条件都不能改变于连的志向。富凯最后相信他是有点疯了。第三天一清早，于连就离开了他的朋友，他打算在高山上的悬崖峭壁间度过白天。他又找到了他的小岩洞，但是他内心的平静已不复存在，朋友的建议扰乱了他的心境。他发现自己像赫丘利一样，只不过他不是身处善与恶之间，而是处在舒适安逸的平庸生活与青年时代的英雄梦想之间。"由此看来，我还缺少坚韧不拔的坚强意志，"他自语着，正是这种疑虑使他最为痛苦，"既然我害怕挣得面包的八年光阴会销蚀我成就非凡事业的崇高毅力，看来我不是块造就伟人的材料啊！"

第十三章　网眼长袜

> 小说，是人生旅途的一
> 面镜子。
>
> ——圣雷阿尔

当于连看见了韦尔吉那座风景如画的古老教堂遗迹的时候，他才感到自从前天晚上以来，他居然一次也没有想到过德·雷纳尔夫人。"临走的那天，这个女人让我想起了我们之间不可逾越的鸿沟，她把我当作一个工人的儿子对待。毫无疑问，她是想向我表明，她后悔不该让我握住她的手……不过，这只手可真美啊！这个女人的眼神，流露出何等的魅力，何等的高贵啊！"

和富凯一起经商致富的可能性，使得于连的大脑变得较为容易地进行推理了，他不再因自己在世人眼中的贫贱而感到强烈的自卑和愤慨，以至于常常干扰他的思维了。

现在他仿佛站在一块高高的岬角上，他能够评判，甚至可以说，他能够俯瞰极端的贫困以及他仍称之为富裕的小康。他还远不能对自己的处境做出具有哲理性的评价，但是他有足够的洞察力感受到，在这次山间的短暂旅行之后，自己和原先已经有所不同。

于连应德·雷纳尔夫人的要求，简单地向她叙述了这次旅行的经过，但是她在听的时候，显得非常的局促不安，这使于连大为诧异。

富凯曾有过结婚的打算，可是他的几次爱情都不幸夭折。关于这个话题，这一对朋友曾敞开心扉谈了许久。富凯过早地找到了幸福，但他发现自己并非唯一被爱的人。所有这些交谈都让于连感到惊愕；他还学到了许多新的东西。他过去的孤独生活，完全是建筑在想象和怀疑的基础上，使他远离了一切可以让他开阔眼界的事物。

在于连外出期间，生活对于德·雷纳尔夫人来说，无非就是接二连三地变换着花样的磨难，一切都使她不堪忍受。她真的病倒了。

德尔维尔夫人见于连回来了，便对她的女友说："你这样不舒服，今晚别去花园了，潮湿的空气会加重你的病情的。"

德·雷纳尔夫人一向穿着简单，不喜妆饰，因此她没有少受丈夫的责备。此刻她却刚刚换上了网眼长袜，以及从巴黎买来的小巧玲珑的鞋子，德尔维尔夫人看见后，心里不由得感到纳闷。三天来，德·雷纳尔夫人唯一的消遣，便是用一块时髦漂亮的又轻又薄的料子，裁成一条夏裙，并让埃莉莎赶快缝制。于连回来不久，这条夏裙刚缝制好，德·雷纳尔夫人便立刻穿在了身上。她的朋友不再有什么怀疑的了。"她是在恋爱，这不幸的人儿！"德尔维尔夫人心想。她明白了德·雷纳尔夫人那种种的奇怪症状。

她看着德·雷纳尔夫人跟于连说话。德·雷纳尔夫人的脸由娇艳的红色渐渐变成了苍白；她的眼睛紧紧盯着年轻家庭教师的眼睛，目光里显露出焦虑和不安。德·雷纳尔夫人时刻期待着于连做出解释，明确地表示他的去留，但是于连对此并不打算多说什么，他甚至还没有考虑过这个问题。德·雷纳尔夫人经过内心痛苦的斗争之后，终于壮着胆子问于连，她那颤抖的声音里洋溢着满腔热情：

"您将要离开您的学生到别处去吗？"

德·雷纳尔夫人的眼神和她那迟疑的声音，引起了于连的注意。"这个女人爱我，"他心中想道，"但是这短暂的瞬间过去之后，她的自尊又会谴责她的软弱；一旦她不再担心我会离去，她又会重现她的骄傲态度。"对彼此地位的这种看法，在于连脑海中闪电般地掠过，于是他支支吾吾地答道：

"这些孩子是那么可爱，出身又那么高贵，离开他们，我会非常难过的，不过，也许只得如此了。一个人对于自己也有应尽的责任。"

当说到出身如此高贵时（这是于连新近学会的一句贵族用语），他心底涌起一股强烈的憎恶感。

"在这个女人眼里，我，"他对自己说，"我的出身是不高贵的。"

德·雷纳尔夫人一边听他说话，一边欣赏着他的才智和美貌。当他向她隐隐透露出，他可能要离开这儿时，她的心都碎了。在于连外出的这几天里，她在维里埃尔的朋友们曾来韦尔吉赴宴；他们争先恐后地向她恭贺，说她丈夫交了好运，发掘到一位才华出众的人。这倒并非是由于他们对孩子们的进步有所了解，而是因为他们知道于连能熟背《圣经》，尤其又是用拉丁文背诵。维里埃尔的居民们对此大为惊叹，赞不绝口，这种钦佩之情或许会持续一个世纪之久呢。

于连从不与任何人交谈，当然不会知晓这里发生的一切。如果德·雷纳尔夫人稍稍冷静一些，她就会对他赢得的荣誉去表示祝贺。而于连的自尊心获得满足后，他一定会变得既温柔又和悦，更何况她的那件连衣裙，也让他感到着迷呢。德·雷纳尔夫人也很满意她那件漂亮的连衣裙，对于连赞赏它的话，也感到称心如意，于是她想到花园里去散散步，只是很快又承认她走不动路了。她挽着于连的胳膊，但是胳膊的接触，非但没有增加她的力量，反而将她原有的力量也全部夺走了。

天黑了。他们刚一坐下，于连便又故伎重演，行使起他的特权来。他大胆地将嘴唇贴近了漂亮的女邻座的胳膊，并且握住了她的手。可此时他心里想的并不是德·雷纳尔夫人，而是想着富凯对他的情妇们表现出的大胆行为。出身高贵的字眼仍沉重地压在他的心头。她紧紧地握住了他的手，这却并没有让他感受到任何的快乐。当晚，德·雷纳尔夫人以各种十分明显的动作，向于连泄露出她的柔情蜜意，可是于连一点儿也不为此感到自豪，至少，没有丝毫的感激之情。面对着这个美貌、优雅、娇艳的女人，他几乎是全然不觉，无动于衷。心地纯洁，没有怨恨和烦恼，无疑会使一个人的青春期得以延长。有许多漂亮的女人最先衰老的是容貌。

于连整个晚上情绪都不好。在这之前他只是对于社会和命运感到愤慨，自从富凯向他提供了一个能够致富的卑贱的办法之后，他对自己也生起气来了。于连入神地想着他的心事，虽说他不时地向两位夫人说几句话，但最终还是不知不觉地放开了德·雷纳尔夫人的手。这个举动使这位可怜的女人心烦意乱，她从中看见了她的命运的预兆。

假如她确信于连爱她的话，或许她的贞操能够获得力量去抗拒他。然而她胆战心惊地唯恐永远失去他，爱情的烈焰烧得她神魂颠倒，竟使她不由自主地重新抓住了他的手，于连的这只手随意放在一张椅背上。这一动作使年轻的野心家骤然惊醒，他真希望它能被那些妄自尊大的贵族先生们亲眼看见。当他和孩子们坐在餐桌的末端时，这些傲慢的贵族们总是微笑着以施恩的姿态俯视着他。"这个女人再也不能轻视我了，在这种情况下，"他心中想着，"我应该对她的美貌做出爱慕的反应，我有责任成为她的情人。"这样的念头，在富凯向他吐露他的隐情之前，他是不会想到的。

他刚刚突然做出的这个决定，使他感到十分快活。他暗自思忖："在这两个女人中，我必须得到一个。"他发现他更愿意去追求德尔维尔夫人，这倒不是因为她更加让人喜欢，而是因为在她的眼里，他始终是一个有学问而且受人尊重的家庭教师，而不是像德·雷纳尔夫人最初见到他的时候那样，是一个木工，胳膊下夹着一件折叠平整的平纹结子花呢短上衣。

然而，正因为他是个年轻工人，羞怯得连眼白都红了，立在大门口，不敢伸手去拉门铃，德·雷纳尔夫人想到他的这副模样时，才觉得他特别招人喜欢。这个女人，本地的资产者都认为她十分孤傲，其实她却很少想到门第和地位。在她的心目中，一点很小的道德信念，也要比一个有地位的人许下的坚定诺言更值得信赖；一个勇敢无畏的赶车人，要比一个蓄着小胡子、衔着烟斗、威风凛凛的轻骑兵军官更具有英雄气概。她相信，于连的心灵比她任何一位表兄的心灵都更为高贵，尽管他们都是豪门贵胄的后代，其中许多人已经封官晋爵了。

于连继续权衡了自己的处境，认为他不应该想到去赢得德尔维尔夫人的爱情，她也许察觉到德·雷纳尔夫人已经钟情于他了。因此他不得不又回过头来重新考虑德·雷纳尔夫人。"我对这个女人的性格究竟了解多少呢？"于连心想，"仅仅是这一点：我旅行之前，我握住她的手，她缩了回去；今天，我缩回了手，她却抓住了我的手，并紧紧地握住。她曾经对我表示过那么多的蔑视，我现在可以一一奉还给她了，这正是一个大好时机。天知道她到底有过多少个情夫！她中意于我，或许只是因为我们容易见面而已。"

唉，这就是极端文明造成的不幸！一个二十岁的青年人，只要受过一些教育，就会将顺其自然拒之于心灵之外，爱情缺少了顺其自然，往往只能成为一种最令人厌倦的义务。

"我务必要在这个女人身上获得成功，"于连在他的虚荣心驱使下继续想道，"万一将来有一天我发了迹，有人耻笑我干过家庭教师这个低贱的职业，我就可以告诉他，是爱情让我接受了这份工作。"

于连再一次从德·雷纳尔夫人手中抽回自己的手，然后又重新紧紧地握住她的手。将近午夜，大家回客厅的时候，德·雷纳尔夫人低声问他：

"您要离开我们，您要走了吗？"

于连叹了口气回答：

"我必须得离开这儿，因为我疯狂地爱上了您；这是一个错误……对于一个年轻的教士来说，这是多么深重的罪孽啊！"

德·雷纳尔夫人靠在他的胳膊上，她是那样的忘情，以致她的脸已经感受到了他脸上的温热。

这一夜剩下的时间，对于他们两人来说却是异常不同。德·雷纳尔夫人心情兴奋，沉醉在最崇高的精神快乐之中。一个风流少女，很早堕入情网，对于爱情的烦恼已习以为常；当她到了真正热情奔放的年龄，爱情便失去了新奇的诱感力了。而德·雷纳尔夫人从没有读过爱情小说，因此，她的幸福中所有细微的感受，对于她来说，都充满了前所未有的新鲜感。没有任何愁苦让她感到扫兴，甚至也没有未来的阴影来冲淡

她的热情。她憧憬着十年以后，仍然会像现在一样幸福。几天以前，她还为贞洁的想法，为曾经发誓要对德·雷纳尔先生忠诚不渝而感到心神不安，但在此刻，即使这些念头再现，也是枉然了，她会像对待一个不速之客那样将它们打发出去的。"我永远不会答应于连什么，"德·雷纳尔夫人心里想，"我们将来的生活会和我们这一个月来的生活一样。他将永远是一个朋友"。

第十四章　英国剪刀

> 一个十六岁的少女，有着玫瑰色的容颜，但她却抹上了胭脂。
>
> ——波利多里

至于于连呢，富凯的建议确实夺去了他所有的幸福；他现在是六神无主，拿不定任何主意了。

"唉！也许我缺少坚强的性格，若是在拿破仑时代，我绝不是一名好兵。但是无论如何，"他补充道，"我和女主人的这点隐情，可以使我得到片刻的欢乐。"

对于连来说，所幸运的是，即使在这不太重要的小事情上，他的内心活动与他轻狂的言语也并不一致。他害怕德·雷纳尔夫人，因为她有那么漂亮的连衣裙。在他眼里，这件连衣裙就是巴黎的前哨。他的自尊心不允许他在任何事情上存有侥幸心理，或依凭一时的灵感行事。他按照富凯的那些知心话和他在《圣经》中读到的少量的有关爱情的记叙，为自己制定了一个详细周密的作战计划。由于他心绪纷乱（不过他并不承认这一点），于是把整个计划写在了纸上。

第二天早晨，在客厅里，德·雷纳尔夫人有短暂时间和于连两人单独在一起。

"除了于连这个名字，您没有其他名字了吗？"她向他说道。

对于像这样讨人欢心的问话，我们的主人公竟然不知道如何回答才好。这种情况是他的计划中没有预料到的。如果没有制定计划这桩蠢事，于连敏捷的头脑一定可以自如地应付这一局面，因为意外事件只会使他的洞察力更为敏锐。

他显得那么笨拙，而且越来越狼狈。德·雷纳尔夫人很快就原谅了他。她觉得这种笨拙，正是他淳朴可爱的表现。在她看来，这个被人们公认为才华横溢的人，所缺少的恰恰就是一种淳朴的神情。

"你的那个小家庭教师，着实不能让人信赖，"德尔维尔夫人不止一次地对她说，"我觉得他总是在思索着，一举一动都很有心计。这是一个阴险的人。"

于连不知道如何回答德·雷纳尔夫人提出的问题，这一不幸使他深感耻辱。

"一个像我这样的人应该弥补这次失败！"趁着大家从这个房间走到另一个房间的机会，他认为应该给德·雷纳尔夫人一个吻，这是他的责任。

再没有比这一吻更不适时、更不愉快的了，对于他们两人来说，也再没有比这事更为轻率的了。他们险些儿被人发现。德·雷纳尔夫人以为他是疯了。她很是害怕，尤其是感到受到了冒犯。这样愚蠢的举动使她想起了瓦勒诺先生。

"如果我和他单独在一起，"她心想，"那将会发生什么事呢？"爱情隐退了，而种种道德观念又回到了她的心里。

于是，她总是设法经常安排一个孩子在自己的身边。

这一天的整个白天都让于连厌倦，他把全部时间用来笨拙地执行他的引诱计划。没有哪一次注视着德·雷纳尔夫人的时候，他的眼光里不带有疑问的神色。当然他还不至于那么傻，看不出自己没能做到讨人喜欢，更不用说能迷住她了。

于连如此的笨拙，同时又如此的大胆，使得德·雷纳尔夫人一时无法从惊讶中摆脱出来。"这是一个有才华的人对爱情的羞怯！"最后，她自言自语地说道，心里充满了无比的欢乐，"或许他从来没有被我的情敌爱过呢！"

午饭后，为接待布雷专区区长夏尔科·德·莫吉隆先生的来访，德·雷纳尔夫人又回到客厅里。她在一个很高的小绣架上做着活儿，德尔维尔夫人坐在她身旁。处于这种情形，况且又是大白天，我们的主人公竟然认为，他可以把靴子伸过去踩德·雷纳尔夫人那只漂亮的脚。这只脚穿着网眼长袜和从巴黎买来的精美别致的鞋，显然它们也吸引着风流区长的目光。

德·雷纳尔夫人害怕极了，她让她的剪刀，她的绒线团，她的针，一股脑儿落在了地上。如此一来，别人就会以为，于连的动作是试图去阻挡那把眼看就要落地的剪刀，才做出的笨拙的举动了。恰巧这把英国钢制的剪刀摔断了，于是德·雷纳尔夫人遗憾地连声惋惜，于连要是坐得离她近一点就好了。

"您比我先看见剪刀落下，您应该挡住它才是，可是您的好意非但没有挡住它，反而重重地踩了我一脚。"

这一切骗过了专区区长，可是却骗不过德尔维尔夫人。"这漂亮小伙子竟干出这等蠢事！"她想。按照外省首府的规矩，是决不会原谅这一类错误的。德·雷纳尔夫人找到一个机会告诫于连道：

"请您谨慎些！我命令您这样做。"

于连看到了自己的笨拙，心里很是生气。他跟自己磋商了许久，为的是要决定对于我命令您这样做这句话是否应该发火。在这方面他是够愚蠢的，他居然会这样认为："如果涉及与孩子们的教育有关的事情，她可以对我说我命令您这样做，但是回答我的爱情时，她必须认为我们之间是平等的。没有平等，就不可能去爱……"他费尽心思琢磨着那些有关平等的陈词滥调。他愤怒地反复默诵着高乃依的诗句，这诗句是德尔维尔夫人几天前刚教给他的：

55

创造平等，并不追求平等。

于连从来不曾有过情妇，但却执意要扮演一个唐璜的角色。在这一整天里，他的表演真是愚蠢透了。他只有一个想法是正确的，那就是他厌倦了自己和德·雷纳尔夫人，他害怕看见夜幕的降临，因为到那时他又要去花园里纳凉，在黑沉沉的夜色中，坐在她的身旁。他对德·雷纳尔先生说，他要去维里埃尔看望本堂神父；吃过饭他就出发了，一直到深夜才回来。

在维里埃尔，于连看见谢朗神父正忙着搬家，他终于被撤职了，马斯隆副本堂神父代替了他的位置。于连帮助善良的神父搬家，并且想到应该写封信告诉富凯，说他的从事圣职的坚定志向，曾经阻碍他接受他的好心建议，但是他刚刚目睹了一个不公正的事例，使他认为也许不加入宗教界，会对他的灵魂得救更为有利一些。

于连为自己的聪明感到庆幸，他充分利用维里埃尔神父撤职一事，给自己留了一条后路，如果他那可悲的谨慎感战胜了他心中的英雄主义，他还可以回过头来再去经商。

第十五章　鸡　鸣

爱情在拉丁文中是 amor；
因此爱情的终点是死亡，
而在这之前，伴随着它的是啮心的痛苦，悲哀，眼泪，陷阱，罪行和悔恨。

——《爱情的纹章》

于连总是自以为聪明过人，如果他真有那么一丁点儿的聪明的话，那么第二天，他就应该为他的维里埃尔之行所产生的效果感到庆幸。这次出门使人们忘掉了他的笨拙和鲁莽。然而这一天，他还是闷闷不乐。到了傍晚时分，他突然想出了一个荒谬的主意，并以罕见的勇敢把这一想法告诉了德·雷纳尔夫人。

大家刚在花园里坐定，没等到天黑透，于连就把嘴凑近了德·雷纳尔夫人的耳朵，全然不顾及这样做会有损害她的名誉的危险性。他对她说道：

"夫人，今夜两点钟，我去您的卧室，我有话要对您说。"

于连担心他的请求会被接受。诱惑者的角色成了他可怕的心理负担。如果能够按照他的习性行事，他一定会逃进自己的房间里躲上几天，不再见到这两位夫人。他明白他昨天的非凡举动，已破坏了前一天的美好印象，他真不知道现在该如何办才好。

德·雷纳尔夫人在回答于连大胆无礼的要求时，确实动了肝火，这样说一点也不言过其实。他相信在她简短的回答里他看见了蔑视，这回答尽管压低了嗓音，但是他可以肯定出现了"呸"这个字眼。于连借口有话要对孩子们说，去了他们的房间。他回来以后坐在了德尔维尔夫人旁边，离开德·雷纳尔夫人远远的，这样他就不可能再去握住她的手了。谈话是在严肃的气氛中进行的，于连应付得很好，只是其间有过几次短暂的沉默，在这沉默的时间里，于连在挖空心思打着自己的小算盘。"为什么我就不能想出什么巧妙的办法，"他心想，"迫使德·雷纳尔夫人再次向我表示她的柔情蜜意呢？三天之前，正是那些明确地表示，使我相信她是属于我的！"

于连对自己的计划几乎陷入绝境感到极其困惑。然而，恐怕没有什么比幽会能取得成功更使他张皇失措的了。

午夜时分大家分手时，于连的悲观情绪使他相信，德尔维尔夫人在蔑视他，而德·雷纳尔夫人对他的看法，大概也不会太好。

他的心境极其恶劣，并且感到深深的屈辱，他久久难以入睡。然而，他根本不想放弃他的一切伪善和计划，不想和德·雷纳尔夫人这样一天天地生活下去，像个孩子似的，每天得到一点幸福就心满意足了。

他绞尽脑汁设想出种种巧妙的办法，但转眼之间又觉得这些想法荒唐可笑。总之，他痛苦万分，这时候城堡的钟敲响了两点。

这钟声惊醒了他，如同雄鸡一唱惊醒了圣彼得一样。他感到自己履行最艰难的任务的时刻来临了。自从他提出那个无礼要求之后，他就没有再去想它；他曾经遭到了那么难堪的拒绝！

"我对她说过，深夜二时去她的卧室，"他边起身边想道，"我可能毫无经验，也可能粗俗鲁莽，正像是一个农民的儿子那样，德尔维尔夫人的话已经使我非常明白这一点，但至少，我还不是个怯弱者。"

于连有理由为自己的勇气感到自豪，他还从来没有强迫自己去做如此艰巨的事情。当他打开房门的时候，浑身战栗不止，以致双膝发软，站立不稳，他不得不倚在了墙上。

他没有穿鞋，轻轻走到德·雷纳尔先生门口听了听，可以听得出里面传出的鼾声。他不免感到失望，因为他再没有什么借口可以不去她的卧室了。但是，天哪！他去那儿干什么？他没有任何计划，即使有，他心里是如此慌乱，也无法去按计划行事。

终于，他忍受着比走向死亡还要大千百倍的痛楚，走进了通往德·雷纳尔夫人卧室的那条小走廊。他伸出一只颤抖的手推开房门，发出了可怕的声响。

屋里有亮光，一盏通宵不灭的小灯在壁炉下燃着，他没有料到会有这个新的不幸。德·雷纳尔夫人看见他走进来，慌忙跳下床来。"该死的东西！"她喊叫起来。屋内出现了一阵混乱。于连已经忘记了他那些虚幻的计划，又恢复了他的本来面目。在他看来，不能讨得

一个如此迷人的女人的欢心，是不幸之中最大的不幸。他没有回答她的斥责，只是跪在她的脚下，抱住她的双膝。由于她说话时的态度极其严厉，他伤心地哭了。

几小时以后，当于连从德·雷纳尔夫人的卧室里走出来的时候，我们可以借用小说的笔法来描绘：他心满意足别无所求了。事实上，于连是依靠了他自身所激发出的爱情以及她那诱人的魄力对他所产生的意想不到的影响，才获得了这一胜利。如果单凭他那一套拙劣的把戏行事，他是绝不可能成功的。

但是，在那最温柔甜蜜的时刻里，于连却成了怪僻的骄傲的牺牲品，他依然企图扮演一个惯于征服女人的男人角色；他竟然令人难以置信地竭尽全力去毁坏他天性中的可爱之处。他没有去注意那被他激起的欢情，也没有去注意那使欢情变得更为强烈的悔恨，只有责任的观念自始至终地浮现在他的眼前。他担心如果背离了他打算效仿的理想模式，自己便会陷入痛苦的悔恨，会成为别人永久的笑柄。总之，凡是能使于连成为一个优秀人物的因素，恰恰正是阻碍他享受脚边幸福的因素。这正如一个十六岁的少女，原本有着自然迷人的姿色，为了去参加舞会，竟愚蠢地去涂脂抹粉。

德·雷纳尔夫人被于连的出现吓得魂飞魄散，随即又陷入了惊恐不安的痛苦之中。于连的哭泣和绝望搅得她心乱如麻。

甚至等到她再没有什么理由能够拒绝于连的时候，她仍然怀着真实的愤怒将他推出去老远，但顷刻之间她又投入了他的怀抱中。她的这些举动只是身不由己，并没有任何企图。她觉得自己已被罚入地狱，永无赦免的希望了，于是便对于连百般的温存，狂热的爱抚，力图躲避地狱的幻景。总之，就幸福而言，我们的主人公是应有尽有了，甚至连他刚刚征服的女人身上的那种灼人的感觉，他都不缺少了，只要他知道怎样去享受它。于连虽然离开了，但是那种使她兴奋不已的激情却没有停止，那种与令她心碎的悔恨所进行的斗争也还在继续。

"我的主啊，幸福，被爱，就是这样的吗？"这就是于连回到自己卧室后的头一个念头。他处于惊讶和惶惑不安的状态中，一个人刚刚得到他渴慕已久的东西，就会陷入这种心境。他已经习惯于追求，而现在却无所追求了，眼下还没有可供追求的目标令他回忆。于连如同一个刚从阅兵场归来的士兵，又全神贯注地把自己的行为非常仔细地检查了一遍。"我对我的责任已经尽心尽力了吗？我的角色扮演得出色吗？"

什么角色呢？一个惯于在女人身上获得成功的男人的角色。

第十六章　第 二 天

他用唇吻了她的唇，
还用手整理了她的乱发。
——《唐璜》第一章第一七〇节

对于于连的光荣来说，幸亏当时德·雷纳尔夫人是太激动、太惊愕了，不曾发现这个顷刻之间已成为她在世界上所拥有的一切的男人有多么愚蠢。

她见天快亮了，便催促他快走。

"啊！我的天主，"她说，"只要我的丈夫听见一点儿响声，我就完了。"

这时候于连居然还有闲情来斟辞酌句，他想起这么一句话：

"您对您的生活后悔吗？"

"啊！此刻我后悔极了！但是我不后悔认识了您。"

于连故意待到天大亮以后，才大模大样地走了。他这样做是为了维护他的尊严。

他继续不断地专心研究着他的每个最细小的动作，疯狂地幻想着扮演一个经验丰富的男人的角色。这种努力仅有一种好处：当他吃早饭再见到德·雷纳尔夫人的时候，他的举止已变得谨慎得体，表现得十分出色了。

至于她呢，一看见他脸就涨得通红，一直红到眼角，可是只要一分钟不看见他，便又活不下去。她觉察出自己的慌乱心情，想竭力掩饰，却反而欲盖弥彰。于连仅仅抬眼看了她一次。起初，德·雷纳尔夫人还欣赏他的谨慎，但是过了一会儿，她见他不再看她第二眼时，心里不免感到惊慌起来。"莫非他不再爱我了？"她心中想，"唉！我对他来说已经太老了，我比他大了十岁呢。"

在从餐厅去花园的路上，她紧紧握住了于连的手。这样一种非同寻常的爱情表示，引起他的惊讶，他满怀深情地注视着她。因为在早餐时，他觉得她格外漂亮；当时他双眼低垂，是把心思都用在细细品味她的迷人姿色上了。这目光大大安抚了德·雷纳尔夫人，它虽然没有完全消除她的忧虑，但是她的忧虑却几乎完全消除了她对丈夫感到的内疚。

在吃早餐的时候，这位丈夫什么也没有察觉出来，但是德尔维尔夫人可就不一样了：她相信德·雷纳尔夫人就快要屈服了。整个白天，她出于友情，大胆而严厉地用含蓄的语言为她表妹所冒的风险，描绘出一幅丑恶可怕的画面。

德·雷纳尔夫人心急火燎地想和于连单独在一起，她要问他是否还爱着她。尽管她的性格历来温顺，但是有好几次，她差一点责怪她的好友，说她是多么令人讨厌。

晚上，在花园里，德尔维尔夫人把位置安排得很巧妙，让自己坐在了德·雷纳尔夫人和于连之间。德·雷纳尔夫人原为自己设想了一幅动人的情景，她幸福地握着于连的手，放到她的唇边，可是现在她甚至不能和于连说上一句话了。

这意外的情况增加了她的烦躁不安。她感到十分懊悔。昨天晚上，于连闯进她的卧室，她曾经那么严厉地责备了他的冒失，现在她却十分担心，他今晚不会来了。她早早地便离开花园，回去待在卧室里。但是，她又感到坐立不安，焦急难耐，于是她来到了于连的卧室前，把耳朵贴在了房门上。尽管疑虑和情欲在折磨着她，她还是不敢走进去。在她看来这样做就是世界上最卑鄙无耻的行为了，因为外省的一则谚语也就是这么说的。

仆人们有的还没有睡觉。谨慎终于迫使她回到自己的卧室里。两个小时的等待就像是受了两个世纪的酷刑一样。

但是，于连对于他的所谓责任是绝对忠实的，他决不会不去严格地执行他给自己规定的事情。

夜里一点的钟声刚敲响，他就悄悄地溜出了卧房。当他确信男主人已经酣然入睡，便走进了德·雷纳尔夫人的卧室。这一夜，他在他的情妇身边获得了更多的幸福，因为他不再时常想着他所扮演的角色了，他的眼睛能去看，他的耳朵能去听了。德·雷纳尔夫人向他谈及年龄的差异，这就更使他安下心来。

"唉，我比您大了十岁！您怎么可能爱上我呢？"她毫无意图地重复着这句话，因为这个念头一直困扰着她。

于连无法理解她的这种不幸，不过他能看出她的这种不幸是真实的，因此，他几乎忘记了自己会显得可笑的那种恐惧。

他原以为自己出身微贱会被她视作地位低下的情夫，现在这个愚蠢念头也随之消失了。于连勃发的热情使羞怯的女主人渐渐放下心来，她重新感到了稍微地幸福，并且恢复了对情夫的评判能力。幸亏这天晚上，他几乎没有那种笨拙的做作的神情，像昨晚那样只把幽会当作他的一次胜利，而不是一次欢情。如果她察觉出他只是在专心扮演着一个角色，这可悲的发现会永远葬送她的全部幸福。那样，她只会把它看作是年龄差异造成的可悲结果，而不会得出其他他结论的。

尽管德·雷纳尔夫人从没有想到过那些爱情的理论，但在外省，只要谈及爱情问题时，除了贫富的悬殊之外，年龄的差异总是人们取笑的老话题之一。

短短几天之内，于连就恢复了他这种年龄所应该具有的全部热情，疯狂地堕入了情网之中。

"应该承认，"他对自己说，"她有着天使般善良的心灵，天下再没有比她更漂亮的女人了。"

他几乎完全忘记了扮演角色的念头。在纵情欢乐的时刻，他甚至向她倾吐了他所有的忧虑。这番真情吐露把他所激起的热情推向了顶点。"看来，我根本就没有过幸运的情敌！"德·雷纳尔夫人欣喜地想道。她大胆地问起他十分关心的那幅肖像来，于连向她发誓，说那是一幅男人的肖像。

当德·雷纳尔夫人有足够的冷静可以思考时，她感到惊讶不已，世界上居然还有这等幸福存在，这是她从来都没有想到过的。

"啊！"她心中想，"如果十年前我就认识于连该多么好呀，那时候我还能被认为是漂亮的呢！"

于连压根就没有这样的想法。他的爱情仍然不过是一种野心，那是一种占有的欢乐，他，一个如此不幸、如此遭人蔑视的可怜虫，竟能占有一个这样高贵、这样美丽的女人。他的爱慕的举动，他见到她的美貌流露出的激情，终于使她对年龄的差异稍稍放心了。如果她略通一点处事之道——在比较文明的地区，一个三十岁女人早就积累那种丰富的社会经验了——她一定会为爱情的持久性感到担忧，因为这次爱情看来只是存在于惊奇和自尊心的陶醉之中。

当于连忘记了他的野心时，他甚至连德·雷纳尔夫人的帽子和衣裙都给以狂热的称赞。他贪婪地嗅着它们的香味，这种快乐给他无尽的享受，令他其乐无穷。他打开嵌着镜子的衣橱，一连几个小时地站在那儿观赏橱内的一切，里面是那样整齐，那样华美。他的情人依偎在他的身旁，端详着他的神态；而他则注视着那些服装和首饰，它们就像是结婚前夕新郎送给新娘的丰盛的新婚礼物似的。

"我本来可以嫁给一个这样的男人的！"德·雷纳尔夫人不止一次地这么想，"多么火热的一颗心呀！和他一起生活，该有多么快乐！"

对于连来说，他还从来没有像这样接近过女性贮藏室里这些可怕的武器。"即使在巴黎，"他想，"也不可能有比这更美丽的东西了！"此刻，他对于自己的幸福是无可非议的了。他的情妇真诚的赞美以及狂热，常常使他忘记他那一套毫无意义的理论，在他们发生私情的初始，正是这套理论曾经使于连变得那么拘谨，甚至可以说是非常可笑。尽管虚伪已成为他的习惯，但是有些时候，他觉得向一位崇拜他的贵妇人承认，他对许多礼仪小节一无所知，也是一种极大的乐趣。他的情妇的地位似乎也抬高了他的身份。德·雷纳尔夫人则认为，在诸如此类的许多小事情上，开导这位才华横溢、人人都认为前程远大的年轻人，是最为甜蜜的精神享乐。就连专区区长和瓦勒诺先生都禁不住要对他称赞一番呢，为此，她认为他们不是那么愚蠢了。至于德尔维尔夫人，看法就完全不同了。她认为她已经料到的事情使她感到绝望，又看到自己明智的劝告反而引起了这个已经完全丧失理智的女人的厌恶，于是便离开了韦尔吉，她没有说明任何离去的理由，当然别人也不便去问她。德·雷纳尔夫人为她的离去还洒过几滴泪水，但是很快她又感到加倍的幸福。德尔维尔夫人这一走，她几乎整个白天都和她的情人单独厮守在一起了。

每当于连独处的时间太长，富凯那个致命的建议就会来烦扰他，因而他更喜欢沉湎于情妇温柔缠绵的恋情中。在这种新生活的最初几天，于连这个从未爱过也从未被

爱过的人有时候觉得，做一个坦诚相见的人是多么甜蜜快乐，以致好几次他险些向德·雷纳尔夫人坦白了他的野心。这种野心迄今为止始终是他生活的本质。富凯的建议，一直对他有着一种奇异的诱惑，他本打算能够就此征求一下她的意见，但是一件突发的小事，使得任何坦诚相见都成为不可能的了。

第十七章　市长第一助理

世界禁书文库

红与黑

> 唉！这青春的爱情，
> 就像阴晴不定的四月，
> 灿烂的阳光刚刚普照大地，
> 片刻间就又乌云一片！
>
> ——《维洛纳二绅士》

一天傍晚，太阳快要落下去的时候，在果园的深处，远离着一切讨厌的人，于连坐在情妇的身旁，堕入了深邃的思考中。"这样甜蜜的时刻，"他心中想道，"能够永远继续下去吗？"他的全部心思都被选定职业这个棘手而又必须解决的问题占据了。他为这一巨大不幸的来临感到悲伤，它结束了他的童年时代，又埋葬了他最初的贫困的青春岁月。

"啊！"他情不自禁地高声说道，"拿破仑真是天主派来拯救法国青年的人物！今后谁能替代他呢？没有他，这些不幸的人们又该怎么办呢？即使他们比我富有一些，手中有几个埃居，恰好够得上他们受到良好的教育，但到了二十岁的时候，他们还是没有足够的钱买得一个服兵役的替身，去创立一番事业。"他深深地叹了一口气，又补充道，"无论我们怎么做，这个痛苦的回忆将永远阻碍我们的幸福！"

突然间，他发现德·雷纳尔夫人眉头紧锁，神情显得冷漠而轻蔑。她觉得于连的这种想法，倒是挺合乎仆人的说法。她从小到大一向知道自己非常富有，因而她认为于连当然也是应该如此的。她爱于连胜过爱自己的生命千百倍，即使他薄情寡义，她也会仍然爱他。她丝毫没有考虑过金钱的问题。

于连根本不可能猜到她会有这些想法。不过她紧锁着的双眉，倒是又把他唤回到现实中来了。他相当机灵，话锋一转，便告诉紧挨着他、坐在青草墩上的这位尊贵妇人，他刚才说的那些话，是他这次出门从做木材生意的朋友那儿听来的。这是那些亵渎宗教的人的推理。

"那好吧！您不要再和这样的人交往了，"德·雷纳尔夫人说，脸上仍残留着稍许冰冷的神情，正是这种表情，刚才突然取代了她那最亲切、最甜蜜的温情。

她紧锁的眉头，或者更确切地说，于连对自己冒失行为的懊悔，是对他诱人的幻

梦的第一个打击。他心中想道："她善良而温柔，狂热地爱恋着我，但她是在敌人的阵营中抚养成人的。他们一定特别害怕由那些英勇的人组成的这个阶级，这个阶级里的人受过良好的教育，但却没有足够的钱财去成就一番事业。这些贵族，如果有可能让我们以同等的武器与他们较量，他们会怎么样呢？譬如我吧，既善良又正直，假如我当了维里埃尔市长，就像德·雷纳尔先生现在这样，我会不管他什么副本堂神父，什么瓦勒诺先生，连同他们的那些阴谋狡诈的勾当，都一扫而光！在维里埃尔，胜利将属于正义！他们的能耐绝不可能成为我的阻碍。他们永远是在摸索着前进！"

这一天里，于连的幸福眼看着就可以成为永久的现实了。但是我们的主人公缺乏勇气，不敢对她坦诚相见。他应该敢于战斗，而且应当立即行动。德·雷纳尔夫人为于连刚才的那番言论感到惊愕，因为在她的社会圈子里，人们常常提到，那些下层阶级受过较好的教育的年轻人，尤其可能成为罗伯斯庇尔卷土重来的后患。德·雷纳尔夫人冷漠的神情持续了相当长的时间，于连已有了明显的感觉。这是因为于连的那些不妥当的话语引起了她的反感，接着她又为对于连说了一件令人不快的事感到不安，尽管她的措辞婉转。这一不幸十分清楚地反映在她的脸上；而当她远离那些讨厌的人们，心中充满幸福的时候，这张脸又是多么纯洁，多么天真啊！

于连再也不敢恣意驰骋在梦想中了。他多了一些冷静，少了几分热情，他认为去德·富纳尔夫人卧室幽会是不谨慎的。最好还是她到他的房间里来；如果哪一位仆人看见她在房子里走动，她可以找出二十种不同的借口来做解释。

然而这样的安排也有它的不便之处。于连收到富凯寄来的几本书，作为一个学习神学的学生，这些书是绝对不能去书店里购买的。他只有在晚间才敢打开书来看。他经常为无人前来打断他的读书而感到庆幸，但是就在果园里发生小风波的前夜，他却因等待赴约而不能静心阅读。

于连能够以一种全新的方式去理解这些书本，这要多亏了德·雷纳尔夫人。他曾大胆地就许许多多的小事情向她请教。一个出生于上流社会之外的青年，不论人们认为他多么有天赋，如果对于这些小事一无所知，他的理解力也会停滞不前的。

这种来自爱情的教育，由一个对爱情极端无知的女人来赐予，的确是一种幸福。于连终于直接看到了今天上流社会的真实面目。他的头脑丝毫没有被二千年前，或者仅仅六十年前伏尔泰和路易十五时代的社会描写所蒙蔽。他感到了无可形容的喜悦，一重帷幕在他眼前落下，他终于明白了正在维里埃尔发生的种种事情。

首先暴露在于连面前的，便是一些错综复杂的阴谋。这些阴谋是近两年在贝藏松的省长身边策划的，并得到巴黎方面的许多信件的大力支持，这些信件出自一个最著名的人士之手。目的是：要让本地最笃信宗教的人——德·穆瓦罗先生担任维里埃尔市长的第一助理，而不是第二助理。

他的竞争对手是一个很有钱的制造商，务必把这个人挤到第二助理的位置上去。

本地的上层人士经常来德·雷纳尔先生家赴宴，于连无意中听到他们说的那些藏

头遮尾的话，现在他终于明白其中的含义了。这些特权阶层人物正极力关注着这次市长第一助理的选举，而城里的其他人，尤其是自由党人，甚至对这件事发生的可能性都没有想到。这次选举之所以至关重要，是由于一个众所周知的原因，那就是维里埃尔大街东侧要向后拓宽九尺多，因为这条街已定为皇家大道了。

德·穆瓦罗先生眼下有三幢房子需要向后迁移，如果他担任了市长第一助理，一旦德·雷纳尔先生荣任为议员，他就可以继任市长职务了。那么他就可以闭上眼睛，任人们将占据公共道路的房屋稍加修饰，这些房屋便可以继续保存百年之久。尽管德·穆瓦罗先生对宗教的虔诚和正直闻名于小城，但人们确信，他会做顺水人情的，因为他有一大群孩子。在需要后迁的房屋中，有九幢属于维里埃尔最有权势的人家。

在于连的眼里，这个阴谋远比丰特诺瓦战役的历史还要重要，他是从富凯寄给他的一本书中才知道这次战役的。自从五年前，于连每晚去本堂神父家以后，有许多事情都让他感到吃惊。但是，谨慎和谦恭是学习神学的学生应具备的首要品格，所以他一直不便向神父询问有关的问题。

有一天，德·雷纳尔夫人吩咐她丈夫的随身仆人去做一件事，此人是于连的死对头。

"可是，夫人，今天是本月最后一个星期五啊，"那仆人神情怪异地答道。

"您就去吧，"德·雷纳尔夫人说道。

"那么，"于连说，"他是要去那个干草仓库了，从前那儿是个教堂，最近才恢复做礼拜。但是，他们去那儿干什么呢？我一直解不开这个谜。"

"那是一个非常有益、但又特别奇怪的团体，"德·雷纳尔夫人答道，"不接纳任何女性。我只知道，大家在里面以'你'互相称呼。譬如，这个仆人将会在那儿见到瓦勒诺先生，别看那个男人平时那么骄傲，那么愚蠢，但是他听见圣让用'你'称呼他，他不但一点儿不生气，还会用同样的口气回答他呢。如果您一定要想知道他们在里面干些什么，我以后向莫吉隆先生和瓦勒诺先生打听一下。我们付给每个男仆人二十法郎，是为了将来某一天九三年恐怖再次发生的话，他们就不会割断我们的喉咙了。"

光阴飞逝。于连回味着情妇的魅力，暂时忘却了他那阴暗的野心。他不能向她倾吐内心的烦恼，也不能向她敞开理智的心扉，因为他们属于两个敌对的阶级，但这无形之中，却也增添了她赐予他的幸福和她对于他的控制力量。

孩子们太聪明了，有孩子们在场时，他们两人只能使用冷静理智的语言交谈。在这种情况下，于连总是用极其温顺的神情凝视着她，眼睛里闪烁着爱情的光芒，听她讲述着那些上流社会中的事情。德·雷纳尔夫人经常在讲述某一个巧妙的骗局——例如涉及一条道路，或者一次供货时，突然会显得神情恍惚，极度兴奋起来，对于连做出一些亲昵的举动，就像对待她的孩子们那样，于连不得不责怪她。因为好些天来，她产生了一种幻觉，觉得爱他就像爱自己的孩子一样。她不是经常不断地回答他那些天真幼稚的问题吗？他问到的那些许许多多的简单小事，一个出生在高贵家庭里的孩子十五岁就知道了。但是过不了一会儿，她又像崇拜自己的老师那样崇拜他。他的才华甚至让她感到害怕。她相信自己一天比一天更清楚地看到,这个年轻的教士一定是一位未来的伟人。她看见他当上了教皇,当上了如同黎塞留一样的首相。

"我能活着看见您的辉煌成就吗?"她对于连说,"一个伟人的位置已经备好;王国和教会都需要伟人。"

第十八章　国王在维里埃尔

难道您只能像一具贫民的尸体那样被抛弃掉吗,没有灵魂,血管里没有血液?

——主教在圣克雷芒教堂的演说

九月三日,夜间十点钟,一名宪兵骑马顺着上坡的大街飞奔而来,惊醒了维里埃尔全城的居民。他带来了消息,国王陛下将于下星期日抵达本市。当天,已经是星期二了。省长授权,也就是说,他要求组织一个仪仗队,排场要大,尽可能地隆重豪华。一个急使被遣往韦尔吉。德·雷纳尔先生连夜赶回了维里埃尔,发现全城上下民心沸腾。人人都有着自己的打算;那些比较清闲的人已经租好了阳台,以便到时观看国王进城的情景。

谁来指挥仪仗队呢? 德·雷纳尔先生立刻想到,为了那些后迁的房屋的利益,让德·穆瓦罗先生担任仪仗队的指挥是多么重要。这可以为他获取市长第一助理职位创造条件。德·穆瓦罗先生信教的虔诚是无可挑剔的,没有人可以跟他相比,但是他从来没有骑过马。这人三十六岁,胆子却极小,他既害怕会摔下马来,又害怕让人笑话。

清晨五点钟,市长就派人把他请了过来。

"您看得出来,先生,我征求您的意见,就像您已经荣任了每个有教养的人都拥戴您担任的那个职务。在这座不幸的小城里,手工制造业兴旺发达,自由党人成了百万富翁,他们渴望获得政权,他们将会利用一切作为他们的武器。让我们考虑考虑国王的利益、王朝的利益,尤其是我们神圣的宗教利益吧! 先生,您想一想,指挥仪仗队的重任,我们还能够托付给谁呢?"

德·穆瓦罗先生尽管对马十分惧怕,但他还是像殉道者一样接受了这个荣誉。"我会做到举止得体的,"他对市长说。剩下的时间不多了,只够让人把那些制服整理熨平,这些制服还是在七年前一位亲王路过此地时使用过的。

七点钟,德·雷纳尔夫人带着于连和孩子们从韦尔吉回到家。她看见客厅里挤满了自由党人的太太们,她们主张各党派联合,请求夫人说服德·雷纳尔先生,给她们的丈夫在仪仗队里谋得一个名额。其中一位太太还说,如果她的丈夫不能入选仪仗队,他会由于悲伤而破产的。德·雷纳尔夫人很快便把这帮人都打发走了。她显得分外忙碌。

于连感到惊奇,也更感到气恼,因为她对他严守秘密,绝口不提令她激动的是什么事情。"我早就料到,"于连痛苦地想,"她有了在家里接待国王的幸福,她对我的爱情便消失了。这番喧闹场面已使她晕头转向。只有当她那些等级观念不再冲昏她的头脑的时候,她才会重新爱我。"

事情就是这样奇怪,于连反而因此更加爱她了。

工人们开始室内装潢了,房子里到处都可以见到他们忙碌的身影。于连等了很久,也没有机会能跟她说上一句话。终于,他看见她从他的卧室里走出来,手里捧着他的一套衣服。这时只有他们两个人单独在一起。他正想和她说句话,她却迅速走开了,显然是不愿意听他说话。"我真够傻的,竟爱上了这么一个女人,野心把她变得和她丈夫一样地疯狂了。"

其实,她比她的丈夫还要疯狂呢。她有一个强烈的心愿,还从没有向于连泄露过,因为她害怕会引起他的反感。这个心愿就是要看见于连脱下他那身阴沉的黑衣服,哪怕只脱下一天也好。这个如此天真的女人,聪明机智,确实令人叹服。她先后说服了德·穆瓦罗先生和专区区长德·莫吉隆先生,同意选派于连担任仪仗队队员,使得五六个年轻人落选了,而他们都是很富有的制造商的儿子,其中至少有两人还是虔诚奉教的楷模。瓦勒诺先生打算把他的四轮马车借给本城最漂亮的女人们,借此炫耀一番他的诺曼底骏马,他也同意借一匹马给于连——这个他最憎恨的人。每个仪仗队队员都有一套漂亮的天蓝色制服,肩上还配有银质的上校衔肩章。这些制服有的是他们自己的,有的是借用别人的;七年前,它们曾经在维里埃尔大大风光过一回。德·雷纳尔夫人希望于连也能有一套崭新的制服。只剩下四天时间了,她要派人去贝藏松,从那儿买回制服、武器、帽子等一个仪仗队队员需要的全部装备。有趣的是,她认为在维里埃尔给于连定做制服是不慎重的。她想让于连和维里埃尔全城的人都大吃一惊。

仪仗队的组织和鼓动宣传工作刚刚准备就绪,市长又忙着筹备一个盛大的宗教仪式,因为国王打算在途经维里埃尔时,去参拜圣克雷芒的遗骸。这著名的遗骸,就保存在布雷-勒奥,离城不足一法里。这种仪式要求有众多的圣职人员参加,不过要安排得当却颇为棘手。新任的本堂神父马斯隆先生,不顾一切地反对谢朗神父在仪式中露面。德·雷纳尔先生向他指出,他这样做是不慎重的,但也无济于事。这次德·拉莫尔侯爵先生也被委派陪同国王外出巡视,他有几位祖先曾长期担任本省省督;三十年前,他就认识了谢朗神父。他来到维里埃尔一定会打听谢朗神父的近况,如果他发现他已经失宠,这个人是会带着他手下的全体随从,到谢朗隐居的小屋里去看望他的。这将是多么响亮的一记耳光啊!

"可是,如果让他出现在我的那些教士中间,"马斯隆神父回答,"我在这儿和在贝藏松就丢尽了脸面。一个冉森派,伟大的主啊!"

"不管您怎么说,我亲爱的神父,"德·雷纳尔先生反驳道,"我不能让维里埃尔市政府冒这个险,去蒙受一次德·拉莫尔先生的凌辱。您还不了解他这个人,他在宫廷里具有正统的观念;可在这儿,在外省,却是一个十足的恶作剧者,他喜欢讽刺嘲弄,一心只想让人难堪。仅仅为了寻开心,他是可以当着自由党人的面让我们出丑的。"

经过三天的磋商,直到星期六的夜里,马斯隆神父的自尊心才在市长的担忧面前屈服,因为市长的担忧已逐渐变成了决心。必须写一封热情、诚恳的信给谢朗神父,邀请他在年迈和体弱允许的情况下,出席布雷-勒奥的遗骸参拜仪式。谢朗神父又为于连提出请求,得到一份请柬,届时于连将以助祭的名义伴随他。

星期日一清早,成千上万的农民就从附近山区赶到维里埃尔,涌满了各条街道。这天天气格外晴朗。等到了下午三点钟左右,整个人群沸腾起来;人们看见维里埃尔城外二法里远的悬崖上,燃起了熊熊的大火。这一信号表明,国王刚刚踏上了本省的管辖区域。立刻所有的钟声都敲响了,本城的一门西班牙古炮也连续发射,表示对这件大事的庆贺。城里有半数的居民爬上了屋顶;女人们都涌到阳台上观看。仪仗队也开始行动了。人们看着光彩夺目的制服啧啧称赞,每个人都认出了自己的一个亲戚,或者一个朋友。大家都在嘲笑德·穆瓦罗先生的胆怯,他那只小心谨慎的手时时刻刻准备着去抓牢马鞍架。但是他们的注意力突然集中到一件事情上,把其他的一切都抛到了脑后:第九排的头一名骑士是个非常漂亮的小伙子,他身材瘦削单薄,开始人们并没有认出他是谁。不久,有些人发出愤怒的叫喊,有些人惊得张口结舌,这表明此事已经引起了普遍的轰动。人们认出来了,这个骑在瓦勒诺先生的诺曼底马背上的年轻人,正是锯木工的儿子小索雷尔。人们一齐发出抗议声,发泄对市长的不满,特别是那些自由党人叫喊得更响亮。怎么,就因为这个打扮成神父的小工人做了他家孩子们的家庭教师,他就胆大妄为地把他选定为仪仗队队员,因而挤掉了某某先生和某某先生? 这些先生可都是些有钱的制造商啊! 一位银行老板的太太说:"这些先生们应该当众侮辱那个小工人一番才是,他是一个从粪坑里爬出来的小流氓。""他是个阴险的家伙,还挎着马刀呢,"旁边一个男人应道,"提防着他点,他会用刀去砍他们的脸的。"

贵族阶层的言论更加危言耸听。那些贵夫人们纷纷猜测,这种不成体统的安排,是不是市长先生一人所为。一般说来,他们还是承认市长对于出身卑贱的人一向是持蔑视态度的。

当于连成为众人议论的中心时,他正感到自己是世界上最幸福的男人。他生性胆大,马骑得不错,比山城里其他的年轻人都要好。他从女人们的眼神里看出,她们正在议论他。

他的银质肩章比别人的耀眼夺目,因为它们是崭新的。他的马不时地昂首直立,他的快乐达到了顶点。

当队伍从古城附近经过时,那门小炮发出的声响使于连的马惊得跳出了行列,这时他的幸福再也没有了边际。大出所料,他竟然没有从马背上摔下来;从这一刻起,他觉得自己的确是一位英雄,他成了拿破仑的一位副官,正朝着敌人的炮队冲锋陷阵。

此时,有一个人比他更幸福。她先是从市政府大楼的十字窗口看见于连经过,接着

她登上敞篷四轮马车,飞快地拐了一个大弯。当于连的马带着他跃出队列的时候,她正好赶到了,吓得她直打哆嗦。最后,她的马车从另一座城门飞驰而出,赶到了国王必经的大路上,相隔有二十步远,尾随于仪仗队后面,笼罩在一片尊贵的尘埃中。当市长荣幸地向陛下致欢迎词时,上万个农民高声呼喊:"国王万岁!"一小时之后,国王听完全部致辞就要进城了,那门小炮又开始急速地发出隆隆的声响。但是,紧接着却发生了一件意外的事情,这倒不是由于炮手们出了差错,他们都曾经在莱比锡和蒙米拉依战场上久经考验;而是未来的市长第一助理德·穆瓦罗先生遇到了不幸。他的马轻而易举地把他抛进了大路上仅有的一个泥坑里,这件事引起了一片混乱,因为人们必须把他从坑里拉出来,以便让国王的车子通过。

国王陛下在美丽的新教堂前下了车。这一天,教堂里全部挂上了深红色的帷幔。国王需要进晚餐,餐后即登车前去参拜著名的圣克雷芒遗骸。国王刚走进教堂,于连就策马飞奔,回德·雷纳尔先生的府邸去了。在那儿,他叹息着脱下漂亮的天蓝色制服,取下马刀和肩章,重新换上那身已经穿旧了的小黑衣服。而后他又飞身上马,不一会儿便赶到了布雷-勒奥。这是一座修道院,坐落在十分美丽的山丘顶上。"狂热的崇拜吸引了越来越多的农民。"于连心里想,"维里埃尔挤得水泄不通;在这座古老的修道院附近,又围了一万多人。"这座修道院由于革命时期对文物的毁坏,已有一半倒塌,王朝复辟以后经过重新修建,才恢复了宏伟壮丽的旧观,而且人们又开始在谈论它的种种圣迹了。于连找到了谢朗神父,神父把他狠狠责备了一顿,交给他一件黑道袍和一件宽袖的白色法衣。于连迅速穿好衣服,便随谢朗先生一起去拜见阿格德的年轻主教。这位不久才任命的主教是德·拉莫尔先生的侄儿,负责带领国王参拜遗骸。但是人们却找不到这位主教大人了。

教士们等得不耐烦了。他们在这座哥特式的古老修道院阴暗的回廊里等待着他们的首领。一共召集了二十四位本堂神父,用以代表布雷-勒奥修道院在一七八九年以前由二十四位议事司铎组成的教务会。主教确实太年轻了,本堂神父们为此足足叹惜了三刻钟之后一致认为,最好是由教长先生出面去找一找主教大人,提醒他国王就要驾到了,该是到祭坛去的时候了。谢朗先生年纪最长,因而被推举为教长。虽说他还在生于连的气,但还是向于连示意,要他跟着他一起去。于连穿着那身白色法衣,倒也十分合适。也不知道他使用了什么样的教士梳妆法,居然把他那头美丽的卷发弄得平平直直;但是在他道袍的长裾下,却露出了仪仗队员的马刺,这一点疏忽,使谢朗先生更加气恼了。

他们来到主教的套房,几个身材高大、衣着花哨的仆从几乎是爱理不理地回答老本堂神父说,主教大人不见客。他想解释一下,说他是布雷-勒奥尊贵的教务会的教长,作为这种身份,他有特权随时面见负责主祭的主教,但是仆人们却对他嘲笑了一番。

仆人们蛮横无理的态度,激起了于连的傲气。他开始沿着古老的修道院的宿舍一间间地找,遇见一扇门,便推操一阵。有一扇小门被他一使劲推开了。他走进一个小房间里,来到主教大人的随身仆人们中间。那些仆人们身穿黑衣,脖子上挂着链子。他们见他神色匆忙,以为是主教要召见他,便放他过去了。他又走了几步,进入一间哥特式大厅。大厅里面极其昏暗,四面墙上都贴满了黑橡木做的护壁板;那些尖拱型的窗户,除了一扇之外,其余的都堵上了砖石。这些砖石砌得极为粗糙,未加任何装饰,与古色古香、富丽堂皇的护壁相比显得很凄凉。在大厅宽敞的两侧,布满了精雕细刻的木制圣职祷告席,上面可以看到用各种颜色的木料镶嵌的图案,展示出《启示录》中所有的奥秘。这间大厅是大胆的查理公爵为了赎某一桩罪过在一四七○年修建的,它在勃艮第的考古学家们中间颇有名气。

那些裸露在外的砖石和依旧惨白的石灰,破坏了大厅里华丽的气氛,令人伤感。这深深触动了于连,他默默地停住了脚步。大厅的另一端,靠近那扇有光线射入的唯一的窗户,有一面镶着桃花心木框子的活动衣镜。他看见一个年轻人,身着紫色长袍,外罩一件镶有花边的宽袖白色法衣,但是光着头,正站在离衣镜三步远的地方。这件家具出现在这种地方未免显得很不相称,无疑这是从城里运来的。于连发现,这个年轻人神情愠怒,正用右手朝着镜子庄严地做着降福的动作。

"这表示什么意思呢?"于连心想,"这个年轻的教士是在进行仪式准备吗? 也许他是主教的秘书……他会像那些仆从们一样蛮横无理……没什么了不起,让我来试试看。"

他迈步向前走去,缓慢地穿越大厅,目光却一直朝着那扇唯一的窗户,盯着那个年轻人。那人继续在做着降福的动作,行动徐缓,但没完没了,一刻也不停。

于连越走越近,那人不悦的脸色看得更清楚了。他身上那件饰有花边的法衣十分华丽,使于连不由自主地停在了离豪华的衣镜几步远的地方。

"我有责任开口说话,"他终于对自己说道;但是大厅里的华丽,使他心情激动,对于将会听到的粗暴话语,他已经事先感到了愤怒。

年轻人从衣镜里看见他,转过身来,立刻改变了不悦的神色,用最温和的口气对他说:

"啊,先生,终于把它修整好了吗?"

于连惊得呆住了。因为这年轻人朝他转过身来时,他瞥见了挂在他胸前的十字架,原来他就是阿格德主教。"多么年轻呀,"于连心想,"至多比我大六到八岁!……"

于连为他的马刺感到羞愧。

"主教大人,"他胆怯地回答,"我是教务会教长谢朗先生派来的。"

"啊! 有人竭力向我举荐他,"主教彬彬有礼地说道,这语气更使于连着了迷,"不过,先生,请您原谅,我把您当成来送主教冠的人了。因为在巴黎包装不妥善,冠顶上的银丝网罩损坏得厉害,"年轻的主教神情忧愁地补充道,"这将会造成很坏的影响,因此他们还让我在这儿等着!"

"主教大人,如果您允许的话,我去取回主教冠。"

于连的那双漂亮的眼睛产生了效果。

"那就去吧,先生,"主教很有礼貌地说,"我现在就需要它。让教务会的先生们等待,

我感到很抱歉。"

　　于连走到大厅中间,回过头去,看见主教又在做降福的动作。"这到底是什么意思呢?"于连心想,"就要举行仪式了,这可能是教会方面必要的预备工作吧!"他走到随身仆人们待着的小房间,看见主教冠正捧在他们手中。这些先生们在于连专横的目光注视下,不由自主地屈服了,把主教大人的主教冠交给了他。

　　于连拿到主教冠,心中很是得意;穿过大厅时,他放慢了脚步,恭恭敬敬地捧在手里。他看见主教坐在镜前,他的右手仍在不时地做降福的动作,尽管这只手已经显得疲倦了。于连帮助他戴上了主教冠,主教晃了晃头。

　　"啊! 很稳当,"他满意地对于连说,"请您站得离我远一点,好吗?"

　　主教说着便快步走到大厅中央,然后缓步朝镜子走来,又紧绷着脸,庄严地做起降福的动作来。

　　于连感到吃惊,呆呆地站立着,他真想问个究竟,可是又不敢开口。主教停下脚步,瞧着他,刚才那种严肃的表情迅速消失了。

　　"先生,您觉得这顶主教冠怎么样? 我戴着合适吗?"

　　"非常合适,主教大人。"

　　"不太偏后吧? 那样会显得有点儿傻气的;但是也不能压得太低,盖住了眉毛,就像军官的筒状军帽似的。"

　　"我觉得非常合适。"

　　"国王见惯了德高望重、当然也是非常严肃的教士。我不希望尤其是因为我的年龄的关系,给人以轻浮的感觉。"

　　主教又重新开始,一边走着,一边做起降福的动作。

　　"现在清楚了,"于连终于大胆地推测,"他是在操练降福的动作。"

　　过了一会儿,主教说道:

　　"我准备好了。先生,去吧,您去通知教长先生和教务会的先生们。"

　　不久,谢朗先生便带着两位最年长的本堂神父,从一扇雕刻华美的大门走了进来,这扇门十分高大,于连原先没有注意到它。不过这一回,于连按照他的身份站在大家的最后,教士们拥挤在门口,他只能越过他们的肩膀看见主教。

　　主教缓步穿过大厅。他走到门口时,那些本堂神父们正在排列仪式队伍。经过一阵短暂的混乱,这支队伍开始向前挪动,并唱起了赞美诗。主教走在最后,夹在谢朗神父和一位年纪很大的本堂神父之间。于连作为谢朗神父的随员,溜到了主教大人身边。队伍沿着布雷-勒奥修道院的长廊行进,尽管外面阳光灿烂,但长廊里仍然阴暗潮湿。大家终于来到内院的柱廊下。如此壮观的仪式场面,使于连惊叹不已,简直呆住了。主教的年轻有为又激起了于连的野心,同时主教的敏感和周全的礼貌,也使于连从心底里感到喜欢。这种礼貌与德·雷纳尔先生的礼貌完全不一样,即使是在他情绪好的时候也不一样。于连心想:"越是接近社会的最上层,越是可以见到这种迷人的风度。"

人们从一侧边门进入教堂。突然一声可怕的巨响震动了教堂古老的拱顶,使之发出了回声,于连以为是拱顶塌了。其实这还是那门小炮发出的响声,它被八匹奔马拖着,刚刚运到。莱比锡的炮手们已经架好了炮身,每分钟发射五炮,好像普鲁士人就在眼前似的。

不过,这令人赞叹的巨响,对于连已经不再起作用了,他不再想到拿破仑,也不再想到军人的荣耀。他正在想着:"这么年轻,就当上了阿格德的主教!可是,阿格德是在哪儿呢?主教能有多少收入?也许年薪是二三十万法郎吧!"

主教大人的仆从们送来一顶富丽堂皇的华盖,谢朗先生举着其中的一根竿子,但实际上是于连替他举着。主教站在华盖下面,他确实摆出了一副老成持重的模样,我们的主人公对他简直崇拜得五体投地了。他心里想:"一个人只要机灵,有什么事情办不到的呢?"

国王走进了教堂。于连真走运,可以在很近处看见国王。主教热情洋溢地向国王致辞,同时也没有忘记恰到好处地表现出那么一点儿窘迫不安,以示对陛下的毕恭毕敬。我们无须在此冗述布雷-勒奥举行的参拜仪式的盛况,一连半个月,本省各家报纸都以整版篇幅报道了这则消息。于连从主教的致词中得知,国王正是那位大胆的查理的后裔。

事后,于连的任务之一便是核对这次仪式各项费用的账目。德·拉莫尔先生为他的侄儿谋到了这个主教职位,为了表示对他的亲切关怀,他还承担了全部的费用。单单布雷-勒奥的仪式就花费了三千八百法郎。

在主教的致词和国王的答词之后,国王陛下来到华盖下,十分虔诚地跪在祭坛旁的一张拜垫上。祭坛周围是圣职祷告席,祷告席高出地面两个台阶。于连坐在第二层台阶上,靠近谢朗先生的脚边,就像是在罗马西斯庭教堂里一个替红衣主教拉着长袍后裾的人。这时教堂里香烟缭绕,唱起了赞美诗;外面枪炮齐鸣更是连续不断;农民们全都陶醉在欢乐和虔诚之中。这样的一天,足以抵消雅各宾派一百期报纸的舆论宣传的作用。

于连距离国王有六步远,国王确实在真心实意地祈祷。于连第一次注意到国王身边一个身材矮小的男人,这人目光敏锐,身着一件几乎没有绣花的衣服。但是,在他极为简单的衣服上,佩有一条天蓝色的绶带。这个人比其他的达官显贵们更加靠近国王;那些贵人们的衣服上绣满了金线,依照于连的说法,金线多得连衣料都辨不清了。后来于连才知道,这人正是德·拉莫尔先生。他觉得他神情高傲,甚至专横跋扈。

"看来这位侯爵不会像我的漂亮主教那样彬彬有礼,"于连心想,"啊!教会的圣职可以让人变得温和而明智。可是,国王来参拜遗骸,我根本就没瞧见遗骸是什么样子。圣克雷芒在哪儿呢?"

旁边的一个小教士告诉他,令人崇敬的遗骸安放在教堂顶部的一间火焰殿里。

"火焰殿又是什么呢?"于连心想。

但他不想多问。他的注意力更加集中了。

按照礼仪规定,国君参拜圣骸,议事司铎不得陪伴主教前往。但是向火焰殿走去时,阿格德主教邀谢朗神父相随;于连也放开胆子尾随于后。

他们登上一段很长的楼梯后，来到一扇十分狭窄的小门前，哥特式的门框用金镀过，显得金碧辉煌，看上去似乎昨天刚刚完工。

门前跪着二十四名年轻的姑娘，她们个个生得花容月貌，都是来自维里埃尔的名门望族。打开门之前，主教在这些姑娘们中间跪下。当他高声祈祷时，她们欣赏着他服饰上的美丽花边、他的温文尔雅、他那如此年轻而又如此温和的面容，仿佛看不够似的。见到这个场面，我们的主人公仅存的那点理智也消逝殆尽了。在这一瞬间，他简直可以为宗教裁判所去战斗，而且是真心实意地。门突然打开了，小殿堂里灯火通明。人们可以看见祭台上燃着千余支蜡烛，分成八排，每排之间用花束隔开。纯正的乳香散发出扑鼻的香气，从殿堂里一阵阵地飘出来。新近镀过金的殿堂十分狭小，但是很高。于连注意到，祭台上的一些蜡烛竟高达十五尺以上。年轻的姑娘们情不自禁地发出了赞叹声。只有二十四位姑娘、两位本堂神父和于连被允许进入殿堂的小门厅。

不一会儿，国王就到了，只有德·拉莫尔先生和侍从长伴随左右。侍卫们都留在外面，跪在地上，举枪致敬。

与其说国王陛下是跪下，不如说是猛地扑倒在跪凳上。于连一直紧靠在镀金的门上，直到这时候，他才从一个年轻姑娘裸露的胳膊下，看见了圣克雷芒那尊可爱的塑像。塑像隐蔽在祭台下面，身着年轻的罗马士兵服装，脖子上有一处很大的伤口，好像还在流着血。艺术家在此充分展示了他的才华：垂危的眼睛半闭半开，却充满优雅的神情；一绺初生的胡须，装点着一张可爱的嘴；双唇半张，仿佛还在祈祷。于连身旁的一位姑娘看见这尊塑像，禁不住热泪盈眶，一滴眼泪落在了于连的手上。

祈祷在极其沉寂静穆的气氛中进行着，只有方圆十法里内的村庄里传来遥远的钟声，缭绕于空中。祈祷进行了一会儿，阿格德主教请求国王允许他致辞。主教发表了一次简短然而却是非常动人的演说，精炼的几句结束语，使得演说的效果更佳。

"年轻的女基督徒们永远不要忘记，你们曾经看见一位人世间至高无上的君王，跪倒在这万能而神圣的天主的仆人们面前。正如你们从圣克雷芒仍在流血的伤口上看到的那样，这些仆人在尘世间是弱者，被虐待，被残杀，然而他们在天国里却是胜利者。年轻的女基督徒们，你们能永远记住这一天吗？你们要永远憎恶那些亵渎宗教的人，你们要永远忠于天主。我们的主是多么伟大，多么神圣，然而又是多么仁慈啊！"主教说完，神情威严地站起身来。

"你们能答应我吗？"他一边说，一边向前伸出手臂，仿佛得到了神灵的启示。

"我们答应，"姑娘们同声说道，不由得泪如泉涌。

"我以神圣的天主的名义，接受你们的允诺！"主教以雷鸣般洪亮的声音补充道。仪式就此结束了。

国王也流泪了。过了许久，于连才冷静下来，向人打听从罗马给勃艮第公爵——善人菲利普送来的圣骸放在什么地方。有人告诉他，圣骸就藏在那尊迷人的蜡像里。

国王恩准那些在火焰殿陪伴他的姑娘们，每人佩戴一条红缎带，上面绣着以下字样：

憎恨渎神,永远敬神。

德·拉莫尔先生让人散发给农民们一万瓶葡萄酒。当晚,在维里埃尔城内,自由党人找到了张灯结彩的理由,比保王党人要辉煌百倍。国王临行前,去看望了德·穆瓦罗先生。

第十九章　思想使人痛苦

> 每天发生的荒诞怪事,
> 向您掩盖了激情的真正
> 不幸。
>
> ——巴纳夫

于连把原有的家具搬回德·拉莫尔先生用过的房间时,发现了一张十分厚实的纸,叠成四折。他在头一页纸的下方读到一行这样的文字:

　　呈法兰西贵族院议员、王家诸种勋章获得者等等,德·拉莫尔侯爵先生阁下。

这是一份用厨娘那种粗劣的字体写成的请求书。

　　侯爵先生:
　　我一生都信守宗教的教规。九三年围城期间,我在里昂饱尝了枪林弹雨之苦,留下了可怕的记忆。我领圣体;每个星期天我都去教区的教堂里望弥撒。即使在那不堪回首的九三年,我也从没有忘记履行复活节的职责。我的厨娘——革命前我有过一些仆人——我的厨娘每逢星期五为我做素食。我在维里埃尔受到普遍的敬重,我敢说我受之无愧。在举行宗教仪式的队列中,我走在华盖下面,紧挨着本堂神父和市长先生。每逢重大场合,我总是举着一支自费购买的大蜡烛。有关这一切的证明,都存放在巴黎的财政部。我恳请侯爵先生让我主管维里埃尔彩票局,不管怎样,这个位置很快就要成为空缺,因为现任主管人病情严重,况且他在选举中又投错了票,等等。

　　　　　　　　　　　　　　　　　　　　　　德·肖兰

在这份请求书的空白处,有署名德·拉莫尔的批注意见,开头一行写着:

　　昨天我曾有幸谈及提出这项请求的这位品德高尚的人,等等。

"这么说，就连德·肖兰这个蠢材，也向我指出了应该走的道路了，"于连心想。

国王途经维里埃尔，城里出现了无数的谣言，愚蠢的解释，可笑的讨论等等；国王、阿格德主教、德·拉莫尔侯爵、一万瓶葡萄酒以及不幸坠马的穆瓦罗先生（他盼望得到一枚十字勋章，摔伤后一个月才出门），都相继成了这类谈话的资料。然而一周以后，仍有一件大伤风化的事让人们议论不休，那就是将于连·索雷尔这个木匠的儿子，突然塞进了仪仗队。关于此事，我们应该听听那些富有的印花布制造商们的议论。他们整日不分早晚地聚在咖啡馆里，声嘶力竭地鼓吹平等。按照他们的说法，德·雷纳尔夫人，这个高傲的女人，就是这次可恶事件的主谋。至于理由呢？小神父索雷尔的那双美丽的眼睛和鲜艳的脸蛋就足以说明一切了。

回到韦尔吉不久，德·雷纳尔夫人最小的孩子斯塔尼斯拉斯-格扎维埃就发起烧来了，她顿时陷入了可怕的悔恨中。她第一次持续不断地责备起自己的爱情；仿佛出现了奇迹，她似乎突然明白过来了，自己被卷入了一个多么巨大的错误之中。尽管她十分虔诚地信奉宗教，但是在这之前，她还从来没有想过，在天主眼中她的罪孽该有多么深重。

从前，在圣心修道院里，她曾经狂热地敬爱天主，然而眼下，她又以同样的程度惧怕起天主来了。由于她的惧怕心里根本没有丝毫的理性成分，那折磨着她的灵魂的斗争，便显得更加可怕了。于连发现，哪怕是一丁点儿的劝导，也会引起她的愤怒，根本无法使她平静下来；她把他的劝导看成是来自地狱的话语。不过，于连很喜欢小斯塔尼斯拉斯，当他向她说起她孩子的病情时，她倒是挺乐意回答。不久，孩子的病情更加严重了。这时，不断的悔恨甚至剥夺了她的睡眠。她整日板着面孔，缄默不语；如果她要开口，那一定会是向天主和世人坦白她的罪孽。

"我恳求您，"当他们俩单独在一起时，于连对她说道，"别向任何人说，有什么苦衷就对我一个人说吧！如果您还爱着我，您就别张扬；即使您说出来，也不能使我们的斯塔尼斯拉斯退烧。"

然而，他的这番安慰没有产生任何效果，因为他并不了解德·雷纳尔夫人内心的想法。为了平息天主的愤怒，她认为必须憎恨于连，要不就是看着自己的儿子死去，两者必居其一。正因为她无法做到去憎恨自己的情人，她才感到如此痛苦。

"离开我吧，"有一天她对于连说，"看在天主的份上，您离开这个家吧；您待在这儿，我的儿子便会送命的。"

"天主惩罚我了，"她低声补充道，"他是公正的。我崇拜他的公正，我罪孽深重，却从来没有受到过良心的谴责！这便是背弃天主的第一个迹象，我应该受到加倍的惩罚。"

于连的心被深深地打动了。在她的话语里，他确实看不到一点虚伪，也看不到一点夸张。"她相信爱我就等于杀了她的儿子，然而，这个不幸的女人爱我胜过爱她的儿子。我毫不怀疑，悔恨会置她于死地，这就是情感的伟大。然而，我是那么贫困，那么没有教养，那么无知，有时举止又那么粗鲁，我怎么会激起这样一种爱情的呢？"

一天夜里,孩子的病情更加恶化了。凌晨两点左右,德·雷纳尔先生来看望儿子。孩子在高烧的折磨下,满脸通红,已经认不出他的父亲了。突然,德·雷纳尔夫人扑倒在丈夫脚下,于连看出,她就要将一切隐情全盘托出,把自己永远地毁掉了。

幸运的是,这个奇怪的举动使德·雷纳尔先生感到厌烦。

"再见!再见!"他一边说着一边离去了。

"不,你听我说!"他的妻子跪在他的面前喊道,力图拦住他,"你得了解全部事实真相。是我杀了我的儿子。我曾给了他生命,现在我又夺回了他的生命。上天惩罚我,在天主眼里,我是个杀人犯。我应该毁灭自己,羞辱自己,也许这种牺牲可以平息天主的愤怒。"

如果德·雷纳尔先生是个具有丰富想象力的男人,他就会明白一切。

"胡思乱想!"他一边说着一边推开他的妻子,她正试图抱住他的双膝,"全是胡思乱想!于连,天一亮就派人去请医生。"

他说完便又回房去睡觉了。德·雷纳尔夫人跪倒在地,几乎昏厥过去,于连欲去扶她,她用一个痉挛性的动作推开了他。

于连惊得呆住了。

"这就是所谓的通奸!"他心中暗想……"难道那些狡猾奸诈的教士们可能……是正确的吗?他们作恶多端,反倒有特权去感受犯罪的真正理论。真是咄咄怪事!……"

德·雷纳尔先生离去已有二十分钟了,于连一直望着他心爱的女人,她的头倚着孩子的小床,纹丝不动,差不多没有了知觉。"这是一个天资过人的女人,由于结识了我,竟坠入了不幸的深渊,"他心中暗想。

"时间在飞快地逝去,我能为她做些什么呢?应该做出决定了。我本人倒是无所谓。那些人和他们庸俗卑劣的装腔作势,与我有何相干?现在我能为她做些什么呢?……离开她吗?可是,这便会让她一个人去承受最可怕的痛苦的折磨。她那个麻木的丈夫,对她只能是有害无益。他生性粗鲁,会对她说出些没心没肺的话来;她可能会因此而发疯,从窗口跳下去。

"如果我抛下她,而不再守护着她,她一定会向她丈夫坦露一切。谁知道呢,尽管她给他带来一份遗产,但说不定他还是要大闹一场的。伟大的主啊!她会把全部的隐情都说出来,告诉那个……坏家伙马斯隆神父,那么他就可以利用一个六岁的病孩为借口,不再离开这幢房子,而且一定是别有用心。她在痛苦和对天主的恐惧中,会忘记她对男人所了解的一切,只看见他是个神父。"

"你走吧,"德·雷纳尔夫人突然睁开眼,对他说道。

"我宁愿去死一千次,也要知道怎样做才能对你最有益,"于连答道,"我从来没有这样爱过你,我亲爱的天使,更确切地说,仅仅从此时此刻起,我才开始崇拜你,就像你当之无愧应该受到的崇拜那样。我明明知道,你是因为我才陷入如此的不幸,那么我离开你,我会变得怎么样呢?不过,我的痛苦倒是无关紧要的。好吧,我离开这儿,我亲爱的。但

是,假如我离开你,假如我不再守着你,不再出现在你和你的丈夫之间,你就会向他坦白一切,你就会毁了你自己。你想想看,他会采用卑鄙的手腕,把你撵出家门。那时候,整个维里埃尔,整个贝藏松,都将谈论这桩丑闻。人们会把一切过错归罪于你,你永远也洗不清这种耻辱……"

"这正是我求之不得的事,"她大声说道,并站起身来,"我遭受痛苦,那就更好了。"

"但是,由于这桩可怕的丑闻,你也会使你的丈夫招致不幸!"

"可我甘愿蒙受耻辱,我甘愿跳入泥潭;说不定这样一来,我能救活我的儿子。这种屈辱,在众人眼中,不是可以视作是一种公开的赎罪吗?就我这个弱女子看来,这不正是我对天主能够做出的最大牺牲吗?……也许天主垂怜于我,会接受我这种忍辱含垢的赎罪,让我的儿子留在我身边。请给我指出另一条更痛苦的牺牲道路吧,我会勇敢地奔赴那里。"

"那就让我来惩罚我自己吧,我同样也是一个罪人。你愿意让我进特拉伯苦修院吗?那儿严酷的苦修生活,或许能让你的天主息怒……啊!天哪!为什么我就不能够代替斯塔尼斯拉斯去生病呢……"

"啊!你爱他,你,"德·雷纳尔夫人说道,同时站起身来,投入于连的怀抱。

然而在同一瞬间,她又惊恐地将他推开了。

"我相信你!我相信你!"她重新跪下,又继续说道,"啊,我唯一的朋友!为什么你不是斯塔尼斯拉斯的父亲呢!要是那样,我爱你胜过爱你的儿子,这就不是一桩可怕的罪恶了。"

"你愿意让我留下吗?从今以后,我只是像一个弟弟那样爱着你,好吗?这是唯一顺应情理的赎罪方法了,它可以平息天主的愤怒。"

"那么我呢,"她高声说道,并站起身,用双手捧住于连的头,置于眼前,"那么我呢,我将像爱一个兄弟那样去爱你?难道我能够做到,像爱一个兄弟那样去爱你吗?"

于连不由得泪流满面。

"我听你的,"他边说边扑倒在她的脚下,"不管你吩咐我做什么,我都服从于你,我唯一能做到的就是这一切了。此刻我已是六神无主,茫然无措了。如果我离开你,你会把一切告诉你丈夫,毁了你,也毁了他。出了这桩丑闻,他永远就甭想当选为议员了。如果我留下,你会认为我是你儿子丧命的原因,你会悲痛欲绝,痛苦而死。你愿意尝试一下我离开的效果吗?如果你愿意,我将为了我们的罪过惩罚我自己,离开你一个星期,去你乐意让我去的隐居地点,度过这一段时光。譬如说,可以去布雷-勒奥修道院。不过你得向我起誓,在我离开期间,你绝不能向你丈夫承认半点隐情。你要记住,如果你说出来,我就再也不能回到你身边了。"

她答应了他的要求,他走了,可是才过两天,他又被叫了回来。

"没有你在,我不可能遵守我的誓言。如果没有你时刻守在我身边,用你的目光命令我沉默,我会向我丈夫供出一切的。这种胆战心惊的生活,对我来说,每个小时仿佛就是一整天。"

终于，上天对这位不幸的母亲动了恻隐之心。斯塔尼斯拉斯的病情渐渐地转危为安了。然而，冰层已被打破，她的理智已经使她认识到自己罪孽的深重，她再也不能恢复心灵的平静了。悔恨依旧存在，这对于一颗如此真诚的心灵来说，当然是不可避免的。她的生活时而在天堂里，时而在地狱里：当她看不到于连时，她是在地狱里；当她偎依在于连脚边时，她又是在天堂里。

"我不再存有任何幻想，"甚至当她敢于放纵自己完全沉湎于爱河之中时，她也这样对他说，"我要下地狱了，无可挽回地要下地狱了。你还年轻，你只是屈从于我的诱惑，上天会宽恕你的；而我，是要下地狱了。从一些无可怀疑的迹象中，我已看到了这一点。我很害怕，在地狱面前，谁能不害怕呢？但是说实在的，我一点儿也不后悔。如果需要的话，我愿意复蹈前辙，再犯我的过失。只愿上天在这个世界上不要在我的孩子们身上惩罚我，我也就别无所求了。"但是有时候，她又说："而你呢？我的于连，至少你是幸福的吧？你觉得我爱你爱得够深吗？"

骄傲和多疑的心态常使于连陷入痛苦，他尤其需求一种甘作牺牲的爱情，如今面对这样一种如此伟大、如此真诚、且每时每刻都在做出牺牲的爱情，他心中的骄傲和多疑再也难以维持了。他崇拜德·雷纳尔夫人。"尽管她是贵族，而我是工人的儿子，可是她爱我……我在她身边，并不是一个履行情人职责的仆人。"这种顾虑消除后，于连便陷入了对爱情的种种狂热里，同时也卷进了爱情难以承受的变化跌宕中。

"至少，在我们可以一起度过的短暂时光里，我要让你非常幸福！"她见于连对她的爱情还有疑虑，便对他说，"让我们抓紧时机吧，也许明天，我就不再属于你了。如果上天要在我的孩子们身上惩罚我，即使我想只为了爱你而活着，即使我想对孩子们因为我的罪孽而死视而不见，也只能是枉费心机了。在这样的打击之后，我不可能再苟且偷生。我就是想继续活下去，也是不可能的了，因为我会发疯的。"

"啊！但愿我能替你受罪，就像你曾经那么慷慨地提出，要替斯塔尼斯拉斯生病一样！"

这一严重的精神危机，改变了于连和他的情妇之间的感情的性质。他对她的爱情，不再仅仅是对她的美貌的陶醉和占有她的骄傲了。

从此以后，他们的幸福具有一种更为崇高的性质，吞噬着他们的爱情的火焰，燃烧得更加炽烈了。他们常常有充满疯狂的激奋时刻。在人们眼中，他们显得比以前更加幸福了。但是，他们再也找不回初恋时的那种甜蜜的宁静，那种没有阴云的欢乐和安逸的幸福了。那时候，德·雷纳尔夫人唯一的担心，便是于连爱她还爱得不够深，而现在他们的幸福却时常带有一种犯罪感。

在那些最幸福表面也显得最平静的时刻，德·雷纳尔夫人常常会痉挛地抓住于连的手，突然喊道："啊！伟大的主啊！我看见地狱了。多么可怕的酷刑啊！我是罪有应得。"她紧紧地抱住他，就像常青藤紧紧地攀附在墙壁上一样。

于连竭力想让这颗激动不安的心平静下来，但只能是白费力气。她抓住他的手，在上面印满了热吻。然后，她又重新陷入了阴郁的梦幻里。"地狱，"她说，"地狱对我来说，也许是一种恩典；在人世间，我还有几天时间可以和他共同度过，但是在这个世界上就有了地狱，我的孩子们的死……然而付出这样的代价，我的罪孽也许可以得到赦免……啊！伟大的主啊！但愿您不要让我以这种代价换得您对我的宽恕。这些可怜的孩子们，一点也没有触犯您呀！是我，是我，我是唯一的罪人！我爱上了一个男人，他不是我的丈夫。"

接着，于连会看见，德·雷纳尔夫人又进入了外表平静的状态。她竭力克制自己，她不愿意破坏她所爱的这个人的生活。

就这样，在爱情、悔恨和欢乐的交替出现中，他们的日子闪电般地飞快逝去。于连失去了思考的习惯。

埃莉莎小姐为一场小小的官司去了维里埃尔。她发现瓦勒诺先生对于连十分不满。她憎恨这位家庭教师，便常在瓦勒诺先生面前议论于连，说长道短。

"先生，如果我说出实情，您会毁了我的！……"有一天她对瓦勒诺先生说道，"主人们在大事上总是一个鼻孔出气的……有些隐情，可怜的仆人一旦说出来，绝不会得到他们的宽恕的……"

好奇心切的瓦勒诺先生对这番陈年老调，心中早已不耐烦，他想了一个办法，使她直截了当地道出了真情，了解到了他的自尊心所最不能容忍的那些事情。

六年来他一直向这个本地最出色的女人大献殷勤，不幸的是闹得满城风雨，人人皆知。这个女人如此高傲，她的蔑视曾多次令他脸红；可是近来她竟然把一个打扮成家庭教师的小工人当作情夫。最让这位贫民收容所所长恼羞成怒的是，德·雷纳尔夫人居然还崇拜这个情夫。

"况且，"女仆叹了口气又补充道，"于连对夫人一点儿也没有改变他那惯有的冷冰冰的态度，就轻而易举地征服了她。"

埃莉莎只是到了乡下后才对此事确信不疑的，但是她相信，他们两人之间的私通早就开始了。

"一定是因为这个缘故，"她十分气恼地继续说，"他当时才拒绝娶我。而我呢，真是个傻瓜！竟然去和德·雷纳尔夫人商量，求她在家庭教师面前为我说情！"

当天晚上，德·雷纳尔先生在收到从城里寄来的报纸的同时，还收到一封很长的匿名信，信中十分详尽地向他叙述了他家里发生的事。这封信是用一张浅蓝色的信纸写的，于连看见德·雷纳尔先生读这封信时，脸色发白，不时地向他投来凶狠的目光。整个晚上，市长都显得心烦意乱。于连为讨他的欢心，想请他对勃艮第那些最有名望的世家的家谱作些解释，结果是白费心思。

第二十章　匿 名 信

将近午夜,大家离开客厅时,于连才瞅到机会对他的情人说:

"我们今晚不要见面了,您的丈夫起了疑心。我见他唉声叹气地读着一封长信,我发誓,那准是一封匿名信。"

幸亏于连进到卧室后就把门给反锁上了。德·雷纳尔夫人有一个愚蠢的念头,认为于连的这个警告,无非是找借口不想见她罢了。她完全失去了理智,又按照往日约会的时间,照例来到于连的门前。于连听见走廊里有响动,立即吹灭了灯。有人试图打开他的房门,这究竟是德·雷纳尔夫人,还是那个满腹妒火的丈夫呢?

第二天大清早,那个时常保护于连的厨娘给他送来一本书,于连在封面上看到用意大利文写着几个字:Guardate alla pagina 130。

于连被这轻率的举动吓得浑身发抖。他翻到第一百三十页,发现里面用大头针别着下面这样一封信。这封信写得很匆忙,还沾满了泪痕,并且一点儿也不注意词语的拼写规则。而平时,德·雷纳尔夫人的字总是写得工整准确的。这一细节,使于连深为感动,他差不多忘记了那可怕的轻率行为。

今天晚上你不愿意接待我吗?有时候,我觉得我从来没有看清过你的灵魂深处。你的目光让我恐惧,我害怕你。伟大的主啊! 难道你从来没有爱过我吗?既然是这样,就让我的丈夫发现我们的恋情吧,让他把我永远监禁在乡下的牢房里,远离我的孩子们吧! 也许天主愿意如此。我会很快死去,而你将是一个恶魔。

你不爱我了吗? 你这个亵渎宗教的人。你对我的痴情、我的悔恨厌倦了吗? 你想毁了我吗? 那么我教给你一个轻而易举的办法。去向整个维里埃尔公开这封信吧,或者更不如只把这封信送给瓦勒诺先生一个人看。告诉他我爱你,不,不要说出这样亵渎的话来;告诉他我崇拜你,生命对于我来说,只是从我看见你的那天才开始;告诉他,在我青年时代最疯狂的时刻里,我甚至也没有梦想到你给我带来的幸福;告诉他我已经为你牺牲了我的生命,我正在为你牺牲

我的灵魂。你知道,我为你做出的牺牲还要多得很呢。

　　但是,这个男人懂得什么叫牺牲吗?为了激怒他,你去告诉他吧,告诉他一切恶人都不能使我畏惧;告诉他在这个世界上,我只有一桩不幸,那就是看见唯一使我留恋于生活的男人变了心。对我来说,失去生命,作为牺牲而献出生命,不用再为我的孩子们担惊受怕,这该是多么幸福啊!

　　不必怀疑,亲爱的朋友,假设有一封匿名信的话,那一定是来自这个可怕的家伙。六年来,他一直对我死死地纠缠不休,用他那粗大的嗓门,用他那纵马跳越的故事,用他的自命不凡以及他那永远数不清道不完的种种长处。

　　确有一封匿名信吗?狠心的人啊,这正是我想和你当面商议的事情。不过算了,你做得对。我把你紧拥在怀里,也许这是最后一次了,我再也不能像我一人独处时那样冷静地思考。从此以后,我们的幸福再也不会像过去那样容易得到了。这使您感到心情不快吗?是的,当您不能从富凯先生那儿收到什么有趣的书的时候,你便是如此。牺牲已成定局。不论有没有匿名信,明天,我也要告诉我丈夫,说我收到了一封匿名信,他应该立即酬谢你一笔重金,找个适当的借口,毫不耽搁地把你送回你的父母身边。

　　唉!亲爱的朋友,我们就要分开半个月,也许是一个月!去吧,我深深地了解你,你会像我一样地痛苦。但是,为了消除这封匿名信所产生的后果,这是最终唯一可取的办法了。这并不是我丈夫收到的第一封匿名信,与我有关的当然也不止这一封,唉!我曾是那样一笑置之!

　　我这样做的全部目的,就是要让我的丈夫认为,那封信来自瓦勒诺先生;我相信一定是他写的。如果你离开这儿,别忘了去维里埃尔住下。我将设法让我的丈夫也想去那儿住上半个月,以便向那些蠢货们证明,我和他之间的关系并未冷淡。一到维里埃尔你就和所有的人交朋友,甚至包括自由党人。我知道城里所有的夫人们都希望和你结交。

　　别跟瓦勒诺先生闹翻了,也不要像你有一天对我说的那样,去割他的耳朵,相反,要竭力装出讨好他的样子。重要的是,要让维里埃尔的人们相信,你将去瓦勒诺家,或其他什么人家当家庭教师了。

　　这正是我丈夫决不能容忍的事。即使他不得已只好如此,那也好啊!至少你住在维里埃尔,我们有时还可以见面。我的孩子们非常爱你,他们会去看望你。伟大的主啊!我觉得我更加爱我的孩子,因为他们爱着你。多么悔恨啊!这一切将如何了结呢?……我扯远了……总之,你得明白你该做些什么。请你对待那些粗俗的人们温和一些,谦恭一些,丝毫不要显示出轻蔑的表情,我跪下来求你了,他们将会成为我们命运的主宰。丝毫也不用怀疑,我的丈夫将按照舆论要求的那样对待你。

　　匿名信由你提供给我,你得有耐心,还得有一把剪刀。请你把从下面这封

信上看到的字句，从一本书中剪下来，然后用胶水贴在我送给你的那张浅蓝色的纸上，这张纸是我从瓦勒诺先生那儿得到的。你要料想到，可能会搜查你的房间；烧毁你剪过的所有残缺书页。如果你在书中找不到现成的字词，那就耐着性子将它们逐个字母地拼凑起来吧！为了减少你的劳动，我把这封匿名信拟得很短。唉！如果像我所担心的那样，你不再爱我了，你一定会觉得我这封信是多么冗长啊！

匿　名　信

夫人：

　　您所采用的那些小小的计谋已被人识破；但是那些有意制止它们的人均被告知。出于我对您尚存的一点友情，我规劝您和那个小乡巴佬彻底断绝来往。如果您还明智的话，听从了我的忠告，您的丈夫将会相信，他收到的那封密信欺骗了他，我们就任他相信他的错误吧！请记住，我手中已经攥有您的秘密。发抖吧，不幸的女人，从此刻起，您必须在我面前老老实实。

　　等你贴完组成这封信的字句(你从中看出了所长的口气吗?)，立即从屋里出来，我会碰上你的。

　　我将去村子里，回来时显得神色慌张；事实上，我确实深感不安呢。伟大的主啊！我冒着什么样的危险啊，这一切都是因为你认为猜到了一封匿名信。总之，我将愁眉苦脸地把一个陌生人送给我的这封信交给我的丈夫。而你呢，带着孩子们去树林里的那条路上散步，一直到吃晚饭时再回来。

　　从悬崖上面，你可以望见鸽舍的塔楼。如果我们的事进行得顺利，我就在那上面放一块白手帕，如果事与愿违，则什么也没有。

　　负心的人，难道你的心就不能为你找出个办法，在你散步之前对我说声你爱我吗？无论出现什么情况，有一件事敬请你放心：一旦确定我们要永久离别，我一天也不会多活。啊！坏母亲！这是我刚刚写下的三个对我毫无意义的字，亲爱的于连，我并不感到它们有什么实在意义，此时此刻，我心里想到的只有你，我把它们写下来仅仅是为了不受到你的责备。既然我看见自己已经到了将要失去你的时刻，装假又有什么用呢？是的，让你认为我的心是残忍的吧，但是不能让我在我崇拜的男人面前撒谎！我一生中的欺骗已经够多的了。听着，如果你不再爱我，我也原谅你。我没有时间重读我的信了。用生命的代价，去换取我刚刚在你怀抱里度过的幸福时光，对我来说这算不得什么。你知道，我将来为这种幸福所付出的代价还要更高呢。

第二十一章　与主人的对话

> 这都是我们生性脆弱的缘故，不是我们自身的错处；因为上天把我们造成什么样的人，我们就是什么样的人。
>
> ——《第十二夜》

于连怀着孩子一般的欢乐心情，忙乎了一个小时，才把那些字词一个个粘合在一起。他走出房间，正遇上他的学生和他们的母亲。她坦然而勇敢地接过了信，那镇定自若的神态让他感到惊骇不已。

"胶水干透了吗？"她向他问道。

"这就是那个曾经让悔恨折磨得发了狂的女人吗？"于连心中想道，"她此刻有着怎样的计划呢？"他太骄傲了，不会去问她的；但是，也许她从来没有像现在这样讨他喜爱。

"这件事如果搞糟了，"她补充道，神情依旧是那么镇静，"我将被剥夺得一无所有；把这点积蓄埋在山上的某个地方吧，说不定哪一天，这就是我唯一的依靠了。"

她递给他一个红色摩洛哥皮革做的首饰盒，里面装满了金子和一些钻石。

"现在就走吧！"她对他说道。

她亲吻了孩子们，最小的孩子吻了两遍。于连呆立着，一动也不动。她快步离开了他，没有再看他一眼。

从打开匿名信的那一刻起，德·雷纳尔先生的生活就陷入了不堪忍受的境地。一八一六年，他曾险些与人决斗，从那以后，他还从没有像现在这样激动过；说句公道话，即使决斗面临着挨枪子的危险，也没有使他感到过这样的不幸。他翻来覆去地研究这封信："这不是女人的笔迹吗？"他暗自揣测，"如果是的，那么是哪个女人写的呢？"他把在维里埃尔他所认识的女人，全都在头脑中一一过了一遍，但还是无从确定怀疑的对象。"也许这封信是在一个男人的口授下写的呢，那么又会是哪个男人干的呢？"对此他同样也没有把握。他认识的人大部分都嫉妒他，而且毫无疑问地也憎恨他。"应该问一问我的妻子，"他一边习惯性地对自己说着，一边将深陷在扶手椅里的身体立了起来。

他刚刚站起身,又拍着自己的脑袋说:"伟大的天主啊!尤其是她,我应该提防着点,她现在是我的敌人了。"一怒之下,他的泪水溢满了眼眶。

外省人的处世之道是建立在冷酷无情的基础上的,大概是对这种冷酷无情的理所当然的报应吧,此刻德·雷纳尔先生最怕的两个人,正是他的两个亲密无间的朋友。

"除了他们两个人之外,我差不多还有十来个朋友,"他把他们逐个儿考虑了一遍,估量着从每个人身上能够得到多少慰藉。"所有的人,所有的人,"他歇斯底里地嚷叫着,"都会对我的可怕遭遇幸灾乐祸的。"幸亏他认为别人都强烈地嫉妒自己,而且这也并非没有道理的。他在城里有富丽堂皇的宅邸,不久前国王刚在里面住过,因而使它的荣耀与世长存。除此之外,他还把韦尔吉的古堡修葺一新,房屋正面刷成了白色,所有的窗户都装上漂亮的绿色护窗板。想到城堡的豪华,他感到了片刻的安慰。确实,这座城堡在三、四法里之外就可以看见,附近的乡村别墅或所谓的城堡都显得相形见绌,因为岁月的侵蚀,给那些房屋罩上了一层灰暗陈旧的色调。

德·雷纳尔先生可以指望得到一个朋友的眼泪和同情,此人便是本堂区的财务管理委员,可他是一个蠢材,遇到任何事只会黯然落泪。然而此刻这人却是他唯一的指望了。

"有什么不幸能与我的不幸相比啊!"他狂怒地吼叫着,"我是多么孤独啊!"

"这可能吗?"这个确实令人同情的人自语着,"这可能吗?在我遇到不幸时,竟没有一个知己可以商量?因为我丧失了理智,我感觉到了!啊!法尔科兹!啊!迪克罗斯!"他痛苦地喊着。这是他童年时代两个朋友的名字,但在一八一四年他的地位提高以后,他便疏远了他们。因为他们不是贵族,他想改变与他们自小在一起相处的那种平等关系。

他们两人当中,法尔科兹是个聪明而勇敢的人。他在维里埃尔做纸张生意,曾经从省城买来一台印刷机,办了一份报纸。圣会决心让他破产,于是查封了他的报纸,吊销了他的印刷许可证。在这种走投无路的情况下,十年来他第一次试着给德·雷纳尔先生写了一封信。维里埃尔市长认为自己应该像古罗马人那样回答:"假如国王的大臣赐予我这份荣幸,来征求我的意见,我将会告诉他:毫不留情地让外省所有的印刷厂主破产吧,让印刷业像烟草一样实行专卖。"这封写给亲密朋友的回信,当时曾博得了全维里埃尔人的称颂;而如今,德·雷纳尔先生回忆起信中的措辞,却不免心惊肉跳。"以我当时的地位、财产和荣誉,谁能料到有一天我会后悔写这封信呢?"就这样,他时而怨恨自己,时而怨恨他周围所有的人,在盛怒之中度过了可怕的一夜。不过幸亏他没有想到去窥察他妻子的行动。

"我已经习惯于和路易丝一起生活,"他心中想道,"她了解我所有的事情。即使明天我有再婚的自由,我还找不到一个可以取代她的女人呢。"于是他又得意扬扬地想到他的女人是清白的,这种看法使他无须再去表现出刚强的性格,使他非常中意。我们不是看见过有很多女人遭受诬陷吗?

"什么!"他突然大声喊道,步履踉跄地走了几步,"难道我就像一个卑贱的人,像一个

叫花子那样,去忍受她和她的情夫对我的愚弄吗?难道应该让维里埃尔全城的人都来取笑奚落我的宽容大度吗?人们对夏尔米埃(这是当地众所周知的一个受骗丈夫)什么话没有说出口?一提起他的名字,谁的唇边不露出讥笑?他是个好律师,但又有谁提起他那雄辩的口才呢?啊!夏尔米埃!大家称他为:夏尔米埃·德·贝尔纳,人们就是这样用那个使他蒙受耻辱的人的姓氏来称呼他的。"

"我感谢上天,"德·雷纳尔先生有时又说,"我幸亏没有一个女儿,我采用任何方式惩罚母亲都不会妨害我的儿子们的前程。我可以当场擒获这个小乡巴佬和我的妻子,然后把他们两个都杀了。如此一来,悲惨的结局也许可以避免使这桩丑闻成为笑柄。"这个想法使他感到满意,于是他又循着这个念头,想到了事发的种种细节,"刑法是维护我的,不论发生什么情况,我们的圣会和我在陪审团里的朋友们都会营救我。"他检查了他的猎刀,刀刃十分锋利,然而一想到血,他又害怕了。

"我可以把这肆无忌惮的家庭教师痛打一顿,然后撵出家门;但是这样一来,便会在维里埃尔甚至全省,引起多么大的轰动啊!法尔科兹的报纸被禁止发行之后,报纸的主编从监狱里放出来,我曾插手使他失去了六百法郎的职位。听说这个拙劣的文人居然还敢在贝藏松重新露面,他可以巧妙地公开抨击我,致使我无法将他送上法庭。把他送上法庭!……这个无赖会千方百计地让人相信他说的都是真话。一个出身高贵的人,又拥有像我这样的地位,当然会遭到所有平民的忌恨。我将会看见我的名字出现在巴黎那些可怕的报纸上。啊!我的主啊!多么可怕的深渊啊!眼看着雷纳尔这个古老的姓氏陷入嘲笑的泥潭里……如果我想出门旅行的话,就得改名换姓。怎么!要我放弃这个代表我的荣誉和权力的姓氏!那真是一场灭顶之灾啊!"

"如果我不杀死我的妻子,只是将她羞辱一番,撵出家门,她在贝藏松的姑母就会把她的全部财产直接交给她。我的妻子将会去巴黎和于连生活在一起,维里埃尔的人就会知道这件事,我还是会被人当作一个受骗的丈夫。"灯光渐渐暗淡,这个不幸的人儿这才发现已经天亮了。他走到花园里去呼吸新鲜空气。此刻,他差不多已经拿定了主意,决定不让这件事张扬出去;他尤其想到,倘若闹得满城风雨,他在维里埃尔的朋友们一定会幸灾乐祸的。

在花园里散步,使他稍稍平静了一些。"不,"他突然喊道,"我决不能失去我的妻子,她对我太有用了。"他想象着他的家里一旦没有了妻子,该有多么可怕。除了德·R 侯爵夫人以外,他已经没有其他亲戚了,而这个女人又老又蠢,而且凶狠恶毒。

一个意义重大的计划出现在他的头脑中,要实施这项计划,需要刚强的意志力,但是这个可怜的男人在这方面却是差距甚远。"如果留下我的妻子,"他自言自语地说,"我了解自己,总有一天,当她让我无法忍受时,我就会指责她犯下的过失。她生性高傲,我们一定会闹翻,而这一切将会发生在她继承她姑母的遗产之前。到那时,人们将会怎样来讥笑我啊!我妻子爱她的孩子们,最终一切会归他们所有。至于我呢,我将成为维里埃尔的笑柄。'怎么,'人们将会说,'他甚至不知如何报复他的女人。'如果我只怀疑而不去证实，岂不是更好吗？可这样一来，我便自缚手脚，以后我也不能指责她什么了。"

过了一会儿，德·雷纳尔先生那受到伤害的虚荣心又重新抬头了，他努力地回想着在维里埃尔"游乐场"或"贵族俱乐部"的台球厅里，某个伶牙俐齿的家伙在打球的间歇中，变着法儿拿一个受骗的丈夫取乐的事情。此时此刻，这些玩笑在他看来是多么残酷啊！

"天哪！我的妻子怎么不死掉呢！那样，我就不会遭人耻笑了。我怎么不是个鳏夫呢！那样，我就可以去巴黎最上流的社交界待上半年时间。"当鳏居的念头给他带来了片刻的幸福之后，他的思想又回到了澄清事实真相的方法上。半夜时分，等所有的人睡了之后，是否要在于连的门前撒上一层薄薄的麸皮呢？等到翌日早晨天亮的时候便可以看见脚印了。

"但是这种办法根本行不通，"突然他怒火满腔地大叫起来，"埃莉莎这个小淫妇会发现的，这座房子里的人立刻都会知道我在吃醋。"

在游乐场还谈到过这样一个故事，有一个怀疑妻子不贞的丈夫，用少许蜡烛将一根头发像封条那样，分别粘在他的妻子和那个风流情种的房门上，结果证实了他的不幸。

在经过长达数小时的犹豫之后，他觉得查清事情的真相，无疑是最好的办法，他打算采用这个办法。这时，在一条小径的拐弯处，他碰到了他曾经希望她死去的那个女人。

她从村子里回来。她刚才去了韦尔吉教堂望弥撒。据传说，人们现在正使用的这座教堂，原是当年韦尔吉领主的城堡的小教堂。在冷静的哲学家看来，这个传说根本无从确定，而她却信以为真。在德·雷纳尔夫人打算在这座教堂里祈祷的这段时间里，这个想法自始至终都萦绕在她的心中。她不停地想象着，她的丈夫在打猎时，仿佛由于失手杀死了于连，到了晚上，又让她吃他的心。

"我的命运，"她心想，"就取决于他听了我的话以后会怎么想了。过了这决定命运的一刻钟之后，也许我就再也没有机会对他说话了。他并非一个有理智的聪明人。因此凭借我那点理智，也许我可以预料到他想干些什么或想说些什么。他将决定我们的共同命运，他有这个权力。但是这命运还取决于我的巧妙应付，取决于我对这个性格反复无常的人的思想的驾驭技巧；愤怒使他变得盲目，阻碍他看清事情的全部真相。伟大的天主啊！我需要才智，需要冷静，可是去哪儿才能找到呢？"

她走进花园，远远看见了她的丈夫，这时她居然神奇般地恢复了镇静。他头发蓬乱，衣衫不整，一看就知道，他一夜没有合眼。

她递给他一封启过封、但依旧折叠着的信。他并不展信阅读，只是用疯狂的目光盯住他的妻子。

"这是一封可恶的信，"她对丈夫说，"我从公证人的花园后面经过时，一个面色难看的人交给我的，他说他认识您，并接受过您的恩惠。我求您办一件事，那就是尽快把于连先生打发回家。"德·雷纳尔夫人匆匆忙忙地说出了后边这句话，为的是要尽早摆脱内心的恐惧，反正这句话迟早是要说出来的；不过也许说得早了些。

她看见她丈夫脸上出现了快乐的表情，不禁心中一阵窃喜。从他盯住她的眼神里，她明白于连的猜测是正确的。面对这种实实在在的不幸灾难，她并没有感到忧愁，反而想道："多么了不起的天才！多么敏锐的洞察力啊！他毕竟还是一个毫无人生经验的年轻人啊！将来，还有什么样的地位他达不到呢？唉！那时，他的成功将会使他忘记我了。"

她对自己所崇拜的人的这番赞赏，使她从慌乱中完全平静了下来。

她对自己所采取的措施感到庆幸。"我并不是配不上于连，"她暗暗想道，心里充满了一阵甜蜜的喜悦。

德·雷纳尔先生害怕表态，因此没有吭声，只是仔细地读着第二封匿名信。如果读者还记得的话，这封信是由印刷的铅字粘贴在一张浅蓝色的纸上组合而成的。"有人千方百计地愚弄我，"德·雷纳尔先生自言自语地说，他已感到疲惫不堪。

"又是一番侮辱，需要慎重考虑，而且依旧是因为我的妻子！"他正打算用最粗鲁的话辱骂他的妻子，但他想起了她贝藏松的遗产，又勉强止住了。他感到一种强烈的需求，要找点什么发泄一通，于是他把第二封匿名信揉作了一团，然后迈着大步走开了，他需要离他的妻子远一些。过了一会儿，他又回到妻子身边，这时他的心情比较平静了。

"重要的是拿定主意，把于连给辞了，"她立即对他说道，"他至多不过是个工人的儿子。您给他几个埃居作为赔偿就行了，况且他有学问，重新找个工作并不难，比方说可以去瓦勒诺先生家，或者德·莫吉隆专区区长家，他们都有孩子。这样您一点儿也没有伤害他……"

"您说出这样的话来，真像个傻瓜！"德·雷纳尔先生吼道，声音很可怕，"能指望一个女人有什么见识呢？您从来就不留心什么合理，什么不合理，您怎样才能够明白事理呢？您对什么事都漫不经心，懒懒散散，唯有捉蝴蝶劲头十足，懦弱无能之辈啊，我们家中有你们这样的人，多么不幸呀！……"

德·雷纳尔夫人任他说下去，他说了很久；按当地人的说法，他出了一口怒气。

"先生，"她终于回答了，"我以一个名誉遭受侮辱的女人的身份说话，也就是说，她最珍贵的东西受到了伤害。"

德·雷纳尔夫人在这场痛苦的谈话中，自始至终保持着冷静的头脑；这场谈话将决定她能否和于连继续在一个屋檐下生活。她竭力寻找她认为最合适的种种办法，来驾驭她丈夫盲目的怒火。对于丈夫的辱骂，她无动于衷，充耳不闻，她当时只想到了于连："他会对我满意吗？"

"这个小乡巴佬，我们对他关怀备至，甚至还送给他不少礼物。他可能是清白无辜的，"她终于说道，"但是毕竟是由于他的缘故，我才第一次遭受侮辱……先生！当我读了这封可恶的信以后，我就下定了决心，不是他，就是我，得有一个人离开您的家。"

"难道您想把事情闹腾出去，让您我都名誉扫地吗？那样您可让维里埃尔许多人有好戏看啦。"

"这倒是事实，大家全都嫉妒您的管理才能，您是靠了这种才能才使您个人、您的家庭、您的城市兴旺发达的……好吧！我去劝说于连向您请个假，到山里木材商那儿住上一个月，他和这个小工人是好朋友。"

"别这么干，"德·雷纳尔先生相当平静地说，"我首先要求您做到的，是不要和他说话。您会惹怒了他，会使我与他闹翻了脸的，您知道这位小先生是很敏感的。"

"这个年轻人一点儿也不机灵，"德·雷纳尔夫人又说，"他可能是有学问，这个您清楚，但是充其量，他只不过是个地道的乡下人。至于我，自从他拒绝了埃莉莎的婚事后，我对他就没有好印象，那可是一笔可靠的财产，可他倒好，找了个借口给回绝了，据说埃莉莎有时候偷偷去拜访瓦勒诺先生。"

"啊！"德·雷纳尔先生说道，眉毛高高地耸起，"什么，这是于连告诉您的吗？"

"不，不完全是，他常常向我提起，他的志向召唤着他献身于教会神职。但是请相信我，对于这些下等人来说，他们的第一个愿望应该是填饱肚子。他虽然没有明说，但是言语间已经使我相当明白，他不是不知道那些秘密往来的。"

"而我，我，我却不知道有这等事！"德·雷纳尔先生又火冒三丈了，他一字一顿地大声吼着，"在我家里发生的事，我竟然不知道……怎么！在埃莉莎和瓦勒诺之间有过什么事吗？"

"唉！我亲爱的朋友，那都是过去的事了，"德·雷纳尔夫人笑着说，"也许没有发生过什么不好的事。就是在那个时候，如果维里埃尔的人认为，在您的朋友瓦勒诺与我之间，产生了那么一点完全柏拉图式的爱情，瓦勒诺先生听了一定会感到高兴的。"

"有一次，我也曾有过这种念头，"德·雷纳尔先生说道，并用手愤愤地击着自己的脑袋，新的发现接连出现在他的面前，"关于这些，您过去可什么也没有对我提起过！"

"为了我们亲爱的所长的虚荣心的一次小小的发作，就应该伤了你们两个朋友的和气吗？他对哪个上流社会的女人，没有写过几封极其优雅的、甚至带点爱慕之情的信呢？"

"他也给您写过信吗？"

"写了许多。"

"立刻把这些信给我看，我命令您，"德·雷纳尔先生的身体仿佛一下子蹿高了六尺。

"我可不会这么做，"她不慌不忙地回答，甚至到了漫不经心的地步，"等您哪天比较心平气和了，我再给您看吧。"

"现在就给我看，真见鬼！"德·雷纳尔先生怒不可遏地咆哮着，然而十二个小时以来，他还从来没有这样幸福过。

"您能向我发誓，"德·雷纳尔夫人十分严肃地说道，"您绝不会为了这些信去和收容所所长争吵吗？"

"不论争吵不争吵，我都可以不让他管理那些弃儿，但是，"德·雷纳尔先生神情恼怒地继续说，"我现在就要这些信，信在哪儿？"

"在我写字台的抽屉里，当然，我不会给您钥匙的。"

"我会撬开它,"他一边嚷着一边向妻子的卧室跑去。

他果真用一把凿子,撬开了那张带有轮纹的桃花心木做的珍贵的写字台。这张写字台是从巴黎运回来的;平日里,当他认为发现上面有了污迹的时候,他常常会用衣角将它擦拭干净。

德·雷纳尔夫人飞跑着登上了有着一百二十级台阶的鸽舍,把一条白手帕的一角拴在了小窗户的一根铁栏杆上。此刻,她是世界上最幸福的女人了。她两眼噙着泪水,眺望着山上的大树林。"肯定的,"她喃喃自语,"于连正在一棵茂盛的山毛榉树下,等待着这个幸运的信号。"她侧耳凝听了许久,然后咒骂起那些单调的蝉鸣和鸟雀的欢唱。如果没有这些讨厌的声响,一个欢乐的喊声,就能从大岩石的那边传到这儿来了。她贪婪的目光来回扫视着那片一望无际的深绿色的斜坡,那斜坡由树顶形成,像草坪一般的平坦。"他怎么就不动动脑子,"德·雷纳尔夫人十分动情地自语着,"设法给我个什么信号,表示他和我一样地高兴呢?"一直到她担心她的丈夫会来找她的时候,她才下了鸽舍塔楼。

她发现他满面怒容,正在匆匆浏览着瓦勒诺先生那些平淡无奇的词句,在如此激动的心情下阅读这类词句,显然是不太适宜的。

为了让他的丈夫能够听清楚她所说的话,她抓住他发出感叹的那个空隙,说道:

"我还是原来的那个想法,最好让于连出外旅行。不论他在拉丁文方面多么有才学,可他毕竟是个乡巴佬,他时常显得粗鲁,而且不知道分寸。每天他都要向我说一些恭维话,那些恭维话既夸张又庸俗,还自以为彬彬有礼,都是他从某部小说里背下来的……"

"他从不看小说,"德·雷纳尔先生说,"这一点我可以肯定。您以为我这个一家之主瞎了眼,连家里发生的事都不知道吗?"

"好吧!如果他不是在什么地方读到过这些可笑的恭维话,而是他自己编造出来的,那就更糟了,说不定他在维里埃尔就是用这种口气谈论我……况且,不用扯这么远,"德·雷纳尔夫人说道,看那神情就好像有了新的发现,"他在埃莉莎面前可能也这么说,这差不多就等于对瓦勒诺先生说了一样。"

"啊!"德·雷纳尔先生大声吼道,并使出平生未曾使用过的气力在桌上猛击了一拳,不仅把桌子,连房间都给震动了,"那封印刷体的匿名信和瓦勒诺的这些亲笔信,用的都是同一种信纸。"

"总算达到了目的!……"德·雷纳尔夫人心中想道,她显出被这一发现惊呆了的样子,不敢多说一句话,远远退到客厅的尽头,坐在了一张长沙发上。

至此,这一仗可以说是打赢了。接下来,为了阻止德·雷纳尔先生去和写匿名信的嫌疑犯发生正面冲突,她还有许多事情要去做。

"没有足够的证据,就去找瓦勒诺先生大闹一顿,这是最最愚蠢不过的事了,您怎么就没有想到呢?您遭人嫉妒,先生,可这又能怪谁呢?还不是由于您才能出众?您那英明的管理,您那风格典雅的房屋,我给您带来的嫁妆,尤其是我们有希望从我善良的姑母那儿继承的一笔可观遗产,这笔遗产已被无限地夸大了数量,这一切都使您成了维里埃尔的第一号人物。"

"可您还忘记了门第，"德·雷纳尔先生说道，脸上露出了一丝微笑。

"您是本省最高贵的绅士之一，"德·雷纳尔夫人急忙又说道，"如果国王不受约束，能够对出身门第做出公正的评定，您一定会成为贵族院议员。有了这样显赫的地位，您难道还愿意给嫉妒者提供口实，遭人议论吗？

"您向瓦勒诺先生谈及他的匿名信，无疑是向全维里埃尔宣布，要我怎么说呢，也就是向贝藏松，向全省宣布，一位雷纳尔家族的人也许是由于一时不慎，把一个不值一提的小市民视为了知己，现在这个小市民寻到办法来侮辱他了。如果您刚才发现的这些信证明我对于瓦勒诺先生表示的爱情有所回报，您可以杀了我，我即使死上一百次也是罪有应得，但是您不要当他的面发火。您要想到，您周围的人就等着一个借口，以便对您的优越地位进行报复；您还要想到，一八一六年，您曾参与过某些逮捕事件。那个藏在房顶上的人……"

"我想您对我是既不敬重也不友好了，"德·雷纳尔先生大声说道，这种回忆又重新激起了他内心的酸楚，"可我没有当上贵族院议员啊！……"

"我的朋友，"德·雷纳尔夫人面带笑容地继续说道，"我想我将来会比您更富有，我做了您十二年的伴侣，就凭这些资格，我应该有发言权，尤其是对今天这件事。如果您宁愿要那个于连先生而舍弃我，"德·雷纳尔夫人带着掩饰得不那么像的怨恨补充道，"我准备去我姑母那儿待上一个冬天。"

这句话说得恰到好处，既立场坚定又不失礼貌，促使德·雷纳尔先生拿定了主意。但是，按照外省的习惯，他又说了很长时间，把所有的理由又叙说了一遍。他的妻子任他说下去，他的语调里仍然带着怒气。总之，长达两个小时的废话，使这个生了一整夜闷气的男人精疲力竭了。他确定了针对瓦勒诺先生、于连、甚至埃莉莎的行动步骤。

在这场事关大局的较量中，有一两次，德·雷纳尔夫人差一点对这个男人极为真实的不幸产生几分同情了，在过去的十二年中，他毕竟是她的朋友。然而，真正的爱情是自私的。何况她时刻在等待着他向她承认昨天收到了一封匿名信，可是他一直守口如瓶，只字不提此事。她还无法确切弄清楚，那封信向这个决定她命运的男人究竟说了些什么。因为在外省，丈夫是社会舆论的主宰。一位抱怨妻子的丈夫只会遭到百般的嘲笑，不过，在法国这种情况的危险性是越来越小了；但是他的妻子呢，他如果不给她钱用，她便会陷入每日赚十五个苏的女工境地，况且，那些善良的人们要雇用她，还会有所顾虑呢。

一个土耳其后宫里的姬妾，可以全身心地去爱他的苏丹；苏丹是万能的君主，但她如果想施展一些小小的计谋窃取他的权力，那简直是痴心妄想。主子的报复是可怕的、血腥的，而且也是果断的、慷慨的：一刀子便结束了一切。而在十九世纪，一个丈夫是利用公众的轻蔑来毁灭他的妻子的，这就是让所有人家的客厅都将她拒之门外。

德·雷纳尔夫人回到卧室，又强烈地意识到自己的危险的处境。她看见屋里乱七八糟，不免大吃一惊。她那些漂亮的小匣子上的锁，都被砸开了，几块嵌木地板也被撬起。

"他对我居然毫不留情!"她心想,"他竟然这样毁坏了这些彩色嵌木地板!可他平日是那样地珍惜它们,当他的孩子中谁要是穿着湿鞋走进房间,他总是气得涨红了脸。而现在却被永远地毁坏了!"看到这些粗暴的行为,她刚才因为胜利来得太快而对自己所做出的谴责,也立刻化为乌有了。

在午餐的钟声即将敲响时,于连带着孩子们回来了。吃餐后点心时,仆人们刚一退下,德·雷纳尔夫人便十分冷淡地对他说:

"您曾向我表示,想去维里埃尔待半个月,德·雷纳尔先生同意给您假期。您愿意什么时候动身都可以。但是,为了不让孩子们浪费光阴,每天派人把他们的作业送给您批阅。"

"当然了,"德·雷纳尔先生很不客气地补充道,"我不会同意您的假期超过一个星期的。"

于连在他脸上发现了一个痛苦不堪的人那种不安的表情。

"他还没有拿定主意,"当于连和他的情人单独留在客厅的时候,他对她说道。

德·雷纳尔夫人匆忙向他叙述了早上以来她所做的事情。

"详细情况今天夜里再细谈,"她笑着又补充了一句。

"邪恶的女人!"于连心想,"是什么欢乐,什么本能,在驱使她们欺骗我们啊!"

"我觉得您让爱情搅得一时清醒,一时糊涂了,"于连态度有几分冷淡地对她说,"您今天的行为值得敬佩,但是今晚我们再试图见面,这难道是谨慎的做法吗?这座房子里到处都有我们的仇人;想想埃莉莎对我怀有的强烈憎恨吧!"

"这种憎恨倒很像您对我怀有的强烈的冷淡。"

"即使冷淡,我也必须把您从我使您陷入的险境中拯救出来。如果万一德·雷纳尔先生问起埃莉莎,她只消一句话,就能将一切都告知他。为什么他就不会隐藏在我的卧室附近,带着武器……"

"怎么?居然连一点勇气都没有了吗!"德·雷纳尔夫人说道,显出一个贵族小姐傲气十足的神态。

"我绝不会降低身价去谈论我的勇气,"于连冷静地说,"这是一种卑鄙的行为。让世人依照事实去判断吧!但是,"他握住她的手又说,"您无法想象,我是多么爱您,在这残酷的离别之前,我能向您道别,我是多么快乐啊!"

第二十二章　一八三○年的风尚

> 语言是给人用来掩盖思想的。
>
> ——玛拉格里达

于连刚一到达维里埃尔,就责备起自己对待德·雷纳尔夫人不公正。"如果她由于软弱,在与德·雷纳尔先生之间的这场戏中她败下阵来,我便会蔑视她,将她视作一个懦弱女子!而她像一个外交家那样应付自如,获得了成功,我却同情起那个失败者来了,虽说他是我的敌人。在我的行为中,有着小市民的狭隘,我的虚荣心受到了伤害,因为德·雷纳尔先生是一个男人!我有幸和他同属于男人这个杰出而庞大的群体。其实,我只不过是个傻瓜罢了。”

谢朗神父免职以后,被驱逐出本堂神父住宅,当地最有声望的自由党人都争先恐后地为他提供住房,但被他一一回绝了。他自己租了两间房子,里面堆满了书籍。于连为了要向维里埃尔显示教士究竟是什么样的人,便去父亲那儿取了十二块枞木板,亲自扛在肩头,走过整条大街。他向一个旧时的伙伴借来了工具,很快做了一个书架,把谢朗先生的书整齐地排列在上面。

“我以为你被世俗的虚荣心腐蚀了呢,”老人对他说,并且欣喜地流下了眼泪,“这足以弥补你干的那种孩子气的事,你身穿漂亮的仪仗队制服曾使你招来多少敌人呀!”

德·雷纳尔先生已吩咐于连住在他维里埃尔的家里。没有任何人对发生的事有疑心。在于连到达后的第三天,他看见一位很有身份的人物——专区区长德·莫吉隆先生,登上楼梯一直来到他的房间。这位区长向他谈起人心的险恶,管理公款人员的贪污成风,可怜的法兰西面临的种种危险,等等,等等……经过足足两小时喋喋不休的废话和痛心疾首的哀叹之后,于连终于摸清这位客人的意图。当时他们已经来到了楼梯口,可怜的半失宠的家庭教师表现出恰如其分的恭敬,送着这位某个幸运省份未来的省长先生。来客突然关心起连的前途,并赞扬他处理个人利益的稳重态度,等等,等等。最后,德·莫吉隆先生慈父般地拥抱他,建议他离开德·雷纳尔先生,去另外一位有孩子需要教育的官员家里,这位官员会像菲利普国王一样感谢上天,不是感谢上天赐予他这些孩子,而是感谢上天让孩子们降生在于连先生附近的地方。“孩子们的家庭教师可以有八百法郎的收入,不是按月支付,那样太小气,”德·莫吉隆先生说道,“而是按季度支付,并提前预支。”

现在轮到于连说话了,一个半小时以来,他一直不耐烦地等待着说话的机会。他的回答无懈可击,而且特别长,就像主教训谕,让人听起来面面俱到,然而又什么都没有说清楚。在他的话语里,既有对德·雷纳尔先生的尊重,又有对维里埃尔公众的崇敬,还有对大名鼎鼎的专区区长的感激。这位专区区长发现于连比他更加虚伪狡猾,不免暗暗吃惊,他竭力想得到确切的答复,但结果只是枉费心机。于连十分高兴,抓住了这个锻炼的机会,他又更换了词句,重新开始了他的回答。一位能言善辩的大臣,想利用一次议会会议的尾声,使会场的气氛重新活跃起来,也不会比于连此时说的话更多,包含的内容更少的了。德·莫吉隆先生刚一出门,于连便疯子般的大笑起来。他借着他那股虚伪的兴致,写了一封长达九页的信给德·雷纳尔先生,信中汇报了区长述说的一切内容,并谦恭地向他请示求教。“可是,这混蛋竟没有告诉我聘我教书的人的姓名!这人一定是瓦勒诺先生,他已经从我被放逐到维里埃尔这件事情中,看到他那封匿名信所产生的效

91

那封快信发出之后，于连快乐极了，就像是一个猎人，在一个晴朗的秋日清晨六点，冲向猎物丰富的原野一样，出门去找谢朗先生求教去了。在于连去这位善良的神父家的途中，上天似乎有心要让于连高兴似的，又把瓦勒诺先生送到了他的面前。于连对他毫不掩饰，说他的心已经碎了；一个像他这样贫穷的小伙子应该彻底献身于上天安排在他心中的志向，但是在这个世界上，有了志向还远远不够。为了能够当之无愧地在天主的葡萄园里劳作，和那些博学多才的同行们相比不至于显得那么落伍，他必须接受教育，即使费用浩大，也得进贝藏松的神学院待上两年。因此攒钱是必不可少的，可以说这也是一种责任。为了达到这个目的，接收按季支付的八百法郎的薪水，当然要比接受逐月吃光的六百法郎的薪水容易得多。不过，从另一方面说，既然上天把他安排在雷纳尔家的孩子们身边，尤其是他对他们已经产生了一种特殊的依恋，难道这不是上天向他表明，抛弃原有的教育职责而去接受另一份教育工作，是不妥当的吗？……

现在风行的雄辩术已经取代了帝国时代行动迅速的作风，于连的这种雄辩口才已经达到了尽善尽美的程度，甚至最后连他听见自己的声音都感到厌倦了。

在回来的时候，于连看见瓦勒诺先生家的一个仆人，身穿华丽的制服，拿着一份当天午宴的请帖，正满城到处寻找他。

于连从来没有去过这位先生的家，仅仅在几天前，他还在心里琢磨着，如何才能用棍子将他狠揍一顿，而自己又不被送上轻罪法庭。尽管午宴定在一点钟开始，可于连十二点半就出现在收容所所长先生的办公室里，他认为这样显得更为恭敬。他看见所长先生神气活现地坐在成堆的文件夹中间。他那粗黑的颊髭，浓密的头发，头顶上歪戴着的希腊式便帽，以及巨大的烟斗，绣花拖鞋，胸前纵横交叉的纯金粗项链，所有这些一个自视为财运亨通的外省金融家的全部装饰，都没能让于连感到敬畏，反倒使于连更加想起他欠他的那几棍子。

他请求能有幸被介绍给瓦勒诺夫人。她正在梳妆打扮，还不能够接待客人。作为补偿，他荣幸地在一旁观看了收容所所长的梳妆打扮。接着，他们去了瓦勒诺夫人的房间，她含着眼泪，把她的孩子们介绍给于连。这个女人是维里埃尔最受尊敬的夫人之一，她有着一张男人般的大脸盘，为了这次隆重的午宴，她搽了胭脂。她的脸上显露出十分夸张的母爱的表情。

于连想起了德·雷纳尔夫人。他多疑的性格，几乎使他只能接受这类由对比而引起的回忆，这使他心中突然涌起一阵快意，甚至被感动了。在他看了贫民收容所所长的宅邸以后，这种心情变得更加强烈了。主人带领他参观了这所房子，屋内的一切陈设都是华丽的、崭新的，他们把每件家具的价格一一报给他听。但是于连总觉得这屋子里有些丑恶龌龊，散发着盗窃来的金钱的气味。这儿所有的人，包括仆人在内，都有一种镇定自若、置蔑视于不顾的神色。

税务官、间接税的税收官、宪兵长官和两三位其他的公职人员都偕同妻子来到。接着又来了几位发了财的自由党人。仆人通报入席。于连的心情早已经不佳，他无意中想到那些可怜的被收容者就在餐厅的隔壁，也许就是从他们每人的肉食上揩来的油水，才购置了这些俗不可耐的豪华的奢侈品，并试图借此向他炫耀。

"也许他们此时正在挨饿，"他暗暗地想道，他感到喉咙发紧，难以咽下东西，几乎连话也不能说。一刻钟以后，情况更糟了，大家听见传来断断续续的歌声，那是一首民歌，应该承认，还有点儿下流，是一个被收容的人唱的。瓦勒诺先生朝一个穿着华丽制服的仆人瞧了一眼，那个仆人便走了出去，不一会儿就听不见歌声了。这时，一个仆人在一个绿色玻璃杯里给于连斟上了莱茵葡萄酒，瓦勒诺夫人特意提醒于连，这酒在当地购买就值九法郎一瓶。于连举着酒杯对瓦勒诺先生说：

"他们不再唱那首下流的歌曲了。"

"当然！我相信他们不会再唱了，"所长得意扬扬地答道，"我已经让人禁止这些叫花子们出声。"

这句话实在让于连难以接受，他的举止风度可以做到符合他的职业身份，可是他的心却还不能。尽管他经常运用他的虚伪，他还是感到了一颗很大的泪珠沿着他的脸颊滚落下来。

他试图用手中的绿色玻璃杯遮掩那颗泪珠；但是要他再去津津有味地品尝莱茵美酒，他是绝对做不到的了。"禁止别人唱歌！"他暗自说道，"啊，我的天主啊！而你竟然容忍这么做！"

幸亏没有人注意到他这种不合时宜的冲动情绪。税务官哼起了一首保王党的歌曲。在大家合唱叠句的喧闹声中，于连的良心在对自己说："瞧，这就是你可能获得的肮脏的优越地位，你只能在这种场合和这样的同伴去分享！也许你将来会获得一个二万法郎薪俸的职位，可是当你狼吞虎咽地嚼着肉块时，你必须禁止可怜的穷人唱歌；你将从他那可怜的口粮里克扣钱财，来设席摆宴，当你举杯欢饮时，他将更为悲惨！啊，拿破仑！在你那个时代有多么美好，人们是在战场上出生入死获得荣华富贵！而今却要用卑鄙无耻来加深穷人的痛苦！"

我承认，于连在这段独白中所表现出的软弱，使我对他产生了一个不好的印象。他去做那些戴黄手套的阴谋家的同行，倒是满称职的；他们声称要改变一个大国的一切现状，但又不愿意让自己的良心受到一丁点儿的谴责。

于连猛然想起自己所扮演的角色。他被邀请赴宴，和这样高贵的客人们坐在一起，绝不是为了让他胡思乱想而且一言不发的。

一位歇业的印花布制造商，是贝藏松科学院和于泽斯科学院的通讯院士，他从餐桌的另一端向于连发话。他问于连，大家都说他在《新约全书》的研究中取得了惊人的成就，是不是真的。

突然间屋里一片寂静，一本拉丁文的《新约全书》魔术般地出现在这位博学多才的双院院士手里。按照于连的回答，他随意念了半句拉丁文，于连接着背了下去。他的记忆

准确无误,这一奇迹令四座赞叹不绝,使席间洋溢着只在宴会结束时才会有的那种喧闹气氛。于连看着夫人们红光满面的脸庞,有几位长得还蛮标致,那位歌唱得很棒的税务官的妻子,特别引起了他的注意。

"说实在的,当着这些夫人的面,我背诵了这么长时间的拉丁文,真是惭愧,"他一边说一边看着税务官的妻子,"如果吕比尼奥先生(就是那位双院院士)肯赏脸再念一句拉丁文,我不再接着用拉丁文往下背,而想试一试将它当场翻译出来。"

这第二个考验,使他的光荣到达了顶点。

宴席上有几位富有的自由党人,但是他们也是有希望获得奖学金的孩子们的幸福的父亲,由于这层关系,在上一次布道以后,他们突然改变了信仰。尽管这一招很精明,但德·雷纳尔先生仍不愿在家里接待他们。这些可敬的先生们只是耳闻于连的大名,在国王驾临本城的那一天,他们看见过他骑在马背上,便成了于连最热烈的崇拜者。"这些傻瓜要听到何时,才会对这种圣经文体感到厌倦呢?其实,他们对此根本一窍不通,"于连心想。但是恰恰相反,正是由于这种文体的奇特古怪,才使他们感受到了其中的乐趣,他们个个听得喜形于色。然而于连已经感到厌倦了。

六点的钟声敲响了,他神情严肃地站起身,谈起利戈里奥的新神学中的某一章节,他必须记熟这一章节,第二天背给谢朗先生听。"因为我的职业,"他愉快地补充道,"就是让别人背书给我听,同时我也要背书给别人听。"

众人听了哄然大笑,啧啧称赞,这正是适合维里埃尔人胃口的俏皮话。于连一直站立着,其余的人也都不顾礼仪,纷纷站起来,这就是天才的威力。瓦勒诺夫人又把于连多留了一刻钟,一定要他听听孩子们背诵教理问答。他们背得错误百出,滑稽可笑,只有于连一个人心里明白,但是他没有给予纠正。"对宗教的基本原理竟然是一无所知!"他想。最后他行了个礼,以为可以脱身了,但是,他又不得不耐着性子,听他们背了一篇拉封丹的寓言诗。

"这位作家很不道德,"于连对瓦勒诺夫人说道,"他在一篇关于让·舒阿尔大人的寓言诗中,竟然百般嘲讽最虔敬的事物,他受到了最优秀的评论家的严厉谴责。"

于连在离开瓦勒诺先生家之前,收到了四、五份宴会请帖。"这个年轻人是本省的光荣!"所有的宾客都高兴地大声说道。他们甚至还谈到从市镇基金中拨出一笔津贴,让他去巴黎继续深造。

当这个轻率的主意在餐厅里引起反响的时候,于连已经快步走到了大门口。"啊,这些恶棍!这些恶棍!"他压低嗓音连续说了三、四次,同时尽情地呼吸着新鲜空气。

这时,他觉得自己仿佛是个真正的贵族了。长期以来,他感到在德·雷纳尔先生家的人对他表现出的种种礼貌的背后,隐藏着一种轻蔑的微笑和居高临下的优越感,这使他的自尊心受到了深深抵咚害。此时他不能不感到差别甚大。"忘掉这些吧,"他一边走一边自言自语,"甚至忘掉他们从可怜的难民身上搜刮钱财,还要禁止他们唱歌!德·雷纳尔先生在款待他的宾客时,何曾想到过要把每瓶酒的价格报给他们听呢?而这位瓦勒诺先生,总是不厌其烦地列举出他的财产,只要他的妻子在场,每当谈到他的房子、他的产业等等,他就总是要说你的房子,你的产业。"

这位夫人,显然对占有财产的快乐十分敏感。刚才在餐厅时,她还跟一个仆人大吵大闹,因为他打碎了一只高脚杯,使她那成套的玻璃杯损坏了一只。这个仆人也以最恶劣的无礼态度回敬了她。

"多么般配的一家子!"于连心想,"即使他们把搜刮来的钱财分一半给我,我也不愿和他们生活在一起。总有一天,我会暴露自己的,我无法克制他们在我心中激起的蔑视情感。"

不过,依照德·雷纳尔夫人的吩咐,他还必须多次参加这一类的宴会。于连现在成了时髦人物,人们原谅了他那身仪仗队员的制服,或者更不如说,那次轻率的举动正是他成功的真正原因。很快,在维里埃尔,人人所关注的问题,只不过是要看一看在这场争夺年轻学者的斗争中,究竟谁胜谁负,是德·雷纳尔先生呢,还是贫民收容所所长。这两位先生和马斯隆先生形成了一种三头政治的局面,多年来他们一直在本城独断专行。人们嫉妒市长,自由党人更是怨声载道,但他毕竟是贵族,生来就高人一等,而瓦勒诺先生呢,他的父亲连六百里弗尔的年金也没有给他留下。他年轻的时候,人们总见他穿着一件果绿色的旧衣,对于他来说,他不得不从这种可怜的境地爬到今天令人羡慕的地位,从而才有了他的诺曼底马,才有了他的金项链、他从巴黎买来的衣服和他所有的荣华富贵。

于连在这个新的社交界的人流中,他相信自己发现了一个正直的人,他是一位几何学家,名叫格罗,别人说他是雅各宾党人……于连曾经发誓,只说那些他认为是虚假的话,决不谈论真实的事情,因而他不得不对格罗先生也表示一种怀疑的态度。他不断收到从韦尔吉送来的大包的拉丁文作业练习。他受到劝告,要他常去看望他的父亲,他履行了这个倒霉的义务。总之,他相当成功地挽回了他的名誉。一天早晨,他突然被惊醒了,他感到有两只手捂住了他的眼睛。

原来是德·雷纳尔夫人,她进城了。她让孩子们去照应那只一路带来的可爱的兔子,自己则三步并作两步地登上楼梯,比孩子们超前一会儿来到了于连的房间。这一刻是多么美妙啊,只是太短促了。当孩子们带着兔子上来给他们的朋友看时,德·雷纳尔夫人已经躲开了。于连热情地接待每一位来客,甚至包括那只兔子。他仿佛是与家人久别重逢,他感到他爱这些孩子,他喜欢和他们叽叽喳喳地说话。他们温柔的声音、纯真的表情和高贵的小小举止,都让他感到惊奇。这些日子在维里埃尔这儿,他是在庸俗不堪的风气和令人厌恶的思想中呼吸生存的,他需要把这一切从头脑中清洗干净。这儿时刻存在着失败的恐惧,这儿时刻存在着奢侈和贫困的斗争。宴请他的那些人,一谈到餐桌上的烤肉,就会吐露出一些心里话,让说者丢脸,让听者恶心。

"你们这些贵族,你们有理由骄傲,"他对德·雷纳尔夫人说。接着他向她叙述了那些他不得不去应酬的宴会。

"这么说您走红运啦!"她想到瓦勒诺夫人每次候见于连时,总要搽上点胭脂,便尽情

地笑起来。"我想她是企图征服您的心,"她补充道。

早餐吃得十分愉快。孩子们在场,表面看来似乎碍事,但实际上却增加了大家共同的幸福。这些可怜的孩子重新见到于连,真不知道如何去表达他们的快乐。仆人们不会不告诉他们的,有人曾提出多给二百法郎,请于连去教育那些小瓦勒诺。

斯塔尼斯拉斯-格扎维埃在大病痊愈后,脸色仍有点苍白。早餐吃到一半时,他突然问起母亲,他的那套银质餐具和他喝水用的平底大口杯,一共值多少钱。

"为什么问这个?"

"我想把它们卖了,把这钱送给于连先生,让他和我们待在一起,不要上当。"

于连拥吻着他,眼里噙满了泪水。当他把孩子放在膝上,向他解释不能用上当这个词、这是仆人的说话口吻时,他们的母亲更是感动得热泪盈眶。于连见自己讨得德·雷纳尔夫人的欢心,便又找些孩子们感兴趣的生动例子,来解释上当的含义。

"我懂了,"斯塔尼斯拉斯说,"就是那只乌鸦,它愚蠢地把奶酪掉到地上,让甜言蜜语的狐狸叼去了。"

德·雷纳尔夫人欣喜若狂,她吻遍了她的每个孩子。这个动作使她不能不略微靠在于连身上。

突然,门被打开了,那是德·雷纳尔先生。他的脸上显出严厉而不满的神色,和这里被他所驱散的温馨快乐的气氛,形成了奇异的对比。德·雷纳尔夫人脸色苍白,她觉得已经再也无法否认了。于连抢过了话头,他开始大声向市长先生讲述斯塔尼斯拉斯想要变卖银杯的经过。他确信这个故事不会受到欢迎。首先,德·雷纳尔先生出于他特有的习惯,听到"银"这个字眼就要皱眉头。"只要提起这种金属,"他常说,"就是总想从我的钱兜里掏钱的开场白。"

然而这一次不仅仅是与金钱的利益有关,他的疑心增加了。他不在场时,家里就洋溢着欢乐的气氛,这对于一切虚荣心如此敏感的人来说,并不能起到改善事态的作用。当他的妻子向他夸耀于连以优雅而风趣的方式,向他的学生传授新的知识时,他却在想:

"是的! 是的! 我全知道,他使我的孩子们讨厌我,他轻而易举地就在孩子们眼中,显得比我可爱百倍,可我毕竟是一家之主。在这个年代里,一切都倾向于把合法的权威加以丑化。可怜的法兰西!"

德·雷纳尔夫人没有再耗费时间,去研究她的丈夫接待她时情感上的细微变化。她刚才已经看出,她有可能和于连在一起度过十二个小时。她有许多东西要在城里买,她声称她一定要去酒馆吃饭,不论她的丈夫怎么说或怎么做,她都不愿改变主意。孩子们听见酒馆这个词,都高兴极了。现代的那些假正经们说到这两个字时,也是那样的兴致勃勃。

德·雷纳尔夫人进入第一家时新服饰用品商店,她的丈夫便撇下她去看望几个朋友。他回来的时候,比早上显得更加闷闷不乐,他深信全城的人都在关注着他和于连的事。其实,还没有一个人的话使他怀疑到公共舆论已涉及令他难堪的那一部分。人们再三向市长先生提出的问题，仅仅在于了解于连仍然留在他家里接受他的六百法郎年薪呢，还是接受收容所所长提出的八百法郎年薪。

这位所长在社交场所碰见了德·雷纳尔先生，对他十分冷淡。我们不能不说他的这种做法是相当巧妙的。在外省很少有轻率的行为，激动的情感更是罕见，即使有了人们也会把它们埋藏在心底。

瓦勒诺先生就是巴黎百里之外的人称作痞棍的那种人物，他生性粗鲁，厚颜无耻。自一八一五年以来，他一直时运亨通，更增强了他的这些非凡禀性。可以这么说，他是在德·雷纳尔先生的领导下统治着维里埃尔，但是他比市长更活跃，他恬不知耻，插手一切事情，他不停地串联，不停地写信，不停地游说，他从不在乎别人对他的一切羞辱，也没有任何个人抱负，最后他终于在教会势力中动摇了市长的信誉。瓦勒诺先生几乎就是这样对当地的杂货商们说的："把你们当中最愚蠢的两个人介绍给我；"对那些法界人士说："把你们当中最无知的两个人告诉我；"对那些医生们说："把你们当中最有骗术的两个人指给我看。"他把各行各业中的最厚颜无耻的人召集在一起，对他们说："让我们共同统治吧！"

德·雷纳尔先生对这些人的作风深感不快。瓦勒诺粗鄙不堪，对什么都满不在乎，即使年轻的马斯隆神父当众揭穿他的谎言，也奈何不了他。

然而，在这些成功之中，瓦勒诺先生为了稳固自己的地位，他还需要进行一些小小的无礼活动，来掩饰那些重大的事实真相，因为他十分清楚，任何人都有权就那些事情向他提出责问。阿佩尔先生来访引起了他的担忧，从此他的活动更加频繁了。他曾三次去贝藏松；每趟邮车都要带走他的几封信；他还让夜晚到他家来的外乡人，带走了另外一些信件。他设法促使本堂神父谢朗被革职，也许是他做的一件错事，因为由于他的这一报复行为，有好几位出身高贵的女信徒把他视作邪恶透顶的坏蛋。此外，此事的促成，代理主教德·弗里莱尔帮了他的忙，这便使他完全处在这位代理主教的控制之下，他从这位代理主教那儿接受了一些奇怪的使命。正当他的政治生涯处于这样一种情况时，他按捺不住内心的快乐写了一封匿名信。更使他感到为难的是，他的妻子对他说，要把于连请到家里来，她的虚荣心使他对此迷恋不舍。

在这种情况下，瓦勒诺先生料到他和他旧日的盟友之间，将会发生一场决定性的争吵。德·雷纳尔先生会用严厉的语言指责他，这对他来说倒是无所谓，但是德·雷纳尔先生可以写信给贝藏松，甚至给巴黎。某位大臣的一位表兄可能会突然来到维里埃尔，夺去他贫民收容所所长的职务。于是瓦勒诺先生想到了接近自由党人。正是因为这个缘故，几位自由党人被邀请参加了于连背诵《圣经》的那次午宴。如果反对市长，他一定会得到他们强有力的支持的。但是选举可能突然进行，贫民收容所所长的职位和投反对票两者不能兼顾，这是显而易见的事。这段政治内幕德·雷纳尔夫人完全猜中了，当她挽着于连的手臂，在一家家铺子闲逛时，她把这些内情都告诉了于连，他们谈着谈着，已来到了"忠诚大道"，他们在那儿消磨了几个小时，差不多和在韦尔吉一样的安宁。

在这段时间里,瓦勒诺先生正尽力避免和他的老上司发生决定性的冲突,而在表面则对他摆出一副无所畏惧的样子。当天,这一战术获得了成功,但市长的情绪却更坏了。

虚荣心和一切最贪婪、最吝啬的爱财观念的斗争,从来没有使一个人像德·雷纳尔先生走进酒馆时那样陷入难堪的境地;与此相反,他的孩子们却从来没有这样欢悦、这样开心过。这种对比伤透了他的心。

"我看得出,我在这个家里是多余的人了!"他走进来,尽量显出威严的语气说道。

他的妻子没有正面回答他的话,只是把他拉到一边,向他阐明遣走于连的必要性。她刚刚度过的幸福时光,已使她恢复了必需的镇静情绪和坚定的信心,去执行半个月来筹划的行动计划。使可怜的维里埃尔市长彻底感到惶恐不安的是,他知道了全城的人都在公开嘲笑他迷恋金钱。瓦勒诺先生慷慨得像个盗贼,而他呢,在最近为圣约瑟兄弟会、圣母会和圣体会等等,等等,进行的五、六次募捐活动中,则表现得过于拘谨而不够大方。

在募捐的修士的登记册上,维里埃尔和附近一带绅士们的名字,都被巧妙地依照捐款的数目的大小而依次排列,人们不止一次地看见德·雷纳尔先生的名字列在最后一行。他说他没有赚到分文,但是这也没有用,教士们在这个问题上是不开玩笑的。

第二十三章　一位官员的忧伤

> 整年昂着头的快乐,需得付出几刻钟不愉快的代价。
>
> ——卡斯蒂

我们还是让这个微不足道的人物留在他那些微不足道的烦忧中吧! 他需要的只是奴性十足的仆人,为什么偏要在家里雇用一个勇敢者呢? 他怎么竟然不知道如何去选择他的仆人呢? 按照十九世纪通常的做法,当一个有权势的贵族碰到一个勇敢者时,就要处死他,放逐他,监禁他,或者百般侮辱他,直至他傻乎乎地悲伤地死去。可是,在这儿却是个意外,遭受痛苦的并非勇敢者。法国的小城市以及纽约那种由选举产生的政府,其最大的不幸,就在于不能忘记世界上还存在着德·雷纳尔先生这类人。在一个两万居民的城市中,制造舆论的便是这些人,而在一个拥有宪章的国家里,舆论是可怕的。一个高尚而宽厚的人,很可能是您的朋友,而今他住在百里之外,就只能根据您那个城市里的舆论来判断您了,而这些舆论却是由那些碰巧出身于贵族、富有但却平庸的傻瓜们制造的。谁出众谁就会倒霉!

午饭后,大家立即动身回韦尔吉去了;但是第三天,于连看见他们全家又返回到维里埃尔。

一个小时还不到,于连便发现德·雷纳尔夫人有什么事情隐瞒他,不免大吃一惊。他一露面,她便中断了与丈夫的谈话,看那神情几乎是希望他离开。于连当然不会让她做出第二次表示。他变得冷淡而审慎,德·雷纳尔夫人发觉后,也并不试图做出解释。"难道她要找个人接替我吗?"于连心想,"前天她和我在一起还那么亲密呢!难怪有人说,这些贵妇人历来都是这样,就像那些国王一样,一个大臣刚刚还受到从未有过的宠信,而回到家里却发现了一封他被贬黜的信件。"

于连注意到,在那些他一靠近就戛然而止的谈话里,时常提到属于维里埃尔市政府的一所大房子,那所房子虽然陈旧,但是宽敞适用,正对着教堂,位于城里最繁华的商业区。"这所房子和她的一个新情人之间能有什么关联呢?"于连暗想。他在忧伤中反复吟诵着弗朗索瓦一世的美妙诗句,这诗句他觉着挺新鲜,因为德·雷纳尔夫人教给他还不足一个月。当时,多少誓言,多少抚爱,不是把每句诗都否定了吗!

> 女人多变,
> 信者则傻。

德·雷纳尔先生乘驿车去了贝藏松。这趟旅行是经过两小时才做出决定的,他似乎非常苦恼。回来的时候,他把一个外面包着灰纸的大包裹扔在了桌上。

"瞧,这桩蠢事,"他对妻子说。

一小时之后,于连看见张贴布告的人拿走了这个大包裹,他急忙跟了上去。"我在第一条街角就可以知道其中的秘密了。"

他站在张贴布告的人身后,焦急地等待着。那人用一把大刷子在布告后面刷上了糨糊。布告刚一贴好,好奇心切的于连立即看了内容。这张布告写得很详细,是关于一所陈旧的大房子公开招租的启事,正是德·雷纳尔先生和他的妻子在谈话中不时提及的那所房子。公开招租的时间定在第二天两点钟,在市政府大厅内举行,以第三支烛火熄灭为时限。于连感到大失所望,他尤其觉得招租期限有点儿短:哪有时间通知到所有的竞争者呢?但是布告签署的日期却是半个月以前,于连又在三个不同地点重新阅读了布告全文,仍旧看不出个所以然来。

他去看那所出租的房屋。看门人没有注意到他走近,正神秘地对一个邻人说:

"哼!哼!白费劲。马斯隆先生已经答应他,用三百法郎就可以租到手了;市长表示反对,被代理主教德·弗里莱尔召到主教府去了。"

于连的到来,似乎大大妨碍了这两个朋友,他们不再多说一句话了。

于连没有错过这次观看招租的机会。在光线暗淡的大厅里聚集了许多人,然而所有的人都以一种奇怪的神色相互打量着。每个人的眼睛都盯着一张桌子,于连看见在桌上放着的一个锡盆里,燃着三支小蜡烛。执达吏喊道:"先生们,三百法郎!"

"三百法郎!这太过分了!"一个人低声对旁边的人说,于连恰好就在他们两人之间,

"这要值八百多法郎呢,我要出更高的价。"

"您这叫自讨苦吃,您会得罪马斯隆先生、瓦勒诺先生、主教大人和他那位可怕的代理主教德·弗里莱尔的,得罪了他们整个一伙人,这对您有什么好处呢?"

"三百二十法郎!"另一位喊道。

"笨蛋!"他旁边的人接着说,"瞧,这儿正好有一个市长的密探,"他又指着于连补充道。

于连猛地转过身来想要反驳他的话,但是那两位弗朗什-孔泰人已经丝毫不再注意他了。他们的冷静使于连也恢复了冷静。这时,最后一支蜡烛熄灭了,执达吏拖长了声调宣布,这所房子租给某省的一位官员德·圣吉罗先生,租金是三百三十法郎,为期九年。

市长刚走出大厅,人们便开始议论纷纷。

"格罗若的冒失为市政府赚了三十法郎,"一个人说。

"可是德·圣吉罗先生,"另一个答道,"会报复格罗若的,他会尝到苦头的。"

"真是卑鄙啊!"于连左边的一个胖子说,"这座房子,我本可以用八百法郎租下来作为我的厂房,也算得上是桩便宜买卖了。"

"哼!"一个年轻的制造商答道,他是个自由党人,"德·圣吉罗先生不是圣会的人吗?他的四个孩子不是都有助学金吗?可怜的人!维里埃尔市政府应该给他五百法郎的额外补助,就这么回事。"

"真想不到市长也没能阻止这件事!"第三个人说道,"因为他是极端保王党人,一点不错,不过他不偷窃。"

"他不偷窃?"另一个人接着说,"不,是鸽子在飞。一切都装进一个公共大钱袋里,年终瓜分。瞧,小索雷尔在这儿,我们走吧!"

于连回来后,情绪很坏,他看见德·雷纳尔夫人也愁眉不展。

"您去了招租场所了吗?"她向他问道。

"是的,夫人,在那儿我荣幸地被视作市长先生的密探。"

"他如果相信我的话,早该出外去旅游了。"

这时,德·雷纳尔先生来了,他的脸色异常阴沉。晚饭时没有一个人说话。德·雷纳尔先生吩咐于连随同孩子们一起回韦尔吉,旅途是沉闷的。德·雷纳尔夫人安慰她的丈夫:

"您也该对此习以为常了,我亲爱的。"

晚上,大家围坐在火炉周围,默默无语,唯一的消遣便是凝听山毛榉在火中发出的噼啪声响。这是在最和睦的家庭里也会遇到的那种愁闷时刻。一个孩子高兴地叫了起来:

"门铃响了!门铃响了!"

"真见鬼!如果是德·圣吉罗先生以道谢为由来纠缠于我,"市长提高声音说,"我就直截了当地揭出他的老底。这太过分了。他应该去感谢那个瓦勒诺,我是受了牵连。如果那些该死的雅各宾派报纸抓住了这件事,把我写成一个诺南特-散克先生,我又能说什么呢?"

此刻,一个十分漂亮的男人,蓄着浓黑的大络腮胡子,跟在仆人后面走了进来。

"市长先生,我是 il signor Geronimo。这里有一封信,是那不勒斯大使馆的随员德·博韦西骑士先生在我动身时托我带给您的,"热罗尼莫先生愉快地望着德·雷纳尔夫人,又补充道,"夫人,就在九天之前,您的表兄,也是我的朋友德·博韦西先生说,您懂意大利语。"

那不勒斯客人愉快的情绪,使这忧郁的夜晚变成了充满欢乐的良宵。德·雷纳尔夫人一定要请他吃夜餐。她使全家人都忙碌起来,她希望不惜一切地排解于连的烦恼,让他忘记白天在他耳边两次回响着的密探称号。热罗尼莫先生是一个著名的歌唱家,颇有修养,生性快乐。在法国,这两种品格几乎已是不大可能并存的了。夜餐后,他和德·雷纳尔夫人唱了一段二重唱,他还讲了几个有趣的故事。凌晨一点,当于连催促孩子们去睡觉时,他们都大声嚷叫起来。

"再讲一个故事!"大孩子说道。

"这是我自己的故事,signorino,"热罗尼莫先生答道,"八年前,我像你们一样,是那不勒斯音乐戏剧学院的一个年轻学生,我是说,那时我年纪和你们相仿。不过我可没有这种荣幸,成为美丽的维里埃尔市著名市长的儿子。"

德·雷纳尔先生听了这句话叹了一口气,并瞧了瞧他的妻子。

"津加勒利先生,"年轻的歌唱家继续说道,他略为加重了他的乡音,逗得孩子们扑哧一声笑了起来,"津加勒利先生是一位极其严厉的老师。学院里没有人喜欢他,可他希望大家的一举一动都表现出喜爱他的样子。我只要有机会,就经常走出学院大门,去桑卡利诺小剧院,在那儿我可以欣赏天仙般的音乐。但是,天哪!怎样才能凑足八个苏,买一张正厅的座位呢?这可是一笔大数目呀,"他一边说,一边看着孩子们,孩子们都笑起来,"桑卡利诺小剧院的经理乔瓦诺纳先生听过我唱歌。当时我十六岁。他说:'这孩子是个宝贝。'"

"亲爱的朋友,你愿意你聘请你吗?'他走来向我问道。"

"那么您给我多少钱呢?"

"每月四十杜卡托。"

"先生们,这就是一百六十法郎呀!我当时以为看见天堂的门敞开了呢。"

"我对乔瓦诺纳先生说:'但是怎样才能使严厉的津加勒利先生允许我出来呢?'"

"Lascia fare a me."

"让我去办!"大孩子喊道。

"正是这样,我的少爷。乔瓦诺纳先生对我说:'Caro.,先来签一份小小的合同吧!'我签了字,他给了我三杜卡托。我从来没有见过这么多钱。然后,他告诉我应该如何去做。"

"第二天,我去求见可怕的津加勒利先生,他的老仆人带我走进去。"

"'你这坏小子,找我干什么?'津加勒利先生说。"

"'Maestro,'我对他说,'我后悔我的一切过失;今后我再也不翻越铁栏杆离开学院了。我要加倍地用功学习。'"

"如果我不是害怕毁掉了我听到过的最美的男低音,我就会把你关上半个月,只供你面包和水,淘气鬼。"

"'Maestro,'我又说道,'我要成为全院的榜样,credete a me。但我请求一个恩典,如果有人来请我去外面唱歌,请您替我拒绝。拜托您了,就说您不能同意。'"

"'见鬼,你指望谁会要你这样一个坏蛋?难道我会同意你离开音乐戏剧学院吗?你想取笑我吗?滚开!滚开!'他一边说,一边企图朝我屁股上踢一脚,'否则,当心去啃干面包,蹲禁闭。'"

"一个小时以后,乔瓦诺纳先生来到了院长家。"

"'我来求您成全我发财,'他对他说道,'请您把热罗尼莫给我吧!让他在我的剧院里唱歌,今年冬天我的女儿就能出嫁了。'"

"'你要这个坏蛋干什么?'津加勒利对他说道,'我不同意,你得不到他,再说,即便我同意,他也决不愿意离开音乐戏剧学院,他刚才还对我发过誓。'"

"'如果仅仅关系到他个人的意愿,'乔瓦诺纳神情严肃地说道,并从口袋里掏出我的那份合同,'carta canta!这儿有他的签名。'"

"津加勒利顿时勃然大怒,不停地摇铃叫人。'让人把热罗尼莫赶出学院!'他大声咆哮着,暴跳如雷。就这样,我被赶了出来,可我乐得哈哈大笑。当晚,我就登台演唱了一首莫蒂普利柯咏叹调。波里希内拉想结婚,扳着指头计算成家需要的东西,可他总是算不清,越算越糊涂。"

"啊!先生,请您为我们唱这首咏叹调吧,"德·雷纳尔夫人说道。

热罗尼莫唱了,大家笑得流出了眼泪。直到凌晨两点钟,热罗尼莫先生才去睡觉。他的文雅举止,他的亲切态度和他的快乐性格,把这一家人都给迷住了。

第二天,德·雷纳尔先生和夫人给了他去法国宫廷所需要的一些介绍信。

"看来,到处都有虚伪,"于连说道,"瞧这位热罗尼莫先生,他现在去伦敦接受一项六万法郎薪俸的工作。如果当初没有桑卡利诺剧院经理耍了点手腕,他那非凡的歌喉也许十年后才能为人所知,受到赞赏……说真的,我宁可做一个热罗尼莫,而不愿做一个雷纳尔。虽说他在社会上不那么尊贵,但是他没有像今天房屋招租那样的烦恼,他的生活是快乐的。"

有一件事让于连感到惊奇:在维里埃尔城德·雷纳尔先生家里度过的孤独的几个星期,对他来说竟是一段幸福的时光。只有在被邀请参加的那些宴会上,他才感到厌恶和不快。在那座寂寞的房子里,他不是可以读书、写作、思考而又不受干扰吗?他可以沉湎于他辉煌的梦境中,而不必时时刻刻因残酷的需要去研究一个人卑鄙的内心活动,并以虚伪的言行去回敬这个人。

难道幸福离我就这么近吗？……这样的生活，费用甚少；我可以有所选择，或者与埃莉莎结婚，或者与富凯合伙……一个旅人刚刚爬上陡峭的大山，坐在山顶休息，感到其乐无穷；但是如果强制他永远休息下去，他还会感到幸福吗？"

德·雷纳尔夫人的头脑里已经产生了一些不祥的念头。她虽然已下定决心，房屋招租的事对于连保守秘密，但还是把这件事详尽地告诉了他。"这样一来，他会使我忘记我所有的誓言！"她想。

如果她看见她的丈夫处于危险之中，她会毫不犹豫地献出自己的生命去挽救他的生命。她是一个灵魂高尚而具有浪漫色彩的人。对她来说，发现一件自己能够做到的宽宏大量的事而不去做，良心便会受到责备，这几乎不亚于犯罪以后良心所受到的责备。然而在一些令人沮丧的日子里，有时候她又无法驱逐头脑里这样一种极度幸福的情景，那就是如果她突然变成寡妇，她就可以嫁给于连，她就能享受到这种极度的幸福了。

于连爱她的儿子远胜于他们的父亲，尽管他严格地管教他们，但仍然受到他们的爱戴。她很清楚，如果和于连结婚，她就得离开韦尔吉，虽说，她是那么喜爱这儿的绿荫。她仿佛看见自己生活在巴黎，孩子们仍然受到那种人人羡慕的教育。她的孩子，她，于连，都得到了完美的幸福。

十九世纪造成的婚姻的结果，竟然是这样的奇怪！如果爱情先于婚姻，婚后生活的厌倦肯定会毁灭了爱情。然而，一位哲学家这样说过，对于相当富裕而不必工作的人来说，婚后生活的厌倦，很快会导致对一切平静安逸生活的深深厌倦；而在女人当中，只有心灵枯竭的人，才不会因为这种厌倦而坠入情网。

哲学家的看法使我原谅了德·雷纳尔夫人，然而在维里埃尔，人们却不能原谅她；她没有料到，全城的人都在关心、议论她的爱情丑闻。由于出了这桩大事，人们感到这一年秋天比往年少了一些烦闷。

秋季很快地过去，已经进入冬季，雷纳尔一家必须离开韦尔吉的森林了。维里埃尔的上流社会开始感到愤怒了，因为他们的诅咒对于德·雷纳尔先生的影响竟然是如此之小。不到一个星期的时间，那些热衷于进行此类活动借以来调剂平日严肃生活的正人君子们，便使德·雷纳尔先生产生了最残酷的疑心，不过他们的措辞却极有分寸。

瓦勒诺先生行事很谨慎，他把埃莉莎安置在一个颇受尊敬的贵族人家，这家有五个女人。据埃莉莎说，她担心冬季找不到工作，因此只要求这家人给予她相当于市长家三分之二的工资。这姑娘本人还有一个绝妙的主意，就是去向前本堂神父谢朗、同时也向新任本堂神父做忏悔，以便向他们两人详尽地叙述有关于连的爱情。

于连回来的第二天清晨六点钟，谢朗神父就差人把他叫了去：

"我什么也不问您，"他对于连说，"我请求您，如果必要的话，我是命令您，您什么也别对我说，我要求您三日内动身去贝藏松神学院，或者去您的朋友富凯处，他仍旧打算为您提供一个美满的前程。我已经料到这一切，我全都安排好了，但是您必须离开，一年内不要回维里埃尔。"

于连没有吭声,他在考虑:谢朗神父对他的关心是否已经触犯了他的尊严,因为他终究不是他的父亲。

"在明天的这一时刻,我将有幸再见到您,"最后他对本堂神父说。

谢朗神父竭力想压服这个如此年轻的人,他说了许多话。于连只是保持着最谦卑的态度和表情,却始终不开口。

于连终于走了出来,他立刻跑去通知德·雷纳尔夫人,发现她正陷在绝望之中。她的丈夫刚刚跟她相当坦率地谈过一次话。他天生性格软弱,又对贝藏松的遗产抱有希望,这都决定了他会把她看作一个完全清白无辜的人。他刚才向她承认,他发现维里埃尔的舆论处于一种奇怪的状态中。公众是错误的,他们被一些嫉妒者引入了歧途,但是究竟应该怎么办呢?

德·雷纳尔夫人曾有过一瞬间的幻想,认为于连可以接受瓦勒诺先生的聘请,留在维里埃尔。但是,她已经不是一年前那个单纯而羞怯的女人了;她的不幸爱情,她的悔恨,使她心明如镜。她听着丈夫的谈话,立刻痛苦地确认,至少一次暂时的离别是不可避免的了。"于连离开我以后,又将重新坠入他那些野心勃勃的计划中去,这些计划对于一个一无所有的人来说,是那么自然。而我呢,伟大的天主啊!我是那么富有!可对于我的幸福,我又是那么无能为力!他会忘记我的。像他那样可爱的人,会被人所爱,也会爱上别人的。啊!不幸的女人……我能抱怨什么呢?上天是公正的,我没能停止罪恶,将功补过,上天剥夺了我的判断力。其实,我只要用钱去收买埃莉莎就行了,这对于我来说没有什么比这更容易的了。可是,我对此竟没有费心考虑过片刻,爱情产生的疯狂想象占据了我全部的时间,我是完了。"

有一件事使于连感到震惊,当他把离别的可怕消息告诉德·雷纳尔夫人时,他居然没有听到她任何出自私心的反对意见。显然,她是在竭尽全力克制自己,不让眼泪流出来。

"我们需要坚强,我的朋友。"

她剪下一绺头发。

"我不知道我今后会怎么样,"她对他说道,"但是如果我死了,请您答应我,永远不要忘记我的孩子们。无论如何,请您尽力把他们培养成为有教养的人;如果爆发一次新的革命,所有的贵族都将被处死,因为那个在房顶上被杀死的农民,他们的父亲可能会逃亡他乡。请你照顾这个家……把你的手伸给我吧!永别了,我的朋友!这是最后的时刻。在做出这个重大的牺牲之后,我希望我在公众面前有勇气想到我的名誉。"

于连本以为她会做出绝望的表示。这番直率坦诚的告别,深深打动了他的心。

"不,我不能接受您这样的告别。我就要走了,他们希望如此,您本人也希望如此。但是在我离开三天之后,我会在夜间再回来看您。"

德·雷纳尔夫人的生活顿时有了改观。既然于连主动提出想要回来看她,这就说明他非常爱她!她那可怕的痛苦变成了最强烈的欢乐,这种欢乐是她有生以来还从未曾体验过的。对于她来说，一切都变得容易了。她确信能够再度见到她的情人，这最后的时刻，完全不像刚才那样令人心碎了。从这一时刻起，德·雷纳尔夫人的举止如同她的表情一样，显得尊贵、坚定、十分得体。

德·雷纳尔先生很快便回来了，他气急败坏，终于向妻子谈起了两个月前收到的那封匿名信。

"我要把这封信带到游乐场去，告知所有的人，这是瓦勒诺那个无赖搞的鬼。当初是我收容了这个叫花子，让他成了维里埃尔最富有的资产者。我要当众羞辱他，然后与他决斗。这太过分了。"

"我可能要做寡妇了，伟大的天主啊！"德·雷纳尔夫人暗想。但几乎是在同时，她又转念想道："我一定能阻止这场决斗，如果我不阻止，我就成了谋杀丈夫的凶手了。"

她从未如此巧妙地操纵过他的虚荣心。不到两个小时，她就让他领悟到，而且仍然是通过他自己找到的理由领悟到，他应该对瓦勒诺先生表现出比以往更多的友谊，甚至重新把埃莉莎请回来。德·雷纳尔夫人决心再次见到这位给她带来一切不幸的姑娘是需要勇气的，不过这是于连的主意。

经过三番五次的诱导，德·雷纳尔先生怀着舍弃金钱的痛苦心情，终于独自得出这样的结论：目前最让他难堪的事，便是在维里埃尔全城议论纷纷的时候，于连留在此地担任瓦勒诺先生的孩子们的家庭教师。显然，接受贫民收容所所长的聘请，对于连有利。相反，于连离开维里埃尔，进贝藏松神学院或者第戎神学院，对德·雷纳尔先生的荣誉至关重要。可是怎样才能让他决定这么做呢？以后他在那儿靠什么生活呢？

德·雷纳尔先生看到牺牲金钱的迫切性，心里比他的妻子更加感到绝望。而德·雷纳尔夫人经过这次谈话之后，仿佛处于一个勇敢者的状态：她厌倦了生活，服下一剂曼陀罗，因而她的行动可以说是仅仅受着惯性的支配，她对任何事都不感兴趣了。路易十四正是处于这种状态，在临终时说："当我从前做国王时……"多么绝妙的话语啊！

第二天一早，德·雷纳尔先生又收到一封匿名信。这封信的文笔极具侮辱性，对于他的处境所使用的最粗鲁的词语布满了字里行间。这准是某个心怀嫉妒的小人所为。这封信又挑起了他与瓦勒诺决斗的念头。他顿时浑身充满了勇气，想立即付诸行动。他独自出门，到武器店买了几把手枪，并让人装上了子弹。

"总之，"他自言自语地说道，"即使拿破仑皇帝森严的管理制度再现于世，我也没有一个苏是诈骗来的，因此而应当受到指责。我至多不过是佯装不见罢了，但是我抽屉里有一大堆信件，足以证明我有理由去这么做。"

德·雷纳尔夫人被她丈夫憋在心中的那股怒火吓坏了，这又勾起了她曾竭力排斥的当寡妇的不祥念头。她把自己和丈夫关在房里，和他一连谈了几个小时，但是毫无结果；新的匿名信已经使他下定了决心。最后她终于还是成功了，她使他把赏给瓦勒诺先生一记耳光的勇气化作了赠送于连六百法郎的勇气,用这笔款子作为于连在神学院一年的膳宿费。德·雷纳尔先生千百次地诅咒那一天,竟然有这么个倒霉的念头,请了个家庭教师到家里来;他将匿名信暂且置于脑后了。

他想到一个主意,使他心中多少得到一些安慰,但是他没有向妻子提起。他打算利用年轻人浪漫的心理,巧妙地促使他接受一笔少量的钱款,而拒绝瓦勒诺先生的聘请。

这对于德·雷纳尔夫人来说,困难更大了。她得向于连表明,为了她丈夫的脸面,牺牲瓦勒诺先生公开向他提供的八百法郎的职位,他可以问心无愧地接受一笔补偿。

"可是,"于连始终说,"我从来不曾有过应聘的打算,甚至压根没有这个念头。您已经让我习惯于高雅的生活,那些人的粗俗会让我受不了的。"

残酷的贫困以它的铁掌使于连的意志屈服了。他的自尊心诱使他有了一个不切实际的想法,那就是以借款的方式接受德·雷纳尔先生提供给他的这笔钱,并立一张借据给他,五年后连本带利一道还清。

德·雷纳尔夫人还有几千法郎,一直藏在山上的小岩洞里。

她战战兢兢地表示要把这笔钱送给他,尽管她深信,她定会遭到愤怒的拒绝的。

"您想使我们的爱情留下可憎的回忆吗?"于连对她说道。

于连终于要离开维里埃尔了。德·雷纳尔先生非常高兴;就在他把钱交给于连的倒霉时刻,于连觉得这份厚待不堪承受,他断然拒绝了。德·雷纳尔先生感动得热泪盈眶,紧紧地拥抱了他。于连要求他给他写一份品行优良的证明,他欣喜若狂,一时竟然找不出足以称赞于连品格的漂亮词句来。我们的主人公有五个路易的积蓄,他还打算向富凯去借同样数目的钱。

于连的心情太激动了。但是他刚刚走出给他留下那么多爱情的维里埃尔才一法里远,他已经一心想着能看到一座省府、一座像贝藏松那样的军事重镇的幸福了。

在这三天短暂的离别里,德·雷纳尔夫人被爱情最残酷的一种假象所蒙骗。她的生活还能够忍受,在她和极端的不幸之间,她还有见到于连最后一面的希望。她默默地计算着他们分手后的每一小时,每一分钟。终于在第三天的夜里,她听到了约定的信号从远处传来。于连经历了千难万险,终于出现在她的面前。

从这一刻起,她只有一个念头:"这是我们最后一次见面了。"她对恋人的热情毫无反应,倒像是一具尸体,只勉强还剩下一口气似的。她强迫自己对他说她爱他,可是她那笨拙的神情表现出来的几乎是相反的效果。无论什么都不能使她摆脱永别这个残酷的念头。多疑的于连一时间竟以为自己已经被遗忘了。他因此而说出的刻薄的话语,得到的反应也只是默默无言的大滴泪珠和近乎痉挛的握手。

"然而,伟大的天主啊!您怎么能让我相信您呢?"面对情人冷漠的表白,于连说道,"您对德尔维尔夫人,甚至对一个普通的熟人,都会表现出比这真诚百倍的友情来的。"

德·雷纳尔夫人愣住了,不知如何回答他。

"不可能有比我更不幸的人了……我希望我死去……我感到我的心已经冻成了冰块

......"

这就是他从她那儿听到的最长的回答了。

当天色渐亮,他必须离开时,德·雷纳尔夫人的泪水已完全止住了。她看着于连把一根打了结的绳子拴在窗户上,没有说一句话,也没有吻他。于连徒然地对她说:

"我们终于走到了您十分希望达到的地步。从今以后,您可以毫无悔恨地生活了。当您的孩子有点小病小灾,您再也不会想到他们会死去了。"

"您未能吻别斯塔尼斯拉斯,我感到很遗憾,"她冷冷地对他说道。

这具活僵尸的毫无热情的拥抱,最后给于连留下了极其深刻的印象,他在几法里的行程中一直想着这件事。他的心碎了,在翻越高山之前,他不时地频频回首,一直到维里埃尔钟楼的尖顶在视线中消失。

第二十四章 省　会

> 多少喧杂,多少忙忙碌碌的人!一个二十岁青年的心灵中有多少对未来的憧憬!这对于爱情来说该是怎样的干扰啊!
>
> ——巴纳夫

于连终于看见,在一座远山上有一些黑色的围墙,那就是贝藏松的堡垒。他叹了口气说道:"如果我来到这座令人仰慕的军事重镇,为的是在某个护城警卫团里当一名少尉,对我来说,那该有多么的不同啊!"

贝藏松不仅是法国最美丽的城市之一,而且拥有许多心地善良和才智超群的人物。但于连只是个小小的农民,根本无法接近那些杰出的人物。

他在富凯家换了一身便服,他就是穿着这身衣服走过了吊桥。他的脑海里充满了一六七四年围城战的历史,他想在进神学院之前,凭吊一下这里的城墙和堡垒。有两三次,他差点儿让哨兵们捉住,因为他闯入了工兵部队禁止行人入内的区域。那里的干草,工兵部队每年可以卖到十二或十五法郎。

那些高大的城墙,深邃的壕沟,以及外形可怕的大炮,使于连流连忘返,逗留了几个小时。后来,当他经过林荫大道上的一家大咖啡馆时,他怀着赞叹的心情果呆地站立着不动了。虽然他看见两扇大门上方,用巨大的字体写着"咖啡馆"的字样,但他还是不敢相信自己的眼睛。他竭力克制住内心的羞怯,壮着胆子走了进去,来到一个大厅里;这个大厅长三四十步,天花板至少有两丈来高。这一天对于他来说,一切都充满了魅力。

大厅里正在进行两场台球比赛。侍役们高声喊着得分,玩球者围着球台转来转去,周围挤满了观众。一团团的烟雾从每个人的嘴里喷吐而出,将他们自身笼罩在一层蓝色的云雾之中。这些人的高大的身躯、肥厚的肩背、笨拙的举动、浓密的颊髯以及裹在身上的长长礼服,这一切都吸引着于连的注意力。这些古代 Bisontium 的高贵子孙们,只要一开口就是大喊大叫,摆出一副威风凛凛的军人姿态。于连立在一旁一动不动地欣赏着,头脑里想象着像贝藏松这样一个大省城的博大和宏伟。他感到自己没有丝毫的勇气去向那些目光傲慢、高喊着台球得分的先生们要一杯咖啡。

但是,柜台后面的那位小姐,早已注意到这位年轻乡绅的可爱面庞了。他此时停立在距火炉三步远的地方,臂下挟着一个小包袱,正端详着一尊用白石膏塑造的国王胸像。这位小姐是法朗什-孔泰人,身材高挑匀称,穿戴得体,足以使一家咖啡馆增色。她已经低声地呼唤了于连两遍,试图只让他一个人听见:"先生!先生!"于连的目光遇到了一双十分温柔的蓝色大眼睛,他这才发现那姑娘招呼的正是他。

他迅速走近柜台和这位漂亮的姑娘,就如同走向敌人一般。在这急剧的动作中,他的包袱落在了地上。

在巴黎,年轻的中学生们十五岁时,便已懂得神气十足地出入于咖啡馆了,我们这位外省人将引起他们怎样的怜悯啊!不过,那些孩子们尽管在十五岁时显得如此老练,到了十八岁时却变得平庸了;而人们在外省遇到的那种富有热情的羞怯心理,有时候倒是可以克服的,在那种情况下,它能够使人学会如何行使自己的意志。当于连走近主动招呼自己的这位如此美丽的姑娘时,他心想:"我应该对她说实话。"由于克服了羞怯心理,他变得勇敢了。

"夫人,我生平头一次来到贝藏松,我想要一块面包和一杯咖啡,我会付钱的。"

那位小姐微露笑容,随即脸又红了。她担心那些打台球的先生们会歧视和取笑这位漂亮的年轻人;他可能会受到惊吓,以后再也不会光顾此地了。

"请您坐这儿,靠近我,"她指着一张大理石的桌子说道。这张桌子差不多完全被突出在大厅里的桃花心木的巨大柜台遮住了。

那位小姐朝柜台外俯下身来,这使她有机会充分展示她那婀娜多姿的身段。于连注意到了这一点,他脑袋里所有的想法都起了变化。漂亮的小姐在他面前放了一个杯子、少许糖和一小块面包。她犹豫不决,是否要叫一个侍者来送咖啡,她很清楚,只要侍者一来,她和于连的单独谈话就要结束了。

于连陷入了沉思,他把眼前这位快乐的金发美人和经常令他激动兴奋的某些回忆加以比较。他曾经是爱情追逐的对象,一想到这种激情,他几乎完全消除了内心的羞怯。漂亮的小姐只用了一会儿功夫,便从于连的眼神里看透了他的心思。

"这烟气呛得您咳嗽,明天早晨八点钟以前来这儿吃早餐吧,那时差不多只有我一个人。"

"您叫什么名字?"于连问道,温柔的微笑中夹带着令人喜爱的羞涩。

"阿芒达·比内。"

"您能允许我在一个小时后,给您送来一个和这个一样大小的包裹吗?"

美丽的阿芒达思索了片刻。

"我受到监视,您的要求可能会连累我;不过,我将把我的地址写在一张卡片上,您把它贴在包裹上,便可以放心大胆地寄给我了。"

"我叫于连·索雷尔,"年轻人说道,"在贝藏松,我既没有亲戚,也没有熟人。"

"啊!我明白了,"她高兴地说道,"您是来法律学校念书的吧?"

"唉!不是,"于连答道,"是别人送我进神学院的。"

阿芒达脸色变了,露出大失所望的神情。她叫来一个侍从,现在她有勇气了。侍者给于连的杯子里斟上了咖啡,连看都没有看他一眼。

阿芒达在柜台上收款;于连为自己能大胆地说话而感到很得意;这时候,一张球桌前发生了争执。球客的叫嚷声和争辩声响彻了整个大厅,形成了一阵喧闹,这使于连感到惊奇。阿芒达垂下眼睛,在想心事。

"如果您愿意,小姐,"于连突然自信地说道,"我就说我是您的表兄,好吗?"

这种略带一点权威的口气,博得了阿芒达的欢心。"这不是一个微不足道的年轻人,"她想。她匆匆地回答他的话,眼睛却并不瞧着他,因为她正警觉地注视着是否有人走近柜台:

"我是让利人,在第戎附近,您就说您也是让利人,是我母亲的表亲。"

"我会记住的。"

"夏季,每个星期四,五点钟,神学院的先生们从这咖啡馆的门前经过。"

"如果您想念我,当我经过时,您手里就拿一束紫罗兰花。"

阿芒达惊奇地看着他,这目光把于连的勇敢视作了鲁莽。然而,他脸涨得通红地继续对她说道:

"我感到我是用最强烈的爱情爱着您。"

"请您小声点说,"她惊恐地提醒道。

于连在韦尔吉曾经见到过不成套的一卷《新爱洛绮斯》,他试图回忆起里面的句子。他的记忆力挺好使,他给阿芒达小姐背诵了十分钟的《新爱洛绮斯》,就使她听得出了神。正当他为自己的勇敢而感到高兴时,那个美丽的弗朗什-孔泰小姐突然露出冷冰冰的神色。她的一个情夫出现在咖啡馆的门口。

他吹着口哨,晃动着肩膀,走近柜台,看了于连一眼。于连的想象力总是走极端,此刻他的头脑里只是充满了决斗的念头。他的脸色变得煞白,他推开他的杯子,显出一副坚定的神情,全神贯注地盯着他的情敌。当这个情敌低下头去,随意地在柜台上给自己斟了一杯烧酒时,阿芒达使了个眼色,命令于连垂下目光。他服从了,足有两分钟的时间,他待在自己的座位上一动也不动,脸色苍白,神态坚决,一心只想着将要发生的事情。此刻的于连确实做得很出色。那个情敌看见于连的眼睛,感到很奇怪;他一气喝干了那

杯烧酒,向阿芒达说了一句话,把双手插在宽大的礼服的侧袋里,吹着口哨,又看了于连一眼,朝着一张球台走去。于连愤怒极了,他站起身来,但却不知道怎样做才能显得傲慢无礼。他放下他的小包袱,尽可能做出大摇大摆的模样,也朝那张球台走去。

尽管他谨慎地提醒自己:"刚来到贝藏松就进行决斗,教士的职业就算完了。"但这却是徒然。

"这有什么关系,我可不能让人说我放走了一个蛮横无理之徒。"

阿芒达看见了他的勇敢,这与他那天真的举止形成了绝妙的对比。顷刻间,她喜欢他更胜于喜欢那个穿礼服的高个子青年。她站起身,佯装着看某个过路的行人,迅速地走到于连和球台之间,说道:

"不要斜着眼看那位先生,他是我的姐夫。"

"这关我什么事? 他看了我。"

"您想让我难堪吗? 不错,他看了您,也许他还要来跟您说话呢。我对他说了,您是我母亲的亲戚,从让利来的。他是弗朗什-孔泰人,在通往勃艮第的那条大道上,他从来没有去过比多尔更远的地方,因此您愿意怎么说都行,用不着担心。"

于连还在犹豫,她又迅速地往下说,站柜台女人所具有的想象力给她提供了大量的谎言:

"是的,他确实看了您,但就在那个时候,他在向我打听您是谁;他是一个对任何人都粗鲁无礼的人,他并非存心侮辱您。"

于连的眼睛一直盯着那个所谓的姐夫,只见他买了一个号码牌,走到离得较远的那张球台上去赛球。于连听见他那粗大的嗓门,气势汹汹地嚷着:"该轮到我了!"于连急忙走到阿芒达小姐身后,朝球台迈了一步。阿芒达抓住了他的胳膊。

"先来把钱付给我,"她对他说道。

"的确,"于连心想,"她怕我不付钱就走了。"阿芒达和他一样激动,脸涨得通红,她尽可能慢吞吞地找还多余的钱,同时压低嗓音向他重复道:

"立刻离开咖啡馆,否则我就不爱您了,不过我是非常爱您的。"

于连确实走出去了,但是走得很慢。"该由我吹着口哨,瞪着这个粗鲁的家伙了,"他反复对自己说,"这难道不是我的责任吗?"这个念头使他踌躇不决,在咖啡馆门前的林荫大道上逗留了一个小时之久;他注意地看着那个情敌是否走出来,但那人一直没有露面,于是于连便离开了。

他来到贝藏松不过才几个钟头,却已经有了一桩懊悔的事。那个老外科军医,不顾自己身患风湿病,曾经给他上过几次剑术课,这就是他认为可以用来发泄怒气的全部本领。但是,如果他也知道,除了打耳光之外怎样用别的方式来表示愤怒的话,剑术方面的困难也就不存在了。如果最终动起拳头来,他的情敌是个高大的汉子,定会将他痛打一顿,然后扬长而去的。

"对于像我这样的可怜虫来说,"于连心想,"既无保护人,又无金钱,进神学院和进监狱没有多大区别。我应该把我这身便装存放在某个旅馆里,再换上我那套黑衣服。万一我能溜出神学院几个钟头,我就可以穿着便装去看阿芒达小姐了。"这想法倒是合情合理,但是于连只是从每家旅馆门前经过,却不敢迈进任何一家。

最后,当他再次从大使旅店门前经过时,他那焦虑不安的目光遇上了一个胖女人的眼睛。这女人还相当年轻,脸色红润,神情显得幸福而快乐。他走近她身旁,向她介绍了自己的来历。

"当然可以,我漂亮的小神父,"大使旅店的老板娘对他说道,"我替您保存您的便服,甚至还可以常常为您掸掸上面的灰尘。像这样的天气,把一件毛料衣服搁在那儿不管,可不行啊!"她拿了一把钥匙,亲自把他带到一个房间,让他把存放的东西写个清单。

"仁慈的主啊!索雷尔神父先生,您的气色有多么好啊!"当于连下楼走向厨房时,胖女人对他说道,"我去给您准备一顿丰盛的晚餐,而且,"她又低声补充道,"您只要付二十个苏就行了,别人要付五十个苏呢,因为您应该珍惜您那点积蓄。"

"我有十个路易呢,"于连有点儿得意地说。

"啊!仁慈的主啊!善良的老板娘惊慌地答道,"别这么大声说话,在贝藏松,坏人可多着呢,眨眼的功夫,他们就会把您的钱偷去的。特别是不要进咖啡馆,那里面尽是坏人。"

"真的?"于连问道,老板娘的话引起了他的深思。

"除了我这儿,决不要去别的地方,我会让人给您煮咖啡。请您记住,您永远可以在这儿找到一个朋友和一份二十苏的丰盛饭菜。我希望就么说定了。去用餐吧,我亲自侍候您。"

"我吃不下,"于连对她说道,"我太激动了,当我走出这儿,我就要进神学院了。"

善良的女人在他的口袋里装满了食物以后,才让他离去。于连终于朝着那个可怕的地方走去了,老板娘站在门前的台阶上,给他指点着道路。

第二十五章　神　学　院

> 八十三生丁的午餐三百三
> 十六份,三十八生丁的晚餐三百三
> 十六份,有资格者享用的巧克力;
> 此项承包能赚多少钱?
>
> ——贝藏松的瓦勒诺

　　他打老远就望见了门上那镀金的铁十字架,他慢慢地走上前去,觉得双腿发软。"这儿就是人间地狱,我将无法摆脱它了!"他终于下了决心去拉门铃。门铃的声音,好似回

荡在一个荒僻的旷野里。约莫等了十分钟，一个脸色苍白身着黑道袍的人走来给他开门。于连瞧了这人一眼，立刻垂下了双眼。他发现这个看门人的相貌十分古怪。一对绿色的眼球向外突出，如同猫眼一样滚圆；眼皮的轮廓线一动也不动，显示出他没有丝毫的同情心；两片薄薄的嘴唇，包着前突的牙齿，形成了半圆的弧形。然而，这相貌并未表示出罪恶，而是显露出十足的冷漠，它远比罪恶更让这年轻人感到恐怖。于连迅速地一瞥，能从这张虔诚的长脸上揣测到的唯一感情，便是他对别人可能跟他谈起的一切与天国利益无关的话持有的极度的鄙视。

于连勉强抬起双眼，说他想求见神学院院长皮拉尔先生，他的音调因心跳过激而发出颤声。黑衣人一言未发，示意于连跟他走。他们沿着一个宽阔的楼梯登上两层楼，楼梯边有木栏杆，弯曲变形的阶梯完全朝着与墙壁相反的方向倾斜着，仿佛随时都有可能倒塌。他们来到一扇小门前，门的顶部有一个公墓里用的那种白木做的漆成黑色的大十字架，这扇门费了好大功夫才被打开。看门人让于连走进一间阴暗低矮的屋子里，墙上刷有白石灰，挂着两幅因年代久远而变黑了的巨大油画。于连被单独留下来，他害怕极了，心剧烈地跳动着，此刻他要是能大哭一场，也许会感到痛快一些。死一般的寂静笼罩着整幢房屋。

大约过了一刻钟，于连仿佛觉得过了一整天，那个面目可怕的看门人又在这间屋子另一端的门口出现了，他还是没有说话，只是示意于连走过去。于连走进一间更大的房子，里面光线极其昏暗，四周的墙壁也刷成了白色，但没有什么家具。只是在靠近门旁的角落里，于连经过时看见了一张白木床，两把草垫椅和一把没有坐垫的枞木小扶手椅。在房间的另一端，他发现一个人，身穿破旧的道袍，坐在一张桌子边，靠近一扇玻璃发黄的小窗户，窗台上摆着几个肮脏的花瓶。这人面带愠色，他的面前摆着许多小方纸片，他拿起一张张纸片，写上几个字后，又整理好放在桌子上。他没有发觉于连进来。于连一动也不动，立在房间的中央。看门人将他留在那儿，随即关上房门离去了。

十分钟就这样过去了，那个穿着破旧的人一直在那儿写字。于连是那样的激动和不安，他感到自己就要倒下了。一个哲学家曾说过这样的话，也许并非正确："这是一个天性爱美的灵魂对于丑陋所产生的强烈印象。"

写字的人终于抬起头来，于连过了一会工夫才觉察到，甚至当他被注意到以后，他仍然站在原处一动不动，仿佛他承受不住那落在他身上的可怕目光，遭到了致命的打击。于连两眼模糊，勉强分辨出一张长脸，上面布满了红斑，只有额头部分显出死一般的苍白。在那红色的面颊和白色的额头之间，闪烁着一双黑色的小眼睛，足以让最勇敢的人感到不寒而栗。一头乌亮、厚密的直发，勾勒出他那宽阔的前额。

"请您走近我行不行？"这人终于不耐烦地说道。

于连踉跄地向前跨了一步，差点儿摔倒在地；他的脸色从来没有这样苍白过。他终于在离那张布满方纸片的小白木桌三步远处停了下来。"再近一点，"那人说道。

于连又向前走，并伸出一只手，仿佛寻求可以倚靠的东西。

"您叫什么名字?"

"于连·索雷尔。"

"您来得太迟了,"他对于连说道,又用那可怕的目光凝视着他。

于连承受不了这种目光,他伸出手去好像要支持住身体的平衡,不料却直挺挺地栽倒在地板上。

那人摇响了铃,于连只是眼睛看不见,身体动弹不得,但仍然能听见有许多脚步声走近。

有人把他扶起来,让他坐在白木小扶手椅里。他听见那个可怕的人对看门人说道:

"看样子他是犯了癫痫病,这下子可什么都有啦!"

当于连能够睁开眼时,那个红脸人还在继续写字,看门人已经不在场了。"应该鼓起勇气,"我们的主人公心中暗想,"尤其要掩饰住此时此刻我的感觉,"因为他感到一阵强烈的恶心,"如果我发生意外,天知道别人会怎么看待我呢。"终于那人停下笔来,斜眼看着于连。

"您能回答我的话了吗?"

"是的,先生,"于连用虚弱的声音说道。

"啊!这太好了。"

黑衣人半立起身体,吱呀一声拉开枞木桌的抽屉,不耐烦地寻找一封信。他找到信以后,又慢慢地坐下,重新瞧着于连,看他那神气仿佛要把于连尚存的一点生命都要夺走似的:

"您是谢朗先生推荐给我的,他是教区里最好的本堂神父,一个真正的道德高尚的人,他是我三十年的朋友了。"

"啊!我荣幸地在和皮拉尔先生说话吗?"于连有气无力地说。

"那还用问吗?"神学院院长答道,生气地看着他。

他那双小眼睛炯炯发光,亮度增加了一倍,嘴角的肌肉也不由自主地抽搐了一下。这种表情正像是一只老虎在预先品味它将吞噬猎物的快乐。

"谢朗的信很短,"他说道,似乎在自言自语,"Intelligenti pauca,当今人们都缺少写短信的本领了。"接着他高声念道:

> 我向您介绍本堂区的于连·索雷尔,我为他施洗礼已近二十年。他的父亲是位富有的木匠,但不给他一个子儿。于连将是天主的葡萄园里一名出色的工人。其记忆力、理解力尚可,思考力亦有。他的从事圣职的志向能持久吗?是真诚的吗?

"真诚!"皮拉尔神父显出惊讶的神情重复了一遍,同时看了看于连,他的目光已不像刚才那样没有丝毫的人情味了。"真诚!"他放低了声音又重复了一遍,接着念道:

我为于连申请一份助学金,他会通过必要的考试来获得它。我教过他一点神学,也就是博须埃、阿尔诺、弗勒里的那种古老而有益的神学。如果您认为此人不合适,请让他回到我这儿;您熟识的贫民收容所所长,愿出八百法郎聘他为他的孩子们的家庭教师。——感谢天主,我的内心是平静的。我已习惯了可怕的打击。Vale et me ama.

皮拉尔神父念到签名时,放慢了声调,叹了口气念出了谢朗二字。

"他是平静的,"他说道,"他的德行应该使他得到这个报酬;如果我也有这么一天,但愿天主给予我同样的报酬!"

他仰望着天空,在胸前画了一个十字。看到这个神圣的动作,于连感觉到,自从他走进这幢房子里冻结住他整个心灵的极度恐怖开始化解了。

"我这儿有三百二十一个人期望从事最神圣的职业,"皮拉尔神父最后说道,他的声调严肃,但并不凶恶,"其中只有七、八个人,是由谢朗神父那样的人推荐给我的,因此在这三百二十一人中,您将是第九位。但是,我的保护绝非是偏袒和姑息,而是对罪恶的加倍提防和严惩。去把这道门锁上。"

于连费力地向前行走,总算没有摔倒。他注意到在进来的那扇门的旁边,有一扇小窗户,朝着田野。他瞧着窗外的树木,感到心里舒畅多了,就像见到了老朋友。

"Loquerisne linguam latinam?(您会说拉丁语吗?)"当于连回转来时,皮拉尔神父问他。

"Ita, pater optime(是的,我尊敬的神父),"于连答道,他稍微清醒了一些。可以肯定,这半个小时以来,在于连心目中,世界上任何人都要比皮拉尔神父杰出。

他们继续用拉丁语交谈。神父的眼神变得柔和了,于连也恢复了几分冷静。"我太软弱了,"他想道,"竟被这种貌似美德的外表所蒙骗了! 这个人不过是马斯隆先生之流的骗子而已。"于连庆幸自己几乎将所有的钱财都藏在他的靴子里了。

皮拉尔神父考察了于连的神学,他为他知识的广博而感到惊讶。尤其是当他向于连问起有关《圣经》的学问时,他更是感到惊愕了。但是,当他的问题涉及一些早期基督教的学说时,他发现于连几乎连圣哲罗姆、圣奥古斯丁、圣博纳旺蒂尔、圣巴西勒等人的名字都不知道。

"事实上,"皮拉尔神父心想,"这就是那种致命的新教倾向,我曾一直为此而责备谢朗。对《圣经》深入的理解,过分深入的理解。"

(于连刚才未等对方问及,就已谈到了《创世纪》和《五经》等真正的写作时间。)

"这种对《圣经》的无止境的探究,"皮拉尔神父心想,"除了引向自由解释,也就是说引向最可恶的新教教义,还会有什么结果呢? 而且除了这种轻率的知识以外,对于那些能够抵消这种倾向的先师们的学说,却又一无所知。"

但是,当神学院院长向于连问起教皇的权利时,他的惊讶更是没有边际了。他本来以为会听到古代法国教会的那些训诫,而这个年轻人却向他背诵了德·迈斯特先生的整本书。

"这个谢朗真是个怪人,"皮拉尔神父心想,"他让他读这本书,难道是为了教会他如何去嘲笑它吗?"

他又询问于连,试图推断于连是否真正相信德·迈斯特先生的理论,但是白费力气。这个年轻人只是凭着书中的记忆来回答。从这时候起,于连确实表现得很出色,他感到他已恢复了自我控制能力。在这冗长的考试之后,于连觉得皮拉尔先生对他的严厉态度,只不过是装模作样罢了。事实上,要不是十五年来,神学院院长一直强制自己奉守严肃庄重的原则来对待他的神学院学生,他早就以逻辑学的名义去拥抱于连了。他觉得于连的回答是那么清晰、准确和鲜明。

"这是一个性格勇敢而头脑健全的人,"皮拉尔神父暗自思忖,"但是 corpus debile(身体虚弱)。"

"您经常这样摔倒吗?"他用法语向于连问道,并用手指了指地板。

"我有生以来这还是头一次,看门人的那副面孔把我吓坏了,"于连回答说,他面颊绯红,像个孩子似的。

皮拉尔神父几乎露出了微笑。

"这就是世俗浮华所造成的结果,您显然已经看惯了笑脸,其实那是谎言的真正舞台。真理是严峻的,先生。但是我们在人世间的任务不也是严峻的吗?以后您务必使您的良心提防这种弱点:对于外在无谓的美过于敏感。"

"如果把您推荐给我的,"皮拉尔神父又用拉丁语说道,并且露出明显的愉快神色,"如果把您推荐给我的不是谢朗神父那样的人,我会用世俗浮华的语言与您交谈;依我看,您对世俗社会已习染太深了。我要告诉您,您所请求的全额助学金,是世界上最难以得到的东西。不过,谢朗神父如果不能在神学院里享有支配一份助学金的权力,那么,他五十六年来的传教工作得到的报酬也未免太少了。"

说完这番话,皮拉尔神父告诫于连,未经他的同意,不得加入任何团体或秘密修会。

"我以我的名誉向您保证,"于连像一个有教养的人那样真诚地说。

神学院院长第一次露出了笑容。

"这句话在这儿说不合适,"他对于连说道,"它太让人想起世人的虚荣了,正是这种虚荣促使人们犯下了许多错误,甚至时常将他们引向罪恶。根据圣庇护五世的 Unam ecclesiam 谕旨第十七段,您应该绝对服从于我。我是您教会里的尊长。在这所学院里,我最亲爱的儿子,听见就意味着服从。您身边带有多少钱?"

"果然不出所料,"于连暗想,"就为了这个才称我为'最亲爱的儿子'。"

"三十五法郎,我的神父。"

"详细记下这笔钱的用途,日后您必须向我汇报。"

这次令人难以忍受的会见整整长达三个小时。最后,于连奉命叫来了看门人。

"把于连·索雷尔安置在一〇三室，"皮拉尔神父对他说道。

出于特殊优待，他让于连单独住一间屋子。

"把他的箱子拿去，"他补充道。

于连垂下眼睛，看见他的箱子就放在他的面前；三个小时以来，他一直瞧着这只箱子，竟没有认出它来。

来到一〇三室（这是一间八尺见方的小斗室，位于这幢房子的顶层），于连注意到小室的窗户朝着城墙，越过城墙可以看见美丽的平原，杜河在平原和市区之间流过。

"多么迷人的景色啊！"于连感叹道。当他这样自言自语时，却并未意识到这句话的含义。在他来到贝藏松的这段短短的时间里，他所受到的强烈刺激，已经耗尽了他全部的气力。他靠近窗户，在这间斗室里唯一的一张木椅子上坐下，立刻酣然睡去。他没有听见晚餐的钟声，也没有听见圣体降福仪式的钟声，别人也把他遗忘了。

第二天早晨，当初升的阳光将他惊醒时，他才发现自己是睡在地板上。

第二十六章　人世间或富人所缺少的

> 我孤独地活在世上，没有人会想到我。我所见到的任何一个发迹者，都是厚颜无耻，心肠冷酷，而我却迥然不同。由于我的过分善良，他们憎恨我。啊！我快要死了，或由于饥饿，或由于不幸地见到这些如此冷酷的人。
>
> ——杨　格

于连急忙刷干净衣服，走下楼去，他迟到了。一位学监严厉地斥责了他。于连并未打算为自己辩解，而是把双臂交叉在胸前，面带忏悔的神情说道：

"Peccavi, pater optime（我的神父啊，我有罪，我认错）。"

这个开端获得了很大的成功。神学院学生中的那些精明之士一眼便看出了，他们将要与之打交道的这个人，绝非一个初入道的新手。休息的时间到了，于连看到自己成了众人好奇的对象。但是，人们从他身上所看到的，却只有谨慎和沉默。根据他为自己定下的行动准则，他把三百二十一名同学都视作他的敌人；在他看来，全院最危险的敌人便是皮拉尔神父了。

几天以后，于连需要选择一位忏悔神父，有人交给他一份名单。

"啊！善良的主啊！他们把我当作什么人了？"他心想，"难道他们以为我听不懂他们的言外之意吗？"于是他选定了皮拉尔神父。

他没有料到,他所迈出的这一步有着决定性的意义。有一个十分年轻的小修士,是维里埃尔人,自认识于连的头一天起,便声称是于连的朋友。他告诉于连,如果选择神学院副院长卡斯塔内德先生,或许更为妥当。

"卡斯塔内德神父是皮拉尔先生的敌人,"小修士俯身贴近他的耳边说道,"有人怀疑皮拉尔先生是詹森派。"

我们的主人公自以为非常谨慎,其实他最初的所有举措,如同选择忏悔神父一样,全都是些轻率的行为。富于想象力的人都很自负,正是这种自负将他引入了歧途,使他把意愿当成了现实,而且还自以为是一个老练的伪君子。他甚至狂妄到了这种地步,竟然自责采用懦弱的手段而获得了那些成功。

"唉!这是我唯一的武器!假设处在以前的另一个时代里,"他暗自思忖着,"我在敌人面前,单凭有力的行动就可以挣得面包了。"

于连对自己的行为感到满意,他环顾四周,发现到处都呈现出最纯洁的美德的迹象。

有八至十个修士生活在圣洁的名誉中,他们像圣女德肋撒和在亚平宁山脉的维尔纳山顶上接受五伤时的圣方济各一样,都看见过幻象。不过,这是一大秘密,他们的朋友对此守口如瓶。这些见过幻象的可怜的年轻人,几乎总是住在诊疗所里。另外有一百来个人则是在坚定的信仰中不知疲倦地勤奋修炼。他们奋发用功,乃至病倒,但是所学到的东西却很少。有两三个人因为有真才实学而成为佼佼者,其中一位名字叫夏泽尔;但是于连讨厌他们,他们也同样讨厌于连。

在三百二十一名修士中,剩下的都是些粗俗之辈,他们从早到晚重复背诵着那些拉丁文词句,连他们自己也不能肯定是否弄懂了其中的含义。他们几乎都是农家子弟,他们宁愿靠背诵拉丁文去赚取面包,也不愿意去刨地种田。根据这一观察,于连在来到神学院的最初几天,便已下定决心要迅速获得成功。"任何行业都需要聪明人,因为总是有工作要做,"他心中想,"在拿破仑统治下,我可能成为一个副官;而在这些未来的本堂神父中,我将成为代理主教。"

"所有这些可怜虫,"他又想道,"从小干的是粗活,来这儿之前,吃的是凝乳和黑面包,住的是茅草屋,每年只能吃上五、六回肉。这些粗俗的农民,就像古罗马的士兵把战争当作休息一样,对于神学院里得到的快乐感到非常满足。"

于连从他们暗淡无神的眼睛里,看到的只是饭后得到满足的肉体需要以及饭前等待时的肉体快乐。他就是要在这样一批人中崭露头角。但是,有一点于连还不知道,而别人也不愿意告诉他,那就是在神学院学习教理、圣教史等各门课程中,如果取得了第一名的成绩,在他们眼中仅仅是桩辉煌的罪恶而已。自从出了个伏尔泰以来,自从实行两院制政治以来——由于这种制度的实质只是互不信任和自由解释,给民众带来了互相猜疑的不良习惯——法国教会似乎已经明白了书籍是它的真正敌人。依照教会的看法,心灵的屈从才是头等重要的。在学习中获得成功,即便是圣洁的学习,他们也认为是值得怀疑的,并且是有着充分的理由的。谁能阻止像西埃耶斯或者格雷克瓦那样杰出的人物转

向另一边去呢！惶恐不安的教会依附着教皇，好似抓住了获救的唯一机会。唯有教皇才能试一试瓦解自由解释的力量，用宫廷里那些虔诚盛大的典礼仪式来影响上流人士厌倦、病态的心。

对于这种种事实，于连只看到了一半，而他在神学院里听到的一切言论又都力图对它们加以否定，于连陷入了深深的忧郁之中。他很用功，很快便学会了一些对于一个教士非常有用的东西；不过在他看来，这些东西都十分虚伪，而且他丝毫不感兴趣。他认为自己再没有其他的事情可做了。

"难道全世界的人都把我遗忘了吗？"他想。他不知道皮拉尔先生已收到好几封盖有第戎邮戳的信件，阅后投入火中烧了。这些信件，尽管措辞极为得体，但是仍然流露出最强烈的热情；从中可以看出巨大的悔恨似乎在与爱情进行着斗争。"很好，"皮拉尔神父想道，"至少这年轻人爱过的女人，不是一个不信奉宗教的人。"

一天，皮拉尔神父拆开一封信，信上有一半字迹似乎被泪水浸得模糊不清，这是一封诀别信。信中对于连说道："终于，上天赐予我恩典，让我有勇气去恨，当然并非去憎恨铸成我的罪过的人，他将永远是我在世界上最亲爱的人，而是去憎恨我的罪过本身。牺牲已经付出，我的朋友。如同您所见到的，这并非没有眼泪。我应为之献身的那些人，您曾经也是那样地热爱他们，他们的灵魂获救了。一位公正而威严的天主再也不会因为他们的母亲犯下的罪孽而对他们施以报复了。永别了，于连，公正地对待世人吧！"

信的结尾几乎完全看不清楚。信上写有一个在第戎的地址，但又说希望于连永远不要回信，如果一定要回信的话，至少所用的词句要让一个重返贞节的女人看了不会脸红。

于连的忧郁，再加上承办八十三生丁一顿的午餐的承包者向学院提供的低劣伙食，已开始影响到他的健康。一天早晨，富凯突然出现在他的房间里。

"我终于进来了。为了看你，我已经来过贝藏松五次了，当然这不能怪你。我总是吃闭门羹。我派了个人守在神学院门口，真见鬼，你怎么总不出来呢？"

"这是我强加给自己的一个考验。"

"我发现你变得多了。我总算又看到你了。两个价值五法郎的漂亮埃居刚刚使我明白，我只是一个傻瓜，第一次来这儿的时候我竟然没有想到把它们献出来。"

两个朋友没完没了地谈着话。忽然于连的脸色陡变，因为他听见富凯说：

"顺便提一下，你知道吗？你的学生们的母亲，现在笃信宗教可虔诚啦。"

他那毫不在意的说话口气，在这颗充满热情的心灵里留下了奇特的印象；言者无意之中已经触动了这颗心灵里的那些最珍贵的隐情。

"是的，我的朋友，她对宗教虔诚到了最狂热的地步。听说她还常常去朝圣呢。但是，那个长期暗中监视可怜的谢朗先生的马斯隆神父，一辈子都会感到耻辱的，因为德·雷纳尔夫人宁愿去第戎或者去贝藏松做忏悔，也不愿意向他忏悔。"

"她到贝藏松来了！"于连说道，连额头都涨红了。

"经常来，"富凯回答道，脸上带着疑惑的神情。

"你随身带着《立宪党人报》了吗？"

"你说什么？"富凯反问了一句。

"我问你是否有《立宪党人报》，"于连用最为平静的语调继续说，"这儿卖三十个苏一份。"

"什么！连神学院里也有自由党人！"富凯叫了起来。"可怜的法兰西啊！"他模仿着马斯隆神父那种虚伪而又温柔的腔调又补充了一句。

如果不是在第二天，那个于连认为还是个孩子的维里埃尔小同学向他说过一句话，使他有了一个重大发现，那么富凯的这次拜访，也许会给我们的主人公留下深刻的印象。自从于连来到神学院后，他的行为只不过是一连串的虚假表演而已。他经常痛苦地嘲笑自己。

说实在的，他一生中的那些重大行动都经过精心策划，但他往往不注重那些细节问题，而神学院的那些精明的家伙们却只盯着琐碎的小事。因此，他在同学们当中已被看作是一个自由思想者，他在诸多细小的行为中暴露了自己。

在他们看来，于连已被证实犯有这桩滔天大罪，他有自己的思想，有自己的判断，而不是盲从权威和按惯例去行事。皮拉尔神父对他毫无帮助，他在告罪亭外没有和于连说过一次话，即使在告罪亭里，他也是听得多，说得少。如果于连当初选择卡斯塔内德神父，情形就会完全不同了。

自从于连发现了自己的愚蠢后，便不再感到烦闷了。他想了解造成的损害究竟有多大，为此目的，他略微放弃了用来排斥同学们的那种高傲和固执的沉默态度。于是大家趁机向他进行报复。他的主动接近遭到了蔑视，甚至嘲弄。他这才认识到，自从他踏进神学院以来，尤其是在休息的时候，没有一个小时，不在产生着对他有利或者不利的后果，不是使他增加了几个敌人，便是为他赢得了某个真正有德行的或者稍微文雅一点的同学的好感。需要弥补的损失很大，任务太艰巨了。从此以后，于连时刻处于警惕戒备的状态，他要为自己塑造出一个全新的性格。

例如，他的眼睛的表情就给他带来不少麻烦。在这种地方，人们总是双眼低垂，这并非没有道理。"在维里埃尔，我是多么自负啊！"于连心想，"我自以为是在生活，其实，那仅仅是在为生活做准备而已。如今，我终于踏进了这个世界，我将发现我的周围始终布满着真正的敌人，直到演完我的角色为止。每一分钟都得表现出这种虚伪，"他继续想道，"这有多么困难啊！这会让赫丘利的功绩都显得黯然失色。现代的赫丘利，就是西克斯特五世，他以谦虚的态度欺骗了四十位大主教达十五年之久，他们曾经在他年轻的时候亲眼目睹他既暴躁又高傲。

"看来，学问在这儿是没有任何意义了！"他愤愤地想道，"在教理、圣教史等等课程中取得好成绩，只是在表面上得到重视。人们关于这方面所讲的一些话，无非是要把我这样的傻瓜引入圈套罢了。唉！我唯一的长处，就在于我进步快，善于领悟这些无聊的空话。他们在内心深处是否重视这些空话的真正价值呢？他们会和我的看法一致吗？我

真愚蠢,居然还为此而感到骄傲!我总是名列第一,这对于我今后离开神学院赚钱谋职,反而只是提供了坏成绩。夏泽尔比我精明,他总爱在作文里添上几句蠢话,使自己降至第五十名。如果他获得第一名,那是由于他的疏忽。啊!一句话,皮拉尔先生只要说一句话,对我该是多么有用啊!"

以前,于连对那些长时间的苦行修炼,例如每周五次数念珠的祷告,唱圣心赞美歌等等,一向都是那样的厌倦,自从他醒悟以后这些却成了他最感兴趣的活动。于连严格地审视自己的所作所为,尤其是注意不过高估计自己的能力,同时他并不渴望一上来就像院里的那些模范学生一样,时刻做出一些有意义的行动,也就是说去表现出一种基督徒的完美形象。在神学院里,有一种吃带壳溏心蛋的方式,也能表明在笃信宗教生活中所取得的进步。

读者也许觉得可笑,那么就请您回忆一下,德利尔神父应邀到路易十六宫廷里参加一位贵妇人的午宴,在他吃鸡蛋时所犯下的错误吧!

于连首先力求做到 non culpa,也就是说,一个年轻修士的步履行态、手臂动作和眼神视线,都要做到确实不带一点儿世俗气,同时又要表明,他还不是一个为来世的生活所吸引,完全看破今世的虚无的人。

在走廊的墙壁上,于连不断发现用木炭书写的诸如此类的字句:"六十年的考验与永恒的快乐或地狱里永恒的沸油相比,又算得了什么!"对此他不再予以蔑视,他明白应该不断地重温这些句子。"我这一生将做些什么呢?"他想道,"我将向信徒们出售天堂里的一个席位。怎样才能让他们看见这个席位呢?那就是通过我那不同于世俗人的外表。"

经过几个月不懈的努力之后,于连看上去还是那副沉思的样子。他转动眼睛、启闭双唇的神情,仍然未能表露出那种准备相信一切、容忍一切、甚至以身殉教的内在信仰。于连看到那些俗不可耐的乡下佬在这方面胜过了自己,感到愤怒难平。他们就因为没有思考的神情,反倒有了充分的理由了。

于连为了能够表现出他那恬静而狭窄的头脑,那种准备相信一切、容忍一切、狂热而盲从的面容,付诸了多少艰辛啊!这种面容我们在意大利的修道院里经常可以见到,奎尔契诺曾在教堂里的油画中,为我们这些俗人留下了十分完美的典型。

在盛大的节日里,神学院的修士们可以吃到红肠烧酸白菜,吃饭时坐在于连邻座的人注意到,于连对这种幸福无动于衷。这成了他最主要的罪行之一。他的同学们把这看成是最愚蠢的虚伪的丑恶行为,再没有比这件事给他招致更多的敌人了。"瞧这个城里人,瞧这个倨傲的家伙,"他们说,"他佯装蔑视最好的伙食,红肠烧酸白菜!呸!无赖!傲慢的家伙!下地狱的罪人!"他本来可以以赎罪为由不去吃那酸白菜,并且本着牺牲的精神指着酸白菜对他的几位同学说:"如果这不是甘愿去承受的痛苦,一个人又有什么可以奉献给万能的主呢?"

但是于连缺乏经验,不是那么容易就能看清这类事情的。

"唉!这些年轻的乡下农民,我的同学们,他们的愚昧无知,对于他们来说,倒是一个大优点了，"于连在失望中叹息道，"他们来到神学院，没有带来一点儿可怕的世俗思想需要老师去加以纠正，而我却不然，无论我怎么掩饰，他们总可以从我的脸上看出来。"

于连以一种近似嫉妒的心理，专心地研究起那些来到神学院的最粗俗的年轻农民。在让他们脱去他们的平纹结子花呢短衫，换上黑道袍的那一时刻，他们受过的教育，仅仅限于如同法朗什-孔泰人所说的那样，是对于叮当作响的现金的无限敬重。

这是对现金这一崇高概念的神圣而英勇的表达方式。

这些神学院的学生，如同伏尔泰小说中的主人公一样，幸福对于他们来说，主要在于吃得好。于连发现，几乎所有的人对于身穿细呢料衣服的人都怀有一种天生的敬意。这种情感对于公正分配，如法庭给予我们的那种公正分配，做出了恰当的估价，甚至低估了它的价值。他们之间常说："跟一个大肚汉打官司，能得到什么呢？"

大肚汉是汝拉山区的方言，代表有钱的人。可想而知，他们对于所有人中的最富有者——政府，是多么尊重！

一提起省长先生的名字，若不报以尊敬的微笑，在法朗什-孔泰的农民看来，就是一种轻率失礼的行为；而轻率失礼对于穷人来说，很快便会得到没有面包的惩罚。

最初来到神学院的时候，于连曾被自己心底的那种蔑视情感压得透不过气来；后来，他终于还是动了恻隐之心：他的大部分同学的父亲常在冬天的夜晚才能回到茅草屋里，家里没有面包，没有栗子，也没有土豆。于连心想："如果在他们的眼中，幸福的人首先是刚吃了一顿美餐，然后是穿上一套漂亮衣服，这又有什么奇怪呢！我的这些同学都有一个坚定的志向，也就是说，他们在教士的这个职业中看到了这种幸福能够长期继续下去：吃得好，冬天有件暖和的衣服。"

一次，于连听见一个想象力丰富的年轻同学对同伴说：

"我为什么不能像养过猪的西克斯特五世那样成为教皇呢？"

"只有意大利人才能当教皇，"他的朋友答道，"不过肯定是在我们中间抽签来选出代理主教、议事司铎、或许还有主教的职位的。夏隆的主教P……先生，是一个箍桶匠的儿子，正是我父亲干的那一行。"

一天，正在上教理课，皮拉尔神父派人把于连叫去。这个可怜的年轻人，为了能够摆脱那种使他身心受到压抑的环境，感到十分高兴。

于连在院长那儿，又感受到了刚进神学院那天所遇到的那种非常可怕的冷遇。

"请您给我解释一下写在这张纸牌上的内容，"院长看着他说道，那目光令他无地自容。

于连念道：

　　阿芒达·比奈，八点钟前在长颈鹿咖啡馆。说你是从让利来的，是我母亲的表亲。

121

于连立刻明白了他所面临着的巨大的危险,卡斯塔内德神父的密探从他那儿偷去了这个地址。

"在我来到这儿的那一天,"他一边答话一边看着皮拉尔神父的额头,因为他无法承受他那可怕的目光,"我感到心惊胆战,谢朗神父曾对我说过,这个地方密探遍布,阴险的坏事层出不穷;窥视和揭发在同学们之间受到鼓励。上天希望这样,为的是向年轻的教士们展示,生活就是如此这般,从而激起他们对尘世和尘世浮华的厌恶。"

"你竟然敢对我花言巧语,"皮拉尔神父气恼地说道,"小坏蛋!"

"在维里埃尔,"于连冷静地继续说,"我的哥哥们一旦找到理由嫉妒我,就打我,……"

"谈正题!谈正题!"皮拉尔先生喊道,几乎气得发狂。

于连一点儿也没有被吓住,继续叙述他的故事。

"那天我赶到贝藏松,已近中午,我肚子饿了,便走进一家咖啡馆。虽说对于这种如此世俗的地方我内心充满了厌恶,但是我想在那儿吃中饭要比旅馆便宜。一位太太,看样子像是店家的老板,见我人地两生,起了怜悯心。'贝藏松到处都是坏人,'她对我说,'先生,我为您担心。如果您遇到什么麻烦,尽管来找我帮忙,八点钟之前打发人来找我。如果神学院的看门人拒绝为您捎信来,您就说您是我的表亲,是让利人……'"

"您唠唠叨叨说的这些话都是要经过核实的,"皮拉尔神父叫喊着,他已经坐不住了,起身在房间里踱来踱去,"回到自己的房间去吧!"

皮拉尔神父跟随着于连,把他锁在屋里。于连立刻检查他的箱子,他曾把那张该死的纸牌精心地藏在这只箱底。箱子里的东西什么也没有缺少,但是有几处被动过,然而开箱子的钥匙他始终带在身上。"多么幸运,"于连自语道,"当我来到这儿,什么情况也不了解的时候,卡斯塔内德先生曾三番五次善意地准许我外出,我从未接受过,现在我可明白他的好心了。要是我一时经不住诱惑,换了衣服去见美丽的阿芒达,那样我可就完了。他们大失所望,未能用这种方式达到目的,但又不肯罢休,于是便把所获取的这份情报充作了揭发材料。"

两个钟头以后,院长又派人来叫他。

"您没有欺骗我,"院长对他说,目光不那么厉害了,"但是,保留这样一份地址是不谨慎的行为,您还无法想象到它的严重性。不幸的孩子!十年之后,它也许才会给您带来损害。"

第二十七章 人生的初步经验

> 当今这个时代，伟大的天主啊！它是约柜。谁去碰它谁就不幸。
>
> ——狄德罗

　　读者一定会允许我们，对于连这一段的生活只提供很少几件明晰而确切的事实。这并非我们缺乏事实，而是恰恰相反。但是，于连在神学院里的所见所闻，对于我们力图在本书中所保持的温和色调来说，或许显得过于阴暗了一些。那些因某些事情而遭受过痛苦的同时代人，回忆起这些事情的时候，只能感到一种厌恶，从而会失去一切快乐，甚至阅读一篇故事的乐趣。

　　于连在他那些虚伪的举动的尝试中，很少获得成功，有时候他感到厌倦，甚至完全丧失了勇气。他没有获得成功，而他还得从事着这种卑鄙的行业。哪怕有来自外界的微小帮助，都可以使他坚定信心，需要克服的困难并不算大；然而他孑然一身，就像被遗弃在茫茫海洋中的一叶孤舟。"即使我获得成功，"他心想，"也得和这帮如此卑劣的家伙们为伍度过一生！他们要么是一些饕餮之徒，一心只想到在餐桌上吞嚼肥肉煎蛋卷；要么就是一些卡斯塔内德式的神父，任何罪孽在他们眼中都不会显得太丑恶的。他们有朝一日都会获得权力，但是那要付出怎样的代价啊！伟大的天主啊！

　　"人的意志力是强大的，我们到处都可以看到这一点，但是单凭意志就能克服这种厌恶吗？那些伟人们的任务是容易的，无论危险有多么可怕，在他们心目中总是美的。然而除我之外，谁又能理解我周围的这一切是多么丑恶呢？"

　　这是他一生中最难以忍受的时刻。如果他想去驻防在贝藏松的某个优秀联队当兵，那是多么容易的事情啊！他也可以去当拉丁文教师，他对生活的需求并不多！不过这样一来，就背弃了他的理想，就不会再有他的事业和前程，那就等于死亡。这些就是他在那些愁闷的日子里一天的详细情况。

　　"我的自负曾时常让我暗自庆幸，我与其他年轻农民有所不同！好了，我已有足够的生活经验，认识到与众不同孕育着仇恨，"一天早上他自言自语地说道。这是一次最为惨痛的挫折刚刚向他揭示的伟大真理。他曾花了一周的时间，去取悦讨好一位享有圣洁声誉的同学。他们在院子里一起散步，于连俯首帖耳地聆听着那些让人站着都要打盹的蠢话。突然，天气变了，暴风雨来临，雷声隆隆，那位圣洁的同学粗暴地推开了他，高声喊道：

123

"听着,在这个世界上,人人都为自己,我不愿让雷击死。天主可能会用雷电劈死你,因为你是一个亵渎宗教的人,一个伏尔泰。"

于连愤怒地咬紧了牙关,圆睁着两眼望着雷电交加的苍天。"如果我在暴风雨中仍然沉睡不醒,淹死了也是活该!"于连高声喊道,"让我们试着去征服另外某一位学究吧!"

卡斯塔内德神父的圣教史课的铃声响了。

这一天,面对着这些如此惧怕父辈们的艰苦劳动和贫穷的年轻农民,卡斯塔内德神父教导说:"政府,这个在他们看来如此可怜的东西,只有在天主差遣到人间的代理人的授权之下,才具有真正合法的权力。"

"你们要用你们圣洁的生活,你们的服从,使自己无愧于教皇的恩典,就好像是他手中的一根棍子,"他补充道,"你们将会得到一个极好的职位,在那儿由你们发号施令,不受到任何控制;一个终身的位置,三分之一的薪俸由政府支付,其余三分之二由你们自己布道培养的信徒支付。"

下课后,卡斯塔内德先生来到院子里,停在他的学生们中间,这一天,学生们都非常专心。

"关于本堂神父,我们的确可以这么说:一个人本身有多大的价值,他的职位就有多大的好处,"他对围在身边的学生们说,"我本人就了解一些山里的本堂区,那儿的额外收入高于城里的许多本堂神父。他们除了领取同样的薪俸外,还有肥阉鸡,鸡蛋,鲜黄油和许多杂七杂八的好东西;在那儿,本堂神父是人们公认的首要人物,顿顿美宴他都会受到邀请和款待……"

卡斯塔内德先生刚刚上楼回他的房间,学生们就三五成群地分开了。于连不属于任何一拨人,他就像一只患有疥疮的羊,被众人抛在一边。他看见每拨人中,都有一个同学将一枚铜币抛向空中,如果他在投掷后猜中了铜币的正面或反面,同学们便会从中得出结论,说他将很快得到一个具有丰厚额外收入的本堂神父职位。

接下来他们就是谈论那些有关的小故事。说某个年轻教士,接受圣职才一年,送了一只家兔给一位老本堂神父的女仆,便当上了副本堂神父,不到几个月,他就在这个本堂区里替代了老本堂神父,因为老本堂神父很快就去世了。另一个年轻教士,由于他每顿饭都服侍一位瘫痪的老本堂神父,细心地为他切鸡块,也获得了成功,被指定为一个相当丰裕的大乡镇的本堂区的继承人。

神学院的学生们如同各行各业的年轻人一样,往往夸大了这些离奇的、能够刺刺激想象力的小小手段的效果。

"我必须适应这种谈话,"于连暗自想道,"他们不是谈论红肠和富足的堂区,就是谈论教会教义中的世俗部分,谈论主教们和省长们之间的争执,谈论市长和本堂神父之间的纠纷。"于连心中浮现出一种第二天主的观念,这位天主远比第一位更加可怕,更加强大。这第二个天主就是教皇。大家彼此之间都在谈论,不过压低了嗓音,并且是在确信皮拉尔神父听不见的情况下才说:教皇之所以没有费神去任命法国的所有首长和市长,这是因为他已委派法兰西国王代为效劳,并赐他为教会的长子。

大概就是在这个时候,于连认为可以利用德·迈斯特先生写的《教皇论》一书,来赢得别人对自己的尊敬。确实,他使同学们感到震惊,然而这又是一大不幸。他阐述他们的意见比他本人表达得还要好,这引起了他们的不快。谢朗先生对待于连,正像对待他自己一样,疏忽了一件事。他使于连养成了正确推理和不说空话的习惯,然而却忘了叮嘱他,对于没有什么地位的人来说,这种习惯乃是一桩罪恶,因为任何正确的推论都会得罪人。

于连能言善辩的好口才,无疑又成了一桩新的罪恶。他的同学们挖空心思,终于想出用一个词来表示他在他们心中激起的全部憎恶,他们送给他一个绰号,叫作马丁·路德;他们说:"正是因为他那魔鬼似的逻辑,才使于连变得如此骄傲。"

神学院里有几个年轻学生,脸色比于连更鲜嫩,他们更能称得上是漂亮的小伙子,但是于连有着一双白皙的手,而且不能掩饰他的某些洁癖。在命运将他抛进的这所阴森森的学院里,这种习惯可不是一个优点。那些与他生活在一起的肮脏的乡下农民,公开宣称他的生活十分放荡。我们担心,叙述我们主人公的种种厄运,会让读者感到厌倦。比方说,他的那些身强力壮的同学经常想揍他一顿;他不得不随身带上一个铁制的圆规,将自己武装起来,并宣称他将会使用它,不过他不是用语言而是通过手势来表达这个意思的。在密探的报告里,手势就不如语言那么有分量了。

第二十八章　迎圣体

> 每颗心都被感动了。仿佛天
> 主降临,来到这哥特式的狭窄街
> 道上。街道上到处张挂着帷幔,
> 信徒们仔细地铺上了细沙。
>
> ——杨　格

　　无论于连如何装出谦卑、愚昧的样子,也无济于事,还是不能讨得人家的欢心,他太与众不同了。"然而,"他心想,"所有的教师都是千里挑一的精明人,他们为何就不喜欢我的谦恭呢?"他感觉到,他所表现出的那种对一切都相信、对一切似乎都会受骗上当的逢迎,好像只有一个人被他迷惑了,此人就是大教堂的司仪长夏斯-伯尔纳神父。十五年以来,有人让他一直抱有得到议事司铎职位的希望,他就一边等待,一边在神学院里教授布道术这门课程。当于连尚被蒙在鼓里的那段时期,这门课正是他经常获得第一名的课程之一。夏斯神父为此而对他持有友好的态度,下课以后,常常自愿挽着他的手臂在花园里一同散步。

125

"他究竟想干什么?"于连想道,他见夏斯神父一连几个小时向他谈论大教堂拥有的饰物,不免感到奇怪。大教堂里除了办丧事用的饰物以外,一共有十七件镶着饰带的祭披。人们对于年迈的德·吕邦普莱议长夫人寄予很大期望。这位夫人已有九十高龄,她一直保存着她的那些结婚礼服,至少也有七十个年头了。那是用里昂最华贵的金线织锦缎做成的。"您想想看,我的朋友,"夏斯神父说道,并且突然停下脚步,睁大了眼睛,"用的金线那么多,料子都可以直立起来了。在贝藏松,上流社会有教养的先生们普遍认为,根据议长夫人的遗嘱,大教堂的宝库将会增加十多件祭披,有四、五件重大节日用的无袖长袍还未计算在内呢。我个人想得更多,"夏斯神父压低了声音说道,"我有理由认为,议长夫人会留给我们八个精美的镀金银烛台,据说那是勃艮第公爵大胆的查理从意大利买来的,她的一位祖先曾经是他的宠臣。"

"可是,这人向我谈了这一大堆旧衣古器,他究竟想干什么呢?"于连心想,"这番谈话所进行的巧妙准备,仿佛有一个世纪之久,然而却什么也没有表露出来。他一定是不信任我! 他比其他所有的人都要精明,那些人的秘密意图,我只要两个星期就能完全猜透。我明白了,十五年来这个人的野心一直遭受着痛苦的折磨。"

一天晚上,正在上剑术课,于连被叫到皮拉尔神父屋里,神父对他说:

"明天是 Corpus Domini 节(圣体节)。夏斯-贝尔纳神父需要您帮助装饰大教堂,去吧,要服从。"

皮拉尔神父又把他叫住,带着体恤的神色补充道:

"您是否想利用这个机会去城里走走,由您自己考虑吧!"

"Incedo per ignes(我有许多暗藏的敌人),"于连答道。

第二天一大清早,于连就去了大教堂,一路上他低垂着两眼。街道上的景象和城里开始活跃的气氛,使他感到身心愉快。为了迎接圣体,到处都有人在房屋前张挂帷幔。他感到,他在神学院里度过的那段时光,不过是一瞬间的工夫。他想到韦尔吉,想到了美丽的阿芒达·比奈,他说不定还能碰到她呢,因为她的咖啡馆就在不远处。于连远远瞧见夏斯-贝尔纳神父站在他那心爱的大教堂门前;这是一个肥胖的人,面相快乐,神情开朗。这一天,他显得十分得意。"我亲爱的儿子,我正等着您呢,"他打老远望见于连就大声喊道,"欢迎您来,今天的活儿可重了,时间又长,我们先吃头一顿早餐,好有劲儿干活。第二顿饭是在十点钟做大弥撒的时候。"

"先生,我希望一刻也不要让我一个人待着,"于连神情严肃地对他说,"劳您驾注意一下,"他指着头顶上的钟补充道,"我是在五点差一分到达这儿的。"

"啊! 神学院的小坏蛋们让您害怕了! 您想到他们,这很好,"夏斯神父说道,"一条道路难道因为两旁的树篱中长有荆棘,它就不那么美好了吗? 旅人们会继续赶路,抛下那些讨厌的荆棘,让它们在原地枯萎。好了,还是干活吧,我亲爱的朋友,干活吧!"

夏斯神父说的没错,这一天的活儿将会很艰巨。前一天,大教堂里刚举行过一场盛大的葬礼,任何准备工作都未能进行,因而必须在一个上午,把三个殿内的那些哥特式支柱全都罩上高达三丈的红色锦缎外套。主教先生用驿车从巴黎请来四个挂帷幔的工匠，但是这四位先生也应付不了这所有的活计；他们不但不指导那些笨拙的贝藏松同行，反而还讥笑他们，使他们更加笨手笨脚了。

于连看出非得他亲自登梯才行，他的身体轻巧灵活，给他帮了大忙。他负起了指挥本城帷幔匠的责任。夏斯神父十分高兴地瞧着他从一个梯子飞到另一个梯子。当所有的支柱都罩上了外套后，接下来需要把五个巨大的羽毛束安放在主祭坛上方的大华盖上。那是一个华丽的木制涂金顶饰，由八根意大利大理石制造的螺旋形大柱子支撑着。但是要到达大圣体龛上方的华盖中央，必须从一根木头横楣上走过去，这段木头年代已久，可能已遭虫蛀，并且距地面有四丈来高。

巴黎来的那几位帷幔匠原先一直是快乐得眉飞色舞，看见这条艰险的路顿时都傻了眼。他们站在下面往上观看，讨论了许久，就是不上去。于是于连拿起了羽毛束，一溜小跑登上了梯子。他把羽毛束稳稳当当地安放在华盖中央的冠状顶饰上。当他从梯子上返回到地面时，夏斯-贝尔纳神父把他紧紧地拥抱在怀里。

"Optine，"善良的神父喊道，"我要把这件事禀报主教大人。"

十点钟的那顿饭吃得非常愉快。夏斯神父从未见过他的教堂这样美丽。

"亲爱的弟子，"他对于连说道，"我的母亲过去曾在这座可敬的大教堂里出租椅子，因此我是在这座伟大的建筑物里长大的。罗伯斯庇尔的恐怖时代毁了我们的家业，不过当时我有八岁了，已经在私宅里辅助做弥撒，遇到这样的日子，人们便供我吃喝。在折叠祭披方面，没有人能超过我，我从来没有将饰带折断过。自从拿破仑恢复宗教信仰以来，我有幸在这座可敬的大教堂里总管一切事务。每年有五次，我可以亲眼看见用如此美丽的饰物将它装扮起来。但是它从来不曾像今天这样富丽堂皇，一个个锦缎外套，也从没有像今天这样捆扎得这么平整服帖，这么紧紧地贴着柱子。"

"终于，他要向我吐露心中的秘密了，"于连心想，"瞧，他向我谈起了自己，这是真情的流露。"然而，这个显然处于激动状态的人，并没有说出一句不谨慎的话。"可他干了许多工作，他是快乐的，"于连继续想道，"上好的葡萄酒也没少喝。怎样的一个人啊！对我来说是何等的榜样啊！真有他的！"（这是他从老军医那儿学来的一句粗俗的话。）

大弥撒的 Sanctus 的钟声敲响了，于连打算穿上一件白法衣，跟随主教去参加盛大的迎圣体游行。

"会有小偷呢，我的朋友，还会有小偷呢！"夏斯神父喊了起来，"您没有想到他们吧，迎圣体的行列就要出发了，教堂里将空荡荡的，我和您将负责看守在这儿。这些装饰在柱脚周围的漂亮锦带，如果只丢失了两奥纳，就算我们的好运气了。这也是德·吕邦普莱夫人馈赠的礼物，她是从她的曾祖父、那位著名的伯爵那儿继承来的。这可是纯金的啊，我亲爱的朋友，"夏斯神父凑在他耳边，露出显然是激动的神情补充道，"一点儿不掺假！我请您查看北侧殿，不要离开那儿；我看守南侧殿和正殿。注意那些告解座，小偷们派出的女探子就是从那儿窥伺我们转过身去的好时机的。"

他刚说完，十一点三刻的钟声便敲响了，紧跟着那口大钟也响了。钟声一下接着一下，那么洪亮，那么庄重，于连听了激动异常。他的想象已经离开了尘世俗界。

焚烧的神香和那些化妆成圣约翰的孩子们撒在圣体前的玫瑰花瓣的香气，使于连兴奋的心情达到了顶点。

这钟声如此庄重，本应使于连想到二十个人付出的艰辛劳动，只能得到五十个生丁的报酬，也许还有十五至二十个信徒在帮助他们。他还应该想到绳索的磨损，钟架的损坏，以及钟本身的危险，据说那口钟每隔两个世纪，便要坠落一次；还应该想到减少敲钟人的工资的办法，用其他方式来支付他们的工资：或予以赦罪，或从教会的宝库里给以某类圣宠，而又不会使教会的钱包瘪下去。

然而于连并没有这些明智的考虑，他的灵魂在如此雄壮、如此响亮的钟声的激荡下，正在想象的广阔空间里翱翔。他永远不会成为一位好神父，也永远不会成为一位称职的行政官员，像这样容易激动的心灵至多适于造就一位艺术家。此时此刻，于连的自负完全暴露无遗了。在神学院他的那些同学中，由于有人向他们指出，在每道篱笆后面都潜伏着公众的仇恨和雅各宾主义，也许有五十人已注意到生活的现实；当他们听见大教堂的钟声时，可能只会想到敲钟人的工资。他们会应用巴雷姆的天才去研究公众情绪的激动程度，是否值得付给敲钟人这笔工资。如果于连愿意考虑大教堂的物质利益，他就会想得更多更远，想到如何在教堂维修费里节约四十个法郎，而不是想方设法少支付二十五个生丁给敲钟人。

这一天，天气格外晴朗，迎圣体的行列一边缓缓走过贝藏松，一边不时停留在有权势的人们竞相搭起的辉煌的祭坛前。教堂沉浸在一片沉寂中，里面半明半暗，凉爽宜人，依然弥漫着神香和玫瑰花的香气。

寂静、深深的孤独、长形大殿内的凉爽，使于连的梦幻变得更加甜美了。他丝毫不必担心夏斯神父的干扰，因为神父正在教堂的另一个殿内忙碌着。于连的灵魂几乎脱离了他的躯壳，任凭那躯壳在由他看管的北侧厅里缓步徘徊着。他确信告解座里只有几个虔诚的女人，因而更加放心了，他只是心不在焉地观看着。

然而，他还是瞥见了两个穿戴极为讲究的女人，一个跪在告解座里，另一个紧靠着前一个，跪在一张椅子上。顿时他的漫不经心去了一半。虽然他只是心不在焉地瞧了一眼，但是，或许是出于朦胧的责任感，或许是欣赏两位太太高贵而典雅的装束，他注意到这个告解座里并没有神父。"这就怪了，"他想道，"这些漂亮的夫人，如果她们是虔诚的信徒，为什么不跪在街头临时搭起的某个祭坛前呢？或者，如果她们属于上流社会，那就应该引人注目地坐在某个阳台的第一排。那件连衣裙多么合体、多么雅致啊！"他放慢了步子，试图多瞧她们几眼。

跪在告解座里的那个女人，在深沉的寂静中听见了于连的脚步声，略微转过头来。突然，她发出一声轻微的叫喊，晕了过去。

这位跪着的夫人，由于丧失了气力向后倒去，她身旁的朋友，立刻扑过去搀扶她。与此同时,于连看见了向后倒下去的女人的肩膀。一串他极为熟悉、用精美的大颗珍珠串成的绞形项链吸引了他的视线。当他认出德·雷纳尔夫人的头发时,他简直激动得无法自制,的确是她! 那个竭力托住她的脑袋、不让她完全倒下去的女人,正是德尔维尔夫人。于连身不由己地扑向前去,如果不是他及时地扶住了她们,德·雷纳尔夫人也许还会连累她的朋友一起摔倒。他看见德·雷纳尔夫人面无血色,毫无知觉,头垂在肩膀上晃动着。他帮助德尔维尔夫人把这可爱的脑袋靠在一张草垫椅子的椅背上,而自己则跪在地上。

德尔维尔夫人回过头来,认出了他。

"走开,先生,走开!"她对他说道,语调里充满了强烈的愤怒,"尤其是不要让她再见到您。事实上,见到您只能让她感到厌恶;在见到您之前,她是那样的幸福! 您的行为太残忍了。走开,离得远远的,如果您还有一点羞耻心的话。"

这话说得那么强硬,而此刻的于连是那样的软弱,他只得离开了。"她始终在恨我,"他想到德尔维尔夫人时,自言自语地说道。

这时教堂里响起了迎圣体行列头几排的教士们带有鼻音的歌声,队伍回来了。夏斯-贝尔纳神父叫了于连好几遍,起初他没有听见,后来夏斯-贝尔纳神父在一根柱子后抓住了于连的胳膊。于连躲藏在那儿,已是半死不活的样子。夏斯-贝尔纳神父想把他介绍给主教。

"您不舒服,我的孩子?"神父见他脸色那么苍白,几乎行走都有困难,便对他说道,"您活儿干得太多了。"神父让他挽着自己的手臂。"来吧,坐在这张洒圣水的小凳子上,在我身后,我来遮住您。"此时他们正位于大门旁边。"您放心,主教大人驾临之前,我们还有足足二十分钟呢。努力恢复精力,当他经过时,我扶您站起身来,我虽然年纪大了,但身子骨还结实,有力气。"

但是当主教经过此地时,于连颤抖得十分厉害,夏斯神父只得放弃了引见他的念头。

"您不要太难过了,"他对于连说道,"我还会找到机会的。"

当晚,夏斯神父派人给神学院的小教堂送来十斤蜡烛。他说这是由于于连细心照管,熄灭蜡烛的动作迅速而节省下来的。没有比这更不真实的事情了。这个可怜的孩子自己也像蜡烛一样熄灭了,自从看见德·雷纳尔夫人后,他的头脑里就是一片空白。

第二十九章　第一次荣升

> 他了解他的时代,他了解他的省,他现在富有了。
>
> ——《先驱者》

自从教堂发生那件事情之后,于连就陷入了深沉的梦幻中,一直没有清醒过来。一

天清晨,严厉的皮拉尔神父派人来叫他。

"这是夏斯-贝尔纳神父写给我的信,他极力称赞您。就总体而言,我对你的行为相当满意。不过您极不谨慎,甚至鲁莽,只是没有表现出来罢了。然而到目前为止,你的心是善良的,甚至是高尚的,您的才智过人。总之,我在您身上看到了一粒不可忽视的火花。

"我干了十五年的工作,将要离开这幢房子了。我的罪过在于对待神学院学生们的自由意志听之任之,既未保护也未检举您在告解座里对我提到的那个秘密组织。临走之前,我想为您做点事。如果没有那次告发,在您屋里发现了阿芒达·比奈的地址,两个月前我早该这么做了,因为您理当得到我的帮助。我想让您担任《新约》和《旧约》的辅导教师。"

于连感激涕零,真想跪下感谢天主;然而他受到了一种更为真实的感情支配。他走近皮拉尔神父,拿起他的手,送到自己的唇边。

"这是干什么?"院长生气地喊道,但是于连的眼睛比他的行动表达的含义更多。

皮拉尔神父诧异地注视着他,就像一个多年来已经不习惯于接触细腻感情的人那样。这种目光泄露了院长的真情,他的声音也改变了。

"好吧!我的孩子,是的,我爱你。上天知道我是身不由己。我本应公正无私,对任何人既无爱也无恨。你的人生道路将是艰难的。我在你身上看到了冒犯众人的东西,嫉妒和诽谤将追随着你。无论天主把你置于何处,你的同伴们将永远用憎恨的眼光看着你;如果他们假装爱你,那是为了更加稳妥地出卖你。对此唯有一个解救的办法,那就是求助于天主;为了惩罚你的自负,天主必然会使你遭人憎恨;要想使你的行为纯洁无瑕,我看这是你唯一的指望了。只要你用不可战胜的力量,执拗地坚持真理,你的敌人迟早会被挫败的。"

于连已有许久没有听见友爱的声音了,他不由地泪如雨下,我们应该原谅他的这一弱点。皮拉尔神父向他张开双臂,这一时刻对于他们两人来说,都是十分美好的。

于连欣喜若狂,这是他第一次荣升,好处是无可估量的。要想了解这其中的利益有多大,必须要熬过整整几个月的时间,得不到片刻的独处清静,并且还得和那些至少是令人生厌而多数则是让人不堪忍受的同学直接打交道。单凭他们的吵嚷声,就足以使一个体质柔弱的人神经紊乱了。这些吃得饱穿得暖的农民,只有当他们的双肺吸足了气,声嘶力竭地大喊大叫时,才能享受到那种喧嚣的快乐,才会认为将这种快乐表达得淋漓尽致。

现在,于连单独用餐,或者几乎是单独一人用餐,时间大约比其他同学晚一个钟头。他有花园的钥匙,当园中无人时,可以进去散步。

使于连感到大为惊奇的是,他发现大家不那么妒恨他了,这与他的预料正相反,他原先还以为仇恨会加倍增长呢。于连不希望别人和他交谈,这种秘而不露的意愿十分明显,因此,曾经给他招惹了那么多敌人;而现在,这已经不再标志着一种可笑的骄傲了。

在他周围的那些粗俗的人看来,这是与其地位相符的一种正当的自尊感。妒恨明显地减少了,尤其是在那些成为他学生的最年轻的同学中间,他待他们一直是彬彬有礼。渐渐地,他甚至有了一些支持者,称他为马丁·路德已变成不合时宜的事了。

然而,把他的朋友和敌人指名道姓地说出来,又有什么用处呢? 这一切都是丑恶的,并且描写得越真实,就越丑恶。不过,这些人可是民众唯一的道德教师,如果没有他们,民众会变成什么样子呢? 难道报纸能替代本堂神父吗?

自从于连荣任新职后,皮拉尔神父就故作姿态,只要没有第三者在场,他就决不和于连说话。这种做法,对师生二人都是一种谨慎的行为,但它首先是一种考验。严厉的詹森派信徒皮拉尔的一贯原则是:您想看见一个人是否有价值吗? 那就在他的一切欲望和一切行动面前设置障碍吧! 如果他具有真正的价值,他就一定能够冲破或者绕过那些障碍。

打猎的季节到了,富凯自作主张,以于连父母的名义给神学院送来一头鹿和一头野猪。两头死兽放在厨房和食堂间的过道里,所有的学生经过那儿去吃饭时,都可以看见它们。这成了众人猎奇的大目标。野猪虽然死了,但还是让最年轻的学生们感到害怕,他们用手去触摸它的獠牙。整整一个星期,大家都在议论这件事。

这份礼物,把于连的家庭纳入了应当受人尊敬的社会阶层,给了嫉妒者一个致命的打击。财富确认了他的优越地位。夏泽尔和那些最为出色的学生都主动接近他,几乎要埋怨他不曾把他父母的财产状况告知他们,害得他们对金钱有失敬意。

当时曾有过一次征兵,于连作为神学院的学生被免于应征。这件事使他感慨万端:"瞧,这个时刻就这么永远一去不复返了,如果是早在二十年前,我就会开始一种英雄的生活了。"

他独自一个人在神学院的花园里散步,听见几个泥瓦匠在谈话,他们正在围墙边干活。

"喂! 该走了,又在招新兵了。"

"在那个人的时代可就好了,一个泥瓦匠也可以成为军官,成为将军,有人亲眼见过。"

"现在你去瞧瞧! 只有叫花子才去当兵,手中有几个子儿的人都留在家乡。"

"生来就穷的人,一辈子受穷,就是这么回事。"

"喂,他们说,那个人死了,是真的吗?"第三个泥瓦匠接着说。

"这是那些大肚汉说的,你瞧! 那个人让他们害怕了。"

"多么不同啊,在那个时代,干活也顺当。真想不到他的元帅们把他给出卖了! 这些叛徒!"

这番谈话让于连得到了一些安慰。他离开那儿时,叹了口气吟诵道:

　　人民怀念着的唯一的国王!

考试的日子到了。于连的回答极为出色，他看见夏泽尔也竭力显示出自己的全部学问。

头一天，著名的代理主教德·弗里莱尔委派的那些主考人就十分恼火，因为在他们的名册上，他们不得不一再将于连·索雷尔的名字列为第一名，至少也是第二名，有人告诉他们，这个于连·索雷尔是皮拉尔神父的宠儿。在神学院里，有不少人打赌，于连肯定会在考试总成绩单上名列第一。凡是第一名就可以获得与主教大人共同进餐的荣誉。但是，在一场内容涉及一些教会的教父们的考试即将结束时，一位狡黠的主考人在向于连提出关于圣哲罗姆以及他对西塞罗的爱好的问题之后，突然又谈起了贺拉斯、维吉尔和其他几位世俗作家。他的同学们都对此一无所知，而于连对于这几位作家的许多段落却早已背得烂熟。成功冲昏了他的头脑，他居然忘记了自己身在何处，在主考人的一再要求下，他背诵了贺拉斯的几首颂歌，并满怀激情地加以阐释。于连上钩了，二十分钟之后，主考人突然变了脸，尖刻地指责他在这些世俗作品的研究上浪费时间，脑袋里装满了这些无用或罪恶的思想。

"我是个蠢材，先生，您说得对，"于连谦恭地说。他终于明白了这是个巧妙的圈套，他受骗上当成了它的牺牲品。

主考人的这一诡计，即使在神学院里也被认为是卑鄙的行径，然而这并不妨碍德·弗里莱尔神父先生用他那大权在握的手，在于连的名字旁边写上 198 这个数字。德·弗里莱尔是个精明人，他曾经极为巧妙地在贝藏松布下了一个圣会网，他通过这个网络发往巴黎的快报，使法官、省长乃至卫戍部队的将领们都感到胆战心惊。他为自己能用这种方式来侮辱他的敌人——詹森派信徒皮拉尔神父，感到很是得意。

十年来，他最关心的头等大事就是要撤掉皮拉尔神父神学院院长的职位。而这位神父本人，一向遵守他向于连提出的行动准则，他真挚，虔诚，不搞阴谋，忠于职守。但是上天在愤怒中却给了他一种暴躁易怒的脾气，使他对侮辱和憎恨特别敏感。人们对他的任何侮辱，在他那颗炽热的心灵中都不会不留下印痕的。他曾有上百次想提出辞职，但天主把他安排在这个岗位上，他相信自己在这个岗位上是有用的。"我阻止了耶稣会教义和偶像崇拜的发展，"他对自己说。

考试期间，皮拉尔神父大约有两个月没有和于连说过话。但是，当他接到宣布考试结果的公函时，看见他一向视为神学院的光荣的学生的名字旁边，写着 198 这个数字，他病了整整一个星期。对于这个性格严厉的人来说，唯一的慰藉便是运用一切方式密切监视于连。他欣喜地发现，于连既没有发怒，也没有复仇的计划，更没有灰心丧气。

几个星期后，于连收到了一封信，不由自主地打了个寒战；信上盖有巴黎的邮戳。"终于，德·雷纳尔夫人想起她的诺言了，"于连心想。一个署名保尔·索雷尔的人，自称是他的亲戚，给他寄来一张五百法郎的汇票。那人还附言说，如果于连继续研究那些优秀的拉丁文作家，成绩卓著，以后每年将寄给他一笔同样数额的钱。

"这是她，这是她的一片善心！"于连感动地对自己说，"她想安慰我，可是为什么没有一句表示友情的话呢?"

但是这封信他是估计错了,德·雷纳尔夫人在她的好友德尔维尔夫人的指导下,已经完全陷入深深的悔恨之中。她时常不由自主地想到那个非比寻常的人,她和他的相遇搅乱了她的全部生活,不过,她竭力避免给他写信。

如果按照神学院的说法,我们可以认为这五百法郎的汇款是一个奇迹,并且可以说,上天正是利用了德·弗里莱尔先生本人,才把这份礼物送给了于连。

十二年前,德·弗里莱尔神父最初来到贝藏松时,随身只带着一只很小很小的旅行箱,据当地人传说,这只箱子里装着他的全部家当;而如今,他成了本省最富有的地主之一。在他的家业兴旺发达的过程中,他买下了一块地产的一半,而另一半则作为遗产继承落入了德·拉莫尔先生的手中。为此,在这两位大人物之间产生了一场重大的诉讼。

尽管德·拉莫尔侯爵先生在巴黎地位显赫,在宫廷里又身居要职,但是他仍然感到,在贝藏松与一位据说可以左右省长任免的代理主教较量,是一件危险的事情。侯爵先生原本可以在国家预算允许的情况下假借某一种名义,去申请一笔五万法郎的额外赏赐,放弃与德·弗里莱尔神父这场五万法郎的小官司,可是他不但没有这么做,反而恼羞成怒。他认为自己有理,而且理由充足!

不过,如果允许的话,我要问一句:在这个世界上,哪一个法官没有一个儿子或者至少一个亲戚需要提拔照顾的呢?

为了使最糊涂的人也能一目了然,德·弗里莱尔神父先生在赢得了第一审的一个星期后,乘上主教大人的四轮马车,亲自把一枚荣誉勋章送给了他的律师。德·拉莫尔先生得知对方的这种做法以后,不免有点儿震惊,他感到自己的律师们已经泄气了,于是便向谢朗神父求教;谢朗神父介绍他与皮拉尔神父取得了联系。

当我们的故事发生的时候,他们的关系已经维持了好几个年头。皮拉尔神父以他那火热的性格投入了这场诉讼。他不断地会见侯爵的律师们,研究案情,当他确认侯爵一方有理以后,便公开维护德·拉莫尔侯爵,反对权力无限的代理主教。这种来自一个小小的詹森派信徒的傲慢无礼,使代理主教感到非常愤怒!

"你们瞧瞧,这就是自以为有权有势的宫廷贵族!"德·弗里莱尔神父对他的亲信们说道,"德·拉莫尔先生连一枚可怜的十字勋章都没有送给他在贝藏松的代理人,而且他还得眼睁睁地任凭别人把他的这位代理人不光彩地撤职。可是,有人写信告诉我,这位贵族议员没有一个星期不到掌玺大臣的客厅里去炫耀一番他的蓝绶带,也不管这位大臣是何许人!"

尽管皮拉尔神父已经全力以赴,尽管德·拉莫尔先生与司法大臣,尤其是与大臣的下属们关系很好,然而经过六年的不懈努力,他所能做到的,也仅仅只是没有让这场官司完全输掉而已。

为了两人都热切关注的那件案子,侯爵不断地与皮拉尔神父通信,终于他对神父所具有的那种才智产生了好感。虽说他们的社会地位悬殊,但在他们的来往信函中,却渐

渐渐地出现了亲切友好的语气。皮拉尔神父告诉侯爵,有人想利用侮辱他的手段来迫使他提出辞职。他认为那种用来对付于连的计谋是卑鄙的,对此表示愤愤不平,并向侯爵谈到了这个年轻人。

这位大贵人虽然极为富有,但是一点儿也不吝啬。他始终未能如愿,让皮拉尔神父接受他的钱财,甚至包括为诉讼所支付的邮费。这一回他可有了主意,他给神父心爱的学生寄去了五百法郎。

德·拉莫尔先生不辞辛劳,还亲自动手写了汇款通知单。这件事使他想到了皮拉尔神父。

一天,皮拉尔神父收到一封短笺,说有急事请他立即到贝藏松郊区的一家小客栈去一趟。神父在那儿见到了德·拉莫尔先生的管家。

"侯爵先生派我给您送来了他的马车,"这人对他说道,"他希望您看过这封信之后,同意在四五天内动身去巴黎。请您定个日子给我回话,我利用这段时间去看看侯爵在弗朗什-孔泰的领地。然后,在您觉得合适的时候,我们便出发去巴黎。"

信写得很短:

> 我亲爱的先生,请您摆脱外省的种种烦恼,到巴黎来呼吸一些清静的空气吧!我为您派去了马车,并命人在四天内等候您的决定。我本人在巴黎恭候您一直等到星期二。先生,只要您愿意,就可以用您的名义接受巴黎近郊最好的一个本堂区。在您未来的本堂区里,有一位最富有的、从未见过您的教民,但是他对您的忠诚远远超出了您的想象,他就是德·拉莫尔侯爵。

严厉的皮拉尔神父不知不觉地已经爱上了这所神学院,尽管这里到处都有他的敌人,但是十五年来,他在这儿倾注了他的全部心血。德·拉莫尔先生的信,对他来说,就像是出现了一位负责做一次残酷而又必要的手术的外科医生。他的辞职是已成定局了。他约定管家三日后见面。

一连四十八个小时,皮拉尔神父一直犹豫不决,焦躁不安。最后,他给德·拉莫尔先生写了回信,同时也给主教大人写了一封信,这后一封信可谓是教会文体的杰作,只是略微长一些。要想找到比这封信更加无懈可击、更能显示出诚挚的敬意的词句,那是很困难的。总之,在这封注定要让德·弗里莱尔先生在他的上司面前难堪一个小时的信中,逐条列举了一切引起严重控诉的原因,甚至还提到了那些卑劣的小麻烦,皮拉尔神父为此已经默默地忍受了六年之久,最终迫使他不得不离开了这个教区。

有人从他的柴堆上偷了他的柴,又有人毒死了他的狗,等等,等等。

他写完这封信以后,让人去叫醒于连。于连和其他教士一样,晚上八点钟就已经上床睡觉了。

"您认识主教的住处吗?"他用纯熟的拉丁语对他说,"请您把这封信送给主教大人。

实不相瞒,我这是把您送到狼群中去。您要时刻留神看,注意听。在您的回答中不要有一点谎言,但是您得想到,盘问您的人要是能够加害于您,也许会感受到一种真正的快乐。我的孩子,在我离开您之前,能够向您介绍这点经验,我感到很高兴,因为我根本没有打算瞒着您,您送的这封信就是我的辞职书。"

于连呆立着没有动,他爱皮拉尔神父。谨慎心在徒然地对他说:

"这个正直的人离开以后,圣心派将会排挤我,也许还会把我赶走。"

他不能光想着自己。使他感到为难的是,此时有一句话他很想说得谦恭得体,但是他的头脑实在是不听使唤。

"怎么!我的朋友,您为何还不走?"

"先生,我听人说,"于连胆怯地说道,"您在神学院长期任职,却没有攒下任何积蓄。我这儿有六百法郎。"

泪水阻碍他继续说下去。

"这笔钱以后也要登记,"神学院前任院长冷冷地说道,"去主教府吧,时间不早了。"

恰巧这天晚上德·弗里莱尔神父在主教府的客厅里值班,主教大人去省府赴宴去了。因此,于连将这封信交给了德·弗里莱尔本人,不过他并不认识他。

于连看见这位神父大胆地拆开送给主教的信,不由地感到吃惊。代理主教那张漂亮的脸很快显出惊讶的表情,并混杂着一种强烈的快乐的神色,但接着又变得加倍的严肃了。这张气色极好的脸把于连给吸引住了,趁他读信的那一会功夫,于连在一旁细细地端详着他。这张脸若不是某些线条流露出极端精明的神情,会显得更加庄重些;这张漂亮面孔的主人如果稍不留神,这种极端的精明便会给人以虚伪的感觉。他的鼻子极为突出,形成一条笔直的线,不幸的是,这使一个非常高贵的侧影竟酷似一只狐狸的相貌。此外,这位对皮拉尔神父的辞职表现出如此兴趣的神父穿戴高雅,于连很是喜欢,他从未见过任何一个教士穿戴得这么雅致。

于连只是后来才知道,这位德·弗里莱尔神父的特殊才能是什么:他懂得如何取悦于他的主教。主教是位可爱的老人,生来就应该住在巴黎,他把贝藏松视作流放地。这位主教的视力极差,但又酷爱吃鱼,每次端给主教大人的鱼,德·弗里莱尔神父都预先把鱼刺剔除干净。

于连静静地看着神父反复阅读那封辞职信,突然门吱呀一声开了,一个衣着华丽的男仆从他的眼前匆匆而过。于连刚来得及朝门口转过身来,就看见一个身材矮小的老人,胸前佩戴着主教十字架。他急忙跪倒在地,主教向他露出和善的微笑,随即走了过去,那位漂亮的神父尾随于他身后。于连独自一人留在客厅里,他可以从容不迫地欣赏室内虔敬而又豪华的布置了。

贝藏松主教是个风趣的人,虽说饱经沧桑,经历了长期流亡之苦,但是并没有被压垮。他已经有七十五岁高龄,对十年后将会发生的事情极少关心。

"我觉着刚才经过客厅时,曾看见一个神学院学生,目光倒挺机灵,那是谁啊?"主教

问道，"按照我立下的规矩，这个时候他们不是该睡觉了吗？"

"这一位可清醒着呢，我向您保证，主教大人，而且他还带来了一个重大消息：您的教区里剩下的唯一的一个詹森派信徒提交了辞职书。这个可恶的皮拉尔神父终于悟出别人话中的含义了。"

"好啊！"主教大人说道，脸上露出狡黠的微笑，"不过我可不相信您能找出一个像他那样出色的人来顶替他。为了向您展示这个人的全部价值，我邀请他明天来吃饭。"

代理主教很想趁此机会就继任人选的问题谈几句看法，但是主教不打算谈公事，便对他说道：

"在未安插另一个人进来之前，让我们了解一下这一个为什么要离去。替我把那个神学院学生叫进来，孩子口中吐真言。"

有人招呼于连进去。"我将处于两个审讯者之间了，"于连心想，他觉得他从来没有这么大的勇气。

当他走进去的时候，两个比瓦勒诺先生穿戴还要考究的贴身男仆正在替主教大人脱衣服。这位主教认为，在谈论皮拉尔先生之前应该先问问于连的学习情况。主教刚和他谈了一点教理，就颇感惊讶。很快地他又把话题转向人文科学，谈到维尔吉、贺拉斯和西塞罗。"这些名字，"于连心想，"曾让我落得第一百九十八名。我没有什么可以失去的了，让我试试看，再露一手。"他成功了，主教喜出望外，他本人就是个杰出的人文学者。

在省政府的晚宴上，一位颇有名气的年轻姑娘朗诵了《玛大肋拉》这首诗。主教兴致勃勃地谈论着文学，很快便把皮拉尔神父和所有的公事抛置脑后，与这位神学院学生讨论起贺拉斯究竟是穷还是富的问题。主教援引了好几首颂歌，但是有时候他的记忆有些迟钝，于是于连便立刻用谦恭的态度接下去背出整首颂歌。使主教感到印象最深的是，于连自始至终没有脱离日常谈话的口吻，他背诵了二三十首拉丁诗，就像是在谈论神学院里发生的事一样。他们还谈了许久维尔吉和西塞罗。最后，主教不得不夸奖这位年轻的神学院学生。

"不可能有人比你学得更好了。"

"主教大人，"于连说道，"您的神学院可以向您推荐一百九十七名学生，他们更无愧于受到您的高度赞扬。"

"这是什么意思？"主教说道，这个数字使他感到诧异。

"我有幸面对主教大人说过的话，可以官方凭据为证。"

"在神学院年终考试中，我回答的题目，正是此刻赢得主教大人赞赏的内容，我考得第一百九十八名。"

"啊！这就是皮拉尔神父的宠儿，"主教一边笑着大声说，一边瞧着德·弗里莱尔先生，"我们早该料到这一点了；不过，这事做得光明正大，我的朋友，"他又对于连补充道，"是不是别人把您叫醒，派您上这儿来的？"

"是的，主教大人。我总共只有一次单独离开过神学院，就是在圣体节那天，去帮助夏斯-贝纳尔神父装饰大教堂。"

"Optime,"主教说道,"怎么,就是您表现出那么大的勇气,把那羽毛束放在华盖上的吗?这些羽毛束每年都让我提心吊胆,我总是害怕它们会让我付出一个人的生命的代价。我的朋友,您前途远大;不过,我可不想让您饿死在这儿,毁了您那灿烂的前程。"

主教吩咐人送来了饼干和马拉加酒,于连又是吃又是喝;德·弗里莱尔神父也不甘示弱,因为他知道,主教喜欢看见别人喝得津津有味,吃得兴高采烈。

主教对于这个夜晚的结尾,越来越感到满意了。他一度谈到了圣教史,发现于连对此并不了解。这位高级神职人员又谈到君士坦丁时代在诸位帝王统治下的罗马帝国的精神状态。异教的末日曾伴随着怀疑和不安,在十九世纪正是这种精神状态折磨着悲观而厌倦的人们。主教大人注意到,于连几乎连塔西陀的名字都不知道。

于连见主教因此感到惊讶,便坦率地说,神学院的图书馆里没有收藏这位作者的著作。

"我真感到高兴,"主教愉快地说道,"您替我解决了一个难题。十分钟以来,我一直在考虑用什么办法酬谢您,您让我度过了这样愉快的一个夜晚,的确是出乎意外。我没有想到神学院的一名学生竟是一位博学之士。虽说礼物不太符合教规,我仍打算送您一套《塔西陀全集》。"

主教让人取来八卷装帧精美的书,他要在第一卷的扉页上用拉丁文为于连·索雷尔亲笔题词。主教向来以他那手漂亮的拉丁文字而自鸣得意。最后,他用一种与今晚的其他谈话截然不同的严肃口气对于连说:

"年轻人,如果您规言矩步,有一天您将会得到我的教区内的最好的本堂区,而且距离我的主教府不到一百法里;但是您一定得规言矩步。"

于连捧着八卷书,带着十分惊奇的心情走出了主教府,这时午夜的钟声响了。

主教大人根本没有向他提到皮拉尔神父。使于连尤为感到惊奇的是主教那极其客气的态度。他没有想到如此温文尔雅的外表竟然能和如此自然的庄严气质结合在一起。当于连重新看到神情忧郁的皮拉尔神父正在焦急地等待着他的时候,那种对比给他留下的印象就更加深刻。

"Quid tibi dixerunt?(他们对您说了些什么?)"皮拉尔神父从老远看见他,便高声问道。

于连把主教的那番话转译成拉丁文,但是越说越糟糕。

"说法语吧,重述主教大人的原话,不要有任何增减,"前神学院院长说道,语气严厉,态度也极不文雅。

"多么奇怪的礼物,以主教的身份把它送给一个年轻的神学院学生!"他边说边翻阅着那套精美的《塔西陀全集》,那烫金的切口似乎让他感到厌恶。

两点钟的钟声敲响了。当皮拉尔神父听完于连详尽的汇报后,便让他心爱的学生回自己的房间去。

"请把您的《塔西陀全集》第一卷留给我，那上面有主教大人的题词，"他对于连说道，"我走之后，这行拉丁文字将是您在这所学院里的避雷针。"

"Erit tibi, fili mi, successor meus tanquam leo quaerens quem devoret.（因为对您来说，我的儿子，我的继任者将会如同一只狂怒的狮子，寻找着可吞食的人。）"

翌日上午，于连发现同学们与他谈话的态度有些奇怪，因此他更加小心谨慎了。"瞧，"他心想，"这就是皮拉尔神父辞职的后果。全神学院都知道这一消息了，而我被看作是他的宠儿。他们的这种态度一定含有侮辱我的意思。"但是他又看不出来这些。相反，他在宿舍的通道上遇到的每个人的眼里，都没有了仇恨。"这是怎么回事？这一定是个陷阱，得提防着点，别让他们钻空子。"最后，那个维里埃尔的小同学笑着对他道出了实情："Cornelii Taciti opera omnia（《塔西陀全集》）。"

众人听了这话，都争先恐后地向于连道贺，这不仅是因为他从主教那儿得到了那份华贵的礼物，还因为他荣幸地与主教进行了长达两个小时的谈话。他们甚至连最具体的细节都无所不知。从这一时刻起，大家不再嫉恨于连了，对他只是卑躬屈膝地谄媚奉承。卡斯塔内德神父昨天还对他极其蛮横无理，而今天却过来挽着他的胳膊，还要请他吃饭呢。

由于于连命中注定的性格所决定，这些粗俗的人的蛮横无理曾经给他带来诸多痛苦；今天他们的卑躬屈膝当然也只会引起他的厌恶，而不会使他产生任何快意。

大约正午时分，皮拉尔神父要离别他的学生们了，他照例发表了一番严肃的讲话。他对他们说道："你们是想得到尘世间的荣誉，得到社会上的一切利益，得到发号施令的快乐，受到嘲弄法律、对一切人肆无忌惮、傲慢无礼的乐趣呢？还是想得到你们永恒的获救呢？你们中间哪怕是最不上进的人，只要睁开眼睛，也是可以分清这两条道路的。"

他刚走出大门，那些耶稣圣心派的信徒们就到小教堂去唱 Te Deum 了。神学院里，谁也没有把这位前任神学院院长的讲话当作一回事。"他对自己被免职感到十分气恼，"到处都有人这么议论。没有一个神学院的学生会天真地相信他是自愿辞职的，因为这个位置与那些大富商们有着那么多的联系。

皮拉尔神父住进了贝藏松的一家最漂亮的旅馆里，他借口有事要在此耽搁两天，其实他并没有什么事要办。

主教邀请了皮拉尔神父赴宴，而且为了取笑德·弗里莱尔代理主教，他竭力要让皮拉尔神父展露才华。当他们吃餐后甜点心的时候，从巴黎传来了一个不可思议的消息：皮拉尔神父被任命为离首都四法里远的赫赫有名的 N…本堂区的本堂神父。善良的主教衷心地向他表示祝贺。他从整个事件中看到了一场绝妙的游戏，这使他情绪极佳，对于神父的才能给予了最高的评价。他给了神父一张用拉丁文写得十分精美的证明书，并禁止德·弗里莱尔神父开口说话，因为他竟胆敢对此提出异议。

当晚，主教大人又带着他的赞誉去拜访了德·吕邦普莱侯爵夫人。这对于贝藏松的上流社会可是一桩重大新闻；人们怎么也猜不透，为什么会有这种非同寻常的恩宠。他们仿佛已经看见皮拉尔神父当上了主教;那些最精明的人则认为,德·拉莫尔先生已经当上了大臣。这一天,他们甚至敢于嘲笑德·弗里莱尔神父在上流社会摆出的那副专横跋扈的神气。

翌日上午,当皮拉尔神父去拜见受理侯爵案子的法官们的时候,几乎到处有人在街道上尾随着他;商人们都走出商店站立在各自的店门前。他还是头一回受到别人如此礼貌的接待。这位严厉的詹森派信徒对眼前的这一切感到非常气愤,他和他为侯爵挑选的律师们进行了长时间的磋商后,便径直启程往巴黎去了。有两三个中学时代的朋友一直把他送上四轮马车,他们看见马车上的纹章都赞叹不已。皮拉尔神父忍不住告诉他们,他主管神学院十五年,如今离开贝藏松,身边只有五百二十个法郎的积蓄。他的朋友们流着热泪拥抱了他,然而他们私下里却说:"善良的神父本可以不必说这个谎言,这未免太可笑了。"

那些酷爱金钱而迷了心窍的俗人根本无法理解,皮拉尔神父正是从他自身的真诚中获得了必需的力量,以致使他六年来能够一直单枪匹马地和玛丽·阿拉科克、耶稣圣心派以及他自己的主教进行着不懈的斗争。

第三十章　野心家

> 如今只有一种贵族身份,那就是公爵的头衔;侯爵是可笑的,人们听见公爵这个词,便会回头观看。
>
> ——《爱丁堡评论》

神父对于侯爵那高贵的神态和近乎欢快的语调感到惊异。然而,这位未来的大臣在接待他的时候,却丝毫没有大贵人的那种繁文缛节的客套;那些礼节看起来显得谦恭文雅,但是在内行人眼中,却是那样的傲慢无礼。那不过是在消磨时间,况且侯爵已全力投身于那些大事业中,着实也没有时间可以浪费的了。

半年以来,侯爵一直在精心策划,想让国王和国民同时都能接受某一个内阁;这个内阁出于感激,会让他成为公爵的。

多少年来,侯爵一直要求他在贝藏松的律师就他在弗朗什-孔泰的诉讼案提供一份准确而清晰的报告,但是久无结果。那位著名的律师如果自己对这桩案情都不甚了解,又如何向他做出解释呢?

神父带来一方小小的纸片,便向他阐述得清清楚楚。

"我亲爱的神父,"侯爵用了不足五分钟的时间,就结束了一切客套话和有关个人情

况的询问，然后向他说道，"我亲爱的神父，在我所谓的飞黄腾达时期，我有两桩小事无暇去悉心照管，然而这两件小事都相当重要，这就是我的家庭和我的私人事务。我从大处着眼，很注重我的家族的境遇，我能够使它兴旺发达；我还注重我个人的享乐，这应该高于一切，至少在我看来是如此。"当他突然发现神父的眼里流露出惊异的目光时，他又补充了这么一句。尽管皮拉尔神父是个通情达理的人，但是当他看见一个老人如此坦率地谈论他个人的享乐时，也不免感到惊奇了。

"在巴黎找一个雇员无疑是不成问题的，"这位大贵人继续说，"不过他们都住在六层楼上。只要我雇用了一个人，他马上就会在三楼租一套房子，他的妻子便定期在家里接待宾客；结果他们不再工作，也不再努力，只是成天想着成为或者显得像一个上流社会人士。这就是他们有了面包后唯一所追求的事情。

"为了我的那些诉讼案子，确切地说，为了分别处理每桩案子，我的律师们都累垮了；前天，我还有一个律师患肺病死了。但是对于我的全部事务来说，您相信吗，先生？三年来，我就不曾指望能找到一个人，他在替我撰写文件的时候，能稍微认真地想一想他正在做的事情。不过，我说的这番话只是个开场白。

"我尊敬您，而且我敢说，尽管我是第一次见到您，可我喜欢您。您愿意做我的秘书吗？八千法郎的薪俸，或者再加倍付给您。我向您发誓，即便如此，仍旧是我占了便宜。我负责为您保留着那个好堂区，直到将来有一天我们彼此不再合作了。"

皮拉尔神父拒绝了；但是谈话快结束时，他见侯爵确实为难，倒使他想到了一个主意。

"我在神学院里留下了一个可怜的年轻人，"他对侯爵说道，"如果我没有弄错的话，他将在那儿受到粗暴的虐待。如果他仅仅是一个普通的教士，也许早已 in Pace

"迄今为止，这个年轻人只知道拉丁文和《圣经》；但是有朝一日他将施展出他的卓越才华，或用于布道，或用于指导灵魂，这不是不可能的。我不知道他将来会干什么，但是他有热情，他会有远大的前程的。我原来打算把他举荐给我们的主教，如果我们有一位主教能够多少有一点您那种待人处世的方式的话。"

"您说的这个年轻人是什么出身？"侯爵问道。

"据说他是我们山里一个木匠的儿子，但是我宁愿相信他是某一个富豪的私生子。我曾经看见他收到过一封匿名信，或者说是一封化名信，内有一张五百法郎的汇票。"

"啊！这是于连·索雷尔，"侯爵说道。

"您从哪儿得知他的名字的？"神父惊奇地问道，同时他对自己提出的问题感到脸红。

"这正是我不能告诉您的事，"侯爵答道。

"好吧！"神父继续说道，"您可以试试，让他当您的秘书；他有精力，有头脑，总之，这值得一试。"

"为什么不呢？"侯爵说道，"不过，这个人会不会被警察局长或其他什么人收买了，来我家当眼线呢？这是我唯一担心的事。"

在皮拉尔神父有力的担保下，侯爵取出一张一千法郎的钞票，说道：

"把这笔路费给于连·索雷尔，让他上我这儿来。"

"侯爵先生，久居巴黎的习惯的确会在您的头脑中产生这样一种想法。正因为您身居社会的高位，您不会了解我们这些可怜的外省人，尤其是不了解我们这些不与耶稣会会士为伍的教士们所遭受的残暴压迫。他们是不会让于连离开神学院的，他们会提出种种最巧妙的借口，他们会对我说他病了，或说邮局遗失了信件，等等，等等。"

"这一两天之内，我就请大臣写信给主教，"侯爵说道。

"我忘了提醒您一件应该注意的事，"神父说道，"这个年轻人尽管出身低微，但是心性高傲，如果伤害了他的自尊心，那对您的事务是没有任何好处的，那只会使他变得愚蠢。"

"我就喜欢这种人，"侯爵说道，"我让他做我儿子的朋友，这样行了吧？"

几天之后，于连收到一封笔迹陌生的信，盖有夏隆的邮戳，内附一张在贝藏松的一家商行取款的汇票，信中通知他立刻前往巴黎，信尾签署的是一个假名。但是当于连展开信纸时，他不由地浑身战栗，他看见第十三个字的中间，有一个很大的墨点，这是他与皮拉尔神父约定的暗号。

不到一小时，于连就被召到主教府。在那儿，他受到了主教慈父般的亲切接待。主教大人一边援引贺拉斯的诗句，一边就巴黎等待他的远大前程说了许多恭维话，这些话表达得极为巧妙，并期待于连作出一些解释以表示谢意。于连什么也没有说，因为他根本就不知道是怎么回事；而主教大人却对他表现得十分尊敬。主教府的一名小教士给市长写了一封信，市长立即亲自送来了签署好的护照，只是旅行者的姓名一栏空着未填。

当晚午夜之前，于连已来到富凯家里。富凯是个明智的人，对于等待着他的朋友的前程，他的惊讶更多于高兴。

"此事对你来说，"这个自由党的选民说道，"最终无非是在政府部门谋得一个职位，这将迫使你不得不参与某些活动，在报纸上遭到公开的抨击。我将从你蒙受的耻辱中获知你的消息。请你记住，即使从金钱的角度来说，我也宁愿在一笔好的木材生意中自由自在地赚一百路易，也不愿去接受政府的四千法郎，哪怕它是所罗门王的政府。"

于连从这一席话里，看到的只是一个乡村资产者的鼠目寸光。他终于要在伟大事业的舞台上登场了。他宁可少一些安定的生活，也愿意多一些机遇。饿死的恐惧在他心中已荡然无存。在他的想象里，巴黎充满了诡计多端、虚伪成性的精明之士，但他们却又像贝藏松主教和阿格德主教一样的彬彬有礼。去巴黎的幸福压倒了他眼前的一切。他在他的朋友面前表现出谦卑的样子，似乎是皮拉尔神父的信剥夺了他的自由意志。

第二天将近中午的时候，他到达了维里埃尔，他感觉自己是世界上最幸福的人了；他盘算着要去看看德·雷纳尔夫人。首先，他去了他的第一保护人善良的谢朗神父的家，他受到了一次严厉的接待。

"您认为您要为我尽点什么义务吗？"谢朗神父对他说道，并没有搭理他的问候，"您

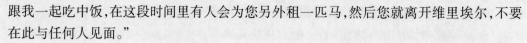

跟我一起吃中饭,在这段时间里有人会为您另外租一匹马,然后您就离开维里埃尔,不要在此与任何人见面。"

"听见就是服从,"于连答道,显示出一副神学院学生的表情。这之后,他们的谈话仅仅涉及神学和优秀的拉丁作品。

于连骑上马,走了一法里路后,看见了一片树林,他见四下无人,便钻进了林子里。日落时分,他打发一个农民将马送到附近的城门口。以后,他走进一个种葡萄的农夫家里,这人同意卖给他一个梯子,并跟随他一直把梯子搬到俯瞰着维里埃尔的"忠诚大道"的那片小树林里。

"我是一个可怜的逃避兵役者……"于连对他说。

"或许是一个走私犯吧,"那个农夫与他告别时说道,"但是这管我什么事!我的梯子卖了好价钱,况且我自己也不是没有走私过钟表零件的。"

这天夜色漆黑。凌晨一点钟左右,于连扛着梯子走进了维里埃尔。他尽可能早地下到那条湍急的河流里。湍流穿过德·雷纳尔先生那漂亮的花园,低于花园十来尺,两岸砌有高高的护墙。于连借助梯子很容易便爬了上去。"那些看家狗将会怎样迎接我呢?"他心想,"这是一切问题的关键所在。"狗果然叫了起来,并朝着他直奔而来;但他轻轻地吹了一声口哨,它们便围拢过来向他表示亲热。

接着,他登上一层又一层的阶梯式花园,尽管所有的铁栅栏门都紧闭着,但他还是轻而易举地到达了德·雷纳尔夫人卧室的窗户下。窗户朝着花园,距地面只有八至十尺高。

护窗板上开有一个心形的小洞,这是于连非常熟悉的。但是这个小洞却没有透出室内那盏守夜灯的亮光,这使于连感到大为沮丧。

"伟大的主啊!"他暗自说道,"今夜,德·雷纳尔夫人没有睡在这间房子里!可她会睡在哪儿呢?既然我看见了狗,他们一家子应该在维里埃尔。但是,我也可能在这间没有灯光的房子里碰见德·雷纳尔先生本人,或者一个陌生人,那将会引起一场怎样的风波啊!"

最谨慎的办法是离开这儿,但这个念头让于连感到厌恶。"如果里边是一个陌生人,我就丢下梯子撒腿跑开;但是如果是她,我会得到怎样的接待呢?她正陷入悔恨之中,沉浸在无限的虔诚里,对此我毫不怀疑;但是她毕竟还惦记着我,因为不久前她还给我写过信。"这番理由使他打定了主意。

他的心在颤抖,但是他已经下定了决心,要么是看见她,要么就是死亡。他朝护窗板上扔了几粒小石子,但毫无反应。他把梯子靠在窗户旁,又攀上去直接用手去敲那护窗板,起初他只是轻轻地敲,后来他越敲越重。"尽管天色很黑,但是他们可能会朝我开枪,"于连心想。这个想法使他那疯狂的企图变成了是否有勇气行动的问题。

"今晚,这房间没有住人,"他心里想,"否则,不论是谁睡在里面,这会儿也该醒了。因此根本无须防范里面的人,只是要注意不能让睡在其他屋里的人听见。"

142

于是他下到地面,把梯子靠在一扇护窗板上,又重新爬上去,把手伸进了那个心形的小洞,他运气不错,很快便摸到了关闭护窗板的钩子上拴着的铁丝。他拉动铁丝,感觉到护窗板松动了,再使点儿劲就可以打开了,他心里感到一种不可言喻的快乐。"应该一点一点慢慢地打开它,让她辨别出我的声音。"他把护窗板打开了一道缝,足以把头伸进去;然后压低了嗓门一遍遍地重复道:"是一个朋友。"

他侧耳谛听,确信没有任何声音打破室内的沉寂。不过可以肯定,在壁炉里没有点着守夜的那盏小灯,甚至连一星半点的光亮也没有,这是个不祥的兆头。

"当心枪子儿!"他思索了片刻,又壮着胆子用手指去敲玻璃,没有回答;他敲得更响了。"我即使敲碎玻璃,也得干到底。"当他使劲地敲着玻璃时,他相信他隐隐约约地看见,在极端的黑暗中,好像有一个白色的影子穿过房间。终于,他不再怀疑了,他看见一个影子似乎非常缓慢地在向前移动。突然,他看见半边脸贴在了他眼前的那块玻璃上。

他打了个哆嗦,略向后退缩了一些。然而天色那么黑,甚至在这么近的距离内,他也无法辨认出这是否就是德·雷纳尔夫人。他担心对方发出惊叫声;他听见那几只狗在梯子下转悠着,发出低吠声,持续了好一阵子。"是我,"他用相当高的声音重复道,"一个朋友。"没有回答;那白色的幽灵消失了。"请您打开窗户,我要和您说话,我太不幸了!"他用力敲打着窗户,玻璃几乎都要被敲碎了。

这时传来一下轻微的脆响声,窗户上的长插销移动了;他推开窗扇,轻捷地跳进屋里。

那个白色幽灵飘然离去,他伸手抓住了对方的胳膊,这是个女人,顿时他那一切勇敢的念头都化为乌有了。"如果是她,她会说些什么呢?"当他听见一声细微的叫喊,明白了这就是德·雷纳尔夫人时,他是多么激动啊!

他把她抱在怀里;她浑身战栗,几乎没有力量把他推开。

"无耻的家伙!您来干什么?"

她声音发颤,勉强才说出了这几个字。于连从她的话语中听出了最为真实的愤怒。

"在十四个月残酷的离别之后,我来看您。"

"出去,立刻离开我。啊!谢朗神父为什么要阻止我给他写信呢?我本可以防止这桩可怕的事情发生的呀!"她推开他,力气大得惊人。"我悔恨我犯下的罪孽;蒙上天垂怜,给我指明了道路,"她一遍又一遍地重复这些话,声音断断续续,"出去!快走!"

"在十四个月的不幸之后,我不和您谈一谈是决不会离开您的。我想知道您所做的一切。啊!我曾经那么深深地爱着您,您应该向我倾诉衷肠……我要知道一切。"

不管德·雷纳尔夫人如何拒绝,于连那强硬的声调还是在她心中产生了影响。

于连充满激情,紧紧地拥抱着她,不让她挣脱,随后又稍微放松了胳膊。这个举动使德·雷纳尔夫人稍微安心了一些。

"我去把梯子拎上来,"他说道,"如果某个仆人被响声惊醒,出来巡查的话,它会连累我们的。"

"啊！出去，恰恰相反，您给我出去，"她对他说道，语气里充满了真正的愤怒，"别人与我有什么相干？是天主看见您与我争吵不休，他将因此而惩罚我。您卑鄙地滥用我过去对您的感情，这种感情已不复存在了。您听见了吧，于连先生？"

他小心翼翼地慢慢将梯子拎上来，不让它发出一点儿声音。

"您的丈夫在城里吗？"他向她问道，他并非想冒犯她，而是出自旧日的习惯脱口而出。

"不要这样对我说话，求求您了，否则我要叫我的丈夫了。我没有不顾一切地把您赶走，已经犯下了滔天大罪。我是在可怜您，"她说道，试图刺伤他的自尊心，她了解他的自尊心是多么的敏感。

她断然拒绝以"你"相称，想以此粗暴地斩断他还寄予希望的如此温柔的情丝，这反倒使于连的爱情达到了疯狂的地步。

"怎么！您不再爱我了，这怎么可能！"他对她说道，那声音是从心灵深处发出的，让人听了很难无动于衷。

她没有回答；而他，则悲伤地哭了。

说实在的，他已经没有力气再说话了。

"这么说，我被唯一爱过我的人遗忘了！从今以后活着还有什么意思呢？"当他不再担心有被人撞见的危险时，他的勇气也完全离开了他；除了爱情，一切都从他心中消失了。

他静静地哭了许久，她听见他呜咽的声音。他握住她的手，她想把手缩回去；然而，在一阵几乎是痉挛性的动作之后，她仍旧把手留在了他的手里。屋里一片漆黑，他们俩并排坐在德·雷纳尔夫人的床沿上。

"这和十四个月前的情景有多么不同啊！"于连心想，他的眼泪越流越多了，"看来，离别确实能够摧毁人类的一切感情！我最好还是离开这儿吧！"

"请告诉我，您所发生的事情，"于连终于说道，他痛苦至极，几乎发不出声来。

"毫无疑问，"德·雷纳尔夫人严厉地说道，语气间流露出对于连的冷淡和责备，"当您离开的时候，我的堕落已被全城人所知道。您的行为太不谨慎了！不久以后，当我正陷入绝望时，尊敬的谢朗先生来看望我。在很长一段时间里，他一直想让我吐露真情，但是没有成功。一天，他想了个主意，带我去第戎的教堂，这正是我第一次领圣体的地方。在那儿，他大胆地先谈起了……"泪水打断了她的话。"多么耻辱的时刻啊！我承认了一切。这个如此善良的人，不但没有对我发火，反而和我一起感到悲伤。那期间，我每天都给您写信，可我不敢把信寄给您，我小心翼翼地把它们珍藏起来，每当我痛苦不堪的时候，我便把自己关在卧室里，重新阅读这些信。

"后来谢朗先生说服了我，我把信交给了他……其中有几封信写得较为谨慎，寄给了您；可您始终没有给我回信。"

"从来没有，我向你发誓，我在神学院里从来没有收到过你的信。"

"伟大的天主啊！是谁把信给截住了？"

"你可以想象我有多么痛苦，在大教堂里见到你的那天之前，我甚至不知道你是否还活着。"

"承蒙天主开恩，使我明白了我对他，对我的孩子们，对我的丈夫犯下了多么沉重的罪孽，"德·雷纳尔夫人继续说道，"我当时以为，我丈夫从来没有爱过我，从来没有像您那样爱过我……"

于连扑进她的怀里，他确实没有任何企图，只是身不由己。但是德·雷纳尔夫人推开了他，态度相当坚定地继续说道：

"我尊敬的朋友谢朗先生使我懂得，当我和德·雷纳尔先生结婚时，我已经立誓把所有的情感都奉献给他了，甚至包括我当时还不甚了解、在一次命中注定的结合之前我从未体验过的那种情感……自从我做出了巨大的牺牲，交出了那些对我来说极为珍贵的信件之后，我的生活虽说谈不上幸福，至少也是相当平静的了。我恳请您不要再对我的生活有任何干扰了，做我的一个朋友吧……最好的朋友。"于连吻遍了她的双手；她感觉到他仍在哭泣。"别哭了，您使我多么难受……您也该向我谈谈您的情况了。"于连却说不出话来。"我想知道您在神学院里是怎样生活的，"她又说道，"然后您就离开这里吧！"

于连心不在焉地谈起了他最初遇到的那些数不清的阴谋和嫉妒，然后又谈到了他自从担任辅导教师后较为平静的生活。

"就是在这个时候，"他补充道，"在长时间的沉默之后，这沉默的目的无疑是要我明白我今天看得太清楚的事实：您不再爱我了，我对于您已无关紧要……"德·雷纳尔夫人紧紧握住了他的双手。"就是在这个时候，您给我寄来了一笔五百法郎的汇款。"

"我从没有寄过，"德·雷纳尔夫人说道。

"为避免任何怀疑，这封信盖着巴黎的邮戳，署名为保尔·索雷尔。"

关于这封信可能来自何处，在他们之间引起了一场小小的争论。随之，他们的精神状态有了改观。在不知不觉中，德·雷纳尔夫人和于连已抛开了那种一本正经的说话口气，恢复了亲切友好的谈话。夜色是那样的深沉，他们彼此一点儿也看不见对方，但是他们说话的语调已说明了一切。于连伸出一只胳膊搂住了情人的腰，这个动作充满了风险。她试图摆脱于连的手臂，然而此刻于连相当巧妙地利用了他叙述的一段事情的有趣情节，吸引了她的注意力。于是，这只胳膊仿佛被遗忘了，仍然留在了原来的位置上。

他们对那封附有五百法郎的信做出了种种推测后，于连又继续讲他的故事。他谈到过去的生活，变得稍微能控制住自己了。但是过去的事与眼前发生的事相比，已经很难提起他的兴趣。他的注意力完全集中在这次拜访将如何结束的问题上。"您快走吧，"她语气生硬，不时地对他重复道。

"如果我被撵出门去，对我将是多么大的耻辱啊！那将是抱憾终生的悔恨，"他想着，"她永远不会再给我写信了。天知道我何时才能回到这个地方？"从这时起，于连在当时情景中的一切美妙无比的感受，顿时都从他的心中消失了。在这间他们曾经是那么幸福的房间里,他坐在他所倾慕的女人身边,几乎把她紧拥在怀里,在深沉的黑暗中,可以清楚地分辨出她一直在流泪,随着她胸部的起伏,他感觉到她在抽泣;然而不幸的是,此刻他却变成了一个冷酷的政治家,差不多就像在神学院的院子里,看见自己成为一个比他身强力壮的同学的嘲笑对象时那样审慎的思考,那样沉着冷静。于连继续拖延着他的故事,又谈起了离开维里埃尔以后的不幸生活。"这么说,"德·雷纳尔夫人心想,"一年的离别之后,在几乎完全没有什么能唤起他的回忆的情况下,他仍旧念念不忘在韦尔吉度过的那段幸福的日子,而我却忘记了他。"想到这里她抽泣得更厉害了。于连看见他的叙述获得了成功。他明白,应该试试最后的招数了,于是他突然语锋一转,谈到刚刚收到的那封巴黎来信。

"我已向主教大人辞行。"

"怎么,您不回贝藏松了,您要永远离开我们?"

"是的,"于连语气坚决地说道,"是的,我要抛弃这个地方了,因为在这儿,甚至连我一生中最爱的人都把我忘记了,我要离开它,永远不再见到它,我要去巴黎……"

"你要去巴黎?"德·雷纳尔夫人喊道,声音相当高。

她的声音几乎被泪水阻住,这暴露出她内心的极度烦乱。于连需要这种鼓励,他要尝试一个可能对他极为不利的行动。在这声惊叫之前,他的这一行动是盲目的,他完全不知道能够产生什么效果。他不再犹豫了,对于懊悔的恐惧感使他完全控制了自己。他站起身冷冷地补充道:

"是的,夫人,我要永远离开您了,我祝愿您幸福,永别了。"

他朝窗户走了几步;他已经打开了窗户。德·雷纳尔夫人向他扑了过去。他感觉到她的头倚在他的肩上,她的双臂紧紧拥抱着他,她的脸贴在了他的脸上。

就这样,经过三个小时的谈话之后,于连得到了他最初两个小时热切盼望的东西。如果爱情的复燃、德·雷纳尔夫人悔恨的消失稍微早一点来临,这可能是一种无上的幸福;然而通过这样的手段去得到它们,只能说是一种胜利了。于连不顾他的情人再三恳求,执意要点燃那盏守夜灯。

"难道你希望我心中不留下见到你的任何记忆吗?"他对她说道,"你那双迷人的双眼无疑充满着爱情,难道要在我眼前永远消失了吗?你那双白皙而美丽的手,难道我再也看不见了吗?你想想看,我可能要离开你很久,很久啊!"

"真让人害臊!"德·雷纳尔夫人想道,但是,她一想到永远的离别,便又泪如雨下,再也没有什么可拒绝的了。黎明已经开始清晰地勾勒出维里埃尔东面山上枞树林的轮廓。于连仍旧沉醉在欢情之中,他不但没有离去,反而要求德·雷纳尔夫人将他藏在卧室里度过一整天,待到天黑再走。

"为什么不可以呢?"她答道,"这次命定的再度堕落,夺去了我全部的自尊,铸成了我永久的不幸。"她如痴如醉地将他紧紧贴在自己的胸口。"我丈夫再也不是从前的他了,他起了疑心;他认为在这整个事件中,是我要弄了他,对我非常恼火。如果他听到一丁点儿动静,我就完了,他会把我当作一个坏女人赶出门去,我是个坏女人。"

"啊! 这倒像是谢朗先生的话,"于连说道,"在那次去神学院的残酷的离别之前,你是不会对我说出这样的话来的,那时候,你是爱我的啊!"

于连说这话时的那种镇定自若的态度得到了报偿:他看见他的情人转眼间便忘记了她的丈夫出现会给她带来的危险,而是一心想着另一个更大的危险,那就是看见于连怀疑她的爱情。白天迅速来临,把房间照得通亮。当于连能够再次看见这个娇媚的女人躺在他的怀里,甚至几乎偎依在他的脚边时,他又找回了自尊的全部快乐。这个他唯一爱过的女人,不到几小时前,还完全沉溺于对可怕的天主的畏惧和对家庭的责任感里。虽说由于一年来坚持不懈的努力,她的决心更加坚定了,然而面对于连的勇气,却未能挺住。

不久,他们听见这幢房子里有响动,一件德·雷纳尔夫人不曾料到的事惊动了她。

"那个刁钻的埃莉莎要来这间卧室了,这把大梯子怎么办?"她对她的情夫说道;"把它藏在哪儿呢? 我要把它搬到顶楼上去,"她突然带着一种诙谐的口气大声说道。

"这才是原来的你,"于连高兴地说道,"不过,这得经过仆人的卧室呀!"

"我把梯子留在走廊里,再去唤仆人,差遣他出去办事。"

"你得准备一句话来应付,以防万一仆人在走廊里经过梯子时,注意到它。"

"是的,我的天使,"德·雷纳尔夫人说道,并吻了他一下,"而你呢,当我不在时,如果埃莉莎进屋来,你要想到赶快躲到床底下去。"

于连对她这突如其来的异常快乐感到惊奇。"看来,"他心想,"实际危险的临近,并没有引起她的惊慌,反倒使她快乐起来,因为她忘记了她的悔恨! 真是个出类拔萃的女人! 啊,占有这颗心该有多么荣耀啊!"于连感到心花怒放。

德·雷纳尔夫人去搬梯子;这梯子对她来说显然是太重了。于连前去帮助她,他欣赏着她那优美的身材,它看上去是那样的柔弱无力,可突然间她竟不用帮忙,独自抓起了梯子,就像举起了一把椅子。她迅速将梯子搬到四楼的走廊里,沿着墙边放倒,然后去唤仆人。趁着仆人穿衣服的时间,她又登上了鸽楼。五分钟后,她回到走廊里,发现梯子不见了。梯子到哪儿去了呢? 如果于连不在这幢房子里,这危险对于她倒是无妨。但是,这时候如果她的丈夫看见这把梯子,这件事就非同小可了。德·雷纳尔夫人到处找遍了,终于在屋顶下面发现了这把梯子,是仆人把它搬上去的,甚至是藏了起来。这情况挺蹊跷,若是在往日,定会使她惊恐不安的。

"这和我有什么相干呢?"她心想,"事情要等二十四小时之后才可能发生,那时于连早已离开此地了。到时候这一切对我来说,还不都是恐惧和悔恨吗?"

她感到好像有一个模模糊糊的念头,她应该结束生命了,但这又有什么关系呢? 在她认为是永别的分离之后,他又回到了她的身边,她又重新见到了他;而且,他为了回到她身边所采取的行动,表现出多么深挚的爱情啊!

她向于连讲述了梯子的事。

147

"我将怎么回答我的丈夫呢,如果仆人告诉他发现了这把梯子?"她思索了一会儿又说,"他们需要二十四个小时,才能找到卖梯子给你的那个乡下人。"于是她投入于连的怀里,动作痉挛地紧紧拥抱他。"啊!死吧,就这样死吧!"她一边大声嚷着,一边狂热地吻着他。"但是,不应该让你饿死,"她又笑着说道。

"来吧,我先把你藏在德尔维尔夫人的卧室里,这房间一向锁着。"她走到走廊的尽头守望着,于连迅速跑进了那间卧室。"如果有人敲门,千万别开,"她一边对他说,一边锁上了门,"总之,这不过是孩子们玩耍时开的一个玩笑。"

"让孩子们到花园里来,到窗户下面,"于连说道,"我很乐意见见他们,让他们说说话吧!"

"好的,好的,"德·雷纳尔夫人应着声走远了。

她很快便回来了,弄来了橘子、饼干和一瓶马拉加酒,但未能偷到面包。

"您丈夫在做什么?"于连问道。

"他在起草与农民做生意的计划。"

八点的钟声已经敲过,房子里响起许多嘈杂声。如果德·雷纳尔夫人此时还不露面,大家便会到处寻找她,她不得不离开了他。不一会儿,她又冒冒失失地回来,给他送来一杯咖啡;她担心他饿坏了。早餐以后,她顺利地将孩子们带到德尔维尔夫人卧室的窗户下。他发现他们的个头长高了许多,但是相貌却变得平常了,这或许是他的观念改变了。德·雷纳尔夫人与他们谈到于连。大孩子在答话时,表现出对从前的家庭教师的友爱和惋惜的心情,可两个年幼的孩子已经几乎把他忘记了。

这天上午,德·雷纳尔先生没有出门,他在屋子里不停地上楼下楼,忙着和一些农民做生意,他要把收获的土豆出售给他们。一直到吃午饭的时候,德·雷纳尔夫人也没有抽出片刻空闲给她的囚犯。午餐的钟声响过,饭桌已经摆好,她才想到要为于连偷一盘热汤。当她小心翼翼地端着那盘汤,悄悄地走近于连待着的那间卧室门口时,迎面撞见了早上藏梯子的那个仆人。此刻,他正无声无息地在走廊里行走,似乎在窃听什么。也许是于连走动时不够谨慎,弄出了响声。那个仆人走远了,神情有点儿尴尬。德·雷纳尔夫人大胆地走进于连隐藏着的房间,于连见到她,不由得打了个哆嗦。

"你害怕了!"她对他说道,"我呢,我可以面临世界上的一切危险,不皱一下眉头。我只害怕一桩事,那就是你走后,我将是独自一个人。"她快步离开了他。

"啊!"于连激动地自语,"悔恨才是这颗崇高的灵魂所惧怕的唯一的危险!"

终于,夜晚来临,德·雷纳尔先生去了游乐场。他的妻子声称头痛得厉害,便回到了自己的卧室。她匆忙打发走埃莉莎,又迅速起身去给于连开了门。

于连确实饿得要命。当德·雷纳尔夫人去配膳室寻找面包时,于连听见了一声大叫。德·雷纳尔夫人回来后告诉他,当她摸着黑进了配膳室,走近放面包的碗橱时,一伸手触到了一个女人的手臂。那人是埃莉莎,于连所听到的,正是埃莉莎发出的叫声。

"她在那儿干什么?"

"她不是在偷甜食，就是在窥伺我们，"德·雷纳尔夫人满不在乎地说，"但幸运的是，我找到了一块馅饼和一个大面包。"

"那是什么？"于连指着她围裙上的口袋问道。

德·雷纳尔夫人忘记了，从吃晚餐的时候起，那些口袋就装满了面包。

于连伸开双臂紧紧地拥抱她，内心充满了最强烈的热情，他从未感到她是如此的美丽。"就是在巴黎，"他恍恍惚惚地想着，"我也不会遇到更伟大的性格了。"她具有一个不善于此类应酬的女人的一切笨拙，同时又具有一个人的真正勇敢，她仅害怕另一种更可怕的危险。

于连津津有味地吃着晚餐，他的情妇正以简单的饭食为题与他逗趣，因为她害怕一本正经的谈话。这时，突然有人使劲地摇晃卧室的门。这是德·雷纳尔先生。

"你为什么把自己关在屋里？"他对她大声嚷着。

于连恰好来得及钻到长沙发底下。

"怎么！你还穿得整整齐齐的？"德·雷纳尔先生边说边走进屋里，"您在吃晚餐，房门还上了锁！"

若在往常，这样的问题，用夫妻间极为冷淡的口气讲出来，会让德·雷纳尔夫人感到惊惶不安的，但是此刻她担心的是，她的丈夫只要稍微弯弯腰，就会发现于连，因为德·雷纳尔先生正坐在于连刚才坐过的那把椅子上，面对着长沙发。

头痛可以用来为一切作辩解。接着，她的丈夫冗长详尽地向她叙述了在游乐场的台球房赢得全盘赌注的经过，"十九法郎的赌注，真的！"他补充道。就在这时候，她发现离他们三步远的一张椅子上，放着于连的帽子。她显得更加镇定自若，她开始脱衣，一会儿功夫，她已迅速绕到她丈夫的背后，将一件连衣裙扔在了那张放着帽子的椅子上。

德·雷纳尔先生终于走了。她央求于连重新叙述他在神学院里的生活："昨天我并没有在听你说话，当时，我一心只想着鼓起我的勇气把你赶走。"

她实在是太轻率了。他们说话的声音过高；大约在凌晨两点钟时，一阵猛烈的敲门声打断了他们的谈话。这回又是德·雷纳尔先生。

"快给我开门，家里有贼！"他说，"今天早晨，圣让就发现了他们的梯子。"

"一切都完了！"德·雷纳尔夫人一边喊着，一边投入于连的怀里，"他会杀了我们两人的。他不会相信有贼。我要死在你的怀里，这样死去比我活着还要幸福。"她根本不去理睬她那狂怒的丈夫，只是热烈地拥吻着于连。

"拯救斯塔尼斯拉斯的母亲吧，"他对她说道，并用命令的目光看着她，"我从盥洗间的窗户跳到院子里，然后逃进花园；那些狗认识我。你把我的衣物捆成包，扔到花园里，尽可能要快。别开门，让他把门撞开吧！尤其是什么也不要招认，我禁止你说出来，宁可让他去怀疑，也不能让他得到确认。"

"你跳下去会摔死的！"这是她唯一的回答，唯一的担忧。

她和他一起走到盥洗间的窗口，随后抓紧时间藏起了他的衣服，最后才去给她那暴

跳如雷的丈夫开门。他走进卧室巡视了一番，然后又走进盥洗间看了看，一言未发便离开了。于连的衣服被扔了下去，他接住衣服，飞快地朝着杜河岸边低处的花园跑去。

当他正跑着时，他听见一颗子弹呼啸而过，紧接着又是一声枪响。

"这不是德·雷纳尔先生，"他心想，"他枪法太差，没有那么准。"那几条狗不声不响地在他身边跑着，第二枪显然是击断了一条狗的爪子，因为它开始发出悲哀的叫声。于连跳下一块台地的围墙，在有遮掩的地方跑了五十来步，然后朝另一个方向跑去。他听见人们相互吆喝的声音；他清楚地看见那个仆人——他的敌人开了一枪；一个佃农也来到花园的另一端射击，然而于连已经到达了杜河岸边，在那儿穿好了衣服。

一个小时之后，他已经距离维里埃尔一法里远，踏上了去日内瓦的大道。"如果有人怀疑的话，"于连心想，"他们将会在通往巴黎的大路上去追我。"

第 二 部

第一章 乡间乐趣

> 啊,乡村,我何时才能见
> 到你!
>
> ——维尔吉

"先生准是来等去巴黎的驿车吧?"他停下来在一家小旅店里吃早饭,店主对他说道。

"今天的驿车还是明天的驿车,对我来说,都无所谓,"于连说。

正当他佯装着满不在乎的时候,驿车到了,有两个空位置。

"怎么! 是你呀,我可怜的法尔科兹,"那位来自日内瓦方向的旅客对这位和于连一起上车的人说道。

"我想你是定居在里昂近郊的罗纳河附近一个景色秀丽的山谷里了吧?"法尔科兹说道。

"好一个定居! 我现在逃亡在外呢。"

"怎么! 你在逃亡? 就你,圣吉罗! 长着这副老实巴交的面孔,难道你犯了什么罪吗?"法尔科兹笑着说。

"说真的,也差不多了。我在逃避外省那种令人厌恶的生活。我喜欢林中的清新和乡间的幽静,这你是了解的,你常常责备我是个幻想家。我从来就不愿意听人谈论政治,而政治却把我赶了出来。"

"你属于什么党派?"

"我任何党派也不是,就因为这才把我给毁了。你瞧,这就是我的全部政治:我喜爱音乐,喜爱绘画;一本好书对我来说,就是一件大事。我快满四十四岁了,我还能活多久呢? 十五年,二十年、至多三十年吧? 好吧! 我坚信三十年以后的大臣们会稍微精明一些,但是跟今天的大臣们一样都是正直的人。我把英国的历史作为我们未来的一面镜子。将来,总会有一位想不断扩大自己特权的国王;总会有想当议员的野心,有荣誉,以及米拉波赚得的数十万法郎,使得外省的富翁们彻夜难眠。他们把这称为参加自由党和爱人民。成为贵族院议员或者内宫侍从的欲望,总会使那些极端保王党们奔波不停。在国家这条大船上,人人都想充当舵手,因为那个角色所得的俸禄最多。对于一名普通的乘客来说,难道就永远没有一个可怜的小小的位置吗?"

"谈正题,谈正题吧,就你这样喜欢安静的性格来说,这一定很有趣。是最近那些选举把你赶出了外省的吗?"

151

"我的不幸由来已久了。四年前,我四十岁,我有五十万法郎;而今我增长了四岁,却大约要减少五万法郎,这是我卖掉我那座蒙弗勒里城堡将会蒙受的一笔损失。城堡在罗纳河附近,环境优美极了。"

"在巴黎,我对你们所谓的十九世纪文明强迫人们扮演的那种无休止的喜剧,感到厌倦透了。我渴望纯朴而简单的生活。我在罗纳河附近的山区里买下了一块土地,天底下再也没有这么美丽的地方了。"

"村里的副本堂神父和邻近的乡绅,六个月来一直向我献殷勤。我邀请他们吃饭,我对他们说,'我离开巴黎,就是为了一辈子不再谈论政治,也不再听见别人谈论政治。正如你们所见,我没有订阅任何报纸。邮差给我送的信件越少,我越感到高兴。'"

"可是这不符合副本堂神父的心意。不久我便成了当地人索取的对象,数不清的无礼要求和纠缠接踵而来。我本想每年接济穷人两三百法郎,可他们却要我把这笔款项捐给宗教团体,什么圣约瑟会啦,圣母会啦等等,我拒绝了,于是他们便百般地羞辱我。我真蠢,居然因此而恼了。清晨,我出去享受我们山里的美景,总会遇到什么烦扰来中断我的梦想,令我不愉快地想起那些人和他们的恶毒行径。譬如说举行求丰收的祈祷巡行吧,仪式队伍唱的歌我挺喜欢(大概是一支希腊曲子),可是他们不再为我的田地祝福,因为副本堂神父说过,这些田地属于一个不信神的人。一个虔诚的老农妇死了一头母牛,她便说是由于附近有一个池塘,属于我这个不信神的人——一个巴黎来的哲学家;并且在一个星期之后,我发现我的池塘里,所有的鱼都肚皮朝天,全被石灰毒死了。种种烦扰以不同的形式包围着我。治安法官本来是个正派人,可是他害怕丢了职位,总是判我有错。宁静的乡村对我来说已成为地狱。人们一旦看见村里的圣会首脑副本堂神父抛弃了我,自由党头目那个退休的上尉也不支持我,于是大家便对我群起而攻之,甚至靠我供养了一年的那个泥瓦匠也不例外,就连车匠在为我修犁的时候,也肆无忌惮地敲我的竹杠。"

"为了有个靠山,当然也为了赢得几场官司,我成了自由党;但是正如你所说的,这场倒霉的选举来临了,他们要我投票……"

"选一个你不认识的人吗?"

"完全不是,这个人我太熟悉了。我拒绝了,多么可怕的轻率之举!从那以后,自由党人也揪住我不放,我的处境变得不堪忍受。我相信,如果某一天,副本堂神父想到要控告我谋杀了我的女仆,在两个党派里一定会有二十个人站出来作证,发誓亲眼看见我犯了罪。"

"你想生活在乡村,但你对你的邻人却不能投其所好,甚至不愿意去听一听他们的闲聊。多么大的错误啊!……"

"这个错误总算得到纠正了。我正在出售蒙弗勒里城堡,如果有必要,我情愿损失五万法郎;不过我非常快乐,我离开了这座虚伪和烦恼的地狱。我要去寻找僻静和乡村的安宁,在法国唯有一处可以找到这样的地方,那就是在香榭丽舍大街临街的五层楼上。"

不过对此我还得斟酌斟酌，我是否会因为向教会堂区提供圣饼，又要在鲁尔区开始我的政治生涯。"

"如果在波拿巴统治下，你就不会遇到这些事情了，"法尔科兹两眼闪烁着愤怒和遗憾的神情说道。

"好极了，不过你那个波拿巴，他为什么没能保住自己的地位呢？我今天所遭受的一切痛苦，都是他造成的，"

听到这里，于连的注意力更加集中了。他从第一句话起，便已听明白，波拿巴分子法尔科兹就是德·雷纳尔先生童年时代的朋友，一八一六年德·雷纳尔先生曾与他绝交；而那个哲学家圣吉罗，则可能是省政府某位官员的兄弟……就是那位官员懂得如何通过招租把市镇公房廉价地租到手。

"这一切都是你的波拿巴造成的。"圣吉罗继续说道，"一个正派人，绝无害人之心，四十岁时拥有五十万法郎的积蓄，却不能在外省定居，得到安宁的生活，那里的教士和贵族把他赶了出来。"

"啊！可别说他的坏话，"法尔科兹大声说道，"法国从来没有像在他统治的十三年里那样受到各个民族的崇敬。当时，他所做的一切都是伟大的。"

"你的那个皇帝，让他见鬼去吧，"四十四岁的那个人继续说道，"他只有在战场上以及他在一八〇二年整顿财政的时候是伟大的。从那以后，他的所作所为又意味着什么呢？他用他的侍从，他的排场，和他在杜伊勒里宫中举行的召见礼，为君主国的一切愚蠢行为提供了新的版本。这个版本经过修订，也许还能流行一两个世纪呢。贵族和教士们曾经想恢复老版本，但是他们缺少向公众兜售老版本所必需的铁腕。"

"这正是一个旧印刷厂老板说出的话。"

"是谁把我赶出了自己的土地？"印刷厂老板愤愤不平地继续说道，"是教士。拿破仑没有像国家对待医生、律师、天文学家那样对待这些教士，没有把他们仅仅视作公民，用不着去担心他们赖以生存的行业，而是签订了合约把他们又请了回来。如果不是你的波拿巴封什么男爵、伯爵，今天会有那些蛮横无理的贵族吗？不，那早已过时了。除了教士之外，就是这些乡间小贵族最让我恼火，逼得我加入了自由党。"

他们的谈话无休无止，也许这个话题在法国还要延续半个世纪之久呢。由于圣吉罗总是喋喋不休地抱怨说他无法在外省生活，于连怯生生地提起了德·雷纳尔先生的例子。

"确实，年轻人，您说得好！"法尔科兹高声说道，"为了不做铁钻，他做了铁锤，而且还是一把可怕的铁锤。不过我看瓦勒诺的势力已经超过了他。您认识那个无赖吗？这是个十足的坏蛋。当您的德·雷纳尔先生有朝一日看见自己被解职，而瓦勒诺取代了他的位置时，他会说些什么呢？"

"那时他只有和他的罪恶单独厮守在一起了，"圣吉罗说道，"年轻人，看来您是熟悉维里埃尔的啰？好吧！波拿巴，让天主去毁灭他，去毁灭他那些君主国的腐朽的玩意儿吧，是他使德·雷纳尔和谢朗们的统治成为可能，而他们的统治又带来了瓦勒诺和马斯隆之流的统治。"

这番充满悲观情调的政治谈话使于连感到惊讶，把他从欢欣缠绵的梦幻中唤醒了。

他远远地望见了巴黎，但并没有因为这最初的一瞥而动情。刚才他在维里埃尔度过的那二十四个小时，仍然历历在目，他建筑在未来命运上的空中楼阁，势必还要与这些清晰的回忆进行搏斗。他暗暗发誓永不抛弃他情人的孩子们，如果教士们的傲慢无礼给我们带来了共和国，并对贵族们进行迫害的话，他要不惜一切代价地保护她的孩子们。

他到达维里埃尔的那天夜里，当他把梯子靠在德·雷纳尔夫人卧室的窗子上的时候，如果他发现屋里住的是一个陌生人或者是德·雷纳尔先生，那将会发生什么事情呢？

然而，在那最初的两个小时里，当他的情妇真心实意地想赶他走，而他在黑暗中坐在她身边为自己辩护的时候，又是多么甜蜜啊！像于连这样的心灵，这类回忆会伴随他一生。至于这次会面的其余情节，已经与十四个月前他们的初恋时期混合在一起了。

于连从深沉的梦幻中惊醒过来，因为车子停了。车子刚刚驶进让-雅克·卢梭街驿站的院内。"我要去马尔梅松，"于连朝着一辆驶近的双轮轻便马车说道。

"先生，是在这时候去吗？您去干什么？"

"这管您什么事！走吧！"

任何真正的热情都只会想到自己。正因为这一点，才使我觉得热情在巴黎显得如此荒诞可笑；在巴黎，您的邻人总是认为您时常惦记着他。我不打算赘述于连在马尔梅松时的激动心情。总之他哭了。怎么！尽管今年修筑了那些讨厌的白墙，把这座花园分割成一块一块的，他还是流下了眼泪？是的，先生，对于连来说，正如同对于后代人一样，在阿尔科、圣赫勒拿岛和马尔梅松之间，并没有什么区别可言。

当晚，于连踌躇了多时，才进了剧院，他对这个使人堕落的场所有着许多奇特的想法。

一种深深的不信任感，阻止他去欣赏活生生的巴黎。唯一能使他感慨和激动的，是他心中的英雄留下的遗迹。

"我终于来到了阴谋和伪善的中心！来到这德·弗里莱尔神父的保护者们统治着的地方！"

第三天晚上，好奇心终于占了上风，他放弃了打算在见皮拉尔神父之前什么都见识见识的计划。这位神父口气冷漠地向他说明，德·拉莫尔先生家等待着他的将是一种什么样的生活。

"如果数月之后您还不能胜任工作的话，您就回神学院去吧，不过那将是从正门进去了。您在这儿将住在侯爵家里，他是法国最大的贵族之一。您会穿上一身黑衣服，就像是一个服丧的人，而不像一位教士。我要求您每星期三次去一家神学院，继续深造神学，我介绍您去那儿。每天中午，您将待在侯爵的图书室里，他打算让您写一些有关诉讼和其他事务方面的信件。侯爵会在他收到的每封信的空白处，寥寥数语写明应该回复的要点。我曾说过，不出三个月您就能够写这些回信；而您送给侯爵签字的十二封信中，约有八、九封信他可以签字。晚上八点钟，您整理他的办公桌，十点钟您就可以自由了。

"有可能，"皮拉尔神父继续说道，"某位老妇人或者某位语气温和的先生，会向您隐隐约约地暗示，您会获得巨大的好处，甚至干脆把钱送到您手中——为了让您给他们看一看侯爵收到的信件……"

"啊，先生！"于连不由地大声喊道，脸涨得通红。

"这就怪了，"神父苦笑着说道，"像您这样贫穷的人，又在神学院里待了一年，居然还保留着这种出自道德心的义愤。您不是瞎了眼睛吧！

"这就是血统的力量吗？"神父低声地嘟哝着，仿佛在自言自语。"奇怪的是，"神父瞧着于连又补充道，"侯爵认识您……我不知道是怎么回事。他开始会付给您一百路易的薪水。这个人行事仅凭一时的心血来潮，这是他的弱点；他会孩子气地与您作对。如果他满意的话，您的薪水以后可能长到八千法郎呢。

"但您必须意识到，"神父又用尖酸的口吻说道，他付给您这些钱，并非是为了您这双漂亮的眼睛，重要的是您得有用处。如果是我处在您的位置，我就尽量少说话，尤其是绝对不谈起我所不知道的事。

"啊！"神父又说，"我为您打听了一些情况，我忘了谈及德·拉莫尔先生的家庭。他有一儿一女两个孩子。儿子年方十九，举止极其风雅，但行动毫无计划，他在中午十二点的时候，从不知道午后二点将要做些什么。他有头脑，有勇气，曾经参加过西班牙战争。我不知道什么，侯爵希望您成为这位年轻的诺贝尔伯爵的朋友。我曾经说过，您是一位杰出的拉丁语学者，也许他是想让您教他的儿子一些有关西塞罗和维吉尔的现成句子吧！

"我要是您，我决不会让这位漂亮的年轻人拿我取乐；对于他的主动接近，说的那些彬彬有礼、却略含讽刺的话，我非得让他向我重复多遍以后，我才回答他。

"不瞒您说，这位年轻的德·拉莫尔伯爵一开始定会蔑视您，因为您只是一个小小的平民。他的一位祖先曾在宫廷里供职，并为了一桩政治阴谋，荣幸地于一五七四年四月二十六日在沙滩广场被斩首。而您，您是维里埃尔一个木匠的儿子，此外您还是他父亲雇佣的仆人。仔细衡量一下这些差异吧，再研究研究莫勒里著作中有关这个家族的历史。所有那些去他们家赴宴的奉承者们，都会不时地提起这段历史，他们称之为微妙的暗示。

"对于诺贝尔·德·拉莫尔伯爵的取笑，您要注意回答方式，他是轻骑兵上尉，未来的法兰西贵族院议员，您不要事后来向我诉苦。"

"我觉得，"于连满脸涨得通红地说道，"我甚至不该回答一个蔑视我的人。"

"您想象不到这种蔑视，它仅仅通过夸张的恭维话表现出来。如果您是个傻瓜，您可能上当；如果您想发迹，您就应该上当。"

"等到有一天这一切对我不再适合了，"于连说道，"如果我再回到我那一□三号的小斗室里，我会被视作忘恩负义的人吗？"

"当然啰，"神父答道，"这个府邸里所有的谄媚者都会诽谤您，不过有我呢，我会出面的。Adsum qui feci. 我会说这是由我做出的决定。"

于连注意到皮拉尔神父说话的口气极为严厉，几乎可以说是凶恶，因此心中很是伤感；这种语气完全破坏了他最后回答的那句话。

事实上，神父因为喜爱于连而感到良心不安，他是怀着一种宗教上的恐怖心理如此直接地去干预他人的命运的。

"您还会看见，"他用同样恶劣的口气继续说道，仿佛是在完成一项艰巨的任务，"您会看见德·拉莫尔侯爵夫人。那是个身材高大的金发女人，信教虔诚，性情孤傲，礼节周全，但却十分庸碌无能。她是德·肖纳老公爵的女儿，那个老头因其贵族偏见而出名。而这位贵

155

妇,实际上是她那个阶级的女人性格特征的典型缩影。她毫不隐瞒,她的祖先中有人参加过十字军东征,这也是她唯一敬重的光荣历史。金钱还远在于其次。这使您感到惊奇吗?我们不再是在外省了,我的朋友。

"在她的客厅里,您将会看见几位大贵人,用一种怪异轻率的口气谈论我们的亲王。至于德·拉莫尔夫人呢,每当她提起一位君王,尤其是一位王后的时候,她就会出于敬意而降低了声音。我劝您当着她的面不要说菲力普二世或亨利八世是些怪物。他们曾经是国王,这就给予了他们不受时效约束的权力——享有所有人的尊敬,尤其是像你我这样没有高贵出身的人的尊敬。然而,"皮拉尔先生补充道,"我们是教士,因为她会把您也当作教士的;有此身份,她会把我们看作她的灵魂获救必不可少的仆人。"

"先生,"于连说道,"我想我在巴黎是不会待长久的。"

"好吧,不过您要注意,对于一个像我们这样穿道袍的人来说,只有依靠那些大贵人才能发迹。在您的性格里,有着一种至少对我来说是难以捉摸的东西,如果您不能够发迹,您将会遭到迫害。对于您,没有任何折中的办法可行。千万不要欺骗自己。那些人会看得出来,他们对您说话并没有使您感到愉快。在这样一个注重社交的国家里,如果您得不到尊重,您就注定要遭到不幸。"

"如果这次不是德·拉莫尔先生一时心血来潮,您在贝藏松会有什么出息呢?总有一天您会明白,他为您做的事是多么不同寻常。如果您不是一个无心无肺的人,您会对他本人和他的家庭感谢不尽。有多少可怜的神父,他们比您更加博学多闻,他们在巴黎生活了那么多年,就靠着做弥撒挣得十五个苏和在索邦神学院辩论挣得十个苏!……想想去年冬天我向您谈起的红衣主教杜布瓦那个坏蛋早年的情形吧,难道您的自负使您认为您比他更有才干吗?"

"就拿我来说,我这个人生性沉静,才干平庸,我本打算在我的修道院里度过余生,我曾孩子般地依恋于它。好吧!当我提出辞呈的时候我已经快要被撤职了。您知道我有多少财产吗?我不多不少仅有五百二十法郎的积蓄;我没有一个朋友,只有两三个熟人。德·拉莫尔先生,我与他从未谋面,是他把我从困境中解救了出来。他只消一句话,我就得到了一个本堂区,该区的居民都是些富裕人,没有粗鄙的劣迹;而我的收入则让我感到惭愧,它与我付出的劳动是那么不相称。我之所以和您谈了这么长时间,就是为了让您谨慎行事。"

"还有一句话:我这个人不幸脾气暴躁,说不定哪一天你我之间也会反目为仇。"

"如果侯爵夫人的傲慢和他儿子的恶意戏弄使您在这个家里确实已不堪忍受,我建议您去巴黎三十法里外的某个神学院完成您的学业,最好去北边,而不要去南边,因为北方有较多的文明和公正;并且,"他压低声音补充道,"我应该承认,由于离巴黎的报纸近,那些小暴君们不得不有所畏惧。

"如果我们乐意继续往来,而侯爵的家庭对您又不合适,我就任命你为我的副本堂神父,这个本堂区所得收入我和您对半分。这是我对您的报答,甚至这还不够呢,"他打断于连感激的话语,又补充道,"因为您在贝藏松曾对我做出那种异乎寻常的建议。如果我当时没有那五百二十法郎,而是身无分文的话,您就把我救了。"

神父那严厉的语气已经消失了。于连觉着自己的泪水在眼眶里打转,感到十分羞愧;

他恨不得一下子投入朋友的怀抱；他尽量摆出一副男子汉的气概，情不自禁地对他说道：

"我自幼就遭到父亲的憎恨，这是我最大的一个不幸，但是我不会再抱怨命运，先生，我在您身上重新找到了一个父亲。"

"好啊，好啊，"神父神情窘迫地说道。接着，他又非常适时地说了一句神学院院长应该说的话，"永远不要说命运，我的孩子，在任何时候都应该说天意。"

出租马车停住了。车夫叩响了一扇巨大的门上的铜质门环，这就是"德·拉莫尔府"了。为了使过往者确认无疑，这几个字刻在大门上方一块黑色的大理石上。

这种矫饰使于连感到不快。"他们是那么害怕雅各宾党人！他们在每一道篱笆后面都看见一个罗伯斯庇尔和他的死囚押送车。他们的这种情形常常能让人笑死；然而，他们又是如此炫耀他们的府邸，以便使暴民们在骚乱时能够辨认无误地进行抢劫。"他把自己的这一想法告诉了皮拉尔神父。

"啊！可怜的孩子，您不久就要成为我的副本堂神父了。您竟然有这么可怕的念头！"

"我认为没有什么比这更简单的了，"于连说道。

看门人的庄严表情，尤其是庭院的清洁整齐，使于连赞叹不已。这一天，天空晴朗，阳光明媚。

"多么壮丽的建筑啊！"他对他的朋友说道。

这是在伏尔泰逝世前不久，建于圣日耳曼区的府邸之一，它的正面看起来是这样的平淡无奇。时髦和华美从来没有彼此相离得这样遥远。

第二章　初入上流社会

> 可笑而又动人的回忆：十八岁的时候，孑然一身，无依无靠地出现在那头一个客厅里！一个女人的目光就足以使我惶恐不安。我越是想讨人欢心，却越是显得笨拙。我对一切事物的看法都是极端错误的；我不是无缘无故地倾吐心曲，就是把一个人当作了敌人，只因为他看我的时候目光严厉。但是那时候，在我的羞怯造成的那些可怕不幸中间，一个美好的日子是多么美妙啊！
>
> ——康德

于连停在了院子中间，惊得目瞪口呆。

"您得显得理智一些,"皮拉尔神父说道,"您有一些可怕的念头,况且,您还只是个孩子啊! 贺拉斯的 nil,mirari(决不动心)到哪里去了? 想想看吧,这儿的一大群仆人,看见您在这儿安顿下来,会千方百计地愚弄您的。他们将会把您看成是一个同等的人,只是被不公正地置于他们之上罢了。他们表面上善良敦厚,为您好心出主意,乐意指点您,可是暗地里却会使绊子,让您出尽洋相。"

"那就让他们走着瞧吧,"他边说边咬着嘴唇,他又感到对一切都不能信任了。

到达侯爵的书房以前,这两位先生越过了二层楼上的几间客厅,啊! 我的读者,您大概会觉得它们既豪华又沉闷。如果有人把这样的客厅奉送给您,您一定会拒绝居住的;这儿是哈欠和沉闷的议论的故乡。然而它们却让于连更加心醉神迷了。"住在如此富丽堂皇的地方,"他心中想道,"怎么会感到不幸呢!"

最后,这两位先生来到这套豪华的房间中最丑陋的一间。这间房子几乎没有光亮,里面有一个身材矮瘦的人,目光炯炯有神,戴着金黄色的假发。神父朝于连转过身,将他做了介绍。这就是侯爵。于连看见他是那样地彬彬有礼,简直认不出他来了。这不再是布雷-勒奥修道院里的那位神情十分傲慢的大贵人了。于连觉得他的假发太厚实。凭借这样一种感觉,他居然一点儿也不感到害怕了。一开始,他觉得亨利三世的朋友的这个后代,外貌举止显得相当猥琐,他太瘦小,而且总是动个不停。但是,他很快又发现侯爵所表现出来的礼貌比起贝藏松主教本人来,更使交谈者感到愉快。接见时间不到三分钟。出来的时候,神父对于连说道:

"您看着侯爵的时候,就像是在看着一幅油画似的。对于这些人所谓的礼貌,我并不很了解,不久您就会比我知道得更多;但是,您那大胆的目光总使我觉着有点儿失礼。"

他们又重新登上了出租马车,车夫在林荫大道附近停下来。神父带着于连走过一个个客厅。于连注意到,那里面没有一件家具。他看着一座华美的镀金座钟,他认为这座钟的造型表现了一个极为猥亵的主题。这时候,一个十分文雅的先生笑着迎上前来,于连略微点了一下头。

那位先生面含微笑,将手放在于连的肩膀上。于连惊得浑身一哆嗦,向后跳了一步。他气得脸色绯红。皮拉尔神父尽管一向很严肃,也禁不住笑出了泪水。原来这位先生是个裁缝。

"我给您两天的自由时间,"出来时神父对他说道,"只有到那时候,您才可以被介绍给德·拉莫尔夫人。在您住到这个新巴比伦的最初的日子里,如若换了其他人,也许会像对待一个年轻姑娘一样紧紧地看守着您的。如果您要堕落,就立刻去堕落吧,我也就能摆脱时刻惦记着您的弱点了。后天上午,这位裁缝会给您送来两套衣服;您交给为您试装的那位伙计五法郎。此外,别让那些巴黎人听出您说话的口音。如果您开口说话,他们就会寻到嘲弄您这个外省人的秘诀了,这就是他们的才干。后天中午来我这儿……去吧,去堕落吧……我忘记告诉您了,您按照这个地址去订购靴子、衬衣和一顶帽子。"

于连注意地瞧着那些地址的笔迹。

"这是侯爵亲笔写的，"神父说道，"他是个努力勤奋的人，凡事都预先计划好，而且宁可亲自动手，也不喜欢命令别人。他把您聘用在他身边，就是为了让您使他省去这类麻烦。这个人性情急躁，您有足够的智慧去把他用三言两语交代的一切事情办妥吗？这就要等以后才能知道了；您可要当心啊！"

于连按照指定的地址走进工匠的铺子里，没有说一句话。他注意到，他受到了恭敬的接待。那个靴匠将他的名字记在账簿上时，写的是于连·德·索雷尔先生。

在拉雪兹神父公墓，有一位先生非常殷勤，从他的言谈看来，他更像是一个自由党人。他主动上前将奈伊元帅的墓指给于连看，由于一项英明的政策，使这座坟墓失去了树碑立传的荣幸。在分手的时候，这个自由党人热泪盈眶，几乎把于连紧紧拥抱在怀中，但是过后于连便发现他的表不翼而飞了。第三天中午，增长了一番见识的于连去见皮拉尔神父，神父久久地打量着他。

"您也许要成为一个花花公子了，"神父神情严肃地对他说道。从外表看，于连活像一个服重丧的年轻人。确实，他长得是一表人才；但是，善良的神父本人太土气了，不可能看出于连还具有那种在外省被视作是文雅而又尊贵的耸动肩膀的姿态。侯爵看到于连，对于他那优雅的风度的评价与善良的神父的看法截然不同，以致他向神父向道：

"如果让于连学跳舞的话，您会反对吗？"

神父一下子愣住了。

"不反对，"他终于答道，"于连并不是教士。"

侯爵一步两级地登上一道狭窄的暗梯，亲自把我们的主人公安顿在一间漂亮的阁楼里，阁楼的窗户正朝着府邸的大花园。他问于连在内衣店的女老板那儿买了几件衬衣。

"两件"，于连答道，他见这样一位大贵人居然屈尊过问这类琐事，感到惶恐不安。

"很好，"侯爵严肃地说道，话中带有某种表示命令的生硬口气，这引起了于连的沉思，"很好！再买它二十二件衬衣。这是您第一个季度的薪水。"

侯爵从阁楼上下来，叫来一个上了年纪的人。"阿尔塞纳，"他对他说道，"今后由您伺候索雷尔先生。"几分钟之后，于连已独自待在一间豪华的图书室里了，这一时刻是美妙的。为了不让人发现他的激动情绪，他躲进一个阴暗的角落里；从那儿，他欣喜若狂地凝视着那些闪闪发光的书脊。"我可以读这里所有的书，"他说道，"我待在这儿怎能不愉快呢？德·拉莫尔侯爵刚才为我所做的事，德·雷纳尔先生哪怕只做了其中的百分之一，也会一辈子感到丢脸的。

"不过，还是让我们来看看需要抄写的信件吧！"这项工作完成以后，于连才大胆地走近那些藏书。当他发现了一套伏尔泰全集时，他几乎高兴得发了狂。他跑去打开了图书室的门，免得被人突然撞见。然后，他一卷卷地翻阅着这套八十卷的书，尽情享受着其中的快乐。这些书籍装帧精美，是伦敦最好的装订工的杰作。其实用不着如此精美就让于连叹为观止了。

一小时之后，侯爵走了进来。他看了抄件，惊奇地发现于连把 cela 写成 cella，写了两

个 l。"神父有关他的学识的全部介绍,难道仅仅只是无稽之谈吗?"侯爵感到非常失望,但是仍然和颜悦色地对于连说道:

"您对拼写不是很有把握的吧?"

"确实如此,"于连说道,他压根没有考虑到这给自己造成的损害。侯爵的仁厚深深感动了他,不禁使他回忆起德·雷纳尔先生傲慢的说话口气。

"对于从弗朗什-孔泰省来的这个小神父进行试用,简直是浪费时间,"侯爵心里想,"但是,我多么急需一个可靠的人啊!"

"Cela 只应该写一个 l,"侯爵对他说道,"当您抄完信件时,凡是没有把握拼写正确的词,请您查阅一下字典。"

六点钟,侯爵差人来请他;当他看见于连的长靴子时,流露出明显的不快:

"这怪我疏忽了,我没有告诉您,每天五点半钟您应该穿戴齐整。"

于连不解地看着他。

"我是说要穿上长袜子,往后阿尔塞纳会提醒您的;今天我来替您道歉吧!"

德·拉莫尔先生说完这些话,便让于连到一间金碧辉煌的客厅去。在类似的情况下,德·雷纳尔先生总是加快步伐,荣幸地第一个跨入门内。他的前主人的这种小小的虚荣心使得于连踩到了侯爵的脚上;侯爵痛得钻心,因为他患有痛风病。"啊!真没想到他还是个笨拙的家伙,"侯爵心里想。他把于连介绍给一个身材高大、外貌威严的女人。这就是侯爵夫人。于连觉得她态度傲慢,有点儿像维里埃尔专区区长德·莫吉隆夫人,当时她参加圣查理节宴会的时候就是这副神情。客厅里极其豪华,使于连有点儿心慌意乱,他没有听清德·拉莫尔先生说了些什么。侯爵夫人勉强屈尊地看了他一眼。客厅里有几个男人,于连从中认出了年轻的阿格德主教,心里有说不出的高兴;几个月以前,在布雷-勒奥修道院举行宗教仪式的时候,这位主教还屈尊与他说过话呢。于连怯生生地注视着他。这位年轻的主教,显然是被于连那温柔的目光吓住了,他根本不想去认这个外省人。

在于连看来,聚集在这个客厅里的男人们,多少有点儿愁闷和拘谨。在巴黎,人们低声说话,而且不把小事加以夸大。

六点半左右,一个漂亮的年轻人走了进来。他身材瘦长,脸色苍白,蓄着小胡子,他的头非常小。

"您总是让别人等着您,"当那人吻着侯爵夫人的手时,夫人说道。

于连明白,他就是德·拉莫尔伯爵。第一眼看见他,于连觉得他挺可爱的。

"这可能吗?"他心里想,"就是这个人会用那令人难堪的玩笑,把我从这个家里赶出去吗?"

于连仔细地观察诺贝尔伯爵,注意到他穿着长靴,还带着马刺;"而我得穿上鞋子,显然是被当作下等人的。"大家入席就餐。于连听见侯爵夫人说了一句严厉的话,并略微提高了声音。几乎在同时,他看见一个年轻的姑娘来到他对面坐下,她的头发呈浅栗色,身

体非常匀称。然而,她一点儿也不讨他喜欢;但是在他细细打量她之后,他又认为自己从没有见过如此美丽的眼睛;不过这双眼睛显示出一颗极其冷酷的心灵。随后于连又发现,这双眼睛里有一种厌倦的神情,它们在观察着,但又时刻不忘记必须保持令人敬畏的威严。"德·雷纳尔夫人也有一双十分美丽的眼睛,"他心想,"人人都赞美她那双眼睛,但是那双眼睛与这双眼睛没有丝毫的共同之处。"于连还没有足够的经验可以分辨出马蒂尔德小姐(他听见别人这样称呼她)眼睛里不时闪烁着的是机智的光芒;而德·雷纳尔夫人的眼睛亮起来的时候,则是热情的火焰,或者是由于听到某件邪恶行为而引起的义愤的结果。这顿饭快要结束时,于连才找到一个词组来形容德·拉莫尔小姐那双美丽的眼睛:"它们闪亮发光,"他心中这样想道。除此之外,这位小姐的相貌酷似她的母亲,他感到他越来越不喜欢她的母亲了,于是他不再看她了。相反,他感到诺贝尔伯爵各方面都令人赞赏。于连被他深深地吸引住了,甚至没有因为他比自己富有、尊贵而想到去嫉妒他、憎恨他。

于连发现侯爵的神情显得厌倦无聊。

上第二道菜的时候,侯爵对他的儿子说道:

"诺贝尔,我要您好好关照于连·索雷尔先生,我刚刚聘请他加入我的办事班子,而且我想把他培养成为一个人才,如果 cella 可能的话。"

"这是我的秘书,"侯爵又对他旁边的人说道,"他拼写 cela 这个字时,写了两个 l。"

所有人的视线都集中在于连的身上,他正在向诺贝尔点头致意,不过头低得过分了一些;但总的说来,大家对他的眼神感到满意。

准是侯爵谈起过于连所受的那种教育,因为有一位客人就贺拉斯的问题盘问起于连来。"正是由于谈到了贺拉斯,我才在贝藏松主教面前获得了成功,"于连心想,"显然他们只知道这一位作家。"从这一时刻起,于连能够驾驭自己了,这个转变并不困难,因为他刚刚做出决定,德·拉莫尔小姐在他眼里永远不会是一个女人。自从进神学院之后,他就把男人视作最坏的东西,很难被他们所吓倒。如果餐厅里的摆设不是那么豪华,他或许会感到更加镇定自如。事实上,是那两个分别高达八米的镜子仍然使他感到敬畏,当他谈论贺拉斯时,他从里面不时地看见那个交谈者。对于一个外省人来说,他的语句并不太冗长。他有一双漂亮的眼睛,当他回答得精彩时,那眼中流露出的战战兢兢或快乐的羞涩神情,更增添了它们的光彩。他被认为是讨人喜欢的人。这种考试给一餐严肃的晚宴带来了一些乐趣。侯爵示意于连的交谈者再进一步考考他。"难道他真的可能有点儿真才实学吗?"他想道。

于连根据自己的见解回答着,他已经不那么羞怯了。这当然不是卖弄聪明——对于不擅长使用巴黎的语言的人来说,这是不可能的事。但是他的确有一些新的见解,尽管表达得不够优雅,也不够恰当,然而人们看得出来,他确实是精通拉丁文的。

于连的对手是铭文科学院的一位院士,恰巧也懂拉丁文;他发现于连是个挺不错的人文学者,就不再担心他会因为窘迫而脸红了,于是他真的想竭力难倒他。在激烈的舌战中，于连终于忘记了餐厅里豪华的陈设，发表了一番有关拉丁诗人的见解，这些见解是对方在任何一本书中都没有读到过的。那位交谈者是个正直的人，他对年轻的秘书大为赞叹。幸而这时大家开始了一场争论，争论的问题围绕着贺拉斯是穷还是富；是一位和蔼可亲、嗜好享乐、无忧无虑、像莫里哀和拉封丹的朋友夏佩尔那样以写作为乐趣的人，还是一个像告发拜伦勋爵的骚塞那样追随宫廷，为国王生日写颂歌的穷桂冠诗人。人们还谈到奥古斯都和乔治四世统治下的社会状况；在这两个时代，贵族拥有至高无上的权力。但是在罗马，贵族眼看着麦赛纳夺去了自己的权力，而那人仅仅是一个普通的骑士而已；而在英国，贵族迫使乔治四世处于近乎威尼斯的一个大公的地位。这场争论似乎使侯爵摆脱了自晚宴开始时烦闷厌倦就把他抛入的那种麻木状态。

于连对于所有现代人的名字都一无所知，例如骚塞、拜伦勋爵、乔治四世，他还是第一次听人说起他们。但是，没有一个人不看到，凡是涉及在罗马发生的，可以从贺拉斯、马夏尔、塔西陀等人的作品中了解到的事件，于连便具有不可争辩的优势。他毫不客气地袭用了贝藏松主教的一些观点，这些观点是他在和这位高级圣职人员的那场著名的讨论中学到的。这些观点颇受欢迎。

当大家对谈论诗人感到厌倦时，侯爵夫人才赏脸看了于连一眼。这位夫人曾给自己立下一条规矩：凡是她丈夫高兴的事情，她都赞赏。"在这个年轻神父笨拙的举止下，也许掩盖着一位学者呢，"坐在侯爵夫人身边的院士对她说道；于连隐约听到了他们的谈话。这种俗套话倒是挺合女主人的胃口。她赞同这句评论于连的话，并对邀请这位院士来吃晚饭感到满意。"他为德·拉莫尔先生解了闷，"她心里想。

第三章 最初的几步

> 这巨大的山谷，灯火辉煌，人山人海，令我眼花缭乱。没有谁认识我，人人都在我之上。我晕头转向了。
>
> ——雷纳律师的诗

第二天清早，于连正在图书室里抄写信件，玛蒂尔德小姐从一扇用书脊遮掩得很好的小门走进来。当于连欣赏着这种巧妙的设计时，玛蒂尔德小姐流露出异常吃惊的表情，在这儿碰上于连，她似乎很不愉快。于连觉得这位头上卷着纸卷儿的女人，态度严厉，神情高傲，几乎有一种男子气。玛蒂尔德小姐挺有办法，她从她父亲的图书室里偷书，而不留下半点痕迹。于连的在场，要使她今天早上白跑一趟了，使她尤为气恼的是，她这趟是来寻找伏尔泰的著作《巴比伦公主》第二卷的。这部著作是圣心派的杰作,它对于君主制和宗教的卓越教育来说,的确是适宜的补充读物!这可怜的姑娘,只有十九岁,就已经需要一种精神上的刺激,才能使她对一部小说产生兴趣。

将近三点钟,诺贝尔伯爵来到图书室;他来阅读一份报纸,以便晚上可以谈谈政治。他见到于连很高兴,尽管他早已经忘记了于连的存在。在于连的心目中,他是个完美无缺的人;他邀请于连去骑马。

"我父亲放我们的假,一直到吃晚饭的时候。"

于连懂得,我们意味着什么,他觉得这个词挺可爱。

"我的天主,伯爵先生,"于连说道,"如果是伐倒一棵八丈高的大树,把它劈得方方正正,锯成薄板,我敢说,我可以应付自如。但是骑马,我这辈子还没超过六次呢。"

"好吧,这将是第七次,"诺贝尔说道。实际上,于连又回想起国王驾临维里埃尔的那次巡游,他相信自己骑马会骑得很棒。但是从布洛涅树林回来,走到巴克街心时,他为了迅速避开一辆双轮轻便马车,从马上跌了下来,沾了一身泥。幸而他有两套礼服。吃晚饭的时候,侯爵想和他说说话,问起他散步的情形;诺贝尔急忙含混地敷衍了几句。

"伯爵先生对我悉心关照,"于连接着说道,"我感激他,并珍惜他的厚意。承蒙他让人给我牵来那匹最温顺、最漂亮的马,但是他终究不能把我拴在马上,由于缺少这个防范措施,走到离桥不远的那条特别长的街道中心时,我摔了下来。"

玛蒂尔德小姐听了忍不住笑出声来,接着她又冒失地询问详细的情形。于连直言不讳地做了回答;他风度优雅,可是他本人并不知道。

"我看这小教士会有出息的,"侯爵对那位院士说道,"一个普通的外省人,竟然能在这样的场合应付自如!这种事情还从来没有见过呢,将来也不会见到;况且他还是当着夫人们的面叙述他的不幸!"

于连让他的听众们如此愉快地听他讲述他的遭遇,以致晚餐结束,谈话的主题改变时,玛蒂尔德小姐仍然向他的哥哥询问这件不幸事件的详情。她接二连三地提出一个个问题,于连有好几次与她的目光相遇,他大着胆子直接回答她,尽管她没有问他。最后,他们三个人都情不自禁地笑了起来,就像住在树林深处村庄里的三个年轻的村民。

第二天,于连听了两堂神学课,回来以后又抄写了二十来封信。他发现在图书室里距他不远处坐着一个年轻人,这人穿着非常考究,但是外貌猥琐,脸上流露出嫉妒的神情。

侯爵走进来。

"您在这儿干什么,唐博先生?"他口气严厉地对这新来的人说道。

"我原来以为……"那年轻人说道,脸上堆起奴颜婢膝的微笑。

"不,先生,您不必原来以为。这是一次试用,不过是一次不幸的试用。"

年轻的唐博怒气冲冲地站起身,走出去了。他是侯爵夫人的那位院士朋友的侄子;他打算做个文人。那位院士早已经得到侯爵的同意,让他担任秘书。唐博在另一间偏僻

的房间里工作,他得知于连受到宠信以后,便想与他分享,于是上午就把他的文具搬进图书室里来了。

四点钟,于连经过片刻的犹豫之后,大着胆子来到诺贝尔伯爵的住处。伯爵正打算去骑马,他感到有些为难,因为他十分注重礼貌。

"我想,"他对于连说道,"您不久将要去练马场;几个星期以后,我便可以愉快地和您在一起骑马了。"

"我希望能荣幸地感谢您对我的厚爱;请您相信,先生,"于连神情十分严肃地补充道,"我知道怎样来感激您对我的恩典。如果您的马没有因我昨日的笨拙而受伤,如果它空闲着,我希望今天就能骑上它。"

"无疑,我亲爱的索雷尔,一切风险由您自己承担。您就假设,出于谨慎的需要,我已向您提出了各种反对意见。事实是现在已经四点钟了,我们没有时间可耽搁了。"

于连刚一骑上马,便向年轻的伯爵问道:

"应该怎样做才能不摔下马呢?"

"办法很多,"诺贝尔伯爵一边说,一边放声大笑,"例如,把身体向后仰。"

于连策马快步小跑。他们来到了路易十六广场。

"啊!莽撞的年轻人,"诺贝尔说道,"这儿车辆太多,并且赶车的都是些冒失鬼!一旦摔倒在地,他们的马车就会从您的身体上碾过去;他们绝不会冒着勒伤马嘴的危险使马骤然停住的。"

诺贝尔约有二十次看见于连险些摔下马来,但是这趟出游最终还是平安地结束了。回来后,年轻的伯爵对他的妹妹说道:

"我向您介绍一位勇敢的冒险家。"

吃晚饭的时候,伯爵在餐桌的这一端,隔着餐桌和坐在另一端的父亲说话,他对于连的大胆做了公正的评价,这正是于连的骑术值得称道的地方。年轻的伯爵早上曾听见刷马的仆人们在院子里谈论于连坠马的事,并对他肆意嘲讽。

尽管受到多方面的关照,但是于连不久便感到他在这个家庭里十分孤独。这里的一切习惯在他看来都很古怪;他几乎在每件事情上都要出差错。他的这些过失使所有的随身男仆们幸灾乐祸。

皮拉尔神父已经去了他的教区。"如果于连是一株柔弱的芦苇,就让他灭亡吧;如果他是一个勇敢的人,就让他独自闯出困境来吧,"他想。

第四章　拉莫尔府

> 他在这儿干什么？他喜欢这儿吗？他想在这儿讨人欢心吗？
>
> ——龙沙

如果说拉莫尔府高贵的客厅里的一切都让于连感到奇怪，那么反过来在那些肯赏脸注意这个脸色苍白、穿着黑衣的年轻人的眼里，于连也是非常怪异的。德·拉莫尔夫人向他的丈夫建议，当家里宴请一些重要人物的时候就差遣于连出去办事。

"我想把这个实验进行到底，"侯爵答道，"皮拉尔神父认为，我们伤害聘用在我们身边的人的自尊心，是错误的。一个人只能倚靠在有抵抗力的东西上，等等。这个人除了他那张面孔是陌生的之外，其他没有什么不合适的，况且他跟一个聋哑人几乎没有什么区别。"

"为了摸清这儿的情况，"于连心想，"我应该记下我看见来到这客厅里的每个人的姓名，并能用一句话概括他们的性格。"

他在第一行首先记下了这个家庭的五六个朋友；他们认为于连受到任性的侯爵的保护，为了预防万一而对他阿谀奉承。这是些穷人，多少有点奴颜媚骨；但是也应该说句话，称赞一下今天在贵族的客厅里还能够见到的这个阶级的人：他们并非对任何人都是同样地卑躬屈膝。他们中间有的人甘愿忍受侯爵的粗暴对待，然而德·拉莫尔侯爵夫人对他们说出一句严厉的话，他们也要进行反抗。

在这家主人们的性格深处，有着太多的骄傲和太多的厌倦。他们为了给自己散心解闷，过分习惯于侮辱别人，因而他们不可能指望拥有真正的朋友。但是除了阴雨天和那些烦闷不堪的时刻之外（这种情形毕竟是不多的），别人始终觉得他们是彬彬有礼的。

那五六个对于连表现出慈爱友情的奉承者，如果他们不再来拉莫尔府，侯爵夫人就会面临着长时间的孤独；而在这个阶层的女人眼中，孤独是可怕的：这是失宠的标志。

侯爵对于他的妻子来说，是个无可挑剔的好丈夫。他时常注意保证她的客厅里有足够的客人，当然这些客人不会是那些贵族院的议员们，他认为他的那些新同僚们，作为朋友来他家，还不够高贵，而作为属下接纳他们，又不够有趣。

于连只是在很久以后才深入了解这些内情的。执政者的政策是资产阶级家庭谈论的话题，但在侯爵这个阶层的家庭里，只有在困境中才会谈及它。

165

对于娱乐的需要,即使在这令人厌倦的世纪里,仍然具有那样强大的感染力,甚至在举行晚宴的日子里,侯爵一离开客厅,所有的人便溜之大吉了。只要不讥笑天主、教士、国王、有地位的人、受到朝廷保护的艺术家,不讥笑一切有着确定地位的人;只要不赞颂贝朗瑞、伏尔泰、卢梭、反对派报纸,不去赞颂一切敢于略微直言的人;尤其是只要绝对不谈论政治,人们就可以自由自在地议论一切。

即使有十万埃居的年金,即使有蓝绶带,也斗不过客厅里的这条法规。哪怕有一丁点儿活跃的想法也会被视作粗鄙的表现。尽管谈吐高雅,礼貌周全,力图取悦于人,但是每个人的额头上仍然显露出厌倦的神情。前来问候致意的那些年轻人,生怕说出什么引起别人怀疑他们有某种思想的话,或者担心暴露自己看过什么禁书,因而寒暄了几句与罗西尼和当日天气有关的漂亮话以后,便都缄默不语了。

于连发现,通常是由两位子爵和五位男爵维持谈话才不至于冷场,他们是德·拉莫尔先生流亡国外时结识的。这几位先生享有六千到八千里弗尔的年金;四人支持《每日新闻》,三人支持《法兰西报》。他们之中有一人每天都要讲述一个宫廷里的小故事,他的故事里总少不掉"了不起"这个词。于连注意到他有五枚十字勋章,而其他的人一般只有三枚。

另外,在前厅里可以看见十个穿号衣的仆人,整个晚上每隔一刻钟供应一次冰镇饮料或茶水,午夜供应一顿带香槟酒的夜宵。

正是因为这个缘故,有时会使于连留下来一直待到谈话结束。尽管如此,他几乎还是不明白,一个人怎么能够在这样金碧辉煌的客厅里一本正经地聆听这种普普通通的谈话。有时,他注视着那些谈话者,想看看他们自己是否也认为他们所说的话很可笑。"我的德·迈斯特先生的著作我能背诵出来,他说的话要好上一百倍,"他心想,"就连他我也觉得很乏味呢。"

觉察到这种精神压抑的并非于连一人。为了聊以自慰,有些人在大量饮用冰镇饮料,另一些人则利用晚上剩余的时间,津津乐道地谈论:"我从德·拉莫尔府出来,在那里我知道了俄国……"

于连从一个谄媚者的口里得知,将近半年以前,德·拉莫尔侯爵夫人让可怜的勒布吉尼翁男爵当上了省长,作为他二十多年来追随左右的酬谢。此人自王朝复辟以来,一直是个专区区长。

这件大事重新激发了这些先生们的热忱。从前,他们为了微不足道的事情就会生气,而现在不管遇到什么事也不会气恼了。主人们对客人的怠慢失敬很少是直接表现出来的,但是于连在席间已经有两三次无意中听见侯爵夫妇的对话,这些对话虽然是只言片语,但对于坐在他们身边的人来说却是残酷的。这些尊贵的人物对于所有没有乘过国王马车的人的后裔,毫不掩饰他们所怀有的真正蔑视。于连注意到,唯有十字军东征这个词,才能使他们面部产生尊敬而肃穆的表情。而通常表现出的尊敬总是夹杂着一种讨好的成分。

在这豪华和厌倦的气氛中,于连除了德·拉莫尔先生之外,对什么都不感兴趣。一天,于连高兴地听到德·拉莫尔先生声称,在可怜的勒布吉尼翁晋升一事中,他没有出过一点力。其实,他这是在向侯爵夫人献殷勤,于连从皮拉尔神父那儿知道了事实真相。

一天早晨,神父和于连在侯爵的图书室里为那桩没完没了的弗里莱尔诉讼案忙碌着。

"先生,"于连突然问道,"每天与侯爵夫人共同用餐,这是我的一个义务呢,还是别人对我的一种厚爱?"

"这是一种莫大的荣幸!"神父说道,显然感到气愤,"N…院士先生,十五年来一直小心地阿谀逢迎,也没能为他的侄儿唐博先生谋得这种荣幸。"

"对我来说,先生,这是我的职务中最难以忍受的部分。我在神学院里也没有感到如此厌倦。有时我甚至看见连德·拉莫尔小姐都在打哈欠,可是她应该对家里那些朋友们的殷勤习以为常的呀!我真害怕我会睡着了。求求您,让他们允许我去某家无名的小客店里吃四十个苏一餐的晚饭吧!"

神父是一个真正的暴发户,对于与大贵人共进晚餐的这种荣幸非常敏感。正当他竭力让于连懂得这种情感时,一个微弱的声响使他们回过头来。于连发现德·拉莫尔小姐正在听他们说话。他的脸涨红了。她是来查寻一本书的,他们所说的话她全都听见了。她对于连产生了几分敬意。"这个人不是生来下跪的,"她心想,"不像那个老神父那样。天主啊!那个老神父是多么丑陋啊!"

吃晚饭的时候,于连不敢看德·拉莫尔小姐,然而她却亲切地和他说话。这一天家里要接待许多客人,她要求于连留下来。巴黎的年轻姑娘不太喜欢年纪较大的男人,尤其是当他们衣冠不整的时候。于连并不需要很多的洞察力就已经觉察出,勒布吉尼翁先生的那些留在客厅里的同事已荣幸地成为德·拉莫尔小姐经常取笑的对象。这一天,不管她是否故意做作,反正她对那些讨厌的家伙们是毫不留情的。

玛蒂尔德小姐是一个小圈子的核心人物,这群人几乎每天晚上都聚集在侯爵夫人那特大的安乐椅后面。那儿有德·克鲁瓦泽努瓦侯爵、德·凯吕斯伯爵、德·吕兹子爵和两三个年轻的军官,他们不是诺贝尔的朋友,便是他妹妹的朋友。这些先生们坐在一张很大的蓝色长沙发上。在长沙发的一端,于连不声不响地坐在一张矮小的草垫椅子上,他的对面,就是光彩照人的玛蒂尔德小姐坐的那把椅子。这个不起眼的位置让所有在座的阿谀者们感到羡慕。诺贝尔十分得体地将他父亲的这位年轻的秘书安排在这个位置上,他不时地跟他说上几句话,或者每个晚上提到一两次他的名字。这天,玛蒂尔德小姐向于连问起,贝藏松城堡所在的那座山究竟有多高。于连从来就说不准这座山比起蒙玛特尔来是高还是低。这群人的谈话常常使他情不自禁地笑起来,但是,他觉得自己竟然不能想出一句类似的话来。这就像是一种外国语言,他能够听懂,能够欣赏,却说不出来。

这一天,玛蒂尔德的朋友们,对于来到这间豪华客厅里的人们始终采取敌视的态度。

这个家庭的那些朋友自然是首先被选作了目标,因为对他们最熟悉。您可以想象出于连有多么专心,一切都使他感兴趣,无论是事情的本身,还是对这些事情嘲弄的方式。

"啊!德库利先生来啦!"玛蒂尔德说道,"他没有戴假发,难道他想靠着他的才华当上省长吗?他炫耀他的秃头,据他说,他那脑袋里装满了杰出的思想。"

"这个人认识全世界的人,"德·克鲁瓦泽努瓦侯爵说道,"他也常去我叔叔红衣主教那儿。他能够在他的每个朋友身边编造一个谎言,连续数年不败露,而他的朋友有两三百人。他擅长增进友谊,这是他的才能。冬天的早晨,每天七点钟,就像你们见到的这副模样,他已经浑身溅满了泥巴,等候在一个朋友的家门口了。

"他不时地与人争吵,为了争吵,他写了七八封信。之后他又与人言归于好,为了热情洋溢的友谊,又写上七八封信。然而,他最为拿手的本领还是像一个心胸坦荡的上流社会中有教养的人那样,坦率而真诚地倾诉衷肠。每当他有求于人时,他就使出这个花招。我叔叔的那些代理主教中有一位谈起德库利先生在王朝复辟以后的生活,真是精彩极了。改日我带他来。"

"得了吧,我可不相信这些话,这是小人物之间的职业性嫉妒,"德·凯吕斯伯爵说道。

"德库利先生的名字将会载入史册,"侯爵又说,"他同德·普拉德神父以及塔列兰和波佐·迪·博尔戈两位先生一起,参与了王朝复辟。"

"这个人曾经掌管过几百万钱财,"诺贝尔说道,"我真不明白,他为什么来这儿受我父亲的那些挖苦,那常常是令人难堪的。'您出卖过多少次朋友,我的德库利?'一天,我父亲在餐桌的这一端朝着另一端的他大声嚷道。"

"他真的出卖过朋友吗?"德·拉莫尔小姐说道,"谁没有出卖过朋友呢?"

"怎么,"德·凯吕斯伯爵对诺贝尔说道,"森克莱尔先生,这个著名的自由党人,也来你们府上了;见鬼,他来这儿干什么?我应该接近他,去跟他谈谈,也让他谈谈;据说他可风趣了。"

"不过,你母亲将会如何接待他呢?"德·克鲁瓦泽努瓦先生说道,"他的一些想法是那么荒谬,那么大胆,那么独立……"

"瞧,"德·拉莫尔小姐说道,"这就是那个独立者,他在向德库利先生鞠躬,都挨着地了,他握住了他的手。我差不多相信,他就要把那只手送到他的唇边了。"

"一定是德库利与当局的关系比我们想象的要好,"德·克鲁瓦泽努瓦先生又说。

"森克莱尔来这儿,是为了进法兰西科学院,"诺贝尔说道,"克鲁瓦泽努瓦,您瞧他在怎样向 L……男爵致敬。"

"他即使下跪,也没有这么卑贱,"德·吕兹先生接着说道。

"我亲爱的索雷尔,"诺贝尔说道,"您很有才智,但是您来自山区,您要努力做到,千万不要像这位大诗人一样鞠躬,哪怕是面对天主。"

"啊!来了一位才智超群的人,巴东男爵先生,"德·拉莫尔小姐说道,多少有点模仿刚才通报他来到的那位仆人的声音。

"我相信,甚至您府上的仆人们也在嘲笑他。多么奇怪的名字,巴东男爵!"德·凯吕斯先生说道。

"'名字有什么关系?'有一天他会这样对我们说,"玛蒂尔德说道,"'请你们想一想,第一次通报德·布荣公爵的名字时的情形吧,据我看来,大家缺少的仅仅是一点儿习惯……'"

于连离开了长沙发附近的那些人。他对于一句轻松的嘲笑所具有的那种微妙动人之处,还不能全部领悟,他认为一句玩笑话必须合情合理,才能引人发笑。在这伙年轻人的话语中,他听到的只是一概诽谤的口气,因而感到不悦。他那外省人或者说是英国人的那种过分拘谨的性格,甚至使他从他们的谈话中看出了嫉妒。关于这一点,当然是他看错了。

"诺贝尔伯爵,"他心想,"我曾看见他为了写一封二十行的信给他的上校,竟然打了三次草稿,如果他这辈子能写出一页像森克莱尔先生那样的文字来,一定会感到不胜荣幸的。"

于连连续走近好几堆人,由于他是个无足轻重的人物,因而在经过时没有人注意到他。他远远地尾随在巴东男爵的身后,想听听他说些什么。这位才智超群的人似乎局促不安;于连看见在他想出三四句风趣的话以后,才稍微恢复了正常。于连觉得这一类的才智需要一定的空间。

男爵不可能只说短句子,为了炫耀自己的才华,他至少需要说出四句每句有六行的长句子。

"这个人在做论文,他不是在闲谈,"于连身后的一个人说道。他转过身去,这时他听见有人在叫夏尔维伯爵的名字,他高兴得脸都涨红了。这是当代一位聪明绝顶的人。于连在《圣赫勒拿岛回忆录》和拿破仑口授的史料片段里,经常见到他的名字。夏尔维伯爵说起话来简洁明了,他的俏皮话犹如一道道闪电,准确、生动,有时还很深刻。如果他开口议论一件事,人们立刻就会看到,围绕着这件事的讨论又向前推进了一步。他在议论中还引证许多事实,听他说话的确是一种乐趣。但是尽管如此,他在政治上却是一个厚颜无耻的犬儒主义者。

"我,我是独立的,"他对一位佩戴着三枚勋章的先生说道,显然他是在讥讽这位先生,"为什么要我今天的意见和六个星期前的意见一致呢?如果是那样的话,我的意见岂不就成了我的暴君了。"

四个神情庄重的年轻人围着他,板着面孔,显示出不满的样子;这些先生不喜欢这类玩笑。伯爵看出自己说得太过火了。幸而他瞥见了老实巴交的巴朗先生,那个貌似诚实的伪君子。伯爵开始找他搭腔,人们都围拢过来,大家知道这个可怜的巴朗该倒霉了。巴朗先生尽管相貌极丑,但是依仗他的道德和品行,在他踏入社会迈出了难以描述的最初几步后,他娶了一位非常有钱的女人;在她去世之后,他又娶了第二位非常有钱的女人，不过人们从来没有在社交场合见她露过面。他极其谦卑地享用着六万里弗尔的年金，并有一些奉承者。夏尔维伯爵向他谈起了这一切，一点儿不留情面。一会儿功夫，他们周围已有三十来人围成了一个圈子。所有的人都露出了微笑，甚至连本世纪的希望——那几个神情庄重的年轻人也不例外。

"他为什么要来德·拉莫尔先生的家呢？他在这儿显然成了取笑的对象。"于连心想，他走近皮拉尔神父，打算去向他问个明白。

巴朗先生溜走了。

"好！"诺贝尔说道，"瞧，我父亲身边的一个密探走了，只剩下那个小跛子纳皮埃了。"

"这难道就是谜底吗？"于连思忖，"但是，既然是这样，侯爵为什么要接待巴朗先生呢？"

严厉的皮拉尔神父板着脸呆在客厅的一个角落里，听仆人通报来客的姓名。

"这里简直成了藏污纳垢的场所，"他像巴斯勒那样说道，"我看到这儿来的都不是正儿八经的人。"

事实上，这位严厉的神父并不了解上流社会是怎么回事。但是，他通过詹森派的朋友们，对这些人已经有了非常确切的概念，他们只是靠着他们为一切党派效劳的极其狡黠的手腕，或者是靠着他们的不义之财，才走进这个客厅里的。这天晚上，他感情冲动地回答了于连想迫切知道的问题，但是几分钟以后，他突然止住了话头，他为自己总是议论别人的缺点而感到痛心，并把这看作是自己的罪过。他脾气暴躁，信奉詹森教义，并且相信基督徒负有仁爱为怀的职责，因而他在上流社会的生活就是一场战斗。

"这个皮拉尔神父有一张多么丑陋的面孔啊！"当于连走近长沙发的时候，德·拉莫尔小姐说道。

于连听了很是生气，但是她的话也并非没有道理。皮拉尔神父无可置疑地是这个客厅里最正直的人，但是他那张患有酒糟鼻的脸，此刻由于良心的谴责而抽搐不止，使他显得分外难看。"在这之后您怎么还能以貌取人呢？"于连心想，"品德高尚的皮拉尔神父，由于一点小事而责备自己时，相貌才显得如此可怕；而纳皮埃，这个尽人皆知的密探，人们在他的脸上看见的却是一种纯洁而恬静的幸福神情。"然而，皮拉尔神父出于职业的需要已经做出了很大让步；他雇用了一个仆人，并且穿戴得十分整齐。

于连注意到客厅里发生了一件奇怪的事：所有人的眼睛都投向客厅的门口，喧哗声骤然削弱了一半。仆人通报大名鼎鼎的德·托利男爵到来。最近的一次选举引起了所有人对他的注目。于连走上前去，把他看了个真真切切。男爵主持一个选区，他想出个绝妙的主意，即把某党派用于选举的那种小方纸片偷出来，同时用其他相同的小方纸片替换补足原有的数目，这些纸片上都写有他中意的一个名字。这个具有决定性的阴谋被几个选民发现了，他们立即向德·托利男爵表示了祝贺。出了这件大事后，他的脸一直到现在还是苍白的。一些心怀叵测的人甚至提到了苦役这个词。德·拉莫尔先生态度冷漠地接待了他。可怜的男爵只得逃走了。

"他这么快就离开我们，一定是为了去孔特先生家，"夏尔维伯爵说道，大家都笑起来。

这天晚上，几位沉默寡言的大贵人，还有一些阴谋家，其中大部分人都已声名狼藉，但全都是些机智俏皮的人，陆陆续续地来到德·拉莫尔先生的客厅里（有人传闻他要当大臣了）。小唐博在他们中间初次上阵，虽然他的见解还不够精辟，但是他的发言铿锵有力，我们将会看到，这足以弥补他的缺点。

"为什么不判这个人十年监禁？"他说这话时，于连正好走近他所在的这一群人，"应该在地牢里禁锢这些毒蛇，让它们在阴暗中死亡，否则它们的毒液会更加剧烈，更加危险。判他一千埃居的罚金有什么用？他穷，是的，那好极了，但是他的党派会替他付钱。应该判他五百法郎的罚金和十年地牢的监禁。"

"仁慈的主啊！他说的这个怪物究竟是谁？"于连心中想道。他很欣赏他的这个同行慷慨激昂的声调和急剧而不连贯的手势。院士心爱的侄儿的那张瘦削憔悴的小脸盘，此时显得非常丑陋。于连很快便知道，他们谈论的是当代一位最伟大的诗人。"

"啊，你这个坏蛋！"于连喊出声来，愤慨的泪水浸湿了他的双眼。"啊，小无赖！"他心想，"我会让你为这番话付出代价的。"

"不过，"他又想道，"这些人就是侯爵他们领导的政党的敢死队！他诽谤的这个著名的人物，如果他出卖自己——我并非指出卖给德·内瓦尔先生那个庸碌的内阁，而是出卖给我们曾经看见接二连三走马上任的那些勉强还算正直的大臣中的一个——他有多少十字勋章，有多少闲差得不到呢？"

皮拉尔神父远远地向于连招手；德·拉莫尔侯爵刚才和他说了一句话。但是于连此刻正两眼低垂，聆听一位主教的哀叹。等到于连终于脱身，能够走近他的朋友身边的时候，他发现他的朋友被那个可恶的小唐博纠缠上了。这个小怪物正因为神父是于连得宠的根由而对他怀恨在心，但是他仍旧过来向神父献殷勤。

"死亡何时才能为我们摆脱这个老朽呢？"这个小文人当时就是用这种措辞，以《圣经》所具有的力量来谈论那位可敬的霍兰德勋爵的。他的特长就在于熟知许多活人的生平，他刚刚对那些可能奢望在英国新国王统治下获得某种权利的人，统统都做了一番简洁的评论。

皮拉尔神父走进隔壁一间客厅，于连跟在他的身后。

"我得提醒您，侯爵不喜欢拙劣的作家；那是他唯一反感的人。您要懂拉丁文，希腊文，如果可能的话，还要通晓埃及、波斯的历史，等等，他会像对待一位学者一样尊敬您，保护您。但是，您不要用法文写一页文字，特别是不要触及超出您的社会地位的那些重大问题，否则，他就会把您称为拙劣的作家，让您一辈子走厄运。您住在一个大贵人的府上，怎么会不知道德·卡斯特里公爵关于达兰贝尔和卢梭的那句名言：这种人对什么都要议论，可是竟然没有一千埃居的年金！"

"什么都隐瞒不住，"于连心想，"这儿和神学院一个样！"他曾经写过八到十页相当

夸张的文字,那是对老外科医生的历史性的颂词,依他的说法,是这位老外科医生将他培养成人。"这个小本本,"于连心想,"始终是锁着的!"于是他上楼回到自己的卧室,烧了他的手稿,又重新回到客厅里。那些名声显赫的坏蛋们已经走了,只剩下了戴勋章的人。

仆人们刚刚搬来摆满食品的餐桌。桌子周围坐着七八位夫人,她们显得非常高贵,非常虔诚,也非常做作,年龄都在三十岁到三十五岁左右。艳丽照人的德·费尔瓦克元帅夫人一边走进来,一边为迟到而表示歉意。这时午夜已过,她走到侯爵夫人的身旁坐下。于连感到格外激动,因为她有着德·雷纳尔夫人一般的眼睛和眼神。

德·拉莫尔小姐的那一群人仍不见少。她正忙着和她的朋友们嘲弄不幸的德·塔莱伯爵。他是那个著名的犹太人的独生子。这个犹太人因富有而出了名,那些钱财都是靠着借钱给国王向人民开战赚来的。这个犹太人刚刚去世不久,他给儿子留下了每月十万埃居的收入和一个姓氏,啊!一个大名鼎鼎的姓氏。这种特殊的境遇需要一个人具有单纯的性格,或者坚韧不拔的意志力。

然而不幸的是,伯爵只是个老实人,心中充满了被奉承者们的阿谀声陆续激起的种种奢望。

德·凯吕斯先生声称,有人曾促使他产生了向德·拉莫尔小姐求婚的意愿。(此时,德·克鲁瓦泽努瓦侯爵也在追求她,这位侯爵今后有可能成为公爵,并拥有十万法郎的年金。)

"啊!不要责备他曾有过一个意愿,"诺贝尔怜悯地说道。

这位可怜的德·塔莱伯爵最缺乏的大概就是意志力了。就他的性格而言,他无愧于当一个国王。他不断地向所有的人征求意见,但却没有勇气听从任何一种意见,去履行到底。

德·拉莫尔小姐说,单是他那副容貌就足以引起她无穷的兴趣了。那是惶惑不安和灰心失望的一种奇异的混合,但是人们不时地可以清晰地看到这张脸上流露出一阵阵傲气,以及法国最有钱的人,尤其是长得仪表堂堂而又不满三十六岁的时候应有的那种专横的派头。"他既傲慢又怯懦,"德·克鲁瓦泽努瓦先生说道。德·凯吕斯伯爵、诺贝尔和两三个蓄着小胡子的年轻人在随心所欲地挖苦嘲弄他,而他对此却毫无察觉。最后,当一点钟敲响的时候,他们将他打发走了。

"这样的天气,在门口等着您的是您的那些阿拉伯名马吗?"诺贝尔对他说道。

"不,这是新买的两匹拉车的马,价格便宜得多,"德·塔莱先生答道,"左边那匹马我花了五千法郎,右边那匹马只值一百个路易。不过我请您相信,只有在夜间才套上这匹马。他跑起来步子和另一匹完全一样。"

诺贝尔的问话使伯爵想到,像他这样身份的人爱马是合情合理的,他不应该让他的马淋雨。他走了,不一会儿这些先生们也走了,他们一边离去,一边仍然在嘲笑着他。

"这么说,"于连听见楼梯上传来他们的笑声,心里想,"我终于有机会看见了和我的处境相反的另一个极端!我每年的收入不到二十路易,而我却跟一个每小时有着二十路易收入的人并肩站在一起,而他们却嘲笑他⋯⋯这样的场面,倒可以治愈人们的嫉妒。"

第五章 一位敏感和虔诚的贵妇

世界传世藏书

世界禁书文库

红与黑

> 这儿的人是那样地习惯于平淡无奇的语言，稍微活跃的思想便被视为粗野。谁说出的话标新立异，谁就倒霉！
>
> ——福布拉斯

经过数月的试用之后，于连又到了领取报酬的日子，管家把第三季度的薪水交给了他。德·拉莫尔先生曾经派他监督布列塔尼和诺曼底的地产管理事务，因此于连常常往返于这些地区。他主要负责与德·弗里莱尔神父那桩著名的诉讼案有关的通信工作。皮拉尔神父曾向他做过指点。

根据侯爵在收到的各类文件的空白处草草写上的简短批注，于连写成信函，这些信函几乎每一封都符合要求，签上了侯爵的名字。

在神学院里，他的老师们常抱怨他不大用功，但并没有因此而不把他视作最优秀的学生之一。于连怀着痛苦的野心所激起的全部热情投入到各项工作中去，这些工作很快便夺去了他从外省带来的红润的气色。他的脸色苍白，这在他的同学、那些年轻的神学院学生的眼中，反倒成了一个优点。他感到比起贝藏松的同学来，他们远没有那么坏，远没有那么容易跪倒在一个埃居前。他的同学们以为他染上了肺病。侯爵曾经送给他一匹马。于连担心骑马时被人撞见，因此他告诉他们说这是医生规定的一项运动。皮拉尔神父曾经带于连去过好几处詹森派的社交场所。他感到很惊奇，原本在他的心目中，宗教的观念是与伪善的观念、希望发财的观念紧密联系在一起的，而此刻他却钦佩这些虔诚、严厉、不考虑个人得失的人。有几个詹森派信徒对他挺友好，经常向他提出很多建议。一个新的世界展现在他的面前。他在那些詹森派信徒的家里结识了一位阿尔塔米拉伯爵，这人身高近六尺，笃信宗教，是一位在他的国家被判处死刑的自由党人。笃信宗教和热爱自由，这种奇异的对照给于连留下了深刻的印象。

于连跟年轻的伯爵关系疏远了。诺贝尔认为于连对于他的几位朋友的玩笑回答的态度过于激烈。于连在表现出一两次失礼之后，便规定自己决不首先向德·拉莫尔小姐开口说话。在德·拉莫尔府中，人们对于连仍然是十分彬彬有礼，但是他觉得自己的地位下降了。他那外省人的常识使他引用了一则俗谚来解释这种变化：新的总是好的。

也许是他的洞察力比刚来的时候更敏锐一些了，或者是巴黎都市的文雅最初所产生

173

的魅力消失了。

他只要一停止工作，就会陷入一种极度的厌倦中。这是上流社会特有的礼貌造成的情感枯竭的结果；这种礼貌令人赞美，然而又表现得那么有分寸，按照地位不同等级是那样分明。一颗稍微敏感的心灵就会看出它的矫揉造作。

当然，您可以指责外省人举止粗俗，或者缺乏礼貌；但是他们回答您的话语时，多少倾注了一点热情。在德·拉莫尔府中，于连的自尊心从未遭受过伤害，但是在结束一天的工作后去前厅里取蜡烛时，他总感到想痛哭一场。在外省，如果您走进咖啡馆时发生了意外，咖啡馆的侍从便会来关心您；但是如果这桩意外有伤害您的自尊心的地方，他便会同情您，把使您痛苦的那句话重复十来遍。而在巴黎，人们会小心谨慎地躲起来笑，但是您永远是一个外乡人。

那一大堆琐琐碎碎的小事，我们就不去赘述了。如果于连这个人多少能博得一笑的话，这些小事可能会使他显得十分可笑。一种不可思议的敏感使他干出了许许多多的笨拙的蠢事。他的所有消遣就是采取预防措施：他每天练习射击，他还是那些最著名的击剑教练的好学生。只要有一点可以自由支配的时间，他不再是像从前那样用来读书，而是去练马场，并要求驾驭那些最烈性的马。他和骑术教练骑马出去，几乎每次都要从马背上摔下来。

由于他勤奋工作，沉默寡言，又聪颖过人，侯爵觉得他得心应手，于是便将所有较为棘手的事情逐渐地都交给他去处理。每当勃勃的雄心允许侯爵稍有喘息之机时，侯爵便精明地做起他的生意。由于他消息灵通，他在交易所的买卖很走运。他买了不少房产和树林，但是他易动肝火。他时常送给别人几百个路易，但为了几百法郎却去打官司。心高志远的有钱人，他们在生意中寻求的是乐趣，而不是成果。侯爵需要一位参谋长，将他的一切财务料理得井井有条，一目了然。

德·拉莫尔夫人尽管生性十分审慎，但是有时候却也嘲笑于连。贵妇们最为反感的，就是由敏感产生出来的意外举动，这与礼仪正好是截然相反的两个极端。有两三次侯爵为于连辩护："如果说他在您的客厅里是可笑的，可是他在他的办公室里却是成就卓著的。"在于连这一方面，他相信自己已经掌握了侯爵夫人的秘密。只要有人通报德·拉儒玛特男爵光临，她对任何事情都会赏脸产生兴趣。这位男爵是一位沉着冷静毫无表情的人。他身材矮瘦，相貌丑陋，但穿戴极为考究。他整天都呆在宫廷里，通常是对任何事情都不发表意见，这就是他的思想方式。德·拉莫尔夫人如果能有他作为女婿，她一生中将会第一次感受到无比的幸福。

第六章　说话的腔调

> 他们的崇高使命,在于冷
> 静地判断人们在日常生活中的
> 小事。他们的智慧,是应该防
> 止为了很小的原因,或者为了
> 一些传播到远方而走了样的事
> 而大发雷霆。
>
> ——格拉蒂斯

对一个初来乍到、因为高傲而又从来不愿意询问的人而言,于连并没有干出什么太大的蠢事。有一天,一阵大暴雨把他赶进了圣奥诺雷街的一家咖啡馆里。一个身材高大穿着海狸呢礼服的人,对于连阴郁的目光感到惊奇,于是看了他几眼。那人的眼神跟从前在贝藏松时阿芒达小姐的那位情人的眼神完全一样。

于连常常自责,放过了这第一次受到的侮辱,因此他不能容忍这种目光。他要求对方做出解释。那个身穿礼服的人立刻用最肮脏的话辱骂了他;全咖啡馆里的人都围拢过来;街上过往的行人也停在了门口。出于外省人的谨慎,于连总是随身带着两把小手枪,他的手揣在兜里,痉挛地握住它们。然而,他还算理智,他只是向那人一遍又一遍不停地说道:"先生,您的地址? 我鄙视您。"

他重述这十个字所表现出的耐心,终于感动了围观的人群。

"当然啰! 那个独自一人嚷个不休的家伙,应该把地址给他。"那个穿礼服的人听见人们一再要求,便将五六张名片朝于连的鼻尖扔去,幸而没有一张落在他的脸上。他曾打定主意,只有在他被击中的情况下才使用手枪。那人走了,但还不时回过身来,用拳头威胁他,并且辱骂他。

于连发现自己出了一身大汗。"由此看来一个最卑劣的人都能让我激动到这般地步!"他狂怒地自语道,"怎样才能摆脱这种如此令人耻辱的敏感呢?"

他希望立刻就与那人决斗,但是有一个困难阻止了他。在这偌大的巴黎,去哪儿找一个证人呢? 他没有一个朋友。他曾有过几个熟人,但是他们通常在六个星期的交往之后,便都远远地离开了他。"我是个难以相处的人,我终于得到了严厉的惩罚,"他想。最后,他想到了去找九十六团的一位前少尉,这人名叫利埃旺,是个可怜虫,他常常和他一起练习击剑。于连把一切坦率地告诉了他。

"我十分愿意做您的证人,"利埃旺说道,"不过有一个条件,如果您不能击伤您的对手,您就得当场与我决斗。"

"一言为定,"于连说道,同时热烈地握住他的手。于是,他们依照名片上的地址来到圣日耳曼区中心,寻找夏尔·德·博韦西先生。

这时正是早上七点钟。于连在让人通报姓名之后,才想起此人可能是德·雷纳尔夫人的一位年轻的亲戚,他过去在驻罗马使馆或驻那不勒斯使馆任过职,曾为歌唱家热罗尼莫写过一封介绍信。

于连将一张昨天扔给他的名片连同自己的一张,一起交给了一个高个儿的男仆。

他和他的证人足足等候了三刻钟,终于被引进一套十分雅致的房间。他们看见一个身材高大的年轻人,穿着玫瑰、橘黄与白色相间的衣服,活像一个玩偶。他的相貌表现出希腊美的完美无缺和感情匮乏。他的脑袋出奇的狭窄,十分漂亮的金发梳理成金字塔形;头发被精心地烫卷过,没有一丝乱发。"为了把头发卷曲成这副模样,"九十六团的少尉心想,"这该死的花花公子让我们等了那么久。"他那花里胡哨的睡袍、晨裤乃至绣花拖鞋等一切装束都无可挑剔,收拾得干净整齐。他的容貌高贵而又空虚,显示出他的思想正统而又贫乏,这是个和蔼可亲的典型人物,厌恶意外和玩笑并且神态十分庄重那么久,这是对他的又一次冒犯。因而于连怒气冲冲地走进了德·博韦西的房间,打算采取傲慢无礼的态度,但同时又很想显得有教养。

德·博韦西先生的温文尔雅的举止,那矜持、傲慢、且又得意的神情,以及周围那令人赞叹的雅致的环境,深深地感染了于连,以致使他在一瞬间竟完全抛弃了非礼的念头。这人并不是昨天那个人。于连看见眼前的这位先生不是他在咖啡馆里碰到的那个粗野的家伙,而是一个相当高雅的人,不免大吃一惊,竟张口结舌说不出一句话来了。那人递给他一张别人扔给他的名片。

"这是我的名字,"那个时髦的人说道,于连从早晨七点钟就穿着的那套黑衣服并没有引起他多少敬意,"但是,我不明白,我以名誉担保……"

他说这话时的那种腔调,又重新激起了于连的几分火气。

"我来是为了与您决斗的,先生,"接着他一口气说明了事情的原委。

夏尔·德·博韦西先生经过一番深思后,对于连那套黑衣服的剪裁式样颇为满意。"一看就知道,这是斯托伯的手艺,"他一边听着,一边想。"这件背心的款式挺好,这双靴子也不错;不过从另一方面来说,一大清早就穿这身黑衣服!……这大概是为了更好地避开子弹,"德·博韦西骑士心里说。

他向自己作了这番解释之后,又恢复了彬彬有礼的态度,几乎以相互平等的地位对待于连。他们交谈了许久,事情的发展相当微妙;但是于连终究不能否认这个显而易见的事实:他面前的这个出身如此高贵的年轻人与昨天那个侮辱他的粗野家伙,根本不是同一个人。

于连实在不情愿就这样离开,他尽量延长他的解释。他察觉到德·博韦西骑士的自满情绪,他在提到自己时称其为德·博韦西骑士,而对于连只简单地称他为先生,这使于连感到不快。

于连赞赏他的庄重,虽然其中掺杂着某种谦恭的自负,然而这种神态一刻也没有离开过他。他说话时舌头转动的奇特方式让于连感到惊讶……但是在这一切中,终究还是找不到一丁点儿的茬儿能够跟他吵架。

年轻的外交家风度优雅地提出了决斗。然而,那位一小时以来一直两腿叉开、胳膊肘朝外、双手放在大腿上坐在那儿的九十六团的前少尉断定,他的朋友索雷尔先生绝不会因为别人盗用了这位先生的名片,就向这位先生无理取闹。

于连出来的时候,情绪非常恶劣。德·博韦西骑士的马车停在院子里的台阶前等候他;于连偶尔一抬眼,认出了车夫就是昨天的那个人。

于连从瞧见他,揪住他那宽松的礼服,把他从座位上拉下来,用马鞭抽打他,只用了一瞬间的功夫。另两个仆人企图保护他们的同伴,于连挨了几拳,与此同时,于连将一把手枪顶上了膛,朝他们射击,他们逃走了。这一切都是在一分钟内发生的事情。

德·博韦西骑士从楼上走下来,神态庄重得十分可笑,他用大贵人的口气重复地问道:"怎么回事? 怎么回事?"他显然非常好奇,但外交家的自负却不允许他表现出更多的兴趣。当他了解到发生了什么事情之后,那高傲的神情依旧停留在他的脸上,与那外交家应该永远保持的略微可笑的镇静表情,互相争夺着地盘。

九十六团的前少尉明白,德·博韦西先生已经有了决斗的念头,他也想用外交手腕为其朋友保持发起决斗的优先权。于是他大声嚷道:

"这一下可有了决斗的理由啦!"

"我也认为有足够的理由了,"外交家答道。

"我要撵走这个无赖,"他对他的仆人说道,"换一个人赶车。"车门打开了,骑士坚持邀请于连和他的证人上他的车。他们去找德·博韦西先生的一位朋友,这人告诉他们有一个僻静的地点。一路上大家谈得挺融洽。只是外交家身着睡袍显得有点奇特。

"这些先生们尽管非常高贵,"于连心想,"却一点儿不像到德·拉莫尔先生家吃饭的那些人令人厌恶。我明白这是为什么了,"他停了一会儿又想道,"他们敢于干出有失体统的事情。"他们谈论起昨晚一场芭蕾舞剧中深受观众欢迎的几位女演员。这些先生们还间接地提到一些富有刺激性的趣闻,于连和他的证人,那个九十六团的前少尉,对此可以说是一无所知。于连还没有愚蠢到强不知以为知的地步,他虚心地承认了自己的孤陋寡闻。骑士的朋友很喜欢他的这种坦率,他向于连详详细细地讲述了这些趣闻,并且描述得极为精彩。

有一件事使于连深感震惊。街心有一座为迎圣体搭起的临时祭坛,马车在那儿停留了片刻。这两位先生竟然放肆地说了好几句笑话。按照他们的说法,本堂神父是一位大主教的儿子。在想要晋封公爵的德·拉莫尔侯爵的府上,从没有人敢于说出这样的话来。

决斗顷刻间便结束了。于连的手臂上中了一颗子弹,他们用几条手帕替他扎紧伤口,并用烧酒将手帕浸湿。德·博韦西骑士很有礼貌地恳请于连,允许他用送他来的那辆马车送他回去。当于连说出德·拉莫尔府时,年轻的外交家与他的朋友互相交换了一下眼色。于连租来的马车还等在那儿,但是他觉得这两位先生的谈话比起善良的九十六团前少尉的谈话要有趣得多了。

"我的天主啊! 一场决斗,就是这样!"于连心想,"我真走运,找到了这个车夫! 如果我还得忍受咖啡馆的侮辱,我会多么不幸啊!"有趣的谈话几乎没有中断过。于连此时才明白了,外交上的装模作样对某些事情是有用的。

"看来,出身高贵的人之间的谈话,并非都是令人厌倦的!"他心想,"这两位先生取笑迎圣体的事,他们敢于讲述十分猥亵的趣闻,并把细节描绘得有声有色。他们所缺少的,仅仅是对政事的议论,不过这个欠缺,已通过他们那优雅的语调和确切的表达,得到了充分的弥补。"于连感到自己对他们产生了强烈的倾慕之心。"我要是能常常见到他们,该有多么幸福啊!"

他们刚一分手,德·博韦西骑士便跑去打听情况,但得到的消息并不光彩。

他怀着极大的好奇心,想要了解他的对手。他能否体面地对他进行一次拜访呢?但是,他能够得到的消息甚少,其实质内容也令人丧气。

"这一切都糟透了!"他对他的证人说道,"我不可能承认,我曾经与德·拉莫尔先生的一个普通秘书决斗过,况且还是因为我的车夫偷了我的名片。"

"的确,这件事有可能成为笑柄。"

当晚,德·博韦西骑士和他的朋友四处宣扬,这位索雷尔先生是德·拉莫尔先生一位密友的私生子,此外,他还是个十全十美的年轻人。这件事情轻而易举地便传播开了。一旦人们信以为真之后,年轻的外交家和他的朋友在于连待在卧室里静养的半个月里,屈尊拜访了他几次。于连向他们承认,他一生中只去过一次歌剧院。

"这真不可思议,"他们对他说道,"大家现在只上那儿去;您伤好后第一次出门,应该去看一场《奥里伯爵》。"

在歌剧院里,德·博韦西骑士把他介绍给大名鼎鼎的歌唱家热罗尼莫,他当时已获得巨大的成功。

于连几乎对骑士有些崇拜了,骑士的那种自尊、深奥莫测的傲慢和年轻人的自命不凡混合在一起,简直使于连心醉神迷。譬如说,骑士有点儿口吃,那是因为他有幸经常看见一位有这种毛病的大贵人。于连从未见过一个人,在他身上既有令人开心的可笑之处,又有一个可怜的外省人应竭力模仿的完美仪表。

人们经常在歌剧院里看见他和德·博韦西骑士在一起,这种交往使人们提到了他的名字。

"好啊!"一天,德·拉莫尔先生对他说道,"您就是我的密友、法朗什-孔泰省一位有钱的贵族的私生子吗?"

于连想申辩他绝没有参与散布这个谣言,侯爵打断了他的话。

"德·博韦西先生不愿意让别人知道他曾同一个木匠的儿子决斗过。"

"我知道,我知道,"德·拉莫尔侯爵说道,"现在得由我来证实这一传言了,这挺合我的心意。但是,我要请您帮个忙,这只需花费您短短的半小时;每逢歌剧院演出的日子,十一点半钟,当上流人士散场出来的时候,请您去剧院的前厅里露露面。我看您有时还有一些外省人的习气,您应该改掉它;再说,结识那些头面人物没有什么坏处,至少见见面嘛,某一天,我也许会有什么事务要派您去和他们打交道呢。请您去一趟定座票房,让大家认识您;他们已同意您免费入场。"

第七章　痛风病发作

> 我得到了晋升，不是因为我的成就，而是因为我的主人患有痛风病。
>
> ——贝尔多洛蒂

　　读者也许会对这种随便而又近乎友好的口气感到惊奇；我们忘了交代，六个星期以来，侯爵由于痛风病发作一直待在家中。

　　德·拉莫尔小姐和她的母亲去了耶尔，和侯爵夫人的母亲在一起。诺贝尔伯爵时常来看看他父亲，但只待一会儿便走了。他们父子之间的关系甚好，但见了面却又无话可谈。德·拉莫尔先生只得和于连在一起，他惊奇地发现于连颇有思想。他让于连给自己读报纸，这位年轻的秘书很快就能为他挑选有趣的段落了。有一种新发行的报纸，侯爵深恶痛绝，他曾发誓绝不看这种报纸，然而每天他都要谈到它。于连感到可笑，并为权力和思想间的斗争之平庸感到惊讶。侯爵所表现出的这种狭窄心胸，使于连完全恢复了和这样一位大贵人整晚一起单独交谈几乎丧失的冷静。侯爵对当今这个时代感到气愤，他让于连给他读李维的作品。于连根据拉丁版本即席译出，这使侯爵觉得饶有趣味。

　　一天，侯爵用那种常使于连感到不耐烦的过分客气的语调说道：

　　"我亲爱的索雷尔，请允许我送给您一套蓝色的礼服。当您认为适当的时候，穿上它来见我，您在我眼里将是德·肖纳伯爵的弟弟，也就是说，我的朋友老公爵的儿子。"

　　于连实在不明白这是怎么回事。当天晚上，他试着穿那套蓝色礼服去见侯爵，侯爵待他如同一个平等的人。于连内心能够感受到那种真正的礼貌，但是还不能分辨出其中的细微的差异。在侯爵产生这种怪诞的想法之前，他可以发誓地说，他不可能受到侯爵更加敬重地接待了。"多么了不起的才能啊！"于连想道。当他站起身告退的时候，侯爵向他表示歉意，因为痛风病发作不能出去送他。

　　这个古怪的念头使于连感到纳闷。"他在嘲笑我吗？"他想。他去找皮拉尔神父求教。神父待他可不像侯爵那样彬彬有礼，对他的回答只是吹了声口哨而已，然后就谈论起别的事情来了。翌日清早，于连身穿黑衣，拿着他的公文夹和待签署的信函去见侯爵，他又受到了一如既往的接待；晚上当他换上蓝色的礼服时，侯爵的口气又完全不同了，变得和昨天晚上一样彬彬有礼。

"既然您有这番好意,时常来看望一个可怜的病中老人,又不感到太厌倦,"侯爵对他说道,"那就应该向他谈谈您生活中的一切细小故事,不过要坦率,不要有所顾虑,只要叙述得明白有趣就行。因为人生应该有消遣和娱乐,"侯爵又接着说道,"在生活中唯有这一点是真实的。一个人不可能每天在战争中挽救我的生命,或者每天送给我一百万法郎的厚礼;但是如果有我的里瓦罗尔在这儿,在我的长椅旁,每天他会给我解除一个小时的痛苦和烦闷。我在流亡期间,在汉堡和他常见面。"

侯爵向于连讲述了里瓦罗尔跟汉堡人之间的趣闻;四个汉堡人凑在一块儿,才能理解他的一句玩笑话。

在迫不得已的情形下才与一个小教士交往的德·拉莫尔先生,想使于连兴奋起来,他用荣誉激起了他的自尊心。既然侯爵要他讲真话,于连决定把一切都说出来,但是他保留了两件事:一是他狂热地崇拜一个名字,这会使侯爵发脾气;二是他完全不信神,这一点对一个未来的本堂神父不太合适。他与德·博韦西骑士那场小小的纠纷,来得正是时候。当侯爵听到在圣奥诺雷街的咖啡馆里,那个车夫用肮脏的语言辱骂他的场面时,笑得流出了眼泪。这是主人和他的被保护人之间完全坦诚相见的时候。

德·拉莫尔先生对于连独特的个性很感兴趣。起初,他对于连各种滑稽可笑的事情采取迎合的态度,以便享受其中的乐趣。但是不久,他发现慢慢地去纠正这个年轻人的错误看法更有趣味。"其他的外省人来到巴黎,赞美一切,"侯爵心想,"而这个人则憎恨一切。那些人有着太多的装腔作势,而他却没有足够的做作。那些傻瓜们才把他视作一个傻瓜。"

冬季的严寒使侯爵的痛风病久拖不愈,一直持续了数月之久。

"有人喜欢一条漂亮的西班牙猎犬,"侯爵想道,"为什么我喜欢这个小教士会感到那样的耻辱呢?他是个有独到见解的人。我把他当作儿子一样地看待;那么!这又有什么不妥呢?这个怪念头如果持续下去,在我的遗嘱里,将使我付出一颗价值五百路易的钻石。"

侯爵一旦了解了他的被保护人的坚强性格,每天都派他去处理一些新的事务。

于连惊恐地发现,这位大贵人对待同一事物,常常会告诉他两种截然相反的处理意见。

这种情况有可能给他造成严重的后果。于是从此以后,于连和侯爵在一起工作时,总是带着一个登记簿,他在那上面记下了侯爵的所有决定,并请侯爵签字画押。于连用了一名文书,由他将每件事的处理意见抄录在一个特殊的登记簿上。这本登记簿还抄录了所有的信件。

起初,这个主意显得极其可笑和无聊。但是不出半个月,侯爵便从中感觉到了它的好处。于连还建议他雇用一位在银行家手下干过的文书,由他将于连负责管理的地产的全部收支记成复式账。

这项措施,使侯爵对自己的买卖一目了然,从而使他不依靠代理人的帮助,就进行了

两三次新的投机生意,使自己尝到了其中的乐趣。这些代理人经常诈骗他的钱财。

"请拿出三千法郎给您自己吧,"一天侯爵对他年轻的助手说道。

"先生,我的品行可能会因此而遭到诽谤。"

"那么,您说该怎么办呢?"侯爵生气地说道。

"请您做出一个决定,并亲手写在登记簿上,在这个决定中写明,给我三千法郎。况且,这种记账方法,完全是皮拉尔神父的主意。"侯爵厌烦地写下了他的决定,活像德·蒙卡德侯爵听他的管家普瓦松先生报账时的那种神情。

晚上,每当于连穿着蓝礼服出现时,他们从来不谈事务。侯爵的亲切关怀,是那样地迎合我们的主人公总是痛苦的自尊心,以至于他很快便身不由己地对这可爱的老人产生了一种眷恋之情。这并不是因为于连多愁善感,如同巴黎人所理解的那样;但他也不是个没有心肝的人,自从老外科医生去世以后,还从来没有人这样亲切地与他交谈过。他惊奇地注意到,侯爵时常彬彬有礼地照顾到他的自尊心,这种情况他在老外科医生的身上也从未见到过。他终于明白,外科医生对于他的十字勋章要比侯爵对于他的蓝绶带更加感到自豪。侯爵的父亲是一位大贵人。

一天早晨,于连身穿黑衣,为谈事务来找侯爵。在谈话结束时,于连使侯爵感到很高兴,于是侯爵多留了他两个小时,并坚持要送给他几张纸币,这是代理人刚从交易所送来的。

"侯爵先生,请您允许我说句话,我希望这不会违背我对您怀有的深厚敬意。"

"您说吧,我的朋友。"

"恩请侯爵先生应允,我拒绝这份礼物。这不应该赠予穿黑衣的人,它会彻底损害您好心好意地允许穿蓝礼服的人所采取的种种态度。"

他毕恭毕敬地行了个礼,连看都不看一眼便走出去了。

于连的这种举动使侯爵感到很高兴。当晚,他把此事告诉了皮拉尔神父。

"亲爱的神父,有一件事我不得不向您承认,我了解于连的身世,并且我允许您不用为这一隐情再保守秘密了。"

"他今天早上的行为是高尚的,"侯爵心想,"我要使他成为贵族。"

没过多久,侯爵终于能出门了。

"您去伦敦待上两个月吧,"他对于连说道,"特别信使和其他信使会把我收到的信函连同批注送给您的。您写好回信,将信捎还给我,并将每封原信附在回信中。我估计不过耽搁五天的时间。"

当于连急驰在通往加来的大路上时,他不免感到很惊奇,因为侯爵派他去办理的所谓事务都是无关紧要的。

于连是怀着怎样一种仇恨和近乎恐惧的感情踏上了英国的土地,我们就不加赘述了。我们都知道他狂热的崇拜波拿巴。他把每一个军官都视作是一个哈得逊·洛爵士,把每一个大贵人视作一个巴瑟斯特勋爵,正是这个巴瑟斯特勋爵下令造成了圣赫勒拿岛

的卑鄙事件,从而得到了担任十年大臣的酬报。

在伦敦,他终于认识了什么才是上流社会的自命不凡。他结交了几个年轻的俄国贵族,并得到他们的指点。

"您生来就是个命运不平凡的人,我亲爱的索雷尔,"他们对他说道,"您天生有一张离现实的感觉相隔千里的冷漠的面孔,这正是我们费尽心机而求之不得的。"

"您还不了解您的时代,"科拉索夫亲王对他说道,"您要永远和人们对您的期待反其道而行之。瞧,我以名誉担保,这就是当代唯一的信仰。不要疯狂,不要做作,因为别人所期待的正是您的疯狂和做作,否则,您就再也不可能履行那条箴言了。"

有一天,德·菲茨-福尔克公爵邀请于连和科拉索夫亲王赴宴。于连在客厅里得到了众人的赞誉。人们等候了一个小时,在二十个等待的人中,于连的仪表至今还被驻伦敦使馆的年轻秘书们啧啧称道。当时,他的面部表情真是妙不可言。

于连尽管遭到他的那些纨绔子弟朋友们的反对,还是执意去看望了著名的菲利普·范——这位自洛克以来英国唯一的哲学家。他发现他在监狱里已经服刑满七年了。"贵族在这个国家里,是不开玩笑的,"于连心想,"况且,范已经身败名裂,备遭诋毁……"

于连发觉他情绪不错,贵族的疯狂举动反而解除了他的烦闷。"瞧,"于连走出监狱时自言自语道,"这是我在英国见到的唯一的快乐的人。"

"对暴君们最有用的观念是神的观念,"范对他说……

至于他的其他部分,我们就略去不谈了。

于连回到巴黎之后,德·拉莫尔先生问他:"您从英国给我带回了什么有趣的思想?"……于连沉默不语。

"您带回了什么思想,有没有趣味?"侯爵紧接着又追问道。

"第一,"于连说道,"最明智的英国人每天也有一个小时是疯狂的;他要面临自杀恶魔的光顾,这个恶魔便是这个国家的神灵。

"第二,一个人在英国登陆后,其智慧和才能便会损失百分之二十五的价值。

"第三,世界上没有什么能像英国的风景那样美丽动人,令人赞叹。"

"该我来谈谈了,"侯爵说道。

"第一,为什么您要到俄国大使馆的舞会上去说,法国有三十万二十五岁的青年热切地盼望战争呢?您以为这些话,国王们爱听吗?"

"面对我们的大外交家们说话,真不知道如何是好,"于连说道,"他们喜欢展开严肃地讨论。如果您只限于报纸上的老生常谈,他们会把您视做傻瓜;如果您冒昧地谈论一些真实而新奇的内容,他们又感到惊愕,不知如何应答,而第二天上午七点钟,他们便会派大使馆的一等秘书来转告您,说您的言谈有失礼貌。"

"不错,"侯爵笑着说道,"尽管如此,思想深刻的先生,我敢打赌,您还没有猜到您这次去英国是干什么的。"

"请原谅我,"于连接着说道,"我在那儿每星期去一次国王的大使家里赴宴,他是个最有礼貌的人。"

"您就是去寻求这枚十字勋章的，"侯爵对他说道，"我不打算让您脱下您这身黑衣服，不过我已经习惯了用更为有趣的口气和穿蓝礼服的人说话。在没有我的新命令之前，请您听仔细了：当我看到这枚十字胸章时，您就是我的朋友——德·肖纳公爵的小儿子，半年前就被雇用在外交界工作，不过您自己还不知道罢了。请您注意，"侯爵阻止了于连致谢的动作，又神情极为严肃地补充说道，"我丝毫不打算让您改变教士的身份，那样做对于保护者或被保护者来说都永远是一个错误，一个不幸。当我那些诉讼案让您厌烦，或者您对我不再适合的时候，我将为您谋一个好的本堂区，就像我的朋友皮拉尔那样的本堂区，但是仅此而已，"侯爵用非常生硬的口气补充道。

于连的自尊心因这枚十字勋章而得到了满足，他的话比先前多得多了。他觉得自己不像过去那样，经常受到那些可能不够礼貌的解释性话语的冒犯，或成为这些话语的攻击目标了，而那些话语在热烈的谈话中任何人都可能脱口而出。

这枚勋章给于连招来了一次不同寻常的拜访，拜访者是德·瓦勒诺男爵先生，他来到巴黎是为了感谢内阁授予他男爵的爵位，并且与其加强联系。他就要替代被免职的德·雷纳尔先生的位置，被任命为维里埃尔市长了。

当德·瓦勒诺先生告诉于连不久前有人发现德·雷纳尔先生是个雅各宾党时，于连禁不住暗自发笑。事实是这样的：在为众议院筹备的大选中，这位新男爵是内阁提名的候选人，而自由党却向实际上极端保王的省里的大选举团推荐了德·雷纳尔先生。

于连试图了解一些德·雷纳尔夫人的情况，但是没有如愿；男爵似乎还没有忘记他们昔日的竞争，一个字也没有吐露。最后，他请求于连让他的父亲在即将进行的选举中投他一票。于连答应写信去说。

"骑士先生，您应该把我介绍给德·拉莫尔侯爵先生。"

"当然，我应该介绍，"于连心想，"可是像他这么一个无赖！……"

"事实上，"于连答道，"我在德·拉莫尔府只是个小小的仆人，并没有资格介绍。"

于连每件事都要向侯爵禀报，当晚他向侯爵叙述了瓦勒诺的要求，以及自一八一四年以来他的所作所为。

"明天，您不仅要向我介绍这位新男爵，"德·拉莫尔先生神情十分严肃地说道，"而且后天我还要邀请他吃饭呢。他将成为我们那些新任省长中的一个。"

"既然如此，"于连冷静地说道，"我为我父亲要求贫民收容所所长的职位。"

"好极了，"侯爵又恢复了快乐的表情，"我同意。我原以为您会发表一番说教呢。看来您已经成熟起来了。"

于连从德·瓦勒诺先生那儿了解到，维里埃尔彩票局局长新近去世了；于连认为把这个位置给德·肖兰先生这个老蠢材倒是挺有趣。过去，于连曾在德·拉莫尔先生住过的卧室里捡到过他的请求书，于连请侯爵在那封向财政部长申请这个职位的信件上签字时，背诵了那封请求书。侯爵听了乐得捧腹大笑。

德·肖兰先生刚被任命不久,于连得知该省众议院曾为格罗先生——那个著名的几何学家申请过这个职位。这个高尚的人仅有一千四百法郎的年金,可每年却借给那个刚去世的彩票局局长六百法郎,帮助他养家糊口。

于连对自己的所作所为感到惊骇。"这个死者的家庭今后怎么生活呢?"这个念头使他心里非常难过。"这算不了什么,"他又转念想道,"如果我想发迹,还得干出许多不公道的事情,而且还要善于用一套动人的漂亮话来掩饰它们。可怜的格罗先生!只有他才配得上这枚十字勋章,可我却得到了它;我应该按照授予我这枚十字勋章的内阁的意旨去行事。"

第八章　哪一种勋章使人与众不同?

"你的水不能使我解渴,"干渴的精灵说。——"然而这却是整个迪亚-巴克尔最清凉的一口井。"

——佩利科

一天,于连从塞纳河畔景色优美的维尔基埃领地归来。这是德·拉莫尔侯爵特别关心的一块领地,因为在他所有的领地中,唯有这一块原来是属于著名的博尼法斯·德·拉莫尔。于连在府里看见了侯爵夫人和她的女儿,她们正好从耶尔回来。

于连现在已成了一个花花公子,懂得了巴黎的生活艺术。他对德·拉莫尔小姐表现得十分冷淡。她曾经那样兴高采烈地向他询问过他坠马的详细情形,看来他似乎将那段时光忘得一干二净了。

玛蒂尔德小姐发现于连长高了,脸色也变得苍白了。他的身材,他的仪表,已经丝毫不带有外省人的痕迹;然而他的谈吐还没有达到这种境地,人们可以觉察到他的言谈仍然过于严肃,过于实际。尽管有诸多此类的特征,但是由于他的自尊心很强,他的谈吐中没有一点儿低三下四的味道。只是别人觉得,他把太多的事情仍看得太重要了,但是也看得出,他是一个信守诺言的人。

"他缺少的是潇洒,而不是智慧,"德·拉莫尔小姐对他的父亲说,并用送给于连十字勋章的事与他逗趣,"我哥哥向您要一枚十字勋章已有一年半了,他可是拉莫尔家族的人啊!"

"是的,但是于连有着出人意料的地方,这正是您向我谈起的拉莫尔家的人从来没有过的。"

这时有人通报德·雷斯公爵先生来到。

184

玛蒂尔德小姐立刻感到忍不住直想打呵欠。她一瞧见这位公爵，就好像又认出了她父亲客厅里那些古老的镀金饰物和常来的旧客。她想象着自己又要在巴黎重新开始那种百无聊赖的生活了。然而在耶尔的时候，她却一直怀念着巴黎。

"可是我已经十九岁了！"她心想，"这正是幸福的年龄，那些所有切口镀金的愚蠢的书里都是这么说的。"她注视着那八到十卷的新诗集，她在普罗旺斯旅行期间，这些诗集就堆积在客厅墙边的小圆桌上。她的不幸在于，她比德·克鲁瓦泽努瓦先生、德·凯吕斯先生、德·吕兹先生以及她其他的朋友们都更有才智。她完全想象得出，他们在谈到普罗旺斯的美丽天空、诗歌、南方等等时，会向她说些什么。

她那双如此美丽的眼睛，流露出最深沉的厌倦，更糟的是，还流露出寻求不到快乐的绝望，它们在于连的身上停住了。至少，他与别的人不完全相同。

"索雷尔先生，"她说道，语调轻快简洁，毫无女性味，是那些上流社会的年轻女子常用的口气，"索雷尔先生，您今晚参加德·雷斯先生的舞会吗？"

"小姐，我还没有这种荣幸被介绍给公爵先生。"（简直可以说，这句话和这个头衔磨破了这位骄傲的外省人的嘴。）

"他曾经托我哥哥带您到他家里去；如果您去了，您可以和我谈谈维尔基埃领地的详情，春天我们要去那儿。我很想知道那儿的城堡是否还能居住，周围的环境是否像人们传说的那样美丽。徒有虚名的事可多着呢！"

于连没有回答她。

"和我哥哥一道去参加舞会吧，"她又用果断的口气补充说。

于连恭恭敬敬地鞠了一躬。"这么说，甚至是在舞会上，我也得向这个家庭的每一个成员汇报我的工作。我这不是成了花钱雇佣的代理人了吗？"他的情绪更坏了，"天知道，我对女儿说的话，是否会妨碍父亲、兄弟、母亲的计划！这是一个真正的专制君主的宫廷。在这儿，一个人应该庸碌无为，同时又不能让任何人有抱怨的地方。"

"这个高个儿姑娘多么令我厌烦啊！"他边想边望着离开这儿的德·拉莫尔小姐。因为她的母亲在招呼她，要把她介绍给自己的几位女友。"她真是再时髦不过了，她的连衣裙裸露出双肩……她的脸色比旅行前更为苍白……她那浅栗色的头发，简直淡得辨不出颜色，好像是被阳光照透了！……她那行礼的姿态，她的目光，都显得多么高傲啊！活脱是一副王后的气派！"

德·拉莫尔小姐在她的哥哥正打算离开客厅时叫住了他。

诺贝尔伯爵走近于连。

"我亲爱的索雷尔，"他说道，"午夜十二点去参加德·雷斯先生的舞会时，您愿意我在哪儿接您呢？他特意要我带您去。"

"我很明白，多亏了谁我才得到如此的厚爱，"于连答道，并深深地鞠了一躬。

于连没能在诺贝尔对他说话时的那种礼貌的、甚至关切的口气中找出任何可以指责的地方，于是便把他那恶劣的情绪发泄在他的回答中，用这么一句殷勤的话表现了出来。

他发现这句话中有点儿卑躬屈膝的味道。

当晚,来到舞会上,雷斯府的豪华富丽让于连深感震惊。大门里的庭院上空覆罩着深红色斜纹布的大帐篷,上面还缀着许多金色的星星,真是再雅致不过了。帐篷下的庭院被布置成了一片由橙树和夹竹桃组成的鲜花盛开的林丛。由于花盆被仔细地深埋于土下,橙树和夹竹桃都好像是从土里长出来似的。马车驶过的道路上都铺有细沙。

在我们的外省人眼里,所有这一切都显得十分离奇,他想不到世间竟然有这样的豪华之处。顷刻之间,他那激动的想象,已将恶劣的情绪抛置于千里之外了。在途中的马车里,诺贝尔的兴致很好,而他却悲观地看待一切;但是刚一走进庭院,他们两人的角色就相互转换过来了。

在这如此豪华的场面中,诺贝尔只注意那几处被忽略的细小地方。他估计着每件东西的费用,随着估价总数的增大,于连渐渐发现他流露出近乎嫉妒的神色,并且情绪也变得恶劣起来。

而于连呢,他刚一走进人们正在翩翩起舞的第一间客厅就被迷住了,他赞叹不已,甚至因为激动几乎有点儿胆怯起来。大家拥向第二间客厅的门口,人多得使他无法向前挪动一步。第二间客厅展现了格拉纳达的阿尔汉布拉宫的装饰风格。

"应当承认,德·拉莫尔小姐是舞会的皇后!"一个蓄着小胡子的年轻人说道,他的肩头抵住了于连胸部。

"整个冬季,要数富尔蒙小姐最漂亮,"他身旁的人答道,"可现在她发现自己退居第二位了。瞧她那古怪的神情。"

"不错,她正竭尽全力讨人喜欢呢。瞧,瞧她在四组舞中独跳时,那微笑多么优雅。我以名誉担保,这真是千金难买的哟。"

"德·拉莫尔小姐显然清楚地看见了自己的优势,看样子她还能控制住胜利的喜悦。她好像生怕会引起那个和她说话的人的喜爱似的。"

"太好了!这就是诱惑的艺术。"

于连竭力想看看这个迷人的女人,可是白费劲,有七八个身材比他高大的男人挡住了他的视线。

"在如此高贵的矜持中,却又透出万般媚态,"蓄着小胡子的人又说道。

"那双蓝色的大眼睛,当它们似乎就要泄露真情的时候,是那样慢慢地低垂下来,"他旁边的那人说道,"我敢肯定,没有什么比这更巧妙的了。"

"瞧,美丽的富尔蒙小姐和她站在一起,就显得相貌平平了,"第三个人说道。

"这种矜持的态度意味着:如果您是配得上我的男人,我会对您表现出多少柔情啊!"

"谁能配得上高贵的玛蒂尔德小姐呢?"第一个人说道,"一位君王,英俊潇洒,才华横溢,体格魁梧,驰骋沙场的英雄,年龄至多二十岁。"

"俄国皇帝的私生子……为了这桩婚姻的利益,可能会考虑为他建立一个君主国呢……或者干脆就是德·塔莱伯爵,那个活像一个衣冠楚楚的农夫的人……"

门口已不拥挤，于连能够进去了。

"既然她在这些玩偶的眼里是那么出色，这倒是值得我研究研究，"他暗暗想道，"我可以了解一下这些人心目中的完美究竟是什么。"

当他用眼睛寻找玛蒂尔德时，她正注视着他。"我的责任在召唤我，"于连心想，此时他的气已经消了，只是脸上还有点怒容。好奇心促使他愉快地向前走去，玛蒂尔德那件领口开得极低、裸露出肩膀的连衣裙，使他的愉快迅速增长。说句实话，这种增长的速度，并不太符合他的自尊心。"她的美丽洋溢着青春的魅力，"他想。他和她之间隔着有五六个年轻人，于连从中认出了有几位正是他听见在门口说话的人。

"先生，您整个冬天都在这儿，"她对他说道，"今晚的舞会，确实算得上本季度最漂亮的舞会吧？"

他没有答话。

"库隆的这种四组舞，我觉着挺不错，这些夫人们都跳得好极了。"那些年轻人都回过头来，为了看看她坚持要听他回答的这位幸运的男人究竟是谁。可是他的回答未免令人泄气。

"小姐，我不可能是一个好的鉴赏家；我每天抄抄写写打发日子，这样豪华的舞会我还是头一回见到。"

他的话使那些蓄着小胡子的年轻人感到愤愤不平。

"您是一位聪明人，索雷尔先生，"她又说道，谈话的兴趣更为明显了，"您像一个哲学家，像让-雅克·卢梭一样，冷静地看待所有的这些舞会，所有的这些庆典。这些疯狂使您惊讶，但是却不能诱惑您。"

有一个词儿刚刚抑制了于连的想象，并驱逐了他心中的一切幻想。他的嘴角流露出一种或许是略微夸张的轻蔑表情。

"当让-雅克·卢梭无所顾忌地评论上流社会时，"他答道，"在我看来他不过是一个傻瓜；他并不理解上流社会，而是带着一颗暴发户的仆役的心来到这个社会里。"

"他写过《社会契约论》，"玛蒂尔德小姐用崇敬的口气说道。

"这个暴发户尽管鼓吹共和政体和推翻君权，但是只要有一位公爵，改变了饭后散步的方向，去伴送他的一个朋友，他就会欣喜若狂。"

"啊！是的，德·卢森堡公爵在蒙莫朗西曾伴送一位库安代先生朝巴黎方向走……"德·拉莫尔小姐又说道，显然她感受到了初次卖弄学问的乐趣和惬意。她陶醉在自己的学问中，差不多就像法兰西学院的那位院士发现了费雷特里乌斯国王的存在一样。于连的眼神仍然显得锐利而严肃。玛蒂尔德小姐的兴奋是短暂的，对方冷淡的态度使她深感困惑。她尤其感到惊讶的是，这通常是她惯于在别人身上产生的结果。

这时，德·克鲁瓦泽努瓦侯爵急急忙忙向德·拉莫尔小姐走过来。他在距她三步远的地方停了一会儿，因为人很多，他无法通过。他注视着她，对眼前的障碍做出无可奈何的微笑。年轻的德·鲁弗雷侯爵夫人站在他身旁，她是玛蒂尔德的一位表姐妹。她把胳

膊让丈夫挽着,他们结婚才半个月。德·鲁弗雷侯爵也相当年轻,他具有一种痴情,这种痴情能使一个人欣然接受由公证人一手安排的门当户对的婚姻,并且觉得女方十全十美。德·鲁弗雷侯爵等他的一位上了年纪的伯父死后,将会成为公爵。

当德·克鲁瓦泽努瓦侯爵无法通过人群、瞧着玛蒂尔德微笑时,她那天蓝色的大眼睛正停留在他和他周围的一群人身上。"没有比这伙人更平庸的了!"她暗自思忖,"瞧这个克鲁瓦泽努瓦,他想娶我;他温柔,礼貌,举止言谈像德·鲁弗雷先生一样无可挑剔。如果这些先生不令人厌倦,倒也十分可爱。他将来也会带着这种肤浅而满足的神气,跟着我一起去参加舞会。结婚一年之后,我的车辆,我的马匹,我的衣裙,我的距离巴黎二十里远的别墅,这一切都将会尽善尽美,完全可以使一个成为新贵的女人——譬如德·鲁瓦维尔伯爵夫人——嫉妒得要命。然而以后呢?"

玛蒂尔德对想象中的前景已感到厌倦了。德·克鲁瓦泽努瓦侯爵终于挤到了她的身边和她说话,但是她仍在想着自己的心思,没有听见。他的声音对于她来说,已经和舞会上的嘈杂声混为一体了。她的目光机械地尾随着于连离去的背影,他的态度虽然是毕恭毕敬,但是却流露出骄傲和不悦的情绪。在一个远离着川流不息的人群的角落里,她发现了那位阿尔塔米拉伯爵,他在他的国家里被判了死刑,读者对此已经有所了解。在路易十四时代,他有一个亲人嫁给了一位德·孔蒂亲王。这段往事对于免遭圣会警察的迫害,多少起了点保护作用。

"我看只有死刑判决才能使人扬名,"玛蒂尔德心想,"这是唯一买不到的东西。"

"啊!我刚才想到的那句话有多么俏皮!真可惜,它来不逢时,我未能就此炫耀一番。"玛蒂尔德过于讲究情趣,她不愿在谈话中运用事先预备好的俏皮话;但是她也有太多的虚荣心,不可能不自鸣得意。这时候,一种幸福的神态取代了她脸上原有的厌倦表情。德·克鲁瓦泽努瓦侯爵一直在和她说话,此时便以为自己看见了成功的希望,于是变得更加滔滔不绝了。

"一个坏家伙可能会以什么理由来反驳我的这句俏皮话呢?"玛蒂尔德心想,"我将回答指责我的人:一个男爵的爵位,一个子爵的爵位,可以买到;一枚十字勋章,可以赠送,我的哥哥刚刚就获得了一枚,可是他又做了些什么呢?一个军阶,也是可以得到的。有了十年的驻防经历,或者有那么一位当陆军大臣的亲戚,您就可以像诺贝尔一样成为轻骑兵上尉。一笔巨大的财产呢!……这当然是最困难的,因而也是最有价值的。多么奇怪!这和书本上所讲的一切恰恰相反,……好吧!为了财产,可以去娶罗特希尔德先生的女儿。

"的确,我的话寓意深刻。死刑判决还是唯一无人敢于去追求的东西。"

"您认识阿尔塔米拉伯爵吗?"她向德·克鲁瓦泽努瓦先生问道。

她好像酣梦方醒。这个问题与可怜的侯爵五分钟以来对她所讲的一切,是那样地风马牛不相及,使得善于逢迎的侯爵也感到难堪。然而,他毕竟是个聪明人,而且是个以聪明而出名的人。

"玛蒂尔德性格古怪,"他想,"这无疑是个缺点,但是,她却能给她的丈夫带来一个十分荣耀的社会地位!我真不知道,德·拉莫尔侯爵是怎么搞的,他与各个党派中最优秀的人物都有密切往来,这是一个永不沉没的人物。再说,玛蒂尔德古怪的性格可以被视作天才的表现。有了高贵的血统和庞大的财产,这种天才就一点儿也不可笑了,而且还会分外出众!况且,只要她愿意,她就可以集才华、个性和机智于一身,变得十分可爱……"由于一心难于二用,因而侯爵回答玛蒂尔德时,显得心不在焉,就像背书一样。

"谁不认识这可怜的阿尔塔米拉呢?"于是他向她叙述了他那次荒诞、可笑、未能获得成功的阴谋。

"这太荒唐了!"玛蒂尔德说道,似乎在自言自语,"但是他采取了行动。我希望见到一位真正的男子汉;请您把他带到我这儿来,"她对侯爵说道,侯爵感到十分不悦。

阿尔塔米拉伯爵是玛蒂尔德小姐那种高傲得近乎无礼的态度的最公开的赞美者之一。依他看来,她是巴黎最漂亮的一位美人儿。

"如果她坐在帝王的宝座上,该有多美啊!"他对德·克鲁瓦泽努瓦先生说道,并毫无迟疑地跟着他走来了。

上流社会中有不少人想要证明,没有任何事情能像玩弄阴谋那样有伤风雅的了,这带有雅各宾党人的气味。还有什么比没有成功的雅各宾党人更加丑恶的呢?

玛蒂尔德的眼神和德·克鲁瓦泽努瓦先生一样,都在嘲笑阿尔塔米拉的自由主义,但是她仍然颇有兴趣地听他讲话。

"一个阴谋家置身于舞会中,这真是有趣的对比,"她想。她觉得这个阴谋家蓄着浓黑的小胡子,他的脸就像是一头休息中的雄狮;但是很快她又发现他的头脑里只持有一种想法:功利,对功利的崇拜。

年轻的伯爵认为,除了有关在他的国家里建立两院制内阁的事以外,再没有什么可值得他注意的了。他愉快地离开了玛蒂尔德,离开了这个舞会上最富有魅力的女人,因为他看见一位秘鲁将军走了进来。

由于对欧洲的绝望,可怜的阿尔塔米拉不得不产生了这种想法:当南美洲各国强盛起来以后,它们可以把米拉波给它们送去的自由归还给欧洲。

一群蓄有小胡子的年轻人像旋风一般涌到玛蒂尔德小姐的身边。她清楚地看到,阿尔塔米拉没有被她所吸引,她对他的离去感到气恼。她看见他与秘鲁将军说话时,他那黑色的眼睛闪闪发光。玛蒂尔德小姐用目光环视着这群法国青年,她那种无比庄重的神情是她的任何一位竞争对手都无法模仿的。"他们中间有哪一个人甘愿让自己被判处死刑呢?即使他有一切有利的机会也不会这么干的,"她想。

她的这种奇特的目光,让那些愚钝之辈感到扬扬得意,而其余的人则感到惴惴不安。他们担心她会冷不丁地爆出什么刻薄的话来,让他们难以作答。

"高贵的出身给人以上百种优点,如果没有这些优点我便会感到不快,我从于连的例子里看清了这一点,"玛蒂尔德心想,"然而,高贵的出身却也会泯没那些能使人被判处死

189

刑的心灵中的优点。"

这时候，她的身边有人说道："这位阿尔塔米拉伯爵是桑·纳查罗-皮芒泰尔亲王的次子；皮芒泰尔家族的一位祖先曾企图搭救过一二六八年被斩首的康拉丹。这是那不勒斯最高贵的家族之一。"

"瞧，"玛蒂尔德心想，"这多么绝妙地证实了我的格言：高贵的出身会夺去性格的力量，一个人没有性格的力量就不可能心甘情愿地被判处死刑！看来我今晚注定要胡思乱想了。既然我不过是个像别人一样的女人，那么！就应该跳舞去。"她对德·克鲁瓦泽努瓦侯爵的恳求做出了让步，侯爵先生一个小时以来一直在邀请她跳一曲加洛普舞。玛蒂尔德为了排解哲理思考所带来的不愉快，竭力想要表现出自己那迷人的魅力，德·克鲁瓦泽努瓦先生为此而感到欣喜若狂。

然而，不论是跳舞也好，还是取悦于一个最漂亮的宫廷青年的想法也好，这些都不能排遣玛蒂尔德心中的烦恼。她不可能获得更大的成功了。她是舞会的皇后，她看出了这一点，但是态度十分冷漠。

"和克鲁瓦泽努瓦这样的人在一起，我的生活将会是多么平庸啊！"一小时之后，他把她送回原来的座位时，她心想，"如果我离开巴黎半年以后，在全巴黎的妇女们都羡慕的一个舞会上仍然还找不到快乐，"她神情忧郁地继续想道，"那么，我的快乐又在哪儿呢？何况，我在这个舞会上还受到周围一大群人的尊敬，我不能想象有比这些人更好的组合了。这儿，也许只有几位上议院议员和一两个于连这样的人属于平民。然而，"她越来越忧郁地想道，"还有什么优势命运没有赐予我呢：声誉、财产、青春，唉！除了幸福，一切都有了。"

"在我的优势中，最值得怀疑的，还是他们每天晚上向我谈起的那些。才智，我相信我有，因为我显然让他们所有的人都感到害怕。如果他们敢于触及一个严肃的话题，只要交谈五分钟，他们就会激动得喘不过气来，仿佛对一件事情有了一个重大发现似的，而这不过是一个小时以来我一直在向他们重复的事情。我端庄美丽，这也是我的优势，为此德·史达尔夫人会甘愿牺牲一切的；但是事实上，我却厌倦得要命。是否有理由这样认为，当我的姓氏换成德·克鲁瓦泽努瓦侯爵的姓氏后，就会减少一些厌倦呢？"

"但是，我的天主！"她又想道，几乎想哭出来了，"他难道不是个十分完美的人吗？他是本世纪教育的杰作，您只要看他一眼，他就会找出一句讨人欢心的、甚至是风趣幽默的话来对您说。他是个勇敢的人……但是这个索雷尔真是古怪，"她自言自语地说道，这时她眼中的忧郁变成了愤怒，"我已经告诉他我有话对他说，可是他竟然不再露面了！"

第九章　舞　会

世界传世藏书

世界禁书文库

红

与

黑

奢华的服饰,辉煌的灯烛,沁人的芳香;多少漂亮的胳膊,多少美丽的肩膀!锦簇的花束!令人陶醉的罗西尼的乐曲,西塞里的绘画!我已经神魂荡漾。

——《于泽里游记》

"您不高兴,"德·拉莫尔夫人对她的女儿说道,"我提醒您,这在舞会上是不礼貌的。"

"我只是感到头痛,"玛蒂尔德神情倨傲地答道,"这儿实在是太热了。"

此时,仿佛是为了证实德·拉莫尔小姐的话,年迈的德·托利男爵突然感到身体不适,晕倒了,大家不得不把他抬了出去。有人说是中风了,这真是一件扫兴的事。

玛蒂尔德对此漠不关心。她信守一条宗旨,那就是绝不理会老年人和一切专爱讲述悲惨事件的人。

她又去跳舞,以便避开有关中风的谈话。其实男爵并没有中风,因为第三天他又露面了。

"可是,索雷尔先生怎么总不来呢?"她跳完舞以后又暗自思忖。她差不多是用眼睛在四处寻找他了,终于她发现他在另一间客厅里。真是怪事,他似乎失去了那种对他来说是如此自然的、无动于衷的冷淡神情;他已不再具有英国人的风度。

"他在和阿尔塔米拉伯爵、我的死刑犯人说话呢!"玛蒂尔德自言自语地说道,"他的眼里燃烧着一股阴郁的火焰;他那模样就像是一个乔装的王子;他的目光显得更加骄傲了。"

于连渐渐地走近她所在的地方,他一直在不停地和阿尔塔米拉交谈;她目不转睛地凝视着他,研究他的容貌,想从中寻找到可能为一个人赢得被判处死刑的荣誉的那些高贵品质。

当他经过她的身边时,他对阿尔塔米拉伯爵说道:

"的确,丹东是一个真正的男子汉!"

"啊,天哪!他可能会是一个丹东吗?"玛蒂尔德心想,"不过他有一张如此高贵的面孔,而那个丹东却是那样地丑陋无比,我认为,他简直就是一个屠夫。"于连离她还相当近,她毫不犹豫地叫住了他。她有意识地、并且是自豪地向他提出了一个问题,这问题对

191

于一个年轻姑娘来说是异乎寻常的。

"丹东不是一个屠夫吗?"她对他说道,

"不错,在某些人眼里,是的,"于连答道,脸上流露出难以掩饰的轻蔑表情;他的眼睛里仍旧闪耀着与阿尔塔米拉交谈而迸发出的火花,"然而不幸的是,对于出身高贵的人来说,他是塞纳河畔梅里地区的律师;小姐,这就是说,"他恶声恶气的补充道,"他的开端,和我在这儿见到的几位上议院议员是一样的。确实,丹东在美人儿的眼中是有一个巨大的缺点,他生得太丑陋了。"

最后的这几句话。他说得很快,表情很奇特,可以肯定是非常的无礼。

于连等待了片刻,他的上身略向前倾,谦恭中透着傲气。他仿佛在说:"我是花钱雇来回答您的提问的,我靠我的薪金生活。"他认为,根本就不值得抬眼望着玛蒂尔德。而她却睁大了一双美丽的眼睛,凝视着他,好像是他的奴隶一般。最后,由于对方一直保持沉默,他才抬起眼睛注视着她,就像一个等候吩咐的仆人瞧着他的主人。尽管他的眼睛迎面碰上了玛蒂尔德的眼睛——她一直目光奇异地注视着他——但他还是带着明显的匆忙离去了。

"他,确实很美,"玛蒂尔德心想,她终于从梦幻中醒过来了,"然而他却那样地赞美丑陋!从不反躬自省!他不像凯吕斯,也不像克鲁瓦泽努瓦。这个索雷尔在某些方面倒像我父亲在舞会上惟妙惟肖地模仿拿破仑时的神态。"她已经完全忘记了丹东。"我今晚注定是要烦闷的了,"她抓住哥哥的胳膊,也不管他怎样的不乐意,强拉着他在舞场上转了一圈。她是想听一听那个死刑犯和于连的谈话。

人非常的多。她终于追上了他们,在距她两步远的地方,阿尔塔来拉正走近一个托盘,取一杯冰镇饮料。他半侧过身体和于连说话。他看见一只穿着绣花礼服的胳膊在取旁边的一杯冰镇饮料。那刺绣似乎引起了他的注意,他完全转过身去,想看一看这条胳膊究竟属于谁。顿时,他那双十分高贵而又十分天真的黑眼睛,流露出一丝轻蔑的表情。

"您瞧这个人,"他声音相当低地对于连说道,"他便是***大使德·阿拉塞利亲王。今天上午,他已向你们的法国外交大臣德·内瓦尔先生提出了引渡我的要求。瞧,他在那边,在打惠斯特牌。德·内瓦尔先生也打算把我交出去,因为在一八一六年我们曾经交给你们两三个阴谋者。如果把我交给我国的国王,二十四小时内我就会被绞死。而且逮捕我的人将是这些蓄着小胡子的漂亮先生们中的一个。"

"这些无耻之辈!"于连用相当高的声音喊道。

他们的谈话玛蒂尔德小姐听得一字不漏。她的厌倦已经无影无踪了。

"他们还算不上无耻呢,"阿尔塔米拉伯爵又说道,"我向您谈起我自己,是为了给您留下一个强烈的印象。瞧瞧这位德·阿拉塞利亲王吧,每隔五分钟就要看一眼他的金羊毛勋章;他只要看见他胸前的那个小玩意儿就乐不可支。这个可怜的人其实不过是一个不合时宜的人。一百年以前,金羊毛勋章是一种崇高的荣誉,但是在当时,他是不可能得到的;而今,在出身高贵的人中间,只有阿拉塞利这样的人才会迷恋于它。为了得到它,他可以绞死全城的人。"

"他是以此为代价才得到它的吗?"于连焦虑地问道。

"不完全是这样,"阿尔塔米拉冷冷地答道,"他也许曾经让人把他的国家里被视作自由党的三十多个富有的产业主扔进了河里。"

"真是个恶魔!"于连又说道。

德·拉莫尔小姐怀着最浓厚的兴趣,偏着脑袋侧耳聆听,她距离于连那么近,她那美丽的头发几乎触到了他的肩膀。

"您非常年轻!"阿尔塔米拉说道,"我对您说过,我有个妹妹,嫁到了普罗旺斯;她还是那样漂亮,善良,温柔。她是一个极好的家庭主妇,忠于她的一切职守,虔诚信教,绝无虚假。"

"他究竟想说些什么呢?"德·拉莫尔小姐思忖。

"她现在是幸福的,"阿尔塔米拉继续说道,"她在一八一五年也是幸福的。那时我躲在她那儿,在昂蒂布附近她的领地上。好家伙,当她得知奈依元帅被处决时,她竟跳起舞来了。"

"这可能吗!"于连惊愕地问道。

"这是党派精神,"阿尔塔米拉接着说道,"在十九世纪不再有真正的激情,因此人们在法国才会感到如此厌倦。人们在做最残酷的事情,但是却没有残酷的意识。"

"这就更糟了!"于连说道,"至少在犯罪的时候,应该感到有犯罪的乐趣,犯罪也仅仅有这么一点儿好处,人们甚至只能用这个理由来为犯罪稍加辩护。"

德·拉莫尔小姐完全忘记了她应该信守自己的宗旨,她几乎完全站在了阿尔塔米拉和于连的中间。她的哥哥让她挽着胳膊,他已习惯于服从她,但目光却看着客厅里别的地方,为了掩饰窘态,他佯装着被人群挡住去路的样子。

"您说得有理,"阿尔塔米拉说道,"人们做任何事要是没有乐趣,事后也就忘了,甚至包括犯罪在内。在这个舞会上,我可以向您指出十个人,他们可能作为杀人犯被判刑。他们忘了此事,别人也都忘记了。

"有些人,如果他们的爱犬的腿断了,他们会激动得流出泪水。在拉雪兹神父公墓,正如你们巴黎人说的那么风趣,当人们把鲜花撒在他们的坟墓上时,有人会告诉我们,他们兼备了勇敢的骑士的一切美德,有人还会谈到他们生活在亨利四世时代的曾祖辈们的丰功伟绩。且不管德·阿拉塞利亲王去如何尽力交涉,如果我能不被绞死,如果我还能享用我在巴黎的财产,我想邀请您和八到十个受人敬重而毫无内疚悔恨之意的杀人犯一块儿吃饭。

"您和我,在这顿宴会上,我们将是唯一手上没有沾染过血迹的人。但是我将会被当作一个嗜血成性的雅各宾怪物受到鄙视,几乎还会受到憎恨;而您,只会被当作一个混迹于上流社会的平民遭到鄙视。"

"一点儿不错,"德·拉莫尔小姐说道。

阿尔塔米拉惊讶地望着她,而于连对她则不屑一顾。

"请注意我所领导的那次革命,"阿尔塔米拉伯爵又继续说道,"它之所以未获得成功,仅仅是因为我不愿意砍掉三颗脑袋,不愿意分发给我们的支持者七八百万的钱财,而当时我正掌管着金库的钥匙。今天,我的国王渴望绞死我,而在叛乱之前,他却和我以'你'相称;如果当时我砍掉那三颗脑袋,分发了金库的钱财,他便会授予我最崇高的荣誉勋章,因为我至少可以获得一半的成功,我的祖国就可能会有这样的一个宪章……世界上的事就是如此,不过是一盘棋罢了。"

"那么,"于连接着说道,眼里燃烧着火焰,"您当时还不会下这种棋,现在……"

"您是否想说,我会砍掉几颗脑袋,而且我不会成为一个吉伦特党人,就像有一天您对我暗示的那样?……我将回答您,"阿尔塔米拉神情忧郁地说道,"即使您在决斗中杀了一个人,那也远没有让一个刽子手处死他显得那样丑恶。"

"毫无疑问!"于连说道,"谁要想达到目的,谁就得不择手段。假如我不是一个不足挂齿的小人物,手中握有几分权力的话,我会为了拯救四个人的性命而绞死三个人的。"

他的双眼显露出真诚的热情和对世人虚妄评判的轻蔑。他的目光遇到了紧挨着他的玛蒂尔德的目光;但是他眼中的轻蔑不但没有变得优雅而谦恭,反而成倍地增长了。

她觉得自己受到了深深的冒犯,但是她再也没有力量忘掉于连了;她拉着她的哥哥,气恼地走开了。

"我应该喝些潘趣酒,应该尽情地跳舞,"她想,"我要挑选一个最棒的舞伴,不惜一切代价引起众人的注目。好吧,就是这个出了名的无礼家伙——德·费尔瓦克伯爵吧!"她接受了他的邀请,他们跳起舞来。"我倒要瞧一瞧,咱们两个人中,谁是最放肆、最无礼的,"她心想,"不过,要想尽情地嘲弄他,得让他开口说话才行。"不一会儿,那些跳四组舞的人便只是做做样子了,他们谁也不愿漏掉一句玛蒂尔德那尖酸刻薄的俏皮话。德·费尔瓦克先生乱了方寸,他竟找不出一句有见解的话来应答,只得用一些风雅的话语来加以掩饰,并挤眉弄眼做出一副怪相。玛蒂尔德窝了一肚子火,对待他非常残忍,简直把他当作了敌人。她一直跳到天明,最后精疲力竭地离开了舞会。然而,在马车上,她那仅存的一点儿精力,还是被用在给自己增添烦恼和不幸上了。她受到于连的蔑视,却又无法蔑视他。

于连的幸福达到了顶点,他不知不觉地陶醉在音乐、鲜花、美女和优雅的气氛中,特别是陶醉在他的想象中,他梦想着自己的荣誉,梦想着人类的自由。

"多么美好的舞会啊!"他对伯爵说道,"这儿什么都不缺了。"

"还缺少思想,"阿尔塔米拉答道。

他的脸上流露出轻蔑的表情。可以看出,他出于礼貌正竭力掩饰着这种轻蔑,因而这种轻蔑也愈发显得刺眼了。

"您在这儿呀,伯爵先生;您的思想,而且还是谋反的思想,不是吗?"

"我在这儿是因为我的姓氏。但是在你们的客厅里,思想是受到憎恶的。它不应该超过通俗笑剧里一段歌词的水平，这样才会受到奖赏。但是有思想的人，只要他的俏皮话里表现出活力和新意，你们就会称他为犬儒主义者。你们的一位法官不是将这种称号送给了库里埃吗？你们把他像贝朗瑞一样投进了监狱。在你们这里，凡是在思想上略有价值的人，圣会就会把他送上轻罪法庭；而上流社会则会为此鼓掌喝彩。

"这是因为你们衰老的社会首先看重的是礼仪……你们永远不会超出军人的英勇；你们会有缪拉，但永远不会有华盛顿。我在法国只看到虚荣心。一个有创见的人在说话的时候，很容易说出轻率的俏皮话来，于是主人便以为自己受到了侮辱。"

说到这儿，伯爵的马车已载着于连停在了德·拉莫尔府前。于连爱上了他的这位阴谋家。阿尔塔米拉曾经给予他这么一句漂亮的赞语，显然他对此深信不疑："您没有法国人的轻浮，并且懂得功利的原则。"恰好在前天，于连看过卡齐米尔·德拉维涅先生的悲剧《玛里诺·法利埃罗》。

"伊斯拉埃尔·贝尔蒂西奥，一个军械厂的普通木工，不是比所有那些威尼斯贵族更具有坚强的性格吗？"我们这位叛逆的平民心想，"然而，证实这些人的贵族血统可以追溯到公元七〇〇年，比查理曼大帝还要早一个世纪呢；而今晚，在德·雷斯先生的舞会上的那些所有的最高贵的贵族，仅能追溯到十三世纪，并且还十分勉强。是的，那些威尼斯贵族尽管出身如此高贵，但是性格却是如此孱弱，如此逊色，人们记住的仍是伊斯拉埃尔·贝尔蒂西奥。

"一次阴谋消灭了社会的变换更迭所给予的一切头衔。在阴谋中，一个人一下子就取得了他面对死亡的态度所给予他的地位。就连才智本身也失去了它的力量……

"在瓦勒诺和雷纳尔们的时代里，今天的丹东能做什么呢？甚至连做国王的代理检察官都没有资格……

"我在说什么？他也许会卖身投靠圣会，他也许会当上大臣，因为毕竟这位伟大的丹东曾经偷盗过。米拉波也出卖过自己。拿破仑曾在意大利偷盗过几百万，没有这笔钱他也会像皮舍格吕那样一下子成为贫困的俘虏。唯有拉斐德从没有偷盗过。是否应该偷盗？是否应该出卖自己呢？"于连想，这个问题一下子把他难住了。他把夜晚剩下的时间都用来阅读大革命时期的历史。

第二天，当他在图书室里写信时，心里仍然在想着与阿尔塔米拉伯爵的谈话。

"事实上，"他沉思了许久后又自言自语地说道，"如果这些西班牙的自由党人因犯罪而牵累了人民，他们就不会那么容易地被清除掉了。他们不过是些骄傲自大、夸夸其谈的孩子……就像我一样！"于连突然喊道，仿佛从梦中惊醒似的。

"我做过什么艰难的事情使我有权利来评判这些可怜虫呢？他们在自己的一生中毕竟有过一次敢作敢为的行动。而我呢，就如同一个人离开饭桌时喊道：'明天我不吃饭，但这一点并不妨碍我像今天这样健壮和快乐。'谁知道在履行一个伟大行动的半途中会有什么样的感觉呢？因为这些事情做起来毕竟不像开一枪那么简单……"这时德·拉莫尔小姐走进了图书室，她的意外出现打断了于连的这些高深的思想。于连是那样的兴

195

奋,仍旧沉浸在对丹东、米拉波、卡尔诺这些能够立于不败之地的人的伟大才能的赞赏之中,以致他的目光停留在德·拉莫尔小姐的身上的时候,却没有想到她,没有向她行礼,差不多可以说他没有看见她。当他那双睁得如此之大的眼睛发现她在场时,他的目光顿时变得暗淡失色了。德·拉莫尔小姐注意到了这一点,心里涌起一阵酸楚。

她借口向他要一卷韦利著的《法国史》,这本书放在书架的最高层。于连只得去寻找那两架梯子中最高的一架。他搬来了梯子,找到那卷书,递给她,但是仍然没能想到她。当他把梯子搬回原处时,由于心不在焉,胳膊肘撞到了书橱上的一块玻璃;哗啦一声响,玻璃落在地板上,这才惊醒了他。他忙不迭地向德·拉莫尔小姐道歉,想显得彬彬有礼,但也是仅此而已。玛蒂尔德小姐明显地看出她打搅了他,他宁愿沉湎于她到来之前的遐想之中,也不想跟她说话。她注视了他许久,慢慢地走开了。于连看着她离去。他欣赏着此刻她那身朴素的装束和昨晚那套华丽的服饰所形成的对比。两种容貌之间的差异几乎也是同样地令人吃惊。这位年轻的姑娘,在德·雷斯侯爵的舞会上曾是那般的骄傲,而现在却流露出一种近乎乞求的目光。"的确,"于连心想,"这件黑色的连衣裙更能显示出她那优美的身材。她具有皇后的风度,但是她为什么要穿丧服呢?"

"如果我向别人问起她穿丧服的原因,可能又会干出一桩蠢事。"于连这时已从极度的兴奋中彻底清醒了。"我应该把今天上午所写的信全部重新审阅一遍,天知道我会在信中找出多少遗漏的字和愚蠢的错误来。当他勉强集中精力审阅第一封信时,他听见身旁响起了一阵绸裙的窸窣声;他迅速转过头去,玛蒂尔德小姐正站在离他桌子两步远的地方,她在微笑。这第二次的打搅惹恼了于连。

至于玛蒂尔德,她刚才已经强烈地感觉到她在这个年轻人的心目中是无足轻重的。她的笑完全是为了掩饰她的尴尬,她成功了。

"显然,您在想什么非常有趣的事情,索雷尔先生。是不是与那桩阴谋有关的什么奇闻轶事?正是那桩阴谋,把阿尔塔米拉伯爵给我们送到巴黎来了。请您告诉我这是怎么回事,我渴望知道。我将严守秘密,我向您发誓。"她听见自己说出这些话来,不免大吃一惊。这是怎么回事,她竟然会去恳求一个下人!她越发显得窘迫不安了,于是她用一种轻松的语气补充道:

"您一向是那样的冷漠,是什么使您变成了一个富有灵感的人,一个像米开朗琪罗那样的先知的呢?"

这种尖锐而又冒昧的提问,深深地伤害了于连,又重新使他处于完全疯狂的状态。

"丹东的偷窃行为是正确的吗?"他粗暴地对她说道,他的神情变得越来越凶恶了,"皮埃蒙特的革命党人,西班牙的革命党人,他们应该用罪恶的手段来危害人民吗?他们应该把军队里所有的职位和十字勋章送给一些甚至根本没有功劳的人吗?佩戴这些十字勋章的人难道就不怕国王回来吗?应该让都灵的金库遭到抢劫吗?总之,小姐,"他边说边走近她,样子很可怕,"一个希望将愚昧和罪恶驱出地球的人,就应该像暴风雨般地席卷而过,随心所欲地无端地作恶吗?"

玛蒂尔德害怕了,她承受不了他的目光,向后退了两步。她注视了他片刻,随即又为自己的害怕感到羞耻,于是迈着轻盈的步伐离开了图书室。

第十章　玛格丽特王后

世界传世藏书

世界禁书文库

红与黑

　　　　　　爱情啊! 为了让我们寻得欢乐,你什么样的疯狂达不到呢?

　　　　　　　　　——《葡萄牙修女书简》

　　于连把他写好的信重新审阅了一遍。当晚饭的钟声敲响的时候,他自言自语地说道:"在这位巴黎少女的眼里,我该有多么可笑啊! 我竟然把心里所想的事如实地告诉了她,这是多么愚蠢呀! 但是也许并不那么愚蠢,在这种情况下,我是应该说真话的。

　　"她为什么要来打听我个人的私事呢? 她提出这个问题是不合适的,她的做法是失礼的行为。我的关于丹东的想法,根本不在她父亲花钱雇我要做的工作范围之内。"

　　于连进到餐厅里,看见德·拉莫尔小姐重孝在身,他的怒气顿时消了;尤其是当他发现,她家里的其他成员竟没有一人穿黑色丧服时,她身戴重孝的举动就更令他惊讶不已了。

　　晚饭以后,他已完全摆脱了一整天里困扰着他的极度兴奋。幸运得很,那位通晓拉丁文的院士就餐时也在座。"如果打听德·拉莫尔小姐为何服丧,真像我想象的那样是一桩蠢事,"连心想,"那么,这个人将是最不会取笑我的人了。"

　　玛蒂尔德用一种奇怪的神情注视着他。"看来这就是当地女人的卖弄风情了,正像德·雷纳尔夫人曾经向我描绘过的那样,"于连又想,"今天上午,我对她很不客气,她竟心血来潮想和我聊天,我没有让步。我在她的心目中因此而提高了身价。当然,魔鬼是不会吃亏的。她生性倨傲,不久她就会进行报复。我倒要看看她能使出什么狠招来。我失去的那个女人是多么的不同啊! 多么可爱的性格啊! 多么天真纯朴啊! 她头脑里有了什么想法,我比她还先知道,我看得见她的思想是如何产生的;在她的心里,我唯一的敌人只是她对她的孩子的死的恐惧。这是一种合乎情理、十分自然的情感,甚至对于我这个身受其苦的人来说,也是非常可爱的。那时候我真是个傻瓜。我对巴黎抱有的种种幻想,竟然妨碍我去欣赏这位崇高的女人。

　　"多么不同啊,伟大的主啊! 我在这儿找到了什么呢? 冷酷而高傲的虚荣心,各种各样的自尊心,除此之外别无所有。"

　　众人起身纷纷离席。"别让人拉走了我的院士,"于连暗想。当大家经过花园时,于连走近他,显出一副温和恭顺的模样向他表明,他对于《欧那尼》的上演成功怀有与他一

样的愤慨之情。

"如果我们仍旧处在国王下密诏的时代就好了！……"他说道。

"那样他就不敢了，"院士高声说道，同时做了一个塔尔马式的手势。

在谈到一朵花时，于连援引了维吉尔《农事诗》中的几个句子，并认为没有任何一个人的诗，能与德利尔神父的诗相提并论。总之，他千方百计地迎合这位院士。然后，他用一种满不在乎的口气说道：

"我猜想德·拉莫尔小姐是继承了某一位伯父的遗产，才为他服丧的。"

"怎么！您住在这个家里，"院士突然止住脚步说道，"竟然一点也不了解她的这个怪癖？关于这一点，奇怪的是她母亲居然允许她这样做。这是我们私下里说说，这个家庭里的成员绝不是由于性格刚强而引人注目的。玛蒂尔德小姐所具有的性格力量抵得上她全家所有的人，她能主宰他们。今天是四月三十日！"那位院士说到这儿停住了，狡黠地看着于连，于连脸上堆起微笑，尽可能显示出心领神会的样子。

"主宰全家，穿黑色衣裙，四月三十日，这其中有什么关联呢？"他暗自琢磨，"我一定是比我想象的还要笨拙。"

"我向您承认……"他对那院士说道，他的眼神在继续发问。

"让我们在花园里散散步吧，"院士说道，他见自己有机会讲述一个又长又风雅的故事，感到很高兴。"怎么！这可能吗？您真的不知道一五七四年四月三十日发生的事情？"

"在什么地方？"于连惊奇地问道。

"在沙滩广场。"

于连是那样的惊奇，以至于他听了这句话之后不能很快地明白过来。好奇心和对于悲剧性趣味的期待，与他的性格是那样相投，使得他两眼炯炯发光，这正是叙述者在听者身上最喜欢见到的那种目光。院士很高兴能找到一个从不知道这个故事的聆听者。他详尽地向于连讲述了一五七四年四月三十日，当时最英俊的青年博尼法斯·德·拉莫尔和他的朋友、皮埃蒙特的绅士阿尼巴尔·德·科科纳索在沙滩广场被斩首的经过。"拉莫尔是玛格丽特·德·纳瓦尔王后热恋的情夫；请注意，"院士补充道，"德·拉莫尔小姐的名字叫作玛蒂尔德-玛格丽特。拉莫尔既是德·阿朗松公爵的宠臣，又是纳瓦尔国王的密友。纳瓦尔就是后来的亨利四世——拉莫尔情妇的丈夫。一五七四年狂欢节的最后一天，宫廷上下的人都聚集在圣日耳曼，伴随着可怜的查理九世，他即将要去世了。卡特琳·德·美第奇王太后把那些亲王像犯人一样囚禁在宫中，他们是拉莫尔的朋友。拉莫尔想营救他们，他派遣了二百名骑兵，来到圣日耳曼围墙之下，德·阿朗松公爵害怕了，拉莫尔被交给了刽子手。

但是打动玛蒂尔德小姐的，还是七八年前她亲口向我承认的那件事，当时她才十二岁，因为她是个有头脑的人，很有头脑！……院士抬起眼睛望着天空，"在这场政治灾难中，真正打动她的，是玛格丽特·德·纳瓦尔王后，她当时隐藏在沙滩广场附近的一所房子里,她竟然大着胆子派人向刽子手索要她情夫的头颅。第二天午夜,她捧着这颗头颅坐上她的马车,来到蒙玛尔特山脚下的一个小教堂里,亲手把它埋葬了。"

"这可能吗?"深受感动的于连叫道。

"玛蒂尔德小姐瞧不起她的哥哥,因为正如您所看到的,他压根就不把这段古老的历史放在心上,四月三十日他也不服丧。自从那一次闻名的极刑以后,为了纪念拉莫尔对科科纳索的友情——这个科科纳索是个意大利人,名叫阿尼巴尔——这个家庭里所有的男人便都叫这个名字。而且,"院士压低声音补充说道,"这位科科纳索,据查理九世本人说,是一五七二年八月二十四日最残忍的杀人犯之一……但是这怎么可能呢?我亲爱的索雷尔,您和这个家庭的成员同桌共餐,难道还不了解这些事情吗?"

"原来是这么回事,难怪德·拉莫尔小姐曾有两次在餐桌上称她的哥哥为阿尼巴尔。我还以为听错了呢。"

"这是一种责备。奇怪的是德·拉莫尔侯爵夫人竟然能容忍这样疯狂的行为……将来谁做了这位大小姐的丈夫,还会有更疯狂的事够他瞧的呢!"

他说完这番话之后,又说了五六句讽刺的话。院士的眼里闪烁着欢乐和惬意的光芒,这使于连感到不快。"我们两个仆人竟在这儿说主人的坏话,"他心想,"不过出自这位院士之口,我一点儿也不觉得奇怪。"

有一天,于连无意中撞见这位院士跪在德·拉莫尔侯爵夫人面前,请求她为他在外省的侄儿谋一个征收烟草税的职务。德·拉莫尔小姐的一位年轻的女仆,像从前的埃莉莎一样追求着于连。她在那天晚上告诉于连,她的女主人服丧,绝不是为了引人注目。这种怪癖在她的性格中已根深蒂固。她衷心地爱着那位拉莫尔,当年最有才智的王后所爱恋的情夫,他为了让他的朋友获得自由而献出了自己的生命。况且那是怎样的朋友啊!是王族的首位亲王和亨利四世。

于连已经习惯于德·雷纳尔夫人举手投足间流露出的那种完美无瑕的自然淳朴,而在所有巴黎女人的身上,他看到的只是矫揉造作。他只要稍微有点儿不愉快,他跟她们就无话可说了。德·拉莫尔小姐却是个例外。

他开始不再把举止高贵所具有的美看作是心灵的冷酷了。他和德·拉莫尔小姐有过几次长谈。在春季晴朗的日子里,她时常和他一起在花园里沿着客厅敞开的窗户散步。一天她告诉他,她正在阅读多比涅的历史著作和布朗多姆的作品。"她竟然读这类怪书,"于连心想,"可是德·拉莫尔侯爵夫人却不允许她读瓦尔特·司各特的小说!"

有一天,她向他叙述亨利三世时代一个年轻女人的行为:她发现丈夫不忠,用匕首刺死了他。这是她刚刚在莱图瓦尔的回忆录中读到的。她说话时眼里闪烁着喜悦的光芒,表现出她诚挚的仰慕之心。

于连的自尊心得到了满足。一个如此受人尊敬的人,照院士的说法,还是个能主宰全家的人,居然用一种近乎友谊的口气,屈尊地与他说话。

"我错了,"于连立刻又想道,"这并非是亲密,我不过是悲剧中的一个心腹人而已,这

是她交谈的需要。我在这个家里被视作有学问的人。我这就去读布朗多姆、多比涅和莱图瓦尔的作品。当德·拉莫尔小姐再向我谈起那些轶闻时，我便可以就其中的一些故事提出不同意见了。我要从这种被动的心腹人的角色中走出来。"

他和这位仪表如此端庄威严、同时又如此大方自然的年轻姑娘的谈话，渐渐变得更为有趣了。他忘记了他那愤愤不平的平民的可悲角色。他发现她颇有学问，甚至是通情达理。她在花园里的言论与她在客厅里的见解迥然不同。有时，她和他在一起，既热情又坦率，与她平时那种如此高傲、如此冷酷的态度形成了鲜明的对比。

"神圣联盟战争是法国的英雄时代，"一天她对于连说道，眼里闪烁着才智和热情，"那时候，每个人都为了他所追求的某一种理想，为了他的政党的胜利而斗争，而不是像您那个皇帝的时代，卑躬屈膝地为了获得一枚十字勋章。您应该承认，那个时代的人不如现代人这样自私和卑鄙。我喜爱那个时代。"

"博尼法斯·德·拉莫尔是那个时代的英雄，"他对她说道。

"他至少被人爱着，像这样被人爱着可能是甜蜜的。如今活着的女人，有谁接触到被斩首的情夫的脑袋时会不感到恐惧呢？"

德·拉莫尔夫人在叫她的女儿。伪善要想行之有效，就得加以掩饰。而于连，正如我们所看到的，却已把自己对拿破仑的崇拜向德·拉莫尔小姐吐露了一半。

"这就是他们胜过我们的巨大优势，"于连独自留在花园里时想道。"他们祖先的历史使他们超脱了庸俗的感情，他们用不着时刻为衣食操心！"他痛苦地继续想，"多么不幸啊！我不配谈论这些重大的问题，我对它们的看法可能是错误的。我的生活只是一连串的虚伪，因为我没有一千法郎的年金来购买面包。"

"先生，您在这儿思考些什么呢？"玛蒂尔德问道。

这个提问带有亲昵的味道，她气喘吁吁地跑回来就是为了和他呆在一起。

于连已经对蔑视自己感到了厌倦。出于自尊，他坦率地吐露了自己的想法。对一个如此富有的人谈及自己的贫困，他的脸涨得通红。他力求用高傲的口气表明他一无所求。玛蒂尔德觉得，他从未有像现在这样漂亮过。她发现他有一种敏感而坦率的表情，这在他身上是不多见的。

在不到一个月以后的一天，于连在拉莫尔府的花园里一边散步，一边沉思，他的脸上已不再表现出哲学家的那种严峻和傲慢，这是持续不断的自卑感在他脸上烙下的印记。刚才，他把德·拉莫尔小姐送到了客厅门口，据她说，她和哥哥一起奔跑时扭伤了脚。

"她靠在我的胳膊上，那姿态真是特别！"于连心想，"是我自命不凡，还是她真的爱上了我？她在听我说话，甚至我向她承认我的自尊心带来的种种痛苦时，她的态度还是那样的温柔！可是她对其他所有的人却是那么高傲！如果在客厅里，人们看到她这副表情一定会大吃一惊的。可以肯定，她对任何人都不会持有这种温柔善意的态度。"

于连力图不去夸大这种奇怪的友谊，他把这种友谊比作武装交际。每天，他们相遇时，在恢复前一天那种近乎亲昵的语气之前，他们几乎总要问自己："我们今天是朋友，还是敌人?"在交谈的开始是毫无实质内容的,双方只是注重于形式。于连明白,他只要有一次受到这个如此高傲的小姐的侮辱而不去施加报复,那么一切就都完结了。"只要我略微疏忽对个人尊严应尽的责任,蔑视便会接踵而来;如果我必须与她闹翻的话,我首先维护我的自尊所拥有的正当权利,比起我遭到蔑视之后再予以抵制,不是更好吗?"

有几次,在情绪不佳的一些日子里,玛蒂尔德试图对他摆出贵妇人的姿态。虽说她的这些尝试做得非常巧妙,但是每次都遭到了于连粗暴的回敬。

一天,他突然打断了她的话,问她:"德·拉莫尔小姐有什么事要命令她父亲的秘书去做吗?他应该服从她的命令,并且恭敬地执行,但是除此之外,他对她就无可奉告了。他绝不是被花钱雇来向她汇报他的思想的。"

这种状况以及于连的那些奇怪的疑虑,驱散了他头几个月以来在这如此豪华的客厅里所感受到的烦闷。在这间客厅里,人们惧怕一切,开任何玩笑都是不适当的。

"她如果爱上我,那才有趣呢!无论她爱我与否,"于连继续想道,"我都有了一个有才智的姑娘作为亲密的知己了。我看见全家的人在她面前都胆战心惊,尤其是克鲁瓦泽努瓦比谁都更要害怕。这个年轻人,如此礼貌,如此温柔,如此诚实,并兼备了高贵出身和万贯家财带来的种种优势,我只需拥有其中的一项,也就心满意足了。他疯狂地爱着她,也就是说,如同一个巴黎人能够做到的那样热恋着她,他应该娶她为妻。为了拟定婚约,德·拉莫尔先生让我写了多少封信给两位公证人啊!而我呢,当上午我的手捏着笔管时,我还感到自己是那样地卑微,然而两个小时后,就在这花园里,我却战胜了这位如此可爱的青年,因为她的偏爱毕竟是明显而直率的。也许她恨他是因为他是她未来的丈夫而得到的!

"但是不对,要不是我疯了,就是她在追求我。我愈是对她表现出冷漠和恭敬,她愈是接近我。这也可能是事先计划好,装出来的;但是,每当我意外出现的时候,我就看见她的眼睛陡然发亮。难道巴黎的妇女善于伪装到这种程度了吗?但是这又有什么关系呢?表面上看来她对我是有好感的,那就让我享受这种表面的欢乐吧!我的天主,她是多么美丽啊!她那一双美丽的大眼睛,从近处看——就像它们常常注视着我时那样——是多么讨人喜爱啊!今年的春天与去年的春天相比,有多么不同啊!那时我在三百个恶毒而肮脏的伪君子中间,凭着性格的力量支撑着自己过着悲惨的生活!我几乎变得跟他们一样的恶毒了。"

在疑虑重重的日子里,于连心想:"这个姑娘是在和我开玩笑,她和他哥哥串通一气来愚弄我。但是,她对于她哥哥的缺乏毅力又似乎是那样地蔑视!'他是勇敢的,仅此而已,'她曾对我这样说过,'况且,他只有在西班牙人的宝剑面前才是勇敢的。在巴黎,一切都使他害怕,他看见到处都有成为笑柄的危险。他没有一种思想是敢于背离习俗的。我总是不得不站出来维护他。'一个十九岁的姑娘!在这种年龄,一个人能够在一天里时时刻刻地遵守着为自己预先规定的虚伪吗?

"另一方面,每当德·拉莫尔小姐带着一种奇特的表情,用她那双蓝色的大眼睛盯着

我的时候，诺贝尔总要离开。这使我觉得很可疑：他的妹妹看中了家里的一个仆人，他难道不该为此而感到气愤吗？因为我曾听到德·肖纳公爵这样称呼过我。"只要一想起这件事，他的愤怒便会取代其他任何的感情。"难道是这位怪癖的老公爵喜爱用陈腐的词语吗？

"不管怎么说，她是漂亮的！"于连继续想道，眼里流露出猛虎般的目光，"我要得到她，然后离开这儿，谁阻止我逃跑，就让谁倒霉！"

这个念头成了于连心中唯一的牵挂，他再也无法考虑其他他的事了。他的日子一天就像一小时似的飞快地逝去了。

每当他竭力想干一点正经事的时候，他的思想便会坠入深邃的梦幻之中，等一刻钟之后清醒过来时，他的心又怦怦地跳个不停，头脑里乱糟糟的，只有着一个念头："她爱我吗？"

第十一章　少女的威力

> 我赞赏她的美貌，但是我畏惧她的才智。
>
> ——梅里美

如果于连不是把时间用在夸张玛蒂尔德的美貌上，或者不是用在仇视她的一家人生来就有的高傲上——她对他已经忘记了这种高傲——而是用来研究客厅里所发生的事情，他便会明白，玛蒂尔德为什么能够主宰她周围的一切。只要谁惹恼了德·拉莫尔小姐，她马上就会说出一句俏皮话来惩罚他；她的俏皮话是那么有分寸，选择得那么恰当，表面看来那么得体，而且又那么适时，但事后却让人愈想愈觉着伤口在时时刻刻地扩张，逐渐地使受伤的自尊心难以忍受。她对家里其他的人所热衷、渴求的许多东西，根本就不屑一顾，因此她在他们的眼里始终是冷酷的。贵族的客厅，在人们离开它以后再去谈及它，倒是令人愉快的，但是也仅此而已；毫无意义的谈论，尤其是那些迎合虚伪心理的陈词滥调，由于令人作呕的温文尔雅，最终会使人不堪忍受。唯有礼貌，也只有礼貌本身，仅仅在最初的几天里还起点作用。于连对这一点是有所感受的，在最初的陶醉之后，便开始感到惊讶了。"礼貌，"他暗想，"不过是非礼所产生的愤怒暂时停止罢了。"玛蒂尔德常常感到烦闷，也许她在任何地方都会感到烦闷。于是把一句俏皮话说得更为辛辣尖刻，对于她来说，就成了一种消遣，一种真正的乐趣了。

也许是为了得到比她的长辈、比那位院士以及奉承他们的五六个下属更为有趣一点的牺牲品，她才把希望给了德·克鲁瓦泽努瓦侯爵、德·凯吕斯伯爵和其他两三位出身极为高贵的青年。他们对于她来说，不过是新的挖苦对象罢了。

因为我们喜爱玛蒂尔德，所以我们不免要用遗憾的心情承认，她曾经收到过他们中某些人的书信，并且偶尔还回过信。不过我们得赶快补充一句，这个人物只是当代风尚的一个例外。通常说来，我们不能用"不慎"二字去指责尊贵的圣心修道院里的那些女学生们。

一天，德·克鲁瓦泽努瓦侯爵交还给玛蒂尔德一封足以损害她的名誉的信，这是她前一天写给他的。他以为通过这种极为谨慎的行为会大大推进他的婚事。但是，玛蒂尔德在她的通信中所喜欢的却恰恰是不谨慎。她的乐趣在于拿她的命运去冒险。她一连六个星期没有和他说话。

她拿这些年轻人的信作为消遣，不过在她看来，所有的信件都是一模一样，不外乎是最深沉、最忧郁的爱情。

"他们都是同样完美无缺的人，正准备动身去巴勒斯坦，"她对她的表妹说道，"您知道还有什么东西比这更乏味的吗？那就是我这一生将要收到的书信了！大概要每隔二十年，随着时尚职业的不同，这些书信才可能有一次改变。在帝国时代，它们一定不是这样枯燥乏味的。当时，所有上流社会的年轻人都看见过或者从事过一些真正伟大的行动。我的伯父德·N 公爵就曾经去过瓦格拉姆。"

"挥舞一下战刀能需要多少才智呢？他们经历过这种事以后，就总爱常常挂在嘴边！"玛蒂尔德的表妹德·圣埃雷迪泰小姐说道。

"是的，我喜欢听这些故事。参加一次真正的战役，一次拿破仑的战役，有成千上万的士兵阵亡，那才能证明是勇敢。冒生命危险可以使灵魂得到升华，并把灵魂从烦闷中解救出来，我的那些可怜的崇拜者似乎都陷入烦闷之中了，而这种烦闷是有传染性的。他们中有哪一位想到要做一件不平凡的事情呢？他们都力图与我成婚，这真是一桩好买卖！我富有，我父亲还可以提拔他的女婿！啊，但愿他能找到一个稍微有趣的女婿！"

玛蒂尔德对待事物的看法尖锐、明确而又主动，正如我们所看到的那样，这不免给她的言谈带来不良的影响。她的某一句话，在她那些如此彬彬有礼的朋友眼里，时常成为一个污点。如果她不这么走运的话，他们或许会公开承认，她的谈吐有点过于激烈，缺乏女性的温柔贤淑。

从她这一方面来说，她对于那些聚集在布洛涅树林里的漂亮骑士是太不公正了。她展望未来，不是感到恐惧——这是一种强烈的感情——而是感到厌恶，在她这个年龄来说，这确实是罕见的。

她还渴求得到什么呢？财富，高贵的出身，才智，美貌，幸运之神已将这一切集中在她一个人身上了；人们都这么说，她自己也是这样认为的。

这就是她，一个圣日耳曼区最令人羡慕的女继承人，开始感受到同于连一起散步的乐趣时的思想状态。她对他的骄傲感到惊讶，她欣赏这个地位卑微的平民的机智。"将来他会像莫里神父那样成为主教的，"她心想。

不久，我们的主人公对她的许多想法所持有的那种真实的而并非虚假的抵制态度，引起了她的兴趣。她常常为此而陷入深思。她把他们谈话的内容详尽地讲述给一个女友听，她发现自己无论如何也不能将其原原本本地表达出来了。

一天，她豁然开悟。"我获得了爱情的幸福，"她怀着难以置信的狂喜说道，"我在恋爱，我在恋爱，这是明摆着的事实！在我这个年龄，一个聪明而又美丽的年轻姑娘，如果不是在爱情里，又能到哪儿去寻求到刺激呢？我对克鲁瓦泽努瓦、凯吕斯和 tutti quanti 永远不会产生爱情，我做不到。他们是完美的，也许过于完美了，总之，他们让我厌倦！"

她回忆起她在《曼侬·莱斯戈》《新爱洛绮丝》《葡萄牙修女书简》等作品中曾读到过的一切有关爱情的描写。当然，她所想到的只是伟大的爱情；轻浮的爱情与她这样的年龄和出身的姑娘是不相般配的。她只是把亨利三世和巴松皮埃尔时代人们在法国见到的那种英雄的情感称之为爱情。这种爱情绝不会面对障碍屈服退缩，而是恰恰相反，它会激励人们去从事伟大的事业。"如今没有一个像卡特琳·德·美第奇或者路易十三那样的真正的宫廷了，这对我来说有多么不幸啊！我感到我能够胜任一切最勇敢、最伟大的事业。假设有一位君王像路易十三那样勇敢，拜倒在我的脚前，还有什么我不能让他做到呢？我会像德·托利男爵常说的那样带他去旺代，从那儿他可以重新征服他的王国；那时候就不会再有宪章了……而且于连可以协助我的。于连缺少的是什么呢？贵族的身份和财富。将来他会为自己取得一个贵族身份也会获得一笔财富的。"

"克鲁瓦泽努瓦是应有尽有了，他这一辈子只能是一个半极端保王党半自由党的公爵，一个优柔寡断的人，永远不会走极端，因此无论在哪儿都处于次要位置。"

"哪一个伟大的行动在一开始的时候不是一种极端呢？只有当它完成以后，一般人才会认为它是可能的事。是的，爱情和它产生的一切奇迹，将在我的心里占据着统治地位；我从燃烧着我的火焰中感到了它的存在。上天应该赐予我这个恩惠，它不会枉然地把所有优点集中在一个人身上。我所得到的幸福将是与我相称的。我今后的生活，每一天都不会是前一天平淡无奇的重复。敢于去爱一个社会地位与我如此悬殊的人，这已经算得上伟大和勇敢了。那就让我们看看，他值得我继续去爱他吗？我只要一看到他有弱点，我便马上抛弃他。一个像我这种出身的姑娘，并且具有人们公认的骑士性格（这是她父亲说过的一句话），就不应该像个傻瓜那样地行事。"

"如果我爱上了德·克鲁瓦泽努瓦侯爵，我岂不是扮演了一个傻瓜的角色吗？那么，我所得到的幸福将会是我的表姐妹们的幸福的新的翻版，而那种幸福正是我极端鄙视的。我事先就知道可怜的侯爵会对我说些什么，我会如何回答他。让人打哈欠的爱情算什么爱情呢？还不如去当修女呢。说不定我会像我最小的表妹那样，也有一个签订婚约的仪式。在这种仪式上，长辈们也会深受感动，除非是对方的公证人前一天在婚约里增加了最后一项条款而惹恼了他们。"

第十二章　他是一个丹东吗？

需要忧虑，这就是我的姑母，美丽的玛格丽特·德·瓦罗亚的性格，不久她便嫁给了纳瓦尔国王，也就是我们看见的当今统治着法国的亨利四世。对赌博的需要，是这位可爱的公主的性格的秘密；因此，从十六岁起，她就不断与她的兄弟们发生争吵与和解。然而，一个年轻姑娘能够赌些什么呢？那便是她最珍贵的东西：她的名誉，她一生中所受到的敬意。

——《查理九世的私生子，德·昂古莱姆公爵回忆录》

"于连和我之间，无须签订婚约，无须公证人举行庸俗的仪式；一切都是英雄的行为，一切都将是偶然的产物。除了他缺少贵族的身份以外，这完全是玛格丽特·德·瓦罗亚对当时最杰出的年轻人拉莫尔式的爱情。如果说宫廷里的那些年轻人是那样坚决地拥护礼仪，一想到稍微有一点儿离奇的最微小的冒险行动就会吓得脸色苍白的话，这难道是我的过错吗？去日内瓦或非洲进行一次小小的旅行，对他们来说就是最勇敢的行为了，而且他们还只能是成群结伙地行走。他们一旦发现自己是孤身一人，便会心惊胆战，这并非是害怕贝督因人的长矛，而是害怕受到嘲笑，这种恐惧会使他们发疯。"

"我的小于连则恰恰相反，他只爱单独行事。在这个得天独厚的人心里，从未产生过任何念头想要寻求别人的支持和帮助！他蔑视所有的人，正因为如此，我才不蔑视他。"

"如果于连出身贵族，只是家境贫寒，我的爱情就只能成为一件庸俗的蠢事，一桩平淡无奇、门户不当的婚姻了。我不需要这样的爱情，因为它没有丝毫伟大激情所具有的特征：需要战胜的巨大困难和凶险难卜的意外变故。"

德·拉莫尔小姐如此沉湎于她那崇高的推论中，以至于在第二天，她竟不知不觉当着德·克鲁瓦泽努瓦侯爵和她哥哥的面，夸耀起于连来了。她滔滔不绝，终于引起了他们的反感。

"您可得当心这个精力特别充沛的年轻人，"她的哥哥说道，"如果再有一次革命，他会把我们全部送上断头台的。"

她对此避而不答，而是匆忙地就精力所引起的恐惧问题来取笑她的哥哥和克鲁瓦泽努瓦侯爵。其实，这不过是害怕遇到意外，担心在面临意外情况时会不知所措……

"先生们,你们总是害怕成为笑柄,不幸的是,这个怪物在一八一六年就已经死亡了。"

"在有着两个政党的国家里,"德·拉莫尔先生说道,"不会再有笑柄可言了。"

他的女儿早已懂得他这句话的含意。

"因此,先生们,"她对于连的敌人们说道,"你们这一生都将胆战心惊,而事后人们会告诉你们:

　　　　这不是一只狼,只不过是狼的影子而已。

玛蒂尔德很快便离开了他们。她哥哥的话引起了她的恐怖,使她惶惶不安。但是第二天,她又把这些话看作是最美好的赞语了。

"在这个所有的精力都已衰亡的世纪里,他的精力使他们感到害怕。我将把我哥哥的话告诉他,我倒想看看他如何来回答。但是,我得选择当他的两眼放出光芒的时刻,那时候,他便不能对我撒谎了。"

"他会是一个丹东!"她又朦朦胧胧地幻想了好一阵子补充道,"好吧!就算革命再度爆发,那么克鲁瓦泽努瓦和我哥哥会扮演什么样的角色呢?这是命中早已注定了的:崇高的屈从。他们会是英勇的绵羊,一声不吭地任人宰割。他们临死时唯一害怕的,仍然是有失体面。而我们的小于连,只要有一线逃生的希望,就会击碎前来逮捕他的雅各宾党人的脑袋。他可不害怕有失体面。"

这最后一句话引起了她的沉思,唤起了她的一些痛苦的回忆,使她所有的勇气都丧失了。这句话让她回想起德·凯吕斯先生、德·克鲁瓦泽努瓦先生、德·吕兹先生和她哥哥的取笑。这些先生们都一致指责于连的那副教士模样,说他既谦卑又虚伪。

"但是,"她突然又转念想道,两眼迸发出快乐的光芒,"不论他们愿意与否,他们那种尖刻和频繁的取笑,只能够证明他是我们这个冬季见到的最杰出的人。他的缺点,他的可笑,又有什么关系呢?他有他的伟大之处,这使他们感到不悦,虽说他们是那样地善良,那样地宽宏。当然,他贫穷,他读书是为了当教士;而他们是骑兵上尉,不需要读书;相比之下他们要舒服得多了。

"可怜的孩子,不得不终日穿着那身黑衣服,摆出一副教士的面孔,否则他就要饿死。尽管这些给他带来种种不利,然而他的长处仍然使他们害怕,这是再明显不过的事了。至于他那教士的表情,只要我们单独在一起待上片刻,就很快会消失了。每当这些先生们说出一句自以为巧妙而惊人的话时,他们的第一眼目光,不总是投向于连吗?我清楚地注意到这一点。然而,他们十分清楚,除非直接询问他,他是永远也不会跟他们交谈的。他只和我一个人说话,他相信我的灵魂是高尚的。他仅仅限于礼貌的需要,才回答他们提出的异议,而且随即又变得恭恭敬敬了。而他和我在一起的时候,可以一连讨论几个小时,只要我略微表示出一点儿异议,他便不会坚持自己的意见了。总之,在这整个冬天里，我们没有听见枪声，只有话语吸引着人们的注意力。我的父亲是个出类拔萃的人，他能够使我们的家族不断兴旺发达，但他却敬重于连。其余的人都憎恨他，除了我母亲的那些笃信宗教的朋友外，却没有一个人敢蔑视他。"

德·凯吕斯伯爵酷爱养马，也许是故意装出来的。他整日待在马厩里，还经常在里面吃午饭。这种酷爱，再加上他那不苟言笑的习惯，使他在朋友中很受敬重。他是这小圈子里的一只鹰。

第二天，那个小圈子里的人刚刚聚集在德·拉莫尔侯爵夫人的安乐椅的后面，于连还未到场，德·凯吕斯伯爵便在克鲁瓦泽努瓦和诺贝尔的支持下，猛烈地抨击起玛蒂尔德对于连的称赞来，而且这种抨击选得很不适时，几乎是刚一开始就瞧见德·拉莫尔小姐进来了。她隔着老远就识破了其中的奥妙，并为此感到非常高兴。

"瞧，他们全都联合起来了，"她心想，"来反对一个具有天才的人；他没有十个路易的年金，他只有在被他们询问的时候才能回答他们的话。由于他穿了一身黑衣服，他们便惧怕他，若是他佩戴上肩章，那将又会是怎样的呢？"

她从来没有像现在这样大显身手过。对方的攻击刚一开始，她便向凯吕斯和他的同盟者们劈头盖脸地发出了一连串诙谐的讽刺。等到这些杰出的军官们嘲笑的气焰被扑灭之后，她才对德·凯吕斯说道：

"倘若明天，弗朗什-孔泰山区有哪个绅士发现于连是他的私生子，给他一个贵族身份和几千法郎，六个星期以后，先生们，他也会像你们一样蓄起小胡子；六个月以后，先生们，他也会像你们一样成为轻骑兵军官。那时候他的伟大性格就不再成为笑柄了。未来的公爵先生，我看您就只能剩下这么一个陈腐而荒谬的理由了：宫廷贵族胜过外省贵族。但是，如果我和您理论到底，如果我硬说于连的父亲是一位拿破仑时代在贝藏松战役中被俘过的西班牙公爵，他出于良心不安，在临终时承认了于连，那么您还有什么话可说呢？"

所有这些有关于私生子的假设，在德·凯吕斯先生和德·克鲁瓦泽努瓦先生看来，都是相当有失体统的。这就是他们在玛蒂尔德的推论中所看到的一切。

不论诺贝尔平时有多么顺从，但是他妹妹的话说得太露骨了，以致他也不免摆出一副严肃的神态。应该承认，这种神态与他那和善微笑的面容显得极不协调。他还壮着胆子说了几句话。

"我的朋友，您是不是病了？"玛蒂尔德神情略微严肃地答道，"您用道德说教来回答开玩笑的话，一定是病得很厉害了。"

"道德说教，您！您难道想谋求一个省长的职位吗？"

玛蒂尔德很快便忘记了德·凯吕斯伯爵愠怒的脸色，忘掉了诺贝尔的不满情绪以及德·克鲁瓦泽努瓦先生沉默的绝望神态。一个决定命运的想法刚刚攫住了她的心灵，她必须对它做出决定。

"于连对我相当真诚，"她心想，"在他这种年纪，地位低下，由于惊人的野心而感到如此不幸,他需要一个女朋友。也许我就是这个女朋友;但是我没有看见他有过丝毫的爱情的表示。以他那种勇敢的性格来说,他是应该向我倾吐他的爱情的。"

从这一时刻起,这种疑惑不决、这种自我争论就占据了玛蒂尔德生活的每时每刻。每次于连和她说话,她都能为她的争论找出一些新的理由,这种自我争论完全驱散了她时常产生的那种烦闷情绪。

由于玛蒂尔德的父亲是个才华出众的人,有可能成为大臣和把树林归还给教士,因此在圣心修道院里,她曾经是人们竭力奉承的对象。这种不幸是无法弥补的。人们曾使她相信,由于出身和财产等种种优越条件,她应该比其他任何人都幸福。这就是君王们烦恼和他们一切疯狂行为的根源。

玛蒂尔德没有能逃脱这种思想所带来的有害影响。一个人无论多么有才智,也无法在他十岁的时候就能抵制来自全修道院的阿谀奉承,何况从表面看来这些奉承又是那么有根有据。

自从她决定爱于连的那一刻起,她就不再感到烦闷了。每天她都在庆幸自己做出了决定,让自己投身于一场伟大的爱情中。"这种娱乐可是具有很大风险的,"她心里想,"好极了! 真是再好不过了!"

"在十六岁到二十岁这段人生最美妙的时光里,由于没有伟大的爱情,我一直忍受着苦闷的煎熬。我已经失去了我最美好的岁月,我没有任何乐趣,只得去听我母亲的女友们闲扯;据说,她们一七九二年在科布伦茨时,完全不像现在说起话来那么严肃。"

正当玛蒂尔德被这些变化不定的情绪困扰不安时,于连却对她那种久久注视着他的目光感到茫然不解。他明显地觉察到,诺贝尔伯爵对他的态度更加冷淡了,而德·凯吕斯先生、德·吕兹先生和德·克鲁瓦泽努瓦先生的态度则是愈加傲慢了。不过,他对此已习以为常。只要某个晚上,他的才华超出了与他的地位相适应的程度,这种不幸往往就会降临在他的身上。倘若不是玛蒂尔德特别欢迎他,倘若不是这伙人引起了他的好奇心,晚饭之后他一定不会随着这群蓄着小胡子的漂亮年轻人,陪伴德·拉莫尔小姐去花园里的。

"是的,我不可能装作看不见,"于连心想,"玛蒂尔德小姐用一种奇特的目光注视着我。但是,即使在她那双美丽的蓝眼睛毫无顾忌地睁得大大地凝视着我的时候,我仍然能从她的眼神中看出探究、冷酷和恶意。这可能会是爱情吗? 这和德·雷纳尔夫人的目光是多么不同啊!"

有一天晚餐之后,于连跟随德·拉莫尔先生到书房去,然后又很快地回到花园里。当他漫不经心地走近玛蒂尔德那一群人时,他无意中听见几句声音说得很高的话。她在折磨她的哥哥。于连清楚地听见,他的名字被提到两次。当他出现在他们面前时,突然变得一片寂静。他们竭力想打破这种寂静,但是没有成功。德·拉莫尔小姐和她的哥哥太激动了,以致找不到另外的话题;而德·凯吕斯、德·克鲁瓦泽努瓦和德·吕兹几位先生以及他们的一位朋友,对待于连则是冷若冰霜,于是他走开了。

第十三章　阴　谋

不连贯的话语，偶然之间的相遇，在富有想象力的人眼中，都会变成最明显的证据，只要他的心中多少还有一点热情的火焰。

——席勒

第二天，他又撞见诺贝尔和他的妹妹在谈论他。他刚一到达，就和昨天一样，又是死一般的寂静。他的怀疑再也没有止境了。"这些可爱的年轻人在企图戏弄我吗？应当承认，这要比德·拉莫尔小姐对于一个穷秘书的所谓的热情要可能得多，自然得多。首先，这些人会有热情吗？愚弄别人才是他们的特长。他们嫉妒我那点小小的口才。嫉妒也是他们的缺点之一。一切都可以从这套把戏里得到解释。德·拉莫尔小姐想让我相信她看中了我，这只是为了让我在他的未婚夫面前当场出丑。"

这一残酷的怀疑完全改变了于连的精神状态。这个想法在他心中发现了爱情的萌芽，并且毫不费力地就摧毁了它。这种爱情，与其说是仅仅建筑在玛蒂尔德罕见的美貌上，更不如说是建筑在她那王后般的风度和迷人的装束上。就这一点来说，于连还是一个暴发户呢。可以肯定，一个聪明的乡下人踏入社会的上层阶级，最使他感到惊异的莫过于上流社会的漂亮女人了。前几天使于连想入非非的绝不是玛蒂尔德的性格，他的理智足以使他明白，他还一点儿也不了解这种性格。他所看到的一切可能只是一种表象。

例如，星期天去做弥撒，玛蒂尔德无论如何都不会缺席的；她几乎每天都要陪她的母亲去教堂。在拉莫尔府的客厅里，如果某一位不慎者忘记了他是在什么地方，胆敢拐弯抹角地说起一个冒犯王位或者祭坛权益的笑话，不论这种权益是真实的或是假定的，玛蒂尔德都会立刻摆出一副冰冷而严肃的面孔。她的目光是那样的锐利，就像她家的一幅古老的画像，流露出冷酷无情的傲气。

但是于连确信，她的卧室里总是放有一两卷伏尔泰最富有哲理性的作品。他本人也经常地把这套装帧得十分精美的书偷偷地带几卷回去。他把邻近的每一卷书稍微移开一点，用以掩饰他取走的书所留下的空隙。但是不久，他便发现另一个人也在阅读伏尔

泰的书。于是,他将在神学院的时候的故伎重演,把几小段马鬃放在他猜想德·拉莫尔小姐可能会感兴趣的几卷书上。这几卷书已经失踪整整几个星期了。

德·拉莫尔先生对于书商给他送来那些假回忆录感到无可忍受,于是派于连去购买了所有那些略带刺激性的新书。但是为了避免这些书的毒素在家里传播,秘书奉命将这些书放在侯爵卧室里的一个小书橱里。不久于连便确信不疑,这些书只要内容稍微敌视王位和祭坛的权益,很快就会不翼而飞。当然,诺贝尔是决不会去读这些书的。

于连过高估计了这条经验,他认为德·拉莫尔小姐是马基雅维里那种表里不一的两面派人物。她的这种被他称之为诡诈的行为,在他眼中是一种魅力,几乎可以说是她具有的唯一的精神魅力。对于虚伪和道德说教的厌烦,使他走向了这样一个极端。

与其说他是被爱情所支配,还不如说他是在激发自己的想象力。

玛蒂尔德小姐那窈窕的身段、别致的服装、白皙的手、漂亮的胳膊以及 disinvoltura 的举止,激起了于连的种种幻想,正是在这之后,于连才坠入了情网。为了使她的魅力达到理想化的程度,他把她想象成为一个卡特琳·德·美第奇。就他所设想的她的性格而言,再深刻再邪恶也不嫌其过份。这正是他少年时代所钦佩的马斯隆们、弗里莱尔们和卡斯塔内德们的典型性格,简言之,在他看来,这就是巴黎人的典型性格。

还有什么比认为巴黎人的性格高深莫测和阴险狡诈更为可笑的事呢?

"这 trio 可能在戏弄我,"于连心想。如果我们不是已经看到他的目光在回敬玛蒂尔德的目光时所流露出的那种阴郁和冷漠的表情,那么我们对他的性格便会了解得甚浅。德·拉莫尔小姐感到很诧异,她曾经有两三次壮着胆子试图让他相信她的友谊,但是却都被一种辛辣的讽刺给拒绝了。

这个年轻姑娘的心,生性冷漠、厌倦、敏感,在受到于连这一突如其来的古怪态度的刺激以后,却变得热情洋溢起来,如同每个人所具有的天性那样。不过在玛蒂尔德的性格中,仍然存在着十足的傲气,因此,这种把自己的全部幸福寄托于他人的感情,从一开始产生就伴随着一种深沉的忧郁。

于连自从来到巴黎以后,已有相当的长进,他已能够分辨出这不是由于烦闷所产生的那种冷漠的忧郁。她不但不像从前那样贪恋晚会、看戏以及各种娱乐消遣,反而对其采取逃避的态度。

玛蒂尔德对法国人演唱的音乐会厌倦得要命。然而,把歌剧院散场时到场当成是履行自己职责的于连注意到,她尽可能经常让人陪着她来歌剧院。他认为他看出了她的一举一动已有失分寸,不再像过去那样无可挑剔了。有时候她还用过于尖酸刻薄、甚至带有侮辱性的笑话回答她的朋友们。他感到她特别厌恶德·克鲁瓦泽努瓦侯爵。"这个年轻人一定是嗜财如命,否则,不论这位姑娘多么有钱,他也会弃她而去的!"于边心想。至于他本人呢,由于玛蒂尔德对男性尊严的侮辱使他感到气愤,他对她的态度加倍的冷淡了。他甚至常常不礼貌地回答她的话。

尽管于连已下定决心不被玛蒂尔德关心的表示所欺骗,但是这些天来她的这种关心

表现得太明显了;况且于连的眼睛已开始睁开,他发现她是那样的美丽,以至于有时候他会为此而感到局促不安。

"这些上流社会的年轻人,他们的机敏和耐心最终会战胜我经验的匮乏,"他暗自思忖,"我应该离开这儿,结束这儿的一切。"侯爵在下朗格多克拥有许多小块的地产和房产,不久前刚交给他管理。去那儿做一次旅行是必要的,侯爵勉强同意了他的决定。除了与那些政治野心有关的事情之外,于连已成为他的得力助手了。

"他们终究未能让我上钩,"于连一边想,一边准备出门的行装,"德·拉莫尔小姐取笑这些先生们,无论是动真格的,还是仅仅为了取信于我,我都从中得到乐趣了。

"如果那不是对付木匠儿子的阴谋,德·拉莫尔小姐的态度就无从解释了,不过他对待德·克鲁瓦泽努瓦侯爵的态度至少和对待我一样,也是无法解释的。譬如昨天,她确实真的发火了,我很高兴她为了庇护我而强迫一个年轻人做他不愿意做的事,这个年轻人是那样的高贵和富有,而我则是那样地卑贱和贫穷。这是我最成功的一次胜利,它将使我兴高采烈地乘坐在驿车里,奔驰在朗格多克平原上。"

他对他的出发秘而不宣,但是玛蒂尔德了解得比他更清楚,她知道他翌日将要离开巴黎,而且时间很长。她借口客厅里空气闷热,加剧了她的头痛,便在花园里长时间地散步,并用她那一连串尖酸刻薄的玩笑来讥讽挖苦诺贝尔、德·克鲁瓦泽努瓦侯爵、德·凯吕斯、德·吕兹以及其他几位在拉莫尔府吃饭的年轻人,迫使他们不得不离去了。她目光奇特地注视着于连。

"这目光也许是在演戏,"于连暗想,"然而这样的急促呼吸呢?这样的心慌意乱呢?得了吧!"他又想道,"我是什么人,我能有资格来评判这一切事情吗?这是巴黎女人们最高明、最狡黠的手腕。这种急促的呼吸差一点打动了我的心,这大概是从她十分喜爱的莱昂蒂娜·费伊身上学来的吧!"

他们俩单独留在花园里,谈话显然已难以继续下去了。"不!于连对我毫不理解,"玛蒂尔德暗想,内心感到了真正的不幸。

当他向她告辞时,她使劲抓住了他的胳膊:"您今晚将会收到我的第一封信,"她对他说道,她嗓音变得那么厉害,简直辨别不出是她的声音了。

这种情景立刻感动了于连。

"我的父亲,"她继续说道,"他对您为他所做的一切工作都给予了正确的评价。您明天必须留下来,找一个借口。"她说完这话就跑开了。

她的身材是迷人的。她那美丽的脚是无与伦比的,她奔跑时优雅的姿态令于连心醉神迷。但是,当她的身影完全消失之后,谁能猜到他又有什么想法了呢?她说必须这个词使用的是命令口气,使于连觉得受到了冒犯。路易十五临终时,也曾因他的首席医生愚蠢地使用必须这个词让他感到非常恼火,不过路易十五可不是一个暴发户。

一个小时后,一位仆人交给于连一封信,这简直就是一份爱情的宣言书。

"信的文笔倒是不太做作,"于连自言自语地说道,他试图借助文学评论来控制内心

的喜悦,然而这喜悦已使他两颊抽搐,迫使他不由自主地笑出声来。

"终于,"他突然喊道,他的情感是那样的强烈,简直无法控制了,"我,一个可怜的乡下人,终于得到一位贵族小姐的爱情表白!"

"至于我呢,干得并不坏,"他又补充道,并尽可能压抑住内心的喜悦,"我懂得如何保持我性格的尊严。我从来没有说过我爱她。"他又开始研究起信的字体来,德·拉莫尔小姐写有一手漂亮的英国式小字。他感到需要干点体力活,使他从欣喜若狂的欢乐中解脱出来。

　　　　您的离去,使我不得不直言相告……不能再和您见面使我无法忍受……

于连突然生出一个念头,仿佛有了新的发现,这使他中断了对玛蒂尔德那封信的研究,而且更加乐不可支了。"我战胜了德·克鲁瓦泽努瓦侯爵,"他高声喊道,"我,只不过说了些正儿八经的话! 而他,却是那样的英俊! 蓄着小胡子,穿着迷人的军装,并且总能在恰当的时候说出一句聪明巧妙的话来。"

于连度过了片刻美好的时光,他在花园里漫步,幸福得发狂。

后来,他上楼走到他的办公室,并让人通报德·拉莫尔侯爵。幸好侯爵没有出去。他向侯爵出示了几份标明来自诺曼底的文件,轻而易举地便向他证明,由于要处理诺曼底的诉讼案件,他不得不推迟去朗格多克的行期。

"我很高兴您不走了,"当他们谈完事务之后,侯爵对他说道,"我喜欢看见您。"于连退了下去,这句话让他感到窘迫不安。

"而我,却要去诱惑他的女儿! 也许还要使她和德·克鲁瓦泽努瓦侯爵的这桩婚事告吹,而这桩婚事寄托着他的全部未来:即使他当不了公爵,至少他的女儿可享有坐凳权。"于连打算不顾玛蒂尔德的那封信和向侯爵做出的解释,仍然动身去朗格多克。不过,这种道德的闪光很快便消失了。

"我多么善良啊,"他心想,"我,一个平民,居然怜悯这个阶层的家庭! 我,一个被德·肖纳公爵称作仆人的人! 侯爵是怎样增加他那庞大的产业的呢? 当他在宫廷里得知第二天有可能政变时,他便立刻抛售出他的公债。而我呢,后娘般的苍天把我抛在了社会的最底层,给了我一颗高贵的心,却没有给我一千法郎的年金,也就是说,没有面包,确确实实,没有面包。而我,却要拒绝一桩送上门来的乐事! 我如此艰辛地在这片平庸的炎热的沙漠中穿越跋涉,却要拒绝替我解渴的一泓清泉! 当然,我没有这么傻;在人们称之为生活的这片自私自利的沙漠里,人人都为自己。"

他想起了德·拉莫尔夫人,尤其是她的女友——那些贵妇们向他投来的充满蔑视的目光。

战胜德·克鲁瓦泽努瓦侯爵的喜悦,终于击溃了他那点道德的呼声。

"我多么希望他发火,"于连说道,"现在,我可以充满自信地击他一剑,"他做了一个第二招架式的击剑动作。"在此之前，我不过是个有点儿胆大妄为的穷学究。在这封信以后，我和他平等了。"

"是的，"他语气缓慢地对自己说道，内心充满了无限的快乐，"侯爵和我，我们两人的价值已经衡量过了，结果是汝拉山区的穷木匠占了上风。"

"好极了！"他喊道，"我在那封绝妙的回信上就这样署名。德·拉莫尔小姐，您别以为我会忘记了自己的身份。我要使您明白，并使您深深地感受到，您是为了一个木匠的儿子，才背弃了赫赫有名的居伊·德·克鲁瓦泽努瓦的后裔的，这位居伊·德·克鲁瓦泽努瓦曾经跟随圣路易参加过十字军东征。"

于连无法控制他的快乐，他只得下楼来到花园里。他觉得把自己锁在卧室里，那房间太狭窄了，简直使他透不过气来。

"我，一个汝拉山区的贫穷的乡下人，"他连续不断地重复道，"我，注定一辈子要穿这身倒霉的黑衣服！唉！如果早二十年，我就可以和他们一样穿上军装了！那时候一个像我这样的人，要么战死，要么三十六岁就当上了将军。"他紧紧捏在手中的这封信，使他有了一副英雄的身材和姿态。"现在，确实如此，穿上这身黑衣服，到了四十岁的时候，便可像博韦的主教先生那样，获得十万法郎的薪俸和蓝绶带。

"好吧，"他自言自语地说道，脸上浮起靡非斯特一般的狞笑，"我比他们都要聪明，我知道如何选择我这个时代的制服。"他感到他的野心和对法衣的眷恋愈加强烈了。"有多少红衣主教出身比我更卑贱，然而却大权在握。譬如，我的同乡格朗韦尔。"

于连激动的心情渐渐平静下来；他的谨慎心又冒了出来。他模仿着他的老师达尔杜弗的样子，自言自语地念着一段独白，他对这个角色已记得透熟：

> 我可以认为这些话是正当的手腕。
> ·············
> 我根本就不相信如此甜美的语言，
> 除非是她给一点我所渴望的恩惠，
> 他们对我做出的承诺才使我放心。
> 《达尔杜弗》第四幕，第五场。

"达尔杜弗也是毁在一个女人的手中，他并不比别人差，……我的回信可能会被公开……为此，我们找到了这个补救的办法，"他声音缓慢地说道，语气里流露出被抑制住的残忍，"在回信的开头，我们要援引崇高的玛蒂尔德信中最热情的句子。

"这倒是个好办法，不过德·克鲁瓦泽努瓦先生的四个仆人会向我扑过来，从我这儿夺走那封原信。

"不会的，因为我随身携带着武器，众所周知我有向仆人开枪的习惯。

"好吧！也许他们其中的一人有勇气，他会向我扑来。有人许诺赏他一百拿破仑。

我打死或者击伤他，棒极了，这正是他们所求之不得的。于是他们就会十分合法地把我投进监狱，我在轻罪法庭受审，经过法官们公平合理地判决，我被押往普瓦西监狱，去和丰唐先生、马加隆先生做伴。在那儿，我会和四百个乞丐横七竖八地躺在一起……而我，居然会怜悯这些人！"他猛地站起身，高声说道，"当第三等级的人落入他们手中的时候，他们也会对其产生怜悯之心吗？"这句话是他对德·拉莫尔先生的感激之情所发出的最后一声叹息，在此之前，他一直不由自主地被这种感激之情折磨着。

"别急，贵族先生们，我懂得这套不择手段的小伎俩；马斯隆神父或者神学院的卡斯塔内德先生也不会比你们干得更漂亮了。你们从我这儿夺去这封挑逗性的信，我就可以成为科尔马的卡隆上校第二了。

"等一等，先生们，我要把这封致命的信放在小包里封得严严实实，送给皮拉尔神父保管。他是一个正直的詹森派信徒，这样的人是不会受金钱诱惑的。对了，不过他爱拆信……我还是把这封信寄给富凯吧！"

应该承认，于连的目光是凶狠的，他的面目可憎，给人一种十足的犯罪的感觉。这个不幸的人正在与整个社会作战。

"拿起武器！"于连喊道。他一步跳下了拉莫尔府邸前的几级台阶。他走进街角一个代书人的铺子里，他的神情使代书人感到十分害怕。"请您给我抄一份！"他对他说道，并把德·拉莫尔小姐的那封信递给他。

在代书人抄信的时候，他亲笔给富凯写了一封信，请求他为他保管一件珍贵的东西。"但是，"他又停笔想道，"邮局的书信检查处将会拆开我的信，把你们要寻找的这封信交给你们……不，先生们。"他去一家新教徒开的书店买了一本很大的《圣经》，把玛蒂尔德的那封信极为巧妙地藏在封皮里。然后他让人把整本书包装好，将包裹交给驿车捎走了；收件人是富凯的一个工人，在巴黎，没有人知道这个工人的名字。

这事办妥以后，他轻松愉快地回到拉莫尔府。"现在，该轮到我们了！"他高声喊道，他把自己锁在卧室里，脱去了外衣。

"怎么，小姐，"他在给玛蒂尔德的信中写道，"正是德·拉莫尔小姐，通过她父亲的仆人阿尔塞纳之手，给汝拉山区的一个穷木匠送去了一封颇具诱惑性的信，这无疑是为了愚弄他的单纯……"接着，他把刚才收到的那封信中的最明显地表示爱情的句子抄录了下来。

他的这封信足以为德·博瓦西骑士外交上的谨慎态度争光。此时才十点钟，于连陶醉在幸福和对自己力量的感受中，这种感受对一个可怜虫来说，是那样的新奇。他走进了意大利剧院，他听见他的朋友热罗尼莫在唱歌。音乐从未使他兴奋到这种地步。他简直成了一位天神。

第十四章　少女的心事

多少困惑！多少不眠之夜！伟大的天主啊！我将使自己成为令人轻视的人吗？连他本人也将轻视我。然而他离去了，他走远了。

——阿尔弗雷德·德·缪塞

　　玛蒂尔德写这样一封信，并不是没有思想斗争的。不管她对于连的兴趣是怎样开始的，这种兴趣很快便征服了她的傲慢。从她记事的时候起，傲慢就是她心中的唯一主宰。现在，炽热的爱情第一次控制了这颗倨傲而冷漠的心灵。不过，这种爱情虽然征服了傲慢，但还是遵守着傲慢的种种习惯。可以说，两个月的内心斗争和新奇的感觉使她的整个精神状态焕然一新。

　　玛蒂尔德相信她看到了幸福。这种前景，对于那些具有高度智慧的勇敢的心灵来说，便有了无限的威力，当然这还需要与尊严和一切世俗的责任感作长期的斗争。一天早上七点钟，她走进她母亲的房间，请求允许她去维尔基埃隐居。侯爵夫人甚至不屑回答她的问题，便劝她回去睡觉。这是她服从庸俗的道德观和尊重传统意识的最后一次努力。

　　担心做错事，把害怕触犯凯吕斯、德·吕兹、克鲁瓦泽努瓦那类人视为神圣的那些观念，这在她的心灵上并没有多大的压力。在她看来，他们这种人生来就不配理解她；如果是购买一辆马车，或者是购买一块地产，她倒是可以去征求他们的意见。她真正感到恐惧的是，于连会对她不满意。

　　"也许，他也同样只是拥有杰出人物的外表吗？"

　　她讨厌缺乏个性。这是她蔑视簇拥在她周围的那些漂亮的年轻人的唯一理由。他们越是文雅地嘲讽那些脱离时尚或者自认为是追随时尚但又追随得不好的人，她越是瞧不起他们。

　　他们是勇敢的，不过仅此而已。"况且，又是怎样的勇敢呢？"她心想，"决斗，但决斗在今天只是一种仪式罢了。一切都在事先规定好了，甚至包括决斗者倒地时应该说的话也是如此。躺在草坪上，手放在胸口部位，应该慷慨地宽恕对方，还应该给一位美人儿留下一句话。这位美人儿常常是虚构出来的人物，或者是这么一位美人儿，她由于害怕引起怀疑，在您死去的当天就去参加舞会。"

215

"他们敢于率领一队刀光闪闪的骑兵去冒险,但是如果让他们单独地面对那种奇特的、意外的、真正丑恶的危险,他们又会是怎么样的呢?"

"唉!"玛蒂尔德想道,"只有在亨利三世的宫廷里,人们才可以看见性格和出身同样伟大的人!啊!如果于连曾经在雅尔纳克或蒙孔图尔服务过,我就不会再有怀疑了。在那精力和体力的时代里,法国人可不是玩偶。几乎可以说,战争的日子就是困惑最少的日子。"

"他们的生活不像埃及的木乃伊,被束缚在一个对任何人都一成不变的裹尸布里,并且永远束缚在同一块裹尸布里。的确",她又想道,"晚上十一点钟,从卡特琳·德·美第奇居住的苏瓦松府出来,孤身一人回家,比起今天去阿尔及尔来,需要更多的真正的勇气。一个人的生活就是一连串的风险。如今,文明和警察总监已经驱逐了危险,意外也已不复存在。如果这种意外出现在思想里,它就会招来说不完的讽刺挖苦;如果这种意外发生在事件中,由于恐惧,什么卑劣的事我们都会干得出来。不管恐惧使我们干出什么疯狂的事来,它都可以得到原谅。堕落而让人厌倦的世纪啊!假使博尼法斯·德·拉莫尔从坟墓里探出他那砍掉的头颅,在一七九三年看见他的十七名后代子孙像绵羊似的束手就擒,两天后被送上断头台,他会怎么说呢?死是无疑的,但是如果进行自卫,至少能打死一两个雅各宾党人,却又会被视作有失体面。啊,如果在法国的英雄时代,在博尼法斯·德·拉莫尔生活的世纪里,于连准会是骑兵上尉了,而我的哥哥,则会是一位年轻的教士,他品行端正,眼里闪烁着智慧的光芒,满嘴皆是大道理。"

几个月以前,玛蒂尔德就对遇见一个略微不同凡响的人已不抱有任何希望了。她曾允许自己给上流社会的一些年轻人写过信,从中获得了一点乐趣。一个年轻姑娘表现出的这种如此不体面、不谨慎的大胆行为,在德·克鲁瓦泽努瓦先生眼里,在她的外祖父德·肖纳公爵眼里,以及肖纳府所有人的眼里,都会被视作是一种耻辱,而全府上下的人眼见这桩计划中的婚姻告吹了,一定也想了解其中的原因。那些时候,玛蒂尔德只要逢到写信的日子,就会睡不着觉。不过这些信都只是一些回信。

现在她敢于说她的爱了。她首先(多么可怕的字眼!)给一个社会最底层的男人写信。

这件事万一被发现,肯定会带来永久的耻辱。去她母亲那儿的女人们,有谁敢站出来维护她呢?为了减轻客厅里可怕的蔑视的攻击,又能让她们说些什么呢?

用语言说出来已是可怕的了,更何况写成文字呢!拿破仑获悉在贝兰签署投降条约的消息后,大声地喊道:"有些事情是不能写在纸上的。"这句话还是于连告诉她的!仿佛是事先给予她的一个警告。

但是这一切还算不了什么,玛蒂尔德的忧虑还另有原因。她并不介意会在上流社会产生可怕的影响;也不介意那充满蔑视和永远洗刷不掉的污点——因为她污辱了她的门庭,而去写信给一个与德·克鲁瓦泽努瓦们、德·吕兹们、德·凯吕斯们完全不同类型的人。

即使是跟于连建立普通的关系，他那高深莫测的性格也令人害怕。何况她是要把他当作情人，也许还要让他成为她的主人呢！

"一旦于连能够完全支配我，他会有什么样的奢望呢？好吧！我将像美狄亚那样对自己说：'在那么多的危险中，我还是我自己'。"

她认为，于连对于贵族血统没有丝毫的敬意，也许更糟糕，他对她压根就没有爱情！

在这可怕的疑虑的最后时刻里，她想到了女性的自尊。"在一个像我这样的姑娘的命运里，一切都应该是非凡的，"玛蒂尔德不耐烦地高声说道。于是，从小人们便灌输给她的傲慢和道德展开了斗争。就在这时候，于连要离开这件事加速了一切的进展。

（幸亏这样的性格并不多见。）

晚上，夜深人静的时候，于连开了个玩笑，他让人将他那只很沉的箱子搬到楼下门房的屋里去。他吩咐一个跑腿的仆人搬运这只箱子，这人正在追求德·拉莫尔小姐的贴身女仆。"这一招可能不会有任何的结果，"他自言自语地说道，"但是，如果成功了，她会以为我已经走了。"他开了这个玩笑之后，便非常得意地入睡了。玛蒂尔德却一宿没有合眼。

第二天一大早，于连背着人溜出了府邸，但是他在八点钟以前又回来了。

他刚一走进图书室，德·拉莫尔小姐便出现在门口。他把回信交给了她。他思忖，他应该和她说说话；至少，没有比这更方便的了，但是德·拉莫尔小姐不愿听他说，她走开了。于连倒也乐意这样，因为他并不知道该向她说些什么。

"如果这一切不是她与诺贝尔串通好的把戏的话，那么很明显，是我那充满冷漠的目光，点燃了这位出身如此高贵的小姐敢于对我怀有的奇异爱情。我要是受到她的引诱，对这个浅栗色头发的高个儿的玩偶产生兴趣，那么我也傻得有点儿离谱了。"这一番推理，使他变得比以往任何时候都更加沉着冷静、更加有心计了。

"在这场正在酝酿的战役中，"他又想道，"出身的骄傲犹如一座高山，形成了她和我之间的军事阵地。那座高山，便是我进攻的目标。我留在巴黎是一大错误；如果这一切不过是一场玩笑，那么，这次推迟行期，不但会使我遭到轻视，而且还会使我受到伤害。离开这儿又有什么危险呢？如果他们是在戏弄我，我一走了之，便是对他们的戏弄。如果她对我抱有的兴趣含有几份真情的话，我的离去就会使她的兴趣增强一百倍。"

德·拉莫尔小姐的信使于连的虚荣心得到了如此强烈的满足，以致他嘲笑他的境遇的同时，竟然忘记了认真地考虑离去的好处。

于连性格中的一个致命弱点，便是对自己的错误极端敏感。他对于这次的失策，非常恼怒，几乎不再去想在这个小小的挫折之前所取得的那个难以置信的胜利了。九点钟左右，德·拉莫尔小姐又出现在图书室门口，她扔给他一封信，转身离去了。

"看来这将是一部书信体的小说，"他边说边捡起这封信，"敌人虚晃一枪诱敌深入，而我呢，将会以冷漠和道德来应战。"

这封信要求他做出决定性的回答；信中那高傲的口气更增添了于连内心的喜悦。他

217

兴致勃勃地写了足足两页纸来愚弄那些企图嘲笑他的人。在信的结尾他又开了一个玩笑,说他决定翌日清晨动身出发。

信写好以后,他想:"花园将是我交信的地点。"他来到花园,瞧着德·拉莫尔小姐的卧室窗户。

她的卧室在二楼,挨着她母亲的那个套房,但是底层与二层楼之间有一个很大的夹层。

这二层楼很高,当于连拿着信在椴树下的小径上来回走动时,从玛蒂尔德小姐的窗口并不能看见他。那些修剪得很好的椴树形成的拱顶挡住了视线。"怎么搞的!"于连气恼地想道,"这又是一件不谨慎的事! 如果他们企图嘲弄我,企图让人看见我手中拿着一封信,这便是帮了敌人的忙了。"

诺贝尔的卧室恰好在他妹妹卧室的上面,如果于连从修剪过的椴树枝形成的拱顶后走出来,伯爵和他的朋友们就能清楚地看到他的一举一动。

这时候,德·拉莫尔小姐出现在她的玻璃窗后,他半露出他的信,她点了一下头。于连立刻上楼奔向自己的卧室,恰好在楼梯上碰到了美丽的玛蒂尔德,她眼里含笑,落落大方地接过了信。

"那个可怜的德·雷纳尔夫人,"于连心想,"即使在我们有了六个月的亲密关系之后,当她敢于从我手里接收我的一封信时,她的眼里还闪烁着多么强烈的激情啊! 我相信她从没有用这种含笑的目光注视过我。"

至于他其余的反应,表现得并不那么明显,他是对那些无聊的动机感到羞愧了吗?"但是,"他又继续想道,"她那漂亮的晨装,她那高雅的举止,也是多么的不同啊! 一个具备鉴赏力的人,在三十步开外看见德·拉莫尔小姐,就能够猜出她在社会中所占有的地位。这就是人们所说的鲜明的优点了。"

于连尽管开着玩笑,但仍然没有和盘托出自己的全部思想。德·雷纳尔夫人没有德·克鲁瓦泽努瓦侯爵可以为于连而牺牲。当时,于连的情敌只有那个卑贱的专区区长夏尔科先生,他自称姓德·莫吉隆,这是因为现在使用德·莫吉隆这个姓氏的人已经没有了。

五点钟,于连收到了第三封信,这封信是从图书室的门口扔给他的。德·拉莫尔小姐依然又跑开了。"真是十足的写信狂!"他自言自语地笑着说道,"我们彼此当面谈话是如此方便! 显而易见,敌人想要得到我的信,而且是不止一封信!"他并不急于拆开这封信。"又是些漂亮的词句,"他心想。可是,当他读信时,他的脸色变得苍白了。这封信只写了八行字:

我需要和您谈谈;今晚我必须和您谈。深夜一点的钟声敲响时,您到花园里来。园丁的大梯子放在井边,您把它搬过来,靠在我的窗子上,然后爬进我的房间。月色明亮,没有关系。

第十五章　这是一个阴谋吗？

啊！一个伟大的计划，从设想到实施，这中间的一段时间是多么令人痛苦啊！多少虚惊！多少犹豫！这关系到生命；远不止生命，还有荣誉！

——席勒

"这么一来事情可就严重了，"于连心想……"而且有点太明显了，"他考虑了一会又补充道，"怎么回事！这位漂亮的小姐本可以和我在图书馆里谈话的！感谢天主，她有绝对的自由。侯爵怕我让他看账目，从不来图书室的。况且，德·拉莫尔先生和诺贝尔伯爵，这两个唯一会上这儿来的人，几乎整天都不在家，我们也很容易知道他们何时回府。而崇高的玛蒂尔德小姐，即使向她求婚的是一位君王也不算太尊贵，她居然要我去干一桩可怕的冒失事！"

"显然，他们是想毁了我，或者至少是想愚弄我。起初，他们想借我的信来毁了我，但是那些信措辞都很谨慎；好吧！他们现在需要一个昭然若揭的行动了。这些漂亮的先生们以为我太愚蠢，太狂妄。见鬼去吧！在最皎洁的月光下借助梯子，爬上二丈五尺高的二层楼！他们有充分的时间看见我，甚至邻近府邸里的人也能看见我。我在梯子上的姿态一定很优美！"于连上楼回到自己的卧室里，一边开始整理箱子，一边吹着口哨。他已决定离开这里，甚至不写回信。

但是，这一明智的决定并未给他带来内心的平静。"万一玛蒂尔德是真心诚意的呢！"他关上了箱子，突然想到，"那么，我在她眼里就扮演了一个十足的懦夫。我没有高贵的出身，但我需要伟大的品格，这品格不是善意的假设，它能够当场兑现，并能以有力的行动加以证明……"

他在卧室里来回踱步，足足有一刻钟时间。"否认有什么用呢？"最后他自语道，"那样我在她眼里将会是一个懦夫。我不仅失去了在德·雷斯家的舞会上被大家公认的上流社会最杰出的女人，而且失去了看见德·克鲁瓦泽努瓦侯爵成为我的牺牲品所带来的绝妙乐趣。他是公爵的儿子，而且不久以后他本人也要成为公爵。这个可爱的年轻人拥有我缺少的种种优势：机智、出身、财富……

这个悔恨将会折磨我一生，但并不是因为她，情妇有的是！

　　……但名誉只有一个！

老唐·狄哀格曾这么说过。现在很明显，我遇到第一个危险就退缩了，因为那次与德·

博瓦西先生的决斗不过是个玩笑而已。这一回可完全不同了,我可能遭到某个仆人的射击——但这只是最小的危险——我还可能名誉扫地。

"这就严重了,我的孩子,"他模仿着加斯科尼人的方言和快乐的口气补充道,"这事关名誉。一个像我这样被命运抛在如此低微的位置上的可怜虫,永远不会再找到这样一个机会了。我今后可能会再交好运,但绝不会超过这一次……"

他沉思了许久许久,急促地来回踱着步子,并不时地突然停住脚步。他的卧室里有一尊黎塞留红衣主教的精美的大理石半身塑像,他的目光不由自主地被吸引住了。这尊塑像在灯光的照耀下,仿佛正用严厉的目光注视着他,似乎在责备他缺乏法国人性格中应有的果敢。"伟大的人啊,如果是处在您的那个时代里,我还会犹像吗?"

"就以最坏的打算,"于连最终想道,"我们假设这一切是个陷阱,这对一个年轻姑娘来说也是非常耻辱的事,并且会严重地损害她的名誉。他们知道我不是一个能保持沉默的人,因此必须将我杀死。这在一五七四年博尼法斯·德·拉莫尔的那个时代,倒是可以行得通的,然而今天的德·拉莫尔却不敢。如今的人和过去不一样了。德·拉莫尔小姐如此受人嫉妒!那样的话,明天人们便会在四百个客厅里传播她的丑闻,而且是那样地兴致勃勃!

"仆人们私下议论过我受到特别的偏爱,我知道,我曾听他们说起……"

"另外,她的信!……他们可能以为我会把信随身带在身上。他们在她的卧室里将我擒住,抢去我的信。我将对付两个人,三个人,四个人,谁知道呢?但是他们到哪儿去寻找这样的人呢?在巴黎,什么地方可以雇到守口如瓶的人呢?法律让他们害怕……当然啰!一定是德·凯吕斯们,德·克鲁瓦泽努瓦们,德·吕兹们,他们自己来干。那种时候以及我在他们中间扮演的愚蠢的角色,对于他们一定有诱惑力。当心阿贝拉尔的命运,秘书先生!"

"好吧!先生们,等着瞧吧,你们会留下我的印记的,我会像恺撒的士兵在法萨罗时那样,朝脸上打……至于那些信,我会把它们放在安全的地方。"

于连抄录了最后两封信,将抄件隐藏在图书室里一卷装帧精美的伏尔泰文集里,并亲自将原信送到邮局寄走。

"我将做出多么疯狂的举动啊!"当他回来的时候,他又惊又怕地对自己说。足足有一刻钟的时间他没有再去考虑他当夜将要采取的行动。

"但是,如果我拒绝了,我以后便会自己瞧不起自己!这样做将会使我终身疑虑重重,而这种疑虑则是不幸中最痛苦的不幸。对阿芒达的情夫我不是已经体验过这种不幸了吗!我相信,假若是一桩非常明显的罪行,我会比较容易地宽恕自己。一旦承认了,我便会将它抛之脑后。"

"怎么!一种命运,由于幸福而令人难以置信的命运,把我从芸芸众生中挑选出来,让我去和一个拥有法国最高贵姓氏的人较量,而我却心甘情愿地自叹不如他!其实,不赴约就是怯懦。这句话决定了一切,"于连高声说道,同时站起身来……"况且,她是那么漂亮。

"如果这不是一个圈套,她对我是多么痴情啊!……如果这是一次愚弄,当然!先生们，是否使这个玩笑成为一桩严肃的事情，就全在于我了，我会这么做的。"

"可是，如果我一进入卧室，他们就捆住了我的胳膊呢？他们也许已经布下了什么巧妙的机关！"

"这就像是一场决斗，"他笑着想道，"我的剑术教师曾经说过，任何进攻都有防御的办法，但是仁慈的天主希望结束争斗，便让两个中的一个忘记了招架。再说，我这儿有家伙回敬他们。"他从口袋里掏出两把手枪，尽管弹药并未失效，但他还是将它们重新更换了。

还有几个小时的等待。为了找点事情做，于连给富凯写了一封信："我的朋友，只有发生意外的情况，当你听说我遇到了什么怪事，你才可以打开信中的附件。到那时，请把我寄给你的信稿中的人名删去，抄写八份分别寄给马赛、波尔多、里昂、布鲁塞尔等地的报馆。十天之后，你让人把这封信稿印出来，第一封寄给德·拉莫尔侯爵；半个月之后，将剩余的印件在夜间撒满维里埃尔的大街小巷。"

这封只有在发生意外情况时富凯方能拆开看的短短的辩白书，以故事的形式写成，于连尽可能使它不牵扯到德·拉莫尔小姐，但是他十分准确地描写了自己的处境。

于连刚封好包裹，晚饭的钟声就敲响了，这钟声使他的心怦怦地跳得个不停。他的思绪仍然沉浸在他刚刚所写的故事里，充满了一种悲剧性的预感。他已经看见自己被仆人们抓住，捆绑起来，嘴里塞着东西，被押进地下室，由一个仆人看守着。如果贵族家庭的荣誉要求这个惊险故事有个悲惨的结局，只要使用那种不留痕迹的毒药，便可轻而易举地了结这一切。到那时，他们可以说他死于疾病，把他的尸体抬到他的卧室里去。

于连像一个悲剧作家一样被自己的故事打动了，当他走进餐厅时，他确实感到了害怕。他注视着每一个穿着号衣的仆人，研究他们的相貌。"哪几个人被选派执行今晚的任务呢？"他暗暗地思忖，"在这个家庭里，人们是那样牢牢地记着亨利三世宫廷里的那些往事，并且是那样时常地挂在嘴边，因此当他们认为自己受到了侮辱的时候，会比其他同等地位的人更加果断。"他审视着德·拉莫尔小姐，想从她的眼睛里看见她家里人的打算。她的脸色苍白，活像是一副中世纪人的面容。他从来没有看到她有如此非凡的气派，她确实既美丽又威严。他几乎真的爱上她了。"Palida morte futura，"他想道。（她脸色苍白，显示出她的伟大计划。）

晚饭后，他佯装散步，在花园里溜达了许久，但是枉费心机，德·拉莫尔小姐一直没有露面。在这个时候能和她谈谈，也许能解除他心头的沉重负担。

为什么不承认这一点呢？他是感到害怕了。但是他已经决定采取行动，因此，陷入这种情感之中他也就毫无羞耻感了。"只要采取行动时我找到了必需的勇气，"他想道，"至于此刻我会产生何种感觉，这又有什么关系呢？"他去查看了地形，并试了试梯子的重量。

"这种工具，"他笑着想道，"我命中注定了要使用它！这儿就像在维里埃尔一样。多么不同啊！那时候，"他叹了口气又补充道，"我无须怀疑我为她冒险的那个人。危险的程度也是多么地不同啊！

"如果我被打死在德·雷纳尔先生的花园里，我的名誉不会受到任何损害。人们会很

容易把我说成死因不明。而在这里,在肖纳府,在凯吕斯府、雷斯府等客厅里,总之在这儿的任何地方,什么骇人听闻的故事编造不出来呢。我在后人们眼中将会成为一个恶魔。

"在两、三年内,"他继续笑着想道,并嘲弄着自己,但这个想法使他感到沮丧,"而我呢,人们能根据什么来为我辩护呢?就算富凯把我留下的那些信印出来,这也不过是多了一桩耻辱的行为而已。怎么!我被收留在一个家庭里,为了报答我在这个家庭里受到的款待和关怀,我印了一本小册子,公布了这个家庭里所发生的事情!我损坏了妇女的名誉!啊,千万使不得,我宁可上当受骗!"

这是个可怕的夜晚。

第十六章　凌晨一点钟

> 这座花园很大,是几年前被精心设计
> 出来的。但是那些百年以上的古树,早在
> 亨利三世时代就已经出现在那块如此著名
> 的修士草坪上了。在那儿,人们可以感受
> 到几分田园的风味。
>
> ——马辛杰

于连正打算写一封信给富凯,取消原来的决定,十一点的钟声敲响了。他转动卧室房门的钥匙,弄出了响声,好像是把自己锁在了屋里。然后,他迈着轻轻地步子,观察整幢楼房的动静,尤其是注意仆人们居住的五楼。他没有发现什么特别的迹象。德·拉莫尔夫人的一个女仆在举行晚会,男仆们都在欢快地畅饮潘趣酒。"他们如此开怀大笑,"于连心想,"不可能参与今夜的行动,否则他们是会比较严肃的。"

最后,他来到花园里一个阴暗的角落里站住。"假设他们的计划瞒着家里的仆人,他们会让负责抓我的人从花园的墙头上翻进来。

"如果德·克鲁瓦泽努瓦先生对此事的态度略有几分冷静的话,他应该察觉到,在我踏进她的房间之前就让人把我捉住,这样做对于他想与之结婚的年轻姑娘的名誉来说,是可以少受损害的。"

他进行了一次十分精确的军事侦察。"这关系到我的荣誉,"他思忖,"如果我出了什么差错,我想我将没有理由对自己说:我事先没有料到这一点。"

天气是令人绝望的晴朗。

他去搬那个巨大的梯子,等待了五分钟,为的是给她留下重新考虑的时间。一点零五分,他把梯子靠在玛蒂尔德的窗户上。他握着手枪,悄悄地登上梯子,他感到惊讶,竟然没有遭到袭击。当他靠近窗口时,窗户无声地打开了。

"先生,您来了,"玛蒂尔德非常激动地对他说道,"一个小时以来,我一直注视着您的动静。"

于连十分地局促不安,不知该怎么办才好,他的心里根本就没有爱情。他在窘迫中想到,应该壮起胆子来,于是他试图去拥抱玛蒂尔德。

"呸!"她说着推开了他。

他很高兴遭到对方的拒绝,急忙向四周扫了一眼:外边的月色十分明亮,在玛蒂尔德的房间里投下了漆黑的阴影。"那里很可能藏着一些人,只是我看不见而已,"他心想。

"您衣服侧袋里藏着什么?"玛蒂尔德问他,她很高兴为自己找到了一个话题。她感到格外的痛苦,一个出身高贵的姑娘与生俱来的那种矜持和羞怯的感情,在她身上又占了上风,并且深深地折磨着她。

"我带着多种武器和手枪呢,"于连答道,他也为自己有话可说感到高兴。

"应该把梯子放倒在地上,"玛蒂尔德又说。

"梯子太大了,会砸坏下面客厅或夹层的玻璃窗。"

"不会砸坏玻璃窗的,"玛蒂尔德又说,她试图用日常说话的口气,但是做不到,"我看,您可以用一根绳子拴在第一道梯级上把梯子放倒。我的屋里总是备有绳子的。"

"这就是坠入情网的女人!"于连心想,"她敢于说出她在恋爱了!在这些防范措施中,她表现得如此冷静,如此明智,这足以向我表明,我并没有战胜德·克鲁瓦泽努瓦先生,就像我所愚蠢地认为的那样,我只是接替他罢了!其实,这和我又有什么关系!难道我爱上她了?侯爵一定会非常恼火他有了一个接替者,如果知道了这个接替者是我,那么他会更加恼火呢,从这个意义上来说,我是战胜了侯爵。昨天晚上,他在托尔托尼咖啡馆看见我,他的目光是多么的傲慢,并且装着没有认出我的样子;当他实在躲避不开,不得不向我致意时,他的神情又是多么的凶恶啊!"

于连把绳子拴在梯子一端的第一道梯级上,慢慢将梯子放下去,并将身体尽量探出晒台外,以免梯子碰到玻璃窗。"倘若有人藏在玛蒂尔德的卧室里,"他心想,"这倒是杀我的好机会。"但是,四周依然是一片寂静。

梯子触到了地面,于连终于使它横卧在墙边栽着异国花草的花坛里。

"当我母亲看见她美丽的花草都被压坏了,"玛蒂尔德说道,"她会怎么说呀!……必须把绳子扔下去,"她极其冷静地补充道,"如果有人发现绳子一直通到晒台上,这种情形将难以解释的。"

"那我将如何出去呢?"于连模仿着克里奥尔语打趣地说道。(府里有一个女仆,出生在圣多明各。)

"您从房门出去,"玛蒂尔德答道,她对这主意感到挺得意。

"啊!这个年轻人值得我奉献出全部的爱!"她心想。

于连刚把绳子扔到花园里,玛蒂尔德就抓住了他的胳膊。他以为自己被敌人捉住,迅速转过身来,并抽出一把匕首。她相信,她听见了一扇窗子打开的声音。他们俩一动

不动,屏住呼吸。月光正好照在他们的身上。声音没有再响起,他们再没有什么可担心的了。

于是,窘迫又开始了,双方又都强烈地感到了局促不安。于连查实门上的插销已经全插上了;他很想看一看床底下,但又不敢看;他们可能在那儿隐藏了一两个仆人。他担心将来会责备自己不够谨慎,他终于还是看了。

玛蒂尔德陷入了极端羞怯而引起的恐慌中,她对自己的处境感到了害怕。

"您把我的信怎么处置了?"她终于说道。

"如果这些先生们在偷听,这是多么好的一个机会。这不但可以挫败他们的计划,而且可以避免一场战斗!"于连心想。

"第一封信藏在一本很大的新教《圣经》里,昨晚的驿车已经把它带到离这儿很远的地方。"

说到细节部分,他讲得特别清晰,以便让可能藏在两个桃花心木大衣橱里的人听见,他还未敢查看这两个衣橱。

"另外两封信也已送交邮局,寄往同一个地方。"

"啊,伟大的天主! 为什么要这样谨小慎微呢?"玛蒂尔德惊讶地说道。

"我为什么要撒谎呢?"于连心想,于是他向她承认了他所有的疑虑。

"原来,这就是你的信措辞冷淡的原因啊!"玛蒂尔德嚷道,她的语调与其说是温柔的,还不如说是狂热的。

于连没有注意到这个细微的差别。对方说话时以"你"相称,使他神魂颠倒,至少他的疑虑完全消失了。他自视他的地位提高了。他大胆地将这位如此美貌、如此受他敬重的姑娘抱在怀里,对方没有完全拒绝他。

他像从前在贝藏松同阿芒达·比奈在一起时一样,借助自己的记忆,背诵了几句《新爱洛绮丝》中的最美妙动人的句子。

"你有男子汉的胆量,"她说道,并不太留心听他那些漂亮的句子,"我承认,我是想考验你的勇气。你最初的怀疑和你的决心表明,你比我想象的还要勇敢。"

玛蒂尔德努力以"你"相称,显然,她过于注重这种谈话的奇特方式,而忽略了她说话的实质内容。这种称呼的方式在语调上并没有给人以丝毫温柔亲切的感觉,不一会儿功夫于连便不再感到有任何快乐了。他觉得惊奇,居然没有什么幸福的感受;最后,为了感受到它,他只得求助于理智。他看见自己受到这个姑娘的尊重,她是那样的高傲,她从不会毫无保留地称赞别人。经过这番推论,他终于体会到了一种自尊心得到满足的幸福。

说实在的,这并不是他有时在德·雷纳尔夫人身边感受到的那种心灵上的快乐的感受。多么不相同啊,伟大的天主! 从一开始,他的情感里就没有丝毫温柔多情的成分,那只是一种野心得以满足后的最强烈的幸福感,而于连又特别有野心。他又谈起他怀疑的那些人和他发明的那些防范措施。他一边说,一边思考着采取什么方式进一步利用他所取得的胜利。

玛蒂尔德仍然非常窘迫不安,她似乎被自己的举动吓坏了,能找到一个话题,她觉得挺高兴。他们谈起今后见面的方式。于连在这次讨论中,再次表现出他的才智和勇气,心中好不得意。他们要对付的是一些非常精明的人,小唐博肯定是个密探,但是玛蒂尔德和他也不是愚笨的人。

无论商议什么事,还有比在图书室里幽会更便当的吗?

"我可以在府邸上下各处走动而不引起任何怀疑,"于连补充道,"甚至几乎可以去德·拉莫尔夫人的卧室。"到她女儿的卧室,一定得经过她的卧室。如果玛蒂尔德认为他最好总是爬梯子上来,他会怀着一颗欣喜若狂的心,去冒这个小小的危险的。

玛蒂尔德听他说着话,对他那副得意扬扬的神态颇为反感。"看来他成了我的主人了!"她心想。她已经感受到悔恨的折磨。她的理智对她刚才所干的这桩出奇的荒唐事已经感到了憎恶。如果她能够办得到的话,她会让自己和于连同归于尽。当她的意志力暂时抑制住她心头的悔恨时,羞怯心和受到损害的贞洁观又使她变得十分不幸。她压根没有料到自己会陷入如此可怕的境地。

"然而我必须和他说话,"她最后对自己说道,"和情人说话,这是理所当然的事。"于是,为了履行她的职责,她温柔多情地向他叙述了这些天来她为他所做出的种种决定,不过这种温柔多情多半表现在她使用的言辞中,而不是表现在她说话的声调里。

她曾经做出决定,如果他能按照她所要求的那样,敢于借助园丁的梯子进入她的卧室,她将完全属于他。但是绝不会有人用比她更冷漠、更礼貌的语调,说出如此情意绵绵的事情来了。直到现在,这场幽会始终是冷冰冰的,冷得简直会让人对爱情感到憎恨。对于一个轻率的姑娘来说,这是怎样的道德教训啊!为了这样的一刻,难道就值得毁掉她那美好的未来吗?

经过长时间的犹豫,玛蒂尔德终于成了于连可爱的情妇。在一个肤浅的观察者的眼里,这种长时间的犹豫可能会被认为是一种最明显的憎恶造成的结果。一个女人要战胜自己应该怀有的情感,即使对于像她这样意志坚定的人来说,也是很不容易的。

事实上,这种激情多少带有一点勉强性。他们那种热烈的爱情与其说是真实的,还不如说是在仿效某种榜样。

德·拉莫尔小姐认为,她是在对自己、对她的情人履行一种职责。"可怜的小伙子,"她心想,"他刚才表现出十足的勇气,他应该幸福,否则就是我缺乏刚强的性格了。"但是,只要能摆脱她眼下所要尽的残酷的义务,她还是情愿忍受永久的不幸。

不管她内心的斗争有多么激烈,她还是完全履行了她的诺言。

没有任何悔恨,没有任何责备,来破坏这一个夜晚。在于连看来,这一夜与其说是幸福的,还不如说是奇异的。伟大的天主!这与他在维里埃尔最后逗留的那二十四个小时相比,有多么不同啊!"巴黎这些文雅的风度,居然巧妙地破坏了一切,甚至也破坏了爱情,"于连思忖着,感到非常的不公平。

他站在一个巨大的桃花心木橱里,考虑着这些问题。因为刚才听见隔壁的德·拉莫

尔夫人的套房里传来声响，玛蒂尔德便让他躲进了橱子里。玛蒂尔德随她的母亲做弥撒去了，女仆们也都离开了套房。于连趁她们回来结束她们的工作之前溜了出去。

他翻身上马，缓步行进，在默东森林里寻找着那些最僻静的地方。他感到幸福，更感到惊奇。这种不时涌入他心田的幸福，就如同一个年轻少尉干了某件惊人的事情之后，被司令官一下子提拔为上校时的感受一样。他觉得自己被带到一个很高的地方，昨天还高高在他之上的一切，现在已经在他的身旁，甚至是在他之下了。随着他越走越远，他的幸福也在逐渐地增长。

如果说在他心里没有丝毫的柔情，那是因为玛蒂尔德对待他的一切行为——无论说出来多么令人感到诧异——都是在履行一种职责。在这一夜发生的所有事情中，她所找到的，并不是小说中所描写的神奇美妙的激情，而是不幸和羞耻。除此之外，对于她来说，便没有什么出乎意外的东西了。

"是我错了吗？难道我对他没有爱情吗？"她自言自语地说。

第十七章　古　剑

> 现在我要严肃起来——是时候了，
> 因为如今"笑"已被人指为过于认真，
> 美德对罪恶的嘲笑也已成为罪恶。
>
> ——《唐璜》第十三章

吃饭的时候她没有露面。晚上她来到客厅里待了一会儿，但是没有朝于连看一眼。这种态度使于连感到诧异。"不过，"他心想，"我得承认，我并不了解上流社会的习俗，我只是每天无数次地看见他们生活中的那些动作而已，以后她会把这一切都向我解释清楚的。"然而，在最强烈的好奇心驱使下，于连还是禁不住研究起玛蒂尔德面部的表情来了。他不能不承认，她的神情既冷酷又凶狠。显然，这和昨夜的那个女人简直是判若两人。当时她沉浸在幸福的激情中，或者说是假装地沉浸在幸福的激情中。那激情因为太过分，使人难以置信是真实的。

第二天，第三天，她的态度同样的冷漠，她压根就不拿正眼瞧他，似乎没有感觉到他的存在。强烈的不安的情绪折磨着于连的心，头一天唯一能激励着他的那些胜利感，现在却离他有千里之远了。"难道她又突然恢复了道德的观念了吗？"他心想，不过，这种想法对于高傲的玛蒂尔德来说，未免太庸俗了。

"在日常生活中，她并不怎么相信宗教，"于连思忖，"她喜爱宗教，只是因为这有利于她的社会等级利益。"

"但是，她会不会仅仅出于女性的脆弱，强烈地谴责自己所犯下的无法挽回的错误呢?"于连相信自己是她的第一个情人。

"不过,"后来他又想道,"应该承认,在她的整个态度中,没有丝毫的天真、单纯和温柔;我从来不曾看见她比现在更像是一位刚从王位上走下来的女王。她会是蔑视我吗?仅仅由于我出身低微,就值得她去责备自己为我做出的事了。"

于连内心充满了来自书本的和对维里埃尔的回忆的种种偏见,他幻想着一位温柔的情妇,她从使她的情人幸福的那一刻起,就不再想到自己的存在。当他沉湎于他的梦幻中时,玛蒂尔德的虚荣心却发作起来,对他深感恼火。

两个月以来,她已不再感到烦闷,所以她也不再害怕烦闷了。因此,于连万万没有料到,他已失去了他最大的优势。

"我竟然给自己找了一个主人!"德·拉莫尔小姐自言自语地说,她激动地在卧室里来回踱着步,"他充满了荣誉感,好极了;但是如果我把他的虚荣心逼向绝境,他会进行报复,将我们的私情公之于众。这就是我们这个世纪的不幸,哪怕是最离奇的堕落也治愈不了我们的烦闷。"于连是玛蒂尔德的第一个情夫,在这种生活境况下,即使最冷酷的心灵,也能够产生一些温柔的幻觉,然而,她却陷入了痛苦不堪的沉思中而难以自拔。

"他拥有支配我的巨大权力,因为他是通过恐怖来建立他的统治的,如果我把他逼得太甚,他就会非常残忍地惩罚我。"单是这一个想法,就足以使玛蒂尔德小姐去侮辱他,因为勇敢是她性格中的首要品格。她要拿她的整个生命进行赌博,除了这一念头之外,无论什么也不能给她带来刺激,治愈她那不断滋生的烦闷了。

第三天,由于德·拉莫尔小姐仍然执意不肯看他一眼,于是晚饭之后,于连显然是违背了她的意愿,跟着她进入了弹子房。

"好吧,先生,既然您不顾我明确表示出的意愿,非得要找我说话,"她勉强压住心中的怒火,对他说道,"您是否以为,您已经获得了支配我的强大权力了呢?……您是否知道,世上还没有人敢于如此大胆吗?"

没有什么比这一对年轻的情人之间的谈话更为有趣的了。他们不知不觉地被对方激怒了,彼此都怀着一种最强烈的憎恨的感情。他们双方都没有耐性,却又都有着上流社会的习惯,因此他们很快便直截了当地宣称,他们从此永远断绝关系。

"我向您发誓,永远保守秘密,"于连说,"我甚至还可以发誓,我将永远不和您一个礼便走开了。

他并不太困难地就完成了这项他所谓的责任;他根本就不相信自己已经深深地爱上了德·拉莫尔小姐。毫无疑问,当他三天前被藏在那个巨大的桃花心木橱子里的时候他还并不爱她。但是,从他看见他和她永远断绝交往的那一刻起,这一切在他的心灵中都发生了迅速的变化。

他那残酷的记忆开始为他再次勾勒出那天晚上最细微的情节。实际上,那一夜给他留下了十分冷酷的印象。

在宣布永远断交的第二天晚上,于连几乎要发疯了,他不得不承认他爱上了德·拉

随着这一发现而来的便是可怕的内心斗争,他的感情全被搅乱了。

一周以后,他不但不能骄傲地面对德·克鲁瓦泽努瓦先生,反而几乎想抱住他痛哭一场。

对于不幸遭遇的习以为常,使他略为恢复了理智,他决定动身去朗格多克。他收拾好行装去了驿站。

他来到驿车售票处,当有人告诉他,碰巧明天去图卢兹的驿车还有一个空位时,他觉着自己就要晕倒了。他订下了那个座位,返回德·拉莫尔府去向侯爵禀报,他将动身旅行。

德·拉莫尔先生外出没在家。于连半死不活地走进图书室里等候。当他发现德·拉莫尔小姐也在那儿时,他又会是怎样一种情形呢?

她见他进来,便摆出一副恶狠狠的样子,对此,他是不可能误解的。

深陷于不幸中的于连,在惊异中丧失了理智,他一时竟然软弱起来,用发自心灵深处的最温柔的口气对她说道:"看来,您不再爱我了是吗?"

"我憎恶自己委身于一个邂逅相遇的人!"玛蒂尔德哭着说道,她对自己的行为悔恨交加。

"邂逅相遇的人!"于连一边嚷着,一边朝一把中世纪的古剑奔去,这把古剑作为古董收藏在图书室里。

在他向德·拉莫尔小姐说话时,他相信他的痛苦已经达到了顶点,当他看见她流出羞愧的泪水的时候,他的痛苦又增加了百倍。如果能杀了她,他便是世上最幸福的人了。

当他费了点力气从古老的剑鞘里拔出剑来的时候,一种十分新颖的感觉给玛蒂尔德带来了幸福,她高傲地朝他走去,泪水已经止住。

突然,于连想起了他的恩人德·拉莫尔侯爵。"我却要杀死他的女儿!"他心想,"多么可怕啊!"他做了一个扔剑的动作。"肯定,"他想,"她看见这个戏剧性的动作,会放声大笑的。"想到这里,他完全恢复了冷静。他好奇地注视着古剑的剑身,好像要在上面寻找一些锈斑似的,然后他把剑插进剑鞘,极其冷静地将它挂回到那颗镀金的铜钉上。

整个动作直到结束,进行得十分缓慢,足足持续了一分钟,德·拉莫尔小姐惊奇地看着他。"我差一点就被我的情人杀了!"她暗暗地想。

这个想法把她带回到查理九世和亨利三世那个世纪最美好的年代里。

她一动不动地站在于连面前,他刚刚把剑挂好;她注视着他,仇恨已从她眼中消失。应该承认,她此刻非常动人,肯定从没有任何一个女人比她更不像巴黎的玩偶了。(这个词表达了于连对这个城市妇女的最大的厌恶。)

"我又要爱上他了,"玛蒂尔德心想,"我刚才对他说话的口气是那样坚定,如果恰恰在此之后我再次失足,他肯定会确信他是我的主人了。"想到这里,她赶紧逃开了。

"我的主啊! 她是多么美丽啊!"于连边说边瞧着她跑去的背影,"就是这个人儿,在不到两个星期之前曾那么疯狂地投入我的怀抱……这样的时刻永远一去不复返了！这都是由于我的过错！在一个如此奇特、对我来说又如此重要的行动的时刻，我居然会对此无动于衷！……应该承认，我天生就具备一种十分平庸、十分不幸的性格。"

侯爵来了，于连急忙把要出门的事禀报了他。

"去哪儿?"德·拉莫尔先生问。

"去朗格多克。"

"不行，对不起，还有更重大的使命等待着您呢，如果您要外出的话，那将是去北方……甚至可以用军事术语来说，我禁止您离开府邸。您外出绝不能超过两三个小时，我可能随时需要您。"

于连行了个礼，一言未发地离去了，这使侯爵颇为吃惊。于连连说话的力气也没有了，他把自己关在卧室里。在那儿他可以自由自在地夸大他的命运的残酷。

"如此看来，"他心里想，"我甚至不能离开这儿了！天知道侯爵要把我留在巴黎多久。伟大的主啊！我竟没有一个朋友可以商量，我将会怎样呢？皮拉尔神父不会让我说完我的第一句话；而阿尔塔米拉伯爵为了让我散散心，会建议我去参与某一项阴谋。"

"不过我感到，我是疯了，我是疯了！"

"谁能指点我呢？我的命运将会怎样呢？"

第十八章 残酷的时刻

> 她向我承认了！甚至连最小的细节她都详尽地叙述了！她那双如此美丽的眼睛，凝视着我的眼睛，流露出她对另一个人怀有的爱情！
>
> ——席勒

玛蒂尔德小姐心醉神迷，一心只想着她险些被杀死的幸福。她甚至要对自己说："他不愧做我的主人，因为他险些杀死了我。要有多少上流社会的漂亮青年熔合在一起，才能产生这样一种热情的举动呢？

"应该承认，当他登上椅子，把剑恰到好处地放回室内装潢师为它安排的那个别致的位置上时，他确实非常漂亮！总之，我还从来不曾如此疯狂地爱过他。"

此时此刻，如果能有什么重归于好的良策，她一定会欣然采纳的。于连把自己紧紧关在卧室里，陷入了最绝望的痛苦之中。在他那些疯狂的念头中，他曾想到去跪在她的脚下。如果他不是呆在一个偏僻的场所，而是在花园或府邸里走动，离机会更近些，也许

在一瞬间,他就能把那可怕的痛苦转为最强烈的幸福了。

我们指责他不够机灵,但是若有这种机灵,他便不会有拔剑出鞘的崇高举动了。此刻,正是这种举动,使他在德·拉莫尔小姐眼里显得如此漂亮。这种对于连有利的任性持续了一整天;玛蒂尔德把她曾经爱过他的那些短暂的时光,想象得美妙诱人,并为那些时光的逝去感到惋惜。

"事实上,"她暗自思忖,"我对这个可怜的小伙子的热情,在他看来,不过是从午夜一点钟当我看见他衣侧兜里揣着手枪,从梯子上爬上来的时候开始,持续到早上八点钟就结束了。一刻钟之后,在圣瓦莱尔教堂望弥撒时,我才开始想到他会认为他是我的主人,他很可能试图以恐怖的手段迫使我服从于他。"

晚饭以后,德·拉莫尔小姐不但没有避开于连,反而上前与他交谈,而且可以说是强求他随她去花园。他服从了,他缺乏应付这种考验的力量。玛蒂尔德已经不知不觉地屈服于她对他重新燃起的爱情了。她在他身边散步,感到无限快乐;她怀着好奇心瞧着他那双手,正是这双手早晨曾经握住一把剑要杀死她。

然而,在发生了这一切事情之后,再也不可能恢复他们过去的那种谈话了。

渐渐地,玛蒂尔德开始对他推心置腹地倾吐衷肠了。她在这种谈话中感受到了一种奇异的快感;她甚至向他冗长地描述她从前曾经对德·克鲁瓦泽努瓦先生,之后便是对德·凯吕斯先生有过那种瞬息即逝的感情冲动……

"怎么! 你竟然对德·凯吕斯先生也有过那种冲动!"于连嚷道;一个被抛弃的情人所能具有的痛苦的嫉妒,在这句话中是暴露无遗了。玛蒂尔德便是这样认为的,但她丝毫没有生气。

她继续折磨于连,向他详细地叙述着她昔日的旧情,说得绘声绘色,语气诚恳感人。他看得出,她所描绘的那些事她仍旧历历在目。他痛苦地注意到,她一边说,一边在她自己的心里又有了新发现。

由嫉妒而产生的不幸,已经到了不可再增加的地步。

怀疑一个情敌被爱过,这已经是非常残酷的事情;然而,亲眼目睹自己所钟情的女人详细地供认被情敌所激起的爱情,这无疑是痛苦的顶点了。

啊! 那种曾经促使于连自以为胜过凯吕斯、克鲁瓦泽努瓦之流的骄傲情绪,此时此刻受到了多么严厉的惩罚啊! 当他夸大他们那些最微小的优点的时候,他内心承受着多么深沉而真实的痛苦啊! 当他蔑视自己的时候,他又是出于何等炽热的诚意啊!

玛蒂尔德在他眼里是个无比非凡的人物,任何语言都无法表述他对她的极度崇拜。他和她并肩散步时,他悄悄地窥视着她的手、她的胳膊和她那女王般的仪态。他已经被爱情和痛苦摧垮了,他几乎就要拜倒在她的脚下,呼喊出:"怜悯我吧!"

"这个如此美丽,如此高于任何人的女人,她曾一度爱上了我,毫无疑问,她马上又会爱上德·凯吕斯先生了。"

于连无法怀疑德·拉莫尔小姐的真诚。她所说的每句话,都极其明显地流露出诚挚的语气。有时玛蒂尔德由于全神贯注地回忆她曾一度对德·凯吕斯先生怀有的感情，以致谈起他时，就像她现在还在爱着他似的。她的声音里的确含有爱情，于连对此看得十分明白。

在他的胸中即使注满了熔铅，他也不会有这么痛苦。这位可怜的小伙子，陷入了这种过度不幸的境地，他怎么能猜得到，德·拉莫尔小姐正是因为和他交谈，才饶有兴趣地去回忆她从前对于德·凯吕斯先生或者德·吕兹先生曾经怀有的那种不关痛痒的爱情的。

无论用什么言语也不能表达于连内心的痛苦。就在几天以前，他曾经在这条椴树成荫的小径上，等待着敲响深夜一点的钟声，进入她的卧室；而今，他又走在同一条小径上，倾听她详尽地讲述她对别人的爱情。一个人不可能承受比这更为强烈的痛苦了。

这种残酷的亲密关系持续了一个星期之久。玛蒂尔德有时似乎在寻找和他交谈的机会，有时也并不回避这种机会；他们两人仿佛都怀着一种残酷的快意，不时提起原有的话题，这便是她所叙述的她对别人曾经怀有的感情。她向他讲述她曾写过的情书，她甚至回忆起信中的每一句话，整句整句地背给他听。最后几天，她似乎是怀着一种恶毒的快乐的心情凝视着连。他的痛苦对于她来说就是一种莫大的享乐。她从中看出了她的暴君的弱点，因此她可以大胆地去爱他了。

可以看出，于连毫无人生经验，他甚至没有读过小说。假如他略微少一些笨拙，假如他对这位他如此爱慕、而又以如此奇特的方式向他倾诉衷肠的姑娘稍微冷静一点地说：“您得承认，尽管我比不上所有这些先生，然而您爱的毕竟是我……”

或许她会因为他猜中了自己的心思而感到高兴。至少成功完全取决于于连表达这一想法时的优雅的风度和他选择的时机。总之，无论如何，他都可以顺顺当当地摆脱一个在玛蒂尔德眼中即将变得单调乏味的局面，而且这么做对他是有利的。

“您不再爱我了，可我崇拜您！”一天，在一次长时间的散步后，于连对她这样说道，爱情和不幸已经使他失去理智。这差不多可以说是他所做的最大的一桩蠢事。

这句话在一瞬间便摧毁了德·拉莫尔小姐向他倾诉心曲时所得到的一切快乐。她开始感到惊奇，在这一切发生之后，他对她的叙述竟然不感到生气。当他说出这句蠢话之前，她甚至想象着他大概不再爱她了。“毫无疑问，骄傲的自尊心熄灭了他的爱情，”她暗暗地思忖，“他不是那种能够眼瞧着别人将德·凯吕斯、德·吕兹、德·克鲁瓦泽努瓦这般人随心所欲地置于自己之上的那种人，虽然他承认他们的地位比他要优越得多。不，我不可能再看到他跪倒在我的脚下了！”

前几天，于连出于他那不幸的幼稚，常常向她热烈地赞扬这些先生的那些超群的优良品质，甚至他对这种优点还言过其实地加以夸大。这种细微的变化，丝毫没有逃过德·拉莫尔小姐的眼睛，她为此而感到惊奇。于连那颗狂热的心灵，一边赞颂着一位他相信被爱着的情敌，一边又分享着那位情敌的幸福。

他的这句话如此坦率，然而又是如此愚蠢，顷刻间便改变了一切。玛蒂尔德确信于

连已经爱上了她,于是马上对他充满了鄙视。

当于连说出这句笨拙的话的时候,他们俩正在散步;她立刻离开了他,她最后的目光里流露出最可怕的鄙视。她回到客厅里,整个晚上再也没有瞧他一眼。第二天,这种鄙视占据了她的整个心灵。整整一个星期,她曾经把于连视作最亲密的朋友,从中获得了多少乐趣! 而如今,能够激发这些的那种冲动的感情再也不存在了。她只要见到他,就感到心情不快乐。很快,玛蒂尔德的这种感情便发展到了厌恶于连的地步。每逢她的目光遇上他,她都表现出难以形容的极端鄙视。

于连丝毫不了解玛蒂尔德内心所发生的这一切变化,但是他那敏感的自尊心能够分辨得出她的鄙视。他很知趣,尽可能地少在她面前出现,并且从不去瞧她一眼。

几乎可以说他是在极力逃避彼此见面的机会,但是,他这样做内心并不是没有巨大的痛苦。他相信他感觉到他的痛苦仍然因此而不断地增加。"一个男人内心所包含的勇气不可能承受得更多了,"他心里想。他把自己的时光都消磨在府邸顶楼的一扇小窗前,百叶窗被仔细地关闭好,当德·拉莫尔小姐出现在花园里时,他至少还能从那儿看见她。

晚饭以后,当他看见她和德·凯吕斯先生、德·吕兹先生或者某一位她向他承认她曾有过几分爱意的先生在一起散步时,他又会做何感想呢?

于连没有想到自己会遭到如此巨大的不幸。他差不多就要喊叫出来了。这个如此坚强的心灵终于被彻底搅乱了。

凡是与德·拉莫尔小姐无关的念头,在他看来都是可憎的;他甚至连撰写最简单的信函也难以去完成了。

"您是发疯啦!"一天早晨,侯爵对他说。

于连担心侯爵识破他的心事,便佯称是生病了,竟然让侯爵相信了。对他来说,幸运的是,德·拉莫尔先生在晚餐时拿他即将进行的旅行开玩笑,这使玛蒂尔德了解到他的这次旅行可能会时间很长。于连躲避她已有好些天了;而那些年轻人尽管那么光彩照人,拥有她曾经爱过的这个如此苍白如此忧郁的年轻人所缺乏的一切,然而,却再也没有力量把她从她的梦幻中唤醒过来了。

"一个普通的姑娘,"她心想,"会在这群吸引着全客厅目光的年轻人中间寻找意中人;但是天才的特征之一,就是不能让自己的思想步平庸之辈的后尘,按陈规行事。

"于连所缺少的,仅仅是我拥有的财富,如果我成为像他这种人的终身伴侣,我将继续引人注目,我这一生都不会默默无闻。我绝不会像我的表姐妹们那样,总是担心爆发革命,她们害怕人民,甚至不敢去抱怨一个为她们赶车的不称职的马车夫。我确信,我会扮演一个角色,一个伟大的角色,因为我所选择的人,具有坚强的个性和无限的野心。他所缺少的是什么呢? 朋友吗? 金钱吗? 这一切我都可以给他。"但是她在思想上,则多少有点儿把于连视作一个下等人,她可以随心所欲地在任何时候以任何方式使他发迹,至于于连对她的爱情,她是丝毫不加怀疑的。

第十九章　滑稽歌剧

> 唉！这春天的恋爱，
> 就像阴晴不定的四月天，
> 灿烂的阳光刚普照大地，
> 片刻间就又乌云一片！
>
> ——《维洛纳二绅士》

玛蒂尔德一心向往着未来和她所希望扮演的独特角色，很快也就怀念起她从前和于连之间常常进行的那些枯燥而抽象的讨论来。当这些如此深奥的思想使她感到厌倦时，有时她也怀念起她在他身边度过的那些幸福的时光。对这些往事的回忆，并不是没有悔意的，有些时候她甚至因为这种悔恨而感到难以忍受。

"但是，如果说人人都有弱点的话，"她心想，"一个像我这样的姑娘，仅仅为了一个有才华的男人，就忘却了自己的职责，那也是值得的。将来人们决不会说，诱惑我的是他那漂亮的小胡子，他那骑马的优雅姿态，而会说是他那有关法国前途的精辟分析，是他对于那些在我们这儿即将发生的事件可能与一六八八年英国革命相似的看法。我已经被诱惑了，"她面对自己的悔恨答道，"我是一个软弱的女人，但是至少，我没有像一个玩偶那样，被那些表面的荣华引入歧途。

"如果有一场革命的话，为什么于连·索雷尔不能扮演罗兰的角色呢？而我为什么就不能扮演罗兰夫人的角色呢？与德·斯塔尔夫人的角色相比，我更喜欢罗兰夫人这个角色；不道德的行为，在我们这个世纪里终将是一个障碍。当然人们不会再找到第二次失足行为来指责我，否则我会为此羞愧而死去的。"

应当承认，玛蒂尔德的深思并非都像我们刚才描述的这些思想那么严重。

她偷偷地注视于连，发现他的一举一动，都有着一种迷人的优雅风度。

"毫无疑问，"她心想，"我已彻底打消了他对我拥有任何权利的想法。

"一个星期之前，在花园里，当这个可怜的小伙子向我说出那句纯朴的爱情话语时，他那充满不幸和激情的神态，就充分地证明了这一点。一句闪烁着敬意和热情的话语，就使我恼羞成怒，应该承认，我确实太古怪了。难道我不是他的女人吗？他的话合情在理，而且应当承认，他也非常可爱。我和于连曾经进行了多次长谈，在这些谈话中，我承认，我只是向他极其残忍地讲述我的烦闷生活使我对上流社会的年轻人所产生的一些微不足道的爱情，他是那样地嫉妒这些年轻人。然而在那些谈话后，他却仍然爱着我。啊，但愿他能够知道，他们对他并没有多少危险！和他相比，他们显得多么苍白无力，仿佛都是一个模子里铸出来的。"

玛蒂尔德在思考这些问题的时候，她的母亲正注视着她，为了掩饰自己的窘态，她用

233

铅笔信手在一页画册上画起来。其中有一个刚刚完成的侧面像,使她又惊又喜,这个侧面像和于连十分相像。"这是上天的意愿!这是爱情的奇迹!"她激动地喊着,"我竟然不知不觉画出了他的肖像。"

她跑回她的卧室,关上门,取出颜料,全神贯注力图认认真真地画一幅于连的肖像,但是未能成功,那张偶尔画出的侧面像始终是最像的一张画。玛蒂尔德为此感到非常高兴,她从中看见了伟大热情的明显证据。

直到很晚,侯爵夫人差人叫她去意大利歌剧院时,她才离开她的画册。她只有一个念头,便是用眼睛寻找于连,以便让她的母亲邀请他来陪伴她们。

他压根就没有露面。在这两位女眷的包厢里,只有几位庸俗之辈陪伴着她们。第一幕歌剧演出的整个过程中,玛蒂尔德一直思念着她以最强烈的热情爱着的那个人;但是演出第二幕时,歌剧中的一句爱情格言闯入了她的心房;应当承认,这段格言所谱的曲调不愧是契马罗萨的作品。歌剧中的女主角唱道:"应该惩罚我对他的过分崇拜,我太爱他了!"

从玛蒂尔德听见这一美妙动人的旋律那一时刻起,世界上的一切都从她心中消失了。别人和她说话,她不回答;她的母亲抱怨她,她只能勉强抬眼望望她。她心醉神迷,达到了一种兴奋和狂热的状态,这和几天来于连对她所怀有的那种强烈的冲动感情相类似。她觉着这句爱情的格言与她此时的心境十分惊人地契合;只要当她不是直接在思念着于连的时候,这句格言那神圣美妙的旋律便占据着她的整个心灵。幸亏她爱好音乐,那天晚上,她的心情如同德·雷纳尔夫人时常想念于连时的心情一样。幻想的爱情,无疑比真实的爱情更理智,但是它只有短暂的热情;它太了解自己了,它不断地评价自己,它绝不会把思想引入迷途,因为它就是思想的产物。

玛蒂尔德回到家以后,也不管德·拉莫尔夫人可能会说些什么,只是佯称自己发烧,在钢琴上反复弹凑契马罗萨那段优美的旋律来度过夜晚的一部分时光。她不停地唱着那段令她心醉神迷的著名曲调的歌词:

> Devo punirmi, devo punirmi,
> Se troppo amai, etc.

这个疯狂之夜的结果是,她相信她已经成功地战胜了她的爱情。(这一页的文字,将给不幸的作者带来不止一方面的损害。冷酷的人将会指责他猥亵下流。他丝毫没有侮辱巴黎客厅里的那些光彩照人的年轻女人,因为他没有假定她们其中的某一个人可能产生贬低玛蒂尔德性格的那种疯狂的举动。这个人物完全是出自虚构,甚至是大大超出了社会习俗之外的虚构,正是这些社会习俗将确保十九世纪的文明在整个人类历史上占有一个卓越的地位。

为这个冬季的舞会增光添彩的姑娘们,她们所缺少的绝不是谨慎。

我也并不认为，人们能够责备她们过分地鄙视荣华富贵、车马、上好的地产以及确保在上流社会拥有优越地位的一切东西。她们在这些优越的条件中，也绝不是只看到烦闷，这些优越条件通常是她们长时期梦寐以求的对象；如果她们的心中有着热情的话，便是为了追求这些东西而产生的热情。

　　像于连这样具有几分才华的年轻人，主宰他们的命运的也绝不是爱情。他们得紧紧地依附于一个小团体，一旦这个小团体走了运，社会上一切美好的东西便会降临到他们身上。不幸的是不属于任何小团体的学者，哪怕是只取得还没有把握的一点小小的成就，他也将遭到别人的指责；而道德高尚的人则靠盗窃他的成果而获得胜利。啊，先生，一部小说就是在大道上移动的一面镜子。它反映到您的眼睛里，有时候是蔚蓝的天空，有时候是路上泥潭里的污泥。然而在背篓里携带这面镜子的人，却将被您指责为不道德！他的镜子照出了污泥，而您却指责镜子！您不如去指责那条泥泞的道路吧，或者更不如去指责那位听任积水滞留而形成泥潭的道路检察官吧。

　　既然我们一致承认，在我们这个既谨慎又道德的时代里，像玛蒂尔德的这种性格是不可能存在的，那么我再继续讲述这位可爱的姑娘的那些疯狂故事，就不必太担心会引起愤慨了。）

　　第二天一整天，她都在等候机会来证实她战胜了她那疯狂的激情。她的主要目的在于，想方设法使于连感到不快；而对于连的一举一动，却又能了如指掌。

　　于连太不幸了，尤其是太激动了，以致使他无法识破这样复杂的爱情诡计，更不可能看清其中对他有利的方面，他成了这场爱情的受害者，他也许从来没有遇到像现在这样巨大的不幸。他的行动已经很少受到理智的支配，如果某个悲观的哲学家对他说："您要考虑一下赶快利用那些对您有利的情绪，这类巴黎常见的幻想型爱情，同一种态度至多不过能维持两天，"他也不可能听懂是什么意思。但是不论于连有多么狂热，他还是具有荣誉感。他的第一个职责是谨慎，这一点他是明白的。向邂逅相遇的人征求意见，倾诉自己的痛苦，可能会是一种幸福，这种幸福就好像一个穿越炎热的沙漠的不幸者，接到天上落下的一口冰凉的水一样。他认识到这样做的危险性；他害怕遇到冒昧者的询问时，他会止不住热泪滚滚，无以对答，于是他把自己关在了自己的屋子里。

　　他看见玛蒂尔德在花园里长时间地散步。她离开那儿后，他随即也下楼来到花园里，他走近那棵她曾摘下一朵花的玫瑰。

　　夜色昏暗，他可以整个儿沉浸在他的不幸之中，不必担心被人瞧见。在他看来，德·拉莫尔小姐显然是爱上了那些年轻军官中的一个，她刚才还和他们那样地谈笑风生。她曾经爱过自己，但是她已经了解到自己的优点是那么少。

　　"确实，我的优点甚少！"于连心想，他对此深信不疑，"总之，我是一个非常平凡、非常庸俗的人；我不仅令别人十分厌恶，也让自己难以忍受。"他对自己所有的那些优点，以及他曾经热烈的爱过的所有的那些东西，都感到了强烈的憎恶。在这种颠倒的想象状态中，他仍然试图用想象来评判人生。一个出类拔萃的人常犯这种错误。

他有好几次产生了自杀的念头，这种想象对他充满了诱惑，那仿佛是一种惬意舒适的休息，又像是一杯冰凉的水赐给沙漠里即将渴死和热死的不幸者。

"我的死将会增强她对我的蔑视！"他喊道，"我留下的将是怎样的回忆啊！"

一个人坠入最残酷的不幸的深渊中，只有依靠自己的勇气，才会有获救的希望。于连没有足够的天才对自己说："必须勇敢为先。"但到了夜晚，当他注视着玛蒂尔德卧室的窗户时，当他隔着百叶窗看见她熄灭灯火时，他便会想象他一生中，唉！只见过一次的那间迷人的房间。他的想象也到此为止，不能够再想得更多了。

一点的钟声敲响了。"我要用梯子爬上去，"他从听见钟声到对自己说出这句话不过是一瞬间的事情。

这是天才的闪现，顿时，正当的理由蜂拥而至。"我可能会更不幸吗？"他心里想。他跑去搬梯子，可是园丁用链条把梯子锁住了。于连这时感到周身充满了超人的力量，他砸下一把小手枪上的击铁，借助它撬断锁住梯子的链条上的一个链环。不大一会儿，他便能搬起这架梯子了，他把梯子靠在了玛蒂尔德小姐的窗户上。

"她会发火的，会极端地蔑视我，可那有什么关系呢？我给她一个吻，最后的一个吻，然后回到我的卧室，结束我的生命……临死之前，我的双唇要接触到她的面颊！"

他飞快地登上梯子，敲响了百叶窗。过了一会儿，玛蒂尔德听见了响声，她想打开百叶窗，但是被梯子抵住了。于连紧紧地抓牢用于固定百叶窗的铁钩，多次冒着坠地的危险，使劲地晃动梯子，使它挪开了一点。玛蒂尔德能够把窗子打开了。

他跳进房间里时，已经是半死不活了。

"真的是你呀！"她说着，投进了他的怀抱……
…………

有谁能够描绘出于连极度的幸福呢？此时，玛蒂尔德的幸福也可以说几乎和他不相上下。

她在他面前责备自己，揭露自己。

"惩罚我那残忍的骄傲吧！"她对他说道，同时紧紧地把他搂在怀里，几乎使他喘不过气来，"你是我的主人，我是你的奴隶，我必须跪在你的面前，请求你饶恕我曾经想到要反抗。"她离开他的怀抱，跪倒在他的脚边。"是的，你是我的主人，"她继续对他说道，陶醉在幸福和爱情之中，"永远主宰我吧，当你的奴隶想要反抗时，你就严厉地惩罚她吧。"

后来，她又挣脱他的怀抱，点燃了蜡烛，于连竭尽全力阻止她剪去她整个一边的头发。

"我要记住，"她对他说道，"我是你的奴仆，万一可憎的骄傲再把我引入迷途，你的快乐和疯狂，还是略去描写较为明智。"

于连的道德观和他的幸福感达到了同等的高度。"我必须从梯子上下去，"当他看见花园东面遥远的烟囱上出现一缕曙光时，他对玛蒂尔德说道，"我必须做出这样的牺牲，才无愧于您，我要放弃几个小时一个世人能够品味到的最惊人的幸福，这是我为了您的名誉而做出的牺牲。如果您理解我的一片心意,您就会懂得,我是如何的强制自己。您将永远像此刻这样对待我吗?不过,以名誉担保,这就足够了。您要知道,自从我们第一次幽会之后,窃贼并不是唯一被怀疑的对象。德·拉莫尔先生在花园里安插了一个看守。德·克鲁瓦泽努瓦先生的周围布满了密探,他们对他每晚的所作所为掌握得一清二楚……"

"可怜的小伙子!"玛蒂尔德说道,止不住放声大笑。她的母亲和一个女佣被惊醒了;突然,她们隔着门和她说话。于连瞧着她,她脸色苍白,训斥那个女佣,并不去理会她的母亲。

"如果她们想到打开窗户,她们就会看见梯子!"于连对她说道。

他再一次将她紧紧拥抱在怀里,之后便扑向梯子,与其说他是一级一级地爬下梯子,还不如说是顺着梯子滑了下去。转眼功夫,他便到达了地面。

三秒钟之后,梯子已被安放在小径旁的椴树下,玛蒂尔德的名誉得救了。等于连清醒过来,他发现自己浑身是血,几乎赤身露体,原来他顺梯子滑下时,不小心受了伤。

极度的幸福恢复了他性格中的全部力量。此刻,即使有二十个人出现,他孤身一人应战,也只不过是又增添了一桩乐事而已。幸尔,他那军人的英勇气概没有受到考验。他把梯子横卧在原处,重新把铁链恢复原状,并且没有忘记回到玛蒂尔德的窗下,消除掉梯子在种有异国花卉的花坛里留下的痕迹。

在黑暗中,当他用手在松软的土地上来回摸索,以确认痕迹是否全部消除时,他感到有一件东西落在了他的手上,那是玛蒂尔德剪下的一缕头发,她把它扔给了他。

她站在窗口。

"这是你的仆人送给你的,"她声音相当高地对他说道,"它是永远服从的标志。我放弃行使我的理智,做我的主人吧!"

于连被征服了,他差一点儿又要去搬梯子,重新爬进她的卧室去。但最终还是理智占了上风。

从花园回到府邸并不是件轻而易举的事情。他终于强行打开了地下室的门,进入楼房内,然后又不得不尽可能轻轻地撬开自己的房门。他刚才那样匆忙地离开那间小卧室,慌乱之中,甚至忘记了取出衣袋里的钥匙。"但愿她能想到把所有遗留下的致命东西隐藏起来!"他心里想。

疲乏终于战胜了幸福,当朝阳升起时,他进入了深沉的梦乡。

早餐的钟声好不容易才把他惊醒,他来到了餐厅里。不一会儿,玛蒂尔德也进来了。看到这个如此美丽、如此受人尊敬的女人眼里闪烁着爱情的火焰,于连的自尊心一瞬间得到了极大的满足,但是很快,他的谨慎心又使他感到了惊恐。

玛蒂尔德借口时间仓促来不及仔细梳头,她把头发整理得让于连一眼就可以看得出,她昨夜剪去了头发,为他做出多么巨大的牺牲。如果说有什么可以损坏一张如此美丽的脸的话,玛蒂尔德已经做到了。她的美丽的浅栗色的头发整个一边被剪得参差不

齐,只剩下半寸来长了。

午餐时,玛蒂尔德所表现出的一切态度,与她已经做出的轻率的举动完全是一致的。简直可以说,她是竭力想让大家知道,她疯狂地爱着于连。幸亏那天德·拉莫尔先生和侯爵夫人十分关注的是颁发蓝绶带的事,因为仪式即将举行,而名单里却没有德·肖纳先生。晚餐快结束时,玛蒂尔德跟于连说话,竟然称他为我的主人。他的脸一直羞红到眼白。

或许是出于偶然,或许是德·拉莫尔夫人故意安排,这一天,玛蒂尔德竟没有一刻时间是独自一人待着的。晚上,当她从餐厅去客厅时,总算瞅到了一个机会对于连说:

"我的一切计划都被打乱了。您不会以为这是我的借口吧?妈妈刚才决定,让她的一个女仆晚上睡在我的套房里。"

这一天闪电般地过去了,于连的幸福达到了顶点。第二天,从早上七点钟开始,他就坐在图书室里,他希望德·拉莫尔小姐会去那儿,他给她写了一封很长的信。

几小时以后,到了吃午饭的时候他才看见她。这天,她的头发梳理得非常精心,极为巧妙地掩饰了被剪去的部分。她断定于连即使不是一个十分平庸的人,至少也不是一个什么出类拔萃的人,不值得她大胆地为他做出那些疯狂离奇的事来。总之,她已经不怎么想到爱情,这一天,她对爱情已感到厌倦了。

至于于连,他的内心是骚动不定的,就如同一个十六岁的孩子一样。在这顿他仿佛觉得永远吃不完的午餐上,怀疑、惊讶、绝望,轮番地折磨着他。

当他能够不失礼节地离开饭桌时,他立刻冲向(而不是跑向)马厩,亲自给他的马备上马鞍,策马飞奔而去。他生怕自己会有什么软弱的表现,有失自己的体面。

"我必须用肉体的疲乏来窒息我的心灵,"他一边想,一边在默东树林里奔驰,"我究竟做了什么事,说了什么话,竟然会如此失宠?"

"今天,我应该什么事也不做,什么话也不说,"他返回府邸时心里想,"我的肉体如同我的精神一样都死去了。"于连的生命已经不复存在,只有他的尸体仍在运动。

第二十章　　　日本花瓶

他的心起初并不了解他的极端不幸;他的慌乱更甚于他的激动。但是,随着理智的恢复,他感到了他那不幸的深度。对于他来说,生活中的一切快乐都已消失,他只感到绝望的利爪在撕扯着他的心。然而,谈论肉体的痛苦有什么用呢?哪一种肉体上的痛苦能和这种痛苦相比呢?

——让·保尔

晚饭的铃声响了,于连仅仅有时间穿好衣服。他在客厅里看见了玛蒂尔德,她正在极力说服她的哥哥和德·克鲁瓦泽努瓦先生,不要去絮伦参加德·费尔瓦克元帅夫人的家庭晚会。

在他们眼里,她不可能再表现得更迷人、更可爱了。晚饭以后,德·吕兹先生、德·凯吕斯先生和他们的几个朋友都来了。德·拉莫尔小姐似乎又恢复了对手足之情和严格礼节的尊重。那天晚上,虽然天气极好,但她仍然坚持不去花园,她希望大家不要远离德·拉莫尔夫人坐的那把安乐椅。如同在冬季一样,那张蓝色的长沙发成了这群人的活动中心。

玛蒂尔德已经对花园感到厌恶,或者至少是感到十分乏味,因为这使她想到了于连。

厄运削弱了智慧的力量。我们的主人公愚蠢地停在了那张小草垫椅子的旁边。从前,那儿曾是他辉煌胜利的见证;而如今,却没有一个人和他说话,他待在那儿就好像没有被人发现似的,甚至比这还要更糟。德·拉莫尔小姐的那些朋友中,坐在长沙发上靠近他这一端的那几位,几乎是故意把背朝着他,至少他是这么想的。

"这就像是宫廷失宠一样,"他心想。他打算研究一下那些企图以蔑视制服他的人。

德·吕兹先生的叔父在国王身边担任着要职,因而这位英俊的军官每逢与人交谈时,谈话的开头都要提起这条令人关注的特别消息:他的叔父早晨七点钟动身去圣克卢了,晚上他打算在那儿过夜。这一细节看来显得天真纯朴,脱口而出,但是他每次都不会遗漏。

于连以一个不幸者的严厉目光,审视着德·克鲁瓦泽努瓦先生,他发现这个可爱而善良的年轻人相信,潜在的因素对于事态有着重大的影响。如果他看见把一个稍微重要的事件归结为某种简单而十分自然的原因,他就会变得伤感和暴躁。"这多少有点儿疯狂,"于连心想,"这种性格和科拉索夫亲王向我描绘的亚历山大皇帝的性格,有着惊人的相似之处。"可怜的于连在来到巴黎居住的头一年里,由于才刚刚迈出神学院的缘故,这些可爱的年轻人的优雅风度,对他来说,是那样的新鲜,简直使他着了迷,不过他仅能对此表示赞叹而已。他们的真正性格,直到此时才刚刚开始展现在他的眼前。

"我在这儿扮演了一个可鄙的角色,"他突然想到。现在的问题是,应该如何离开他的小草垫椅子,而又不显得太笨拙。他希望能想出一个办法来,他向他那被其他事物占据得满满的想象力寻求着新的启示。应该求助于记忆,然而在他的记忆中,应该承认,关于此类的资源并不丰富。况且,这可怜的小伙子还十分缺乏社会经验,因此当他起身离开客厅时,显得十分笨拙,并引起了每一个人的注意。他的一举一动都流露出极其明显的不幸。三刻钟以来,他一直扮演着一个令人讨厌的配角,别人甚至不屑于向他隐瞒对他所持有的看法。

然而,他刚才对他的情敌们所进行的批判性的观察,阻止了他把自己的不幸看得过于悲惨;他还拥有前天晚上发生的事情的回忆,支撑着他的自尊感。"无论他们有多少长处超过我,"他一边想一边独自走进花园里,"玛蒂尔德也没有对他们之中的任何一个人做过一次她曾屈尊为我做过的事情,而在我的一生中,竟然有过两次了。"

他的智慧无法再发展了。他丝毫不理解这个奇特女子的性格,而命运却刚刚安排她成为他全部幸福的绝对主宰。

第二天整个白天,他一直坚持骑马,想以疲惫来累垮他自己和他的马。晚上,他再也不愿靠近玛蒂尔德惯常坐的那张蓝色的长沙发了。当他在屋里碰见诺贝尔伯爵时,他发现他甚至不屑于看他一眼。"他一定在强烈地克制自己,"他心想,"他天生是那样的彬彬有礼。"

对于连来说,睡眠也许就是幸福。尽管他的肉体疲惫不堪,然而回忆毕竟是太诱人了,它们又开始侵入了他的整个想象中。他还没有这种才智,能够看得出在巴黎附近的树林里策马奔驰,只能对自己发生作用,而对于玛蒂尔德的心灵或头脑,却不会产生丝毫的影响,他任凭偶然的机遇支配着自己的命运。

他觉得只有一件事能给他的痛苦带来无限的缓解,这就是同玛蒂尔德说话。然而他敢于对她说些什么呢?

一天早晨七点钟,他正在沉思着这个问题,突然看见她走进了图书馆。

"我知道,先生,您想和我说话。"

"伟大的天主啊!谁告诉您的?"

"我当然知道,可这和您有什么关系?如果您缺乏荣誉感,您可以毁了我,或者至少可以试一试;但是,这种危险,我并不相信是真的,它当然不能阻止我做个诚实的人。我不再爱您了,先生,我那疯狂的想象力使我误入了歧途……"

由于爱情和不幸而陷入狂乱的于连,在这个可怕的打击下,还试图为自己辩解几句。没有什么比这更荒唐的了,为自己的失宠而辩解吗?但是,理智已没有任何力量去控制他的行动。一种盲目的本能,驱使着他拖延对他的命运做出决定。他认为只要他还在说话,一切就没有结束。玛蒂尔德根本就不在听他说话,他说话的声音激怒了她,她没有料到他竟然敢打断她的话。

来自道德观念和自尊心的悔恨,在这天早晨,也使玛蒂尔德感到了同样的不幸。她想到她曾把支配自己的权利交给一个小神父,一个农民的儿子,这一可怕的想法可以说使她变得十分沮丧。"这差不多就像我应该责备自己委身于一个仆人一样,"当她夸大自己的不幸时,她常常这么想。

对于一个具有大胆和骄傲性格的人来说,从对自己生气到对别人动怒,往往只有一步之遥;在这种情况之下,大发雷霆也是一种强烈的快乐。

刹那之间,玛蒂尔德对于连所表示的蔑视,就达到了极其过分的地步。她具有极高的才智,而这种才智的最成功的艺术,便是折磨别人的自尊心,使别人的自尊心受到残酷的伤害。

有生以来,于连还是第一次屈服于一个具有卓越才智、并对他怀有最强烈的仇恨的人的攻击之下。此刻,他那飘忽不定的想象,不但丝毫没有想到为自己辩护,反而对自己也蔑视起来了。为了彻底摧毁他的自负,那些轻蔑的话语是如此残酷,经过如此精心的构思,纷纷地向他涌来。可是他听了之后,竟认为玛蒂尔德言之有理,觉得她说得还不够。

对于她来说,为了几天前她曾经产生的爱慕之情,用这种方式来惩罚自己和惩罚他,这使她从中获得了一种无比美妙的快感,一种自尊心的满足。

她还是头一回不需要思考,不需要斟酌,如此趾高气扬地向他说出这些残忍的话。她只是在重复着反对爱情一方的辩护者一周以来一直在她心中说过的那些话而已。

每一句话都使于连那可怕的不幸增加了百倍。他试图逃走,但是德·拉莫尔小姐态度威严地抓住了他的手臂。

"请您注意,"他对她说道,"您说话的声音太高,隔壁房间都可以听见了。"

"这有什么关系!"德·拉莫尔小姐傲慢地说道,"谁敢对我说他听见了我说的话?我要永远消除您那卑劣的自尊心可能对我怀有的种种念头。"

当于连能够离开图书室时,他感到惊奇万分,以致他觉得他的不幸没有先前那么强烈了。"唉!她不再爱我了,"他一遍又一遍地高声自语,仿佛要把自己的处境告诉自己似的。"看来她爱了我八至十天,而我,却要爱她一辈子了。"

"这可能吗?就在不几天前,她在我心中还算不了什么!还没有任何价值!"

自尊心得以满足的快乐,淹没了玛蒂尔德的心:她终于能够与他永远一刀两断了!完全彻底地战胜一种如此强烈的倾慕,这使她感到十分幸福。"如此一来,这位小先生将会懂得,而且是一劳永逸地懂得,他没有,而且永远也不会拥有支配我的任何权力了。"她是那样的幸福,以致此时此刻在她的心中,确实不再有爱情了。

在如此残忍、如此屈辱的一场争吵之后,对于一个没有于连那么多热情的人来说,爱情也许会成为不可能的事了。德·拉莫尔小姐一刻也没有放弃她对自己应尽的责任,她对他说了那些令人难堪的话,每句话都经过周密的思考,甚至当于连事后冷静地回忆起这些话时,也感到它们都是实话。

于连从这场惊人的争吵中最初得出的结论是,玛蒂尔德无比的傲慢。他坚信在他们之间,一切都永远结束了,然而第二天午餐时,他在她面前却表现得既笨拙又羞怯。在此之前,我们还不曾指责他犯过这样的错误。他不论大事或小事,总是清楚地知道,他应该做什么,他想要做什么,并且能付诸实施。

这天午餐后,德·拉莫尔夫人吩咐于连去取一本小册子。这本具有煽动性的小册子颇为罕见,那是她的本堂神父早上悄悄送给她的。于连在靠墙的小桌上取那本册子时,碰倒了一只丑陋不堪的蓝色古瓷花瓶。

德·拉莫尔夫人站起身,发出一声痛心的叫声,她走到近前,仔细察看她心爱的花瓶的碎片。"这是一只日本古花瓶,"她说道,"是我的姑婆——谢尔修道院院长送给我的,这是荷兰人送给摄政王奥尔良公爵的礼物,他把它送给了他的女儿……"

玛蒂尔德跟着母亲走过去,看见这个蓝色的花瓶被打碎了,感到很高兴,因为她觉得它丑得可怕。于连一声不吭,也并不太恐慌,他看见玛蒂尔德小姐离他很近。

"这只花瓶，"他对她说道，"永远毁坏了，过去曾经成为我心灵主宰的那种感情也是如此，它曾使我做出种种疯狂的举动，请您接受我的歉意，"说完这番话，他便走开了。

"说实在的，"当他离开时，德·拉莫尔夫人说道，"这位索雷尔先生对他刚才所做的事，似乎感到既自豪又满意。"

这句话正说到了玛蒂尔德的心坎上。"确实，"她心想，"我母亲猜对了，这正是此刻激励着他的情感。直到这时，她昨夜与他发生争执所带来的快乐才停止了。"好吧，一切都结束了，"她外表显得平静地想道，"这对我是个很大的教训。这个错误是可怕的，屈辱的！它将使我在今后的生活中变得聪明起来。"

"难道我说的不是真话吗？"于连心里想，"为什么我对这疯狂的女人有过的爱情还在折磨着我呢？"

这种爱情不但没有像他期望的那样渐渐地熄灭，反而迅速地增长了。"确实，她是疯狂的，"他心想，"不过，难道因此她就不那么可爱了吗？世界上还能有比她更漂亮的女人吗？最高雅的文明能够产生最强烈的欢乐的那些因素，不是都令人羡慕地聚集在德·拉莫尔小姐的身上了吗？"这些往日的幸福回忆，占据了于连的整个心灵，迅速摧毁了理智所取得的一切成果。

理智软弱无功地与这类回忆进行着斗争，它那艰辛的尝试，只能给回忆增添魅力。

打碎那只日本古瓷花瓶的二十四个小时以后，于连无疑成了世间最不幸的人。

第二十一章　秘密照会

> 因为我叙述的一切，都是我亲眼所见；如果说我也有可能看错了，但可以肯定，我向您讲述的时候丝毫没有欺骗您。
>
> ——《给作者的信》

侯爵打发人来叫于连。德·拉莫尔先生似乎变得年轻了，他的眼睛闪闪发亮。

"我们来谈谈您的记忆力吧，"他对于连说道，"据说您有着惊人的记忆力！您能熟记四页纸的内容，然后去伦敦背诵出来吗？不过可得一字不差啊！……"

侯爵生气地搓揉着当天的《每日新闻》，试图掩饰他那极为严肃的神情，但是无济于事。侯爵的这种神情，于连从来没有见到过，即使当他谈论弗里莱尔诉讼案时，也不曾看见过。

于连已有足够的经验，他觉得对于侯爵这种轻松的语调，应该表现出完全被蒙骗的样子来。

"这期《每日新闻》,也许并不那么有趣,但是如果侯爵先生允许的话,明天早晨,我将荣幸地背出上面登载的全部内容。"

"怎么!甚至包括广告吗?"

"绝对准确,并且一字不漏。"

"您可以向我保证吗?"侯爵突然郑重其事地说。

"是的,先生,唯有对食言的惧怕,才可能干扰我的记忆力。"

"这么说来,就要怪我昨天忘记对您谈到这个问题了。我不要求您发誓永远不把您将要听到的东西说出去;我太了解您了,我不想让您蒙受这种侮辱。我已为您担保,我将带您去一个客厅,那儿将有十二个人聚会,您把每个人说的话记录下来。"

"您别担心,这绝不是杂乱无章的谈话,每个人轮流发言,当然我不是说按照一定的顺序,"侯爵补充道,他又恢复了他那狡黠而又轻松的十分自然的神态,"我们谈话时,您将会记下二十来页纸。然后,您和我仍回到这儿来,我们把二十页纸压缩成四页纸。您明天早晨要向我背诵的正是这四页纸,而不是那整整一期的《每日新闻》。然后您立即出发,应该像一个为了消遣而旅行的年轻人那样去乘坐驿车。不要让任何人察觉出您要去的目的地。您将去见一位大人物。到了那儿,您可得放机灵一些。您必须瞒过他周围的任何人,因为在他的秘书和仆人中,有不少人卖身通敌。他们会沿途守候,阻截我们的使者。您随身带一封无关紧要的介绍信。

"当阁下朝您看时,您就拿出我这块表来,我借给您在旅途中使用。您把它带在身上,就这么办吧,把您的表给我。"

"公爵将会在您的口授下,亲自记录您熟记的那四页纸的内容。"

"等这事结束后——不过请您务必注意,千万不可在此之前——如果阁下向您询问,您可以向他讲述您马上将要去参加的那个会议。"

"在旅途中,有件事可以消除您的烦闷,那便是在巴黎和这位大臣的府邸之间,有些人求之不得地能朝索雷尔神父先生开一枪。于是他的使命便就此结束了,这么一来,我想此事便会耽搁很久,因为,我亲爱的,我们如何能知道您的死讯呢?您的热忱也不至于会把这一消息亲自通知我们吧!"

"您立刻去买一套衣服,"侯爵神情严肃地说,"按照两年前流行的式样穿戴,今晚您得显出不修边幅的样子。但在旅行中则是相反,您应该打扮得和平时一样。这让您感到惊奇了吗?您的疑心使您猜中了什么吗?是的,我的朋友,在您将去听取发言的那些可敬的先生们中间,很可能会有一位先生泄漏消息。那么根据他的情报,晚上在您停下来吃饭的上等旅店里,他们至少可以给您尝尝鸦片的味道。"

"最好绕道而行,多走三十法里路,"于连说道,"不要走直道。我猜想,是去罗马……"

侯爵显出高傲和不满的神色,于连自从在布雷-勒奥修道院见到他以来,还从来没有见他有过这种表情。

"您就会知道,先生,当我认为合适的时候,我会告诉您的,我不喜欢别人多问。"

"我并没有问您,"于连情不自禁地说道,"我向您发誓,先生,我是自言自语,我在寻思找一条最安全的道路。"

"是的,看来您考虑的很多。请您永远不要忘记,一个使臣,尤其是在您这个年龄上,不应该表现出强求别人信任您的样子。"

于连深感屈辱,他是干了一件错事。他的自尊心驱使他想寻找一个借口,但没有找到。

"因此您得明白,"德·拉莫尔侯爵又说,"一个人干了件蠢事,总想寻找理由求得安慰。

一个小时以后,于连来到侯爵的接待室里,他一副仆人打扮,身着一套老式的服装,系着灰蒙蒙的白领带,整个外表带有几分学究气。

侯爵看见他不由得放声大笑。直到这时,于连才完全得到原谅。

"如果这个年轻人背叛我,"德·拉莫尔先生心想,"那还有谁可以信赖呢?但是行动时又必须相信某一个人。我儿子和他那些同一类型的杰出朋友,他们的勇敢和忠诚能够抵挡住十万个人,如果需要去打仗,他们会战死在王位前的台阶上,他们擅长一切……只是缺少眼下需要的这种才干。如果我看见他们其中的一人能够背下四页纸的内容,而且能够走一百里路不被人发现,那可就见鬼了。诺贝尔能够像他的祖先们一样视死如归,一个新兵也能做到这一点……"

侯爵陷入了沉思之中:"至于视死如归,"他叹了口气,"这个索雷尔大概也能做得和他一样好……"

"我们上车吧,"侯爵说道,仿佛是为了赶走一个讨厌的念头。

"先生,"于连说道,"当别人给我准备这套衣服时,我已背熟了今天的《每日新闻》的第一版。"

侯爵拿起报纸,于连一字不漏地背了起来。"不错,"侯爵心想,这天晚上他表现得很有外交家的手腕,"在这段时间里这个年轻人不会注意到我们所经过的街道了。"

他们来到一间大客厅里,这间客厅外表看来相当阴沉。墙壁上,一部分饰有护墙板,一部分挂着绿色的天鹅绒帷幔。客厅中央,一位板着面孔的仆人摆好了一张大餐桌,随后又铺上了一块很大的绿色台布,那桌子就成了一张会议桌。台布上满是墨迹,像是某个内阁遗留的物品。

屋子的主人身材魁梧,没有人提到他的姓名。于连根据他的相貌和谈吐,认为他是个深谋远虑的人。

在侯爵的示意下,于连待在桌子的下首。为了掩饰自己的窘态,他开始削羽毛笔。他用眼角数了数,一共有七个人在交谈,不过他只能看见他们的背面。他听出有两个人是用平等的口气与德·拉莫尔先生说话,其余的人的口气则多少有点儿恭敬。

一个新来的人未经通报就走了进来。"这儿真怪,"于连心想,"进这个客厅的人不用通报。难道是因为我才采取这个防范措施的吗?"众人都站起身来,迎接这位新来者。他佩带的勋章级别很高,与三位先来到客厅里的人相同。他们谈话的声音相当低。于连只能根据容貌和仪表来判断这个新来者。这个人又矮又壮,面泛红光,两眼发亮,一副野猪般的凶恶模样,此外别无其他表情。

紧接着,一个与前者完全不同的人进来了,于连的注意力立刻被他吸引住了。这是一个高个儿的男人,身材极瘦,穿了三、四件背心。他目光和蔼,举止彬彬有礼。

"这活脱是一副贝藏松省老主教的面孔,"于连心想,"这个人显然属于教会里的人,看样子不会超过五十到五十五岁,不可能有人比他的模样更为慈祥了。"

年轻的阿格德主教走了进来,他环顾着在场的人,当他的目光落到于连身上时,不觉露出了非常吃惊的神情。自从布雷-勒奥修道院瞻仰仪式以来,他还不曾和于连说过话。他那惊异的目光使于连感到尴尬,也感到恼火。"怎么!"于连心想,"难道认识一个人将永远给我带来不幸吗? 这些素未谋面的大人物,丝毫不令我胆怯,可这位年轻主教的目光,却让我不知所措! 应该承认,我是一个非常奇特的人,一个非常不幸的人。"

不一会儿,一个身材矮小、头发漆黑的人,脚步很响地走了进来,他一跨进门便开始说话。他面色泛黄,样子有点儿疯疯癫癫。这个旁若无人的演说家刚一到,那些在场的人便纷纷聚集成堆,显然是为了躲避听他饶舌带来的烦扰。

他们离开壁炉,来到于连坐着的长桌下方的附近。他越来越感到局促不安,因为不论他怎样努力,他也不能听不见他们的谈话;不论他的经验怎样匮乏,他还是懂得他们毫不掩饰谈论的事情是多么重要;而他眼前的这些大人物们对他们所谈论的事情,一定是多么希望严守秘密啊!

于连尽可能慢慢地削着羽毛笔,已经削好二十来支了,这个法子眼看就不能使用了。他在德·拉莫尔先生的眼里寻求指令,但毫无结果,侯爵已经把他忘记了。

"我扮演的角色真是可笑,"于连边想边削着羽毛笔,"而这些人,相貌如此的平庸,却肩负着别人或自己赋予得如此重大的责任,他们一定是非常的敏感。我那不幸的目光里带有某种询问和不恭的神情,这无疑会刺伤他们。如果我一个劲地低着头,又像是在一字不漏地倾听他们的谈话。"

他的窘迫达到了极点;他听到了一些奇怪的事情。

第二十二章 讨 论

共和国啊！在今天，当有一个人为了公共利益愿意牺牲自己的一切时，就会有成千上万的人只知道自己的享乐和自己的虚荣。一个人在巴黎受到尊重，不是由于他的品德，而是由于他的马车。

——拿破仑：《回忆录》

仆人急忙进来通报："德·＊＊＊公爵先生到。"

"住嘴，您这个笨蛋！"那位公爵一边骂着一边跨进门来。他这话说得那么干脆，又那么威严，使于连不由自主地想到，这位大人物的全部才能就是懂得怎样向仆人发脾气。于连抬起双眼，随即又垂下眼睑。他已经完全猜中了这位新来者的重要性，他担心他的这一眼会是一种不慎的举动。

这位公爵有五十来岁，穿戴得像个花花公子，走起路来挺有精神。他脑袋狭长，鼻子特别大，脸部呈弧状向前凸出。比这副尊容更加高贵而又更加空洞的神情怕是难以再找到了。他一到达，会议便开始了。

于连正在观察此人的相貌，冷不防被德·拉莫尔先生的声音打断了。

"我向诸位介绍索雷尔神父先生，"侯爵说道，"他具有惊人的记忆力，一个小时前，我才和他谈起他有幸担负的使命。为了证明他的记忆，他已背熟了今天《每日新闻》的第一版。"

"啊！是有关那个可怜的 N…的国外新闻……"房屋主人说道。他急忙拿来了那期报纸，由于想竭力显示自己的重要地位，他瞧着于连的那副神态显得很滑稽。"您背吧，先生，"他对于连说道。

房里一片寂静，每一双眼睛都注视着于连；他背诵得那么流利，一气就背了二十行。"够了，"公爵说道。那位有着野猪般目光的小个子坐下了，他是主席，因为他刚一落座，就指着一张牌桌，示意于连搬到他身旁去。于连在桌边坐定，并安放好记录所需要的用品。他数了数，共有十二人围坐在绿色的台布周围。

"索雷尔先生，"公爵说道，"请您到隔壁房间去，等一会儿我会让人叫您进来的。"

房屋主人显得极为不安。"百叶窗没有关好，"他稍许压低了声音对邻座的人说，接着他又愚蠢地冲着于连喊道："从窗口看是没有用的。"

"瞧，我至少卷进了一桩阴谋，"于连思忖，"幸而不是通往沙滩广场的那种阴谋。即使有危险，为了侯爵，我也应该去，甚至去冒更大的危险。如果我有机会去弥补我那疯狂的行为某一天可能会给他造成的一切痛苦，那该有多么幸运啊！"

于连一边想着他的那些疯狂之举和他的不幸，一边打量着周围的环境，以便牢牢地记在心里。他直到此时才想起，他根本就没有听见侯爵向仆人提起过街道的名称；并且侯爵让人租了一辆马车，这在他来说，也是从未有过的事。

于连沉思了许久。此时他正待在一间客厅里。客厅的墙上张挂着镶有宽金边饰带的红色天鹅绒帷幔，靠墙的小桌上放着一个巨大的象牙十字架，壁炉上有一本德·迈斯特先生的《论教皇》，这本书切口涂金，装帧精美。于连打开书，显出不在听的样子。隔壁房间里不时传出很高的声音。终于，门开了，有人来叫他。

"各位先生们，请注意，"主席说道，"从现在起，我们是在德·＊＊＊公爵先生面前说话。这位先生，"他指着于连说，"是一位年轻的教士，他忠于我们的神圣事业，他的记忆力惊人，可以轻而易举地将我们的谈话全部复述出来。

"请先生发言，"他说着，指了指那位神态慈祥穿着三、四件背心的人。于连认为，此时最好应该称呼这位背心先生的名字。他摊开纸，记下了许多。

（作者原想在这儿加上一页的省略号。"这太不雅观了，"出版者说，"对于这样肤浅的作品来说，不雅观便是死亡。"

"政治，"作者回答，"是拴在文学脖子上的一块石头，不出六个月，就可以把它淹没。政治在充满情趣的想象中间，就如同音乐会中的一声枪响。这声音没有力量，却很刺耳。它和任何一种乐器声都不协调。这种政治将会强烈地冒犯一半读者，并使另外一半读者感到乏味，因为后者已在晨报上阅读了更地道、更有力的政治……"

"如果您的人物不谈论政治，"出版者又说，"那么，他们就不再是一八三〇年的法国人了，而您的书也就不再是一面镜子，如同您所希望的那样……"）

于连的会议记录已有二十六页，这里只是一个显得大为逊色的摘要；因为按照惯例，必须删去那些荒谬可笑的部分，而这类内容要是太多，不是显得令人生厌，就是缺乏真实性。（参阅《法庭公报》。）

那位穿着几件背心、面目慈祥的人（他也许是位主教），常常露出微笑。当他微笑时，他那双眼睛在颤动不止的眼皮内闪烁着奇异的光芒，同时他的表情也不像平时那样优柔寡断了。这个人，大家首推他在公爵（"他到底叫作什么公爵呢？"于连心想。）面前发言，显然是为了阐述各种观点，行使代理检察长的职责。于连认为，他的态度暧昧，结论含糊，人们常常也是这样指责那些法官们的。在讨论中，公爵甚至因此而责备过他。

经过一番道德理论和宽容哲学的阐述后，那位穿背心的人说道：

"高贵的英国，在一位伟人——不朽的皮特领导下，曾经耗费了四百亿法郎来阻止革命。但愿这次会议允许我略微坦率地提出一个悲观的看法，那就是英国相当不擅长对付

一个像波拿巴这样的人,尤其是当人们仅仅用诸多良好的意愿来对抗他的情况下,只有个人的手段,才具有决定性……"

"啊!又在颂扬暗杀了!"房主人神色不安地说。

"您别跟我们来您这一套感伤的说教,"主席生气地说道,他那双野猪一般的眼里迸发出凶狠的光芒。"请继续说下去,"他对穿背心的人说。主席的两个腮帮和额头都气得发紫了。

"高贵的英国,"发言者继续说道,"如今已被拖垮了,因为每个英国人在支付面包费之前,必须支付四百亿法郎的利息,用于对付雅各宾党人。英国已不再有皮特……"

"它还有德·威灵顿公爵,"一位军人模样的人说,并显出一副非常了不起的神气。

"请肃静,先生们,"主席高声说道,"如果我们仍然争论不休,那么请索雷尔先生进来就是多此一举了。"

"我们知道先生有许多想法,"公爵一面带有愠色地说,一面注视着那位插话者,这人从前曾是拿破仑手下的一位将军。于连看得出,这句话是在影射某件极具侮辱性的个人隐私。大家都笑了,那位变节的将军看来就要气得大发雷霆了。

"不再有皮特了,先生们,"发言者接着又说,露出一脸沮丧的神情,就像是一个对说服听众已不抱任何希望的人,"在英国,即使再有一个新的皮特,也不可能用同样的手段欺骗一个民族两次……"

"这就是为什么今后不可能在法国再次出现一个常胜将军,一个波拿巴的原因,"那位军人再次打断了话头。

这一回主席和公爵都不敢发火了,尽管于连相信,他从他们的眼睛里看出他们很想发火。他们都垂下了眼睛,公爵只是发出了一声能使在场的人都听得见的叹息。

然而,这却惹恼了那位发言者。

"有人想急于看到我结束发言,"他带着火气说,把他原先那种彬彬有礼的微笑和极有分寸的谈吐——于连原以为那是他的性格的表现——全都抛置一边了,"有人急于看到我结束发言,丝毫不尊重我为了不刺痛任何人的耳朵而做出的努力,不管他们的耳朵可能有多么长。好吧,先生们,我讲得简短些。

"我要用最通俗的语言告诉你们:英国再也拿不出一个苏来为这种高尚的事业服务了。就算是皮特本人回来,展示出他的全部才能,也不能再次欺骗英国的小业主了,因为他们知道,单单是那次短短的滑铁卢战役,就耗费了他们十亿法郎。既然有人希望把话说得明确些,"发言者越来越激动了,"那我就告诉你们,你们自己帮助自己吧,因为英国掏不出一个畿尼来帮助你们。如果英国不出钱,奥地利、俄国、普鲁士只有勇气,没有钱,他们跟法国打仗至多只能支撑一两个战役而已。

"我们可以指望,雅各宾党人征集的年轻士兵,在第一次战役、也许还会在第二次战役中被击败;但是第三次战役——即便我在你们有偏见的眼中被视为革命者,我也要说——在第三次战役中,你们面对的将是一七九四年的士兵,他们已不再是一七九二年征集到的农民了。"

这时,有三四个人同时打断了他的话。

"先生,"主席对于连说道,"请您去隔壁房间,把记录的开头部分誊写清楚。"于连深感遗憾地走了出去。发言者刚才谈及的那些可能性,正是他经常思考的问题。

"他们害怕我嘲笑他们,"他心想。当他再次被喊进去时,德·拉莫尔先生正在发言,他说话时的那种严肃态度,对于了解他的于连来说,显得非常可笑。

"……是的,先生们,尤其是对于这个不幸的民族,我们可以说:

> 它将成为神呢,还是成为桌子、脸盆呢?

"'它将成为神!'寓言家喊道。先生们,这句如此崇高、如此深刻的语言,似乎应该由你们来说。依靠你们自己的力量行动吧,高贵的法兰西将会重新出现,差不多就像我们的祖先造就的那样,就像路易十六去世前我们所见到的那样。

"英国,至少是英国的贵族,跟我们一样憎恨卑鄙无耻的雅各宾主义。没有英国的黄金,奥地利、俄国、普鲁士只能够打两三次仗。这足以导致一次幸运的军事占领吗?例如像黎德·塞留先生在一八一七年那样愚蠢地放弃的那次占领。我对此持怀疑态度。"

这时,又有人插嘴,但是被众人发出的"嘘"声止住了。这回插嘴的人仍是那位前帝国的将军,他希望获得蓝绶带,并想在秘密照会的起草者中显得格外引人注目。

"我不相信,"在一阵骚动后,德·拉莫尔先生又说。他特别强调了"我"字,那种傲慢的态度令于连陶醉。"讲得真棒!"他一边想,一边行笔如飞,写得几乎和侯爵说的一样快,"德·拉莫尔先生仅用了一句恰到好处的话,就击溃了这个变节者指挥的二十次战役。"

"一次新的军事占领的希望,"侯爵极有分寸地说道,"我们不能仅仅寄托于外国人。在《环球报》上撰写煽动性文章的青年,可以向你们提供三四千名年轻的军官,他们中间可能有一位克莱贝尔,一位奥什,一位儒尔丹,一位皮舍格吕,不过这最后一位缺少一些善意。"

"我们没能够给他荣誉,"主席说,"应该让他永垂不朽。"

"总之,法国应该有两个政党,"德·拉莫尔先生又说,"但不是徒有虚名的两党,而是立场鲜明、截然不同的两党。我们应该知道摧毁谁。一方面是记者、选民、舆论,总之一句话:青年和一切赞赏青年的人。当他们被他们的那些话的喧器声搅得头昏脑涨时,而我们,便可得到花费国家预算这个实实在在的好处了。"

这时又有人插嘴。

"您,先生,"德·拉莫尔先生用一种令人肃然起敬的高傲和悠然自得的语调对那位插嘴的人说道,"您不是花费,如果这个词您感到刺耳的话,您是吞没了列入国家预算的

四万法郎,以及您从王室经费中得到的八万法郎。

"好吧,先生,既然您要逼着我这么做,我就冒昧地以您为例了。您那高贵的祖先们,曾跟随圣路易参加十字军东征,为了这十二万法郎,您也应该像您的祖先一样,至少让我们看到一个团,一个连,要我怎么说呢!就算半个连吧,哪怕是五十个人也好,只要随时能参加战斗,置生死于度外地忠于我们崇高的事业就行。可是您呢,只有一些穿着号衣的仆人,一旦暴乱发生,恐怕连您自己都害怕他们。"

"先生们,王位、祭坛、贵族,明天都有可能灭亡,只要你们没有在每个省建立一支拥有五百个忠诚的人的队伍。不过我所说的忠诚,不仅包括法国人的英勇,还包括西班牙人的坚贞。"

"这支队伍,其中的一半人,必须由我们的孩子,我们的侄子,总之由真正的贵族组成。他们每个人身边有的,不是一个一旦一八一五年重新出现,就会马上戴上三色帽徽的饶舌的小资产阶级,而是一个如同卡特利诺那样单纯而坦率的忠厚农民。我们的贵族子弟将会教导他,如果可能的话,他将是他们的奶兄弟。让我们中的每个人奉献出五分之一的收入,在每个省建立起这样一支五百人的忠诚队伍吧!到那时,你们才可以指望一次外国军队的占领。外国士兵如果没有把握在每个省找到五百名友好合作的士兵,他们甚至连第戎也到达不了。"

"外国的君王不会听信你们的话,除非你们向他们宣称,两万名贵族时刻准备拿起武器,为他们打开法国的大门。你们会说这件事很棘手;但是先生们,我们的头颅值得付出这个代价。在言论自由和我们贵族的生存之间,是殊死的战争。不愿当厂主、当农民,就得拿起你们的枪杆。如果你们愿意,你们可以胆怯,但是决不能愚蠢;睁开你们的眼睛吧!"

"组织起你们的队伍,让我用雅各宾党人的这句歌词来提醒你们;那时候,会有某一位高贵的居斯塔夫-阿道尔夫在君主制度所面临的迫在眉睫的危险的激励下,冲向离他的国家三百里以外的地方,为你们做出居斯塔夫曾经为新教的亲王们做过的事情。你们还想继续空谈,不采取行动吗?那样五十年后,在欧洲只会有共和国总统,不会再有国王了。教士和贵族,将随着国王这两个字一起消失。我只能看见一些候选人在向肮脏的民众阿谀逢迎。"

"你们也许会徒劳无益的说,法国此刻没有一位大家信赖、熟悉和爱戴的将军;组织军队只是为了捍卫王权和祭坛的利益;已经遣散了所有的老兵;而普鲁士和奥地利的每个团里都有五十名上过火线的士官。"

"有二十万属于小资产阶级的青年热衷于战争……"

"不要再提这些令人不快的事实了!"一位神情庄重的人用自命不凡的口气说道,这人显然在教会里担任极其重要的职位,因为德·拉莫尔先生不但没有对他生气,反而露出讨好的微笑。这一点对于连来说,是一个重要的发现。"

"不要再提起这些令人不快的事实了。总而言之,先生们,一个腿上患有坏疽需要截肢的人,没有理由对他的外科医生说:'这条病腿很健康.'让我借用这个比喻吧,先生们,高贵的德.＊＊＊公爵就是我们的外科医生……"

"瞧,关键性的话终于说出来了,"于连心想,"今晚我将急速赶往的地方是……"

第二十三章　教士,树林,自由

万物的第一法则,是保存自己,是生存。您播种了毒芹,却指望着看见麦穗成熟!

——马基雅维里

那个神色庄重的人继续发言,一眼便可看出,他熟悉情况。他陈述那些重大事实时,那种文雅而适度的口才,令于连倾倒:

"一、英国没有一个畿尼可以帮助我们;节约和休谟在那儿十分盛行。甚至那些圣人也不会给我们钱,而且布鲁汉姆先生将会嘲笑我们。

"二、没有英国的金钱,欧洲的国王们就不可能同意进行两次以上的战役,而两次战役还不足以对付小资产阶级。

"三、在法国必须建立起一个武装政党,否则欧洲的君主国家连这两次战役都不敢冒险进行。

"我冒昧向你们提出的第四点事实是显而易见的:

"没有教士,不可能在法国建立一个武装政党。先生们,我之所以敢于这么说,是因为我将向你们证明这一点。应该把一切给予教士。"

"一、因为他们不分昼夜地忙于事务,而且受到高人的指点,这些人远离风暴之外,距你们的国境有三百法里……"

"啊! 罗马,罗马!"房主人喊叫起来……

"不错,先生,罗马!"红衣主教自豪地答道,"不论你们年轻时曾经流行过怎样巧妙的笑话,我在一八三〇年都要公开地说,唯有罗马指导下的教士们,才能够面对社会的最底层说话。"

"五万名教士,在首领指定的日子里,重复着同样的话,对于平民百姓来说,教士的声音远比世界上任何歪诗更能打动他们的心,而士兵毕竟是来自老百姓……(这位要人的话引起了窃窃的低语。)"

"教士的才能超过了你们诸位先生,"红衣主教提高了声音又说,"为了在法国建立武装政党这一重要目标,你们所采取的每一个步骤不过都是步我们——教士的后尘而已。"这时他又列举了一些事实……"是谁把八万条枪送往旺岱的呢? ……"等等,等等。

"只要教士们没有他们的树林，便一事无成。战争一爆发，财政大臣就会发文通知他的下属人员，除了发给教士的钱以外，其他概不支付。其实，法国并不是个笃诚信教的国家，它喜欢战争。不管是谁，只要给法国带来战争，都会加倍地得到民心，因为打仗，用民众的话来说，就是让耶稣会的会士们挨饿；打仗，就能让法国人——这些傲慢的怪物们——摆脱外国干涉的威胁。"

红衣主教的话受到了听众们的欢迎……"应该让德·内瓦尔先生离开内阁，"他又说，"他的名字无谓地激怒公众。"

听了这句话，在坐的人都站起身，七嘴八舌地谈开了。"他们又要打发我出去了，"于连心想。但是那位谨慎的主席本人，早已忘记了于连的在场，忘记了于连的存在。

所有的眼睛都在寻觅一个人，于连认出了他，他就是首相德·内瓦尔先生。于连曾在德·雷斯公爵先生举办的舞会上见过他。

此时，会场混乱到了极点，正如报纸报道议会消息时常说的那样。足足一刻钟之后，才略为恢复了平静。

这时，德·内瓦尔先生站起身，用传教者的口气，怪声怪调地说：

"我决不会向你们保证，我不留恋内阁。"

"先生们，事实已经向我证明，我的名字促使许多温和派反对我们，从而加强了雅各宾党人的力量。因此我乐意引退，但是天主的意图只有少数人能看到，"他两眼紧紧地盯着红衣主教又补充说，"我负有一个使命，上天对我说过：'你或是把你的脑袋送上断头台，或是在法国恢复君主政体，将议会两院削弱到路易十五时代的最高法院的程度。'关于这一点，先生们，我将会去做。"

他说到这儿停住了，坐下来。房间里一片寂静。

"这真是一个出色的演员，"于连心想。他和往常一样又想错了，他总是把别人想象得太聪明。德·内瓦尔先生在一夜如此热烈的辩论的激励下，尤其是在讨论的诚恳气氛的激励下，此刻，他对自己的使命深信不疑。这个人勇气十足，但却没有头脑。

在随着我将会去做这句豪言壮语而出现的一片肃静中，午夜的钟声敲响了。于连觉得，这钟声里有一种既庄严又忧郁的意味，他被感动了。

不久讨论又重新开始了，气氛越来越活跃，尤其是言词的坦率，简直令人难以置信。"这些人会派人毒死我的，"于连有时暗暗地这样想，"他们怎么能在一个平民面前谈论这些事呢？"

两点钟的钟声敲响了，讨论还在继续。房主人早已睡着了，德·拉莫尔先生不得不摇铃让人来更换蜡烛。首相德·内瓦尔先生不断从他身边的镜子里研究着于连的相貌。他在一点三刻时离开了。他的离去，似乎使大家感到自在了许多。

当仆人更换蜡烛的时候，那个穿背心的人对邻座低声说道："天知道这个人将向国王说些什么！他可能会取笑我们，毁坏我们的前程。

"应该承认，他来这儿参加会议，表现出罕见的自负，甚至是厚颜无耻。在组阁之前他常来这儿;但是首相的职务改变了一切,毁灭了一个人所有的兴趣,他应该有所感觉。"

首相刚一出去,那位波拿巴的将军就闭上了眼睛。这时候,他谈论起他的健康和他负过的伤,接着他看了看表,便离去了。

"我敢打赌,"穿背心的人说,"这位将军去追首相了,他将去向他道歉,说自己不该来这儿,并且还要声称是他在领导我们。"

当睡眼惺忪的仆人换好蜡烛之后,主席说道:

"先生们,还是让我们磋商一下吧,不要再试图彼此说服对方了。让我们考虑考虑照会的内容,四十八小时之后,它就要摆在我们的外国朋友的面前了。刚才有人提到那些大臣。既然德·内瓦尔先生已经离开这儿,我们可以谈谈这个问题了,那些大臣们与我们有什么相干? 我们将来是能够左右他们的。"

红衣主教露出狡黠的微笑,以示赞许。

"依我看,没有什么比概括我们的立场更为容易的事了,"年轻的阿格德主教说道,并流露出一个宗教狂被强行抑制住的那种热情。在此之前,他一直保持着沉默。于连观察到,他的眼睛起先温柔而恬静,在讨论进行了一个小时之后便燃烧起来。现在,他内心蕴藏的热情,就像维苏威火山的岩浆一样,要喷涌而出了。

"从一八〇六年到一八一四年,英国只犯了一个错误,"他又说道,"那就是没有对拿破仑本人采取直接行动。这个人自从他封官许爵、重新建立帝位时起,天主赋予他的使命就结束了。他除了被宰杀作为祭品以外,别的就一无所用了。《圣经》中不止一处教诲我们怎样去消灭暴君。(接下来,他引用了几段拉丁文。)

"先生们,今天必须宰杀作为祭品的已不再是一个人,而是整个巴黎。全法国的人都在模仿巴黎。在每个省武装你们那五百人的队伍,又有什么用呢? 这是个冒险的行动,而且没完没了。何必要把整个法国与巴黎本身的事情搅和在一起呢? 是巴黎自己用它的报纸、它的客厅制造了灾难;让这个新的巴比伦灭亡吧!"

"祭坛和巴黎之间的冲突应该结束了。这个灾难甚至已牵扯到王权的世俗利益。为什么巴黎在波拿巴的统治下不敢吭声呢? 关于这一点,你们还是去请教一下圣罗克的大炮吧⋯⋯"

⋯⋯

直到凌晨三点钟,于连才和德·拉莫尔先生一起离开会场。

侯爵又羞愧又疲倦。他跟于连说话,第一次带有恳求的口气。他请求于连保证,永远不要把他刚才碰巧见到的那种过分的狂热场面泄露出去,这是他的原话。"不要将这些告诉我们的外国朋友,除非他执意坚持要了解我们这些年轻的疯子。政府被推翻与他们有什么关系呢? 他们将来当上红衣主教,可以去罗马避难。而我们呢,我们将会被农民杀死在城堡里。"

于连的会议记录长达二十六页。侯爵根据这一记录,整理成秘密照会,直到四点三刻才完成。

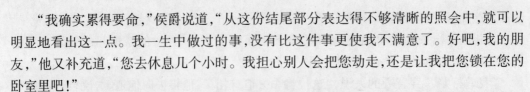

"我确实累得要命,"侯爵说道,"从这份结尾部分表达得不够清晰的照会中,就可以明显地看出这一点。我一生中做过的事,没有比这件事更使我不满意了。好吧,我的朋友,"他又补充道,"您去休息几个小时。我担心别人会把您劫走,还是让我把您锁在您的卧室里吧!"

第二天,侯爵把于连带到一个距巴黎相当远的偏僻的城堡里。那儿住着一些奇怪的人,于连断定他们是一些教士。有人交给他一张护照,上面用的是假名,但是终于还是注明了他一直佯装不知道的真正的旅行目的地。他独自登上了一辆敞篷四轮马车。

侯爵对于连的记忆力没有丝毫的担忧,因为于连曾当着他的面,把那份秘密护照背诵了若干遍,不过他非常担忧于连在半道上会被人截住。

"尤其要注意,您只能装作一个为了消磨时间而外出旅行的花花公子,"当于连离开客厅时,侯爵亲切地对他说道,"在我们昨夜的集会中,可能还不止一个叛徒呢。"

这次旅行速度快而且又很愁闷。于连一离开侯爵的视线,便立刻忘记了秘密照会和他的使命,他一心只想着玛蒂尔德的蔑视。

驶过梅斯几法里以外的一个村庄时,驿站的站长过来告诉他,没有马匹了。这时已是晚上十点来钟,于连听了很恼火,吩咐给他准备一份晚餐。他在门前溜达,乘人不注意,悄悄地溜进了马厩的院子,他果真没有看见一匹马。

"不过这个人的神态倒是很怪,"于连暗想,"他那粗野的目光总是打量着我。"

正如我们所看到的,他已经开始对这个人所说的话产生了一些怀疑。他打算吃过晚饭后就溜走;为了了解一些当地的情况,他离开卧室来到厨房里烤火。当他在那儿发现著名的歌唱家热罗尼莫先生时息,他一个人说的话,比围着他的那二十个惊得目瞪口呆的德国农民总共说的话还要多。

"这些人把我给毁了,"他朝于连嚷着,"我已答应明天在美因兹演唱,有七位国君赶来听我唱歌。不过,咱们还是出去透透新鲜空气吧,"他显出意味深长的神情补充道。

当他在大道上走了百十步远,说话声不可能被别人听到时,他对于连说道:

"您知道究竟是怎么回事吗?这个驿站站长是个坏蛋。我在散步时给了一个小淘气二十苏,他把一切都告诉了我。村子那头的马厩里有十二三匹马。他们是想耽搁某个信使的行程。"

"真的吗?"于连作出天真的样子问道。

仅仅发现骗局,事情还不算完结,还应该离开这儿,而这正是热罗尼莫和他的朋友无法办到的事情。"咱们等到天亮吧,"最后歌唱家说道,"他们在怀疑我们。他们要对付的,也许不是你就是我。明天早晨,我们订一份丰盛的早餐,当他们去准备早餐时,我们便去散步,伺机逃走;我们租几匹马,赶到下一个驿站。"

"您的行李呢?"于连说道,他暗自揣摩,说不定这位热罗尼莫本人就是派来阻截他的人呢。他们吃过晚饭以后便睡觉了。于连刚睡着,突然被惊醒了,原来在他的房间里,有两个人正在毫无顾忌地谈话。

于连认出了驿站长,他提着一盏有遮光装置的提灯,灯光照在马车行旅箱上,这是于连让人搬到楼上他的卧室里的。驿站长旁边的一个人,正在打开的箱子里翻寻着什么。于连只能看见那人裹得紧紧的黑衣袖。

"这是一件道袍,"他暗暗地想,并悄悄地握住了放在枕下的两只小手枪。

"别担心,他不会醒,本堂神父先生,"驿站长说,"给他们喝的酒,是您亲手准备的。"

"我连文件的影子也没见到,"本堂神父答道,"衬衣、香水、发蜡、无关紧要的琐碎物,倒是有不少。这是个注重享乐的现代派青年。密使可能是另外那个伪装成意大利口音的人。"

这两个人走近于连,又在他的旅行服口袋里搜寻。于连恨不得把他们当作盗贼杀了。这绝不会造成什么危险的后果。他很想这么干……"那样做我只能是一个傻瓜,"他心想,"我会危及我的使命的。"教士搜查完他的上衣说道:"这不是一个外交官。"然后便离开了,也幸亏他离开了。

"如果他到床上来碰我一下,那就该他倒霉!"于连心想,"他很可能过来用匕首刺杀我,我不会容忍他这么干的。"

那位本堂神父转过头来,于连半睁开眼睛;他怎能不大吃一惊呢!原来是卡斯塔内德神父!尽管这两个人想说话声压得很低,其实,一开始他就觉得他们其中一人的声音似乎耳熟。于连突然感到一种强烈的欲望,想把一个最卑鄙的坏蛋从地球上清除出去……

"但是,我的使命呢!"他心想。

本堂神父和他的同伙出去了。一刻钟以后,于连假装醒来,他大声喊叫,惊醒了整幢房屋的人。

"我中毒了,"他嚷着,"我难受极了!"他想找个借口去解救热罗尼莫。但是他发现热罗尼莫已经被酒中的阿片酊麻醉,处于半昏迷状态了。

于连早就担心会有这类玩笑发生,晚餐时他喝的是巴黎带来的巧克力酒。他未能让热罗尼莫完全清醒过来,让他下决心离开这儿。

"即便是有人给我整个那不勒斯王国,"歌唱家说道,"此刻,我也不会放弃睡觉的快乐。"

"但是那七位国君呢?"

"让他们等着吧!"

于连独自上路了。直到他来到了那位大人物的住处,没有再发生什么意外。他花费了一个上午的时间求见那位大人物,但是没有成功。幸而四点钟左右,公爵出来想呼吸点新鲜空气。于连一看见他走出来,便毫不迟疑地走近他,向他请求施舍。当他离这位大人物只有两步远时,他掏出了德·拉莫尔侯爵的表,并故意让对方看见。"远远地跟着我,"那人没有瞧于连,便说道。

约莫走了四分之一法里,公爵突然拐进了一家小咖啡馆。就在这家下等客栈的一个

房间里,于连荣幸地向公爵背诵了那四页纸的内容。当他背完第一遍时,那人对他说道:"再背一遍,速度慢一些。"

这位亲王作了笔录。"步行到邻近的驿站。把您的行李和马车留在这儿。最好去斯特拉斯堡,本月二十二日(当天是十日)中午十二时半仍回到这家咖啡馆。请您半小时后离开。保持沉默!"

这是于连仅仅听到的几句话。这几句话足以让他佩服得五体投地。"处理国家大事就得这样,"他心想,"这位大政治家,假如听见三天前那些饶舌者的狂言乱语,他会说些什么呢?"

于连花了两天的功夫到达了斯特拉斯堡,他想他去那儿也无事可做,于是便绕了一个大弯子。"如果卡斯塔内德神父这个魔鬼认出我来,他这个人可不会轻易放过我的行踪的。他要是能嘲弄我,挫败我的使命,他会有多么高兴啊!"

卡斯塔内德神父幸亏没有认出他来,他是圣会安插在整个北部边境的秘密警察头目。斯特拉斯堡的耶稣会的会士们虽然十分热衷于稽查,但丝毫没有想到去监视于连。于连身穿天蓝色长礼服,佩戴着十字勋章,俨然是一位注重个人仪表的年轻军官。

第二十四章　斯特拉斯堡

> 魅力!你具备爱情的全部力量以及它经受不幸的全部能力。唯有它那销魂的快乐,它那甜蜜的喜悦,超出了你力所能及的范围。看见她熟睡时,我不能够说:"她完全属于我,连同她那天使般的美丽和她那可爱的缺点!瞧,她已处于我的控制之下,仿佛仁慈的上天造就了她,就是为了诱惑一个男人的心。"
>
> ——席勒的《颂歌》

于连被迫在斯特拉斯堡待了一个星期,他竭力以建立军功和效忠祖国的想法来排遣心头的烦闷。他真的是堕入情网了吗?这一点连他自己也不知道,他只是觉得在他那痛苦的心灵里,玛蒂尔德成了他的幸福和他的想象的绝对主宰。他需要调动他性格中的全部力量才能够坚持住,不至于陷入绝望之中。他无法思考那些和玛蒂尔德无关的事情。从前,野心和虚荣心得到的小小满足,就能分散德·雷纳尔夫人在他心中激起的感情。可如今玛蒂尔德却吸引了一切,他瞻望未来,到处都有她的身影。

在这个未来的世界里,于连无论从哪个方面都没有看到自己成功的希望。我们在维里埃尔看到的那个如此目空一切、如此妄自尊大的人,如今却陷入了可笑的极端自卑中。

三天以前,他会愉快地去杀死卡斯塔内德神父;而此刻,在斯特拉斯堡,如果有一个孩子与他发生争吵,他会认为是那个孩子有理。当他重新回想起他一生中所遇到的那些对手和敌人时,他总会觉得那是他于连的过错。

这是因为如今他的想象力成了他的敌人,而在从前,他那强有力的想象力却是被不断地用来为他描绘未来如此辉煌的成功的。

旅行者极其孤独的生活,更增添了这种忧郁的想象所产生的影响。什么样的财富也抵不上一个朋友!“但是,”于连心想,“难道真有一颗心在为我跳动吗? 即使我有一个朋友,荣誉不是也要求我永远保持沉默吗?”

他在凯尔的郊外闷闷不乐地骑马溜达。这是莱茵河畔的一个小镇,因为德赛克斯和古维翁·圣西尔的缘故而驰名千古。一位德国农民,把那些由于这两位将军的勇敢而闻名于世的溪流、道路、莱茵河上的岛屿,一一指给他看。于连左手牵着马缰绳,右手展开了圣西尔元帅《回忆录》中的那幅精美的地图。这时一声欢乐的叫喊使他抬起头来。

原来是科拉索夫亲王,这位伦敦交上的朋友几个月前曾经向于连揭示了自命不凡的基本原则。科拉索夫信奉这项伟大的艺术。他昨日抵达斯特拉斯堡,一个小时前才来到凯尔,他这辈子还从来没有读过一行有关一七九六年围城的文字,但此时却一五一十地向于连谈起这儿的一切史迹来了。那位德国农民惊异地瞧着他,因为他所知道的那点法语,足以听出亲王的介绍漏洞百出。而于连却与这个农民的想法相差千里,他正惊奇地注视这位年轻人,欣赏着他那骑马的优雅姿态。

“多么乐观的人啊!”于连心想,“他的裤子多么合体,头发剪得多么别致! 唉,如果我也能如此,她也许就不会只爱上我三天,就对我厌恶了。”

亲王讲完了他的凯尔围城战以后,对于连说道:“您的脸色活像是特拉伯苦修会修士,您夸张了我在伦敦告诉您的严肃的原则。神情忧郁并不能表示有风度,您需要的是厌倦的表情。如果您愁容满面,这就说明您欠缺某些东西,您在某些事情上没有获得成功。

“您这是自显形秽。相反,如果您表示厌倦了,这就是那位徒然想讨您欢心的人自显形秽了。因此您得明白,亲爱的,您的这个错误是多么严重。”

于连扔了一个埃居给那个听得目瞪口呆的农民。

“好啊!”亲王说道,“这才叫风度,一种高贵的轻蔑! 好极了!”他说完后,便纵马疾驰而去,于连紧随其后,内心充满了盲目的钦佩之情。

“啊! 如果我能够这样,她就会喜欢我,置克鲁瓦泽努瓦于不顾了!”他的理智越是被亲王的俏皮话所刺激,他越是蔑视自己不能欣赏这类玩笑,越是为自己不具备这种风趣而感到不幸。他对自己憎恶到了极点。

亲王发觉他确实神情忧郁,在返回斯特拉斯堡时,便对他说:“啊呀,我亲爱的,瞧您愁容满面的样子,是丢了钱包,还是爱上了某个小戏子?”

俄国人效仿法国的风尚,但总要落后五十年。他们现在正处于路易十五的时代。

这类有关爱情的戏言说得于连热泪盈眶。"为什么我不去请教这样一位可爱的人呢?"他突然想道。

"啊,是的,我亲爱的朋友,"他对亲王说道,"您看见了,我在斯特拉斯堡确实已堕入了情网,甚至还遭到了抛弃。一个住在附近城市里的漂亮女人在三天的热恋后,就把我抛弃了。她的变心使我痛不欲生。"

他编造了一些假姓名,向亲王描述了玛蒂尔德的行为和性格。

"请您别说话,"科拉索夫说道,"为了使您信赖您的大夫,让我来说完您的心里话吧!这个女人的丈夫家财万贯,或者她本人就属于当地最显赫的贵族阶层。她必定在某些方面是值得骄傲的。"

于连点了点头,他再也没有勇气开口了。

"好极了,"亲王说道,"这儿有三剂苦药,请您立即服用。"

"第一,每天去看望这位夫人……,您怎么称呼她?"

"德·杜布瓦夫人。"

"多么古怪的姓氏!"亲王说着放声大笑,"请原谅,当然对您来说,它是崇高的。重要的是,您每天去看望德·杜布瓦夫人时,您的眼睛里尤其不要流露出冷淡和生气的目光。回忆一下您这个时代的伟大原则吧:要与别人所期待的正相反。您要表现得和一个星期前,您荣幸地得到她的宠爱时一模一样。"

"啊! 我当时是平静的,"于连绝望地喊道,"我相信我在怜悯她……"

"飞蛾扑烛必自焚,"亲王继续说道,"一个和世界一样古老的比喻。

"第一,您每天去看望她。"

"第二,您去追求一个和她有交往的女人,但是不要表现出热情来,您懂吗? 不瞒您说,您的角色很难扮演;您是在演戏,如果有人猜出您在演戏,您就完了。"

"她太聪明了,而我是那样愚蠢! 我算是完了!"于连愁容满面地说道。

"不,您只是比我想象的还要爱得深。德·杜布瓦夫人像一切得天独厚的女人一样,不是有着太多的尊贵,就是有着太多的金钱,她的内心唯独只有她自己! 她看见的是自己,而不是您,因此她并不了解您。在两三次爱情的冲动下,由于想象力的巨大作用,她委身于您,她在您身上看到的是她梦想中的英雄,而不是真实的您……"

"可是真见鬼,这都是些基本的常识,我亲爱的索雷尔,难道您完全是个小学生吗? ……"

"当然啰! 我们还要进这家商店,瞧这条漂亮的黑领带,简直可以说是伯林顿街的约翰·安德森的杰作;请您买下吧,把您脖子上这根难看的黑绳子扔得远远的吧!"

亲王从斯特拉斯堡最好的一家男子服饰用品商店走出来时,继续说道:"啊,德·杜布瓦夫人交往的都是一些什么人呢? 伟大的天主啊! 多么古怪的姓氏! 请您别生气,我亲爱的索雷尔,我实在没有办法……那您打算去追求哪一位呢?"

"一个非常正经的女人,家财万贯的袜商的女儿。她有一双世界上最迷人的眼睛,我十分喜欢这双眼睛。她在当地无疑享有最高的地位。但是,尽管她生活阔绰,雍容华贵,

但只要一碰到人们来谈起生意和店铺,她就不由得涨红了脸,甚至张皇失措。这种不幸在于她的父亲曾经是斯特拉斯堡最有名的商人之一。"

"如果一谈起实业,她便会这样,"亲王笑着说,"就可以断定,您的美人儿想的是她自己,而不是您。她这种可笑的偏见真是妙极了,对您很有用。当您看见美人儿的眼睛时,它可以保证您不会有片刻的时间丧失理智。成功是毫无疑问的了。"

于连心里想到的女人是常来德·拉莫尔府的德·费尔瓦克元帅夫人。那是一个漂亮的外国女人,她在元帅逝世的前一年嫁给了他。她一生的目标,似乎只是让人忘记她是实业家的女儿,为了在巴黎成为了不起的人物,她带头维护道德观念。

于连由衷地敬佩亲王,如果自己能具有他那些风趣的言谈,他什么代价不肯付出啊!两个朋友之间的谈话无休无止。科拉索夫喜出望外,因为从没有一个法国人这样长时间地听他说话。"看来,"兴高采烈的亲王想道,"我终于做到能使我的老师们听我讲课了!"

"我们就这样说定了,"他第十次对于连说道,"您当着德·杜布瓦夫人的面,和那个年轻的美人儿,也就是斯特拉斯堡的袜商的女儿说话的时候,不要表现出丝毫的热情。但是,当您给她写信的时候,却要充满炽热的感情。阅读一封动人的情书,对一位正经的妇人来说乃是一种至高无上的快乐,这是一种放松的时刻。她不会演戏,可是她敢于倾听心灵的呼声,因此每天您得写给她两封信。"

"决不!决不!"于连垂头丧气地答道,"我宁可让人放在臼内捣成粉屑,也不愿写上两三句话。我是一具尸体,我亲爱的,不要对我抱有任何希望。让我死在路边吧。"

"谁对您说要做文章了?我的包里有六卷手抄的情书,它们适合于各类性格的女人,其中包括最贞洁的女人。您知道,离伦敦三法里远有个里奇蒙平台,卡利斯基不是曾在那儿追求过全英国最漂亮的女贵格会教徒吗?"

于连凌晨两点钟离开了他的朋友,他感到自己不像先前那么不幸了。

第二天,亲王雇来一个抄写人;两天以后,于连拿到了五十三封情书,每封情书都仔细地编了号。它们都是专为最高尚、最愁闷的贞洁的女人而写的。

"没有第五十四封情书,"亲王说道,"因为卡利斯基被拒绝了。但是,既然您这样做只是想拨动德·杜布瓦夫人的心,那么受到袜商女儿的冷落,又有什么关系呢?"

他们每天都一道去骑马,亲王对于连喜爱到了极点,他真不知道如何去向他证明他那一见如故的友情,最后他向他提出,把他的表妹——莫斯科一位富有的女继承人嫁给他。"一旦结了婚,"他补充道,"在两年之内,我的权势和您的那枚十字勋章就能使您成为上校。"

"不过,这枚十字勋章不是拿破仑颁发的,那可是差远了,"于连说。

"那有什么关系,"亲王说道,"它不是他创立的吗,它现在仍然是欧洲首屈一指的勋章。"

于连差不多就要接受亲王的建议了,但是他的职责在呼唤他回到那位大人物身边去。他离开科拉索夫时,答应了写信的事。他收到了那位大人物送来的秘密照会的复件,便急速赶往巴黎。然而他刚刚独自度过了两天,就感到离开法国和玛蒂尔德对他来说是一种比死还要痛苦的酷刑。"我不会同科拉索夫给我的百万资产结婚的,"他思忖,"但是,我会听从他的劝告。

"总之,诱惑女人的艺术是他的专长。他只想着这一件事情已不止十五年了,因为他现在是三十岁了。我们不能说他缺乏智慧;他精明而又狡黠;热情和诗意在这种性格里不可能存在;他是一个检察官式的人物,这是他不会出错的又一个理由。"

"应该这么做,我要去追求德·费尔瓦克夫人。"

"她很可能使我厌倦,但我可以注视着她那双如此美丽的眼睛,那双眼睛和这个世界上曾经最爱我的人的眼睛是多么相像啊!"

"她是外国人,这是一个有待观察的新性格。"

"我失去了理智,我要完了,我应该听从一位朋友的意见,不应该相信我自己。"

第二十五章　道德的职责

但是,倘若我这样谨小慎微
的去享受这种欢乐,那么对于我
来说,它就不再是一种欢乐了。

——洛佩·德·维加

　　我们的主人公一回到巴黎,便立即去见德·拉莫尔侯爵,侯爵看了他带回的急件似乎显得困惑不解。于连从侯爵的办公室里走出来,径直去了阿尔塔米拉伯爵处。这位漂亮的外国人,除了拥有被判处死刑的荣誉外,还颇为庄重,虔诚信教。这两个优点,再加上他那无比重要的伯爵的高贵出身,使得德·费尔瓦克夫人十分中意,因此她常常会见他。

　　于连郑重其事地向他承认,他非常地爱她。

　　"这是个最纯洁、最高尚的有道德的女人,"阿尔塔米拉回答道,"只是有点儿虚伪,有点儿夸张。有时候我懂得她使用的每一个词,但却不能理解她整句话的意思。她时常让我想到我的法语不如别人所认为的那么好。您结识她,可以增加您的知名度,提高您在社交界的地位。不过我们还是去找比斯托斯吧,"阿尔塔米拉伯爵说道,他是个有条不紊的人,"他曾经追求过元帅夫人。"

　　唐·迪埃戈·比斯托斯一言不发地听着他们长时间地叙述事情的原委,活像是一位律师坐在自己的事务所里。他有着一张修道士般的肥胖的脸,蓄着漆黑的小胡子,态度无比的庄重,此外他还是个出色的烧炭党人。

　　"我明白了,"终于,他对于连说道,"德·费瓦克夫人有过情夫,还是不曾有过?因此您是否有成功的希望?这些就是您所关心的问题。我可以告诉您,我嘛,是失败了。既然我已经不再气恼,现在我可以做出这样的评价:她常常发脾气,等一会儿我还要告诉您,她还喜欢报复。

　　"我不认为她是胆汁质的性格,这种性格具有天才的气质,它给一切行动罩上了一层

热情的光彩。相反,倒是来自荷兰人的那种沉静的粘液质,才使她具有稀世的美貌和鲜丽的容颜。"

于连对这个西班牙人的慢性子和固执的冷漠感到极不耐烦,不时地从嘴里不由自主地蹦出几个单音节的词。

"您愿意听我说下去吗?"唐·迪埃戈·比斯托斯神情严肃地问道。

"请您原谅 furia francese;我在洗耳恭听,"于连说道。

"德·费尔瓦克元帅夫人完全沉溺于对别人的憎恨之中,她毫不留情地控告一些素不相识的人,譬如律师,还有像科莱那样填写歌词的可怜文人。您知道吗?

> 我有一个癖好
> 爱上了玛罗特……"

于连不得不耐着性子,听完他引用这首歌。西班牙人颇有兴致地用法文唱着它。

这首美妙动人的歌曲,还从来没有人怀着这样不耐烦的心情去听它呢。唐·迪埃戈·比斯托斯唱完歌以后说道:"元帅夫人让人把这首歌曲的作者解雇了:

> 一天情人在酒馆里……"

于连真担心他又要接着唱,幸尔他只是对歌词做了一番分析。确实,这首歌亵渎宗教,有伤风化。

"元帅夫人对这首歌发火时,"唐·迪埃戈说道,"我曾提醒她,一个像她这样地位的女人,绝不该去阅读眼下出版的那些愚蠢的读物。不论虔诚的宗教信念和严肃的社会风气发展到何种程度,法国总是存在着一种酒馆文学。当德·费尔瓦克夫人让人把作者——一个领取半薪的穷鬼,从一个一千八百法郎年俸的职位上辞去时,我对她说:'当心,您用您的武器攻击了这个拙劣的诗人,他可以用他的歪诗来回击您,他将写一首有关道德的颂歌。金碧辉煌的客厅将会维护您的利益,但是那些喜欢讥笑嘲讽的人,将会一遍又一遍地传播这些讽刺的诗句。'先生,您知道元帅夫人是怎样回答我的吗?'整个巴黎将会看见我为天主的利益而殉教,这将成为法国的又一奇观。民众将学会尊重品德。这可能是我一生中最美好的日子。'当时,她的眼睛比任何时候都要美丽。"

"她有一双多么迷人的眼睛!"于连情不自禁地喊道。

"我看您是堕入了情网……总之,"唐·迪埃戈·比斯托斯神情庄重地说,"她不是那种专爱报复的多胆汁性格。如果说,她爱伤人,那是因为她感到不幸;我猜想,那是一种内心的不幸。她是不是一个对自己的生涯感到厌倦的假正经的女人呢?"

西班牙人止住话语默默地瞧着他,足足有一分钟的时间。

"这就是全部问题的所在,"他神色认真地补充道,"正是从这儿,您可以得到一线希

望。在我充当她最谦卑的仆人的两年时间里，我对这一点考虑得很多。您的整个未来，堕入情网的先生啊，就取决于这一重大问题了：她是不是一个厌倦生活、因不幸而变得凶狠的假正经的女人呢？"

"或者，"阿尔塔米拉说，他终于摆脱了深深的沉默，"就像我对你说过二十遍的那样，这仅仅出于法国人的虚荣心；正是对于她的父亲——那个著名呢绒商的回忆，给这个生性阴郁而冷酷的女人带来了不幸。对于她来说，只有一种幸福，那就是住在托莱多，忍受一位忏悔师的折磨，他会每天向她指出，地狱的门是敞开的。"

当于连要离开的时候，唐·迪埃戈更为严肃地对他说："阿尔塔米拉告诉我，您是我们的人。有朝一日您会帮助我们重获自由，因此我愿意在这小小的娱乐中助您一臂之力。您最好了解一下元帅夫人的文笔，这儿是她的四封亲笔信。"

"我把它们抄下来，"于连说道，"然后就还给您。"

"您不会把我们说的话向任何人吐露一个字吧？"

"绝对不会，我以名誉担保，"于连说道。

"那就愿天主帮助您吧！"西班牙人补充道，他默默无言地把阿尔塔米拉和于连送到楼梯口。

这一幕使我们的主人公的心情略微愉快了一些，他几乎要笑出声来了。"这个虔诚的阿尔塔米拉，"他心想，"居然帮助我干起通奸的勾当来了！"

在与唐·迪埃戈进行这场严肃的谈话时，于连曾注意过阿利格尔府中的大钟报时声。

晚餐的时刻快到了，他又可以见到玛蒂尔德了！他回到卧室后，换了衣服，精心修饰了一番。

"一开始就干蠢事，"他下楼时思忖，"应该一丝不苟地遵照亲王的嘱咐去做。"

他又重新上楼回到卧室，换上了一件再朴素不过的旅行服。

"现在，"他心想，"关键的问题就在于我的目光了。"此时只有五点半钟，晚餐是六点钟开始。他决定下楼到客厅去，他看见那儿还空无一人。他见到那张蓝色的长沙发，便扑过去跪倒在地，亲吻着玛蒂尔德手臂搭过的地方。他泪流满面，双颊烧得滚烫。"必须摆脱这种愚蠢的敏感，"他气恼地对自己说，"它会使我泄漏真情的。"为了掩饰窘态，他拿起了一张报纸，从客厅来到花园，来回走了三四趟。

他浑身战战兢兢，在一棵大橡树后隐蔽好，才壮着胆子抬眼去看德·拉莫尔小姐的窗户。窗户关得严严实实；他差点儿摔倒在地上，他在大橡树上靠了许久，然后踉踉跄跄地去看园丁的那把梯子。

那个铁链环，唉！当时是在一种多么不同的情形下被他拧断了，现在还不曾修理好。于连在一阵疯狂的冲动下，不由自主地用它按住了双唇。

于连在客厅和花园之间徘徊了许久，觉得非常疲倦，这是他强烈感受到的第一个成功。"我的目光将会暗淡无神，它不会出卖我了！"吃饭的人逐渐来到客厅，每一次开门的声音都在于连心底激起一阵极度的慌乱。

大家都入席就座了。最后玛蒂尔德小姐才露面,她一直固守着让众人等候自己的习惯。她一看见于连,便涨红了脸,因为事先没有人告知她于连的归来。依照科拉索夫亲王的嘱咐,于连注视着她的手,那双手在颤抖。这一发现,使他内心慌乱到了难以形容的地步,他为自己仅仅显露出疲倦的神情感到相当满意。

德·拉莫尔先生将他称赞了一番。不一会儿,侯爵夫人也和他说起话来,并对他那疲乏的神色问候了几句。于连每时每刻都在告诫自己:我不该过多地注视德·拉莫尔小姐,但是我的目光又不该躲避她。应该真实地表现出我遭到不幸之前一个星期时的神情……"他有理由对他的成功感到满意,继续留在客厅里。他第一次对女主人大献殷勤,竭尽全力主动和她那个社交圈子里的男人们交谈,以保持谈话气氛的活跃。

他的礼貌得到了报偿。约莫八点钟,仆人通报德·费尔瓦克元帅夫人到来。于连溜了出去,但是很快又重新露面,穿戴得极为讲究。德·拉莫尔夫人对他这种尊敬客人的表示,非常感谢,为了表示她的满意,她向德·费尔瓦克夫人谈起了他的旅行。于连在元帅夫人身边坐下,使得玛蒂尔德看不见他的眼睛。他这样坐定以后,便完全遵照恋爱艺术的法则,把德·费尔瓦克夫人当作了最痴心爱慕的对象。科拉索夫送给他五十三封信,其中第一封信的开头就大段大段地抒发了这种感情。

元帅夫人说她要去歌剧院。于连也赶到了那儿。他碰见了德·博瓦西骑士,骑士把他带到宫内侍从先生们的包厢里,恰好挨着德·费尔瓦克夫人的包厢。于连不断地看着她。他回到府邸时心里想:"我应该写围攻日记,否则我会忘了我的进攻。他强迫自己就这个无聊的主题写了两三页纸,不可思议的是,如此一来他几乎能够不再想着玛蒂尔德小姐了。

于连旅行期间,玛蒂尔德几乎把他遗忘了。"他充其量不过是个平常的人罢了,"她心想,"他的名字将永远让我想起我一生中最大的污点。应该真心实意地回到道德和荣誉的世俗观念上来;一个女人忘记了这些,就会丧失一切。"她表示,她和德·克鲁瓦泽努瓦侯爵之间酝酿已久的婚约,可以最终定下来了。德·克鲁瓦泽努瓦为此感到欣喜若狂;如果有人对他说,在玛蒂尔德使他感到如此自豪的这种态度深处,含有某种勉强屈从的因素,他一定会感到惊讶不已。

但是,当玛蒂尔德看见于连时,她的一切观念又都改变了。"事实上,这才是我的丈夫,"她思忖,"倘若我真心悔悟的话,显然我应该嫁给他。"

她预料于连会来与她纠缠不休,显露出一副不幸的神情。她已经准备好了怎样回答他,因为在晚餐结束后,他一定会找机会跟她说上几句话的。但是事实却恰恰相反,他坚定不移地留在了客厅里,他的目光甚至不朝花园那边瞅一眼,天知道他费了多大的劲才做到了这一点呀!"最好立即向他解释清楚,"德·拉莫尔小姐心想,于是她独自去了花园,但是于连并没有在那儿露面。玛蒂尔德在客厅的落地窗附近踱着步,她看见于连正全神贯注地向德·费尔瓦克夫人描述着分布在莱茵河畔的小山丘上的那些倒塌的古堡,这些古堡给这些小山丘增添了不少景色。他已经能够较为出色地引用一些客厅里称之

为才智的那种感伤而又优美的词句了。

如果科拉索夫亲王在巴黎，他一定会非常自豪，因为这个夜晚的情景跟他所预言的一模一样。

至于于连以后几天的表现，他一定也会赞同的。

幕后操纵王权的内阁成员们正在密谋，准备颁发几条蓝绶带。德·费尔瓦克元帅夫人坚持，她的叔父应获得一条蓝绶带。德·拉莫尔侯爵也为他的岳父提出了同样的要求。他们联合起来力图促成此事，元帅夫人差不多每天都要来拉莫尔府。于连正是从她那儿了解到，侯爵就要晋升为大臣了；侯爵向 Camarilla 提出一项非常巧妙的计划，三年内可取缔宪章，且又不至于引起震动。

如果德·拉莫尔先生进入内阁，于连便能指望获得主教的职位；但是在他眼里，所有这些重大的利益仿佛都被蒙上了一层薄纱，这些利益他只是在想象中依稀可见，也可以说非常遥远。可怕的不幸已经把他变成了一个疯狂的人，在他看来，生活中的一切利益都将取决于他和玛蒂尔德之间的关系。他估计经过五六年的努力之后，他会重新获得她的爱情。

这个如此冷静的头脑，如同我们所看到的那样，已经陷入了完全丧失理智的状态。过去曾使他显得格外出众的一切优点，如今只剩下一点儿坚定了。他严格遵守着科拉索夫亲王制定的行动计划，每天晚上都坐在离德·费尔瓦克夫人的扶手椅相当近的地方，然而他却无法找到一句话来对她说。

为了在玛蒂尔德的眼中显示出他心灵的创伤已经痊愈，他强制自己做出的努力耗尽了他的全部精力。他坐在元帅夫人的身边，差不多就像一具尸体，甚至连他的眼睛也仿佛是处于肉体的极端痛苦之中，失去了它们的光芒。

德·拉莫尔夫人对事物的看法，历来只是她那位可能使她成为公爵夫人的丈夫的看法的翻版；才几天功夫，她就把于连的才能捧上了天。

第二十六章　道德的爱情

> 当然，艾德玲的仪表娴静矜持，
> 她慎于言行从不越雷池一步，
> 只限于天性的表露；
> 正像一个满清官员从不夸赞什么好，
> 至少他的外表让人捉摸不透，
> 他所看到的东西已令他欣喜若狂。
>
> ——《唐璜》，第十三章，
> 第三十四节

"这家人对待事物的看法有点儿疯狂，"元帅夫人心想，"他们一个个都迷上了他们那位年轻的神父。他只知道睁着眼睛听人说话,不过那双眼睛倒确实是相当漂亮。"

至于于连这方面,他在元帅夫人的态度里发现了一种近乎完美的贵族式的沉静的典型,这种沉静显示出一种一丝不苟的礼貌,更多的则是显示出它不可能产生任何强烈的激情。出乎意料的冲动,缺乏自制能力,差不多就如同在下人面前失去尊严那样,都会引起元帅夫人的反感。感情方面最微小的冲动表示,在她眼里,都是一种应该感到羞愧的精神上的酒后醉态,会大大损害一个地位高贵的人的形象。她最大的幸福,是谈论国王最近的一次狩猎;最喜爱的书是《德·圣西蒙公爵回忆录》,尤其是书中关于系谱的那一部分。

于连知道根据光线的布局,哪一个座位最适合欣赏德·费尔瓦克夫人的美貌。他每次都事先坐在那个座位上,但又仔细地转动椅子的方向,以便使自己的视线避开玛蒂尔德。于连始终躲避着她,这使她感到诧异。一天,她离开蓝色的长沙发,坐在元帅夫人的扶手椅邻近的小桌子旁绣花。于连可以从德·费尔瓦克夫人的帽檐下相当近地看见她。那双支配着他的命运的眼睛,看上去离得那么近,起初使他感到惊恐不安,接着又使他猛地摆脱了以往的冷漠态度;他开口说话了,而且说得非常出色。

他虽然是在和元帅夫人说话,但是他唯一的目的却是对玛蒂尔德的内心产生影响。他显得那样兴奋,以致让德·费尔瓦克夫人听得莫名其妙。

这是最初的成就。如果于连能想到再补充几句,谈谈德国的神秘主义、宗教的崇高信仰以及耶稣会教义,元帅夫人一定会马上把他列入被上天派来改造我们这个时代的那些伟人的行列之中。

"既然他的情趣那么低级,"德·拉莫尔小姐心想,"和德·费尔瓦克夫人谈了那么久,又谈得那么热烈,我再也不听他说话了。"在这天晚上的其余时间里,她一直遵守着自己的诺言,尽管这对她来说是困难的。

午夜,当她替母亲端着蜡烛盘,送她回卧室时,德·拉莫尔夫人停在楼梯上,又把于连大大夸耀了一番。玛蒂尔德心中恼怒到了极点;她失眠了。一个想法又使她平静了下来:"我所鄙视的人,可能在元帅夫人的眼里仍然算得上是一个出类拔萃的人呢。"

至于于连,他已经采取了行动,不像先前那么痛苦了。他的视线偶尔落在了那个俄罗斯皮制的公文包上,那里面放着科拉索夫亲王送给他的五十三封情书。于连在第一封信的下方看到一个附注:

　　　　请在第一次见面后的第八天寄出第一封信。

"我把回信的事给耽搁了!"于连喊道,"我见到德·费尔瓦克夫人已有很久了。"他立刻开始抄写这第一封情书,那是一篇充满道德词句的说教,让人腻味得要命。幸亏于连抄到第二页纸时便睡着了。

几小时之后,强烈的阳光把伏在桌子上睡着的于连惊醒了。在他的一生中,最难以忍受的时刻之一,便是清晨醒来的时候想起他的不幸。这一天,他几乎是笑着抄完了那封信。"这可能吗?"他自言自语地说,"居然有一位年轻人会这样写信!"他数了数有好

几个长达九行的句子。在原信下方,他发现一个用铅笔写的附注:

> 这些信由本人亲自送达:骑马,黑领带,蓝色常礼服。把信交与门房时,神情窘迫,目光含有深沉的忧郁。如若遇见贴身女仆,要偷偷地抹眼泪,并和她说话。

这一切他都准确无误地照办了。

"我的所作所为真够大胆的,"于连走出费尔瓦克府时心想,"不过活该科拉索夫倒霉,竟敢给一位如此著名的道德高尚的女人写情书! 我将遭到她的极端蔑视,没有什么比这更使我开心的了。实际上,这是我唯一能够感受到的一种喜剧。的确,这个称之为我的如此丑恶的家伙,受尽别人的讥笑,会使我感到高兴。如果按照我本人的意愿去做,为了消愁解闷,我会去犯罪的。"

一个月以来,于连生活中最美好的时刻,便是把他的马送回马厩的时候。科拉索夫曾严禁他以任何借口去看望抛弃了他的情妇。然而,玛蒂尔德是那样地熟识这匹马的蹄声和于连用马鞭敲打马厩的门的那种叫人的方式,有时这会把她吸引到她的窗帘后面来。细布窗帘如此之薄,以至于连可以透过它看见室内。于连从他的帽檐下,从某种角度可以看见玛蒂尔德的身体而看不见她的眼睛。"这样一来,"他心想,"她不能看见我的眼睛,这就不能算是我在看她了。"

当晚,德·费尔瓦克夫人见到他时,就好像她根本没有收到过早上他带着十分忧郁的神情交给门房的那篇充满哲学和宗教思想的神秘的论文一样。前一天晚上,于连意外地发现了能使他侃侃而谈的诀窍,于是现在他把自己的座位安排在可以看见玛蒂尔德眼睛的位置上。至于玛蒂尔德呢,元帅夫人刚刚来到一会儿,她便离开了蓝色的长沙发,离开了她那习惯性的社交圈子。德·克鲁瓦泽努瓦先生看上去对她的这一新的任性的举动感到垂头丧气;他那显而易见的痛苦,消除了于连那因为不幸而产生的更为残酷的痛苦。

生活中的这个意外,使他说起话来如天使一般娓娓动听。看来,甚至在那些充当最庄严的道德殿堂的心灵里,自尊心也能够侵入。元帅夫人上车时心想:"德·拉莫尔小姐有道理,这个年轻的教士确实有点儿与众不同。头几天,一定是我的出现使他胆怯。事实上,这个家里见到的每个人都很轻浮;在这儿我只能看见一些借助衰老才变得高尚的女人,她们非常需要老年的冷漠。这个年轻人一定能够看出这其中的区别。他的信写得很好,不过我非常担心,他在信中提出请我予以指点的要求,实际上,那只是一种不知不觉地感情流露。

"然而,多少人皈依天主,都是这样开始的啊! 他的文笔与我所见到的年轻人的来信迥然不同,使我对他的前程感到大有希望。不能不承认,在这位年轻教士散文诗般的信札里,有着宗教的热情、深沉的严肃和坚定的信念,他将会拥有马西荣的美德。"

第二十七章 教会里最好的职位

效力！才干！功绩！那又怎
么样呢！您得加入一个小集团。
——泰莱马克

主教职位和于连这两者之间，就这样第一次在一个女人的头脑中联系起来了；这位夫人，迟早得由她来分配法国教会里最好的职位。这个成功几乎没有使于连动心；因为此时此刻，他的头脑不可能去思考任何与他眼前的不幸无关的事情。一切都更加剧了他的不幸，比如看到自己的卧室，也会使他感到不堪忍受。晚上，当他拿着蜡烛走进卧室时，他会感到每一件家具，每一件小饰物，都好像发出声音，向他残酷地宣布他的不幸遭遇的某一个新的细节。

"今天，我还有一件苦活儿要干呢，"他走进卧室时，自言自语地说道，很久以来，他没有用这么轻松的口气说话了，"但愿这第二封信和第一封信一样地令人感到乏味。"

第二封信的确比第一封信更加乏味。他觉得他抄写的内容是如此的荒唐，以致到后来他整行整行地抄写下去，再也不去考虑其中的意思了。

"这封信，"他自语着，"比起在伦敦我的外交学老师让我抄写的闵斯特尔条约的正式文献来，还要夸张得多。"

直到此时，他才想起德·费尔瓦克夫人的那几封信，他忘记把这些信的原件还给那位严肃的西班牙人唐·迪埃戈·比斯托斯了。他把信找了出来。确实，这些信几乎和那位年轻的俄罗斯贵族的信一样不知所云。每封信都是含糊其词，什么都想说，而什么又都没有说。"这是风奏琴式的风格，"于连思忖，"在这些有关虚无、死亡、无限等等的崇高思想中，我看只有那种害怕被人耻笑的恐惧心理才是真实的。"

我们刚才节录的这段独白，他连续重复了有两个星期。抄着类似《启示录》注解的东西醺然睡去，第二天带着忧郁的神情去送一封信，怀着能看见玛蒂尔德长裙的希望将马牵回马厩，然后去工作，晚上如果德·费尔瓦克夫人不来拉莫尔府就去歌剧院，这就是于连每天的单调生活。当德·费尔瓦克夫人来侯爵府上的时候，他的生活会变得有趣一些，那时他可以从元帅夫人的帽檐下窥视玛蒂尔德的眼睛，还可以滔滔不绝地发表演说。他那些美妙而感伤的句子开始形成了一种风格，变得更加动人，更加高雅了。

他清楚地感到，他所说的这些话在玛蒂尔德眼中都是荒谬可笑的，但是他想以那些优美的措辞来打动她。他心想："我说的话越是虚假，就越是能讨得她欢心。"于是，他肆无忌惮地夸大某些大自然的景致。他很快便察觉到要想在元帅夫人眼中不显得平庸，尤

其应该避免那些简单而合理的思想。他或者继续这样夸夸其谈,或者有一些收敛,这完全取决于他在他必须讨好的两位贵妇的眼中看到的是成功,还是冷淡。

总之,他的生活不像在无所事事中度过的那些日子可怕了。

"可是,"一天晚上他又想,"我现在已在抄写第十五篇那令人讨厌的论文了,头十四篇已准确无误地交给了元帅夫人的门卫。我将荣幸地塞满她书桌的所有抽屉。然而她对待我,完全就像我根本没有给她写过信一样!这一切将会有什么样的结局呢?我那坚持不懈的努力,会让她和我一样感到厌倦吗?应该承认,科拉索夫的朋友,那个爱上了里奇蒙一个美丽的贵格会女信徒的俄国人,在当时是一个可怕的人物,没有比他更令人讨厌的人了。"

正如任何平庸之辈偶尔看见一员名将部署战役那样,于连也丝毫不能理解年轻的俄国人对于这位一本正经的英国女人所展开的攻心战。前十四封信的内容,仅仅是在于请求对方原谅自己写信的冒昧举动。这个温柔的人儿,也许觉得无比的烦闷,应该让她养成经常收到一些信的习惯,这些信比起她日常的生活来,大概是要有趣一些的。

一天早晨,有人交给于连一封信,他认出了信封上德·费尔瓦克夫人的纹章,便迫不及待地拆开了封口,这只是一张晚餐请柬。若是在几天之前,像这种急切的心情对他来说,似乎是不可能的。

他急忙查阅了科拉索夫亲王的指令。不幸的是,这位年轻的俄国人在原本应该简洁明了的地方,却偏偏要表现出多拉那种轻浮的风格。于连无法猜出,参加元帅夫人的宴会时他应该采取什么样的一种态度。

客厅里金碧辉煌,极其豪华,好像杜伊勒里宫的狄安娜画廊一般,护壁板上装饰着一幅幅油画,画面上有明显的涂抹痕迹。于连后来才知道,女主人认为这些油画的题材不够雅观,命人将画面做了修改。"好一个有道德的世纪!"于连心想。

在这间客厅里,他注意到有三个人曾经参与了起草秘密照会。其中的一位便是德·***主教大人——元帅夫人的叔父,他掌管着教士的俸禄,据说他对他的侄女是有求必应的。"我迈出了多么巨大的一步啊!"于连自言自语地说,脸上挂着忧郁的微笑,"可这对我来说又是多么的无所谓啊!我居然会在这儿和著名的德·***主教一起用餐。"

晚宴普普通通,谈话也令人厌倦。"这是一本坏书的目录,"于连心想,"人类思想中的一切重大问题,都被大胆地谈到了。但是听了三分钟之后,您就会向自己发问:占上风的一方,究竟是发言者的夸大其词呢?还是他那可憎的愚昧无知呢?"

读者或许已经忘了那位名字叫作唐博的小文人吧,他是院士的侄儿,未来的教授。他仿佛是专门负责用卑劣的诽谤来败坏拉莫尔府客厅里的空气的。

于连正是由于这个小人物的缘故,头一回产生了这样的念头:德·费尔瓦克夫人虽然没给他回信,但对于支配他写信的情感,却可能持有宽容的态度。唐博先生一想到于连的成功,他那丑恶的心灵就会撕裂般地疼痛;然而另一方面,一个有价值的人也和一个傻瓜一样,不可能同时在两个地方生存。"如果索雷尔成为尊贵的元帅夫人的情夫,"未来的教授心中想，"她会在教会里给他安排一个很好的职位，那么我就可以在拉莫尔府摆脱掉他了。"

皮拉尔神父为了于连在费尔瓦克府获得的成功，狠狠地训斥了他一顿。这是因为在严厉的詹森派和贞洁的元帅夫人的提倡社会复兴、巩固王政、拥护耶稣会的沙龙之间，存在着一种宗派的嫉妒。

第二十八章　曼侬·莱斯戈

> 他一旦对修道院院长的愚昧无知确信无疑，那么成功地指白为黑，或者说黑成白，就几乎成了他的家常便饭了。
>
> ——里希滕贝格

俄国人的指示严格规定，在任何情形下都不能在口头上反驳您的收信人，也不应该以任何理由背离您心醉神迷的崇拜者的角色。那些书信都是以这一假设为出发点的。

一天晚上，在歌剧院德·费尔瓦克夫人的包厢里，于连对芭蕾舞剧《曼侬·莱斯戈》大为赞赏。他这样做的唯一理由，就是因为他认为该剧毫无可取之处。

元帅夫人认为，这出舞剧远不如普雷沃神父的小说。

"怎么！"于连心想，他感到既惊奇又有趣，"一个道德如此高尚的女人，竟然会赞扬一部小说！"德·费尔瓦克夫人每周总要发表两三次对作家们极端轻蔑的言论，因为这些作家企图用他们那些庸俗的作品来腐蚀青年一代。唉！这些年轻人，太容易陷入肉欲方面的错误里去了。

"在这一类不道德的、危险的作品中，"元帅夫人继续说道，"据说《曼侬·莱斯戈》要占首位。书中对一颗罪恶深重的心灵所具有的软弱和应承受的痛苦，据说是描写得真实而又深刻。当然，这并不妨碍像您的波拿巴在圣赫勒拿岛所宣称的那样，它是一部为仆人们写的小说。"

这句话使于连的内心又活跃起来："有人想在元帅夫人的面前毁掉我，告诉了她我对拿破仑的狂热崇拜。这一定使她相当恼火，她才忍不住对我有所流露的。"整个晚上，这一发现都使他感到有趣，并使他本人也变得风趣起来了。当他在歌剧院的前厅向元帅夫人道别时，夫人对他说道："请您记住，先生，一个人若是爱我，就不该去爱波拿巴；我们至多只能把他当作天意强加给我们的一件不可避免的事物来接受。况且，这个人的头脑相当僵化，欣赏不了艺术的杰作。"

"一个人若是爱我！"于连一遍又一遍地思忖着，"这句话或许没有说明任何问题，或

269

许说明了一切问题。这正是我们这些可怜的外省人无法掌握的语言奥秘。"当他抄写一封给元帅夫人的冗长的信时,他的内心却在深深地思念着德·雷纳尔夫人。

"怎么回事?"第二天,元帅夫人用一种于连认为掩饰得并不好的冷漠的口气说道,"您昨天晚上的那封信,看来是从歌剧院回去后写的,信中怎么和我谈起伦敦和里奇蒙来了呢?"

于连的表情十分尴尬。当时,他一行接着一行地抄写,根本就没有想到他所写的是些什么内容。显然,他忘记把原信中的伦敦和里奇蒙的地名改写成巴黎和圣克卢了。他开始说了两三句话,但是无法继续说下去了,他感到自己就要发疯似的大笑起来。最后,他搜肠刮肚,总算想出这样一句话来:"关于人类灵魂最崇高、最伟大的利益的讨论,使我的心灵一直处于极度兴奋之中,因此给您写信时,可能一时不慎走了神。"

"我给她留下了深刻的印象,"他想道,"因此在今晚剩余的时间里,我可以摆脱烦闷了。"他连蹦带跑地出了德·费尔瓦克府。晚上,他重新翻阅了昨晚抄过的信稿,很快地找到年轻的俄国人谈及伦敦和里奇蒙的那一处倒霉的地方。他十分惊异地发现,这封信几乎可以说是情意绵绵的。

他表面看上去谈吐轻浮,但是他的书信却有着近乎《启示录》那样的高雅深邃的风格,正是这种对比,才使他显得出类拔萃。元帅夫人特别喜欢那些冗长的句子,这和伏尔泰这个不道德的作家使之风行的支离破碎的文体是多么不同啊!尽管我们的主人公在谈话中已竭力剔除了各种理性的认识,但是仍不免带有反对君主、蔑视宗教的色彩,这并没有逃过德·费尔瓦克夫人的眼睛。这位夫人的周围都是一些道德高尚的人,但是他们常常并不是每晚都有新的见解。因此,凡是似乎有些新意的事物都会给她留下深刻的印象,但是同时她又认为自己应该对此感到愤慨。她把这种缺点称之为"保留了轻浮时代的痕迹……"

但是像这样的客厅,除非是您有事相求,否则是不值得光顾的。于连在这种单调乏味的生活中感到的烦闷,读者也一定有所感受吧!这儿是我们旅途经过的一片荒原。

在德·费尔瓦克夫人介入于连生活的这段时间里,德·拉莫尔小姐一直需要强制自己不去想他。她的灵魂深处正进行着激烈的斗争:有时,她自以为能够蔑视这个如此卑微的年轻人,但是她又不由自主地被他的谈吐迷住了。尤其使她感到惊奇的是他那十足的虚伪。他对元帅夫人所说的话没有一句不是谎言,或者至少是对他的思维方式的一种糟糕的掩饰,因为他对于任何问题的想法,玛蒂尔德几乎都是了如指掌的。他的这种马基雅维里式的行为令她感到震惊。"多么深刻啊!"她思忖,"这跟唐博先生持相同论调的那些擅长吹嘘的蠢材或者平庸鄙俗的骗子比起来,是多么不同啊!"

然而,有些日子对于连来说也并不好过。为了完成最艰难的职责,他每天都得在元帅夫人的客厅里露面。他为了扮演一个角色而付出的努力,终于耗尽了他的全部精力。夜晚,当他穿过费尔瓦克府宽敞的庭院时,他常常只能依靠性格和理智的力量,才不致于陷入绝望之中。

"我在神学院里曾经战胜过绝望，"他心想，"然而，当时展现在我面前的前景是多么可怕啊！或是成功，或是失败，然而不论在哪一种情况下，我都不得不和天底下最卑鄙、最讨厌的人朝夕相伴，度过我的一生。可是，到了来年春天，仅仅才过去短短的十一个月，我差不多就成了我同龄的年轻人中一个最幸福的人了。"

但是所有这些令人满意的推理一旦面对可怕的现实，往往就失去了作用。每天他都在午餐和晚餐时间看见玛蒂尔德。从德·拉莫尔先生向他口授的许多信函中，他知道她快要和德·克鲁瓦泽努瓦先生结婚了。那个可爱的年轻人已经每天两次来往于拉莫尔府了；当然，一个被抛弃的情人的嫉妒的眼睛，是不会放过他的一举一动的。

当于连确信自己已经看出玛蒂尔德善待她的求婚者时，他回到卧室里，总会情不自禁地怀着喜爱的心情看着他的小手枪。

"唉！"他心想，"如果去掉内衣上的标志，到巴黎二十法里以外某处僻静的树林里结束我这可憎的一生，岂不是更明智吗！当地没有人认识我，我的死在半个月内不会被发现，半个月以后谁还会想到我呢！"

这一推论倒是非常明智的。但是第二天，只要一看见玛蒂尔德的裙袖和手套之间那若隐若现的胳膊，就足以又使我们年轻的哲学家陷入残酷的回忆之中了，正是这种回忆，还让他眷恋着人生。"好吧！"于是他暗暗想道，"我将把这位俄国人的计划进行到底。不过，结局将会是怎样的呢？

"至于元帅夫人，当然啰，抄完这五十三封信，我不会再写其他的信给她了。

"至于玛蒂尔德呢，这六个星期如此痛苦的表演，或许丝毫没有改变她的愤怒，或许使我可以得到片刻的和解。伟大的天主啊！要是那样的话，我会感到多么幸福啊！"他无法再继续想下去了。

当他幻想了许久之后，又能够进行他的推理了。"因此，"他心想，"我可以获得一天的幸福，之后，她又会重现她的冷酷态度，唉！因为我没有能力博得她的欢心，我再也没有任何办法了，我将毁灭，永远地完了……

"像她这种性格的人能给予我什么保证呢？唉！我一无所长，这就回答了一切。我缺乏高雅的举止，我的谈吐笨拙而单调。伟大的天主啊！我为什么是我呢？"

第二十九章 烦 恼

> 为自己的热情牺牲自己，那还可以；
> 然而为了自己所没有的热情也要牺牲自己！啊，可悲的十九世纪！
>
> ——吉罗代

德·费尔瓦克夫人起初读到于连那些长长的信，并不感到快乐，后来才逐渐对它们产生了兴趣;但是有一件事使她感到懊恼:"多么遗憾,索雷尔先生不会成为一个真正的教士! 我可以答应与他保持一种亲密的关系;但是那枚十字勋章和他那身近乎市民的服装,一定会招致一些尖刻的探问,那我将如何回答呢?"她心里没有了主意,"某个狡黠的女友可能会猜测,甚至到处散布谣言,说他是我娘家方面的亲戚,我的一个地位卑贱的小表弟,是一个荣获过国民自卫军勋章的商人。"

德·费尔瓦夫人在见到于连之前,她最大的快乐,就是在她的姓氏旁写上元帅夫人的字样。然而现在呢,是一种对一切都会感到被冒犯的、病态的贵族的虚荣心,与她心中刚萌发出来的兴趣展开了斗争。

"让他成为巴黎附近某一教区的代理主教,"元帅夫人心想,"这事对我来说,简直是易如反掌! 但是这位索雷尔先生没有任何头衔,而且还是德·拉莫尔先生的小秘书! 这真让人扫兴。"

这颗畏惧一切流言的心灵,第一次被一种兴趣所打动,而这种兴趣与她所奢望得到的身份和社会地位是格格不入的。她的老门房注意到,每当他把那位神情忧郁的漂亮的年轻人的书信送去时,元帅夫人那种漫不经心和不满意的神情十有八九会立刻消失,而平时只要有一个仆人在场,她总是忘不了摆出这副神态的。

她满心希望自己能对公众产生深刻的影响,然而在她的内心深处,却并不因为这种成功感到真正的快乐。自从她心里牵挂着于连以后,这种生活方式给她带来的厌烦就变得越发不堪忍受了。只要头一天晚上她与这个奇特的年轻人在一起度过一个小时,第二天她的那些女仆们一整天都不会受到虐待。他对她所产生的初步影响已经能够使她抵挡住一些手法高明的匿名信。小唐博曾向德·吕兹先生、德·克鲁瓦泽努瓦先生和德·凯吕斯先生提供了两三份措辞巧妙的诽谤性的材料,但是这毫无用处,尽管这些先生们不辨真伪地乐于传播。就元帅夫人的智力而言,她是没有能力抵挡住这些庸俗的手段的。她常把她的疑惑讲述给玛蒂尔德听,并总能从她那儿得到一些安慰。

有一天,德·费尔瓦克夫人在询问了三次是否有信以后,突然决定给于连写回信,这是烦闷取得的一次胜利。元帅夫人写第二封信的时候,她觉得由自己亲笔写下这么一个平常的姓名地址:"德·拉莫尔侯爵府索雷尔先生收",实在有失身份,几乎停下笔来。

"您应该带给我一些信封,"晚上她十分冷淡地对于连说,"上面写有您的姓名和地址。"

"我现在既是奴仆又是情人,"于连心想;他向她鞠了一躬,并且高兴地装扮出老态龙钟的模样,就像侯爵的老仆人阿尔塞纳那样。

当天晚上,他就送去了一些信封。第二天一清早他收到了第三封信,他读了开头的五六行和结尾的两三行。这封信有四页纸,写满了密密麻麻的蝇头小字。

渐渐地她养成了一个让她感到愉快的习惯,差不多每天都给他写信。于连的回信仍然是忠实地抄写俄国人的信稿,这就是夸张文体的优越之处:德·费尔瓦克夫人对回信和她写去的信在内容上并无多少联系丝毫也不感到惊奇。

如果那个自愿充当密探、监视于连一举一动的小唐博,告诉她这些信都原封未动、被任意地丢在于连的抽屉里,她的自尊心会受到怎样的伤害啊!

　　一天早晨,门房去图书室给于连送一封元帅夫人的信,玛蒂尔德正巧遇见了这个仆人,她看到了那封信,认出信封上于连亲笔写的地址。门房出去时,玛蒂尔德走进了图书室,那封信依然放在桌旁。于连正忙着写什么,没有把信放进他的抽屉。

　　"这是我不能容忍的事,"玛蒂尔德一边抓起那封信一边嚷道,"您把我全忘了,我可是您的妻子啊!您的行为太可怕了,先生。"

　　说到这儿,她的自尊心被她那极其不当的举止所惊醒,使她激动得再也说不出话来,她泪流满面,不一会儿于连便感到她就要停止呼吸了。

　　于连惊恐而慌乱,他并没有看出这一幕对于他来说是多么美妙,是多么幸运。他扶着玛蒂尔德坐下,她几乎倒在他的怀中。

　　他看见这个动作的最初一刻,简直快乐到了极点。随即他又想到了科拉索夫:"我可能因为一句话而丧失一切。"

　　他的胳膊变得僵硬了,策略迫使他做出的努力是那样的艰难。"我甚至不应该让这柔软而迷人的身躯紧贴着我的胸口,否则她会蔑视我,虐待我。多么可怕的性格啊!"

　　他咒骂玛蒂尔德的性格,同时更加百倍地爱她。他觉得他的怀抱里躺着的是一位皇后。

　　自尊心受到伤害产生的痛苦撕裂着玛蒂尔德的心,于连无动于衷的冷漠更加剧了这种痛苦。她早已失去了必要的冷静,无法从他的眼中揣摩出此时他对她怀有的感情。她没有勇气朝他看,她害怕碰到蔑视的表情。

　　她坐在图书室里的长沙发上一动也不动,头转过去避开于连,内心正忍受着自尊心和爱情可能使一个人的心灵遭受到的最强烈的痛苦的折磨。她刚才的行为是多么丢人啊!

　　"我是个多么不幸的女人!我注定要看见我那最屈辱的主动和解招致拒绝!是被什么人所拒绝呢?"她的自尊心已痛苦至极,"被我父亲的一个仆人。"

　　"这正是我所不能容忍的,"她提高嗓门说道。

　　她愤怒地站起身,打开了距她两步远的于连的桌子抽屉,她看见里面有八九封尚未启封的信,完全和刚才门房送来的信一样,不由地惊呆了。她认出信封上所有的地址都是于连写的,不过多少变换了一下笔迹罢了。

　　"原来如此,"她怒不可遏地喊道,"您不仅和她相好,而且还蔑视她。您,一个微不足道的人,竟敢蔑视德·费尔瓦克元帅夫人!"

　　"啊!请宽恕我吧,我的朋友,"她又跪在他的脚边补充道,"只要你愿意,就蔑视我吧!但是你要爱我,没有你的爱情,我再也不能活下去了。"说完这些话,她完全昏过去了。

　　"瞧,这个傲慢的女人,终于拜倒在我的脚下了!"于连自言自语地说。

第三十章　滑稽歌剧院的包厢

> 正如最黑暗的天空,预示着最大的暴
> 风雨。
>
> ——《唐璜》第一章第七十三节

在这场剧烈的感情波动中,于连感到的惊讶更多于幸福。玛蒂尔德的辱骂向他证实了俄国人的策略是多么的明智。"少说话,少行动,这是我获救的唯一方式。"

他重新扶起玛蒂尔德,一言未发,让她坐在长沙发上。泪水渐渐地溢出了她的眼眶。

为了掩饰自己的窘态,她把德·费尔瓦克夫人的信拿在手中,慢慢地将它们拆开。当她辨认出元帅夫人的笔迹时,她的身体神经质地抽搐了一下,十分的明显。她一页页地翻看着那些信,没有去细读,大部分信都有六页纸。

"至少您得回答我,"玛蒂尔德最后用一种苦苦哀求的声调说道,不过她并不敢正视于连,"您非常了解我的骄傲;这是我的地位甚至是我的性格给我造成的不幸,我承认这一点。因此,德·费尔瓦克夫人才从我这儿夺去了您的心……这种不幸的爱情使我做出的一切牺牲,她也为您做出过吗?"

一阵忧郁的沉默,这便是于连的全部回答。"她有什么权力,"他心中暗想,"要求我泄露秘密,做一个正派人不该做的事呢?"

玛蒂尔德试图阅读那些信,但是她的眼里噙满了泪水,无法看下去。

一个月以来,她一直陷入痛苦之中,但是她那高傲的心灵根本就不承认自己的感情,纯粹是一次偶然的机会才引起了这次爆发。嫉妒和爱情在瞬息间便战胜了骄傲的自尊。她坐在长沙发上,离于连很近。他看见她的头发和白玉般的脖子,顿时忘记了自己的一切职责;他伸出手臂,搂住她的腰部,几乎把她紧紧地抱在胸前。

她慢慢朝他转过头来。他惊异地发现她的眼里流露出来的极度的痛苦,丝毫也看不出她往日的神情了。

于连感到他的力量已经消耗尽了,他强制自己所采取的勇敢行为实在是太艰难了。

"如果我让自己沉湎于爱情的幸福中,"于连心想,"这双眼睛马上就会仅仅表示出最冷酷的蔑视神情。"然而此时此刻,她却用一种微弱的声音和断断续续的话语,一再向他说明,她对自己因为过于自尊而做出的那些事情感到十分懊悔。

"我同样有自尊心,"于连用勉强发出的声音向她说道。他的脸色表明,他的体力已衰竭到了极点。

玛蒂尔德迅速朝他转过身来。听见他的声音对于她来说也是一种幸福,这种幸福她几乎是不抱什么希望的了。此时她想起她的高傲,只是为了诅咒它而已,她很想找到一

些不同寻常、难以置信的方式来向他证明,她是多么地崇拜他,又是多么地憎恶自己。

"也许正是由于我的这种自尊心,"于连继续说道,"您才对我有过短暂的钟情;一定是我这种男子汉的坚定勇敢,此刻您才尊敬我。我可能爱上了元帅夫人……"

玛蒂尔德浑身战栗不已,她的眼里流露出一种奇怪的表情。她就要听见宣告对自己的判决了。这一反应没有逃过于连的眼睛,他感到他的勇气正在渐渐地消失。

"啊!"他一边思忖,一边听着自己嘴里发出的空话,好像那是与他不相干的声音,"但愿我能吻遍这如此苍白的面颊,而你又无所感觉!"

"我可能爱上了元帅夫人,"他继续说……然而他的声音越来越弱,"当然,我还没有任何确切的证据,能够表明她对我感兴趣……"

她注视着他,他经受住了这一目光,他希望至少他的面部表情没有泄露他的真情。他感到爱情一直渗透到他心中最隐秘的每一条折皱里。他从来没有对她爱到这般地步,他差不多已和玛蒂尔德一样地疯狂。如果她还有足够的冷静和勇气,只要略施计谋,他一定会拜倒在她的脚下,发誓停演这一出毫无意义的喜剧。他还有足够的气力能够继续说下去。"啊!科拉索夫,"他在心中呼唤着,"您为何不在这儿呢!我多么需要您说句话来指导我的行动啊!"与此同时他的声音却在说:

"即使没有其他的感情,感恩的思想也足以使我眷恋元帅夫人,她对我表现出宽容的态度,当别人蔑视我的时候,她安慰我……对于那些无疑是令人十分愉快、当然也是不可能持久的表面现象,我不能寄予太多的信任。"

"啊!伟大的天主啊!"玛蒂尔德喊道。

"好吧!您又能给我什么样的保证呢?"于连说道,语气坚定而有力,仿佛忽然间放弃了他那谨慎的外交礼节,"哪一种保证,哪一位神灵可以回答我,您此刻似乎打算让我恢复的地位能够维持到两天以上呢?"

"我极其强烈的爱情,如果您不再爱我了,还有我那极其强烈的不幸都能保证,"她说着,握住了他的双手,并朝他转过身……

她刚才的急剧动作,稍微移动了一下她的短披肩,于连看见了她那迷人的双肩。她那略显蓬乱的头发,在他心中唤起了一个甜美的回忆……

他就要做出让步了。"一句话不慎,"他心想,"我就会重新开始那一连串在绝望中度过的日子。德·雷纳尔夫人常常找出理由,去做她心灵支配她做的事情;而这位上流社会的年轻姑娘,只有当她有充分的理由向自己证明她的心应该被感动时,她才会让她的心灵有所感动。"

他在瞬息间明白了这一真理,于是他在瞬息间又恢复了勇气。

他抽回了玛蒂尔德紧紧握住的那双手,带着明显的恭敬,将身体略微离开了她一些。一个人的勇气只能做到这一步了。接着,他一封封地捡起散落在沙发上的德·费尔瓦克夫人的信,用一种极端礼貌、然而在此刻却显得十分残忍的态度补充道:

"请德·拉莫尔小姐容许我考虑这一切。"之后,他迅速地离开,走出了图书室;她听

"这个恶魔丝毫也没有动心，"她对自己说……

"我在说什么，恶魔！他聪明、谨慎，善良；是我的错，是我犯下了多得无法想象的错误。"

这种看法继续保持下去。这一天，玛蒂尔德差不多是幸福的，因为她已整个儿属于爱情了；简直可以说，这颗心灵就像从来没有受到过骄傲的骚动似的，况且那是怎样的一种骄傲啊！

晚上，在客厅里，当仆人通报德·费尔瓦克夫人到来时，玛蒂尔德吓得浑身打了个哆嗦，那个仆人的声音给了她一种不祥的感觉。她受不了元帅夫人的目光，很快便离开了客厅。于连对他那来之不易的胜利并不感到骄傲，他害怕自己的眼神会泄露内心的真情，因而没有在德·拉莫尔府吃晚饭。

他的爱情和幸福，随着他远离战斗的时刻，在迅速地增长着。他已经在责备自己。"我怎么能够拒绝她呢，"他心中想，"倘若她不再爱我了呢！一瞬间就可能改变这颗高傲的心灵。应该承认，我对她的态度太残忍了。"

晚上，他强烈地感到，他必须在滑稽歌剧院德·费尔瓦克夫人的包厢里露面。她也特意邀请了他。玛蒂尔德不会不知道他是出席了还是失礼而没有到场。这个道理尽管十分明显，但是到了晚上，一开始他还是没有勇气跨入这个社交场所。他只要开口说话，就会失去一半的幸福。

十点钟敲响了，他无论如何必须露面了。

幸而他发现元帅夫人的包厢里挤满了女眷，他只得待在门边，而且完全被那些帽子遮住了。这个位置使他避免了一场笑话。卡罗利娜在《Matrimonio segreto》中悲痛欲绝的神圣的歌声，听得他泪如雨下。德·费尔瓦克夫人看见了他的眼泪，这眼泪和他平日那种男子汉的坚定表情形成了如此强烈的对比，以致深深打动了这位贵妇人的心，尽管这颗心长期以来已被新贵的骄傲腐蚀得麻木不仁了。她身上仅存的那点女性的柔情促使她开口了。此刻，她希望欣赏一下自己说话的声音。

"您看见德·拉莫尔家的女眷了吗？"她对他说道，"她们在第三层。"于是，于连立刻相当不礼貌地倚在包厢的前面，把身体探向大厅。他看见了玛蒂尔德，她的双眼闪烁着泪花。

"不过今晚可不是她们来歌剧院的日子，"于连心想，"可见她是多么地急切啊！"

尽管一位献媚者热心提供的包厢并不符合她们的身份，玛蒂尔德还是说服她的母亲来到滑稽歌剧院。她想看一看，于连是否和元帅夫人一起度过这个夜晚。

第三十一章　让她害怕

这就是你们文明的伟大奇迹！你
们把爱情变成了一件平常的事了。

——巴纳夫

于连跑进德·拉莫尔夫人的包厢里。他的目光首先遇到的是玛蒂尔德那双含泪的眼睛；她正毫无顾忌地流着泪。包厢里只有一些地位低微的人：借给她们包厢的那个女友和几位她熟识的男人。玛蒂尔德把她的手放在于连的手上，她仿佛忘记了对母亲的恐惧。她几乎被泪水哽噎住了，只对他说出两个字：保证！

"至少我不能和她说话，"于连心想，他的内心也很激动，他用手勉强遮住眼睛，推说吊灯照着第三层包厢太耀眼了。"如果我一开口，她就不会对我那强烈的情感再有所怀疑了，我的声音将会出卖我，一切又可能付诸东流。"

他内心的斗争比上午更加艰辛，他的心在这之前已有所动摇。他害怕看见玛蒂尔德的虚荣心发作。他陶醉在爱情和快乐之中，却又竭力克制自己不跟她说话。

依我看，这是他性格中最为出色的特征之一。一个能这样努力克制自己的人，一定会有远大的前途，si fata sinant。

德·拉莫尔小姐坚持要带于连回去。幸亏雨下得很大。但是侯爵夫人让他坐在自己的对面，不停地和他交谈，使他无法和她女儿搭上一句话。人们可能会认为，侯爵夫人在关心于连的幸福。他不再担心情绪过于激动会使他丧失一切，他已疯狂般地沉湎于他的激情中。

我敢说于连回到卧室后，一定会跪倒在地，在科拉索夫亲王给他的情书上印满他的吻。

"伟大的人啊！我怎能不感谢你呢？"他在疯狂中喊道。

渐渐地，他恢复了冷静。他把自己比作一位将军，刚刚赢得一场战役的一半的胜利。"优势是肯定的，而且是巨大的，"他想道，"但是明天又会发生什么事呢？一切都可能毁于一瞬间。"

他情绪激动地翻开了拿破仑在圣赫勒拿岛口授的《回忆录》，强迫自己读了足足两个小时；他仅仅是用眼睛在读，这有什么关系，他还是强迫自己读下去。在这种奇特的阅读中，他的头脑和心灵下意识地活动着，不知不觉已达到了人类最崇高的境界。"她的那颗心与德·雷纳尔夫人的心截然不同，"他暗自思忖，但是他没有再继续往下想。

"让她害怕，"他突然喊道，把手中的书抛出去老远，"我只有让敌人感到害怕，敌人才

会服从于我,那样敌人也就不敢蔑视我了。"

他在他的小屋里来回踱着步,沉醉在欢乐之中。实际上,他的这种幸福与其说是来自爱情,更不如说是来自他的自尊心。

"让她害怕!"他骄傲地一遍又一遍地自言自语着,他有理由感到骄傲,"德·雷纳尔夫人甚至在她最幸福的时刻,也总是怀疑我的爱情是否和她的爱情相等。而此刻,我降服的是一个恶魔,因此必须降服。"

他很清楚,第二天上午八点钟玛蒂尔德会来图书室。直到上午九点钟,他才出现在图书室里,虽然他心中燃烧着爱情,但他的头脑仍然控制着他的心灵。他几乎没有一分钟不在对自己说:"应该让她永远怀有这个巨大的疑团:'他爱我吗?'她那显赫的地位以及人们对她的阿谀奉承,都使她有点儿过于自信。"

他发现她脸色苍白,静静地坐在沙发上,不过看上去,她已经没有力气再动一动了。她向他伸出了手:

"朋友,确实,我曾冒犯了你,你可以生我的气。"

于连没有料到她说话如此坦率,他差一点就泄露了真情。

"您要保证,我的朋友,"她沉默了一会儿又补充道,她曾希望看见他来打破这一沉默,"那是公正的。您带我走吧,让我们去伦敦……我将永远名誉扫地,身败名裂……"她鼓起勇气,从于连那儿抽出了手,蒙住了自己的双眼。女性贞洁和持重的情感,又回到了这颗心灵里……"好吧!玷污我的名声吧,"最后她叹了口气说道,"这就是保证。"

"昨天,我是幸福的,因为我有勇气严厉地要求自己,"于连心想。他沉默了一会儿,有了足够的力量驾驭自己的心灵,于是用一种冷冰冰的口气说道:

"一旦踏上了去伦敦的旅途,用您的话说,一旦名誉扫地,谁能保证您还爱着我呢?谁又能保证,我坐在驿车里,丝毫不使您感到厌恶呢?我不是一个恶魔,毁坏了您的名誉,对我来说只能是又多了一个不幸。造成障碍的,并非是您的社会地位,而是您那不幸的性格,您能向自己保证,爱我一个星期吗?"

("唉!但愿她能爱我一个星期!只要一个星期,"于连喃喃自语着,"我就可以幸福地死去了。未来与我又有何相干?生命又与我有何相干?只要我愿意,这美妙无比的幸福即刻就可以开始,这仅仅取决于我了!")

玛蒂尔德看见他在沉思。

"这么说,我完全配不上您了?"她握住他的手说道。

于连抱住了她,但随即责任的铁手攫住了他的心。"如果她看出我是多么爱慕她,我就会失去她。"他在松开他的胳膊之前,已经恢复了一个男子汉应有的全部尊严。

从那天起,以及以后的几天时间里,他都很善于掩饰他的极度的幸福。有时他甚至放弃了紧紧拥抱她的快乐。

当然,有的时候幸福的狂热又彻底战胜了谨慎的忠告。

花园里有一个用于遮蔽梯子的金银花绿廊。于连常常站立在花园附近,远远地观望玛蒂尔德的百叶窗，悲叹她的反复无常。紧挨着那儿有一棵硕大无比的橡树，树身正好可以遮住他，避开了那些饶舌者的视线。

当他和玛蒂尔德经过这一地点时，又如此清晰地勾起了他那极端不幸的回忆。过去的绝望和眼前的幸福形成的对比，对于他的性格来说，着实太强烈了，泪水涌上了他的眼睛，他情不自禁地将她的情人的手放到了唇边："在这儿，我时常思念着您来度过我的时光；在这儿，我时常望着这扇百叶窗，整小时整小时地等待着那个幸运的时刻——看见这只手打开这扇窗户……"

他的软弱已经暴露无遗。他用毫无虚构的真实色彩，向她描绘了他当时极端绝望的心情；用简洁明了的感叹，证明了他眼前的幸福已经结束了那种残酷的痛苦……

"我在做什么，伟大的天主啊！"于连突然清醒过来，他心里想，"我完了。"

在极端的惊恐中，他相信他已经看见德·拉莫尔小姐眼里的爱情正在减弱。那不过是一个幻觉而已；但是于连的脸色却迅速地改变了，蒙上了死一般的苍白。他的眼睛刹那间变得暗淡无神，一种含有恶意的高傲的表情，很快取代了最真实、最诚挚的爱情的表白。

"您怎么了，我的朋友？"玛蒂尔德温柔而又不安地问道。

"我在说谎，"于连面带愠色地说道，"我对您说了谎。我为此而感到自责，然而天主知道，我相当敬重您，不会对您说谎。您爱我，您忠实于我，我无须编造出这些漂亮话来讨您的欢心。"

"伟大的主啊！十分钟以来，您对我说的那些令人心醉的话，难道仅仅是漂亮话吗？"

"亲爱的朋友，我为自己说了这番话感到强烈的自责。那是我从前为了一个爱我而又令我厌恶的女人编造出来的……这是我性格的弱点，我向您坦白，原谅我吧！"

苦涩的泪水流满了玛蒂尔德的面颊。

"我只要稍微受到一点儿刺激，一时陷入沉思，"于连继续说道，"我那可恶的记忆——我此刻正在诅咒它——就会向我提供一个对策，而我便会不加思索地滥用一气。"

"那么刚才我无意中做了某件使您不悦的事吗？"玛蒂尔德带着天真可爱的神情说道。

"记得有一天，您从这些金银花旁经过时，摘了一朵花，德·吕兹先生从您手中拿了过去，您就给了他。我当时就在两步远的地方。"

"德·吕兹先生？这不可能，"玛蒂尔德带着那副对她来说显得是那么自然的高傲的神态答道，"我决不会这么做的。"

"我可以肯定，"于连迅速反驳道。

"好吧！就算是真的吧，我的朋友，"玛蒂尔德伤心地垂下了眼帘。她心里明白，几个月以来，她从没有允许德·吕兹先生有过这样的举动。

于连怀着一种难以表达的温情注视着她。"不，"他心里想，"她仍和过去一样爱着我。"

晚上，她笑着责备他对德·费尔瓦克夫人抱有的兴趣："一个市民爱上了一个新贵！也许只有这类女人的心灵，我的于连才无法使它疯狂。她已经使您变成一个名副其实的浪荡公子了。"她一边说，一边玩弄着他的头发。

在于连自以为受到玛蒂尔德蔑视的那段时间里，他成了巴黎穿着最为考究的男士之一。但他还有一个那些人所不具备的长处：他一旦打扮好了，便不会再去想它了。

有一件事让玛蒂尔德感到恼火，那就是于连仍然继续抄写俄国人的书信送给元帅夫人。

第三十二章　老　虎

> 唉！为什么偏偏是这些事，
> 而不是其他的事呢？
>
> ——博马舍

一位英国旅行者讲述了他和一只老虎共同生活、亲密相处的故事；他饲养它，抚爱它，但桌子上却总放着一把子弹上膛的手枪。

于连只有当玛蒂尔德看不见他眼睛里的幸福表情时，才会沉醉于极度的幸福中。他严格地履行自己的职责，不时地对她说上几句严厉的话。

他惊异地发现，玛蒂尔德变得温柔起来，每当她的温柔和她那过分的忠诚快要使他失去控制时，他就会鼓起勇气，突然地离开她。

玛蒂尔德有生以来第一次堕入了情网。

生活在她眼里，一向就像乌龟一般地慢慢爬行，而现在却快得飞起来了。

然而自尊心仍会以某种方式恰当地表现出来，她愿意大胆地去迎接爱情可能给她带来的各种危险；倒是于连显得谨小慎微。只有危险出现的时候，她才会违背他的意志。她对他温柔顺从，近乎到了谦恭的程度；然而她对于家里每一个接近她的人，不论是亲戚还是仆人，却显得更加傲慢了。

晚上在客厅里，她会当着六十个人的面把于连叫过来，单独与他进行长时间的交谈。

一天，小唐博坐在他们旁边，她吩咐他去图书室，帮她取那卷斯摩莱特论述一六八八年革命的书，他显得有点儿迟疑不决。"您什么都不着急，"她用一种带有侮辱性的高傲的语气说道，这种语气使于连心里得到了安慰。

"您注意到这个小怪物的眼神了吗？"他向她问道。

"要不是他的伯父在这个客厅里已经侍奉了十一二年，我立刻就让人把他撵出去。"

她对德·克鲁瓦泽努瓦先生、德·吕兹先生等人的态度表面上彬彬有礼，但实际上几乎还是那样地盛气凌人。玛蒂尔德狠狠地责备自己过去不该向于连倾吐她所有的知心话，她尤其是责备自己不敢大胆地向他承认，她对这些先生们所表示出的差不多是无可指摘的种种好感是故意夸大了的。

尽管她下了最大的决心，女性的自尊心还是每天阻止她对于连说："那回德·克鲁瓦泽努瓦先生把手放在大理石的桌子上时，偶尔触到了我的手，我没有把手缩回来。正因为是跟您交谈，我才从描述这种软弱的表现中获得了快乐。"

今天，只要这些先生中无论哪一个人和她说上一会儿话，她总会找出一个问题来询问于连；当然，这是她把于连留在她的身边的一个借口。

她发觉自己怀孕了，她满怀着欣喜把这一消息告诉了于连。

"现在您还对我有所怀疑吗？这难道不是一个保证吗？我永远是您的妻子了。"

这一消息使于连大吃一惊，他险些忘记了自己的行动准则。"这个可怜的姑娘，为了我而毁了她自己，我怎么还能故意冷酷而又无礼地对待她呢？"于是只要她显出一点儿痛苦的表情，哪怕是在理智向他发出可怕的警告的那些残忍的话是必不可少的。

"我要写信给我父亲，"一天玛蒂尔德对他说，"他对于我来说，不只是一位父亲，更是一个朋友。像这样一个人如果试图欺骗他，我认为不论对您还是对我来说，都是不合适的，哪怕只是一分钟的时间。"

"伟大的天主！您打算怎么办？"于连惊恐地说道。

"履行我的职责，"她答道，两眼闪烁着喜悦的光芒。

她比他的情人显得更为豁达。

"但是他会撵我出门，让我蒙受耻辱的！"

"这是他的权力，应该尊重他的这种权力。我将让您挽着我的手臂，我们在光天化日之下从大门走出去。"

于连惊呆了，要求她推迟一个星期。

"我不能，"她答道，"我以名誉担保，我已经看清了我的职责，我应该立即履行这个职责。"

"好吧！我命令您推迟，"最后于连说道，"您的荣誉有可靠的保障，我是您的丈夫。我们两人的处境，将因这重要的一步而发生变化。我也有我的权利。今天是星期二，下个星期二是德·吕兹公爵举行晚宴的日子，晚上德·拉莫尔先生回来时，看门人将会把这封决定命运的信交给他……他一心只想让您成为公爵夫人，我对此毫不怀疑，您可以想象他会有怎样的不幸啊！"

"您的意思是说：您要考虑他会怎样报复？"

"我会怜悯我的恩人，我会因为伤害了他而感到痛心；但是我不害怕，我永远不会害怕任何人。"

玛蒂尔德服从了。自从她把她的新情况告诉于连之后，他还是第一次用命令的口气跟她说话。他从来没有像现在这样爱过她。他心灵中的那部分温情，幸运地抓住了玛蒂尔德的身体状况这一借口，使他不再向她说些残酷无情的话了。一想到要向德·拉莫尔先生招认，他便深感不安。他会和玛蒂尔德被迫分开吗？无论她看见他离开的时候有多

么痛苦,但是一个月以后,她还会想到他吗?"

侯爵可能会对他做出的公正的谴责,他几乎也感到了同样的恐惧。

晚上,他向玛蒂尔德承认了他苦恼的第二个原因,接着,爱情使他失去了理智,他又向她承认了苦恼的第一个原因。

她的脸色顿时改变了。

"真的吗?"她对他说道,"离开我六个月对您会是一种不幸?"

"巨大的不幸,这是我在世界上害怕见到的唯一的不幸。"

玛蒂尔德感到非常幸福。于连如此专心地扮演着他的角色,以至于成功地使她相信,在他们两个人之中,她爱得最深。

决定命运的星期二很快便来临了。午夜十二点,侯爵回府邸后发现了一封信,信封上注明只有当他身边无人在场时,方可亲自拆阅。

我的父亲:

我们之间的一切社会关系均已破裂,剩下的只有自然的关系了。除了我的丈夫以外,您现在和将来都永远是我最亲爱的人。我的双眼溢满了泪水,我想到我给您带来了痛苦,但是为了我的耻辱不公之于众,为了让您有时间考虑和行动,我不能再拖延下去了,我应该向您坦诚地招认。我知道,您非常爱我,如果您的爱心愿意给我一笔小小的年金,我将和我的丈夫到您愿意我去的地方居住,比如去瑞士。他的姓氏如此默默无闻,因此不会有人认出索雷尔太太,维里埃尔一个木匠的儿媳就是您的女儿。当我写这个姓氏时,我感到那样的费劲。我真为于连担忧,怕引起您的愤怒,当然从表面上看,您的愤怒是十分公正的。我的父亲,我不会成为公爵夫人了;不过当我爱上他的时候,我就清楚地知道这一点,因为是我首先爱上了他,是我诱惑了他。我从您和我们的祖先那儿继承了一颗高尚的心灵,我的注意力不可能停留在那些庸俗的人或者我认为庸俗的人身上。为了让您高兴,我曾经考虑过德·克鲁瓦泽努瓦先生,但是没有成功。您为什么要把一个真正有价值的人安排在我的眼前呢?我从耶尔回来时,您曾亲口对我说过:'这个年轻的索雷尔是唯一让我开心的人。'对于这封信可能给您带来的痛苦,这个可怜的小伙子和我一样地感到痛心。我无法阻止您作为一个父亲发火,但是请您永远作为一个朋友来爱我吧!

于连向来尊重我。他之所以有时和我交谈,那仅仅是出于对您怀有深切的感激之情,因为他天性高傲,除了在正式场合之外,他对于那些地位远比他高的人从来就是不理睬的。他对社会地位的差异具有一种天生的敏感。是我,我羞愧地向我最好的朋友承认,我绝不可能告诉第二个人,正是我有一天在花园里紧紧抱住了他的胳膊。

二十四小时以后,您为什么还生他的气呢?我的错误已不可挽回。如果您需要的话,那就由我来转达他对您的深切敬意和因为惹您生气而感到的遗憾吧!您永远不会再见到他;但是我会跟随他去他想去的地方。这是他的权力,也是我的职责,他是我的孩子的父亲。如果您出于仁慈,愿意给我们六千法郎的生活费,我将怀着感激的心情接受下来。否则,于连打算去贝藏松定居,在那儿他将开始教授拉丁文和文学。不论他从多么卑微的身份起步,我坚信他将来一定会飞黄腾达。和他在一起,我不用担心会默默无闻。如果爆发革命,我确信他将是一个重要角色。对于任何一个向我求婚的人,您都能给予同样的评价吗?他们有漂亮的庄园!然而,我不能单凭这一个条件就作为爱慕的理由。我的于连,如果有百万资产和我父亲的保护,即使在当今的制度下,也同样会达到辉煌的地位……

玛蒂尔德了解侯爵是个凭一时冲动行事的人,于是她整整写了八页纸。

"怎么办呢?"半夜时分,当德·拉莫尔先生正在阅读这封信时,于连一边在花园里散步,一边思忖,"首先,我的责任在哪儿呢?其次,我的利益又在哪儿呢?我欠他的太多了,如果没有他,我可能仍然还是个卑劣的下等人,甚至还是个不足以被人憎恨和迫害的卑劣的下等人。他把我培养成了一个上流社会的人。我那些不可避免的欺骗行为,首先将会减少,其次也会变得不那么卑鄙了。这比他送给我一百万法郎要更有价值。我多亏了他,才有了这枚十字胸章,才有了这副从事外交工作的仪表,使我在同等地位的人中显得出类拔萃。

"假如他提起笔来规定我的行为,他会写些什么呢……"

德·拉莫尔先生的贴身老仆人突然打断了于连的思绪。

"侯爵立即要见您,不管您穿戴是否齐整。"

老仆人走在于连的身旁,压低了声音说道:

"侯爵先生正在大发脾气,您可得当心点。"

第三十三章　软弱的痛苦

> 一个笨拙的珠宝匠在琢磨这颗钻石时,使它失去了某些最明亮的光泽。在中世纪,我能说什么呢?甚至在黎塞留时代,法国人也还有意志的力量。
>
> ——米拉波

于连看见侯爵正在大发雷霆。这位大贵人也许是有生以来第一次这么有失体统,他

把滚到嘴边的一切辱骂性的语言劈头盖脸地抛向了于连。我们的主人公感到既惊讶又不耐烦,不过,他那感恩戴德的思想却丝毫没有动摇。"这个可怜的人,在他的内心深处,长期以来隐藏着多么美好的计划,而如今竟然眼看着它们毁于一旦！不过,我还是应该回答他,我的沉默会加剧他的愤怒的。"于是他借用达尔杜弗这个角色的台词回答道:

"我不是一个天使……我曾兢兢业业地为您效劳,您慷慨地给了我报酬……我非常感谢您,但是我才二十二岁……在这座府邸里,理解我思想的只有您和那个可爱的人儿……"

"恶魔！"侯爵吼道,"可爱！您觉得她可爱的那天,您就该滚蛋了。"

"我曾经尝试过,当时我曾要求您让我去朗格多克。"

侯爵痛苦极了,他怒气冲冲地来回踱步,走累了,便倒在一只扶手椅里。于连听见他自言自语地小声说:"他并非是个坏人。"

"是的,对于您来说,我并不是个坏人,"于连一边大声说,一边跪倒在地。但是他觉得这一动作极为可耻,很快又站起身来。

侯爵确实失去了理智。他看见于连的这个动作又重新破口大骂起来,那些辱骂的话简直让人难以忍受,完全像是出自一个出租马车车夫之口。这些新奇的咒骂也许可以起到化解愤怒的作用。

"怎么！我的女儿将被称作索雷尔太太！怎么！我的女儿将来不是公爵夫人！"每当这两种想法清晰地出现时,德·拉莫尔先生便受到痛苦的煎熬,他的情绪再也无法控制住了。于连真担心自己会挨揍。

当侯爵开始习惯于他的痛苦,他的头脑清醒的时候,他相当理智地斥责了于连。

"先生,您应该离开,"他对他说道……"您的职责就是离开……您是最卑鄙的人……"

于连走近桌前写道:

> 很久以来,生活对于我来说就是不堪忍受的事,现在我要结束它了。我恳请侯爵先生允许,我向您表示无限的感激,并对我死在府中可能引起的麻烦,深表歉意。

"请侯爵先生赏脸看看这封信……杀了我吧,"于连说道,"或者让您的仆人杀了我。现在是凌晨一点钟,我要到花园里走走,去后墙方向。"

"滚开,"当他离开的时候,侯爵朝着他喊道。

"我明白,"于连心里想,"也许他看见我死在他的仆人手中,会不高兴……,那就让他杀死我吧,好极了,这样我就使他心满意足了……但是见鬼,我热爱生活……我对我的儿子负有责任。"

这个念头第一次如此清晰地出现在他的脑海里,当他经过最初几分钟充满危险感的

散步之后,这个念头已占据了他的整个心灵。

这种从来没有过的关心,使他成了一个谨慎的人。"我需要向别人请教,以便对付这个狂暴的人……他完全失去了理智,任何事情都干得出来。富凯离得太远,况且他也不可能理解侯爵这种人的内心感情。

"至于阿尔塔米拉伯爵……我能肯定他永远守口如瓶吗?我向别人求教不应该再生出什么枝节来,否则会使我的处境更加复杂化……唉!只剩下神情阴郁的皮拉尔神父了……詹森教派的教义使他思想狭隘……一个混账的耶稣会会士倒是懂得人情世故,对于我来说可能更为有利……只要我把这桩罪孽对皮拉尔神父说了,可能少不了挨他一顿打。"

达尔杜弗的神灵又一次拯救了于连:"好吧,我去向他忏悔。"这就是他在花园里徘徊了足足两小时后做出的最后决定。他不再想到他可能会挨一颗枪子了,瞌睡已经让他睁不开眼了。

第二天一清早,于连就来到了距巴黎几法里以外的地方,叩响了那位严厉的詹森派教徒的大门。他发现他的隐情丝毫没有使对方觉得意外,这使他大为吃惊。

"我也许有应该自责的地方,"神父说道,他的忧虑更多于气愤,"我早就相信我已经猜到了这桩恋情……不幸的孩子,我对您的友情阻止我去告诉她的父亲……"

"他将会怎么做呢?"于连急切地向他问道。

(于连此刻爱着这位神父,一场争吵对于他来说会是很痛苦的。)

"我看有三种可能性,"于连继续说道,"第一,德·拉莫尔先生可能会让人杀了我,"于是他讲述了他留给侯爵的那封绝命书。"第二,可能会让诺贝尔伯爵与我决斗,让我当枪靶子。"

"您会接受吗?"神父气愤地问道,并站起身来。

"您没有让我把话说完。当然,我决不会朝我的恩人的儿子开枪的。"

"第三,他可能要我离开。如果他对我说:'去爱丁堡,去纽约,'我将服从。那样便可以掩盖德·拉莫尔小姐的现状;但是,我决不能容忍他们杀死我的儿子。"

"您丝毫不用怀疑,这将是那个堕落的人产生的第一个念头……"

在巴黎,玛蒂尔德正处于绝望之中。早晨七点左右,她见到他的父亲。他给她看了于连的那份绝命书,她很担心于连会把结束生命看作是一种高尚的行为。"没有经过我的同意,他竟然可以这么做?"她自言自语地说,她的愤怒已变成了痛苦。

"如果他死了,我也会死的……"她对她的父亲说道,"置他于死地的正是您……您大概感到高兴了吧……但是我要对他的亡灵起誓,首先我要戴孝,我将公开我是守寡的索雷尔太太;我还要发讣告,您等着瞧吧……您就会看见,我既不胆怯,也不懦弱。"

她的爱情已经达到疯狂的地步。这回该轮到德·拉莫尔先生目瞪口呆了。

他开始用较为理智的态度来看待发生的事件。午餐时,玛蒂尔德没有露面。侯爵发现她什么也没有向她的母亲透露,他感到如释重负,尤其是感到满意。

将近正午时,于连回来了。人们听见院子里响起马蹄声。于连刚一下马,玛蒂尔德便差人来叫他,她几乎当着女仆的面投进了他的怀抱。于连并不感谢她的这种激情,他和皮拉尔神父长谈之后,已变得非常圆滑、很有心计了。他的想象力由于考虑各种可能性而减弱了。玛蒂尔德含着眼泪告诉他,她已经看到了他的绝命书。

"我的父亲可能会改变主意,请您立刻动身去维尔基埃。重新骑上马,在他们吃完饭之前离开府邸。"

看到于连丝毫没有改变他那惊讶和冷漠的神情,她禁不住失声痛哭起来。

"让我来处理我们的事吧,"她激动地喊着,同时把他紧紧地拥抱在怀中,"你十分清楚,这并不是我心甘情愿地要和你分开。你要写信给我,寄给我的贴身女仆,地址请别人代笔。我会给你写很长很长的信。再见!快逃走吧!"

最后这句话刺伤了于连的自尊心,然而他还是服从了。"这是命中注定,"他心里想,"即使那些人在他们称心如意的时候,也要想方设法地伤害我。"

玛蒂尔德坚决反对她父亲的一切谨慎计划。不管怎么说,她只愿意在以下的基础上进行协商:她将是索雷尔夫人,她将和她的丈夫在瑞士过着清贫的生活,或者是住在巴黎她父亲的家里。她断然拒绝了秘密分娩的建议:"那样一来,我可能会遭到诽谤和侮辱。在结婚以后的两个月,我将和我的丈夫去旅行,我们很容易伪造我儿子出生的适当日期。"

这种坚定的态度起初遇到的是狂怒,但是最终还是使侯爵动摇了。

他一时心软下来,对他的女儿说道:"瞧!这是一张一万里弗尔年金的证书,你把它送给于连,让他尽快办理好,免得我改变主意。"

于连为了服从玛蒂尔德——他熟知她喜爱发号施令——毫无必要地赶了四十法里路。他在维尔基埃与佃户们结算了账目。侯爵的这一恩典给了他返回巴黎的机会。他去请求皮拉尔神父收留他。在他外出期间,皮拉尔神父已成为玛蒂尔德最有力的同盟者。每当侯爵问起他,他总是向他表示,除了公开结婚以外,其余的一切办法,在天主眼里都是一桩罪恶。

"幸好,"神父对侯爵补充说,"世俗的审慎在这一点上和宗教是一致的。玛蒂尔德性格急躁,连她本人都不能保守秘密,谁还能指望这个秘密不会随时被别人知道呢?如果您不接受公开结婚这一光明磊落的做法,这桩奇怪的门户不当的婚姻,将会长期成为上流社会热衷谈论的话题。应该把事情的全部一劳永逸地说清楚,不论表面上还是实际上,都不应保留任何秘密。"

"确实,"侯爵若有所思地说道,"如果按照这一方案去做,三天后还在议论这桩婚姻的话,那就是思想浅薄的人的嚼舌根了。应该利用政府某次反雅各宾党而采取重大措施的机会,紧接着把事情悄悄地办了。"

德·拉莫尔先生的两三位朋友也和皮拉尔神父的想法一致。在他们看来,最大的障碍就是玛蒂尔德果断的性格了。但是在听了这么多精辟的论证之后,侯爵的心灵深处还是不能习惯于放弃她的女儿获得御前赐座的希望。

在他的记忆和想象中，充满了各种各样的阴谋诡计和欺骗手段，这些在他的青年时代还是有可能去实施的。对于现实需要的屈从，对于法律追究的恐惧，他认为对于像他这样地位的人来说是荒谬而又不名誉的事。十年来，他为这个心爱的女儿的前途做出的种种美梦，如今让他付出了昂贵的代价。

"谁能料到会发生这样的事呢？"他自言自语着，"一个性格如此孤傲、才智如此出众、对自己的姓氏比我还要引以为自豪的姑娘！早在很久以前，法国那些最显赫的家族就竞相前来向我提过亲！

"应该抛开一切谨慎的想法。这个时代注定要搅乱一切！我们正在走向混乱。"

第三十四章 有才智的人

> 省长骑着马，边走边思忖："为什么我就不能成为大臣、首相、公爵呢？瞧我怎样去作战……用这样的办法，我可以把革新派都投入监狱……"
>
> ——《环球报》

任何理由都难以摧毁十年美梦的力量。侯爵并不认为生气是理智的，但是又不能决然给予饶恕。"这个于连如果意外地死去就好了，"他有时这样喃喃自语……他那悲伤的想象，就是这样从追求最荒唐的幻梦中获得了几分慰藉。这些幻梦完全抵消了皮拉尔神父那些明智的推论所产生的影响。一个月就这样过去了，协商仍没有进展一步。

在这一家庭事件中，如同在政治事件中一样，侯爵常有一些高明的见解，他可以为此一连兴奋三天。在这种时候，一个建立在正确推理基础上的行动计划是不会受到他的欢迎的；只有当那些推论支持他那得意的计划时，才会博得他的好感。在三天之中，他会充满一个诗人的全部热忱和激情，把事情设想到某一个阶段，第四天他又不再去想它了。

起先，于连对侯爵迟迟不表态感到困惑不解，但是几个星期后，他开始猜到，侯爵对这件事还没有形成任何确定不变的计划。

德·拉莫尔夫人和全府的人都以为，于连为处理地产事宜去外省旅行了。事实上，他却躲在皮拉尔神父的家里，几乎每天都可以见到玛蒂尔德。每天早晨，玛蒂尔德去父亲那儿呆一个小时，但是有时候他们连续几个星期都避免谈起占据他们全部思想的那件事。

"我不想知道那个人在哪儿，"一天侯爵对她说道，"把这封信交给他。"玛蒂尔德见

信上这样写着：

朗格多克的地产，年收入二万零六百法郎。我将一万零六百法郎送给我的女儿，一万法郎送给于连·索雷尔先生。当然连同地产一并赠送。告诉公证人分别写两份赠予契约，明天送给我。在此之后，我们之间将不再有任何联系。唉！先生，我如何能料到这一切呢？

德·拉莫尔侯爵

"我非常感谢您！"玛蒂尔德高兴地说道，"我们将在阿让和马尔芒德之间的埃吉戎城堡定居。据说那个地方和意大利一样美丽。"

这份馈赠使于连万分惊讶。他已经不是我们所认识的那个严肃而冷静的人了。他儿子的命运首先吸引了他的全部思想。这笔意外的财产，对于一个如此贫穷的人来说，是相当可观的，这使他产生了野心。他眼看着妻子或者说他自己，有了三万六千里弗尔的年金。至于玛蒂尔德，她的全部感情都集中在对丈夫的崇拜中，出于自尊她总是这样称呼于连。她最大的、也是唯一的愿望，就是使她的婚姻得到承认。她每时每刻都在夸大她表现出来的高度明智：把自己的命运和一个出类拔萃的男人的命运给合在一起。她认为个人的价值是很时髦的。

几乎经常不断的分离，事情的错综复杂，还有谈情说爱的时间很少，这一切都给于连过去制定的明智策略增添了良好的效果。

玛蒂尔德真心爱着这个男人，但是能够见面的机会是那样的少，最后她终于无法忍耐了。

她在情绪不好的时候，给她的父亲写了封信，信的开头模仿了《奥赛罗》中的台词：

我喜欢于连，甚于喜欢上流社会给予德·拉莫尔侯爵先生的女儿的种种乐趣，我的选择足以证明这一点。那些由于受人尊敬以及小小的虚荣心得以满足所产生的快乐，对我来说，一文不值。我离开我的丈夫，眼看就有六个星期了，这足以证明我对您的敬重。下个星期四以前，我将离开父亲的家。您的恩赐已使我们富有。除了尊敬的皮拉尔神父以外，没有人知道我的秘密。我要去他那儿，他将为我们主持婚礼。婚礼结束后一个小时，我们就启程去朗格多克，永远不在巴黎重新露面，除非有您的命令。但是，使我伤心的是，这一切将会被编造成耸人听闻的故事，用于诋毁您和我。愚昧的公众的那些挖苦话，会不会迫使我们善良的诺贝尔去找于连决斗呢？我了解他，在这种情况下，我没有任何力量可以阻止他。我们在他的灵魂中，将会发现一种反抗平民的本性。啊！我的父亲！我跪下来恳求您！下个星期四，到皮拉尔先生的教堂里参加我们的婚礼吧！那些恶毒的诽谤将会因此而削弱锋芒；您唯一的儿子的生命和于连的生命安全都将得到保障……"

这封信使侯爵的精神状态陷入了一种难言的困窘中。这么说必须最后拿定主意了。所有那些细琐的习惯，所有那些平常的朋友，都失去了对他的影响力。

在这特殊的情况下，青年时代的种种经历赋予他的重要的性格特征，又恢复了它们全部的力量。流亡时期的不幸，使他成为一个富有想象力的人。有两年时间，他曾享有巨大的资产和宫廷的一切荣誉，然而一七九〇把他抛进了流亡生活的可怕的苦难中。这次艰苦的磨炼，改变了一颗二十二岁的心灵。实际上，与其说他被财富所支配，还不如说他是置身于现在拥有的巨大财富中。然而，正是这个曾经使他的心灵免于受到金钱腐蚀的同一想象力，让他受尽了疯狂欲望的煎熬——希望他的女儿享有一个漂亮的封号。

在刚刚过去的六个星期中，侯爵有时心血来潮，他想让于连变得富有起来。他认为贫穷对于他德·拉莫尔先生来说是可耻的，不体面的，而对于她女儿的丈夫来说，则是不可能想象的事情，于是他便抛出金钱。第二天，他的想象又变换了方向，他认为于连将会明白他这种慷慨解囊所隐含的意思，他会改名换姓，逃亡到美洲去，然后给玛蒂尔德写一封信，说明他已经为她而死……德·拉莫尔先生想象着这封信已经拟好，并揣测它对他女儿的性格会产生什么影响……

玛蒂尔德这一封真实的信，把他从那些如此幼稚的梦想中惊醒了。这一天，他考虑了许久怎样杀死于连或者使他失踪之后，又幻想着给他谋一个辉煌的前程。他可以让于连以他一处庄园的名称为姓氏；并且为什么不可以让他继承自己的爵位呢？他的岳父德·肖纳公爵，自从他的独子在西班牙牺牲后，曾经三番五次地向他提起，希望把他的爵位传给诺贝尔……

"我们不能不承认，于连有处理事务的独特能力，有胆识，甚至可能是个杰出的人物，"侯爵自言自语地说道……"但是，在他的性格深处，我发现有某些可怕的东西。这是他给每个人都留下的印象，由此看来，这多少有点儿真实性。（这点真实的东西，越是难以捕捉，老侯爵那富有想象力的心灵就越是感到恐惧。）"

"有一天我的女儿极其巧妙地对我说过（在一封没有援引的信中）：'于连没有参与任何客厅，任何党派。'他没有寻求任何支持来反对我，假如我抛弃他，他是毫无办法的……然而，那是由于对社会现状的全然无知吗？……我曾有两三次对他说过：'只有客厅里承认的候选人资格，才是切实有效的……'"

"不，他没有一个检察官所具备的那种不浪费一分钟时间、不错过一个机会的机智狡黠的天性……这绝不是路易十一式的性格。另一方面，我倒是看见他喜爱引用一些最苛刻的格言警句……我真是搞糊涂了……他一再重复这些格言难道是用来作为他阻挡激情的堤坝吗？"

"尽管如此，但至少有一件事十分明了：他不能忍受别人的蔑视，我可以通过这一点来控制他。"

"确实，他并不敬慕高贵的出身，他尊重我们并非出于本能……这是一个缺点；但是作为一个神学院的学生，他的心灵所不能忍受的应该只是享乐和金钱的匮乏。然而他

呢,却完全不同,他是无论如何也不能忍受别人对他的蔑视的。"

德·拉莫尔先生迫于女儿来信的压力,感到必须做出决定了:"总之,关键的问题在于:于连大胆放肆到竟敢追求我的女儿,这难道是因为他知道我爱她胜过一切,并且知道我拥有十万埃居的年金吗?

"玛蒂尔德却提出了相反的看法……不,我的于连先生,在这一点上我可不愿让自己产生错觉。

"这是令人意外的真正的爱情?还是向上爬的庸俗的欲望呢?玛蒂尔德有远见,她事先就料到这一怀疑可能在我的心目中毁了他的名誉,因而她才承认,是她不顾一切地爱上了他……

"一个性格如此高傲的姑娘,竟会忘记自己的身份,以致主动做出那样粗俗的举动!……一天晚上,她竟然在花园里抓住他的胳膊,多么可怕啊!好像她没有任何略微体面一点的办法,来向他表示她钟情于他似的。

"自我辩解就是自我暴露,我可不相信玛蒂尔德……"这一天,侯爵的推理比平时具有结论性。但是习惯还是占了上风,他决定争取时间,给女儿写封信,因为府邸里的人彼此之间经常有书信传递。德·拉莫尔先生不敢与玛蒂尔德争论,不敢顶撞她。他害怕自己突然做出让步,使整个事情宣告结束,无法挽回了。

信

当心别干出新的蠢事;这儿有一张给于连·索雷尔·德·拉韦尔内骑士的轻骑兵中尉的委任状。您看到了我为他所做的事情。不要违抗我,不要询问我。让他在二十四小时内出发,前往斯特拉斯堡报到,他的部队驻扎在那儿。附上一张银行取款的支票。请服从我。

玛蒂尔德的爱情和快乐可以说是无边无际了,她想乘胜前进,立刻写了封回信:

假如德·拉韦尔内先生知道您屈尊为他所做的一切,他一定会感激不尽,拜倒在您的脚下。然而,在这种慷慨里,我的父亲却忘记了我;您的女儿的荣誉正处于危险之中。一个不慎便可能留下一个永久的污点,即使两万埃居的年金也无法弥补。如果您向我许诺,下个月在维尔基埃公开举行我的婚礼,我就把委任状送给德·拉韦尔内先生。我请求您不要超过这个期限,过了这个期限,您的女儿就只能以德·拉韦尔内夫人的名义公开露面了。亲爱的爸爸,我多么感激您,把我从索雷尔这个姓氏中拯救出来……

回信是出人意料的。

> 服从吧，否则我将取消一切。颤抖吧，轻率的姑娘。我还不了解您的于连是个怎样的人，而您本人对他的了解比我还要少。让他动身去斯特拉斯堡，想着走正道。半个月以内我再告诉您我的决定。

这封回信措辞如此坚定，使玛蒂尔德大吃一惊。"我不了解于连"这句话使她陷入了遐想，随即又引出了种种最诱人的假设，不过她相信，这些假设都是真实的。"我的于连所具有的才智没有被束缚在客厅里的那套庸俗的小制服里，这一点证明了他的出类拔萃，而我的父亲恰恰是因为这一点，不相信他是个出类拔萃的人……

"但是，如果我不服从他那一时冲动做出的决定，我看很有可能发生一场公开的争吵；一旦事情张扬出去，便会降低我在上流社会的地位，还可能使我在于连眼中变得不那么可爱了。事情张扬出去后……便是十年的贫困生活；单凭才能挑选丈夫这种疯狂的举动，只有依靠家资百万才能免遭世人的耻笑。如果我远离父亲在另一个地方生活，在他这种年纪，很可能会忘了我……诺贝尔将会娶一个可爱、灵巧的妻子；年迈的路易十四曾受到德·勃艮第公爵夫人的诱惑……"

她决定服从，但是没有把父亲的那封信交给于连；他那暴躁的性格可能会让他干出蠢事来的。

当天晚上，当她告知于连，他已经是轻骑兵中尉时，他真是喜出望外。我们根据他一生抱有的野心和他现在对儿子倾注的热情，可以想象出他有多么快乐。姓氏的改变，使他非常惊讶。

"总之，"他想道，"我的小说结束了，一切功绩都属于我一个人。我知道如何让这位骄傲的怪物爱上我，"他望着玛蒂尔德继续想道，"她的父亲没有她不能活下去，而她没有我也不能活下去。"

第三十五章　风　暴

> 我的天主，赐给我
> 平庸吧！
>
> ——米拉波

他全神贯注地想着心思，对于她对他所表示的百般柔情，只是勉强地应付着。他沉思不语，脸色忧郁。在玛蒂尔德眼中，他从来没有显得如此伟大过，如此值得崇拜过。她担心，他那过分敏感的自尊心会扰乱整个局面。

几乎每天早晨她都看见皮拉尔神父到府邸里来。于连从他那儿难道就不能打听到一些父亲的意图吗？侯爵本人一时冲动起来，难道不会给他写信吗？获得如此巨大的幸福之后，又如何解释于连那副严厉的面孔呢？她不敢问他。

她不敢！她，玛蒂尔德！从这一刻起，她对于连的感情里产生了一种朦朦胧胧的、意想不到的、近乎恐惧的成分。她那颗冷酷的心感受到了一个在巴黎人赞赏的极度文明中成长起来的人可能具有的全部热情。

第二天一大早，于连便来到皮拉尔神父的住宅里。几匹驿马拉着一辆从邻近驿站租来的破烂不堪的马车，驶进了院子。

"这样的车辆已经不合时宜了，"这位严厉的神父不情愿地说道，"这儿有两万法郎，是德·拉莫尔侯爵送给您的礼物。他要您在年内把它花光，但是要尽可能地不要惹出什么笑话来。（给一个年轻人这么一大笔钱，一个教士从中看到的只是犯罪的机会。）

"侯爵还说：'于连·德·拉韦尔内先生收到的这笔钱是他父亲给的，至于他父亲是谁，就不必多说了。德·拉韦尔内先生也许认为应该送一份礼给维里埃尔的木匠索雷尔先生，他从小抚养了他……'我可以负责办理这件事，"神父补充道，"我终于促使德·拉莫尔先生下了决心，跟那位狡诈成性的弗里莱尔代理主教取得和解。他的影响确实大大超过了我们。这个人统治着贝藏松，他对您的高贵出身的默认，将是这次和解中心照不宣的条件之一。"

于连激动得不能自持，他拥抱神父，他看见自己已经得到了承认。

"呸！"皮拉尔神父推开他说道，"这种世俗的虚荣有什么意思？……至于索雷尔和他的儿子们，我将以我的名义向他们提供一笔五百法郎的年金，并分别付给他们每一个人，只要我对他们满意。"

于连已经恢复了冷静而高傲的神态。他对此表示感谢，但是措辞非常含糊，不会使自己受到任何约束。"这有可能吗，"他心想，"我就是可怕的拿破仑放逐到我们山区里的某个大贵人的私生子吗？"他越来越感到这个想法并不是不可能……我对我父亲的憎恨，可能就是一个证明……我不再是一个怪物了！"

在这段独白之后不几天，陆军最精锐的部队之一轻骑兵第十五团，在斯特拉斯堡练兵场上进行战斗演习。德·拉韦尔内骑士骑着一匹阿尔萨斯最漂亮的、价值六千法郎的骏马。他被任命为中尉，除了在一本他从未听说过的团队的花名册上有着记载之外，他从未当过少尉。

他那毫无表情的神态，他那严厉得近乎凶狠的眼睛，他那苍白的脸色，他那经久不变的冷漠态度，从第一天起就为他赢得了声誉。不久，他又以周全适度的礼貌，娴熟精湛的枪法和剑技，打消了他的同僚们当众取笑他的念头。经过五六天的游移不定后，团里的舆论表明有利于他。那些爱嘲弄人的老军官们说："除了年轻之外，这个年轻人一切都有了。"

于连从斯特拉斯堡写信给谢朗先生，这位维里埃尔的前本堂神父现在几乎是老态龙钟了。他在信中写道：

> 我毫不怀疑，您一定已经怀着愉快的心情获悉了促使我的家人让我富裕起来的那些事情。附上五百法郎，我请求您不要声张，不要提到我的名字，分发给那些现在和我从前一样贫穷而不幸的人们。毫无疑问，您会像从前帮助我一样去帮助他们。

于连所陶醉的是野心，而不是虚荣心。然而，他仍然把大部分的注意力集中在自己的外表上。他的马，他的军服，以及随从的装束，始终都保持得那么整洁，即便是和一丝不苟的英国大贵人相比，也不会有所逊色。他靠了别人的恩典，才当了两天的中尉，就已经盘算着应该在二十三岁的时候超过中尉的军衔，那么最迟在三十岁的时候就能够像所有的大将军一样统率一支军队了。他一心只想着荣誉和儿子。

正当于连为他那最狂妄的野心兴奋激动时，拉莫尔府的一位年轻跟班突然出现在他的面前，他是来送信的。玛蒂尔德在信中写道：

> 一切都完了，尽快地回来吧，牺牲一切，必要时就开小差。您一到达，就径直去……街……号的花园的小门附近，坐在一辆出租马车里等我。我将告知您一切。也许我会带您去花园里。一切都完了，我担心无可挽回了。相信我吧，您会发现，我在逆境中仍是忠贞不渝的。我爱您。

几分钟以后，于连得到上校的许可，策马飞奔离开了斯特拉斯堡。但是可怕的担忧吞噬着他的心灵，经过梅斯之后，他再也无法骑马赶路了。于是他上了一辆驿车，以难以置信的速度赶到了指定地点——拉莫尔府花园的小门旁。小门打开了，玛蒂尔德忘记了人类的一切尊严，立刻投入了他的怀抱中。幸尔当时才是早晨五点钟，街道上还不见来往的行人。

"一切都完了，我父亲害怕我的眼泪，星期四晚上就离开了这儿。究竟去了哪儿呢？没有任何人知道他的下落。这是他留下的信，您看吧！"她和于连一起上了出租马车。

> 我什么都可以宽恕，唯独不能宽恕那个因为您富有而诱惑您的计划。不幸的女儿，这就是可怕的真相。我向您发誓，我决不会同意您和这个男人结婚。假如他愿意去很远的地方生活，离开法国国境，或者最好去美洲，我保证给他一万里弗尔的年金。我已经写信了解过他的情况，看看这封回信吧！这个恬不知耻的人，自己逼得我写信给德·雷纳尔夫人。只要您信中提及这个人，我一行也不会看的。我厌恶巴黎，厌恶您。我要求您对将要发生的事情绝对严守秘密。断然拒绝这个卑鄙的家伙吧，您将重新见到您的父亲。

"德·雷纳尔夫人的信在哪儿?"于连冷静地问道。

"在这儿,我想等您有了思想准备以后再交给您。"

信

我对宗教和道德的神圣事业所负有的责任,先生,使我不得不采取给您写信这个痛苦的行动。一个不可违背的准则命令我此刻去伤害我的邻人,但那是为了避免一桩更大的丑闻。我所感受到的痛苦,应该由责任感来克服。说实在的,先生,您向我了解真实情况的这个人的行为,也许看起来是难以解释的,或者甚至可以说是正派的。人们可能会以为,隐瞒掩盖一部分真相是合适的,谨慎心和宗教也希望如此。但是,您想了解的这个人的行为,确实应该受到严厉的谴责,这绝非是我的语言所能形容的。这个人贫穷而贪婪,专门依靠他那十足的伪善诱惑软弱而不幸的女人,来试图改变自己的社会地位,达到出人头地的目的。我还要补充一点,这也是我那艰难的责任的一部分:我不得不相信于……先生没有任何宗教信仰。凭良心说,我不能不认为,他为了在一个家庭里获得成功,其手段之一,就是竭力诱惑这个家里最有影响的女人。他装出一副无私的外表,张口皆是小说中的语言,他所追求的最大的、也是唯一的目标,便是支配一家的主人和他的财产;然而他留下的,却是不幸和终身的悔恨……

这封信写得特别长,有一半字迹已被泪水浸得模糊不清了,从笔迹看,它的确是出自德·雷纳尔夫人之手,甚至比平日写得更加用心。

"我不能责备德·拉莫尔先生,"于连看完信以后说道,"他是公正而慎重的。有哪一个父亲愿意把他心爱的女儿嫁给这样一个人呢! 再见吧!"

于连跳下出租马车,奔向停在街口的驿车。他好像已经忘记了玛蒂尔德。玛蒂尔德紧跑了几步想追上他,但是商人们都已经来到了店门口,他们全都认识她,他们的目光迫使她匆匆忙忙地退回了花园。

于连动身去了维里埃尔。在飞速赶路的旅途中,他打算给玛蒂尔德写信,但是却力不从心,因为他的手仅能在纸上画出一些难以辨认的线条。

一个星期天的早晨,他到达了维里埃尔。他走进一家当地的武器商店,店主对他新近的发迹大大恭维了一番。这已成了当地的一大新闻。

于连颇费力气才使对方明白,他想买一对小手枪。武器商根据他的要求,还给他把两把枪都装上了子弹。

大钟连敲了三下,这是法国乡村里的人们熟知的一个信号,它在早晨各种钟声敲响之后,宣布弥撒即将开始。

于连走进维里埃尔那座新建的教堂。这座建筑物所有高大的窗户都挂上了深红色的帷幔。于连站在德·雷纳尔夫人的凳子后面几步远的地方。他觉得她正在虔诚地祈祷。于连看见这个曾经那样热烈地爱着自己的女人，他的胳膊不由得发抖了，以致最初他无法执行他的计划。"我不能够，"他对自己说道，"实际上，我不能够。"

这时，辅助弥撒的年轻教士摇响了举扬圣体的铃声。德·雷纳尔夫人低下了头，有一瞬间，她的头几乎全部隐没在披肩的皱褶里。于连不大能辨认出她了，他朝她开了一枪，没有击中，他又开了第二枪，她倒下了。

第三十六章 悲惨的详情

别指望我会表现出软弱。我的仇已报。我应该去死，我人就在这儿。请为我的灵魂祈祷吧！

——席勒

于连站着，一动也不动，他什么也看不见了。当他稍微清醒时，他发现所有的信徒都逃出了教堂，神父也已经离开祭坛。于连迈着相当缓慢的步子，尾随着几个狂叫着奔跑的女人，向外走去。一个女人想比别人跑得更快一些，猛地推了他一下，他摔倒了。人群撞倒的椅子绊住了他的双脚，等到他重新站起来时，他感到有人卡住了他的脖子，一个穿制服的宪兵擒住了他。于连不由自主地想求助于他的小手枪，但是又一个宪兵扭住了他的双臂。

他被押送到监狱，进了一间牢房以后，有人给他戴上了手铐，留下他孤零零一个人。门在他身旁关上，上了两道锁。这一切都进行得很快，他对此却毫无感觉。

"毫无疑问，一切都结束了，"当他清醒过来的时候，他高声说道……"是的，半个月以后上断头台……或者在这之前自杀。"

他不能再往下想了。他觉得他的头似乎被猛烈地夹紧。他环视四周，看看是否有人抓住了他。不一会儿功夫，他便沉沉地睡去了。

德·雷纳尔夫人没有受到致命伤。第一颗子弹打穿了她的帽子，当她转过头时，第二颗子弹已飞出了枪膛，这颗子弹射中了她的肩膀。说来这事真有点奇怪，子弹打碎了她的肩骨，却又弹了出来，击中了一根哥特式的柱子，掀掉了很大的一块石头。

经过长时间痛苦的包扎之后，外科医生，一个严肃的人，对德·雷纳尔夫人说道："我可以像担保自己的生命一样，担保您的生命没有危险。"她听后深感悲伤。

很久以来，她一直衷心地盼望着死神降临。她给德·拉莫尔先生的信，是她现在的忏悔神父强迫她写的，这封信给了这位因长期不幸而变得虚弱不堪的女人最后的一击。这个不幸便是于连的离去，而她，却把这叫作悔恨。她的忏悔神父新近从第戎来到这儿，

295

他是一位有道德的虔诚的年轻教士，他对她的心思了解得一清二楚。

"像这样死去，又不是死于我自己的手，这算不得犯罪，"德·雷纳尔夫人心里想，"天主大概会原谅我对自己的死亡感到的快乐。"然而，她不敢这样继续想下去："死在于连的手里，这才是最大的幸福。"

外科医生和那些成群结队赶来探视她的朋友刚一离开，她便差人唤来了她的贴身女仆埃莉莎。

"监狱看守，"她对她说道，脸涨得通红，"是个残酷的人。他肯定会虐待他的，他以为这样做可以取悦于我……想到这一点我就难以忍受。您能否以您的名义，把这个包着几个路易的小包交给监狱看守呢？您对他说，宗教不允许他虐待他……让他绝对不要向别人提起送钱的事。"

正是由于我们刚刚谈到的情景，于连受到了维里埃尔监狱看守的人道待遇。看守仍然是那位忠于职守的司法助理人员——努瓦鲁先生。我们曾经看到过，阿佩尔先生的来访曾经让他那样的胆战心惊。

一位法官来到监狱。

"我犯了蓄意杀人罪，"于连对他说道，"我在一家武器店里买了两把手枪，并让店主装上了子弹。刑法第一三四二条写得很清楚，我应该被判处死刑。我正等待着死神的降临。"

法官这个庸俗之辈，根本理解不了于连的这种坦率，他反复提出各种问题，企图使被告的回答自相矛盾。

"可是，您难道没有看见，"于连微笑着说道，"我已经按照您的意愿承认自己有罪了吗？走开吧，先生，您不会失去您所追逐的猎物，您就会获得判决的快乐。请您离开我吧！"

"我还有一件讨厌的义务需要履行，"于连心里想，"必须给德·拉莫尔小姐写一封信。"他在信中这样写道：

我已经复仇。遗憾的是我的名字将出现在报纸上，我无法悄悄地从这个世界上消逝。我请求您宽恕我。我将在两个月内死去。复仇与跟您分别的痛苦一样是残酷的。从今以后，我禁止自己书写您的名字和提到您的名字。请您永远不要谈起我，甚至对我的儿子也是如此。沉默是尊敬我的唯一方式。对于一般人来说，我将是个普普通通的杀人犯……在这最后的时刻，请允许我说句真心话：您忘了我吧！我劝您永远不要向任何人谈起这场突然降临的大祸，几年之内它将耗尽我在您性格中见到的那种浪漫和冒险的成分。您生来就应该与中世纪的那些英雄们为伍，在这场不幸中，表现出他们那种坚强的性格来吧。让应当发生的事情悄悄地完成吧，不要损害了您的名誉。您使用一个假名字，不要对任何人谈起您的隐私。如果您一定需要一个朋友的帮助的话，我就把皮拉尔神父留给您吧!

不要告诉任何人,尤其是您那个阶级的人,譬如德·吕兹,德·凯吕斯之流。

我死后一年,您就嫁给德·克鲁瓦泽努瓦先生,我请求您,我以丈夫的名义命令您。永远不要给我写信,我不会回信的。我认为,我远不如亚戈那么坏,但是我却要像他那样说:From this time forth I never will speak word.

人们不会再看见我说话和写信;您得到的将是我最后的话和最后的爱。

于·索

于连送出这封信以后,略微清醒了一些,他第一次感到自己太不幸了。"我将去死,我应该去死,"也许正是这句豪言壮语,将那些来自野心的种种希望一个个地从他心底拔除了。在他看来,死亡本身并不可怕。他的整个一生,不过是这种不幸的长期准备过程而已,他决不会忘记那个被他视为一切不幸中的最大的不幸。

"怎么!"他自言自语地说道,"假如在六十天以后,我必须与一个精于剑法的人决斗,我会不会由于懦弱而不时地想到此事而感到心惊胆战呢?"

他花了一个多小时的时间,力图从这个角度来认清楚自己。

当他看清楚自己的心灵深处,当事实犹如监狱里的一根柱子那样清晰地呈现在他的眼前时,他想到了悔恨。

"为什么我要悔恨呢?我是受到了无可忍受的侮辱;我杀了人,我应该被判处死刑,但是也不过仅此而已。我在和人类结清了账目以后死去。我没有留下任何没有履行的责任,我不亏欠任何人;我的死没有什么可耻的地方,只是死在刑具下罢了。确实,仅仅这一点,就足以使我在维里埃尔的市民们眼里蒙受耻辱了;然而,从理智的角度看,还有什么比这更让人蔑视的呢?我只剩下一个办法可以得到他们的敬重了,那就是在赴刑场的途中,向百姓们散发金币。我的名字和金子的概念联系在一起,这在他们的眼中将是光彩夺目的。"

一分钟以后,于连觉得这个推理已十分清楚,他暗自思忖:"我在这世界上已没有任何事可做了,"于是他昏昏沉沉地睡着了。

晚上九点钟左右,监狱看守送晚饭时唤醒了他。

"维里埃尔的人在谈论些什么?"

"于连先生,我就职的那一天曾在王家法院的十字架前发过誓,我必须保持沉默。"

他闭上了嘴,但是人却不离开。于连看见这种庸俗的虚伪感到挺有趣。"他是想以出卖良心来换取五个法郎,"他心里想,"我得让他多等些时候。"

监狱看守见他吃完了饭,仍然没有行贿的意思,便假假惺惺地用温和的口气说道:

"于连先生,出于我对您的友谊,我不得不对您开口了,因为这可能有助于对您进行辩护,尽管别人会说,这违背了司法的利益……于连先生是个好小伙子,如果我告诉他,

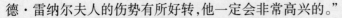

德·雷纳尔夫人的伤势有所好转,他一定会非常高兴的。"

"怎么!她没有死?"于连不由自主地喊了出来。

"怎么!您一点也不知道!"监狱看守说道,他那愚蠢的面孔立刻露出喜色,显出了贪婪的表情,"先生最好给外科医生送点什么去,根据法律和正义,他是应该保持沉默的。不过为了让先生高兴,我已经去了他那里,他向我讲述了一切……"

"总之,不是致命伤,"于连不耐烦地向他走去,"你能以你的生命担保吗?"

看守是个六尺来高的大汉,他感到害怕了,朝门口退去。于连发现自己急于了解实情却用错了方法,于是他又重新坐下,扔了一枚拿破仑币给努瓦鲁先生。

这个人向于连证明了德·雷纳尔夫人的伤势没有生命危险。随着他的叙述,于连感到自己的泪水正不由自主地往外涌。

"出去!"于连突然对他说道。

监狱看守服从了。门刚一关上,于连便喊叫起来:"伟大的天主啊!她没有死!"他跪倒在地,热泪满面。

在这最后的时刻,他信奉天主了。即使教士们虚伪又有什么关系呢?难道它能够使天主这个概念所具有的真实和崇高损害一丝一毫吗?

只是在这时候,于连才开始对他犯下的罪行感到了后悔。他从巴黎来到维里埃尔,一直深陷在那种身心受到刺激的半疯狂的状态中,也仅仅在此时此刻,由于那桩偶然的巧合,使他避免了绝望,他的这种状态才得以中止。

他的泪水如泉水般地涌出,他毫不怀疑等待着他的判决。

"这么说她将继续活下去!"他自言自语地说道……"为了宽恕我而活下去,为了爱我而活下去……"

第二天早上,当监狱看守把他叫醒时,已经很晚了。他对于连说:

"于连先生,您的胆量真令人惊叹。我来过两次,但都不忍心叫醒您。这儿有两瓶好酒,是我们的本堂神父马斯隆先生送给您的。"

"怎么?那个坏蛋还在这儿?"于连问道。

"是的,先生,"监狱看守压低了嗓音答道,"请您说话别这么高声嚷嚷,这可能对您有害处。"

于连止不住哈哈大笑。

"在我目前的情况下,我的朋友,只有您可能危害我,只要您不再是温和、仁慈……您将会得到很好的报酬,"于连打住了话头,又恢复了他那专横的神情。这种神情立刻被一枚钱币的赏赐所证实是正确的。

努瓦鲁先生又将他所知道的有关德·雷纳尔夫人的情况,详详细细地讲述了一遍,但是他只字没有提到埃莉莎小姐的来访。

那看守尽可能地显出卑下而顺从的模样。这时一个念头掠过了于连的脑际:"这个丑陋的大汉,一年的收入不可能超过三四百法郎,因为他的监狱里并无太多的囚犯。如果他愿意和我一起逃往瑞士，我可以保证他有一万法郎的收入……困难的是，如何使他相信我的诚意呢。"但是，一想到和这样一个卑鄙的家伙进行长时间的磋商，又使于连感到恶心，于是他又考虑起别的事情来了。

到了晚上，他再也不会有机会了。午夜十二点，一辆驿车把于连带走了。他对他的旅伴——那几位宪兵感到十分满意。清晨，他来到贝藏松监狱，人们客气地把他安置在哥特式城堡主塔的最高一层楼上。他判断这是十四世纪初期的建筑，他欣赏那建筑优雅的风格和精巧的艺术。从两堵墙间的狭缝望出去，越过一座很深的大院子，可以看到一片极其美妙的景色。

第二天有过一次审讯。以后接连几天都没有人来打扰他。他的内心是平静的。他认为，他的这桩案子真是再简单不过的了："我蓄意杀人，我应该被处死。"

他的思想没有过多地停留在这些推理上。审判、当众出庭的烦恼、辩护，这一切在他看来不过是一些小小的麻烦和讨厌的仪式而已，到了那一天也来得及考虑它们的。就连死亡的那一时刻也未能引起他的注意："判决之后再去想它吧！"现在对他来说，生活并不令人厌烦，他从一个新的角度来观察一切事物。他已经不再有野心了。他很少想到德·拉莫尔小姐。悔恨占据了他的整个心灵，他的眼前时常浮现出德·雷纳尔夫人的身影，尤其是在夜深人静的时刻。在这高耸的城堡主塔里，只有白尾海鹛的叫声划破夜空的寂静！

他感谢上天没有让她受到致命的伤害。"真是怪事！"他心想，"我曾以为，她给德·拉莫尔先生写了那封信，便永远毁了我未来的幸福；然而在那封信以后还不到半个月，我已不再考虑当时令我念念不忘的那些事了……两三千里弗尔的年金便可以宁静地生活在韦尔吉那样的山区里……当时我是幸福的……可我却没有认识到我的幸福！"

有时候，他会猛地从椅子上跳起来："如果我让德·雷纳尔夫人受了致命伤，我就去自杀……我需要坚持这一信念，否则我对自己也会感到厌恶了。"

"自杀！这是个大问题，"他心里想，"那些法官如此拘泥于形式，如此疯狂地威逼可怜的被告，为了获得十字勋章，他们可以绞死最好的公民……我要摆脱他们的控制，避免他们用拙劣的法语对我进行辱骂，而外省的报纸将把那种辱骂称之为雄辩……

"我大致还可以活五六个星期……自杀！绝对不行，"几天后他对自己说道，"拿破仑不也活下来了吗……

"况且，我现在的生活是愉快的，这间屋子安宁寂静，我在这儿丝毫不感到烦闷，"他笑着补充道，随后他着手开列了一张书单，要人从巴黎寄书给他。

第三十七章　城堡主塔

> 一位朋友的坟墓。
>
> ——斯特恩

他听见走廊里传来很大的响声。平时在这个时候，是不会有人到牢房来的。白尾海鹦鸣叫着飞走了。门打开了，可敬的谢朗神父，手拄拐杖，浑身哆嗦着，扑到他的怀里。

"啊！伟大的天主啊！这可能吗，我的孩子……恶魔！我应该说。"

善良的老人无法再说下去了。于连怕他摔倒，不得不把他扶到一张椅子上坐下。时间的巨掌沉重地压在这个老人的身上，想当年，他的精力是那么充沛，可现在呢，在于连看来，他只是他自己的影子了。

那老人缓过气来才说道："前天，才收到您从斯特拉斯堡寄来的信，以及您送给维里埃尔穷人的五百法郎，是别人给我带到利韦吕山村里来的。我现在住在侄儿让的家里。昨天，我听说您闯下了大祸……天哪！这可能吗！"老人不再流泪了，他仿佛失去了思维能力，只是机械地补充道，"您会需要您这五百法郎的，我给您带来了。"

"我需要的是看到您，我的神父，"于连感动地说道，"我还有很多钱呢。"

然而，于连再也得不到条理清晰的回答了。谢朗神父眼里不时流出几颗泪珠，沿着脸颊静静地滚落下来；然后他又望着于连，看到于连握住他的双手举到唇边，似乎并无感觉似的。昔日这张如此生动的面孔，曾经那样有力地表现出人类最崇高的情感，而今却再也摆脱不了那种麻木不仁的表情了。不一会儿，一个农民模样的人进来接这位老人。"不要让他说话过多，不要累着了他，"来人对于连说道。于连明白，这就是他的侄子了。谢朗神父的来访，使于连陷入了一种残酷的痛苦之中，他的眼泪也不由得止住了。在他看来眼前的一切都是悲惨的，得不到丝毫的安慰，他感到他的心已经在胸膛里结成了冰块。

这是于连犯罪以来所感受到的最残酷的时刻。他刚刚看见了死亡，而且是在死亡的丑陋暴露无遗时看到的。什么高尚的灵魂，勇敢的精神，这一切幻想都已经消失得无影无踪，就像暴风雨前的一片乌云那样。

这种可怕的状况一连持续了几个小时。在精神中毒之后，需要肉体上的治疗，需要喝香槟酒。可于连认为，求助于这些东西是懦夫的行为。在这可怕的一整天里，他都在狭窄的城堡主塔里踱来踱去。到了黄昏时分，他突然喊道："我有多么傻啊！只有在我不得不像普通人一样死去的时候，看到这位可怜的老人，才应该使我陷入无限的悲哀；但是在风华正茂的时候骤然死去，这倒正好使我避免了这种风烛残年的惨境。"

但是不论于连怎样和自己争辩,他还是像一个性格懦弱的人那样动了感情,因而谢朗神父的这次来访使他深感不幸。

在他的身上已经看不到丝毫的坚定和高贵,罗马人的那种英勇气概也已经荡然无存。死亡在他面前显得高大起来,似乎并非一件轻而易举的事了。

"那将是我的温度计,"他心里想,"今天晚上,我的勇气比登上断头台时所需要的勇气降低了十度;今天早上我还有那种勇气。不过,这又有什么关系呢?只要在需要的时候,温度回升就行了。"温度计的这个想法使他觉得挺有趣,终于排解了他的烦恼。

第二天一醒来,他就对前一天感到了羞愧。"这关系到我的幸福,我的宁静。"他差一点就决定给总检察长写信,请求不要允许任何人来探视他。"那么富凯呢?"他心里想,"如果他执意来到贝藏松而见不到我的话,他会是多么痛苦啊!"

他大概已经有两个月没有想到富凯了。"我在斯特拉斯堡的时候真是一个大傻瓜,我的思想甚至没有超出我的衣领的高度。"对于富凯的回忆深深地吸引了他,使他更为感动了。他焦急不安地来回踱着步。"我现在肯定低于死亡的水平二十度了……如果这种懦弱继续增长下去,我最好还是去自杀。假如我像个乡村学究那样死去,马斯隆神父和瓦勒诺那伙人将会是多么高兴啊!"

富凯来了,这个纯朴而善良的人痛苦得要发狂了。如果说他还有想法的话,那他唯一的想法就是变卖一切家产,用来贿赂看守,救出于连。他向于连详细讲述了德·拉瓦莱特先生越狱的故事。

"你使我感到痛苦,"于连对他说,"德·拉瓦莱特先生是无辜的,而我却是有罪的。虽然你并无此意,但你却使我想到了两者之间的区别……

"不过,这是真的吗?怎么!你真的要变卖所有的家产吗?"于连突然又变得多疑和乐于观察起来。

富凯终于看见他的朋友对他那个压倒一切的主意有了反应,感到非常高兴,于是他详详细细地把他每一份产业可变卖多少钱,一笔一笔地算给他听,他算了很长时间,就连百把法郎的小数目都没有遗漏。

"对于一个乡村的产业主来说,这付出了多么崇高的努力啊!"于连想道,"他是那样的克勤克俭,那样的吝啬计较,使我看了都会脸红,而今天他却要为我牺牲这一切!我在德·拉莫尔府邸中看到的那些沉湎于《勒内》这部小说中的漂亮的年轻人,绝不会干出这样可笑的事来;然而除了那些特别年轻,继承了富有的产业,而又不懂得金钱价值的人以外,在这些漂亮的巴黎人中,又有哪一个人能做出这样的牺牲呢?"

富凯谈吐中出现的语法错误和所有那些粗俗的举止,都从于连眼中消失了,于连投入了他的怀抱。和巴黎人相比,外省人从未接受过这样崇高的敬意。当富凯看见他的朋友眼睛里闪烁着激情时,感到非常高兴,他以为他同意逃走了。

看到富凯这种崇高的举动,于连又恢复了因谢朗神父来访所失去的全部力量。他还非常年轻;不过依我看来,这是一棵好苗子。他不会像大多数男人那样从善良走向狡猾;

年龄的增长反而会给予他易受感动的仁爱之心,并且能治愈他那种疯狂的猜疑……但是这些空想的预言,又有什么用呢?

尽管于连做出过种种的努力,审讯的次数还是变得更加频繁了;他每次的回答,都力图使案情简单化。"我杀了人,或者至少我想致人死命,而且是有预谋的,"每天他都这样重复说着这些话。但是,法官首先重视的是形式。于连的申明不但丝毫没有缩减审讯的次数,反而伤害了法官的自尊心。于连还不知道,他们曾打算把他转移到一间可怕的地牢里去,多亏了富凯的活动,才让他留在了他那间高达一百八十级台阶的漂亮的房间里。

当地的许多重要人物都由富凯提供取暖的木柴,德·弗里莱尔神父就是其中之一。善良的木柴商直接找到了这位极有权势的代理主教。德·弗里莱尔先生对他说,于连的良好品德和他过去在神学院里的服务,使他深为感动,他打算在法官们面前替他说情,富凯听后有说不出的高兴。富凯看到营救朋友之事有了希望,于是在出门时跪倒在地,恳求代理主教在做弥撒时代他布施十个路易,用来祈求宣布被告的无罪。

这一次富凯是完全搞错了,德·弗里莱尔先生绝不是瓦勒诺那样的人。他拒绝了,他甚至还力图让这个善良的农民明白,他最好把他的钱保留着。当代理主教觉得不可能既明了又谨慎地把事情说清楚时,便建议他把这笔钱施舍给贫困的囚犯,事实上他们才是一无所有的人。

"这个于连真是个怪人,他的行为让人无法解释,"德·弗里莱尔先生心想,"对于我来说,不应该有任何不可解释的事情……也许将来可以使他成为一个殉教者……不管怎样,我都会搞清这件事的底细的,也许还能找到一个机会,吓唬一下那个德·雷纳尔夫人,她一点儿不敬重我们,实际上她是憎恨我的……也许我还可以利用这一切,找到一个十分体面的与德·拉莫尔先生和解的办法,他对这个小教士有着某种偏爱。"

诉讼案件的和解在几个星期前已经签了字。皮拉尔神父离开贝藏松以前,曾谈起过于连的神秘的出身。也正是在他离开的那一大,这个不幸的人在维里埃尔的教堂里枪击了德·雷纳尔夫人。

于连在他与死亡之间只看到一件不愉快的事,那便是他父亲的探监。他与富凯商量,他想写信给总检察长先生,禁止让任何人前来探视他。这种厌恶看到父亲的情绪,尤其是在这种时候,使这位木材商人那颗小资产者的正直的心灵产生了极大的反感。

他认为他已经明白了为什么有那么多人强烈地憎恨他的朋友。出于尊重朋友的不幸,他把这种感受隐藏在心底了。

"不管怎么说,"他冷漠地向于连答道,"这道不准探监的密令对您父亲都是不合适的。"

第三十八章 一个有权势的人

但是,她的举止是那么神秘,
她的身材是那样优美!她可能是
谁呢?

——席勒

第二天一清早,城堡主塔门就打开了。于连猛然惊醒过来。

"啊!仁慈的天主,"他心里想,"我父亲来了。多么不愉快的场面啊!"

与此同时,一位农妇打扮的女人扑进了他的怀里,紧紧地抱住他,他竟然没有认出她是谁。原来她是德·拉莫尔小姐。

"您好狠心,收到你的信,我才知道你在哪儿。你称之为犯罪的事情,不过是一种高尚的复仇行为,它向我表明,在你的胸膛里,跳动着一颗多么高贵的心。我是来到维里埃尔以后,才听说这些事的……"

于连尽管对德·拉莫尔小姐怀有偏见,但还是认为她非常漂亮,何况他并没有非常明确地承认这种偏见。在她的言语和行动中,表现出一种高尚和无私的感情,这种感情远远超越了一个渺小而庸俗的心灵敢于做出的任何事情之上,他怎么能对此视而不见呢?他仍然相信他是爱上了一位女王。过了一会儿之后,他才开口跟她说话,他的措辞和思想都表现出罕见的高尚:

"未来已十分清晰地呈现在我的眼前。我死了之后,我要您嫁给德·克鲁瓦泽努瓦先生,他将娶一位寡妇。这位可爱的寡妇,有着一颗高贵而略带浪漫的心灵,因为经历了一桩奇特而悲惨、但对她来说却是伟大的事件,深感震惊,转而崇拜起庸俗的谨慎来,这颗心灵会屈尊地去理解那位年轻侯爵极为现实的价值。您会安于享受人间的幸福:尊敬、财富、地位……但是,亲爱的玛蒂尔德,您这次来贝藏松,如果被人发现了,这对于德·拉莫尔先生来说将是一个致命的打击,这将是我永远不能宽恕自己的。我已经给他带来了那么多的悲伤!那个院士将会说:他在他怀中暖和了一条蛇。"

"我承认,我没有料到您会有这么多冷静的理由,这么多对未来的关注,"德·拉莫尔小姐略带愠色地说道,"我的女仆几乎和您一样地谨慎,她为她自己办了一张护照;我则是以米什莱夫人的名义乘驿车来到这儿的。"

"米什莱夫人就能够这样轻而易举地来到我的身边了吗?"

"啊!你永远是我看中的那个出类拔萃的人!起先,一位法官的秘书说,我不能进入城堡主楼,我给了他一百法郎。但是这位一本正经的人收下钱后,却让我等着,并向我提

出种种反对意见,我想他是打算向我诈取钱财……"她止住话头不说了。

"后来呢?"于连问道。

"别生气,我的小于连,"她一边吻着于连,一边说道,"我只得把我的姓名告诉了那位秘书,原来他把我当成了一个钟情于英俊的于连的年轻的巴黎女工……确实,这是他的原话。我向他发誓,我是你的妻子。我将会得到许可,每天都会来看望你的。"

"真是疯狂到极点了,"于连心想,"我没有能阻止她。不过,德·拉莫尔先生毕竟是一位十分显赫的大贵人,舆论一定会找到理由来为那个将要娶这位可爱的寡妇为妻的年轻上校辩解的。我那即将来临的死亡将会掩盖这一切。"于是,他无限快乐地沉浸在玛蒂尔德的爱情里;这是疯狂,这是伟大心灵的体现,这是世间最奇异的爱情。她郑重地向他提出要和他一起自杀。

经过最初的这一阵激动之后,当她饱尝了见到于连的幸福时,一种强烈的好奇心突然攫住了她的心灵。她仔细打量着她的情人,她发现他是那样地高大,远远超过了她过去的想象。她似乎感到,博尼法斯·德·拉莫尔又复活了,但是更具有英雄气概。

玛蒂尔德拜访了当地的那些一流的律师。她直截了当地提出要送钱给他们,不免冒犯了他们,但是他们最终还是接受了。

她很快地得出了一个结论:凡是难办的和关系重大的事,在贝藏松都得依靠德·弗里莱尔神父先生来解决。

她以米什莱夫人这个卑微姓氏的名义,去接近圣会中那位最有权势的人物,一开始就遇到了难以克服的困难。但是,城里已谣言四起,说是一个年轻美貌的女时装商,疯狂地堕入了情网,专门从巴黎来到贝藏松,安慰年轻的于连·索雷尔神父。

玛蒂尔德独自一人在贝藏松的大街上四处奔波,她希望不要被人认出来。不过无论如何她也不会相信,在老百姓中造成强烈的印象,会对她的既定目标不利。她甚至疯狂地想到,在于连被押赴刑场的途中,鼓动老百姓造反,来营救出于连。德·拉莫尔小姐以为自己衣着朴素,完全符合一个忧伤的女人的身份,实际上她的装束吸引了每个人的目光。

经过一个星期的请求,当她获准拜见德·弗里莱尔先生时,她在贝藏松已经成了全城人关注的目标。

尽管她很勇敢,但是有权有势的圣会成员和阴险狡诈的卑劣行径,这两个概念在她的头脑里是如此紧密地联系在一起,以致她在拉主教府的门铃时,竟不由自主地浑身颤抖。当她必须登上通向首席代理主教套房的楼梯时,她几乎迈不动脚步了。主教府里一片寂静,使她感到毛骨悚然。"我可能坐在一张扶手椅上,这张椅子抓住我的胳膊,我便消失了。我的女仆能向谁去打听我的下落呢?宪兵队长不会轻易行动……我在这座大城市里是孤立无助的!"

德·拉莫尔小姐一看见主教的房间,便放下心来。首先,是一个身穿华丽号衣的仆人来给她开门。她被带进一间客厅里等候,这间客厅里的陈设豪华精美,与那种粗俗的富贵截然不同,即便是在巴黎,也只能在最讲究的府邸里才能见到。当她看见德·弗里莱尔先生和蔼可亲地向她走来时,一切有关残暴的罪行的念头顿时都化为乌有了。她甚至在这张漂亮的脸上找不到一丝令巴黎上流社会如此反感的那种刚强的、多少有点粗野的性格的痕迹。这位在贝藏松拥有一切权力的教士,脸上浮现出淡淡的微笑,显示出他是一个有教养的人,一个有学问的高级神职人员,一个精明强干的行政官员。玛蒂尔德觉得自己又置身在巴黎了。

德·弗里莱尔先生只用了短短几分钟的时间,就使玛蒂尔德向地承认了她是他的劲敌德·拉莫尔侯爵的女儿。

"其实,我不是什么米什莱夫人,"她说道,又完全恢复了她那高傲的态度,"承认这一点,对于我来说并不困难,因为,先生,我是来和您商议有没有可能安排德·拉韦尔内先生越狱的事宜。首先,他犯罪只是出于一时的糊涂;他开枪击伤的那个女人,身体也已经康复。其次,为了贿赂下面的那些人,我可以立即拿出五万法郎,甚至还可以再加倍。最后,我本人和我的家人,为了感谢救出德·拉韦尔内先生的人,没有什么不能办到的事。"

德·弗里莱尔先生听了这个名字以后,显出惊讶的样子。玛蒂尔德给他看了几封陆军大臣写给于连·索雷尔·德·拉韦尔内先生的信。

"您瞧,先生,我父亲正有意栽培他。这很简单,我已经和他秘密结婚,我父亲希望,在宣布这桩对于拉莫尔家族的姑娘来说有点奇特的婚姻之前,他能成为一名高级军官。"

玛蒂尔德注意到,德·弗里莱尔先生随着对一些重要情况的了解,他那慈祥而愉快的表情迅速消失了。他的脸上开始流露出一种极其虚伪的狡诈神情。

神父感到怀疑,他又把那些正式文件慢慢地看了一遍。

"我能够从这些奇怪的秘密中得到什么好处呢?"他暗自思忖,"顷刻之间我便和著名的德·费尔瓦克元帅夫人的女友拉上了亲密的关系。这位夫人极有权势,是德·***主教大人的侄女,通过她便可以在法国登上主教的位置。"

"我本以为是远在玛蒂尔德看见这个如此有权势的人物迅速改变了脸色,和他单独呆在这间僻静的房间里不免感到害怕。"但是很快她又想道:"怎么!对于一个拥有权势和享尽了欢乐的教士的冷酷私心,如果不能产生任何影响,那岂不是最坏的运气了吗?"

这条通往主教职位的捷径,意外地出现在德·弗里莱尔先生的眼前,使他神魂颠倒;同时玛蒂尔德的才华也让他感到十分震惊,有片刻间他竟然丧失了警惕。玛蒂尔德看见他几乎匍匐在她的脚下,他野心勃勃,激动不已,以致神经质地浑身颤抖着。

"一切都清楚了,"她心里想,"德·费尔瓦克夫人的朋友,在这里不可能有办不到的事。"尽管一股嫉妒的感情让她十分痛苦,但是她仍然有勇气说明,于连是元帅夫人的密友,他几乎每天在她家里都可以见到德·***主教夫人。

"在本省最有名望的居民中,连续抽签四五次,每次定出一份三十六人的陪审官的名单,"代理主教加强语气说道,他的目光里流露出强烈的野心,"如果在每份名单上,我找不出八到十个朋友——当然他们是这群人中最精明的人——我会认为自己太不走运了。

我几乎总能得到大多数人的支持，甚至是超过了定罪判刑所需要的多数。您看，小姐，我不费吹灰之力，就可以使犯人得到赦免……"

神父突然止住了话语，似乎对自己的说话声感到惊讶。他透露了一些绝不该对外人谈起的事情。

然而，接着轮到玛蒂尔德惊得目瞪口呆了。他告诉她，在于连这段奇特的遭遇中，贝藏松的社交界特别感到惊奇和兴趣的是，他过去曾经激起了德·雷纳尔夫人强烈的热情，并且有很长一段时间和她共同分享着这种热情。德·弗里莱尔先生不难察觉，他的叙述已经引起了对方的极度不安。

"我总算报复了！"他想，"我终于有办法来对付这个如此坚定的年轻女人了，我原来还担心不会成功呢。"她那高贵而不易驾驭的神态，在他眼里更增添了这位稀世美人的魅力，他看见她几乎就要向他哀求了。他已经完全恢复了镇静，毫不犹豫地转动着刺进她心中的那把匕首。

"总之，"他用轻松的口气对她说道，"如果我们听说索雷尔先生是由于嫉妒，才向这位他从前热恋着的女人开了两枪，我不会感到意外。她绝不是没有吸引力的女人，最近她极为频繁地会见第戎一个叫作马尔基诺的神父，他是一个詹森派，他和所有詹森派一样，都是毫无道德的家伙。"

德·弗里莱尔先生发现了这个漂亮姑娘的秘密以后，便从容不迫地折磨着她的心，尽情享受着其中的乐趣。

"如果不是因为恰好在那个时候，他的情敌正在教堂里做弥撒，"他一边说，一边用热辣辣的目光盯着玛蒂尔德，"为什么索雷尔先生要选择教堂呢？大家都公认，您所保护的那个幸运儿非常精明，而且也非常谨慎。他是那样地熟悉德·雷纳尔先生的花园，如果他隐藏在花园里，不是再简单不过了吗？他可以在那儿打死他所嫉恨的女人，并且差不多可以肯定他不会被人看见，不会被人捉住，也不会被人怀疑。"

这一推论听起来是那样的合情合理，终于使玛蒂尔德失去了理智。这颗心灵固然高傲，然而却充满了审慎——这种审慎，在上流社会里被视作人类心灵的忠实体现——它无法迅速地理解蔑视一切审慎的幸福，而这种幸福，对于一个热情奔放的心灵来说，可能是非常强烈的。在玛蒂尔德生活的巴黎上流社会里，热情很少能够摆脱审慎。从窗口跳下去的，都是居住在六层楼上的人。

总之，德·弗里莱尔神父毫不怀疑自己的权威。他让玛蒂尔德明白（显然他是在说谎），他可以任意支配负责对于连起诉的检察院。

等到三十六名陪审官抽签决定之后，他至少可以直接和其中的三十位进行个别交谈。

如果玛蒂尔德在德·弗里莱尔先生眼里不是显得那么漂亮的话，他是不会如此明白地告诉她这些的，除非在他们见了五、六次面以后。

第三十九章 困 境

一六七六年，在加斯特尔。——一个人在我家隔壁的一所房子里，刚刚杀死了他的亲姐妹。这位绅士已经犯有一桩谋杀罪。他的父亲暗地里送了五百埃居给那些推事，才救了他的性命。

——洛克《法兰西游记》

玛蒂尔德离开主教府以后，立刻给德·费尔瓦克夫人寄了一封信。尽管她担心这会影响自己的名誉，但是她仍然没作片刻的迟疑。她恳求她的情敌，请德·***主教大人亲笔写一封信给德·弗里莱尔先生。她甚至哀求她亲自来贝藏松一趟。这个举动，就一颗嫉妒而骄傲的心灵来说，是颇为英勇的。

她听从富凯的劝告，为谨慎起见，没有把她的行动向于连透一点口风。单单她的出现，就足以使他感到心神不宁了。随着死亡的临近，他变得比一生中任何时候都要正直，他不仅对德·拉莫尔先生感到内疚，而且对玛蒂尔德也感到内疚。

"怎么！"他心里想，"我和她在一起，有时候感到心不在焉，甚至觉得厌烦。她为我毁坏了名誉，而我居然这样来报答她！难道我真的是一个坏人吗？"当他野心勃勃的时候，他很少会考虑到这样的问题，那时候，在他的眼里，不能获得成功才是唯一的耻辱。

他和玛蒂尔德在一起感受到的精神痛苦，因为此刻他在她心中激起的最奇特、最疯狂的热情，变得越发明显了。她只要一张口说话，就会谈到她为了救他而打算做出的种种奇特的牺牲。

在一种她引以为自豪的感情激励下——这种感情战胜了她的全部自尊心——她希望她生命中的每时每刻都能充满某些非凡的行动。她和于连进行的长谈中，充满了最离奇的、对于她来说也是最危险的计划。监狱看守们已被金钱收买，任她在监狱里为所欲为。玛蒂尔德的想法并不局限于牺牲她的名誉，即便是整个社会都了解她的状况，她也毫不在乎。跪倒在国王疾驰的马车前请求赦免于连，冒着上千次被轧死的危险去引起君王的注意，这还只是她那疯狂而勇敢的想象力虚构出来的一个最微不足道的幻想。通过她那些在国王身边任职的朋友，她确信她会被允许进入圣克卢公园的禁区。

于连觉得自己配不上她这种牺牲精神，老实说，他对英雄主义已感到厌倦。此刻，只有那种单纯的、天真的和近乎羞怯的柔情，也许还能打动他的心，然而玛蒂尔德那颗高傲的心灵则恰恰相反，总是时时刻刻要想象到公众，想象到别人。

她不打算在他的情夫死后继续活在人世；然而在她对情人的生命所怀有的一切焦虑

和担忧中,于连感到她的内心深处还隐藏着一种需要,那便是用她极度的爱情和崇高的行动来引起社会的震惊。

于连对自己丝毫没有被这些英雄行为所打动感到很气恼,如果他知道了玛蒂尔德塞进善良的富凯那忠诚的、但极其理智而又十分狭隘的头脑里的所有那些疯狂的计划,他又将会是怎样的呢?

富凯实在看不出玛蒂尔德的忠诚有什么可指责之处,因为他为了营救于连,也会牺牲自己的全部财产,拿自己的生命去冒最大的危险的。只是玛蒂尔德对于金钱的大肆挥霍令他瞠目结舌。最初几天,她这样慷慨地花费钱财的确使富凯肃然起敬,他和所有的外省人一样,对金钱怀有十分崇敬的心情。

终于,他发现玛蒂尔德小姐的那些计划经常改变,而且使他深感欣慰的是,他找到了一个词儿来责备玛蒂尔德那如此令他厌烦的性格:她变化无常。从变化无常到违俗越轨——这句外省人最厉害的骂人话——仅有一步之差。

"真奇怪,"一天玛蒂尔德离开牢房之后,于连思忖,"一种专诚为我而产生的如此强烈的热情,我居然对它无动于衷!而在两个月以前,我一直是那样的崇拜她!我曾在书上读到过,一个人临近死亡对一切都会失去兴趣;但可怕的是自己明明知道这是忘恩负义,却又无法改变。难道我是一个自私自利的人吗?"他为此狠狠地责备了自己。

野心已经在他心中死去了,然而在野心的灰烬中,又滋生出另一种热情,他把这种热情称之为对谋杀德·雷纳尔夫人的悔恨。

事实上,他是在疯狂地爱着她。当他独自一人,不必担忧外界的干扰,能够全身心地沉浸于回忆往日在维里埃尔或在韦尔吉所度过的那些欢乐的岁月里时,他会感到一种奇异的幸福。在那段飞逝的时光里所发生的每一件事情,哪怕是最微不足道的细节,对他来说都具有一种不可抗拒的新颖感和魅力。他从来没有想到过他在巴黎所获得的成功,他对此已感到厌倦了。

这种心情在迅速增长,玛蒂尔德的嫉妒心已经猜到了几分。她十分清楚地意识到,她必须与他这种孤独的嗜好做斗争。有几回,她怀着恐惧的心情提到德·雷纳尔夫人的名字,她看见于连浑身战栗。从那以后,她的激情更是漫无边际,无法测度了。

"如果他死了,我就和他一起死,"她极为真诚地对自己说道,"巴黎客厅里的人们,看到我这种身份的一个姑娘如此崇拜一个即将被处死的情夫,他们会怎么说呢?这样的感情,必须回溯到英雄的时代才能找到,在查理九世和亨利三世的时代,能使人们的心灵急剧跳动的正是这种爱情。"

她把于连的头紧紧地搂在胸前,沉浸在最强烈的激情中。"怎么,"她惊恐地想道,"这颗可爱的脑袋注定要落地吗?好吧!"她又想,一种并不缺乏幸福感的英雄气概正激励着她,"我的嘴唇此刻正吻着这美丽的头发,不出二十四小时它也将会变得冰凉。"

这些充满英雄主义和可怕的欢乐时刻的回忆,以无可抵御的力量紧紧地缠绕着她。自杀的念头本身就是那样地诱人,以前它离这颗高傲的心灵是那么遥远,而现在却渗透于其中,很快就占据了绝对的统治地位。"不,我祖先的热血流到我身上,还一点儿没有变凉,"玛蒂尔德骄傲地想道。

"我有一事相求,"一天,她的情夫对她说道,"把您的孩子寄养在维里埃尔,德·雷纳尔夫人会监督乳母的。"

"您跟我说这样的话太残酷无情了……"玛蒂尔德的脸色变得苍白。

"的确如此,我请您千万原谅我,"于连从他的梦幻中惊醒,大声说道,并把她紧紧拥抱在怀中。

他揩干了她的泪水,又恢复了原来的想法,不过这一回要精明多了。他让谈话带有一种忧郁的哲学情调,他谈到了他那即将结束的未来。

"应该承认,亲爱的朋友,强烈的爱情在人生中不过是一种偶然,而这种偶然只有在那些出类拔萃的心灵中才会产生……我的儿子死了,对于您的家庭的自尊来说,也许会是一件幸事,仆人们将会看到这一点。被人忽视将是这个不幸和耻辱的孩子的命运……我希望在一个我无法确定的、然而我却有勇气预见到的时期,您听从我最后的嘱咐,嫁给德·克鲁瓦泽努瓦侯爵。"

"什么,我这样一个名誉扫地的女人!"

"名誉扫地是不会和您这样的姓氏联系在一起的。您将是一个寡妇,一个疯子的寡妇,仅此而已。我还要进一步说明:我的罪行,绝没有金钱作为动机,没有丝毫的可耻之处。也许在当代,就会有某一位贤明的执法者,战胜同时代人的偏见,废除了死刑。那时候会有某一个人用友好的声音举例说:'瞧,德·拉莫尔小姐的第一个丈夫是个疯子,但不是一个坏蛋,不是一个恶棍。砍掉这颗脑袋真是荒谬之极……'于是,在我死后,人们绝不会把我当作一个不名誉的人,至少在若干一段时间以后是如此……您在上流社会里的地位,您的财产,请允许我这么说,还有您的才华,都会促使成为您丈夫的德·克鲁瓦泽努瓦先生担任一个要职,而靠他独自一个人的力量,他是不可能获取这一职位的。他有的只是贵族的出身和勇敢,单凭这两种长处,在一七二九年还可以造就出一个完人,可是在一个世纪后的今天,就不符合时代的需要了,只会给人带来种种的奢望。要想成为法国青年的领袖人物,还需要具备其他他的素质。

"您将以您那坚强而大胆的性格,去支持您让您丈夫加入的政党。您将继承投身于投石党运动的那些谢弗勒兹和隆格维尔们的事业……不过到那个时候,亲爱的朋友,此刻在您胸中燃烧着的圣洁之火,就不会是那么炽热了。"

"请允许我对您说,"他说了一大堆作为铺垫的话以后,又补充道,"十五年以后,您会把您曾经对我怀有的爱情视作是一种可以宽恕的疯狂,但是毕竟是一种疯狂……"

他突然止住了话头,陷入沉思之中。他又重新生出那个使玛蒂尔德非常反感的念头来:"十五年以后,德·雷纳尔夫人会热爱我的儿子,而您却早已经把他忘了。"

第四十章　平　静

> 正是由于我当时的疯狂，如今我才变得明智了。啊，只能看见瞬间事态的哲学家，你的目光是多么短浅啊！你的眼睛无法察觉激情的暗中变化。
>
> ——歌德夫人

这次谈话被一次审讯打断了，接着便是和负责为他辩护的律师进行商谈。这是他那漫不经心地和充满温柔的梦幻生活中仅有的最不愉快的时刻。

"这是杀人，而且是蓄意杀人，"于连对法官和律师都这么说。"我很抱歉，先生们，"他又笑着补充说，"不过，这倒使你们工作简便了不少。"

"总之，"当于连终于摆脱了这两个人以后，他暗自思忖，"我必须鼓足勇气，显然我比这两个人更有勇气。他们把这场与不幸的结局所进行的较量视为最大的痛苦，视为恐怖之最，而我只有到当天才会认真地去考虑它。

"这是因为我曾经遭受过一次更大的痛苦，"于连继续与自己探讨哲理，"我第一次去斯特拉斯堡期间，我以为自己被玛蒂尔德抛弃了，那时我比现在要痛苦得多……真是难以想象，我当时怀着极大的热情去追求的那种亲密无间的关系，如今却使我那样地无动于衷！……事实上，当我独自一人的时候，要比这位美丽的姑娘分担我的寂寞的时候幸福得多……"

律师是一个循规蹈矩、注重形式的人，他以为于连疯了，他和公众的观点一样，认为是嫉妒心促使他举起了手枪。有一天，他大着胆子告诉于连，这种说法不论真假与否，都可以成为一条极好的辩护理由。但是这位被告转眼之间又变得情绪激动，锋芒毕露了。

"以您的生命保证，先生，"于连怒气冲冲地嚷道，"请您记住，不许再提起这些可恶的谎言。"这位谨慎的律师有一瞬间竟担心起自己会遭到他的杀害。

律师在准备他的辩护词，因为决定性的时刻已经迅速逼近。贝藏松和全省的人都在谈论这宗出了名的案件。于连并不了解这一详情，他曾要求不要向他谈起这些事情。

这一天，富凯和玛蒂尔德想告诉他一些外界的传闻。他们认为，这些传闻能够带来不少希望，但是他们刚一开口，于连便打断了话头。

"让我过我理想的生活吧！你们那些琐碎的烦扰，你们那些现实生活的细节，多少都会损伤我，把我从天上拽下来。各人有各人的死法，而我只希望以我自己的方式去死。别人与我有什么相干？我和别人之间的关系，很快就可以了断了。求求你们，不要再向我谈起这些人了；看见法官和律师，就足以够我受的了。"

"总之，"他对自己说道，"看来命中注定我要在梦想中死去。像我这样一个默默无闻的人，不出十五天，就会被人忘得一干二净，应当承认，如果再想装腔作势，那就太愚蠢了……

"然而奇怪的是，直到死亡离我这样近了，我才懂得怎样去享受生活。"

在最后的那些日子里，他整日呆在城堡主塔高处的狭窄平台上，一边散步，一边抽着玛蒂尔德差人去荷兰买回的上等雪茄，他一点儿没有想到，全城的望远镜每天都在等待着他的出现。他的心在韦尔吉。他从来没有向富凯谈起德·雷纳尔夫人，不过倒是有两三回，这位朋友告诉他，她的身体正在迅速康复，这句话在他心底引起了强烈的反响。

于连的整个灵魂几乎一直是沉浸在幻想的世界里，而在这期间，玛蒂尔德则忙于现实中的事情，这对一颗贵族的心灵来说，倒也是适合的。她已经能够使德·费尔瓦克夫人和德·弗里莱尔先生之间的直接通信发展到如此亲密的程度——主教职位这个关键性的词，已经在信中提出来了。

那位可敬的高级圣职人员掌管着圣职的任免权，他在她的侄女的信上批注了一句话："这个可怜的索雷尔只是个冒失鬼，我希望把他交还给我们。"

看了这几行字以后，德·弗里莱尔先生禁不住欣喜若狂，他毫不怀疑能够救出于连了。

"如果不是雅各宾党人的这条法律，规定要产生众多的陪审官名单——他们的真实目的，仅在于剥夺出身高贵的人的权势，"在抽签决定本次开庭的三十六名陪审官的前夕，他对玛蒂尔德说道，"我本可以保证陪审团的裁决没有问题。本堂神父 N…就是我让人宣告他无罪的。"

第二天，在抽签决定的名单中，德·弗里莱尔先生高兴地发现，其中有五人是贝藏松圣会分子，在本城以外的人士中，有瓦勒诺先生、德·穆瓦罗先生和德·肖兰先生的名字。"我首先可以担保这八位陪审官，"他对玛蒂尔德说道，"这前五位不过都是些机器。瓦勒诺是我的代理人，穆瓦罗一切都要靠我，而德·肖兰则是个胆小如鼠的傻瓜。"

报纸把陪审官的名单传遍了全省。德·雷纳尔夫人希望到贝藏松去，这使她的丈夫感到万分恐惧。德·雷纳尔先生能够得到的诺言只是她决不离开病床，以避免引起被传讯出庭作证的不愉快事件。

"您还不了解我的处境嘛，"维里埃尔的前任市长说道，"我现在是他们所谓的变节的自由党人；毫无疑问，瓦勒诺这个坏蛋和德·弗里莱尔先生轻而易举地就可以让检察长和法官们干出使我难堪的事来。"

德·雷纳尔夫人毫不困难地对她丈夫的命令做出了妥协。"如果我在法庭上露面，"她心里想，"看起来就好像是我在要求复仇似的。"

尽管她对她的忏悔神父和她的丈夫许下了种种谨慎的诺言，可是一到贝藏松，她就给三十六位陪审官每人写了一封亲笔信：

> 先生，审判的那一天，我绝不会出庭，因为我的出现，可能会给索雷尔先生的案子带来不利。在这个世界上，我只盼望着一件事，并且是怀着满腔的热情

盼望着,那就是他能获救。请您不必有丝毫怀疑,一个无辜的人为了我的缘故而被判处死刑,这个可怕的想法会毁坏我的余生,而且无疑还会缩短我的生命。我还活着,您又怎么能判处他的死刑呢?不,毫无疑问,社会根本没有权利剥夺一个人的生命,尤其是像于连·索雷尔这样一个人的生命。在维里埃尔,人人都知道他常有精神失常的时候。这个可怜的人,有着不少有权势的敌人,但是,即使在他的敌人中(他的敌人竟是那样的多!),又有谁怀疑过他那惊人的才华和渊博的学识呢?先生,您将要审判的不是一个寻常的人。在将近十八个月的时间里,我们都知道他是个虔诚、明智、勤奋的人;不过每年总有两三次,他会犯忧郁症,甚至精神失常。维里埃尔全城的居民,韦尔吉的所有邻居——我们曾在那儿度过宜人的夏季,我们全家人,甚至专区区长先生本人,都可以证明他那堪称楷模的虔诚;他背熟了整整一本《圣经》。一个不虔诚信教的人,能够数年如一日专心致志地苦读《圣经》吗?我的儿子们将有幸向您呈交这封信,他们都是些孩子。先生,请您问问他们,他们会告诉您有关这个可怜的年轻人的一切详情,为使您相信判处他的死刑是一种野蛮行为,了解这些详情也许是有必要的。你们的做法,不但没有为我复仇,反而会置我于死地。

他的敌人们能用什么借口来否认这一事实呢?我的孩子们曾亲眼目睹过他们的家庭教师处于精神错乱的状态,我的伤正是他一时精神错乱造成的后果,况且伤势并无多大危险,不到两个月时间,我就能从维里埃尔乘驿车来贝藏松了。先生,如果我知道您对把一个略有过失的人从野蛮的法律下解救出来还怀有一丁点儿的犹豫的话,我将离开那唯有我丈夫的命令才能留住我的病床,跪倒在您的脚边。

先生,请您宣布,蓄意谋杀罪不能成立,那样,您今后就不会自责应该对一个无辜者的流血而负有责任了……

第四十一章　审　判

当地人将长久地记着这桩著名的诉讼案。对于被告的关切甚至引起了骚动,这是因为他的罪行惊人,但是并不残忍。即便是残忍,可这个年轻人是多么漂亮啊!他那辉煌的前程转瞬间就要结束了,更增添了众人的同情。"他们会判他死刑吗?"女人们向他们熟识的男人问道。人们看见,她们的脸色苍白,在期待着回答。

——圣伯夫

德·雷纳尔夫人和玛蒂尔德如此害怕的那一天,终于来临了。

城里不同寻常的气氛更增添了她们的恐惧，甚至连意志坚强的富凯，也不能无动于衷了。全省的人都赶到贝藏松来观看审理这桩情节浪漫的案件。

几天以前，所有的旅店就都客满了。刑事法庭庭长先生受到了索取旁听证的人包围；全城的女士们都希望能出席这次审判；每条街道上都有人在叫卖于连的肖像……

玛蒂尔德为了这关键的时刻，保留了一封德·＊＊＊主教大人的亲笔信。这位领导着法国天主教会、掌握任免主教大权的高级神职人员，屈尊地提出了无罪释放于连的要求。审判前夕，玛蒂尔德亲手把这封信送给了那位拥有极大权力的代理主教。

当会晤结束，她泪流满面地走出来时，德·弗里莱尔先生终于抛开了他那外交家的矜持，几乎也变得激动起来，他对她说道："我可以保证陪审团的裁决。有十二个人负责审查您的被保护人的罪行是否成立，特别是有无预谋，我估算了一下，这其中有六人是我的朋友，他们会效忠于我的前程，我已经暗示过他们，我能否晋升为主教就全依仗他们了。瓦勒诺男爵是我让他当上了维里埃尔市长的，他完全能够控制他的两个下属人员，即德·穆瓦罗先生和肖兰先生。的确，这次抽签给这桩案子产生了两名思想极不端正的陪审官，但是，尽管他们是极端自由党人，在重大场合，他们还是忠实地执行我的命令的，而且我已经让人转告他们，投票时要和瓦勒诺先生一致。我已经得知，第六位工业界的陪审官非常富有，是一个饶舌的自由党人，他希望暗中向陆军部提供一批货物，毫无疑问，他不想冒犯我。我已经让人告诉他，瓦勒诺先生知道我最后的决定。"

"这位瓦勒诺先生是谁？"玛蒂尔德担心地问道。

"如果您认识他，您就不会对成功有什么怀疑了。这个人能说会道，做事胆大，厚颜无耻，而且粗暴鲁莽，天生就是领导那些傻瓜的人才。一八一四年把他从贫困中解救出来，我还要让他当上省长。如果其他陪审官不愿意按他的意图投票，他会动手揍他们的。"

玛蒂尔德听了稍微放下心来。

晚上的另一场争论正等待着她。于连为了尽早结束那个令人不愉快的场面——况且在他看来事情已成定局——他决定不开口说话。

"我的律师会发言的，这就足够了，"他对玛蒂尔德说道，"我在我的那些敌人面前亮相的时间实在是太长了。这些外省人对于我依靠您而迅速发迹已经恼羞成怒，请相信我，他们中间没有一个人不希望判处我死刑的，但是当我被押赴刑场时，他们可能又会哭得像个傻瓜似的。"

"他们希望看见您受辱，这倒是千真万确的，但是我决不相信他们是残忍的。我来到贝藏松，以及我流露出的痛苦，已经引起了所有妇女的关注，您那漂亮的面孔将完成剩余的工作。如果您在您的法官们面前说一句话，听众们全都会拥护您……"

第二天九点钟，当于连走出牢房，走向法院的审判厅时，院子里人山人海，宪兵们费了很大的气力才分开人群，让出一条通道。于连夜里睡得很好，显得非常镇静，他除了对这群心怀妒意、但并不残忍、并将为他的死刑鼓掌喝彩的人们怀有一种旷达的怜悯之外，

没有别的感情。他在人群中停留了一刻多钟,他不得不承认,他的出现在公众中引起了一种令人感动的同情心,这使他感到非常意外。他没有听见一句令人不快的话。"这些外省人并没有我所想象的那样坏,"他心里想。

走进审判厅,他为这所建筑的优雅感到惊讶。这是纯粹的哥特式风格,一个个漂亮的小石柱雕琢得非常精细,他觉得自己仿佛置身于英国了。

但是他的注意力很快地就被十二个到十五个漂亮的女人给吸引住了。她们正好坐在被告席的对面,把位于法官和陪审官上方的三个包厢挤得满满的。他朝公众席转过身来,看见阶梯大厅高处的环形旁听席上都坐满了妇女。她们中的大部分人都很年轻,他觉得她们非常漂亮,她们的眼睛闪闪发光,充满了关切之情。大厅里的其他部位被人群挤得水泄不通,门口还发生了争吵,卫兵们简直无法使人们保持安静。

当一双双寻找于连的眼睛发现了他的身影,看见他坐在略微偏高的被告席上时,人群中发出了一阵惊奇和关切的低语声。

这一天他看上去还不满二十岁,他的穿着十分朴素,然而却风度优雅,他的头发和他的前额可爱动人,是玛蒂尔德坚持亲自替他打扮的。于连的脸色极其苍白。他刚刚在被告席上坐下,便听见周围到处有人在说:"天主啊!他多么年轻啊!……可他还是个孩子……他比他的画像好看得多了。"

"被告,"坐在他右边的宪兵对他说道,"您看见那个包厢里的六位夫人了吗?"宪兵指着陪审官们所在的梯形席位上方的突出的一个小旁听席,"那是省长夫人,"那个宪兵又继续说,"旁边的那位是德·雷纳尔侯爵夫人,她非常喜欢您,我曾经听见她对预审法官谈起过您。再过去的那一位是德尔维尔夫人……"

"德尔维尔夫人!"于连禁不住叫出声来了,他的脸一下子涨得通红。"她一离开这儿,"他心里想,"就会写信给德·雷纳尔夫人的。"他还不知道德·雷纳尔夫人也已经来到了贝藏松。

证人的发言持续了几个小时之久。接着是代理检察长念起诉书,刚念了头几句,于连正对面的小包厢里就有两位夫人哭了起来。"德尔维尔夫人绝不会这么心软,"于连心想。不过,他注意到她的脸很红。

代理检察长用拙劣的法语竭力夸张着被告罪行的残忍,于连看见德尔维尔夫人身旁的那几位夫人显露出强烈的不满神色。有几位陪审官看来认识她们,跟她们交谈起来,似乎是在让她们放心。"这不失为一个好兆头,"于连心里想。

一直到这时候为止,他对所有出席审判的男人都充满了一种极端的蔑视。代理检察长平庸的口才更增添了他的这种厌恶感。但是,于连内心的冷酷,在这些显然以他为目标的关切的表示面前,却渐渐地消失了。

他对律师那种坚定的神情感到满意。"不要夸夸其谈!"当律师将要发言时,他低声对他说道。

"他们用以对付您的全部的夸张词句,都是从博须埃那儿盗来的,这反倒帮了您的忙，"律师说道。果然如此，他刚说了五分钟，几乎所有的女人都掏出了手帕。律师受到了鼓舞，对陪审官们说了一些极有分量的话。于连不由得颤栗起来，他感到自己的眼泪就要夺眶而出了。"伟大的天主啊！我的敌人们又将会怎么说呢？"

他就要屈服于包围着他的同情心了。幸而这时候他无意中发觉了德·瓦勒诺男爵先生投来的一道傲慢的目光。

"这个坏蛋的两眼炯炯发光，"他心里想"对于这个卑劣的灵魂来说，这是多么大的胜利啊！如果我的罪行仅仅导致这样一种结果，我应该诅咒它。天知道，在冬天的夜晚，他会在德·雷纳尔夫人面前怎么谈论我！"

这个想法驱除了其他所有的念头。不一会儿，于连被公众发出的赞许声唤醒。律师刚刚结束了辩护。于连想到他应该和律师握手。时间很快地过去了。

有人给律师和被告送来了饮料。仅仅在这时候，于连才注意到一个情况：没有一位女士离开法庭去吃饭。

"说真的，我饿极了，"律师说道，"您呢？"

"我也是一样，"于连答道。

"您瞧，省长夫人也在用餐，"律师指着小包厢对他说道，"拿出勇气来，一切都很顺利。"审判又开始了。

当庭长做总结时，午夜的钟声敲响了。庭长不得不暂时中止发言。在充满焦虑不安的寂静中，整个大厅里回荡着大时钟的钟声。

"我的最后一天开始了，"于连心里想。不多一会儿，他觉得责任感使他充满了激情。到现在为止，他一直控制着自己的情感，决心保持沉默。但是，当庭长问他是否有什么要补充时，他站了起来。他看见前方灯光下德尔维尔夫人的眼睛显得异常明亮。"难道她也会哭吗？"他心里想。

"陪审官先生们：'对于蔑视的恐惧——我本来以为在我死亡临近的时候能够无视这种蔑视——使我必须开口说话了。先生们，我丝毫没有这种荣幸属于你们那个阶级，你们在我身上所看见的，是一个反抗自己卑贱命运的农民。'"

"我不向你们乞求任何宽恕，"于连继续说道，而且语气更坚定了，"我不抱有丝毫的幻想，死亡正等待着我，它是公正的。我竟然企图谋杀最值得尊敬、最值得敬佩的女人。德·雷纳尔夫人曾像慈母一般地对待我。我的罪行是残忍的，而且是有预谋的。陪审官先生们，我应当被处死。不过，即使我的罪行没有那么严重，我看有些人也不会因为我年轻，可能值得怜悯而就此罢休，他们仍然想利用我来惩罚我所归属的这个阶级的年轻人，永远挫败他们的勇气。这些年轻人虽然出身卑贱，也可以说，受到贫困的压迫，但是却有幸获得过良好的教育，敢于跻身于有钱人引以为骄傲的所谓的上流社会之中。

"先生们，这就是我的罪行，它将受到加倍严厉的惩罚，因为事实上，我不是在接受与我同等地位的人的审判。我从陪审官席位上根本就没有看见一个富裕的农民，而只看见一些愤怒的资产阶级……"

在二十分钟的时间里,于连一直用这种语调说话,他说出了他所有的心里话。代理检察长指望能得到贵族阶级的宠信,不断地从他的座位上跳起来。然而,尽管于连的发言使用的多半是一些抽象的词句,但是所有在场的妇女们个个都哭了起来,就连德尔维尔夫人也在用手帕揩眼睛。于连在结束他的发言之前,又重新提到了他的预谋,他的悔恨,他的尊敬,他在那些比较幸福的日子里对德·雷纳尔夫人所怀有的儿子般的无限热爱……德尔维尔夫人发出了一声叫喊,昏了过去。

当陪审官们退到他们的房间里去的时候,一点钟敲响了。没有一个妇女离开自己的座位,有好几个男人眼里也含着泪水。起初,人们交谈得很热烈,但是由于陪审团的决定迟迟未能宣布,渐渐地,普遍的疲倦开始使大厅里安静下来。这个时刻是庄严的,灯光变得暗淡了。于连已经疲惫不堪,他听见他的身旁有人在议论久拖不决是好兆头还是坏兆头的问题。他高兴地看到,大家的心都是袒护他的。陪审团的人还没有回来,但是仍然没有一个女人离开自己的座位。

时钟刚刚敲过两点,大厅内响起了一阵巨大的骚动。陪审官所在房间的小门打开了。德·瓦勒诺男爵迈着庄重而做作的步伐走了出来,所有的陪审官都尾随于他的身后。他干咳了一声,然后便宣布,他以他的灵魂和良心起誓,陪审团一致认为,于连·索雷尔犯有杀人罪,而且是蓄意杀人。这个宣告得出的结论必然是死刑。又过了一会儿死刑才被宣判。于连看了看他的表,想起了德·拉瓦莱特先生,当时正是两点一刻。"今天是星期五,"他心里想。

"是的,不过今天对于瓦勒诺来说,是个快乐的日子,他判了我的死刑……我受到太严密的监视,以致玛蒂尔德不能像德·拉瓦莱特夫人那样营救我……那么,三天以后,在这同一时刻,我便会知道应该怎样对待这个伟大的也许了。"

这时候,他听见一声喊叫,才被唤回到现实中来。他周围的妇女都在呜咽抽泣,他看见每个人的面孔都转向位于一根哥特式壁柱顶饰上的小旁听席。他后来才知道玛蒂尔德藏在那儿。由于那叫喊声没有再次响起,人们又重新开始注视着于连,宪兵们正力图带他穿过人群走出去。

"我要尽量做到不让瓦勒诺这个坏蛋笑话,"于连心里想,"他在宣布导致判处死刑的声明时,那表情是怎样的尴尬,又是怎样的虚假啊!而那个可怜的庭长,尽管干了多年的法官,在宣判我的死刑的时候,眼里却噙满了泪水。瓦勒诺该有多么快乐啊,我们昔日对于德·雷纳尔夫人的竞争,他总算报了仇!……我再也见不到她了!一切都完了……我们之间不可能有最后的告别了,我感觉到了……如果能告诉她,我对我的罪行是怎样的痛恨,我会是多么幸福啊!

"我只需告诉她一句话:我认为我被公正地判处了死刑。"

第四十二章

　　于连被带回监狱，关进了一间囚禁死刑犯的牢房里。若是在往常，他会注意到每个最细小的环节，可是现在他竟然一点儿也没有发现，他没有被带回城堡主塔。他正一心想着，如果在最后一刻，他有幸能看见德·雷纳尔夫人，他将对她说些什么。他寻思她会打断他的话语，因此他希望第一句话就能表达出他内心的一切悔恨。"出了这样的事，如何能使她相信，我唯一所爱的人还是她呢？"他心里想着，"因为毕竟我想杀她的动机，不是出于野心，就是出于对玛蒂尔德的爱情。"

　　他躺在床上，发现被单是粗布做的。他睁开了眼睛。"啊！我是被关在地牢里，"他自言自语地说道，"我是个死刑犯。这是公正的……"

　　"阿尔塔米拉伯爵对我说过，丹东临死前，曾经用他那粗嗓门说：'真奇怪，斩首这个动词不能有各种时态的变化；我们可以说：我将被斩首，你将被斩首，但是我们不能说：我已经被斩首。'"

　　"为什么不能呢，"于连又想道，"若是有来生的话？……说真的，如果我遇上了基督徒的天主，我就完了，那是一个暴君，因此他充满了复仇的念头，他的《圣经》里只描述过残酷的惩罚。我从来没有爱过他，我甚至从来不愿意相信，人们会虔诚地去爱他。他没有怜悯心（他想起了《圣经》中的好几个段落）。他将用残酷的方式来惩罚我……"

　　"但愿我遇见费奈隆的天主！他也许会对我说：'你将会得到很多的宽恕，因为你曾经深深地爱过……'"

　　"我曾深深地爱过吗？啊！我爱过德·雷纳尔夫人，但我的行为是残忍的。在这一点上和别的方面一样，我为了追慕虚荣，抛弃了朴实和谦虚的品格……"

　　"然而，那是怎样的一种前景啊！……如果在战时，我会是轻骑兵上校；在和平年代，我会是公使馆的秘书，然后便是大使……因为很快我就能够熟悉国家事务……即便我只是一个傻瓜，但是作为德·拉莫尔先生的女婿，还怕有什么竞争的对手吗？我所干的一切蠢事，都会得到原谅，甚至会被视为优点。一个有声誉的人，在维也纳或者伦敦享受着最豪华的生活……"

　　"完全相反，先生，三天之后你就要上断头台了。"

　　于连说完这句风趣的话，禁不住由衷地笑了。"的确，每个人身上都存在着两个自我，"他心里想，"见鬼，谁会生出这样一个俏皮的念头来呢？"

　　"不错，我的朋友，三天以后就要上断头台了，"他回答插话的那个自我，"德·肖兰先生将要租一个窗口，和马斯隆神父各占一半。好了，在这个窗口的租金方面，这两位可敬的人物谁将占谁的便宜呢？"

　　他突然想起罗特鲁的戏剧《旺塞斯拉斯》中的那么一段：

拉迪斯拉斯：……我的灵魂已做好了准备。

国王（拉迪斯拉斯之父）：断头台也已准备好，把您的头放上去吧！

"多么好的回答！"他心里想，接着他酣然入睡了。清晨，有人紧紧地抱住他，把他弄醒了。

"怎么，时辰已到！"于连边说边睁开惊骇的眼睛。他以为是刽子手抓住了他。

原来是玛蒂尔德。"幸好她没有听懂我的话。"这一想法又使他完全恢复了镇静。他发现玛蒂尔德完全变了样，仿佛病了半年似的，确实让人认不出她来了。

"这个卑鄙的弗里莱尔背叛了我！"她绞着双手说道，气得连哭都哭不出来了。

"我昨天发言的时候，不是很漂亮吗？"于连答道，"即兴发言，我有生以来还是第一次呢！说真的，这恐怕也是最后一次了。"

这时候，于连玩弄玛蒂尔德的性格，冷静得就像一个熟练的钢琴家在弹琴……"确实，我没有显赫的出身这个优越条件，"他又说道，"但是，玛蒂尔德崇高的心灵，已经把她的情人抬到了和她同等的地位。您认为，博尼法斯·德·拉莫尔面对他的法官们时，会比我表现得更为出色吗？"

这一天，玛蒂尔德就像居住在六层楼上的贫穷姑娘一样，温柔体贴，毫无做作，但是她却没有能再从他那儿得到一句更为简单一点的话。在不知不觉中，他把她过去常使他受到的痛苦又都回敬给她了。

"没有人知道尼罗河的源头，"于连心里想，"人类的眼睛不可能从普通的溪流状态看到河中之王，同样也没有任何人的眼睛将会看见于连的软弱，因为首先他并不软弱。但是，我有一颗易于感动的心灵，哪怕是最为普通的一句话，只要用诚恳的语气说出来，都会使我的声音变得温柔起来，甚至使我流泪。有多少次，那些心肠冷酷的人轻视我，不就是因为我有这个弱点吗？他们以为我是在乞求宽恕，这正是我所无法忍受的。

"据说，丹东在断头台下想起了他的妻子，非常激动。但是丹东也曾经让一个充满着轻浮的年轻人的民族振作起来，阻止了敌人进犯巴黎……只有我自己知道，我能做出什么事情来……对于其他人来说，我至多不过是个也许。"

"如果不是玛蒂尔德，而是德·雷纳尔夫人在这儿，在我的牢房里，我能够保证我不被感情所动摇吗？我的过分绝望和过分悔恨，在瓦勒诺之流和当地贵族的眼里，可能会被视为是对于死亡的可耻的恐惧；这些懦弱的人们，他们的经济地位使他们免于遭受诱惑，他们为此会感到多么骄傲啊！德·穆瓦罗先生和德·肖兰先生——他们刚刚才判了我的死刑——可能会说：'请你们看看吧，天生一个木匠的儿子，这意味着什么！一个人可以变得博学、机智，但是勇敢呢！……勇敢是学不到的。'即使这个可怜的玛蒂尔德也是一样，她现在在哭，或者更确切地说，她已经哭不出来了，"他看着她那红红的眼睛想道……他把她紧紧搂在怀里，面对这种真实的痛苦，他忘记了他的推论……"她或许哭了一整夜，"他又想，"但是有朝一日，回想起这些往事，她会感到多么羞愧啊！她将会认为，在她的青春时代，一个平民用他那卑劣的思想方式使她步入了歧途……克鲁瓦泽努瓦相当软弱，会娶她为妻，我相信他这样做是对的。她会使他成为一个重要的角色。"

> 一个坚定而胸有大志的人，
> 对凡夫俗子应拥有这种权力。

"啊！这倒是挺有趣，自从我被判处死刑以来，我一生中所知道的诗句都回到了我的记忆中。这将是一种衰退的迹象……"

玛蒂尔德轻声地向他重复道："他就在隔壁房间里。"终于，她的话引起了他的注意。"她的声音是微弱的，"他心里想，"然而，在她的语调中，仍然流露出她那专横的性格。为了避免发火，她才压低了声音。"

"谁在那儿？"他用温柔的声音对她说道。

"律师，他要您在上诉状上签字。"

"我不要上诉。"

"怎么！您不上诉了？"她说着站起身来，两眼闪着愤怒的火花，"请问那是为什么？"

"因为现在我感到我有勇气去死，而不至于太让人笑话。谁能向我保证，两个月以后，在这潮湿的地牢里，经过漫长的监禁之后，我还能保持这样良好的情绪呢？我估计我还要和一些教士见面，和我的父亲见面……在这个世界上，没有什么能比这更使我感到不愉快的了。让我去死吧！"

这个意想不到的冲突，重新激起了玛蒂尔德性格中的骄傲部分。在贝藏松监狱的地牢开放时间之前，她没有能见到德·弗里莱尔神父，于是她便把满腔的怒火全都发泄到了于连身上。她崇拜他，然而在这足一刻钟的时间里，她却诅咒他的性格，后悔曾经爱上了他。他从中又看见了从前在拉莫尔府邸的图书室里，用令人心碎的话语辱骂他的那个高傲的玛蒂尔德。

"为了您家族的光荣，上天应该让您降生为男人，"他对她说道。

"至于我呢，"他心里想，"我要是在这个令人厌恶的地方再待上两个月，成为贵族阶级可能编造出的种种无耻诽谤所攻击的目标，而我仅有的安慰只是这个疯女人的诅咒，那才真是一个傻瓜呢……好吧，后天早上，我就去跟一位以冷静沉着和技艺高超而闻名的人决斗……""非常高超，"靡菲斯特的声音在说，"他弹无虚发。"

"好吧，好极了（玛蒂尔德此刻仍在滔滔不绝地说个不停）。不，"他心里想，"我决不上诉。"

他做出这一决定之后，又陷入了幻想之中……六点钟，邮差经过的时候照例送来了报纸。八点钟，德·雷纳尔先生看过报纸以后，埃莉莎踮着脚尖走过来，把报纸放在她的床上。随后，她醒了，她读着报纸，忽然她感到心慌意乱，她那美丽的手也颤抖起来，她将

一直会读到这几个字……十点零五分,他的生命终止了。

"她将会痛哭不止,我了解她;我企图杀害她的事并不妨碍她对我的感情,一切都会被忘记。我蓄意要杀死的这个人,将是唯一真心实意为我的死而哭泣的人。

"啊!这真是一个对比!"他想道。在玛蒂尔德继续与他吵闹的整整一刻钟里,他心里只想着德·雷纳尔夫人。尽管他不时勉强地回答着玛蒂尔德的话,但他还是无法从心底摆脱他对维里埃尔那间卧室的回忆。他看见贝藏松的报纸放在橘黄色塔夫绸面的有绗缝的棉被上,他看见那只十分白皙的手痉挛地抓住了它,他还看见德·雷纳尔夫人在抽泣……他看着每一颗泪珠从她那可爱的脸颊上滚落下来。

德·拉莫尔小姐未能从于连嘴里得到任何承诺,于是便请来了律师。幸好这人是一七九六年意大利军队里的一名老上尉,他曾经和马尼埃尔是战友。

按照职业惯例,他反对这位死因犯的决定。于连为了对他表示尊重,于是向他逐条陈述了自己的理由。

"确实,像您这样的想法也未尝不可,"费利克斯·瓦诺(这是律师的名字)最后说道,"不过,您还有整整三天的时间可以提出上诉,每天来您这儿是我的职责。从现在起,两个月内,如果监狱下面有一座火山爆发的话,您就可以得救了。当然您也可能死于疾病,"他注视着于连说道。

于连和他握手道别:"我感谢您,您是一个正直的人,关于此事我会考虑的。"

当玛蒂尔德终于和律师一道走出去的时候,他感到他对律师比对她怀有更多的友谊。

第四十三章

一个小时以后,他睡得正沉,感到有眼泪滴在他的手上,他被惊醒了。"啊!这又是玛蒂尔德,"他迷迷糊糊地想道,"她仍然信守着她的策略,想用温情来攻破我的决心。"他对这类哀婉动人的场面的再次出现,感到一阵厌倦,他没有睁开眼睛。他的脑海里浮现出贝尔费戈尔逃避妻子的那些诗句。

他听见一声奇怪的叹息,他睁开了眼睛,原来是德·雷纳尔夫人。

"啊!我在临死前又重新看见您了,这是幻觉吗?"他扑倒在她的脚下,高声喊道。

"请原谅,夫人,我在您眼里,不过是个杀人犯,"他随即又说道,他已经完全清醒了。

"先生,我来求您上诉,我知道您不愿意这么做……"她泣不成声,无法继续说下去了。

"请求您宽恕我。"

"如果你要我宽恕你,"她说着站起身来,投入了他的怀中,"那就立刻对你的死刑判决提出上诉。"

于连不停地吻着她。

“在这两个月里你每天都来看望我吗？”

“我向你发誓，我每天都会来的，除非我的丈夫禁止我来。”

“我签字！”于连高声喊着，“怎么，你宽恕我了！这可能吗？”

他将她紧紧地抱在怀里，他简直疯了。她发出了一声轻微的叫喊。

“没有什么，”她对他说，“你弄痛了我。”

“弄痛了你的肩膀！”于连说着，泪如雨下。他稍微离开了一点，又热烈地吻着她的手。“我在维里埃尔最后一次见到你的时候，谁能料到我竟然会出这样的事呢？”

“当时，谁又能料到我会给德·拉莫尔先生写那封可耻的信呢？……”

“你要知道，我一直爱着你，我只爱你一个人。”

“这可能吗！”德·雷纳尔夫人叫道，这回轮到她感到喜出望外了。她依偎在跪在地上的于连身旁，他们两人以泪洗面，沉默了许久。

于连在他一生中的任何一个时期，都从来没有过这样的时刻。

过了很久以后，当他们能够开口说话的时候，德·雷纳尔夫人说道：

“还有那位年轻的米什莱夫人，或者不如说，那位德·拉莫尔小姐，因为我真的开始相信这个离奇的故事了！”

“这事是真实的，但仅仅是表面上的真实罢了，”于连答道，“她是我的妻子，但她不是我的情人……”

他们相互打断着对方的谈话足有上百次；他们好不容易才把彼此不了解的事情讲述清楚。写给德·拉莫尔先生的那封信，是听德·雷纳尔夫人忏悔的那个年轻教士写好，然后让她抄写的。

“宗教使我犯下了多么可怕的罪孽！”她对他说道，“尽管我已经把信中那些最可怕的措辞改得缓和了一些……”

于连的激动和幸福向她证明，他已经完全原谅她了。他从来没有爱得像这样疯狂。

“然而，我相信我是虔诚的，”德·雷纳尔夫人后来又接着说，“我真诚地信奉天主；我同样相信，甚至已经得到证实，我所犯下的罪孽是可怕的，自从我看见你，即使在你向我开了两枪之后……”说到这儿，于连不顾她的反对，又疯狂地吻着她。

“放开我吧，”她继续说道，“我要和你说清楚，我担心忘记了……自从我看见你，一切责任感都消失了，只剩下我对你的爱情，或者说，爱情这个词显得太轻描淡写了。我觉得，我在你身上感受到了我只有对天主才怀有的感情：那是一种尊敬、爱慕和服从的混合……实际上，我也不知道你在我心中究竟激起了什么样的感情。如果你对我说，给监狱看守一刀，我会不加思索地犯下这桩罪行。在我离开你之前，请你把这一点给我解释清楚吧，我想透彻地了解我自己，因为两个月以后，我们就要分离了……对了，我们会分离吗？”她面含微笑地对他说道。

“我收回我的承诺，”于连站起身来大声说道，“倘若你试图用毒药、刀子、手枪、火炭或者其他任何一种方式结束或缩短你的生命，我就不对死刑提出上诉了。”

德·雷纳尔夫人的脸色骤然改变了，一种深沉的梦幻取代了她那满腔的柔情。

"如果我们立刻就死去呢？"最后，她向他问道。

"谁知道在另一个世界能找到什么呢？"于连答道，"也许是痛苦，也许是虚无。难道我们就不能在一起度过快乐美好的两个月吗？两个月的时间有不少日子呢。我还从来没有过这样的幸福！"

"你从未有过这样的幸福？"

"从来没有，"于连欣喜若狂地重复道，"我对你说话就像对我自己说话一样。天主不容我夸大。"

"你这样说话，就是在命令我，"她说道，脸上露出羞怯而忧郁的微笑。

"好吧！你发誓，以你对我的爱情的名义发誓，绝不要以任何直接或间接的方式谋害自己的性命……你要记住，"他又补充道，"你必须为我的儿子活下去，玛蒂尔德一旦成为德·克鲁瓦泽努瓦侯爵夫人，就会把他丢给仆人们抚养。"

"我发誓，"她冷静地答道，"不过，我要带走你亲笔书写的上诉状，还要有你的签名。我将亲自去找总检察长先生。"

"当心，你会受到牵连的。"

"自从我来监狱看你之后，我就永远成为贝藏松和整个弗朗什-孔泰人趣闻里的女主角了，"她十分悲痛地说道，"严格的廉耻心的界限已经越过……我是一个丧失名誉的女人，说真的，这都是为了你……"

她的语调是那样的悲伤，于连怀着一种崭新的幸福拥抱了她。这已经不再是情感的陶醉，而是极端的感激。他刚刚第一次发现，她已经为他做出了多么巨大的牺牲。

大概是某个好心人告诉了德·雷纳尔先生，说他的妻子去监狱探视于连，并且待了很长的时间；因为三天之后，他就派车来接她，命令她立即返回维里埃尔。

这次残酷的离别，使于连这一天的生活从一开始就感到不顺心。两三个钟头以后，有人告诉他，说有一个诡计多端、然而在贝藏松的耶稣会士里却未能出人头地的教士，从一清早便站在监狱门外的街道上。雨下得很大，那人企图扮演一个殉教者的角色。于连的心情很坏，这种蠢事使他十分恼火。

早上他已经拒绝了这个教士的探望，但是这个人却打定了主意，要于连向他做忏悔，然后利用他认定自己会获悉的那些隐情，在贝藏松的年轻妇女中博得好名声。

他高声宣布，他将日夜等候在监狱门口。"天主派我来感化这个叛教者的心……"他说。而老百姓呢，总喜欢看热闹，他们开始聚集过来。

"是的，我的兄弟们，我将在这儿度过白天和黑夜，以及此后的所有的白天和所有的黑夜。圣灵对我说过话，我负有来自上天的使命，必须由我来拯救年轻的索雷尔的灵魂。你们和我一起祈祷吧……"

于连憎恶被别人议论，憎恶一切可能把注意力引向他的事情。他想趁此机会悄然离开这个世界，然而，他还多少抱有再次见到德·雷纳尔夫人的希望，他疯狂地爱着她。

监狱大门朝着一条最繁华的街道。一想到那个浑身污泥的教士,招惹来一大群人,在那儿议论纷纷,于连的心里就深感痛苦。"毫无疑问,他时刻都把我的名字挂在嘴边!"这种时候真比死亡更令人难受。

他每隔一个小时,就要把那个掌管钥匙的狱卒叫来两三次——这人对他很忠心——让他去看看那个教士是否还在监狱门口。

"先生,他双膝跪在烂泥里,"掌管钥匙的狱卒每次总是这么对他说,"他在高声祈祷,为您的灵魂诵读连祷文……""这个无礼的家伙!"于连心里想。这时候他果然听见一片低沉的嗡嗡声,这是众人应答连祷文的声音,更使他忍无可忍的是,他看见掌管钥匙的狱卒本人也蠕动着双唇,重复着那些拉丁文的句子。"有人开始议论,"那个狱卒补充说,"您一定是铁石心肠,才会拒绝这位圣洁的人的帮助。"

"啊!我的祖国!你还是那样的野蛮!"于连高声喊道,愤怒得发狂了。他继续慷慨陈词,忘记了那个狱卒的存在。

"这个人希望报纸刊登他的新闻,他肯定会成功的。"

"啊!该死的外省人!如若在巴黎,我可不会受这种气。那儿的人招摇撞骗的本事可比这儿要高明得多。"

"让那位圣洁的教士进来吧!"他终于对掌管钥匙的狱卒说道,大颗的汗珠沿着他的额头不断地滚落下来。那位狱卒在胸前画了一个十字,高兴地走了出去。

那个圣洁的教士长得奇丑无比,并且浑身溅满了泥浆。户外下着淅沥沥的冷雨,更增添了黑牢里的阴暗潮湿。那个教士想拥抱于连,并用一种深表同情的神态和他说话。这种最卑劣的虚伪表现得再露骨不过了。在于连的一生中,还从来没有像这样气恼过。

教士进来一刻钟以后,于连完全变成了一个懦夫。他第一次感受到死亡的恐惧。他想到在行刑两天之后,他的尸体腐烂的情景……

他正要暴露出自己的软弱,或者向那个教士扑过去,用铁链勒死他,这时他突然想起,可以请这个圣洁的人,在行刑那天为他举行一次四十法郎的隆重的弥撒。

此时已经接近正午,于是教士离开了。

第四十四章

教士刚一出去,于连便大哭起来,他为他将要死去而感到悲伤。渐渐地他又想到,如果德·雷纳尔夫人在贝藏松,他一定会向她承认自己的软弱……

正当他为这个心爱的女人不在面前感到无限惋惜的时候,他听见了玛蒂尔德的脚步声。

"监狱里最大的不幸,"于连心里想,"就在于不能关上自己的牢门。"这时候,不论玛蒂尔德对他说些什么,都只能惹他生气。

她告诉他，审判那天，德·瓦勒诺先生的口袋里装着他的省长任命书，因此他才敢于蔑视德·弗里莱尔先生，乐不可支地判了他的死刑。

"'您的朋友是怎么想的，'德·弗里莱尔先生刚才对我说，'他竟然会去激起并且去攻击这些资产阶级贵族的虚荣心！为什么要谈起社会等级呢？他向他们指出，为了他们的政治利益，他们应该做些什么；这些傻瓜们压根没有想到这一点，他们就要哭出来了。这种社会等级的利益蒙住了他们的双眼，使他们看不到判处死刑的恐惧。应该承认，索雷尔先生办事太缺乏经验。如果我们请求特赦还不能拯救他的话，他的死将意味着是一种自杀……'"

玛蒂尔德当然不会把她尚未预料到的事情告诉于连，那就是德·弗里莱尔神父看到于连完了，希望自己能成为于连的替代者，他认为这对于实现他的野心是大有好处的。

于连心里恼火，但又无可奈何，再加上他的抵触情绪，他几乎要发狂了。"去为我做一次弥撒吧，"他对玛蒂尔德说道，"让我安静一会儿。"玛蒂尔德已经对德·雷纳尔夫人的探望非常嫉妒，并且刚刚得知她已经离开贝藏松，她明白于连生气的原因，因此禁不住放声大哭起来。

她的痛苦是真实的，于连看出了这一点，这只能使他感到更加生气。他迫切地需要孤独，然而怎样才能得到呢？

玛蒂尔德竭力以各种理由来打动他，最后她终于把他独自丢下离去了，但是几乎与此同时，富凯来了。

"我需要一个人待着，"他对这位忠实的朋友说道……他见他犹豫不定的样子便又说道："我正在写一份请求特赦的陈情书……还有……你让我高兴高兴，别再跟我谈起死亡的事情了。如果哪天我需要什么特别的帮助，我会事先告诉你的。"

当于连终于获得孤独的时候，他感到比以往更加沮丧，更加怯懦。这颗虚弱的灵魂里仅存的一点力量，在他向德·拉莫尔小姐和富凯掩饰自己的心境时，已经消耗殆尽了。

傍晚时分，一个想法使他得到了安慰：

"今天早晨，当死亡在我眼里显得如此丑恶的时刻，如果有人通知我要执行死刑，公众的目光一定会刺激我的荣誉感，也许我的步态会有几分不自然，就像一个腼腆的花花公子走进客厅那样。倘若在这些外省人中有几位目光敏锐的人，他们便能猜出我的软弱……但是任何人也不会看见我的软弱。"

他感到他已经摆脱了一部分的不幸。"此刻我是一个懦夫，"他唱歌似的一遍遍地重复着，"但是谁也不会知道。"

第二天，又有一件几乎更加令人不愉快的事情在等待着他。很久以来，他的父亲就说要来看望他。这天，于连还没有醒来，那位白发苍苍的老木匠便来到了牢房里。

于连感到了自己的软弱，他料定会听到最不愉快的责备。这天早上，他还对自己不爱父亲感到了深深的悔恨，这更使他的痛苦达到了顶点。

"命运让我们在这个世界上互相联系在一起，"当掌管钥匙的狱卒清理房间时，他心里想，"我们彼此之间几乎是极尽一切可能地来伤害对方。在我临死的时候，他还要来给我最后一次打击。"

等到牢房里只剩下他们两人时，这位老人便声色俱厉地数落开了。

于连忍不住落下泪来。"多么可耻的软弱！"他愤怒地想道，"他将会到处去夸大我的怯懦，这对瓦勒诺之流和统治着维里埃尔的那些平庸的伪君子们来说，又是多么得意的事啊！他们在法国拥有非常大的权势，同时还享有种种的社会利益。到目前为止，至少我能够对自己说：'他们获得了金钱，确实，一切荣誉都堆积在他们身上，而我呢，我有的是一颗高尚的心灵。'

"可是现在有了一位证人，大家将会相信他，他将向全维里埃尔的人证明，并且加以夸大，我在死亡面前有多么软弱！我将在这场众所周知的考验中成为一名懦夫！"

于连已濒于绝望，他不知如何才能将他的父亲打发走。想故作刚强以骗过这个如此精明的老头儿，此刻已完全超出他的力量之外。

他急切地在头脑中思索着一切可行的办法。

"我积攒了不少钱！"他突然高声说道。

这句机智的话顿时改变了老头儿的神情和于连的处境。

"我应该如何支配这笔钱呢？"于连继续说道，他显得较为镇静了。这句话产生的效果使他完全摆脱了自卑感。

老木匠迫不及待地希望得到这笔钱，而于连则似乎想留一部分给他的两个哥哥。老木匠兴致勃勃地谈了许久，这回于连可以挖苦他了。

"好吧！关于我的遗嘱，天主已经给了我启示。我打算给我的两个哥哥每人一千法郎，其余的都归您。"

"那很好，"老头儿说道，"这其余的理应归我。不过，既然天主降福于您，感动了您的心，如果您希望像一个好基督徒那样死去，那就应该偿还您的一切债务。还有我预先为您垫付的伙食费和教育费，您还没有想到呢……"

"瞧，这就是父爱！"当于连最后只剩下一个人时，他伤心地反复念叨着。不一会儿，看守来了。

"先生，在至亲探监之后，我总是要带一瓶上好的香槟酒给我的客人。价格稍微贵一点，六法郎一瓶，不过这可以使人心情舒畅。"

"拿三个酒杯来，"于连孩子般急切地说道，"我听见有两个囚犯在走廊里散步，让他们进来。"

看守给他带来两个苦役犯，他们是两名惯犯，正准备回到苦役犯牢房里去。这是两个十分快乐的无赖，他们精明、勇敢、冷静，确实非同一般。

"如果您给我二十个法郎，"他们其中的一个人对于连说道，"我就把我一生的经历，详详细细地告诉您。那可是妙不可言哩。"

"不过，您要是对我撒谎呢？"于连问道。

"不会的，"他答道，"我的朋友在这儿，他对我这二十法郎眼红着呢，若是我说了假话，他会揭穿我的。"

他的故事令人憎恶。它揭示了一颗勇敢的心，在这颗心里只有一种激情，那就是对金钱的酷爱。

他们走了之后，于连仿佛变成了另外一个人。他对自己的全部愤怒都化为乌有了。自从德·雷纳尔夫人离去以后，那种因为懦弱而加重了的剧烈痛苦就一直折磨着他，现在这种痛苦已经变成了忧郁。

"如果我少受一点表面现象的欺骗，"他心里想，"我就会逐渐看清，巴黎的客厅里充满了像我父亲那样的正人君子，或者是像两个苦役犯那样精明的坏蛋。他们说得有道理，客厅里的那些人每天早上起床时，头脑里绝不会有这种令人心碎的念头：'今天我将如何解决吃饭的问题呢？'他们夸耀他们自己的正直！可是他们一旦当上了陪审官，他们就会傲气十足地给一个因饿得发昏而偷了一套银餐具的人定罪！

"但是如果在法庭上，涉及一个大臣的职位的得失，我们这些客厅里的正人君子们同样也会犯下罪行，这和那两个苦役犯因填饱肚子的需要而犯下的罪行并无两样……

"根本不存在什么自然权利，这个词语不过是早已过时的无稽之谈而已，它对于那天对我穷追不舍的那位代理检察长来说，倒是挺有价值的。他的祖先是靠了路易十四的一次财产没收发的财。只是当有了一条法律禁止做某件事，违者以刑罚论处时，才有了权利。在有法律之前，只有狮子的力量，或者饥寒交迫的生物的需要，总而言之，只有需要才是自然的……不，人们所尊敬的那些人，不过是在犯罪的时候有幸未被当场抓获的骗子而已。社会派来控告我的那个起诉人就是靠干了一桩卑鄙无耻的勾当才发了财的……我犯了谋杀罪，对我的判决是公正的。但是，除了杀人这件事以外，判我死刑的瓦勒诺先生对于社会的危害要超过我一百倍。"

"好吧，"于连神情忧郁，但并无一点愤恨地说道，"我的父亲尽管贪财，但是他比起这些人来要好得多了。他从来没有爱过我。我要用一种不名誉的死来使他丢人现眼，这未免也太过分了。这种对于缺乏金钱的恐惧，这种人类劣根性的夸张表现，即我们所称谓的吝啬，使他在我可能留给他的三四百个路易中，看到了能给他带来慰藉和安全感的充分理由。在某一个星期天的晚餐之后，他会向全维里埃尔的羡慕者展示他的金币。'有这样的代价，'他的目光会对他们说，'你们中间谁不乐意有一个上断头台的儿子呢？'"

这种哲学或许是正确的，但它却能引起人们对死亡的渴望。漫长的五天就这样过去了。他对玛蒂尔德礼貌而又温存，他看得出最强烈的嫉妒心已经激怒了她。一天晚上，于连认真地考虑了自杀的问题。德·雷纳尔夫人的离去把他推入了痛苦的深渊，他的心已被折磨得虚弱不堪。不论是在现实生活中，还是在幻想的世界里，再也没有什么能够激起他的快乐了。缺乏运动已经开始损害他的身体，并且使他的性格变得像一个年轻的德国大学生那样脆弱和易于激动。他已经失去了男性的骄傲，具有这种骄傲的人，只要用一句有力的粗话，便能够驱除缠绕在不幸者心间的那些不适宜的念头。

"我曾经热爱真理……可真理在哪儿呢？……到处都是伪善，至少也是招摇撞骗，甚至连那些最有道德的人、最高尚的人也不例外；"他的嘴唇显出厌恶的表情……"不，人不可以相信人。"

"德·雷纳尔夫人为她那些可怜的孤儿们募捐时，对我说某位亲王刚刚捐了十个路易，那不过是谎言而已。但是我能说什么呢？而圣赫勒拿岛上的拿破仑呢！……为罗马王发表的文告，纯粹是招摇撞骗。

"伟大的天主啊！如果像他这样一个人，而且还是正当不幸要求他必须严格尽职的时候，居然能够堕落到玩弄骗术的地步，那么，对于其余的人，还有什么可指望的呢？"

"真理在哪儿呢？在宗教里……是的，"他带着一种极端蔑视的苦笑补充道，"在马斯隆、弗里莱尔、卡斯塔内德之流的嘴里……也许在真正的基督教里？那里的教士大概不会比以往的使徒们得到的报酬更多……但是圣保罗得到了发号施令、夸夸其谈和让别人谈论自己的快乐作为报酬……

"啊！如果有一个真正的宗教……我是多么愚蠢啊！我看见一座哥特式的大教堂，看见一些令人肃然起敬的彩绘玻璃窗，于是我那软弱的心灵便从这些玻璃窗上去想象那位教士……我的心灵理解他，我的灵魂需要他……可我找到的只是一个头发肮脏、自命不凡的家伙……除了没有那身衣着装饰之外，简直就是一个德·博韦西骑士。

"然而作为一个真正的教士，一个马西荣，一个费奈隆……马西荣曾经为杜布瓦祝圣。《圣西蒙回忆录》损坏了我心中的费奈隆的形象；但是终究会有一个真正的教士……那时候，温柔的灵魂在世界上就会有一个汇合点……我们就不会再孤独了……这位仁慈的教士将同我们谈到天主。然而，是哪一位天主呢？当然不是《圣经》里的天主，那个渴望报复的残酷的小暴君……而是伏尔泰的天主，公正，善良，无限……"

他回忆起他能倒背如流的那部圣经，感到心烦意乱……"但是自从成为三位一体，在我们的教士对于天主的可怕的滥用之后，我们如何还能相信天主这个伟大的名字呢？"

"在孤独中活着！……多么痛苦啊！……"

"我变得疯狂和不公正了，"于连一边说一边拍打着自己的脑门，"我在这间牢房里是孤独的，但是过去，我并不是孤独地生活在世界上，我曾经有过强烈的责任感。我为自己规定了责任，不论正确与否……它曾经像一棵坚实的大树的树干，在暴风雨中，我总是倚靠着它；我有过犹豫彷徨，有过骚动不安。我毕竟是一个凡人……但是，我没有被暴风雨卷走。"

"是这间牢房里的潮湿空气使我想到了孤独……"

"为什么一边诅咒伪善，一边还要伪善呢？压垮我的不是死亡，不是地牢，不是潮湿的空气，而是德·雷纳尔夫人的离别。如果在维里埃尔，为了和她相见，我不得不整整几个星期地躲藏在她家里的地窖里，我会抱怨吗？"

"我的同时代人的影响占了上风，"他高声说道，脸上挂着苦涩的微笑，"我独自对我自己说话，离死亡仅有两步远，我仍然是伪善的……啊，十九世纪！"

"……一个猎人在树林里放了一枪,他的猎物落了下来,他奔过去抓它。他的靴子撞倒了一个两尺来高的蚁巢,摧毁了蚂蚁的住室,将蚂蚁和蚁卵踢出去很远……哪怕是其中最明事理的蚂蚁也永远不会理解,猎人的靴子,这个巨大而可怕的黑东西,它以难以置信的速度一下子闯进了它们的巢穴,并且事先还听见一声可怕的巨响,伴随着一簇红色的火光……"

"……因此,死亡,生存,永恒,对于那些器官相当发达、能够理解它们的人来说,是非常简单的事情……"

"一只蜉蝣在夏日漫长的白昼里,早晨九时诞生,晚上五时死亡,它如何能理解黑夜这个词呢?"

"让它再多生存五个小时,它就能看见和理解什么是黑夜了。"

"我也是如此,我将死于二十三岁。再给我五年的生命吧,让我和德·雷纳尔夫人生活在一起……"

他开始像靡非斯特那样大笑起来。"讨论这些重大问题是多么愚蠢啊!"

"第一,我是伪善的,就好像旁边有个人在听我说话。"

"第二,当我的生命只剩下屈指可数的日子时,我竟然忘记了生活和爱情……唉!德·雷纳尔夫人不在这儿,她的丈夫可能不会让她再到贝藏松来了,再也不会让她继续败坏自己的名誉了。"

"使我感到孤独的正是这件事,而不是缺少一位公正的、善良的、万能的、毫无恶意和毫无报复之心的天主。"

"啊!如果他存在……唉!我会跪倒在他的脚下,对他说:'我应该死;但是,伟大的天主,仁慈的天主,宽容的天主,请把我心爱的那个女人还给我吧!'"

这时候夜已经很深了。经过一两个小时安静的睡眠以后,富凯走了进来。

于连像一个洞悉自己灵魂深处的人一样,觉得自己既坚强又果断。

第四十五章

"我可不愿意恶作剧,把那可怜的夏斯-贝尔纳神父请来,"他对富凯说道,"他会三天吃不下饭的。请你还是设法给我找一位皮拉尔先生的朋友,不会玩弄阴谋的詹森派教士吧!"

富凯正焦急地等待着他开口说话。凡是外省舆论要求的事情,于连都处理得很得体。尽管忏悔神父选择得不够理想,但多亏了德·弗里莱尔神父先生的关照,于连在牢房里仍然受到了圣会的保护;如果他的行动能够机智一些,他也许能够逃出去。但是,牢房里恶劣的空气对他产生了影响,他的智力减退了。他只是在德·雷纳尔夫人回来的时候,才变得快乐起来。

"我的首要责任，就是为了您，"她一边说，一边抱吻他，"我从维里埃尔逃出来了……"

于连在她面前没有保留一丁点的自尊心，他向她和盘托出了他的软弱。她对他既温柔又可爱。

晚上，她一离开监狱，就让人把那位像盯住猎物一样紧盯着于连的教士请到她的姑母家里。由于他一心想在贝藏松上流社会的年轻妇女中获得信誉，德·雷纳尔夫人轻而易举地便说服了他，请他去布雷-勒奥修道院做一次九日祈祷。

任何语言都无法表达于连的爱情达到了何等疯狂的地步。

德·雷纳尔夫人倚仗金钱的力量，利用并且是滥用了她的姑母——一个出名而又富有的笃信宗教的女人的信誉，获准每日探望于连两次。

听到这个消息，玛蒂尔德嫉妒得发狂，简直失去了理智。德·弗里莱尔先生向她承认，他的权势还没有大到无视一切礼仪、让人允许她每天不止一次地探视她的朋友的地步。玛蒂尔德让人盯着德·雷纳尔夫人，以便了解她的一举一动。德·弗里莱尔先生则用他的精明和智慧想尽一切办法，来向玛蒂尔德证明于连配不上她。

在这一切痛苦中，她反而更加爱他了，她几乎每天都要和他大吵一顿。

于连很想竭尽全力，一直到最后都能诚实地对待这个被他如此严重连累了的可怜的姑娘。但是，他对德·雷纳尔夫人所怀有的狂热的爱情，每时每刻都占了上风。尽管他列举了不少理由，但这些理由都十分勉强，根本就无法说服玛蒂尔德，使她相信德·雷纳尔夫人的来访是纯洁的，于是他暗自想道："这出戏应该快要收场了；如果我不能很好地掩饰自己的情感，对我来说，这倒是一个原谅自己的借口。"

德·拉莫尔小姐获悉德·克鲁瓦泽努瓦侯爵死了。原来，德·塔莱先生，这个十分有钱的人，竟然冒昧地对玛蒂尔德的失踪说了一些不中听的话，德·克鲁瓦泽努瓦先生去要求他收回那些话，于是德·塔莱先生便把自己收到的几封匿名信拿给他看，信中充满了经过巧妙拼凑组合的种种细节，以致可怜的侯爵不可能不看到事实的真相。

德·塔莱先生竟敢又对此事进行露骨的嘲笑。愤怒和不幸逼得德·克鲁瓦泽努瓦先生失去了理智，由于他向对方提出赔礼道歉的要求过于苛刻，百万富翁宁可进行一次决斗。结果愚蠢取得了胜利，于是巴黎那些最值得爱慕的青年中的一个，还不满二十四岁，就这样命归黄泉了。

这一死讯给于连日趋衰弱的心灵留下了一种奇怪的、病态的印象。

"可怜的克鲁瓦泽努瓦，"他对玛蒂尔德说道，"他对于我们的确十分通情达理，十分诚实正直。自从您在您母亲的客厅里干出那些轻率的事情以后，他就应该憎恨我，找碴儿和我吵架；因为随着蔑视而来的仇恨通常都是疯狂的……"

德·克鲁瓦泽努瓦先生的死改变了于连对玛蒂尔德未来的一切设想；他花了几天的时间向她证明，她应该接受德·吕兹先生的求婚。"这个人怯懦，但是并不太虚伪，"于连对她说道，"毫无疑问，他将会加入竞争的行列。他的雄心比起可怜的克鲁瓦泽努瓦来，

显得更加深沉，更加持久；而且他家里没有公爵领地，他娶于连·索雷尔的寡妇为妻，今后不会产生任何麻烦。"

"而且是一个蔑视伟大爱情的寡妇，"玛蒂尔德冷冰冰地答道，"因为她已经活够了，才六个月时间，她就看见她的情人舍弃了她而爱上了另一个女人，而这个女人正是造成他们一切不幸的根源。"

"您的看法并不公道，德·雷纳尔夫人的探监，将会给在巴黎为我请求特赦的律师提供特别理由；他将描述杀人犯如何荣幸地受到受害者的关怀。这一定能够产生强烈的影响，也许有一天，您还会看见我在某一出情节剧中担任主角呢……"

一种疯狂而又难以报复的嫉妒，一种绝望的并将延续下去的不幸（因为即使于连能够得救，又如何能重新赢得他的心呢？），一种比以往任何时候都更爱这个不忠的情人所感受到的羞耻和痛苦，使德·拉莫尔小姐陷入在一种沮丧的沉默中；不论德·弗里莱尔先生的殷勤关照也好，还是富凯的粗鲁坦率也好，都无法使她摆脱这种沉默。

至于于连，除了玛蒂尔德来他这儿所占用的时间以外，他都生活在爱情里，几乎没有想到未来。由于这种极为强烈而又毫无虚假的爱情产生的奇异效果，德·雷纳尔夫人几乎也同样从中分享到了他的无忧无虑，他的甜蜜欢乐。

"从前，"于连对她说道，"当我们在韦尔吉的树林里漫步的时候，我本来是可以十分幸福的，但是疯狂的野心却将我的灵魂拖入了梦想的世界。我不但没有把那近在唇边的这条可爱的胳膊紧贴在胸前，反而让未来从你身边夺走了我。我经历过无数次的战斗，为了有个辉煌的前程，我不得不坚持这些战斗……不，如果您不来监狱看望我，我到死也不会知道幸福的滋味。"

有两件事情的发生扰乱了这种平静的生活。于连的忏悔神父，尽管是个詹森派，但还是未能躲过耶稣会的一桩阴谋，不知不觉地充当了他们的工具。

一天，他来对于连说，他应采取一切可能的办法获得特赦，除非他犯下可怕的自杀罪。既然教士们在巴黎司法部拥有很大的势力，因而也就有了一个很容易的办法，那就是必须公开地宣布皈依宗教……

"公开宣布！"于连重复着，"啊！您想错了，我的神父，我看您也像一个传教士那样在演戏……"

"您的年龄，"詹森派教士严肃地说道，"您得自上天的那张动人面孔，甚至您那无法解释的犯罪动机，以及德·拉莫尔小姐为了营救您而慷慨做出的那些英勇举动，总之，这一切，乃至您的受害者向您表现出的惊人的友谊，都有助于使您成为贝藏松的年轻妇女们所仰慕的英雄。她们为了您已经忘记了一切，甚至忘掉了政治……

"您皈依宗教会在她们的心中引起震动，留下一个深刻的印象。您能够为宗教做出重大的贡献，而我，难道因为耶稣会的会士们在这种情况下也会采取同样的做法——这种毫无意义的理由就犹豫不决吗！因此，即使在这种摆脱他们贪欲的特殊情况下，他们仍然会造成危害！但愿不会如此……您皈依宗教使人们洒下的泪水，将会抵消伏尔泰十版亵渎宗教的作品所产生的腐蚀作用。”

“如果我蔑视我自己，”于连冷冷地答道，“那我还剩下什么呢？我曾经有过野心，我丝毫不想责备自己；那时候我是根据时代的风尚行事的。现在，我是活一天算一天。但是在本地区的众目睽睽之下，如果我干出什么卑怯的事来，我就会变得非常不幸……”

另外一件使于连更为痛心的事来自德·雷纳尔夫人。不知是哪位诡计多端的女友，竟然使这颗天真而又如此羞怯的心灵相信，她的职责就是去圣克卢，跪倒在查理十世的脚下求情。

她和于连的分离，已经是做出了一种牺牲。在付出这样一种努力之后，抛头露面所引起的难堪在她看来已经算不得什么了，若是在别的时候，她可能会感到这比死还要可怕呢。

“我要去面见国王，我要公开承认你是我的情夫。一个人的生命，一个像于连这样的人的生命，尤其应该受到高度的重视。我要说你是出于嫉妒才谋害我的性命的。有不少同样情况的可怜的年轻人，正是由于陪审官或者国王的仁慈而获救，这样的例子有过不少……”

“我不想再见到你，我要让人关上我的牢门！”于连高声喊着，“如果你不向我发誓，决不去干任何会使我们两人当众出丑的事，我明天就会因为绝望而自杀的。去巴黎绝不是你的主意。告诉我给你出这个主意的那个诡计多端的女人是谁……

“让我们幸福地度过这短暂的人生中还剩下的几天日子吧！把我们的存在隐蔽起来，我的罪孽实在是太明显了。德·拉莫尔小姐在巴黎极有势力，应该相信，凡是人力所能做到的事情，她都会去做的。在外省这儿，有钱有势的人全都反对我。你的行动只会更加激怒他们，特别是那些温和派，生活对于他们来说，是多么轻松……决不能让那些马斯隆、瓦勒诺以及成千上万比他们的地位更优越的人嘲笑我们。”

牢房里的恶劣空气变得愈加让于连不可忍受了。幸亏通知他行刑的那一天，阳光明媚，万物生机盎然，于连浑身充满了勇气。在露天里行走，给了他一种甜美的感觉，仿佛一个长期漂泊于海上的航海者在陆地上漫步一样。“来吧，一切都很好，”他自言自语道，“我一点也不缺乏勇气。”

这颗头颅从来不曾像它就要落地的时刻这样富有诗意。从前他在韦尔吉的树林里度过的那些最温馨的时光，带着强劲的力量，纷纷不断地涌入他的思绪中来。

一切都进行得既简单又得体，在他这方面，没有任何的做作。

两天之前他曾对富凯说过：“至于情绪，我不能保证。这间牢房如此丑陋，如此潮湿，有时使我变得狂躁，连自己都不认识自己了。但是说到恐惧，不，人们绝不会看见我脸色苍白。”

他事先已做好了安排，在他结束生命的那天早晨，他让富凯把玛蒂尔德和德·雷纳尔夫人带走。

“用同一辆车带走她们，”他对他说道，“设法让驿车不停地飞奔。她们将会互相拥抱

在一起，或者彼此表示出极端的仇恨，无论哪一种情况，这两个可怜的女人都可以稍微减轻一些她们那可怕的痛苦。"

于连曾经要求德·雷纳尔夫人发誓要活下去，以便照料玛蒂尔德的孩子。

"谁知道呢？也许在死后，我们还会有感觉，"一天他对富凯说道，"既然用安息这个词挺合适，我倒是相当喜欢在俯瞰着维里埃尔的那座高山上的小岩洞里安息。我曾经向你讲述过，有好几次，我在夜晚隐蔽在这个小岩洞里，举目眺望法国最富饶的省份，野心燃烧着我的心，当时，这便是我心中的热情……总之，这个小岩洞对我来说是珍贵的；而且不可否认，它所在的位置甚至连哲学家的灵魂都会羡慕……好吧！贝藏松的这些可敬的圣会分子们为了捞钱是不择手段的；如果你知道怎么做，他们会把我的遗体卖给你的……"

富凯在这宗悲惨的交易中获得了成功。夜晚，他独自呆在他的房间里，守护着朋友的尸体。突然他大吃一惊，他看见玛蒂尔德走了进来。在不到几小时之前，他曾经把她留在了距离贝藏松十法里远的地方。此刻她精神恍惚，目光狂乱。

"我要看他！"她对他说道。

富凯既没有勇气说话，也没有勇气站起身。他用手指了指地板上一件蓝色的大披风，于连的尸体就裹在里边。

她跪倒在地。有关博尼法斯·德·拉莫尔和玛格丽特·德·纳瓦拉的回忆，无疑给了她超人的勇气。她颤抖着双手，揭开了披风。富凯急忙转移了视线。

他听见玛蒂尔德在房间里急促地走动。她点燃了好几支蜡烛。当富凯有勇气去看她时，她已经把于连的头颅放在了她面前的一张大理石的小圆桌上，正吻着他的额头……

玛蒂尔德伴随着她的情人，一直来到他为自己选择的墓地。一大群教士护送着棺材，但是没有一个人知道她独自坐在一辆蒙着黑纱的马车里，在她的双膝上捧着她曾如此爱过的那个男人的头颅。

就这样，在半夜时分，他们到达了汝拉山脉中一座山峰的最高点的附近。那个小岩洞里点燃了无数支蜡烛，显得灯火辉煌，二十来名教士在里面举行了安灵仪式。送殡的行列经过那些小山村的时候，居民们全被这离奇怪异的仪式吸引住了，他们纷纷尾随在行列的后面。

玛蒂尔德身穿长长的丧服出现在他们中间，在仪式结束时，她让人向他们抛撒了数千枚五法郎的银币。

之后，她和富凯单独留下，她要亲手埋葬她的情人的头颅。富凯痛苦得快要发疯了。

在玛蒂尔德的关心下，这个荒凉的山洞用花费巨资在意大利雕刻的大理石装饰了起来。

德·雷纳尔夫人忠于她的诺言，没有企图用任何方式自寻短见。但是，就在于连死后的第三天，她搂抱着她的孩子们离开了人世。

世界禁书文库

心 爱 的

【英】托马斯·哈代 ⊙ 著

金　澜 ⊙ 译

线装書局

第一部

一个二十岁的年轻人

而今，如若时光知道
她，她光彩照人的容颜
编织成我誓言的花环；
竟是她
这些诗行想看到什么：
我不用远寻，就是她。
R·克拉萧

第一章　她的幻想

一个跟本地的徒步旅行者有些不同的人正攀行在一条崎岖不平的路上，这条路经过海边被称为威尔斯街的小镇，形成一条通向威塞克斯要塞的山路。这个奇异的半岛原来是一座岛屿，人们今天仍这样叫它，它伸进英吉利海峡，就像一个鸟头。一条"被海水的狂怒冲浮起的"细长石堤将它与大陆连在一起，这样的岛屿在欧洲是唯一的。

这个徒步旅行者，一眼看上去就知道是从伦敦或者欧洲大陆的城里来的年轻人，现在已没有人会把他的城市气质仅仅看成是穿在身上的一件衣物。他刚才正沉浸在某种自责之中，自从他上次回到他的出生地——这个孤石岛，看望他的父亲，已过去整整三年零八个月了。在这期间，他生活在迥然不同的社会、人群、风俗和场景之中。

他在岛上生活的那一段时光里的一些平平常常的事情，在他今后的印象中总显得又古怪又特别。这地方似乎越来越像是人们所说的古老的温狄利尔岛上那些斯林格人的故乡。高耸的岩石，房屋上面的房屋，门口台阶在邻人的烟囱后面升起，花园的一边高挂在天上，蔬菜仿佛生长在垂直的平面上，整个岛屿就是一块四英里长的坚硬的石灰石，这些都已经不再是熟悉而寻常的印象了。如今一切都伫立在这儿，耀眼得不同寻常，一片白色映衬着染色的海水，阳光照耀在一层又一层无尽的鱼卵石墙垒上。

"这忧郁的废墟没有了生生灭灭的循环……"

以一种特殊之处强烈地吸引住人的目光，就像他曾在远方见到的任何壮丽的景色都一样。

一段吃力的攀缘之后，他来到了顶端，接着又顺着高原朝东部村庄走去。这时大约是下午两点钟，正值盛夏，路面又刺眼又多尘，快走到他父亲的房子时，他在阳光中坐了下来。

他伸出手去，搁在身边的石头上，石头暖乎乎的。这是小岛在这寂静的下午时分的体温。他侧耳倾听，听到"呼呼，嗖嗖嗖"的声音，那是小岛的呼噜声——采石工和石匠发出的噪音。

在他落座的对门，有一个很宽敞的小屋或园子。就像这个岛一样，也都是石头堆砌成的，不只是墙，而且窗棂、屋顶、烟囱、篱笆、门阶、猪圈、马厩甚至门都是石头造的。

他想起了过去曾经住在这儿的卡罗一家，现在很可能还住在这儿，人们把他们称作"隆·麦尔"卡罗家，好把他们与同一家族的其他分支区别开来，整个岛上只有六个教名和姓氏。他穿过小路，向开着的门里看去。是的，他们还住这儿。

　　卡罗太太从窗子里看见了他，便迎到大门口，他们以老式的礼仪互相问候。不大一会儿，通向后屋的门被撞开，一个大约十七八岁的小姑娘蹦蹦跳跳地跑进来。

　　"啊，是亲爱的乔西！"她高兴得不得了，跑到年轻人跟前给他一个吻。这女孩儿一头棕色头发，一双淡褐色眼睛亮闪闪的，充满爱意，这举动真是十分的可爱。可是，它太突然了，对于这个刚从城里回来的青年来说，实在有点接受不了，他本能地退缩着，在回吻她的时候，有点拘束。他说，"我可爱的小艾文斯，这么久没见，你好吗？"

　　她的冲动和率直使她几乎根本没注意到他的惊异；可孩子的妈妈卡罗太太却已经观察到了，自尊心使她有些脸红，她转过身对女儿说：

　　"艾文斯，我亲爱的艾文斯！噢——你在干什么？你难道不知道乔林瑟·皮尔斯顿先生出去这么久，你已经长成一个大人了吗？你当然不能再像三四年前那样了！"

　　无论皮尔斯顿怎么说他非常希望看到她能保持儿时的举止，可是尴尬一旦出现，就很难驱散，接下来只泛泛地谈了一小会儿。他为自己这种无意识的举动一度背叛了他感到心绪烦乱。临走时，他再一次说，如果艾文斯对他的看法与从前不一样的话，他将永远不会原谅她；虽然他们曾经是好朋友，艾文斯对此事的遗憾却明显挂在她脸上。乔瑟林回到路上，向旁边他父亲的房子走去。这儿就剩下母女俩了。

　　"你使我太惊讶了，我的孩子！"长者喊道："一个来自伦敦和外国城市的青年人，现在已经习惯了最严格的待人接物之礼，也习惯了那些觉得开口大笑是粗俗之举的太太们！你怎么能那么做，艾文斯？"

　　"我没想到我长这么大了！"不安的姑娘说，"以前，他走的时候，我一直吻他，他也吻我。"

　　"可那是好几年以前的事，我的天！"

　　"噢，是的，刚才我忘了！我以为他还是跟从前一样。"

　　"算了，现在也只能这样了。以后你一定得小心。我敢说，他一定有好多年轻女人，对你不会有什么心思了。他就是别人说的雕刻家，而且有一天会成为这一行当的大艺术家，他们就是这么说的。"

　　"好了，我已经做了，说什么也没有用！"女孩喃喃地抱怨说。

　　乔瑟林·皮尔斯顿这个日渐有名的雕刻家这会儿已经走到他父亲的房子前。他父亲是一个不懂艺术的地地道道的商人，然而，乔瑟林还得屈尊从他那儿接受每年的零花钱，直到功成名就。可这位长者没有在家迎接他，他没有接到儿子打算要来访的通知。乔瑟林在熟悉的房屋四周东瞧瞧西望望，越过公地是大园子，在大园子里面，永恒的锯在永恒的大石头上来回锯着，是他最后一次在岛上见到的同样的锯与同样的大石块，他感觉应该这样。随后，他穿过住屋，来到了后花园。

　　就像小岛上所有的花园一样，它也是由碎石块粗粗垒成的墙围，在它远远的末端，形成了一个墙角，与卡罗家的花园相连。他刚走到这个墙角便感觉到墙那边有喃喃声和啜泣声。他马上听出这是艾文斯的声音，她好像正对她的某个女友倾诉自己的苦处。

　　"啊，我该怎么办呢！我该怎么办呢！"她十分痛切地说，"这有多冒昧——太丢人了！我怎么也想不到事情会这样！他永远不会原谅我，永远，永远不会再喜欢我！他

会把我看成一个大胆轻佻的人，可是，可是我真的忘记我现在已经长这么大了。但是他决不会相信的！"这是一个女孩第一次意识到自己已经长成女人时的口吻，这一不寻常的变化使她又羞怯又惊恐。

"你觉得他对这件事儿生气了吗？"女友问道。

"不，不是生气！更糟。是冷冰冰和傲慢。哎，他现在是那么时髦的人，根本不像岛上的人了。可是，说这些也没什么用。我真心希望我已经死掉了！"

皮尔斯顿尽快躲开了。这事儿使这个纯真无邪的心灵受到刺痛，他感到十分难过，可这也开始成为他的一道源泉，从中生出一种朦朦胧胧的快乐。他回到屋子里，他父亲这时已经回来了，看到他非常高兴，他们一起吃了晚餐。乔瑟林又走出房来，满心希望能拂去年轻邻居的痛苦，用她一点儿也意料不到的方式；虽然，说实话，他对她的喜爱是那种朋友的爱，并不是恋人的爱，而且，他感觉到，他决不能肯定，他所称呼的他的"爱"，那个喜欢迁居的、捉摸不定的理想化的"爱"，那个从他童年起就无数次从一个人的身上悄悄地溜到另一个人身上的"爱"，这次将迁到艾文斯·卡罗的身上居住下来。

第二章　化身被假想成真

即使只有一石之隔，按常规，想要躲避可比碰面还难，但是，再想与她相见却不容易。由于那次冲动的见面礼所引发的自我意识，艾文斯已经变成一个非常不同的年轻女子了。所以，纵然他们是邻居，他百般地努力也未能见到她。只要他一走出父亲房门一英尺，她就像一只狐狸躲进洞里，一下子窜回她楼上的房间。

自从无意中怠慢了她，他一直渴望给他以抚慰，他再也不能忍受这种逃避了。岛上民风淳朴、直来直去，甚至富裕人家也是如此。一天，他发现她又消失不见，便跟着她进了屋，一直跟到楼梯下面。

"艾文斯！"他喊道。

"哦，皮尔斯顿先生。"

"你为什么总这样往楼上跑呢？"

"哦，我只是想上楼取点东西。"

"那么，取到东西，你能再下来一趟吗？"

"不，恐怕不能。"

"来吧，亲爱的艾文斯，你是故意不想下来，我知道的。"

没有反应。

"那好，如果你不想来，那你就别来！"他接着说，"我不想打扰你。"说完，皮尔斯顿就转身走了。

当他停下来观看花园墙边那些凋零的花朵时，他听到身后传来声音。

"皮尔斯顿先生，我没有生你的气，你走后我想——你可能错怪了我，我觉得我非得过来向你说明，我对你的友谊仍然未变。"

他转过身来，看见艾文斯就站在他身后，满脸羞红。

"你是一个很可爱的好姑娘！"他说着，并抓住她的手，在她的脸颊上吻了一下，这应该是他回来那天，他本该回报她的那一吻。

"我亲爱的艾文斯，原谅我那天的怠慢吧！说你原谅我，来吧，现在就说！然后我会对你说一句我在任何别的姑娘面前从没说过的话，无论是活着的还是死去的，你允许我做你的丈夫吗？"

"呀！妈妈说我只是许多人中的一个！"

"你不是其中之一，亲爱的。在我还年少的时候，你就认识我，而别人并不认识。"

不知怎么，她不再躲避他，虽然没有马上答应他，却同意在稍后的下午和他约会，她俩走到小岛南端叫贝尔的地方，陌生人管它叫比尔，在以洞穴著称的非常危险的大洞穴上面逗留了一会儿，海水向这里涌来，咆哮着，飞溅着，跟小时候他们到这儿来时看到的一模一样。往里看时，为使她身体平稳，他把胳膊伸给她，她抓住了他的胳膊，作为一个女人，这是她的第一次，而作为他的伙伴，这已经是一百次了。

他们漫步来到了灯塔，要不是艾文斯猛然想起要在讲台上朗诵诗歌，他们会在这儿多呆一会儿。威尔斯街每天晚上都举行诵诗会，这个村子占据着通向小岛的人口，如今它已发展成了一个小镇。

"朗诵，"他说，"谁会想到这下面有什么人或什么东西在朗诵，我们在这儿只听到这个朗诵者——永不沉默的大海。"

"哦，不过我们现在很理智了，尤其是在这个冬天。嗯，乔瑟林，不要到朗诵会来，好吗？你在那儿会让我的表演弄糟的，我想跟其他人一样演得出色。"

"如果你不希望我去我就不去了。但是我要在门口接你，然后送你回家。"

"好的！"她一边说，一边抬头凝视着他的面容。艾文斯此时此刻十分幸福；在那令人羞愧的一天她怎么也不会相信，她能这么快乐地和他在一起。走到小岛东端，他们不得不分手了，讲台上的座位在等着她。皮尔斯顿一个人回家，天黑以后，估摸到了陪她回来的时候，他便朝北沿着中央道路走向威尔斯街。

他满怀疑虑。他对以前的艾文斯·卡罗太熟悉了，他现在对她的感情与其说是爱情，莫若说是友情；那天早晨一时冲动说的那番话会有什么样的后果，他对此感到惊恐万分。并不是说，任何一个曾不断吸引他的更优雅更老练的女子有可能会在他们中间不合时宜地冒了出来。因为他已经打消了他假想的一个念头，以为他幻想中的偶像是他个性中不可或缺的组成部分，它在那里面停留的时间有长有短。

对他的心爱的，他一直忠心耿耿，然而她有许多的化身。每一个个体，比如露西、简、弗罗拉、伊凡吉林之类的，只不过是她暂时的形态。他把它仅仅看作一个事实，而不是一个借口或辩护。或许她在本质上不属于看得见、摸得着的实体，而是一个灵魂、一个幻梦、一阵狂热、一个概念、一股芳香、一个女性的象征，是秋波闪动，是朱唇开启。只有上帝才知晓她的真实面目，皮尔斯顿也不知道。她是不可言喻的。

　　他从未更多地把她寻思成一个主观现象，这本是由他的血统和出生地这些宿命的力量赋予的生命，因此，发现她那幽灵般的特性和她那独立于自然的规律与缺陷的超然，他时不时有一种害怕的感觉。他从来不知道下一次她会在哪儿，她将把他领向何处，她可即刻地进入所有的阶层和阶级，进入男人们的每一个住处。有时在黑夜里，他梦见她是"由诱惑织成的尊神宙斯的女儿"的化身，要为他在他的艺术——其实就是难以满足的阿芙洛蒂式自身——中对她的美所犯下的罪而折磨他。他自己知道他爱这个乔装打扮的造物，不论他在哪儿发现她，不论她是蓝眼睛、黑眼睛还是棕色眼睛，也不论她长得高大、柔弱还是丰满。她也从没同时在两个地方出现，可她也从不曾在一个地方长住。前些日子，他想知道了这一点，也就免却了许许多多令人生厌的自责。显然，总是吸引着他，并以一根光滑的丝线带领他去她要去的地方的那个她，迄今还从没有居留在一个尘世的肉身里。最终她是否会寄住一处，他说不上来。

　　如果他觉得她开始在艾文斯身上显现，他必将竭力相信这是她迁移的最后居所，一定会信守他说过的话。可是，他在艾文斯身上真的看到那个心爱的了吗？这问题会令人有些心烦。

　　他到了山坡顶，又朝村子的方向往下走，很快就看见了笔直悠长的罗曼街上灯光闪烁的大厅。演出还没有结束，他在房子周围四处转悠着，走上小丘，正好能看见里面齐讲台高的地方。很快就轮到了艾文斯。她在观众面前可爱而局促的样子确实赢得了他的心，容不得他有半点儿怀疑。她确实是人们称赞的那种"好"姑娘。有魅力，那是毫无可疑的，最为重要的是"好"，跟她这样的姑娘结婚几乎没什么风险。她聪慧的眼睛，宽阔的额头和细心的模样证明了一件事，那就是，在他认识的所有的姑娘中，他没有遇到过一位比艾文斯·卡罗更有魅力、更为可靠的。这不是一种猜测，他从小就认识她，他了解她的每一种心情，熟悉她的每一种脾气。

　　一辆喧闹的马车从外面驶过，淹没了她微弱而轻柔的声音；他听不见她的声音，但看见观众非常满意，在他们的掌声中，她的脸红了。他这时站到了门口，所有的人蜂拥而出，只有她站在里面等着他。

　　他们沿着奥德路慢慢地朝家里攀缘而走，皮尔斯顿扶着路旁的扶手，登在峭壁的前面，艾文斯拉着他的胳膊跟在后面。爬到山顶，他们随转过身静静地站着。他们的左边，天空布满条纹，经灯塔光的照射，好象一面打开的扇子，他们的前下方，隔十五秒钟便传来一个低沉而空旷的声响，就像一声响鼓，其间是持续的嘎嘎声音好像巨犬上下颌间的骨头磨出的声音。这是从死人湾的大凹地传过来的，在石堤上响起然后落下。

　　这儿的晚风与夜风在皮尔斯顿心中，负载着别处从来没有的一种东西。风把它从左边那个凶险的海湾带到了西边，此刻，他俩正凝神倾听着。它是一个幽灵，一个杜撰的形貌或者精髓，来自躺在下面成群成群的人；那些随战舰、东印度商船、货船、帆船和无敌舰队的船只沉没的人——有优秀的人、普通的人和邪恶的人，他们的兴趣和希望虽然像南北极一样相比甚远，却一个个毫无二致地翻身人海，沉入这不平静的海底。几乎可以感觉到那些巨大的敌对的鬼怪在进行格斗，小岛上仿佛正晃动着无形的身影，呼喊某个仁慈的上帝会把它们重新分开。

这晚的氛围使他们两人漫行到很远，一直走到老霍普墓地，墓地坐落在一个很多年前的一次山崩所形成的深谷里面，那儿的教堂与剩下的绝壁都同时陷落了，只留下一片废墟。这儿是异教神祇在本地的最后一个堡垒，一些异教风俗延续到今，基督教还立足未稳。在这个神圣的地方，皮尔斯顿吻了她。

这一吻断然不是艾文斯主动的。前次的热情似乎增强了今天的谨慎。

由此，开始了愉快的一个月，两人互相来往。她的聪颖渐渐显露出来，不但能在有学识的集会上诵诗，还能弹一手好钢琴，自弹自唱。

他留意到，那些抚养她的人总是有意不让她在每个方面成为一个怪癖的小岛居民，尽可能地从精神上疏离她那天然而独特的生活：叫她成为成千上万个他人的精确复本，这些人的境遇没有任何特殊的、独立的、别致的东西；教她忘记祖祖辈辈的一切经验，用从蓓口时髦的音乐商那儿买来的歌曲淹没当地的歌谣，用没有一点儿乡音的家庭女教师的口音替代本地的用语。她在其中生活的屋子一定是一个艺术家的财产，还学会了从印刷的复制品上面描绘伦敦郊野的小别墅。

他还没有指明这一点艾文斯就感觉到了，可她只是以一种女孩子的温顺默认了。她的性情在骨子里还是一个本地人，但是，她也无法逃避这时代的趋势。

乔瑟林离去的日子已经越来越近，她无助地等待着这一天的到来，让人欣慰的是他们的婚事定下来了。皮尔斯顿想起本地的一些婚姻习俗，这些习俗早已统治他和她的家族好几个世纪了，他们两家都是小岛上的古老世家。"吉伯林人"和"外国人"的大量流入使得这些习俗大都湮灭；然而，在艾文斯表面的那层教养下面却沉睡着许多过去的观念，他弄不明白艾文斯为他的离去油然而生的悲伤里面是否含有对习俗变化的遗憾，按照他们祖辈的先例，应该有正式的婚约。

第三章　约　会

"噢，"他说，"我们该分别了，我的假期过完了。我真没想到我的老家竟然给我准备了这么大的一个惊喜！这三四年来，我还以为回来没有什么意思呢！"

"你明天一定得走吗？"她很不安地问。

"是的。"

好像有什么东西压在他们心头，不仅仅是由不会太长久的离别自然引起的悲伤。他本打算白天动身，后来又决定把离别推迟到晚上，跟随蓓口来的邮车走。这样就有时间去他父亲的采石场看看，而且，要是艾文斯愿意的话，还可以有时间跟他一起沿岸边散散步，可以一直溜达到海滨的亨利八世城堡，在那儿，他们可以边漫步边观看月亮从海面上升起。她说她想她会去的。

于是，第二天乔瑟林先陪父亲在采石场转了转，回来准备了一下，去约定的时间，

他便从这个石头岛上他出生的那间石屋子里走出来，沿海滨的小路向蓓口走去。艾文斯已先走一步去看望威尔斯街上的几个朋友，那正好在去约会地的半路上。走过一个下坡，他很快到了石堤，岛上最后的一间房子和1824年11月那场暴风雨摧毁的村庄废墟被抛在了身后，他踏上那条细长的石堤路，走到一百码处，他停了下来，侧身面向围起海水的围石墙坐下，等着她。

在他与浮在近岸锚地的船灯之间的路上，有两个人从他翘望的那个方向慢慢走过来，其中一个人认出了乔瑟林，向他道了晚安，又添上一句："祝你的挑选有福，先生，愿你们婚礼早日举行！"

"谢谢你，西博。是啊，我们真心希望圣诞节的到来能促成婚礼。"

"我妻子今天早还念叨这事儿，她说，'上帝保佑，让我能活着看到举办婚礼的时候，自从他们刚会爬我就熟悉他们俩了。'"

他们随后上路，走到皮尔斯顿听不见的地方，那个刚才没说话的人问同伴，"那个年轻的吉伯人是谁？他不像我们这儿的。"

"哦，他是这儿的，他全身上下都是这儿的人。他是乔瑟林·皮尔斯顿先生，东采石场的石头商的独生子。他就要跟一个漂亮姑娘结婚了。那女孩的妈妈是个寡妇，她拼死拼活地做同样的生意，可他们的生意连皮尔斯顿二十分之一都赶不上。他的钱很多很多，人们说，虽然他靠同样的老行当发家，也住同样的老房子。他这个儿子是石像雕刻家，在伦敦做上等事儿。我还记得在他还是个孩子的时候，在他父亲的采石场上用软石矿的石头块第一次雕出士兵像的事，后来，又雕出一套石头棋子，就这样，他成功了。他在伦敦是一个十足的绅士，他们告诉我的，奇怪的是他唯独回到这儿挑选了小艾文斯·卡罗，虽然她也是一个蛮不错的少女……喂！天气很快就会变的。"

这时，他们议论的主角儿还在约会地点等待，等到七点钟报时，他和他的女朋友约好的时间，他看见一个身影从山脚下最后一盏灯处走过来。可是，这身影很快变成一个男孩，他走到乔瑟林跟前，问他是不是皮尔斯顿先生，并递交给他一张便条。

第四章　孤独的徒步旅行者

这个男孩子走后，乔瑟林又走回最后的灯光处看便条，是艾文斯的笔迹：

　　我最亲爱的——关于今晚我们计划在沙脚废墟相会这事儿，如果我下面要说的话使你伤心的话，我会非常歉疚的。但是我想象得到，我最近一次又一次地与你见面会使你父亲坚信，你是他的儿子也会感觉到，我们应该按这个岛上的风俗习惯来相亲相爱——你们是代代相续的古老世家。实话实说，妈妈猜想，出于某些自然而然的原因，你父亲可能向你暗示过我们如何做事。可是，我心里反感这事儿，它几乎完全过时了，而且我并不认为它有什么好处，哪怕处于你这种情况也有权为之辩护。我宁愿相信上帝的保佑。

所以，总的说来，我最好还是不去——哪怕是为了面子——与你在某时某地约会，免得别人而不是我们自己 想起这一风俗，万一别人知道的话。

我相信这个决定不会使你太烦恼的：你会理解我的 现在感受的，不会因此而觉得我不如以前。而且，亲爱 的，如果我们真的那样做了，但运气不佳的话，我们那 相当古老的家族感受会认为，如我们的祖辈，以及很可能 如你父亲，我们不能很体面地结婚；那样的话，我们会十分痛 苦的。

不过，你很快就会回来的，是吗？亲爱的乔瑟林？时 间会匆匆而去，到个那时候，再也不需要说再见了。

永永远远属于你的

艾文斯

读完信后，乔瑟林对信中表现出来的天真特别吃惊，艾文斯和她的母亲竟然陈腐到以为那条原则还那么庄严，还那么有效，他跟其他来自岛外的人都把它当成过时的野蛮行为。他做生意的父亲对子孙后代的事可能会有一些实际的想法。这似乎使得艾文斯和她的母亲有理由那么猜想；但是，在乔瑟林面前，他父亲从没有表示出自己喜欢这种古老方式，像他自己一样过时的方式。

乔瑟林觉得她自以为现代着实可笑，又有点失望，还有一丝不快。这样一个想都没有想到的原因竟使他失去了她的陪伴。新式的教育下面还存留着多么古老的观念啊！

请大家想一想，这个日子是在四十多年以前，虽然对投石岛的历史而言这还是个挺近的日子。

他觉察到这个黑夜似乎越来越逼近了，可又不愿走回去雇一辆车，就一个人快步走起来。在这样一个空旷的地方，夜风一阵阵猛吹，海水以一种错落有致的节奏，在石堤后面撞过来又掀回去，那仿佛是战斗的撞击声和感恩节的呼喊声。

他看到一个身影，一个女人的身影，出现在他前面苍白色的路面上，他想起他读信那会儿，一个女人从他身旁走过，这会儿他要超过她了。

在转念的一刹那，他真心希望那就是艾文斯的身影。然而，不是她，也不是像她的某个人。他的未婚妻没有它这么高大宽阔，再说，刚一到秋天，她却裹着毛皮衣，或是别的什么料子的又厚又沉的衣服。

他很快就追上了她，借着近岸锚地的灯光，得以一瞥她的轮廓，高贵，引人注目，好像朱诺下凡。他从没见过有她这么古典的外形。她的步伐节奏强劲，从从容容，其速度短时间内几乎看不出有任何差别；他一边思虑着，推想着。不过，他正要超过她，她忽然转过身向他打招呼。

"我想，你一定是东采石场的皮尔斯顿先生吧？"

"是呀！"他说，并真切地瞧见一张无比的美丽、威严和傲慢的脸庞，完全配得上她那高傲的声音。这是他一生之中还没遇到过的新类型，她的口音里也丝毫没有艾文斯那样的方音。

"你能告诉我现在几点了吗？"

他借着光亮看了一下表，告诉她是六点四十五分。趁着看表瞬间的闪光，他发现她的眼睛有些发红，揉擦过，似乎还在流泪。

"皮尔斯顿先生，你不会介意吧？我敢说你一定会很诧异的，我是说你能借我一点儿钱吗？过一两天就还你。我很蠢，竟把钱包忘在梳妆台上了。"

确实十分诧异，不过，这位年轻女士身上的特征使他立刻确信，她不会是个骗子。他同意了，把手伸进口袋里，在那里犹豫了一会儿。她所说的"一点儿钱"是多少呢？她那朱诺一般的形貌与气质令他一时冲动，做出帝王般的反应，与她协调起来。他嗅到一股罗曼蒂克的气息。他递给她五英镑。

他的慷慨并没有引起她明显的惊异。他担心她看不清钱的数目，就说了出来，"足够了，谢谢你。"她平静地回答说。

他追赶她并跟她说话的这段时间，不一会儿便起风了。从呼呼的风转为咆哮的风，从咆哮的风变为尖叫的风，这儿的风一贯变化快。这变幻莫测的风所预示的那种东西终于来临了。开始打在他们左脸上的雨滴就像玩具气枪的弹球，顷刻间，好像遭受到邻岸发出的猛烈射击，其中一击着实锐利，穿透了乔瑟林的袖口。高个儿姑娘转过身，显得有些担忧，她动身的时候绝没想到有过这么一次袭击。

"我们必须得找个地方躲躲雨，"乔瑟林说。

"可是，能哪儿去呢？"她说。

迎风的一面是长长的单调的海岸，堆得平坦坦的，全然挡不住风雨，他们可以听到海岸那边的海水拍打在石头上，发出的吱嘎声；他们的右边，延伸着内港或锚地，远方停泊的船上浮灯发出幽暗、隐约的光芒；前方一片模糊，空无所有，直到他们走到一英里外的地方，才看见一座险象环生的木桥，这里距亨利八世城堡不远了。

但是，就在海岸的最高处，有一只被称作莱瑞的本地船，船底朝上，很明显，它是被拖到远离海浪的地方来的。他们一看见它，便不约而同地发足狂奔，跑上石坡，向它冲去。小船在那儿已摆放了很长一段时间，藏在其中，风雨不透，比在远处所指望的还要舒服。莱瑞的船底被涂上焦油，当作遮顶，可以给打鱼人提供遮蔽或者仓库，这只船用支撑物朝顺风面固定在岸上。他们爬进船头，一直爬到里面，船座、船桨与其他木制物上面堆着一大堆干渔网，一大张拉网，他们爬到上面坐了下来，任何里面直不起身子。

第五章　突然袭击

雨落到老莱瑞的脊骨上，仿佛麦粒被某个巨大的播种机大把地抛撒出来，黑夜这里降下了整个帷幕。

他们弯着身子，彼此离得那么近，他甚至能觉察到她的头发触到他身上。离开大路后，他们谁也没吭声，直到她故意以一种冷漠的语气说："真不走运。"

他承认的确很倒老，几句话之后他察觉她一直在哭泣，她说话的时候，偶尔忍不住有几声粗重的喘息声。

"或许对你而言更不走运，"他说，"如果真是这样，我很难过。"

她对此没做任何回答，他又补充道，"对一个孤零零的徒步女人来说，这地方确实够凄凉了。"他希望她在这样恶劣的天气里被拖累在外，不是这里因为发生了什么严重的事儿。

起初，她好像一点儿也不想透露自己的事儿，而他就只好胡乱猜测她是什么样的一个人、叫什么名字，以及她怎么会认识他之类的问题。雨一直不停地下，没有丝毫打住的迹象，他说："我看我们只好回去了。"

"我不回去！"她说，她紧闭嘴唇，这个词儿就足够坚定了。

"为什么不？"他问。

"自有理由。"

"我不明白为什么我不认识你，你竟然认识我。"

"是吗？你认识我，至少听说过。"

"我确实从来没听说过，我怎么会听说过呢？你是吉柏林人吗？"

"不，我是地道的岛上人，或者，不如说……你没听说过好矿床石头公司吗？"

"我想我听说过！他们曾经想抢走我父亲的生意，随后把他毁了，至少，该公司的创始人老本考伯也这样做过。"

"他是我父亲！"

"真是特别抱歉，我这样不恭敬地说起他，我本人也从不认识他。他把大事移交给公司后就退休了，我想，他去了伦敦？"

"是的，我们的房子，不，是他的，不是我的，在南肯辛顿。我们住那儿很多年了。不过，这个季节，我们在森林城堡作房客。房主外出，我们从他那儿租借了一两个月。"

"这么说，我一直住在离你非常近的地方，本考伯小姐。我父亲的房子在它旁边显得真是简陋不堪。"

"可是，他如果愿意，他能够住上一幢大得特别多的房子。"

"你是这样听说的吗？我不知道。他很少跟我谈起他的事。"

"我父亲，"她忽然迸发，"总是责怪我奢侈！可他现在比任何时候都奢侈。他说我到城里买东西简直是买疯了，给我的零花钱远远不够用！"

"是今晚说的吗？"

"是的，我们大大地吵了一架，随后，我假装回房睡觉，可我溜了出来，而且，我再也不想打算回家了。"

"你想去哪儿呢？"

"我先去伦敦姑妈家，如果她不收留我，我就自谋生路。我已经永远离开我父亲了！我没法说如果没遇见你我还会做什么，我想，我肯定会一气走到伦敦去，到了大陆，我就坐上火车。"

"假如遇到这样的暴雨呢?"

"我一定坐在这儿等雨停下来。"

他们坐在渔网那儿。皮尔斯顿晓得老本考伯是他父亲最大的敌人,他靠吞并小石头商发了横财,可是他发现乔瑟林的父亲有点太大,消化不了,当然,那时候他父亲正是好矿床公司最主要的竞争对手。乔瑟林觉得这件事很蹊跷,命运把他抛到一个奇异的境地之中,要在凯普莱特家的女儿面前扮演蒙塔古的儿子。

他们说着话,不知不觉地都放低了声音,这样一来,暴风雨的怒吼声使得他们贴得更近一些。随着时间分分秒秒地流逝,他们的语调中揉进了某种温柔的东西,对时间的流逝浑然不觉。等她对自己的处境惊恐不安,突然起身,这时已为时太晚了。

"无论还下不下雨,不能再呆下去了。"她说。

"回去吧,"他拉着她的手,"我跟你一块儿回去。我的火车也开走了。"

"不,我得接着走,在蓓口找个住的地方,只要我能到那儿。"

"太晚了,没有一个公寓现在还开着门,除非去车站旁边的一个小地方,可你不会喜欢住在那种地方的。当然,如果你决意要走,我就给你领路。我不能丢开你,你孤零零地一个人走到那儿,太可怕了。"

她决定要走,于是他们在尖叫着的飞旋着的雨中又出发了。大海在他们左边奔腾、翻滚,而右边的海水距离他们又那样的近,仿佛他们正穿行在海底,像以色列的子民一样。将他们与身外那汹涌澎湃的海湾隔开的唯有这并不坚固的石堤,每一个浪头袭来,地面都要跟着一次颤抖,沙砾轰鸣作响,浪头冲天而立,在他们头顶上翻腾。大量的海水漫过石墙,汇成小溪又流向大海。这个"岛"还是一个岛。

直到现在他们才意识到环境的威力。由于石堤忽然破裂,徒步旅行者在附近这儿经常被吹进大海淹没。不过,冥冥之中好像有某种超自然的力量,叫石堤破裂后又合拢,就像撒旦的形体被米迦勒的剑一分为二。

空灵之质聚合
永不可分。

她的衣服在风中的阻力比他的要大,她的处境便十分危险。再拒绝他的帮助是不行了。当初他把胳膊伸给她,但风把他们吹散了,就像吹散一对樱桃一样容易,于是他用胳膊抱住她的腰,稳住她的身子,她不再拒绝。

大约是这个时候,或许是早一点儿,或许是晚一点儿,有一种感觉进到他的意识之中,刚刚萌芽,隐约不明,在莱瑞船下,坐在他的新朋友身旁那一会儿,不知不觉这感觉就潜入他的心底了。他是一个年轻人,在这方面却是个老手,不会不知道这是什么样感觉,他感到吃惊,甚至惊恐。这意味着他的心爱的可能又要迁居了。当然,这事还没有发生。他紧紧地抱住她,心想这位穿皮衣的妇人多么柔软,多么温暖啊!两人的衣服只剩下两块干处,她的左面与他的右面,他们紧紧靠在那儿,抵挡着风雨。

一过渡口桥,遮挡就多起来了,可他并没有松开他的手臂。还是她请他放开的。

他们走过废城堡，一里路一里路地把小岛远远地抛在身后，一直走近与水域接邻的市郊。他们吃力地走向市里，一刻也不停留，待夜半时分穿过港口的大桥，已经浑身湿透。

惊叹之余，他既心疼她又敬佩她。现在面朝海湾的房屋把他们全都遮挡住了，他们不费力气很快就走到新火车站的起点站附近。就像他说的那样，这儿只有一家公寓开门，是一家不卖酒的小旅店，等早晨来的邮车的人或者从海峡过来的船只上的乘客，常常会在这儿过夜。他们敲了敲门，门栓便打开了，走廊上点着煤气灯。

现在他大概看出来，虽然她有个如此棒的体格，几乎跟他一样高，她毕竟正值青春时代，如花似玉，她的面容确实引人注目，尽管打眼之处在于高傲而非美丽，尽管风吹雨打、海浪袭击叫她的两颊灼热得像绯红的牡丹。

她执意要乘早晨的火车继续赶往伦敦，因此，他就只好说些不太紧要的事儿，"如果这样的话，"他说，"你必须赶快上楼到你的房间去，脱下湿衣服，一会儿就会烤干，不然，赶不上穿。我会吩咐佣人去做，并送上吃的东西。"

她接受了他的建议，可是再没有任何丝毫感激的表示。她上去后，皮尔斯顿叫打夜工，一个昏昏欲睡的姑娘，给送去便餐。这会儿，他自己也饿极了，一边狼吞虎咽，一边烤干衣服。

起初他有些犹豫，不知下一步该怎么办，但很快就决定留下来，等明天再说。他从壁橱里找出临时用的衣服和拖鞋穿，觉得舒服一些，这时有个女佣人抱着一堆湿乎乎的女人衣物走下楼来。

皮尔斯顿从火旁让开，女佣人跪在火苗前面，伸出胳膊，擎着楼上那位朱诺的一件衣服，热气立即从衣服上升腾起来。姑娘跪在那儿，困得向前直点头，一会儿强打起精神来，一会儿又点头。

"你困了，姑娘。"皮尔斯顿说。

"嗯，先生。我守了好一阵夜了。要是没有人来，我就在别的房间的睡椅上躺一会儿。"

"好吧，你可以不用做这事儿了，去在别的房间躺一会儿吧，就当我们不在这儿。我会烤干衣服，堆在这儿，明早你给那位年轻的女士送上去。"

小夜工向他道了声谢，离开了房间，不一会儿，他便听见从隔壁传来鼾声。皮尔斯顿随后就忙开了，翻开衣服一件一件地伸到火前。随着热气缕缕上升，他也陷入绵绵思绪之中。他又一次意识到这次步行中发生的变化：心爱的正在搬家，她已经跑到穿这些衣服的人身上了。

不过十分钟，他便喜欢上她了。

那么，小艾文斯怎么办呢？这之前他一直没有想起她。

他不能肯定在那位儿时朋友的身上是否真看到了心爱的，他确实为她的幸福而忧心忡忡。然而，不是爱不爱她的问题了，他发觉自称为他心爱的那个精灵、流溢和理念，正从某个遥远的身影偷偷地飞到近旁这个人身上，就在头顶上的这房间里。

艾文斯因为害怕自己想象出来的事情，而没能遵守诺言与他在孤寂的废墟相会。

而他，事实上，有过之而无不及，是由维系小岛古老风俗的天真与单纯培养出来的，这就是艾文斯为什么会误解他的奇怪理由。

第六章　在危险的边缘上

本考伯小姐就要离开旅馆去车站了。车站就在旅馆的旁边，刚开通不久，好像是故意为这件事件开通的。她听从乔瑟林的劝告，给她父亲写了一封信，说她已去姑妈家了，免得牵肠挂肚、到处找她。他们一起走到站台、互道再见；手上各捏着自己的车票，乔瑟林随后去寄存处取出他的行李。

站台上，他们重又相遇，目光彼此相擦，闪出一道亮光，好像信号灯在闪动："我们要去同一个城市，为什么不进同一个车厢？"

他们这样做了。

她挑一个角落背靠发动机坐下来，他坐在对面，列车员进来看了看，以为他们是恋人，便没让其他乘客进这个小间。他们一脸严肃谈着一些普通话题；她在想什么他不知道，但每到一个车站，他都担心有人闯进来。离伦敦还有大半的路程，他刚刚意识到的那件事真的发生了，心爱的再次出现，她弥漫在这个女人的每一根纤维，每一道曲线上。

驶进伦敦车站就像驶进世界末日。他怎么能把她丢弃在混乱拥挤的城市街头呢？对咔嗒到来的这个地方她似乎毫无任何准备。他问她的姑妈家住在哪儿。

"贝斯沃特。"本考伯小姐说。

他叫了一辆出租车，能直达她姑妈家。从她的住处到他自己的住处并不太绕远。他用尽心思也把不准她是否明白他的感情，不过，她接受了他的帮助，坐进了出租车。

"我们是老朋友了。"车开动后，他说。

"的确是。"她回答说，没有笑容。

"可是，按家族，我们是世仇，亲爱的朱丽叶。"

"是的，嗯。你刚才说什么？"

"我说朱丽叶。"

她半带着骄傲地笑了起来，喃喃地说："你父亲是我父亲的敌人，而我父亲是我的敌人，对，是这么回事。"随后，他们的眼睛抓住了彼此的目光。"我的女王，我的亲爱！"他脱口而出，"别去你姑妈家了，你能过来和我结婚吗？"

她满脸通红，仿佛发怒一样，但这绝不是发怒，而是激动。她没有做任何回答，他害怕已深深地伤害了她的尊严。也许她只是利用利用他，拿他做一个方便的帮手，好达到她的不可告人目的。然而，他还是接着说：

"你父亲不可能再对你提出要求了！毕竟，这并不像表面看上去的那样急，你了解我的一切，我的历史，我的前程。我了解你的一切。几百年来我们两家一直是岛上的邻居，虽然现在你像个地道的伦敦人。"

"你会成为皇家学院的会员吗？"她若有所思地问，她的兴奋渐趋平静。

"我希望是的，我会的，如果你能成为我的妻子。"

他的伙伴打量了他半天。

"想想，这会多么轻易地使你摆脱困境啊，"他接着说，"不必打扰你姑妈，也不会被生气的父亲领回家去。"

这似乎打动了她，她顺从地让他拥在怀里。

"要结婚的话得用多少时间？"隔一会儿，本考伯小姐顺便问了一句，显然她在克制着自己。

"明天我们就可以结婚。今天中午我去一趟民事大楼，明早就能准备好许可证。"

"我不想去我姑妈家了，我要成为一个独立自主的女人！他们一直把我当作一个六岁小孩训来训去。如果真像你说的那么容易，我就做你的妻子。"

主意拿定，他们便叫车停下来。皮尔斯顿在康普敦山附近有一间工作室和几间住房，不过，结婚之前带她去那儿不大合适。他们决定去一家旅馆。

于是，他们掉转方向，回到海滨，很快在科文特加登找到一家古色古香的旅馆住下来，那时的科文特加登是从西南部诸郡来的人常喜欢去的一个地方。乔瑟林将她留在那儿，便马不停蹄地去东面办事了。

当他为眼前这一突然的变化大致安排好所有必需的事情时，差不多是三点钟了，他慢慢悠悠地往回去，他觉得有些昏乱，走走路可以放松放松，他看看这个橱窗，又瞧瞧那个橱窗。他一时心血来潮，叫了一辆马车，让车夫把他拉到"梅尔斯托克花园"。一到那儿他便按响一间工作室的门铃，过了一两分钟，一个穿着随便、与他年龄相仿的年轻人前来开门，他的左手拇指上有一大块涂抹得花花绿绿的地方。

"是你，啊，皮尔斯顿！我还以为你在乡下呢。快进来。太让我高兴了。我在城里这儿为一个美国人完成了一幅画，他要带回去。"

皮尔斯顿随朋友走进画室，一个年轻美貌的女子正坐在那儿做针线。在这位画家的示意下，她默默地走开了。

"瞧你的脸色我觉得你有话要说，那么，我们两人单独谈谈。你遇上麻烦了？想喝点什么？""噢，无关紧要，什么酒都行……来，萨默斯，你必须听我说，我确实有件事要告诉你。"

皮尔斯顿坐在一把扶手椅上，萨默斯又开始画他的画。这时，一个女仆人已端来白兰地，好舒缓皮尔斯顿的神经，还端来了苏打水，好去掉白兰地的有害影响，又端来牛奶，好消除苏打水造成的空虚感。乔瑟林开始了他的叙述，他好像不是说给萨默斯本人听的，更像是说给萨默斯的哥特式壁炉架、萨默斯的哥特式大钟和萨默斯的哥特式地毯听的。萨默斯在他朋友稍后的地方站在他的画前。

"在没告诉你有什么事儿发生之前，"皮尔斯顿说，"我想让你知道我是一个什么样子的人。"

"天哪，我早已知道了。"

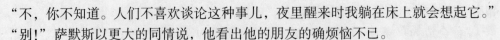

"不，你不知道。人们不喜欢谈论这种事儿，夜里醒来时我躺在床上就会想起它。"

"别！"萨默斯以更大的同情说，他看出他的朋友的确烦恼不已。

"我被一个奇怪的诅咒所左右，为一种奇异的力量所支配。为一个造物，不如说是一位女神而困惑不已、神魂颠倒、茫然无措。就像诗人会把它称作阿芙洛蒂忒一样，我会将它置于大理石中……哦，我忘记了，这不是一份请求宽恕的哀诉，而是一道辩词，一种'为我生命辩护'。"

"很好，说下去！"

第七章　早些时候的化身

"萨默斯，我知道你不是那种人，他们整天沉迷于那种普遍的、讨人喜爱的迷信之中，认为每个男人的所爱常常或总是喜欢逗留在一个肉身的外壳或隐蔽处，无论呆多么长的时间，随他的意愿。如果我说错了，你的确还固守这古老的谬误，那么，我的故事会显得有些古怪。"

"就说说某些男人的所爱，而不是所有男人的所爱。"

"好吧，我说一个男人，就这一个，如果你这么特殊。我们是一个奇特的、富于幻想的种族，我就是从那儿来的。也许这能说明点什么。这个男人的心爱的有许多的化身，多得没法细说。每一个形影或化身都只是一个暂时的居所，她走进去，住一会儿，接着又从这儿离去，留下这臭皮囊，又添一具尸身，多么糟糕！这儿没有任何招魂术的胡言乱语，全都是事实，它那清楚明白的形式令保守的人士们感到恐怕。有很多的事例。"

"很好，说下去。"

"唉，她的第一次显形想起来依然历历在目，那时我大约九岁，她的载体是一个长着湛蓝眼睛的八岁左右的小姑娘，她出生在一个十一口之家，她肩上那淡黄色的头发想卷曲起来，但没有成功，只好不雅观地悬在那儿，就像烟囱弯儿。当时的我对这个瑕疵很是烦恼，我想这也是我的心爱离开那个居所的一个主要原因。这次离去具体是什么时候我想不起来了，可能是在我吻了我的小朋友之后吧！那是在一个炎热的正午，我们靠在花园的椅子上，为了不让从东采石场过来的人看见我们的亲密动作，我们一坐下就撑开一把蓝色的方格子伞。可是，我们忘了，我们的小屏幕比我们本人更加惹人注目。"

"随着她父亲离开小岛，整个梦化为泡影，当时，我以为我心爱的永远地去了。然而，她没有。劳拉永远地去了，我的心爱的仍然存在。"

"我一直哭着要找回这个淡黄色头发的她，几个月过去，我的爱没有重现。有一天，她突然出现了，真出乎意料。当时，我正站在蓓口—里吉斯人行道的栏石上，在私立学校的墙外，眺望大海。突然，一个中年男子骑马经过街道，他旁边有一位年轻

的女士也骑在马上。这女孩扭过头来，冲我一笑，很可能因为我正痴痴地瞅着她，还傻乎乎地微笑着。走过去好几步远，她又转过身来冲我微笑着。"

"这就足够令我燃烧起来了，刹那间我便明白了我的情感传给我的这个消息：我的心爱的又出现了。这个令我欣然前往的第二个形体是一个很成熟的年轻女人，她的肤色没有第一个那么白皙。她的头发也打成一个结，是普通的棕色，她的眼睛我想也是棕色的，当然，她美妙的容貌不是我三言两语就能描述出的。不管怎样，我痴心向往的人就站在那儿，再次显形了。我毫不迟疑地向同学草草告别，然后就急急忙忙地沿海滨广场跑去，直奔她和她父亲离去的方向，可是，他们的马早就一溜小跑离去，我没看见他们走了哪条路。我沮丧不已，折进小巷，可眨眼间，我的情绪又高亢起来，因为我看见那一对儿正朝我这边飞驰而来。她经过我身边的时候，我的脸一直红到头发根上，我英雄般地面对着她，可是，哎！我心爱的两颊并没有为我而红。"

皮尔斯顿停下来，端起杯子喝了一口，在他忆起的一幕里沉浸片刻，又接着说：

"那天下午我在街上四处溜达，徒劳地寻找她。后来，我看见一个男孩，她第一次经过的时候，这个男孩就在我身边，我小心翼翼地让他回忆些事，问他认不认识骑马的那一对儿。"

"'哦，认识，'他说，'那是塔克上校和他的女儿艾尔西。'"

"'你看她有多大？'我说，我脑子里想着我们的年龄很悬殊这件事儿，有些苦恼。"

"噢，十九岁，我想是他们说的。她后天就要跟501街的波普上校结婚了，然后他们就去印度。"

"这个消息叫我痛不欲生，我在黑暗中来到海港边上，想就此了结自己的生命。可是，我听说过有人曾看见海里的蟹子钳在落水的死人脸上慢悠悠地吃。一想到有这种不愉快的意外，我便犹豫了。我要申明一句，我的心爱要结婚这件事对我无关紧要，是她的离去撕碎了我的心。我再也没见到她。"

"虽然我已经知道，肉身的物质不存在并不意味着赋形的灵魂会一同不存在，可我很难叫自己相信：这一次她还会以她曾寄居过的形体再次出现在我的眼前。"

"可她这样做了。"

"不过，过了很长一段时间才发生，这期间，也就是十多岁的年纪，跟别的男孩子一样非常粗鲁，根本不把女孩子放在眼里。大约是十七岁那年，就在那处水边有一家甜食店，一天晚上我坐在那儿正喝着茶，看见一位女士带着一个小姑娘在我对面坐下。我们对望了片刻，这个孩子做出友好的表示，我就说：'她确实是个可爱的小东西。'"

"这位女士很高兴。"

"她有一双跟她妈妈一样温柔美丽的眼睛。"

"'你觉得她的眼睛好看？'女士问，好像我刚才说得再清楚不过的那句话她没听到似的。"

"'是的，简直一模一样，'我瞅着她说。"

"这以后我们谈得非常融洽。她告诉我，她丈夫随风帆远行了，我便说，他没带上她去兜兜风怪可惜的。她渐渐地打开心扉，把一个被抛在家中的年轻妻子的心情披露了出来。后来我在街上又遇见她，没带孩子，她正打算去码头接她丈夫，她是这么说的，可不知道路怎么走。"

"我自告奋勇地给她带路，具体的细节我不多说了，但后来我又看到她几次，马上我就发现我的心爱的就隐藏在这儿。她为什么挑选一个撩拨人心却又难以接近的已婚女人的形体，我不得而知。这位太太跟她的丈夫和孩子离开城里后，整个事件便这样地结束了。在她眼里，我们这次邂逅可能是一次调情，可对我来说，把它说成什么都行，单单不能说成调情！"

"我何苦还要讲述其他那些可望而不可即的故事呢？这以后，心爱得越来越频繁地展形给我，我不可能将她各式各样的化身都一一细说。接下来的两三年里，她出现了九次。有四次扮成褐色女郎，有两次扮成淡色头发的尤物，还有两三次藏身在既不明亮也不暗淡的肤色之下。她有时是个高个儿漂亮姑娘，不过更多的时候，我想她喜欢溜到柔软而空灵的形貌下面，而不喜欢大块头。我对这样的进进出出渐渐司空见惯，甚至被动地放任自己与她交谈、亲吻她，与她通信、思慕她，在她的每一个变幻的形貌之下。就这样一直延续到一个月前，我第一次感到困惑不安。她走没走进我儿时的伙伴艾文斯·卡罗的身体里呢？最后，我断定她确实没有走进艾文斯·卡罗的形体中，因为我对她依然存有很大的顾虑。"

皮尔斯顿接着简单谈了一下他与艾文斯重新见面恢复友情的经过，差不多快订婚了，却因为他而意想不到地破裂了，仅仅因为他遇见了另一个女人，他的心爱的就从他的眼皮底下溜到了她的身上，她叫玛西娅·本考伯小姐。他描述了他们不由自主地决定即刻就结婚的情形，然后他问萨默斯，在这种情况下他是否应该同她或任何什么人结婚。

"当然不行，"萨默斯说，"任何人，哪怕是小艾文斯也不应该。你跟别的男人一样，甚至更坏。所有的男人从根本上说都三心二意，你也不例外，他们只是没有你这样的敏感。"

"三心二意这个词不恰当吧？三心二意指的是事情跟往常一样而人们对它生了厌倦之心。可我总是对我无法牢牢地抓在手中的缥缈的造物保持着忠诚，除非我现在真的抓住了它。告诉你吧，她从一个又一个具体的人身上不停地迁移对我而言绝非一种快乐，当然也不是我挑起的任性游戏。一度完美无缺的神圣造物就在你眼睁睁地注视下失去她的神圣而变得平庸无奇，从火焰变成灰烬，从光芒四射的活物变成黯然失色的遗物，在任何一个男人的眼里这都不会是一种愉快，在我看来全然是一副惨相。每一个凄凉的空空如也的躯壳从此以后就像鸟儿飞走的美丽鸟巢遭到主人的遗弃，任冰凉的雪花飘满。等我再次投以目光，那里一向能见到她，而今却只有脸庞不见了她，我是多么的痛苦啊！"

"你不应该结婚。"萨默斯重复再三。

"也许我不应该，虽然要连累到可怜的玛西娅，恐怕，如果我不……我说在这件事上我颇为不幸难道有错吗？幸运的是，迄今还没有谁曾为此而痛苦。因为我知道等待我的是什么，所以我很少冒险跟任何女人有亲密的接触，以免匆促地驱走了她身上的亲爱的，可亲爱的却总是脚步匆忙地离我而去。"

皮尔斯顿不一会儿就走了，在这种事情上，朋友的忠告往往没有任何分量，他匆匆回到本考伯小姐的身边。

她现在不一样了，焦虑已明显地折了她的几分傲气。"你怎么在外面呆了这么久！"她有些不耐烦地说。

"别介意，亲爱的，都安排好了，"他说，"过不了几天我们就可以结婚了。"

"不是明天？"

"明天不行，我们在这儿呆的还不够长。"

"可是民事大楼的人怎么会知道呢？"

"哦，我忘了还需要什么居住时间，便照实说我们刚刚到这儿。"

"噢，太傻呀！不过现在也只好这样了。我想，亲爱的，无论如何，我总该更好地了解了解你！"

第八章　正像一道闪电

他们在这家旅馆多住了几天，女仆们好奇地盯着他们，侍者时不时假装偶然地打扰了他们。他们一块儿散步，多半走在后街上，免得被人认出来，每当这时，玛西娅便默作不语。

"哑巴！"有一次他开玩笑地说。

"你在民事大楼承认我们刚到这儿，使他们不能马上把结婚许可证给你，真叫人心烦，这样子跟你在一起让人不舒服！"

"可我们就要结婚了，亲爱的！"

"是的，"她喃喃地说，又陷入沉思中。"我们的决定多么突然啊！"她接着说，"希望我们的婚事能得到爸爸妈妈的支持……我们一两天内还不能完婚，可以给他们写封信等个回音吗？我想写封信。"

皮尔斯顿认为这一举动颇不明智，这更激起她要写信的欲望，两人最后吵了起来。"我们迫不得已在这儿耽搁，要是没有征得父母的同意我就不结婚。"她激动地喊叫起来。

"那太好了，亲爱的，写吧！"他说。

他们回到房间里，她坐下写信，可不一会儿她就绝望地把笔扔到一边儿。"不，我不能做这事儿！"她说，"我不能屈尊做这种事。你能替我写吗，乔瑟林？"

"我？我不明白为什么由我来写，何况我觉得还不到时候。"

"可你不像我，我跟我父亲吵架了。"

"是没有，可我们两家长期敌对，让我写这封信会很不好意思的。等我们结婚后，

我会写的，但不是现在。"

"那么，只好我写了。你不了解我父亲。无论我在他不知晓的情况下嫁给哪个家庭，他都会原谅我，可你的家庭这样庸俗，这样憎恶贸易竞争，到死他也不会原谅我竟稍稍地成为皮尔斯顿家的人。当初我没想到这一点。"

皮尔斯顿听了这席话大为震动，很是不快。尽管他在伦敦作为艺术家拥有了独立地位，可对他那简朴的父亲却很是忠诚。多少年来，他的父亲顽强地与本考伯侵占性的贸易相对抗，正是在他的供养之下，乔瑟林才得以进了最好的艺术学校学习。所以，他请她不要再对他平庸的家庭说三道四，她便默不作声地继续写信，最后留下一个邮局的地址，免得留下他们的住处，至少不要现在暴露。

邮局没送来任何回信，而更糟的是，离家以来寄到她父亲那儿的写给她的一些信，竟悄悄地寄到了她留下来的那个地址处。她把信一封封地拆开，读到最后一封时，她大喊一声"天哪！"便放声大笑起来。

"怎么了？"皮尔斯顿问。

玛西娅于是大声地读信。信是一个痴心于她的年轻泽西绅士写来的，他说他马上就要到英格兰，按她曾郑重许下的诺言前来会晤他心上人。

她又觉着好笑又觉着忧虑，"我该怎么办呢？"她说。

"怎么办？我亲爱的姑娘，显而易见，只有一件事可做，尽快告诉他你就快结婚了。"

于是，玛西娅就这个意思写回信，乔瑟林替她作润色，尽量使语气更委婉。

"我再说一遍，我的确忘记了！我深感抱歉，可事实如此。我已把所有的事告诉了我未来的丈夫，此刻，他正在肩头看着我写信。"

乔瑟林看见写在纸上的这句话，便说："你最好去掉这句话，对这个可怜的小伙子来说，那不是往伤口上撒盐。"

"往伤口上撒盐？不是那么回事。亲爱的。他为什么想来打扰我呢？乔瑟林，你该感到自豪才是，毕竟我在信中提到了你。我昨天说我可能会嫁给哪个科学家，你说我是胡思乱想，现在你可瞧见了，又出来一个。"

他有些不快："好了，我不喜欢听这些话。在我看来，这绝非什么愉快的事，虽然在你眼里它是那么轻松。"

"哼，"她噘起嘴，"我的所作所为不过抵得你的一半罢了。"

"你这话是什么意思？"

"我的错不过错在遗忘，而你却明知故犯。"

"噢，是的，你当然可以用艾文斯·卡罗来反唇相讥，不过别用她来折磨我，免得我做出什么意想不到的事来弥补错误。"

第二天，请示她父母是否同意他们的婚事的那封信真的来了回音，叫玛西娅很是惊讶的是，她父亲说的话与她期望的全然不同。她父亲是土生土长的岛上人，他出生的年代，古老的婚姻观念在岛上还颇为盛行，在他看来，是否损害了她自己的名誉似乎不是现在考虑的问题；他坚决反对她与可恶的皮尔斯顿结婚。他不同意；没见到她之前他不会再说什么了。如果她更理智些，如果她还没有结婚，她就该拒绝这种显而易见的引诱，回到家里来。那么，他会考虑一下，在这种艰难的处境中能为她做点什么，否则，什么也不做。她父亲对他和他的家人这般低估，皮尔斯顿禁不住讥讽了几句，玛西娅则感到不高兴。

"如果有谁该受到讥刺的话，那就是我！"她说，"我开始觉得我是个愚蠢的姑娘，因为我花多了零用钱而受到一丁点儿责备，为这么一个无聊的原因我就离开父亲竟跟别人私奔。"

"我建议你回去，玛西娅。"

"从某方面说，你的口气不对。谈起我父亲经商的正直，你几乎全是轻蔑地说两句。"

"对他这种人，我只能这么说，恐怕，如果知道……"

"你又要说什么诽谤他的话？"

"我不想对你说什么，玛西娅，那不仅仅一般的声名狼藉的事。所有的人都知道，他曾使出浑身解数想叫我父亲破产；而且，他在信中提及我的方式表明他的敌意延续到现在。"

"那个吝啬鬼毁在一个像我父亲一样慷慨的人手中！"她说，"那种说法像是你们的歪曲之词！"

玛西娅火冒金星，气得满脸灼热，这样的红润本可增添美丽，然而红润过后那直挺挺的强硬表情却将美丽一扫无余。

"玛西娅，你的火气更加强烈！我可以说出其中的每一个细节，谁都知道，他吞并一个又一个采石场，吞并所有的东西，唯有我父亲凭孤注一掷的勇气，总算保住了他自己的生意。这事实不容回避。对于我们这两个想要结婚的人来说，我们长辈之间这种关系是一个难堪的事实，对此，我们刚刚才开始意识到，该怎样去克服它呢？我也说不出来。"

她十分坚决地说："我觉得我们根本不必克服它。"

"可以，可以，完全可以。"皮尔斯顿喃喃地说，盯着他的朱诺古典的面孔和黑亮的眼睛，一种蔑视的神情笼罩在那美丽的容貌上。

"除非你请示我原谅你所做的一切！"

皮尔斯顿不能承认自己对他的这位傲气十足的女士做过什么错事，并拒绝为自己所做的事请求宽恕。

于是，她离开了房间。这天稍晚的时候，她又回到房间，用悲惨的声音打破了沉默："你说的对，我是发脾气了。可事情已经发生了，你为我而遗弃艾文斯或许是个错误。罗密欧必须与朱丽叶私奔，而不是跟罗瑟琳结婚。维洛那的这两个恋人刚刚恋爱就死掉了真是一件幸事。不久将证明，他们两家的敌意会引起无数的冲突；朱丽叶应该回到她的家人身边，他也一样；这个起因本该分开他们，好象像它会分开我们一样。"

皮尔斯顿笑了一下。吃茶点的那会儿他看出来了，她说他既然拒绝请求她原谅，

她思索再三，决定还是去她姑妈那里，无论如何得等到她父亲被劝说过来，同意他们结合。皮尔斯顿听她这么说感到心很凉，却又惊异于她的独立，女人在这种情形下通常是委曲求全。但是，他丝毫没有阻止她，只是淡淡地吻了吻她，失却了近来的热情。毛石商蒙塔古的罗密欧走出旅馆，免得对敌对家族的他的朱丽叶有什么强迫的表示。等他回到房中，已没有她的踪影了。

这一对山盟海誓得过于仓促的恋人开始了鸿雁传书，由于有家族仇恨这层不幸背景，他们的通信很审慎。他们把刚刚经历的这场爱情说成是：

> "太仓促、太轻率、太出人意料了；
> 正像一道闪电……"

他们用一种平静、冷淡，嗯，这给他们的重新结合提供不了什么好的保证。

玛西娅的最后一封信结束了他们的争辩，信是从小岛上寄来的，就是她离家出走的那个地方。她告诉他，他父亲突然出现在她姑妈家，并说服她一道回到家里。她把什么都告诉了他父亲，关于他们私奔的情况，以及酿成此事纯系一些偶然因素。她父亲劝她相信因争吵而使她几乎信以为真的事儿；他们结婚的所有念头至少在目前应该搁置起来；任何的尴尬甚至耻辱也比他们仅靠两三天毫无结果的热情便即刻结合要好，也比在他们那毫无指望的处境里成为倒霉牺牲品要好。

皮尔斯顿很平静，他把这归咎于她父亲是个土生土长的岛民，在他的文雅举止后面依然潜伏着岛上的一切古老的婚姻观念，这石头商没有果断采用通行的办法补救女儿的轻率，而宁愿等等结果。

可是这位年轻人仍然认为：等玛西娅自己的完全冷静下来后，她会更清醒地意识到她的真实处境，而不顾家庭的反对，最终回到他的身边。没有任何社会因素会阻碍他们走到这一步。论出身，两人处在同一地位；尽管玛西娅家在财富的积累方面略胜一筹，在社会上的名气要大一些，似乎匹配的优势偏到了一边，但皮尔斯顿是个成名有望的雕刻家；所以，对一个还无望继承一笔可观的财产，也没有什么特别机遇的女人而言，他们的婚事不会被人视为不适合的。

这样，虽然失望，他仍觉得从道义上讲他应该留在他伦敦的住处，万一玛西娅某一天忽然出现，或者接到一封信请他前去相见，那么他们可能终究会走向圣坛，结为一家。然而，在深夜，他似乎听到一些讥讽的声音，还有风中传来的嘲笑声，嘲笑他那小小的罗曼司的最新局面。在漫长而单调的白天，他枯坐于室中，眼睁睁地看着他的心爱的从他近来所珍爱的形影中凄凉地离去，直到她全部烟消云散。她是在什么时刻彻底消逝的皮尔斯顿并不知道，但是，他知道在他记忆的深处，她的许多线条在玛西娅的轮廓上已不再荡羡，她的许多声音在玛西娅的口音里也不再清脆地回荡了。他们相识虽然热烈，可要想让这依恋持续下去，却未免太短暂了。

一天，他通过可靠的途径得到两条消息，叫他惊叹不已：一是艾文斯·卡罗与他的表兄结婚了；一是本考伯一家周游世界去了，听说还要顺便走访本考伯先生的一位亲戚，圣弗兰西斯科的银行家。这位石头商退休以后，一直不知道该如何消磨时光，后来发现旅游有益健康，便决定投身其中。尽管没人告诉皮尔斯顿，可他还是推断得出，玛西娅看到他们的私奔似乎没造成什么后果，所以便陪伴在她的父母身边了。不言而喻，她的父亲坚决反对她跟一个像他这种血统与姓氏的人结合，这对他的打击实在是很是严重了。

第九章　远方熟悉的现象

皮尔斯顿渐渐回复到他习以为常的生活轨道上，跟从前一样，他的事业占据了他大部分的时光。随后的一两年里，他只从以前的邻居那儿听到一次本考伯一家的动向。这一长时间的旅行使玛西娅的父母对别的景致和国家产生了浓厚的兴趣。据说，她的父亲依然精力充沛，只是偶有小小的不适，他正进行海外投资，好利用上他的四海一家观念提供给他的这次观光机会。他的猜测成了事实，玛西娅跟他们在一起，与他结合已没有任何必要，这样，他跟快成婚的妻子的分离便成了永久的事实。

从此以后，他似乎很难再发现游荡在他想象中的偶像在尘世的居所。他差一点跟玛西娅结婚，甚至申请了结婚证。许久以来他总觉得在道义上对她负有责任，而不愿有意识地环顾四周，去寻找消逝了的理想。于是，在本考伯小姐离开的头一年里，一旦他这位难以捉摸者的最近化身回来对他提出要求，他便准备对她保持忠诚，一想到这个幻影可能会出其不意地突然现身，并在不知不觉中诱惑了他，使他那严肃的意图变成什么模样，他这个有着奇特幻想的男子便浑身一阵战栗。有一两次他想象自己看见她在远处出现了，在街道尽头，在海边一边遥远的沙滩上，在一扇窗户里，在一片草地上，在火车站对面；但他坚定地调转方向，向另一条路走去。

在玛西娅一下子独立之后的许多平安无事的日子里，乔瑟林的全部身心都倾注在形象创造之上，如果没有某种疏导渠道，永恒沸腾的激情之泉将汹涌而出，除了伟大无比的人物没有谁能逃脱被其毁灭的命运。很可能正是这个原因而绝非任何处心积虑的结果，他在艺术上获得了成功，这成功使他一跃而过若干年月的障碍，好象一次突然的勃发。

他不费力气便获得成功，成为皇家艺术学院的著名院士。

然而，他一度苦苦追求的这种赞誉和名气，如今似乎对他毫无用处。由于偶然间成了一单身汉，茫茫人海中他到处漂泊，没有任何灵魂的锚地或朝拜的圣地；何况，荣誉需要一种家庭的核心，好结晶在它的周围，荣誉在他这儿却触摸不到，眨眼工夫就四散了，无法给他的物质幸福积聚什么分量。

他的创造如果注定无人垂顾，他同样会以巨大的热情舞动他的凿子劳作。大众对他的梦幻形象的热爱他漠不关心，这冷漠赋予他一种奇特的艺术沉着。他穿行于阵阵舆论之中，而不为所动，他那与生俱来的偏好也得以免遭打扰。

这几年之中，他唯一的乐趣就是探索美。走在大街上，他总会观察一张面孔或一张面孔的一个部位，它在间不容发的瞬间似乎要在多变的肉体上面表现出他在那一瞬间想以永恒的形式来表现的东西。他躲躲闪闪好似个侦探，跟随它的主人，在公共汽车上，在出租车上，在汽船上，在人群中，在商店、教堂、剧院、客栈和贫民区，多半都是失望而归，疲惫地推开紧闭的寓所大门。

在这些职业性的捕捉美的过程中，他有时让目光穿越泰晤士河，投向南面的码头，其中一个有些特殊，因为每天都有从南方港口驶来的双桅船停在那儿，卸下他父亲的成吨成吨的毛石。偶尔，他能辨认出躺在那儿的白色石块，那是他父亲一大块一大块永无止歇地从英吉利海峡中那岩石小岛上慢慢咬下来的，似乎总有一天，它会被咬得干干净净的。

有一件事是他不能理解的：诗人和哲人们凭什么得出这个假说，认为爱的感情在少年年代最为剧烈，至成熟岁月则趋于微弱？这多半得归因于他无家可归的孤独状态。玛西娅离去的最初几年，也是他从二十五岁流到三十八岁的这段时光，皮尔斯顿在创作之余时常怀着一腔炽热沉湎于爱，尽管也有一种自制，可那时，他的判断力还非常成熟，茫然不觉。

他那古怪的小岛型幻想已生长为这样弥漫的感情，以至他的心爱的——如今重又依稀可见——一直在他身旁的某个地方存在着。有几个月他可能看见她出现在一个剧院的舞台上，然后悄悄溜走，留下收留过她的那个空空的残骸，可怜极了，在她遁身以后尽其所能地演着哑剧——一个惨不忍睹的凡俗身影映入他的眼帘，到处是瑕疵，浑身皆平庸。她会再次出现，一定会的，出现在一个起初不被注意的女士身上，在某个时髦的晚会、展览会、市场或宴会上邂逅相遇，不出几个月，又必定从她身上溜走，然后成了某家大装饰店里一个优雅的售货女郎，由于一个不常犯的错误，他不知不觉中逛到这个店里来，过后她又抛弃这个身影，以某个流行的女作家、钢琴演奏家或女小提琴手的形貌重新显形，在她的神龛上，他大约会朝拜一年。有一次，她是一位皇家摩尔式综艺宫的舞女，虽然在她整个儿居留的过程中，他没跟她交换过一句话，甚至她做梦都没想到过他的存在。他知道，与这个实体作十分钟的交谈就会把那捉摸不定的出没者吓得仓皇逃窜，跑到某个甚至更易进入地缝。

她金发碧眼，她褐发褐眼，她高个儿，她娇小妩媚，袅娜动人，她身段挺拔，她丰满，她线条优美。只有一个特征保持不变：她的居留期变化不定。用伯尔纳的警句来说，她没有什么永恒不变，除了变化。

"这真是奇怪，"他自言自语地说，"我的这种经历、这种癖性，怎么称呼都行，对别的男人而言完全是浪费时间，而我却以此创造出严肃的事业。"他所有的梦幻都化成了雕刻，他发现通过它们，他击中了公众趣味，他本无意去迎合公众，也不屑这么做。一句话，他正处在从一种稳固的艺术声望滑向大众化的危险之中，固然辉煌激动人心，但转眼便黄花一现。

"迟早你有被捉住的一天，我的朋友。"萨默斯有时会这样对他说点什么。"我不是想说你会被卷入什么有损名誉的事儿，因为我承认，你在行动上和在理论上一样理想。

我的意思是这个过程可能会倒转过来。某个女人，她的心爱的跟你目前的情形差不多同样漂泊不定，她会攫住你的眼睛，而你会粘在她身上，她会追随她的幻象而去，把你抛在那儿，任你独自痛苦。"

"或许你说的对，可我觉得你是错的。"皮尔斯顿说，"作为肉体，她每天都在死亡，就像使徒的肉身，因为我一旦抓住那实在，她就再也不在其中了，因此，如果我愿意的话，我是不会粘到一个化身上的。"

"等着吧，到你再老一些的时候。"萨默斯说。

第 二 部

一个四十岁的年轻人

爱要我去爱，
我全然服从：
既然没有移去它的可能，
无论福乐还是困厄，
我将始终不渝地
侍奉和承受，毫无怨言。

韦艾特爵士

第一章　老幻想又分明起来

在这些漫长的岁月里，皮尔斯顿始终喷发的艺术激情被意外地停止了，因为突然传来他父亲在沙埠去世的消息，石头商听从内科医生的建议，本是到那里去换换新鲜空气的。

不得不承认，老皮尔斯顿先生在家族生活上一直有些小气，这一点玛西娅鲁莽地对他提起过；但是，他对乔瑟林绝不吝啬。虽然作为一个值得信赖的雇主，他一直是一位相当严格的监工；可他是一个付现款的人，公平而又不够慷慨大方。令所有人感到吃惊的是，对于这样一桩经营得毫不起眼的生意来说，他积攒的资金真是一笔大数目，乔瑟林再怎么想也没想到会有这么多。当儿子把他瞬息的幻象雕形并削凿成永久的形体时，这位父亲半个世纪以来一直在不间断地拓展着那些形体的粗糙的原始材料——海峡中几然不动的孤独的岩石。在起重机和滑轮的帮助下，他的矿车和轮船把他的战利品运送到大不列颠的各个地方。

乔瑟林按照父亲遗嘱上的建议，把一切事情料理停当，转卖了生意，除了在业务和其他来源上已经获得的一万二千英镑以外，他发现自己还能再增加八万英镑。

除采石场以外他还卖掉岛上的一些固定资产——他不打算在那儿定居——安排好这些事情之后，他就回到城里。他常常寻思玛西娅现在不知怎么样了。他曾许诺绝不打扰她；整整二十年来，他的确没有打扰过她；尽管他在日常生活中遇到麻烦的时候，经常会思念起，只不过仅仅把她作为一个纯粹的一般意义上的朋友。

他相信她的父母已经过世，他还知道她从来没回过小岛。大概她已在国外建立起某个新的关系，想用她的旧姓名找到她，几乎是不可能的。

接下去是一段平静的生活。一天晚上，他不知道应该做什么好，就答应了一个邀请，自打他父亲过世以来，这差不多是他第一次进入社交界，发邀请的人是他为数不多的几位女士朋友中的一位。

双轮马车转过街角，沿北面排列的房子顿时尽收眼底，她的房子就在其中，熟悉的仆人站在门口欢迎客人，阳台上还挂着中国式的灯笼。他一下子觉出来，在这种情形中，惯常的"小型"茶会已变成酷似盛大的那一种了。他想起最近刚刚发生了一场政治危机，这使得柴诺克利夫伯爵夫人的集会扩大了，因为她的集会是中立派和非政治派的集会之一，在这里，各党派的政治主张可以自由地辩论，在专门的党派集会上就不能这么自由了。

皮尔斯顿没等自己的马车顺次排到门口，就在几码外的地方不打眼儿地下了车，朝前走去。围观的人墙挡住他的去路，他不得不在外面停留一会儿。就在这时候，几位身披白色斗篷的女士跨出马车，沿着特意铺设的地毯走进大门。他没看见她们的脸，只看见几个粗略的轮廓；可他突然间产生一种预感。简单地说，那天晚上他可能会与

他的心爱的重新邂逅：躲了这么长时间，她打算再次露面，给他来个惊喜。她那闪亮的眼睛，那音乐般的声音里，那一扭头，这一切他是多么熟悉啊，尽管她在外表有千种变化，他也能迅速地认出她来，无论她选择什么样的肤色、轮廓、口音、身高，或什么样的马车来装扮自己！

皮尔斯顿还有一个猜测：这个夜晚将是一个生动的政治之夜。一走进大厅，他的这一猜测就得到了证实。那里明显地充满一种激动而沸腾的气氛，这气氛从楼上一直洋溢到楼下——在党派或集团的聚会达到高潮或激动时刻，这种场面很常见。

"这么长时间以来，你一直呆在什么地方，年轻人？"女主人跟他握手致意，然后狡猾地说。"噢，对了，我想起来了，"她补充说，想到他近来的丧事，她一下子严肃起来。伯爵夫人是一个举止柔和的女人，具有人们常说的女性气质，既幽默又富有同情心。

接着，她开始向他讲述某一政治派别的一件丑闻，她在名义上属于这一派别，该丑闻是目前的政治危机的产物。至于她自己，她已发誓要为此事而永远放弃政治。所以，他得把她看作一个比从前更加中立的家庭主妇。这时候，又有一些人挤上楼梯，皮尔斯顿也准备走上去。

"看得出，你在找人。"她说。

"是的，找一位女士，"皮尔斯顿说。

"告诉我她叫什么名字，好让我想想她在不在这儿。"

"我说不上来，我不认识她。"他说。

"真的！她长什么样儿？"

"我描述不出来。"

柴诺克利夫女士显得不大高兴，似乎她以为他在戏弄她，然后他随着人流走开了。其实，此时此刻，皮尔斯顿觉得他有一个巨大的发现：他所寻觅的人就潜伏在刚刚与他谈话的这位女士身上，她从来都这样妩媚动人，今夜尤其妩媚。他感到万分惊愕；他的心爱的有可能搞出这般轻佻的恶作剧；她以前也曾把自己化身为一个已婚女人，令人感到愉快的是，那时候没造成什么严重的后果。无论如何，他觉得他一定是弄错了，他觉得这种幻觉一直被简单地归因于他所处的高度充电的状态，理由是他近来的孤独的处境。

整个这套房间为时下的舆论提供了一个充分发挥的场所。党派的大神们带着他们严阵以待的六翼天使们登台亮相，但是，他们在处理公共问题上的态度和方式真是光彩夺目，与之相比，唯有缺乏独创思想显得不那么耀眼了。没有任何一个明智政府的任何原则在哪一个思想中占据一席之地。至于执政党和在野党，驱动一切的是一种直言不讳的个人主义。但乔瑟林对这些东西不感兴趣：他像潺潺溪流中的一块石头，正等待着某个漂浮的物体被带到他这里，粘在他精神的表层上。

就这样，他寻找着那美丽身影的下一个新版本，此时此刻，他并没有考虑到，在所有的预言中，这一次与她相遇的预言只不过是一种让自身得到应验的预言。

他在一群人中寻找她，这群人聚在一位前首相周围，前首相以一种和蔼的、近乎快活的态度交谈着，对他来说，这种态度在这样的时刻是自然得体的。有两三个女士正在听他谈话，后来又加进来一位身穿黑白色衣服的女士，皮尔斯顿的注意力就放在她身上，那位伟大的政治家也在注意着她，他投向她的第一直露的凝视似乎在说，"你是谁？"，后来，她吐出只言片语，那目光随即变成一种兴致勃勃的倾听——首相与站在周围的许多人有所不同，他总是心谨慎地不去打断一个怯弱的说话者，如果有人跟他一起开口，他会马上给他让路。他比谁都明白：一切都要学习，他的言谈止显出他是一个不浮夸的人，他能牢牢地抓住一个观点，即便他不能着手创造一个出来。

这位女士讲述了她的小故事——无论她讲的是什么，乔瑟林也听不见——政治家笑了："呵呵呵！"

乔瑟林被上文说到的预言弄得兴奋起来，他的雪莱式的"数名而一形"的心爱的就要再现了，他高度紧张，旁若无人，聚精会神地盯着这位赢得他的注意力的女士。

眼下，这位女士仍然被周围的人半遮半掩着。柴诺克利夫太太带来一个人，引见给前首相，他的注意力被分散了，女士混入人群之中，乔瑟林失去了视线，他正怀疑着那个好久没有露面的人儿是不是又悄悄地回来了。

他到处找她，她是女主人的亲戚，那天晚上，她看上去比以往任何时候都打人。她身穿一件天蓝色的礼服，显得她异常柔美而又婀娜多姿。她瞧见了他，他们的目光相遇了。想到他们上次相见时她穿着一件不太好看的孝服，那是一个潮湿的日子，在一幢乡村小屋里，每个人都划着十字，她这时的眼神似乎在提醒他"现在你觉得我怎么样？"这意味他明白。

"我有几张新照片想让你看看，好告诉我照得怎么样，"她说，"记住，必须跟我讲真话，不要拣好听的说。"

她从旁边的一只抽屉里取出照片，他们便一起坐在长椅上品评着。照片是最时髦的摄影师拍的，十分好看，他就是这样对她说的。但是，当他谈着照片，把它们做比较的时候，他的脑子并没有固定在评判图片这件事上，他别有所思。他琢磨着那捉摸不定的心爱的是不是真在这位姑娘的身影里。

他抬头看她。令他惊讶的是，她的心思也没有单单停在照片上。她的眼睛朝远处的人们瞥去，显然她正考虑着，她与皮尔斯顿这样亲密无间地坐在这里，人们会有什么反应，尤其是给那位三十岁的军人模样的男子造成什么效果，皮尔斯顿不认识这个男子。深信不疑，既然没有什么幻象停留在眼前这位年轻女士的轮廓里，他便可以一边应答着一边冷静地观察她。他们双方正做着同一件事：每个人都假装津津有味于对方所谈论的话题，而双方的注意力却飞到屋子里的其他地方里，甚至在他们的交谈还在进行的时候。

不，他还没有看见她。显然，今夜他不会看见她了；她被嘁嘁作响的政治气氛吓跑了。可他仍然寻寻觅觅地走来走去，除了阿芙洛蒂忒以外，几乎对其他各色小魔鬼毫不留意；阿芙洛蒂忒总是逗留在那些地方，还揶揄地指出来：这一个或那一个带绶带的老头儿——他为那些操纵欧洲命运的条约而紧蹙额头，还喋喋不休地在他恭敬地听众之间数算着各个政权；在这一个或那一个白色的珍珠链和粉红色的酥胸里面，兴

363

许躺着半片肺叶，它不得不以这样或那样的办法维系着它外面的主人的生命，直到婚礼之日的到来。

就在此时，他遇见了和蔼可亲的男主人，几乎就在同时，他还瞧见了那位起初吸引他然后又消失不见的女士。他们目光碰到了一声儿，因为他们彼此相距很远。皮尔斯顿心生喜悦：不知道这最终是不是一次真正的幸运发现，它不过是一种不稳定的兴奋，也没有欢乐的冲动；处在他"缥缈的情人"的目光之下，他更显得心神不定，好似一只集市上的羊。

不过，这会儿他得跟他的男主人柴诺克利夫先生说话，而那位朋友跟他说的第一句话几乎就是"那位美丽的女士是谁？那位身穿黑色礼服，边上带白色绒毛的女士，还戴着珍珠项链？"

"我不知道，"乔瑟林带着新生的妒意说，"我也正想问这句话。"

"哦，我们立刻就会知晓的，我想。我敢说我妻子准知道。"他们分手了，这时，有一只手搭在他的肩上。柴诺克利夫勋爵不一会儿就回来了："我查明她是我父亲的一位老朋友，已故的亨吉斯伯利勋爵的孙女，她叫派恩·埃文夫人；两三年前她婚后不久就失去了丈夫。"

柴诺克利夫勋爵被旁边的教会显要人士吸引过去了，留下皮尔斯顿独自寻思着这个问题。他的一位年轻朋友——梅布拉·巴特麦德女士被人潮携到他面前，她身披薄纱，正准备进入舞池。梅布拉女士是一位热心肠的多愁善感的姑娘，她嘲笑闹哄哄的幽默。她问他倾心于谁，他告诉了她。

"噢，我跟她非常熟悉！"梅布拉女士热切地说，"她有一天跟我说，她特别希望见见你。可怜的人——多么不幸——她失去了丈夫。啊，当然了，已经过去很长时间了。女人不该结婚而后又把自己置于这样的灾难之中，是吗，皮尔斯顿先生？我坚决不这样。我已绝定不冒这样的风险！哎，你觉得我该不该这样？"

"结婚吗？噢，不；绝不应该。"皮尔斯顿干巴巴地说。

"这话说得真让人满意，"但梅布拉听了这个回答不可能感到舒服，尽管她打趣地回了一句，随后她又补充说，"可有时候我认为我可能会结婚，只是为了好玩儿……好了，我们到她那儿去吧，把她捉住，我得把你介绍给她。"

"绝不可能，除非我们像那些公民一样，接受'丑陋热潮'，对麦尔勋爵的展览趋之若鹜"。

他们一边谈着一边朝他们想见的人走去，她正跟身边的一个人在交谈，其形体似乎属于——

"那女性的形体，其身姿流溢着思想的光彩，"

这是诗人在他的伊斯兰金城的幻景中所看到的。

他们的步伐不断受阻。皮尔斯顿此时又像有些时候一样，似梦似醒，恍惚不定，无法走近那追逐的对象，除非他能振作精神，迈开脚步。他花十分钟的时间心不在焉地打量着肩胛骨、头发的背面、亮闪闪的头饰、脖颈、痣、夹发针、珍珠粉、粉刺、闪着五彩缤纷的光芒的多面钻石、项链钩、扇子、胸衣、七种类型的肘和胳膊、十三种样式的耳朵；之后，用他靴子里的脚趾作为犁头，为他和梅布拉女士犁出一条路，对准目标，朝派恩·埃文夫人走去，后者正在后面的客厅里饮茶。

"我亲爱的妮克娜，我们以为永远捉不着你了，由于讨厌的政治，今天晚上乱七八糟的！啊，可算走过来了。"然后，她把身边的皮尔斯顿介绍给她的朋友。

寡妇似乎真想认识他，梅布拉·巴特麦德女士没有任自己按惯例行事。既然三人中最年轻的一位已使另外两人彼此相识，她便离开他们，跟一位比雕刻家年轻的男子交谈去了。

黑天鹅绒和丝绸，加上白色的边衬，把派恩·埃文夫人的颈项和双肩烘托得异常靓丽，它们虽然没经过人工的增白，却连一丝一毫的瑕疵也没有。眼前的她确如那位远远看去温情款款、若有所思的人儿；而且，她对雕刻艺术的看法比当时流行的观点更为精辟入里，显然，除了上文提到的一两个人以外，她是他那晚上见到一个很聪慧的女子。

他们很快就熟识起来，谈话间歇，他们注意到又来了一些人，带来一些新消息，使气氛再度兴奋起来。带来消息的是一位穿黑衣的女士，她令男人们听她说话，无论他们愿意与否。

"让我感到高兴的是，我是一个局外人，"乔瑟林的伙伴说，此刻她正坐在沙发上，他站在旁边。"对我的堂妹，她就在那边，我怎么也喜欢不起来，她认为她丈夫在下一次竞选中一定会获胜，她像发了疯似的。"

"我们很少有人相信或者体会一下，'每个国家的百姓都住在茅草房里'，不是有人这么讲过嘛！"

"是的。不过，我没想到你会引用这句话。"

"哦，虽然我的亲属们属于某某党派，但我不是。无论什么时候都只能有一个最好途径，应该引导全民族的智慧去寻找它，而不是根据某个一时占上风的党派的意愿，在两条途径中踉踉跄跄。"

一旦开了这样的好头，他们发现相互间在很多问题上都一拍即合。一点差一刻，皮尔斯顿离开集会，从楼梯上走下来，大使的马匹呼出股股鼻吸，他从底下走过去，来到等在广场栏杆旁的马车边上，此时，他心中涌起一种强烈的感觉，那心爱的人未经他的任何暗示或主动邀请，又从阴影中露面了。

不过，他意识到，虽然直到目前为止在他眼前舞动的一直是他的所爱，但是，在她身后牵动木偶线的却是那位女神。最近以来，他一直在以各种各样想象得到的形式，在女神的形体上展示他的艺术身手。他已成为一个单角色的人——独独是她的表现者。她可能正以难以平息的虚荣，再一次惩罚他，因为他把她塑造得这么糟糕。

第二章 她越来越近，越来越清晰

他虽然想不起派恩·埃文夫人面部的其他细节，可他忘不了她的眼睛。那双充满探询的神情。那红棕色诱人的头发是多么光亮啊，不需任何头饰来陪衬，比如他在那边见到的那位贵妇人，把一万英镑装扮在头上，却比戴一顶女仆的棉布帽还要难看，那种棉布帽只需九个便士。

现在的问题是：他该不该再去见见她？他拿不定主意。但遗憾的是，他不能慎重斟酌了。就在他从屋里往外走的时候，他遇见了一位七十岁的老妇人，他的朋友布莱特沃尔顿夫人——尊敬的布莱特沃尔顿夫人，她急切地邀请他后天去赴宴，还中肯地说她听说他不在城里，否则两三周以前她就会邀请他了，那态度他非常熟悉。如今，在所有的社交活动中，皮尔斯顿最喜欢的就是马上有人邀请他去赴宴，作为一个临时的替补，代替某位不能前来的主教、伯爵或次长，一旦得知那位深深打动他的女士也会成为宾客中的一位，他马上就答应下来。

宴会上，他挽着派恩·埃文夫人的胳膊，自始至终只跟她一人交谈。后来，为了照顾礼节，他们在客厅里分开了一会儿，随即又吸引在一起，彼此陪伴着度过了那个夜晚。十一点刚过，当他动身回来的时候，他感到他永远忠贞的所爱，几乎确切无疑地在那双明亮的灰眸子里居留下来——订好了长长的租期。分手的时候，他几乎不自觉地在她手上按了一下，按得那么特别，又那么难以名状，她做出了同样的回应，就像一下自然而然的跳动，告诉他她留给他的强烈印象是交互的。一句话，她愿意继续交往下去。

但是，他能做到吗？

此番调情到目前为止还没有多少害处；但是，她了解他的身世吗？她了解加在他性情上的符咒吗？他是爱的世界上的漂泊的犹太人；他的幻觉是怎样的无穷无尽的幻想；他身上的那个艺术家如何毁掉了求爱者；他如何处于持续的恐惧中，担心他两次错对某个女子，也错对他自己，由于表面上好像表示出他想要表示的意思，事实上却没有表示出来；他是多么徒劳无益地想朝家务方面迈出实际的步伐，尽管与此同时他始终对家庭生活感到头疼。他现已四十出头，她大概三十岁，他不能像一个年轻人那样，毫不经意、自私自利地玩弄没有真正意义的爱。进一步发展下去而又不对她讲明，是不公平的，即便迄今为止，还不是很需要这样的坦白。

他决定立即去拜访这位新的化身。

她的住处离时髦的汉普顿郡的长街不远，他一边朝那里赶去，一边期待着至少会度过一段感情热烈的时光。

出乎雕刻家的意料，房主人的态度像房子本身一样。他穿过的房门好像有一个月没打开过了；他走入宽大的客厅，瞧见远远的地方，一把扶手椅上，坐着一位女士，他从地毯上穿行而过，终于走到她面前。的确是妮克娜·派恩·埃文夫人，一副冷若冰霜的表情，简直难以形容。她正在阅读，看见他过来，便以略带询问的姿态抬起目光，随即斜靠在椅背上，似乎完全沉浸在与他毫不相干的舒舒服服地情境之中，然后以几句平常的客套话答复了他的问候。

面对这样的款待，不幸的乔瑟林虽然有所恢复，但起初却的确窘迫不安。他分明已开始爱上妮克娜了，他感到厌恶，甚至近乎愤恨。让人高兴的是，他的爱慕之情才刚刚发生，刹那间，他觉得自己的处境真是可笑，面对此情此景，他险些笑出声来。她示意他坐在一把椅子上，然后开始品评她手上的几只戒指。

他们谈起当天的新闻，后来，听到一支喧闹欢快的曲子。为了轻松气氛，他问她知不知道这支乐曲。

"不知道！"她回答说。

"好吧，我跟你详细谈谈，"他郑重其事地说，"它以一首痛快的老调子为基础，那首老调的名字叫'负心女郎角笛舞曲'，就因为他们仅用一个晚上的功夫就把马德拉变成了港口，这只古老的旋律便开始受到欢迎，而后又加以改编、遭到扭曲，成了一只新的流行歌谣。"

"的确不错！"

"如果你常去音乐厅或常看滑稽剧的话——"

"怎么样？"

"你会发现这支曲子经常被演奏，效果很好。""她的冰霜有点融化了，后来他们继续谈到她的房子，它刚刚粉刷过，装饰着绿蓝色的缎子，高至头顶——这种布置，再加上窗子上的遮日篷，多少能美化她那稍显衰老的面部，虽然仍旧那么娓娓动人。

"是啊，我拥有这幢房子已有一些年头了。我一年比一年更喜欢它。"

"呆在里面，你没感到过孤独吗？"

"噢，从来不。"

不管怎么说，在他起身告辞之前，她变得友好一些了。他离开那会儿，正赶上三个前来做客的女士进了屋，她好象有些遗憾。"不，我不愿意再来了。"他回答说，那声音能被几位年轻女士听见。

她随他来到门口，"你这话多失礼啊！"她惊愕地小声说道。

"很失礼，再见。"皮尔斯顿说。

她没有按铃叫来仆人，而是让他自己寻找出去的路，以示惩罚。"唉，这究竟是什么意思，我说不上来。"他自言自语着，在楼梯上纹丝不动地沉思了一会儿。而暧昧不明的人正盯着他的脸。

这时，三位女士中的一位说，"这男子多有趣，长着一头可爱的头发，他是谁？那天晚上在柴诺克利夫太太家里见过他。"

"乔瑟林·皮尔斯顿。"

"噢，妮克娜，实在是太遗憾了！就让他那么不休面地走了，我当时本可以跟他认识认识！我早就发现他的经历明显决定着他的雕刻艺术，自从那以后，我一直想认识

他。我曾在一张泽西报上见到一则结婚启示，人们以为结婚的人是他的妻子，许多年前，他们两人一块儿私奔了，你不知道吗？后来她没嫁给他，为了遵守她的社交原则。"

"噢，他没跟她结婚吗？"派恩·埃文夫人惊讶地说，"啊，就在昨天我还听说他娶了她，虽然他们婚后不久就一直分居了。"

"大错特错，"这位年轻女士说，"我真希望能把他搞到手！"

但乔瑟林正大踏步地离去，把美丽的寡妇的房子抛得远远的。随后那几天，他很少出门，但大约一周以后，他与艾丽丝·斯碧维尔女士订下赴宴约定，该女士是伦敦最显赫的女主人，他从不忽视她。

由于某种偶然的原因，他到得特别早。艾丽丝女士没在客厅里，她去餐厅看看一切是否准备好了。忽然，他瞧见灯下孤零零地站着妮克娜·派恩·埃文夫人。她是第一个到的。他丝毫没指望会在这里遇见她，其实不只这样，一般来说，在艾丽丝太太家里，你想见到谁就能见到谁。

她刚从衣帽间里走出来，显得那么柔顺，甚至充满歉疚之意，他只得显出友好的态度。随着其他宾客的到来，这一对缩进一个隐蔽的角落，她陪在他身边，一直谈到所有人都去吃吃喝喝。

没人委派他把她携到餐厅那边，可他发现她正好坐在餐桌的对面。烛光中间的她显得十分迷人，此时，他猛然想到她前次的态度一定起因于有关玛西娅的错误传说，这些年来，他一直没听到过她的消息。无论怎样，他发现女人们的捉摸不定通常缘于事实、理由、可能性或他本人的功过，他不喜欢对此愤懑不已。

于是，他一边就餐，一边捕捉着她的眼神和话语——她时不时创造一些机会，朝桌子对面的他发出动听的语丝。他只是殷勤地应答着，派恩·埃文夫人本人明显地采取主动姿态。他再次对她涌起爱慕之情，就在同时，她前一次在自己家中的所作所为也一直在抑制着他的自信心——他甚至怀疑心爱的是否真在那些形体中居住过，莫非她始终不过是那有趣而又多才多艺的灵魂的匆匆过客。

他一边沉思默想着这个问题，一边却渐渐被她态度中那玩笑式的伤感所打动，这时，他偶然间在衣袋中摸手帕，发觉里面有什么东西啪啪作响，他觉出那是一封没有打开的信，是他正要出门那会儿送到的，当时他随手揣进衣袋里，打算在路上看。他把信从口袋里抽出一角，看了看邮戳，是从他故乡的小岛寄过来的。如今在那片土地上，他几乎没有什么联络了。

坐在他右边的女士是他带过来的，她是城里的——说起来其实是联合王国和美国的——领衔女主角。她衣装轻薄、透明，像一片香脂或海葵，没有暗影，运动起来，就像高度润滑的装满电线的机器，十分灵敏，假若有人按下某根弹簧，它就会飞动起来，一显自己的身手。眼下，这部机器上的弹簧是她应该得到和一心向往的艺术上的褒扬。此时，她正与右边的一位男子交谈，此人是该家族的一位代表，他正有根有据地说着什么，一副虚张声势的样子，好像在呼唤一个五百年前的、封建时代的回想。乔瑟林左边的那位女士是一位尊敬的上诉法官的妻子，她也以类似的方式在同她那一

侧的同伴交谈着，所以，此时，乔瑟林一个人呆在那里。他抓住这个机会，掏出那封信，放在餐巾上读起来，没人注意他，他这么认为。

信是他父亲从前的一个工友的妻子写来的，关于他儿子的事，她请求乔瑟林推荐他儿子作城里某个职位的候补，她希望他能去任职。但吸引他注意的是信的结尾：

> 听到这个消息您一定会感到伤心，先生，亲爱的小艾文斯·卡罗，少女时代我们经常这样叫她，不幸过世。如果你留意的话，你可能知道她嫁给了她堂兄，离开这里好些年了，但是，一年前——她那时已回来了，她成了寡妇；从那以后，她身体越来越虚弱，如今她离开了我们。

第三章　她成了无法接近的幽灵

艾文斯·卡罗那生动的形象，与她的性情十分融洽的温狄利尔小岛那万古如斯的景色，历历如在目前，不知不觉中，餐桌的场面慢慢退缩成背景。餐厅变得模糊缥缈，消融在险峻的石崖和奔涌而来的西部海下面。衣装红艳、戴着钻石的伯爵夫人，刚才还美丽动人、清晰可见地坐在主人的右手对面，此刻却变成死人湾上他望过多少回的闪光的失红色落日，艾文斯的身影就立在前景之中。坐在妮克娜旁边的法官，伸着粗糙的下颌，可能他十五分钟就得刮它一次，突然间，在他的眼睛和法官之间，现出艾文斯的面孔，是他们分别时她望着他的模样。青春常在的社交女郎那漂亮的五官——如果她再老上几岁，会像她女儿一样过时——变成了他跟艾文斯爬过千百回的父母们的采石场，上面满是粉尘。桌布上缕缕的常春藤、高高烛台上的烛光，以及束束鲜花，幻化成峭壁城堡上的常春藤、一丛丛的海藻，和那小岛上的灯塔。海边咸涩的空气淹没了美味佳肴的飘香，传入耳际的不是嘈杂的喧声，而是贝尔岸边海潮的独吟。

尤其是妮克娜·派恩·埃文，她失去了刚刚焕发出的艳丽光彩，成了平平常常的女人，对她，他仅仅认识而已；她似乎只是物质，一个仅有肉体和骨骼的外形，一个由线和面构成的人；她再也不是活生生的别有意味的语言了。

女士们都已退去，这情景却依旧。艾文斯的灵魂——那些爱过他的女人中，他从未爱过的唯一的一个——像苍穹一般环绕着他。艺术以最卓越的肖像画家的身份向他靠近；但是，对乔瑟林来说，只有一个画家——他自己的记忆。那位没有恶意的忠厚朴实的老保守，代表欧洲一切最杰出的外科医道，向乔瑟林致意，他的双手进入过千百个活人的身体；可是，一位默默无闻的乡村姑娘那白璧无瑕的躯体，却熄灭了他与这样一位手术师交谈的兴趣。

来到客厅，跟女主人说话。尽管那天晚上她在餐桌上款待了二十三位宾客，可是，在整个进餐过程中，她不仅确定每个人在说什么做什么，而且明白他们在想什么。作为一个老朋友，她轻声地说："什么事让你这么烦恼？我知道一定有事。我一直在观察

你的脸色，能看出来。"

要想说明他刚刚得知的消息对他意味着什么，陈述事实是最徒劳的办法。他告诉对方，他拆开一封信，发现他的一位老相识过世了。

"我几乎可以说，她是我从未恰当地珍视的唯一一个女人！"他又补上一句，"所以，是我永远惋惜的唯一一个！"

无论她觉得这种解释充分与否，这位有阅历的女人就把它这样接受下来。在他的社交圈子里，唯有这位女士对他的反复无常一点不感惊讶，他经常用这种十分把握的态度，把他的自信心迷失的原因讲给她听。

他没有再去接近派恩·埃文夫人；他不能。他离开那幢房子，茫然地走在街上，不知不觉地回到家门口。他在自己房间里坐下来，双手放在脑后，重新陷入沉思。

屋子的一侧立着一只写字台，他从低处的抽屉里取出一只小盒子，盒子用钉子钉得紧紧的。他用铁棒把它撬开。盒子里装着各种各样的物什，都是皮尔斯顿前些年时不时扔进去的，想等以后再去挑拣，虽然这个想法从来没有实施过。乔瑟林从种种忧伤的纸页、褪色的照片、印章、日记以及枯萎的花朵之类的东西里边，拿起一枚小小的肖像照，上面装着玻璃片，是照相刚兴起那会儿的样式，还用最普遍的方法镶上了金属丝。

照片上的人是艾文斯·卡罗。二十年前那个夏天，他跟她在岛上度过了一两个月的时光，照片上的她就是那时候的模样。她噘着娇嫩红润的双唇，两手温顺地叠在一起。装上玻璃是为了给原来的照片增添柔和美丽的效果。他记得照相那天下午，他们是在周围的一片水域一起度过的，当时是他建议她摆好姿势，让沙滩上的一位招徕生意的艺术家给拍张照片，他们在那儿没别的事可干。从读那封信开始，他就这样久久地沉浸在回忆与沉思的海洋里，心情难以平息。在分手之后的二十年里，他想起过她，只不过要隔很久才能想到过一次，仅仅把她想做一个兴许早跟他结婚的人。在那些难以忘怀的岁月里，他跟她结下了年轻的友谊，也认识了她纯真的天性中的点点滴滴，现在，那岁月重新涌到眼前，爆发成一股如饥似渴的强烈的爱慕之情，这情感由于难以言传的懊恨而泛着苦涩。

那一吻是多么天真无邪，当时，她尚未意识到自己是一个女人，结果冒犯了他；事到如今，如果能得到哪怕半个，他也会不惜一生的代价！

皮尔斯顿几乎为自己感到气愤，他今天晚上对那位丧偶的年轻伙伴的情感，是多么丧失理性啊，那种狂热简直是没头没脑。他躺在他孤寂的床上，自言自语："我是多么愚蠢啊！"在他疏远她的那段时间，她几乎一直都是另一个男人的妻子。然而，这里面的荒诞并没有减轻他的悲伤，而且，他知道他对这位已逝灵魂重新爆发出的喜爱是一种内在的、几乎可以说是光芒四射的纯洁的情感，这种意识阻止他去抑制悲伤。完全没有肉体的存在，是爱纯化并精炼出最上等的花油。在此之前从未有过这样的感受。

第二天下午，他来到一家俱乐部，不是那种大型的彼此很少说话的俱乐部，而是比较随便的那种，他们可以闲聊一个下午，在小圈子里坦白个人的弱点和荒唐之举，而不觉得有什么羞惭，因为他们非常清楚，这类秘密不会传到外面去。但是他不能谈自己的心事。这故事是如此飘忽，如此难以捕捉，想用词句来传达就像让香气入笼一样难。

他们看出他的举止有些不一样，说他正陷入情感深渊。皮尔斯顿承认了，也没再多说什么。他回到家中，站在卧室凭窗远望，想着那亲爱的小小身躯正躺在哪个方向。那里与这里遥相呼应，就在那明亮的新月下面。这恰是一个象征。她，这位逝者，曾经的圣洁不亚于银白的弯月。月亮底下映照着古老的投石岛，岛上有一幢房子，从直根到烟囱顶都是石头建造的，就像小岛一样。窗子里面，躺着艾文斯，月亮照在裹尸布上，泛着清冷的光，传过来的唯有小岛上的亘古不变的微弱的噪声：采石场上叮叮当当的凿子声，海湾上汹涌的潮水声，海峡中永不平静的急流发出的沉闷的呜咽声。

他推想起事情的原委。远离人世的这位艾文斯虽然不是一个能令男人发狂的女子，可她拥有一种基本的品性，这是她的对手所缺乏的东西，如果少了它，他大概不可能以坚定而饱满的热情持续地忠贞于一个女子。跟他本人一样，她的家族几个世纪以来一直居住在岛上，从诺曼时代、盎格鲁时代、罗马时代到巴利阿里—英国时代。所以，像他一样，她的天性中有某种取自小岛的神秘成分；不然，一对情侣要想达成完美的和谐，便需要具有同一种族的本性。这样，虽然他可能绝不会爱上一个土生土长的岛上人，由于她缺乏他所向往的优雅，但他对一个吉伯林人，一个外族女子，也不会爱得长久，由于她缺乏本族人性格中的基质。

这就是皮尔斯顿的观点。他还有一个奇怪念头，这也得提一提，它仅属于艺术家的一种迷信。卡罗家族像当地的其他一些家族一样，让人觉得好像是罗马人的一支后裔，多少融合了一些投石岛人的血统。每一个像他一样熟悉他们的人都会发现，他们的容貌让人想起意大利农夫的模样；据证明，罗马殖民主义者曾长期大面积地居住在这个英国的角落或附近的地方。据传说，在罗曼路的尽头曾经矗立着一座维纳斯神殿，这条路一直通向小岛，在这以前可能还有过一座投石岛人的爱神殿。不是在别处，就正好是在这古老的小岛所哺育的种族中，他找到了自己的心灵真正向往的对象，这不是再自然不过的事吗？

晚饭过后，他的老朋友萨默斯过来吸烟聊天，谈了一会儿，萨默斯随口提到他们次日打算见面的地方。

"我不能去了。"皮尔斯顿说。

"可你答应过了？"

"是的。但我必须回岛上去，看看一个去世女人的坟墓。"说到这里，他的目光移到旁边的一张桌子上，牢牢地定在那里。萨默斯随着他的视线，看见一张立着的照片。

"是她？"他问

"是。"

"那么，应当说是一件昔日的风流韵事喽？"

皮尔斯顿承认了。"她是我从前唯一冷落的情人，阿尔弗雷德，"他说，"因为唯有她是我应该在意的人。我一直是个傻子。"

"既然她已故去，要想保存那份情感，你什么时候去都行。"

"我不知道她入葬没有。"

"明天可是学院之夜啊！为什么非得赶那时候去？"

"我不在乎什么学院。"

"皮尔斯顿，你是我们唯一有灵感的雕刻家。你是我们的普拉克西特利斯，哦，不如说是我们的拉西帕斯。这一辈人中，几乎只有你一个人能塑造出那么生动完美的形象，能把懒散的公众从流行绘画中吸引到通常空空荡荡的演讲厅，那些看过你最近这些作品的人说，一千六百年来，自从"伟大的种族"的雕刻家生存的时代过去以后，还没有出现过这样的作品。所以，看在其他人的份上，在城里正需要你的时候，你不该跑到那个被上帝遗忘的海屿上去，仅仅为了一个你一百年前见过最后一面的女人。"

"不，只有十九年零三个季度。"他心不在焉地回答说。第二天早晨，他走了。

在他年青时代，卵石堤上就建起了一条铁路，所以很快就能到达半岛，除非铁轨被潮水冲走了——这样的事常有发生。午后两点钟，这种新型交通工具载着他咔嗒咔嗒地驶过来，上面是熟悉而单调的麦皮色石头。他很快走出车站，放眼望去，曾被大水冲走的村庄，如今只留下一片黑色的废墟，白色的鱼卵石块经过数不清的地质年代，从深藏的地下重新露面，在这一白一黑之间，车站立在那儿，就像一个奇异的外来物。

驶进卵石沙堤，火车从亨利八世或沙脚城堡的废墟旁驶过，他离开小岛的那个晚上，艾文斯就打算在那里陪伴她。如果她来了，顺其自然，他们很可能会按原始的方式订下婚约；既然没听说过岛上有哪个人违背过那个约定，她肯定会成为他的妻子。

他顺着陡坡下行，矿工们还像从前一样，在坡上敲凿着矿石，巨型石头锯响声不绝，他朝南向贝尔海湾望去。

海平面的水平线升起在小岛的表面，不怎么远的地方，有一块起伏不平的海面，表明那是急流，多少"利西达斯"在那里一去不返。

"拜访恐怖世界的底层"；却未能享受一位诗人朋友的祝福。水面上，一群青花鱼在午后的阳光中来回穿梭，遥至对岸灯塔，悬崖附近大约四分之一英里远的地方，立着一座带塔尖的教堂。墓地石碑的轮廓清晰可见，静静地立在这片潺潺流动、水域边上。

墓地中间，移动着一个身披白色长袍的男人的身影，风吹打在长袍上面，时时发出啪啪的声响。他旁边有六个人抬着一只长箱在走动，两三个身穿黑衣的人跟在后面。灵柩带着它的十二条腿缓缓地爬行在小岛上，周围闪着海上射来的灯光。

这一队人慢慢地移到一个特别的角落，而后停下来，在风中停留了好长时间，海水在他们身后，教士的白色法衣仍在风中飘动。乔瑟林脱掉帽子站在那儿：虽然他远在四分之一英里的地方，可他在场。他仿佛听到了他们说话的声音，尽管他听到的唯有风声。

他知道，被埋葬的不是别人，正是艾文斯；是他的艾文斯，现在他开始冒昧地这样称呼她。不久，这支小小的队伍远离闪光的海水，销声匿迹了。

他发觉不能再朝那个方向走下去，便拐到边上，在空旷的陆地上漫无目的地走来走去，踏遍了他昔日同她一起到过的各个地方。但是，好像有一根绳把他系在墓地周

围，他觉得自己始终处在半径的一端，艾文斯·卡罗的坟墓就是圆心。随着夜色渐浓，他靠向那个圆心，走入墓地的大门。

这时，四野之内没有一个生灵。新修的坟墓很容易在教堂后面找到，当新月升起——跟他前一晚上在伦敦凭窗望见的月亮一样，能看见悼念者和抬棺人刚刚留下的脚印。太阳落山了，微风渐渐平息：灯塔睁开它凝视的眼睛；他不愿让昔日的联想和眼下的悔恨造成一个过于庄重的场面，便退到教堂的墙边，面朝坟墓，坐在一个窗台下面，午后的阳光把墙壁烤得暖洋洋的。

第四章　她就要重返肉身了

此刻，传入他耳际的只有海水的沙沙声，采石场上一片沉寂。他独自坐在这里想了多久，他不知道；他也不知道这不期然的悲伤——那轻柔的催眠剂——是否催他进入过短暂的梦乡，虽然他感到昏昏欲睡，他丧失了时间感，意识也模糊不清。但是，有那么一瞬间或几个瞬间，他好象见到了艾文斯·卡罗本人，月光中，她坐起身，离开墓穴。

她似乎一点儿也没老，跟他们二十年前在旁边的小径分手时一模一样，一丝也没瘦，一毫也没胖。这种现象不可能纯粹是梦中的幻觉，感觉到这一点，他一下子从迷糊中醒转过来。

"我肯定是睡着了。"他说。

可是，她看上去多么真实。不管怎样皮尔斯顿还是驱散了这个奇怪的印象，他想得很有道理：即便艾文斯的死讯可能是错的——这种事令人难以相信，他年轻时的亲密朋友现在看上去也不可能跟十九年或二十年前一样，虽然月光会起到歪曲的效果。如果他看到的是实实在在的肉身，那肯定是别人，而不是艾文斯。

到墓地附近来一趟既已满足了他的伤感，他在岛上再没别的事可做了。他决定当晚返回伦敦。但是还有一段时间可以利用，乔瑟林自然而然地朝东采石场的方向迈开了步子，他与她就是在那儿出生的。穿过市场，他沿着一条叉路朝森林城堡走去。那是一座相对现代的私人别墅，四周的空地上耸立着一片孤零零的树林子，这是小岛可以用来夸耀的东西。那排小屋延伸到城堡四周围墙的近旁，在那些最后剩下的住房中间，就有艾文斯的一个，那是她的固定资产，她可能就死在那里。

经过森林城堡的大门口，他发现草坪围墙上有一块木牌，上面说明此房允许个人装饰布置。又走过几个台阶，就见那间小屋出现在眼前，它是由古怪而巨大的石头建造的，经历了两三个世纪的风雨，即便到了现在，它也比新建起来的普通房子更能耐得住时间的磨砺。一扇窗子很引人注目，屋里虽然亮着灯，窗子却没遮窗帘。他退到对面的墙边，向里面张望。

一张盖着白布的桌子旁边，站着一位年轻姑娘，她正往一只角橱里放茶具。她长

得跟已故的艾文斯一模一样，他在墓地里看见的就是她，当时他以为那是梦中的幻觉。这一次，他不再怀疑她是真实的，但是，她一个人孤零零地呆在这间沉寂的房子里，让人觉得挺惊奇的。他一边寻思着可能是什么原因，一边等着那边的脚步声越走越近，过来一个矿工，他正走在回家的路上，经过此地。皮尔斯顿就这件怪事向他打听。

"噢，是这样，先生。她是可怜的卡罗太太唯一的女儿，今儿晚上她一个人孤零零，怪可怜的！啊，确实如此；她跟她妈妈一个模样，大伙都这么说。"

"可是，她怎么会落得这般孤苦伶仃呢？"

"他的两个哥哥，一个出海淹死了，另一个在美国。"

"他们曾经是矿场主吧？"

矿工"卸下了他的包袱"，觉得皮尔斯顿像个外乡人，就跟他解释说：他们这地方有三家做石头生意的，在上一代曾彼此纠葛不清，这三家就是本考伯家、皮尔斯顿家和卡罗家。本考伯家使出浑身的解数，想排挤另外两家，最后部分成功了。家缠万贯之后，他们卖掉财产，离开了曾使他们显赫一时的小岛，消失不见了。皮尔斯顿家一直坚守中庸之道，不声不响地兴旺起来，后来又轮到他们放手不干了。卡罗家竞争不过另两家，倒闭了，卡罗寡妇的女儿跟表兄吉姆·卡罗结婚之后，吉姆曾试图重振家威，恢复卡罗家在三方争斗之前的地位。他签订了合同，却拿不出利润，变得越来越投机，最后债主找上门，只得倾家荡产，逃之夭夭；回来以后，他就住在这小屋里，是他妻子继承的一点财产。他在这儿终此一生。

矿工继续赶路了，皮尔斯顿却陷入深深的懊悔之中，他敲了敲这小小的不动产的房门。姑娘手持灯盏，亲自开了门。

"艾文斯！"他温柔娇气地说，"艾文斯·卡罗！"到了现在，他也无法克服那奇特的感觉：他觉得自己好像年轻了二十岁，正在跟那位被遗弃的艾文斯打招呼。

"安妮，先生。"她说。

"啊，你的姓名跟你妈妈的不一样！"

"这儿的人都是这样……哎，叫安妮也好，叫别的名字也好，对我来说，你就是艾文斯。你如今不是失去了她吗？"

"是的，先生。"

她说话的声音跟他二十年前听到的声音一样甜美好听，还是那熟悉的淡褐色的眼睛，正充满问询地望着他。

"有一段时间，我跟你母亲很熟，"他说，"听说她去世了，已经入葬，我便冒昧地前来拜访你，一位陌生人这样做，你不会不谅解吧？"

"不会，"她说得不是很热情，眼睛四下望着房间。"这是妈妈自己的房子，现在是我的了。没能在她入葬的晚上前来悼念，我感到很难过，但是，我刚才到她的墓前献了花，为了防止潮气弄湿了黑纱，走的时候我又把花带走了。你看，好长时间以来，她身体一贯都很差，我不得不小心，靠洗衣熨烫来维持生活，她在拧大床单时伤着了肋骨，当时她不得不为城堡里的人洗衣服。"

"我希望你做这事时不要伤着自己，亲爱的。"

"啊，不，我不会的！有卡尔·伍赖特和塞米·斯克瑞本，还有泰德·吉布塞和许多年轻的小伙子；如果碰上的话，他们会为我拧干所有的衣服。但我几乎不敢信任他们。前几天，塞米·斯克瑞本把一张亚麻桌布拧成了两半，仿佛一根纸捻的似的。他们从来不知道该拧到何时为止。"

这声音的确他的艾文斯的声音，但艾文斯第二显然比她母亲更务实、更直率，但教养赶不上她母亲。这个艾文斯肯定不会在当地或其他讲台上饱含激情地朗诵诗歌。看出这一点，他有些失望；但是，很少有谁这样打动他：他不忍离去。"你多大啦？"他问。

"快十九了。"

当他和那一个艾文斯，艾文斯第一，在订婚期间到峭壁上溜达时，她差不多也是这个年龄。但如今他至少四十岁了，眼前的她是一个未受教育的洗衣女工，而他是一位有财产有声望的雕刻家，又是皇家学院的成员。但是为何在这时，一想到自己已年过四旬，他还是不大舒服呢？

他找不到什么借口继续留在这里，便告辞了；既然还有半个小时的时间要打发，他就顺着这条路，朝上个世纪的森林城堡的另一边，西边，慢悠悠地走去，一直走到峭壁那边最远的房子。那是他早年的家。夏天，可以给来访者作个歇脚的地方。如今，空荡荡的屋子无声无息地立在那里，晚风把房前的卫茅和柽柳吹得不停地摇曳，只有这两种常绿灌木，能抵得住穿墙而过的咸涩的狂风那猛烈的抽打。房子对面那遥远的海面上，熟悉的灯船在沙堤那边眨着眼睛，突然间，他心中涌起一种狂热的愿望：他可以不要艺术家的声望，做一个没有文化、默默无闻的男人，生活在这里，向旁边的小屋里那位娇艳的洗衣女工求婚，他觉得他有希望赢得她。

第五章　重新开始

回到伦敦以后，他机械地恢复了以往的生活习以为常；可是，他并没有真正地生活在那里。艾文斯的幻影如今已变成温暖的血肉之身，它在远方占据着他的心。他脑子里只有一个小岛和住在岛上的艾文斯第二，那气息萦绕在被毁坏的殿宇周围。从城里人的角度看，乡下姑娘的缺点恰恰成了魅力所在。

他把那天下午的一部分时间投入到户外运动之中，如今只有这么做能让他感到愉悦。他在泰晤士码头附近溜达，码头上，从他家乡那边驶来的船只正把他家乡的石头卸到岸上。他可以在右岸或左岸上，走入埠头的大门，面对白色的立方体和长方体，沉思、遐想、回忆那故乡的乡土气息，几乎忘记他此刻身在伦敦。

一天下午，他正从一个满是淤泥的码头入口处走出来，被马路对面的一个女性形体吸引住了，她正朝他刚刚离开的地方走去。她的体态带几分娇小、轻盈和优雅；事实，光是她那身打扮就足以吸引他了：质朴、生动，具有乡野意味。但是，尤其吸引

他目光的是，她酷似年轻的艾文斯·卡罗——安妮·艾文斯的外形，她说过，人们都叫她安妮·艾文斯。

没等她走出一百码远，他断定她确实是艾文斯。那天下午，他的情绪本来就趋于一致，此刻变得更加强烈起来，他觉得失去的艾文斯和找到的艾文斯本质上似乎是同一个人，她们两人彼此相似——大概由于年长的那个艾文斯跟她丈夫是堂兄妹关系——大大滋养了这一幻觉。他急忙返回身，重新在行人中寻找那位姑娘。她正继续往码头那边走，走到那儿以后，她朝四周观望了几秒钟，那样子在当地很少见，然后打开门，消失不见了。

皮尔斯顿也走到门前，跟了进去。她已走到埠头对面去了。码头上停泊着一只笨重的大船。再走近一些，他看见她正跟船长和一位年长的妇女交谈，一听口音，那两个人显然是从鱼卵石小岛上来的。皮尔斯顿毅然不快地走上来，以一位老乡的身份进行自我介绍。二十年前，他与艾文斯的母亲那桩破裂的婚约，眼下活着的人已很少知道，或已无人知道了。

眼前这位艾文斯的化身认出他来，并以她那个家族和年纪所具有的纯朴的诚意，把当时的场面做了解释，虽然这义务本该属于他这个闯入者。

"这位是克伯斯船长，是我父亲的一位远房亲戚，"她说，"这位是克伯斯夫人。我们随船过来旅行，打算星期三返航。"

"噢，我明白了。那你们住在哪儿?"

"在这儿——甲板上。"

"什么，你们都住在甲板上?"

"尊敬的先生，"克伯斯太太插话说，"在晚上的时候，在这里的那些吉伯林人中间闭上眼睛，我一辈子都会害怕，就算在白天，要是我冒昧大胆走到街上去，我也得随时记住朝左边拐了几个弯儿，朝右边拐了几个弯儿，好能回到约伯的船上——是不是，约伯?"

船长同意地点点头。

"你们到岸上来比浮在水上更安全一些，"皮尔斯顿说，"尤其在海峡里，又多风，又有哪些重重的石头块儿。"

"哦，"克伯斯说，"说到风，本来这时候是一年里危险最少的，是那些往海里开的汽船给我们这样的船造成了危险。假如你恰巧停在它们的航线上，挡着它的路，它会把你齐刷刷地劈成两半，他们才不会停在你的尸体前呢，没人能说清真相。"

皮尔斯顿转身朝向艾文斯，想对她说点儿什么，却又不知道说什么好。最后，他最后吐出一句，"你也这样回去吗，艾文斯?"

"是的，先生。"

"那好，在水上要自己小心哪。"

"哦。"

"我希望过不了多久能再次见到你，跟你聊聊。"

"我也希望这样，先生。"

他不能再多说什么了，不一会儿，他离开他们，走的时候，他对艾文斯的思念比以前更多了。

第二天，他的心思随着他们来到河上，留下一段时间装上压船物，然后，在星期三，想象着船只在开阔的海上航行的景象。那天晚上，他想着那只小船在巨型汽船的船头下面，无法让汽船看见或听见它的存在，而艾文斯，他那无以言表的心爱的，这时正睡在她小小的舱位上，随时都有生命危险。

凭着可靠的感觉，他知道这个艾文斯在面容和形体上比她母亲更美一些，在精神和理解力上不如她母亲。可是，令他大为吃惊的是，第一个艾文斯过去从未激起他的狂热，而此刻这狂热却在他身上燃烧起来。他害怕那个喜欢迁居的心爱的又要跟他搞什么古怪的恶作剧，或者不如说，他对那位理想的女士背后反复无常的女神心怀恐惧。

在过去的二十年中，他的美貌女郎不断地变化，一个巨大的讽刺似乎在远方时隐时现。在与理性毫不沾边的神秘磁场的吸力之下，为这个小小的洗衣女工而放弃多才多艺、出身名门的派恩·埃文夫人——确实，这就是一种讽刺。

但是，丢开尚不清晰的疑虑，跟着指引，那是一种不顾一切地愉快。

怎么做最好呢？皮尔斯顿回忆起森林城堡的告示上说，允许客人自己布置房间，这是夏天的一个惯例。像他这样喜欢梦想的单身汉，一切需要都倾向于艺术化和理想化，不想要以前的住客所布置的令人畏惧的房间。但是地点就是一切，几个月的租金他完全能负担得起。他当晚就给代理人发出一封信，几日之后，皮尔斯顿已成为那地方的暂时拥有者，自从童年时代起，他一直没见过那里边什么样儿，当时，他相信那一定是不快活的鬼怪的寓所。

第六章　过去那个闪现在眼前这个身上

这是皮尔斯顿到达森林城堡的第一个晚上。森林城堡是一座高贵的领主别墅，坐落在悬崖边的一个角落里，有现代的角楼和城垛。他看完了房间，又到草坪上走了走，然后来到周围的那片榆树林，在这个不长树的石头岛上，这片树林为围墙增添了独一无二的特色。要想在卵石堤和贝尔角之间找到其他树林，得在时间上往后退一点儿，一直向下挖到深层石基的疏松层，那里埋着一片针叶林的化石，是第二个地质年代的狂风吹倒的，树尖全都冲着一个方向。

夜幕降临，他开始着手做正事，说到底，他是为了这件事才住到这里来的。留下来照看房子的两个女仆呆在她们自己的屋子里，没人看见他走出去。他穿过一个由发芽的树枝垂落而成的洞口，来到一幢伊丽莎白式样的空旷的花园房，它立在庭院外侧围墙边上，透过一扇窗子，能俯瞰到近处的小屋，复活的艾文斯就住在其中的一间小屋里。

他选择这个时候出来，是因为他知道村里人不急着一到傍晚就拉下窗帘。据他的

估计，跟上次一样，那位年轻姑娘的起居室在灯光的映照下，一定还是清晰可见。

房间里不时传来轻柔的捶击声。她正在法兰绒桌布上熨衣物，一排衣物排在火炉边的一个晾衣架上。从前遇见她的时候，她面色苍白，但此时，劳累加上火炉的烘烤，使她的脸显得暖和和、粉扑扑的。可是，她的神情是那么平和而恬静，这给她的侧影平添了几分密涅瓦的模样。抬头一看之际，她那脸部的轮廓透露出她母亲所特有的一切灵性和神韵，那是她所禀有的内在精神的一个表征。这一次，这显灵会是虚幻的吗？那样的例子他见过许多，它们延续了祖辈的外在特征，却不具备其特征所代表的品性。他下意识地希望眼前这个例子至少不要完全这样。

跟他最后一次见到的样子比起来，屋子里少了一些家具。餐具橱或双层小角柜不见了，以前，那是用来摆陶瓷的，如今它的位置被一个普通的柜子代替了。那口高高的老钟也消失了，随之不见的还有那古老的橡木壳、拱形檐和那副幽默的嘴脸，眼下，一只廉价的、带着白色表盘的家伙正行使着它的职责。考虑到她的物质需要可能会把他们连在一起，这些变化所昭示的东西没有先打动他的仁慈心，而是先欢乐了他的原始本能。

既然已在她附近安排了一段长长的寄居时间，他觉得用不着这时就急着冒冒失失地露面，闯到屋子里去。这位姑娘注定是往昔那一位的真正化身，那是迷人的普罗透斯式的梦幻造物——直到化为一个冲淡了的记忆，才发觉她完全闪烁出慈母的形象；对此，他的怀疑时刻在减少。

这种认识里面也含有某种不安。在他目前的癖好之中存在某种不正常的东西。他从前的激情虽然是理想化的，但毕竟有某种程度的理智为伴：心爱的很少表现出这样的品性，很少在令他心灵狂乱的同时，震慑了他的理性。也许，一种变化已经发生了。

翌日早晨，天气晴朗。他正从院子里往大门那边走，瞧见艾文斯拎着一个宽大的柳条篮子，走进他租下的城堡。那篮子是椭圆形的，上面罩着一块白布，有些沉，一路压着她，跨进了后门。她当然也为他自己这家人洗衣服，他以前没想到这一点。走在清晨的阳光里，她看上去像一位窈窕淑女，而不像是一位洗衣妇；他只能认为她苗条的身材是不健康的表现，由于她所从事的职业，像她母亲从前一样。

然而，他眼下看见的毕竟不是这位洗衣女工。在她前面，在她的外表之下，闪现着那位更为真切、更能打动内心的人儿，是他很熟悉的那个人儿！眼前这位构成背景的人儿的瑕卑躬屈膝的职业，在展现必不可少的那一位时所起到的作用，就像支柱和框架对眼花缭乱的陈列品所起的作用一样。

她离开那幢房子，沿着一条他没注意到的小路朝家里走去，大概是因为看见他站在那儿，就换了一条路。这并不意味着什么，她跟他毕竟还不算熟识；不过，她可能在躲他倒是一个新体验。总是这样远远观望，他没机会更进一步了解她，也没碰上什么借口，可以让她面对面跟他在一起。于是，他对衣物挑剔一番，吩咐下人去把那位洗衣妇叫过来问问。

"她还太年轻，那可怜的小家伙，"女佣道歉地说，"唉，自打她母亲去世以后，她不得不使劲干活以维持生计，我们跟她一块儿将就着过活。不过我会告诉她，先生。"

"我要亲自见她。她来了就叫她进来。"皮尔斯顿说。

于是，一天清晨，他正在答复对他最近的一件作品的恶意批评，仆人告诉他，她正在大厅里恭候他。他走了出来。

"关于洗衣服的事，"雕刻家冰冷地说，"我这个人非常苛刻，我不希望使用任何石灰洗剂。"

"我不知道大家都用它。"少女回答说，声调又惊恐又拘谨，也不看着他。

"那好吧！还有，轧布机会压碎纽扣。"

"我没有轧布机，先生。"她说。

"噢！那样就让人满意了。我不喜欢淀粉浆里有太多硼砂。"

"我一点儿不放，"艾文斯以并不多的态度回复道，"以前从没听说过这个名字！"

"哦，我终于明白了。"

从始至终，皮尔斯顿一直在寻思这位姑娘——或者科学地说，在关于衣服的这番对话的幌子下面，大自然正在为下一代做打算。她跟那位他重视得太晚的女人长得那么像，这造成了一种混乱的效果，使他未能看出她的个性特征。他禁不住在她身上寻找他在另一位身上所了解的所有，而无视她身上那些与他的灵魂转世的意念不相调和的地方。

姑娘好象一门心思地想着她手头的差事。问什么她就答什么，几乎没有留意他的性别或形貌。

"我认识你母亲，艾文斯，"他说，"我告诉过你，你记得吧？"

"记得。"

"哦，这房子我赁了两三个月，你对我一定会很有用的。你还住在这墙外面吗？"

"是的，先生。"持重的姑娘说。

她转身要走，神情温和，不动感情——这个性情如此宁静的可爱的人儿。看着她这样挪动着脚步，他觉得有些奇特，这是他再熟悉不过的样子，她曾一度多么活蹦乱跳地生活在他眼前。如今，她母亲的这幅"画样儿"这完美的复制品，她为什么要走呢？

"你母亲是一位文雅的、有见识的女人，我想你记得吗？"

"确实如此，先生；大家都这么说。"

"我希望你像她。"

她顽皮地摇摇脑袋，就往外走。

"噢！还有一件事，艾文斯。我没带来太多换洗衣服，所以你必须天天到这儿来一下。"

"好吧，先生。"

"你不会忘了吧?"

"哦，不会的。"

于是，他放她走了。他是一位城里人，而她是一个不懂艺术的岛上人，可他像海葵一样把自己打开，没去滋扰她天性的表皮。一位少女，他以为她拥有他最温柔纯洁

379

的记忆中的那种性情，怎么会如此无动于衷呢，这太奇怪了。也许，有欲求的是他。艾文斯的热情可能戴着冷漠的面具，因为从外表上看，他增长她许多岁。

这使他想到事情的根子上了。从内心看，他一天也不比那时候大，当时，那位母亲像她女儿现在这么大，他向她求爱。他的外表记录着岁月的推移，而他的情感却没有改变。

看着那些被称作老家伙和老顽固的同代人——沉着冷静的、务实的、多少有点儿可笑的人们，占据家庭、学校和大学的艺术领地的往昔的大师们，以及目前在技艺上传送新娘的行家们——他是多么嫉妒啊，他觉得他们似乎要探索的时候就去探索，带着他们的商业和他们的政治，他们的眼镜和他们的烟斗。他们已度过了心绪不稳的激情期，进入了中年哲学那平静的水流之中。可是他，他们的同代人，却像浮漂一样，东一下西一下地颠簸在幻想的洪峰上，跟他当年一模一样，那时候他只有今天这个年岁的一半，如今，他承受着双倍的痛苦，一切幻想渐趋虚空。

艾文斯走了，那天他再没见到她。既然不能再把她叫过来，他就难以接近她，就好像她钻进了不可达到的山顶上的军事堡垒似的。

晚上，他走出房门，顺着那条小径到了红国王城堡，城堡悬在峭壁之上，跟它的年岁一比，他住的那座城堡只不过是昨日之物。在这座城堡的峭壁下面，躺着大量石块，是从上面落下去的，其中有几块刻着名字和首字母。对这个地方和这个老把戏，他熟悉得很，借助柔和的月光，他摸摸索索地找到了那一对名字，那是在他还是男孩子的时候刻上去的，是他和艾文斯·卡罗的名字——"艾文斯"和"乔瑟林"。如今，这字迹已被这里的天气和海水磨蚀得模糊不清了。可是，旁边还有一个"安·艾文斯"，字迹很清晰，配着"艾萨克"这个名字。它们可能才刻上去两三年，"安·艾文斯"大概是艾文斯第二。那么，艾萨克是谁呢？显然是哪位童年时代的爱慕她的男孩子。

他折回脚步，经过卡罗家的房子，朝自己的住处走去。这位复活的艾文斯使卡罗家的宅子有了生气，屋里的光线散落到窗子上。

无论什么时候，只要她不期然地出现在城堡里，他都要心惊肉跳，丧失宁静。在这种新的状况之中，而不是在她这样的露面之中，似乎含有什么不祥之兆。另一方面，即使是与他最突然的相遇也未能触动她的任何情感，过去，这种相遇曾触动过她的原型。对于他的主动接近，她无动于衷，甚至根本没有察觉。对她来说，他不过是一尊雕像；而对他来说，她是一簇越烧越旺的火苗。

无论什么时候，只要萨福式的爱的恐怖时不时突然降临在雕刻家的身上，他那成熟的反省力量就要执拗地告诫他：这种迷恋会可怕的丧失理性。他被抛到一份苦差事之中。假如到头来，他注定要为自己过去的情感游移而进行自我惩罚，因而现在不得不牢牢地忠诚于他的理智所轻视的对象，那又怎么样呢？一天夜里，他梦见自己依稀看见，那年轻的面容后面，藏着"耍弄花招的她"，"那难以捉摸的面孔正放声大笑"。

不管怎么说，心爱的又活了；失而复得。面对眼前的变换，他惊叹不已。她曾穿着陌生女子的外衣；她来自任何一个阶层：从教会或贵族的高贵的女儿，到拿着手帕、随手鼓的节奏上下舞动的努比亚歌女。但所有这些化身无不富于性感动魅力，或者天生丽质，或者心性聪慧：有些机智、有几个有才气，甚至是天才。可是，最新的这一个化身，没有任何超出性别与漂亮的东西。她不知道怎么摆弄扇子或手帕，甚至都不知道怎样戴手套。

可是，她那有缺欠的生命是单纯的，这一点大有用处。可怜的小艾文斯！她是她母亲的化身：一切就出在这里。说起来，跟他本人一样，她也是上等人家出身，沦落到这种地方，真是不幸。似乎她的缺欠恰是他爱她的主要原因，对此，他也觉得奇怪。她对他产生的返老还童的力量，有说不出的魅力。他觉得他好像正站在她的先辈身边；可是，哎！他已朝那幽灵迈进了二十年。

第七章　这个新的确定无疑了

又过了几天，他在庭院的一个遮蔽处观望。底下那扇门开了，一个人影脚步轻快地走出来。她转来转去，消失远方，不一会儿，又回来了，每只手上飘动着一捆绿色的衣物。是艾文斯，她的黑发这会儿雅致地编到帽子下面。她轻盈地走着，脸上一副全神贯注的表情，她脑子里对他连千分之一的想法也没有。

她怎么会一下子住到了他住的这所房子里呢，他想了半天，忽然想起那么一回事：他给城堡里的仆人们整整一个假期，好让她们参加义勇骑兵队的阅兵式，阅兵式在海湾附近的海滨胜地举行，他们说他们可以找一个人留在房里，临时替代一下。他们显然已经跟艾文斯打好招呼了。令他感到十分高兴的是，他发现他们并没有觉得他的要求有什么不同寻常的地方，他们甚至没去找别人。

这神灵，对他来说，她似乎就是神灵，把他的午餐送到他书里，他正在那儿写东西，他瞧见她把盖子掀开。随后，她走到窗子那儿，修整滑落下来的一扇窗帘，她的侧影立在那儿，正好任他好好地观看。它并不是不像鲁本斯的《帕里斯的审判》中那三位女神中的一个，从外形上看，它几近完美；但是，那丰腴的脸颊最能透露出她母亲的影像。

"都是你烧的吗，艾文斯？"他问，心荡神驰。

她转回身，半露微笑，只是轻轻地说了一句，"是的，先生。"

他熟悉那些皓齿的排列。上排两颗牙齿的交汇处略有参差不齐；陌生人谁也不会注意到，他也不会，但是他知道她母亲的牙有这个特点，便格外注意了一下。要不是艾文斯第二刚才微笑的时候把它显露出来，他离开艾文斯第一以后，就再没见过这样的牙齿，那时候，她像这位复制品刚才那样，微笑着接受他的亲吻。

第二天早晨穿衣服的时候，他透过摇摇晃晃的地板，听见她正与别的仆人谈话。既然到了这时候，她已按部就班地让自己安顿下来，成为那位追逐中的心爱的标本——绝非出于他本人的积极主动，她被某种超凡力量选中了，作为她下一次登台亮相

世界传世藏书 世界禁书文库 心爱的

381

的工具；她会突然间把声音降为一大阵调皮的嘀嘀咕咕，言谈中那种轻微的乡村的单调感就随之消失了，升腾起来的是精神和心灵，魅力源于间隔，这个词是从音乐的意义上来使用的。她可能用一种调子说出几个音节，而后用一种柔和的升调、接着又用降调、最后又返回原来的调子来结束这个句子。这声音的曲线像他的铅笔划出的任何一根优美的线条一样，充满艺术感，像她——众生之向往——的曲线一样讨人喜欢。

她说的是什么他一点儿没有在意——这不是他的兴趣所在，不过是他操心的东西。他一心捕捉她的声音，便无法理解她的语句。他有权力享受这声调，而对它们表达什么毫无办法。渐渐地，要是长时间缺了这声音，他就呆不下去。

礼拜天晚上，他见她往教堂去做礼拜。路面很开阔，他跟在她身后，一路像盯着一颗星星似的盯着那顶小帽子，那帽子上面扎着一束公鸡羽毛。她走进去了，皮尔斯顿注意她坐在什么位置，随后便在她后面坐下来。

他全神贯注地端详着她的耳朵，还有那白净的项背，突然间，他觉着在走廊前面再远一点点的地方坐着一位女士，她的服饰，从其黑色的面料和异常简洁的样式来看，属于伦敦那边的时款，而不像是这个荒僻之乡的土产。他好生奇怪，刹那间忘记了艾文斯的存在。那女士略略转过头来，尽管从节气上看，她遮得太厚了些，但是从轮廓里，他好象能认出她是妮克娜·派恩·埃文。

派恩·埃文夫人怎么会在这儿？皮尔斯顿暗自纳闷，如果那人真是她的话？

仪式快结束的时候，他的注意力又回到艾文斯身上，他的确是太专注了，甚至在散场的关键时刻，把前方那位神秘的女士忘得一干二净，匆忙中，刚好看见她从边门离开了教堂。假如她真是派恩·埃文夫人，她大概住在海湾附近的海滨胜地的一家旅馆里，然后像许多人那样，经过一晚上的路程，沿着卵石堤到小岛上来了。不管怎么说，这种解释目前还未证实他也没去调查。

他从教堂里走出来时，贝尔海岬的灯塔已张开了那只巨大而宁静的眼睛。他朝那边走过去几步，以躲开妮克娜，或者她们两个人，以及参加礼拜会的其他人。他终于转过来，沿着如今已荒无人烟的古道，急忙地往家走，想追上重获生机的艾文斯。但是，他没见到她的踪影，推想她一定是走得太快了。走到自己的房门前，他停了一会儿，发现艾文斯那间小小的固定资产依然漆黑一片。她还没回来。

他折回去，还是没有她的影子，路上只有一个男人和他的妻子，听这男人的口气，他知道他们一定以为他看不见他们——

"要不是你已经嫁给了我，你会断绝跟我的熟人的往来！一个妻子说这话，真是太中听了！"

这话他听了很不高兴，没一会儿，他就回来了。艾文斯的小屋这下亮起了灯：她一定是从另一条路回来的。她能在夜里安安全全地归家，他就放心了，于是，进屋歇息去了。

院子东边的峭壁，怪石嶙峋，而对面海岸的景色却如诗如画。穿过草坪那边的小门，他可以一下子来到这岸的岩石和海滨上。门外有一口舀井，也许就是这口井，在建造之初，供养着附近的和如今已破败的红国王城堡的住户。一个礼拜天的早上，他正在这里凝神，忽然发现海岸边有一个身影，卵石滩上铺展着白色的衣物，身影就在衣物下方。

皮尔斯顿走下来。他早料到，艾文斯如今又重操旧业了。她那匀称的双臂虽然有些纤细，却也胖乎乎的，足以显出肘部的小窝，映衬在她那紫色的棉布印花下面，海岸的微风轻拂、舔弄着她的紫衣。他站在旁边，没说话。一只衬衫袖子被风刮起来，脱出坠在下面的卵石。皮尔斯顿弯下身，把一块更重的卵石压在上面。

"谢谢，"她镇静地说。她挑起淡褐色的眼睛，发现那帮手是皮尔斯顿，她好像很快意。显然，她一直在想着自己的心事——根据迹象，是沮丧的心事——刚转过神来，顾及他的存在。

年轻的姑娘跟他聊起来，态度友好坦诚，即不怎么热情，也没显得腼腆。至于爱情，显然，她脑子里没这个想法，甚至比不上死亡和终了。

有一片床单怪难对付的，乔瑟林说："你只管让它垂下来，我来放卵石。"

她默许了，在放卵石的时候，他的手触着了她的手。

那是一只娇嫩的小手，在水里浸得有点潮湿、柔软。摆最后一块石头的时候，纯粹出于偶然，他把石头重重地压在她的手指上。

"真是非常非常对不起！"乔瑟林惊叫着，"噢，我碰伤了你的皮肤，艾文斯！"他把她的手指抓过来，察看伤情。

"不，先生，你没有！"她不停地喊道，任他擎着她的手，没有一丝拒绝，"啊，那是我今天早晨用针划破的。你的卵石一点儿也没伤着我！"

尽管她穿的是紫色的长外套，可每只胳膊上都带一小片黑纱。他知道这是什么意思，顿时感到一阵伤痛。"你到母亲的墓地去过吧？"他问。

"是的，先生，有时候去。我今晚要去那儿浇花。"

这时候，她的活儿干完了，他们便分了手。那天晚上，红霞满天，他从花园门出来，路过她的房子。他能看见她在里面做针线活儿。他停下来出神地观望，她一下子跳起来，好像忘记了时辰，然后，她随手戴上帽子。乔瑟林大踏步地抢在前头，然后转过街角，待他认出身后那小小的身影之前，曲曲折折的街道已走过了一半。

他急匆匆地越过那些小伙子们和年轻的姑娘们，他们正拎着叮当作响的水桶，从路边的泉水中汲水，然后朝教堂的方向走去。随着太阳的隐落，灯塔又把光芒射向天空，漆黑的教堂出现在前方。这时候，他等她赶上来。

"你很爱你母亲吗？"乔瑟林说。

"是的，先生；当然是这样。"姑娘说，她摇摇曳曳地，似乎他应该用手搀着她。

皮尔斯顿想说"我也是"，但又不愿暴露那件事，显然她绝不会猜到的，艾文斯陷入沉思，而后又接着说——

"在妈妈像我这么大的时候，她过了一段很伤心的日子。我不希望自己像她那样。因为有一天晚上，她没同意跟她的小伙子见面，他后来就背叛了她，这使母亲差不多悲伤了一辈子。如果我是她，我肯定不会为他而烦心。她从来不提他的名字，但我知道他是一个恶毒的残酷的人；我不愿去想他。"

383

听了这话，他无法跟她一起进教堂的墓地，便一个人往小岛南端走去。好长时间，他一直情绪恶劣。如果这些年来，他不是听任每一个萦绕不去的幻觉的摆布，他就不会有现在这样的地位，就不会置身于一种需要想象力的职业。他作为一个艺术家的强大建立在他作为一个公民和民族的一员的软弱之上。他觉得，抱怨自己敏感多情，有点过于纯洁，它不仅是天生的，也是后天培养起来的。

但是，他正在为他的莉莉丝付出昂贵的代价。他好象见到可怕的复仇就在前方。他究竟做了什么，而遭受如此的折磨。心爱的从妮克娜·派恩·埃文身上跳到一位过世的母亲的幻影之上，这位母亲活着的时候，他从没爱慕过她，如今，心爱的栖身在死者活着的样本上，永远地躲藏在这里。

难道他真想再前进一步，与这位含苞欲放的女孩子结婚吗？的确，这愿望最终成形了。除了没有社会地位之外，经过仔细琢磨，他确实感到她还有一些缺欠。判断力虽然受到蒙蔽，却也告诉他，较之那位知书达理、聪慧可爱的小女子，艾文斯第一，她天性冷淡、性格平庸；但是，二十年的光阴使理想有了差异，中年人对肉体方面的需求增加了，可以在精神内容上做出让步，以实现平衡，若反过来，恐怕要难得多。感到艾文斯那些内在的缺欠是让人高兴的事，若是在以前，这些缺欠可能会驱使他拒她于门外。

他琢磨着他目前的荒唐和他青年时代的爱情，二者之间有种奇特的差异。现在，他能有条有理地发疯，因为他知道他要发疯，然后，他逼着自己相信他的疯狂智慧。在那些日子里，任何理性只要照出了他的所爱的瑕疵，就会匆匆忙忙地在恐惧中模糊下去。如今，这种穿透力无法让他沉静。他知道他是受某种倾向支配的人，便消极地默认了。

从实际的眼光来看，他曾经这样想过，似乎这个卡罗家族虽然几个世纪甚至永远不可能再造出一种特有的天性，能完完全全地合乎理想地补充他本人天性中的不完美，而使他成为一个圆满的整体；可是，卡罗家族拥有塑造她的原材料，这是他所遇到或将来可能会遇到唯一的家族。似乎卡罗家族已发现了土坯，但没有陶工；而别的家族可能拥有吸引他的女儿，虽找到了陶工，却没有土坯。

第八章　他的灵魂面对着他

从宽敞的城堡、庭院和周围的峭壁，他能俯瞰到她的一举一动、一笑一颦，在他眼中，她就是更新的往日那颗灵魂，在它的光芒中，一切难看的细节都被忽略了。

此外，他发现天一下雨，她常常焦虑不安。如果湿漉漉的雨天过去了，死人湾的上空一道金灿灿的阳光透出云层，她就显出一副快活的样子，脚步也轻快起来

他对此迷惑不解；更为奇怪的是，他发现假如那种时候，他想方设法要跟她碰面，她总是躲着他，虽然偷偷地、让人难以觉察，但一定没错。一天晚上，待她离开小屋，

朝山下边的小镇走去，他便沿着同一条路出发，决心在公路上等她回来，这条路从此地一直延伸到东采石场。

他走到这条旧路的尽头，再往下走就是去小镇的大下坡了，她还没露面。他转回身，静静地走着，快要走到家门口，然后又折回来。幽暗的夜里，他来来回回地走在小岛上，凸起的路面光秃而柔软；头顶和四周闪着点点繁星，灯塔在远方上岗值班，灯船在沙岸那边眨着眼睛，海浪在下面拍溅着卵石滩，远在西南方的教堂那儿躺着岛上的先人们。

他就这样走啊走，他似乎听到头顶上的风声里，有投石族的石头嗖嗖飞过，入侵者闯到岛上，击溃了他们，娶走了他们的妻子和女儿，生出了艾文斯，她是两个血系的交配创造出的精华。她还是没回来，再等下去简直太傻了，可他禁不住要等。终于，远处隐隐出现一个小点，他根据动作而不是形体，知道那是她的身影。

啊，有什么能比得上虚幻的梦想，它能把实实在在的东西从壮丽降为渺小。你看，这位小小的洗衣妇走在三样崇高的事物——天空、岩石和海洋——中间，她的身影在他的意识里膨胀着，达到最大的极限，而那些庞大的无生命的景物却退缩到意识中的一个细胞里。

咦，那身影走着走着，一下子不见了。他四处张望，确实消失了。这条路的一侧有一面矮墙，可是，如果她没什么重大的麻烦或特殊的举动，不会跑到墙后面去。他转身向后看，远远的，她又在路上出现了。

乔瑟林·皮尔斯顿急忙跟过去；艾文斯听出他的脚步，站住了。他赶上来，她神情诡秘，颤抖着忍住笑声。

"哦，这是什么意思，我亲爱的艾文斯？"他问。

她掩不住内心的欢笑，不以为然地转过身说，"两个小时以前，我到威尔斯街去，你跟着我，当时我四下张望，瞧见了你，就藏在一块石头后面！你擦着我的衣服走了过去，没看见我。等我往回来的时候，我瞧见你又等在这儿，就溜到那面墙后边，跑到你前头来了！要不是我停下来看看你在哪儿，你永远也追不上我！"

"你这么做到底为什么？"

"让你找不着我。"

"这不是真正的原因。告诉我，亲爱的艾文斯。"他转回身跟她说。

她犹豫了一下。"说吧！"他又催促她。

"因为我觉得你想做我的小伙子。"她回答说。

"你这想法多么可笑！假如我真是这样，你会不会接受我？"

"现在不会……长久也不会。"

"为什么？"

"如果我告诉你，你不会嘲笑我或者让别人知道吧？"

"绝不会。"

"那我就告诉你吧，因为我对我的情人只要一熟悉起来，就会厌倦他们。我在这位小伙子身上看到的东西没多久就离开他，跑到另一个人身上，然后我就追过去，可是，

385

渐渐地我所爱慕的东西从他身上消失了，又在别人身上萌发起来；我就这样追啊追，从来不固定在一个人身上。我已经爱过十五个了！是的，十五个，我都不好意思开口。"她一边笑一边重复着，"我拿它没办法，先生，我向你保证。当然，说真的，对我来说，他始终都是同一个，只是我抓不住他！"她说，"你不会把我的事告诉给任何人吧，是不是，先生？如果这事让人家知道了，恐怕就没有喜欢我了。"

皮尔斯顿惊得眼睛发直。这位不起眼的几乎没什么文化的女孩子竟也在专注地追逐那个不可能的理想，跟他这二十年来的做法如出一辙。她这样做完全是不由自主，纯粹出于她自身的需要，而且始终在为她自己的本能而困扰。突然间，他想到这事跟他本人的干系，

"我是——他们之中的一个吗？"

她认真地沉思着。

"你也是，有一周时间，从我第一次看到你开始。"

"只有一周？""差不多。""是什么使你幻想中的那个人儿，放弃我的身体，而去了别处呢？"

"嗯，虽然开始的时候，你看上去又英俊又有绅士风度——"

"是吗？"

"没过多久，我发现你有点老了。"

"你这个年轻人很坦率。"

"啊，是你问我的，先生！"她抗议说。

"是我问的；而且，得到了回答，我不再打扰你了。尽快回家去吧，天色越来越暗了。"

等她的脚步声听不见了，他也朝家里走去。那么说，追寻心爱的就像一把刀，它可以朝两个方向砍击。做一个追寻者是一码事；做一个理想的寄主弃之而去的躯壳是另一件事；眼下，在新日子的嘲弄下，他的遭遇恰好是后一种。

他和艾文斯的癖好之间这种惊人的相似性——她的心爱的跟他的一样，让人捉摸不透便表明了这种相似性——大概意味着他们两个家族存在某位共同的远祖，这个特点从他那里悄悄地传下来，然后重新萌发。尽管如此，这个结果还是令人深信不疑。

走到他屋子前，他闻到一股烟草味，还能辨出两个人影，正往旁边那条小径上走，那条小径通向艾文斯的房门。但他们并没进她房里，而是慢悠悠地走上一条狭长的小路，小路通向红国王城堡和海边。一想到他们可能是艾文斯的某位不值钱的情人，他的心情顿时变得很沉重，但是，那个男人发出一种略带争辩的语调，这说明他们是他上一次偶然邂逅的那一对已婚夫妇，当时，他们正走在回家的路上。

第二天，他又给仆人们放了半天假，好让可爱的艾文斯到城堡再呆上几个小时，以便更好地观察她。她站在夕阳里拉窗帘那会儿，外面传来一声特别的口哨，声音是从草坪外的峭壁附近发出来的。他发现她的脸色略略变红了，尽管她忙忙碌碌地，好像什么也没注意到似的。

忽然间，皮尔斯顿怀疑她不但曾经拥有过十五个爱慕者，而且眼下还有一个。当

然，也可能是他弄错了。既然古老的记忆和目前的柔情蜜语已激发起他的热情，要想方设法使她成为自己的妻子，尽管从习惯上讲，她并不合适，他便做好准备，一定要揭开这个秘密。只要他能赢得她——可一个乡下姑娘怎么会拒绝这样的机会呢？——他就送她到学校呆两三年，娶她，通过一次旅游增长她的见识，其余的就碰运气吧！至于她对激情的需要——同她那圣洁的母亲的钟情比起来，多么让人心伤啊——对一个比新娘大二十岁的男人来说，就不能有过高的奢求了，他会满足于乖乖地忍受它，同时享受那份拥有的快乐，作为一种韵味，他的青年时代以及他早年家园的一切魅力似乎都在这里残留着，萦绕不散。

第九章　并　置

这天下午，天色变阴沉，皮尔斯顿踏上那条陡峭的山路，也就是长长的威尔斯街。年轻的姑娘们站在泉水边，提着水罐，泉水咕咕地冒着泡；后面，房子形成了岩石的门厅，给小岛隆起一面巨大的前额——在这个部位，小岛用无数土堤立起一片山峰，好像戴了一顶城墙冠。

当你抵达这条街的最顶端，那几乎是直上直下的陡坡，似乎把前方的路都挡住了。走进去，你的路径明显的是直奔而下：迎面的一大团，但是，你立刻会发现，那条伸向半岛的古老的罗曼公路，一到陡坡的基部就来了个急转弯，沿最陡的一处斜坡朝右边爬上去。左边也有一条上坡路，几乎跟第一条一样陡峻，完全是垂直的，这条现代化的路通往要塞。

皮尔斯顿走到交叉路口，停下来喘气。他要往右拐，走那条风景如画的路，出发之前，他抬头望了望右面那条通往要塞的单调的路。那条路是新的，很长，白色的路面规规矩矩地延伸下去，越来越细，最后变成一点，好像透视学中的一课。大约在那条路的四分之一处，歇息着一位姑娘，边上放着一篮子白色的衣物，通过帽子的模样和她携带的东西，他认出了她。

她没看见他。他没有走右边那条路，慢慢登上她正攀援的斜坡。他发现她的注意力被高处的什么东西吸引住了，便顺着她的目光看去。在他们的上面，长草的石头耸立着，形成灰绿色的山，山顶已被军事艺术削平了。以天空为背景的轮廓线时不时被一个小小的像木塞一样的东西打破，那是哨岗；在其中的一个哨岗旁边，来来回回一成不变地爬动着一个小红点，上面衬着厚厚的天空。

他推测她大概有一个当兵的情人。

她一扭头看见了他，便拎起衣服篮子继续往上爬。坡太陡了，即使没有负重，爬起来也叫人透不过气来；拎着衣服篮子往上爬，对她来说真是极其残酷了。"你可不要带这么重的东西爬要塞，"他说，"给我吧！"

可她不想这么做，他便一动不动地站着，瞧着她气喘吁吁地上路；此时此刻，一

个光芒四射的人儿，所有女性的缩影，经由他本人那迷幻的目光，"罩着如此超凡的荣光，他瞧她不是"；看她不是她实际的样子，甚至也不是有时候他本人眼中的样子。但是，在士兵的眼中，她是什么样子呢？在那僵直的数学式的路上，她的身影变得越来越小，皮尔斯顿凝望着她，她仍在凝望着高处的士兵。他只能隐隐地见到，她走过去的时候，哨兵们从各自的有利地势中冲出来，但是，看见是她，他们并没中途把她拦住；现在，她从要塞四周无数个坑洞上的吊桥上走过去，也走过那里的哨兵，然后穿过拱门，消失在里面。现在，皮尔斯顿看不见那名哨兵，他脑子里涌起一个可怕的念头：那个穿红衣的情敌正自由自在地跟她，他的楚楚动人的原初艾文斯留下的这位无人保护的孤女，会面，交谈；也许，那士兵换了岗，陪她走到里面，手里提着她的篮子，胳膊搂着她那柔软的身子。

"你究竟在那儿瞧什么呢，好像走神了？"

皮尔斯顿扭头一看，他的老朋友萨默斯正站在那儿，瞧着他这位长期租房子住的光棍。

"我倒想问你究竟到这儿来干什么来了？假如我见到你不是这么高兴的话。"

萨默斯说他过来瞧瞧，是什么使他的朋友在这大好时光，在这样一个人迹罕至的地方耽搁了这么久；再顺便往他自己的肺里吸点儿新鲜空气。皮尔斯顿非常欢迎他前来，两个人便朝森林城堡走去。

"我好像看见，你正在看一位拎着衣服篮子的可爱的小洗衣妇？"画家继续追问他。

"是的，对你来说是这样，但对我来说就不是了。在世人看来，她不过是一个可爱美丽的小岛姑娘，可是，在我眼中，她后面藏着那个理念，用柏拉图的词语来说，就是这一存在所渴求的一切精髓和缩影……我逃不脱一种宿命，萨默斯。是的，我逃不脱一种宿命。以前，我总是追随那个幻影，我在一个又一个远方的女人身上看到它，可一走近，它就消散了，这已经够倒霉了；可现在，可怕的是这个幻影并不消散，它留在那儿挑逗我，即使我走得那么近，甚至能看清它到底是什么！那姑娘把我捉住了，虽然我睁着双眼，虽然我明白我是一个傻瓜！"

萨默斯没说什么，只是注视着他朋友那梦幻般的表情，随着岁月的推移，这表情没有减弱，反而更加明显了。走进城堡，萨默斯四下瞧了瞧景致，皮尔斯顿指着那间古雅的伊丽莎白式的小屋舍说，"那就是她的住处。"

"多么浪漫优雅的地方，整个儿这个半岛都很浪漫。在这里，一个男人说不定会爱上稻草人或芜菁灯笼。"

"可是一个女人却不会。她们并不受景物的感染，虽然她们假装如此。这姑娘变幻无常，就像——"

"你曾经也是这样。"

"根据你的观点，确实是这样。她很——坦率地告诉我了。这使我深受打击。"

萨默斯突然想到什么，站在那儿一动不动。"哦，这么说，局面奇怪地扭转过来喽！"他说，"啊，你不是真的想娶她吧，皮尔斯顿？"

"我明天就想娶她为妻，为什么不呢？像她一样，对我这样一个海盗和走私犯的子孙来说，管它什么叫名誉、名声和社会地位。况且，我知道她是由什么做出来的，我的小伙子，直至她最里层的织体；我知道她是从什么矿石里挖出来的，那完美而纯质的矿石。这使一个男人拥有了自信心。"

"那么说，你一定会赢。"

那天晚上，他们吃过晚饭坐着歇息，此时，从外面的峭壁附近传来一声口哨，口哨长长的低低的，打断了他们安静的谈话。萨默斯没在意，可皮尔斯顿却很在意上。艾文斯在房里帮忙那阵子，口哨声总是在同一个时间响起。他为自己找了个出去的借口，便溜到漆黑的草坪上。碎石路上传来一阵吱吱嘎嘎的脚步声，混杂在海水的声音里，那脚步轻得好像长了翅膀。他想象着，片刻后，某个笨拙的家伙就会把嘴巴压在她的嘴唇上面；那撩拨人心的娇美之唇，他本人平时几乎都不敢瞧上一眼。

他听到有人在说话，其中有上文提到的那对已婚夫妇吵架的声音，那女人的声调跟艾文斯的有些近似，后来，他就进屋去了。第二天，萨默斯想为一幅海洋题材的作品寻找景致，到外面溜达去了。皮尔斯顿出去找他，碰上了艾文斯。

"啊，我的女士，你有一个情人！"他尖刻地说。她承认这是事实。"你不会坚定地守着他吧！"他接着说。

"我想，这一个我或许会的，"她以一种意味深长的语调说，当时他未能明白，"他曾抛弃过我，但以后再不会了。"

"我想他是那类很棒的家伙吧？"

"对我来说，他够好的。"

"无疑，相当英俊。"

"对我来说，够英俊了。"

"很文雅，而又彬彬有礼。"

"对我来说，够文雅，够彬彬有礼了。"

他搅扰不了她的宁静，就让她走过去了。第二天是星期天，萨默斯已在小岛的另一端选好了风景，皮尔斯顿决定下午去看艾文斯的情人。他发现她已离开她的小屋，朝贝尔灯塔那边走去。走得差不多的时候，他转身往回返，看见采石场中间那条孤零零的路上，走来一个年轻人，挽着艾文斯第二的胳膊，此人显然与石头这个行当有直接关系。

在他的瞥视下，她显出一副非常有罪的样子，有点儿脸红。那男子生得一副典型的岛上人模样，半张脸上遮满密实、卷曲的黑胡须，用他们的话说，他看上去精力充沛精神百倍、谨慎小心。皮尔斯顿好像觉得，他那双锐利的黑眼睛里，闪着冷嘲热讽的光。

如果是这样，艾文斯一定把皮尔斯顿的柔情讲给他听了。他之所以把这位姑娘视为掌上明珠，并非因为她自己有什么无法抗拒的魅力，而是因为她那亲爱的母亲，可她怎么能如此轻浮地看待他呢？

沦落到这步地方，他感到屈辱，当时，这种屈辱感蒙住了他的眼睛，过了一会儿，他才吃惊地想起，此人跟他想象中的原型不一样，挎着她胳膊的男人不是士兵。那么，

389

她那时候出神地盯着哨所，是怎么回事呢？她大概不会这么迅速地转移爱的对象；要不是让她也享受一下他本人的理论的好处，她的心爱的不大可能在这么短的间歇里，从一个躯身迁到另一个躯身之上。那么，这里面谁是在黑暗中向她轻声吹口哨的人呢？

皮尔斯顿没有心思继续寻找阿尔弗雷德·萨默斯，他一边往回走，一边闷闷不乐地想着心事。对于最初的那位女子，他一直想通过跟她的复制品结婚并使她富有而给她以补偿，是她给他这次新的爱情增添了这种空前的持久性，但是，他的这一愿望似乎被他的命运挫败了，他的命运早就做好了这个打算。

城堡大门口停着一辆马车。看起来，这不是那种从山下小镇里来的家常轻型马车，显然来自海湾对面的时髦的海滨胜地。他不明白这位来客为什么不让马车驶进来，他这样琢磨着进了屋，发现起居室里坐着妮克娜·派恩·埃文。

初瞧之下，时髦的装饰和文雅的举止显得她十分漂亮。可是再瞧下去，他发现她脸色苍白、忧虑不安，反倒显得可怜极了的。总的来看，现在的她跟从前的她大不一样了，想当年，她坐在汉普郡广场她的起居室里，是多么的平静，甚至对他不冷不热。

"你感到很吃惊吧？当然喽！"她声音轻柔，充满恳求，他握着她的手，她没精打采地抬起重重的眼睑。"可是，我忍不住！我知道我冒犯过你——不是吗？噢！怎么会这样，你怎么会在伦敦最风和日丽的季节，跑到这块古怪的大石头上，与野蛮人住在一起？"

"你并没有冒犯我，亲爱的派恩·埃文夫人，"他说，"你有这种想法，我真是很抱歉了！不过，我也感到很高兴，你的想象让我做了一件好事，把你引到这儿来看我。"

"我下榻在蓓口的里吉斯。"她解释说。

"那么说，不久前我在一次教堂礼拜会上见到的真是你喽？"

她那苍白的脸上泛起了红晕，随后点头承认了。他们的目光碰到了一块儿。"唉，"她终于说，"我不知道我为什么不能表现出坦诚的美德，你知道这是什么意思。我曾经是强者，而现在我是弱者。在我们忽冷忽热的相处过程中，无论我可能给你造成了什么样的痛苦，我都深感抱歉，我愿意弥补昔日的一切过错，从此通情达理。"

面对这位迷人的曾一度有自己的主见的女人，皮尔斯顿居然没涌起一丝冲动，那是不大可能的，从任何一种世俗的眼光来看，她都不失为他的一个佳配——事实上，假如不考虑金钱，是一个求之不得的佳配。他再次拿起她的手，握了一会儿，她身上似乎流过一股喜悦的暖流。啊，不——他不能再往前跨越一步了。那个小岛姑娘，身穿礼拜服，头戴扎着一束公鸡羽毛的小帽子，就像缕缕的马尼拉麻绳一样，拽住了他。他放下妮克娜的手。

"我明天离开蓓口，"她说，"所以我觉得必须过来看看你，整个儿圣灵降临节我一直呆在那儿，你不知道吧？"

"我的确不知道，否则我一定会去看你的。"

"我一向不喜欢写信，我希望现在能喜欢起来！"

"我也希望这样，亲爱的派恩·埃文夫人。"

可是，她希望他把她当"妮克娜"。他们走到活顶儿四轮马车旁，他说他本来不久也要回城里去，回去以后即刻去拜望她。就在他说话的功夫，艾文斯·卡罗，此刻只剩她一个人，擦着马车的另一侧走了过去，没多远她就到家了。对他们两个人，她头也没转，也没看上一眼，在她眼里，他们就像是无关紧要的物体。

皮尔斯顿一下子冷得像块石头。这姑娘——她是精灵、巫婆、妖怪——的出现带来的寒意，像厄运一样冲向妮克娜。他知道他是一个十足的傻瓜，正如他以前说过的那样。但是，那理想的激情攫住了他，他无能为力。他在意艾文斯的指尖，胜过派恩·埃文夫人的整个儿人。

妮克娜大概看出来了，她悲哀地说："如今我已尽力而为了！为了平衡我在起居室里对你的残酷，我觉得唯一的做法就是过来乞求你对我的残酷。"

"你真是漂亮极了、太高贵了，我亲爱的朋友！"他说，其语调带有更多的礼貌而不是情感。

然后，二人互相道别，她驱车而去了。但皮尔斯顿的眼中看到了往家走的艾文斯，他知道他落入了她的掌心，他不由自主。这座岛上的教堂建在异教神殿的地基附近，由于他在手艺上，比如像以弗所的德米特里厄斯那样，而且也在心灵上，忠诚于伪神，来自教堂的基督教徒可能要愤怒地通过他所信奉的伪神来惩罚他。或许，对于他的盲目崇拜，女神的惩罚已经降临了。

第十章　她依然消散不了

皮尔斯顿还没走多远，萨默斯和帮他拿画幅的人就赶上来了。他们一起步行到房门口，那个人把东西放下就走了，这两个人在屋外徘徊。

"我在路那边碰到一位特别动人的女人。"画家说。

"噢，她确实是这样！一个精灵，一位仙子，的确是普叙刻！"

"她深深地打动了我。"

"这说明，最土气的外表也会泛出特殊的美丽。"

"是啊，虽然并不总是这样。这个例子就不能说明这一点，因为这位女士的衣着是最时新最有品位的。"

"噢，你是说那位马车上的女士吧？"

"当然。怎么，你以为是外面那位小屋姑娘？我的确碰到她了，可她算什么？画到某人的画里还行，尽管坐在某人的火炉边不怎么样。那位女士——"

"是派恩·埃文夫人。一个友好、自重的女人，她肯做傲慢的人不愿屈尊去想的事情。她明天离开蓓口，驱车过来看看我。你知道我们之间曾一度怎么样吗？可是，我对任何女人来说都没什么好处。她一直对我十分宽厚，而我却没有这样待她……她最终会投入某个配不上她的家伙的怀抱里，毫无疑问。"

"你这样想吗？"萨默斯嘀咕着，过一会儿他突然冒出一句："我自己要娶她，如果

她肯接受我，我喜欢她的模样。"

"但愿你会娶她，或者说能娶到她，阿尔弗雷德！好长时间她一直想离开上流社会，进入艺术世界。她是一个有个性的女人，热情诚恳。我在她那儿碰过钉子。我不好说，她能轻易被赢得——我这么说可能很苛刻了。去试试吧！我可以轻而易举地让你们聚到一块儿。"

"我一定要娶她，假如她愿意！"萨默斯以冷静的教条主义——那是他的特点——补充说："一旦你决定结婚，就娶你见到的第一个好女人，她们全都一个样儿。"

"噢，你还不了解她，"乔瑟林回答，不能施以爱的地方，他可以施以赞美。

"可你了解她，凭你的判断力，我一定要得到她。她真的很漂亮吗？我只不过看到一眼。我知道她肯定漂亮，否则不会把你那双锐利的眼睛吸引住。"

"你要记住我的话，她看上去唾手可得，却又远不可及。"

"她的眼睛是什么颜色的？"

"她的眼睛？我不大注意颜色，从职业上讲，我喜欢专注形体。"

"我想要深色的，"萨默斯信口开河地说，"天真的英国女人里边，金发模特儿太多了。当然，金发碧眼的女人是有用的财富！……啊，好了，这样说很无礼了。我喜欢她的模样。"

萨默斯回城里了。这天，小小的半岛空气潮湿，皮尔斯顿却走出来，到他租借的城堡的花园房那儿，坐下来吸烟。这个建筑物紧靠他宅子的外围墙，他的耳朵时不时能捕捉到艾文斯的声音。她的小屋就在栅栏周围的草坪上，房门开着，声音能传出来；他觉出那调子里没有抑扬顿挫。他知道为什么。她想到外面去，却不能。以前他就发现，每当她打算外出的时候，出门几小时以前，她的声音里就会揉入一种特别的调子，像鸽子的小声鸣叫。之所以有这种效果，无疑是因为她想着她的情人，或情人们。不过，后一种情况不大可能。半只眼睛都能看出来，她纯洁而坦率。那么，怎么会有两个人呢？大概那个采石工是个亲戚。

这种猜测似乎很有道理，他走到草坪上，遇见了一个穿红外套的人，这些日子他心里一直在琢磨这些红外套。小岛外侧这部分很少有士兵出没，即使碰上高兴的时候，他们从要塞出来巡逻，也总是往相反的方向走，这个男子到这边来，一定有什么特殊的原因。皮尔斯顿观察着他，他长着一张圆脸，看上去是一个乐悠悠的家伙，上唇两边有两撇小胡子，还有一双又小又黑的眼睛，头上扁扁地扣着一顶苏格兰便帽。一想到她娇嫩红润的面颊要被这个粗壮的年轻人的嘴唇吻来吻去，他就气不过。他根本没上过什么战场，甚至都没跟不堪一击的野蛮人交过手，哪里有什么士兵的气质。

那士兵走到她房子前面，看了看房门，然后就走上那条通往峭壁的弯弯曲曲的路，峭壁那儿有一条返回要塞的小径。但是，他没往小径上走，而是原路返回来了。这表明他想再从那间房子门口经过一次，可是，她没有一点反应，士兵显得很失望。

皮尔斯顿不清楚艾文斯在不在屋里，他走过去，敲敲房门，门虚掩着。

没人来开门，他听到里面有轻微的动静，就跨进门槛。艾文斯一个人坐在黑暗的角落里，她好像不希望被任何碰巧路过的人看见似的。她抬起头看着他，面无表情，或者说没表现出惊讶之色；但是她在哭泣，他能看出来。一位无依无靠的年轻姑娘——他感到自己被特别微妙而温柔的丝线拉向她——这般伤痛，皮尔斯顿还是第一次见到，他大为震惊，便不顾客套地走了进来。

"艾文斯，我亲爱的姑娘！"他说，"出了麻烦?!"

她好像默许了，他接着说："快把一切都告诉我，或许我能帮你。说吧，跟我说说。"

"不行！"她小声说，"斯托克沃尔奶奶在楼上，她会听见的！"斯托克沃尔夫人是一位老妇人，自打艾文斯母亲去世以后，她就过来陪伴姑娘了。

"那么，到对面我的花园里去吧！那里十分隐秘。"

她站起身，戴上帽子，随他走到门口。她站在那儿问他草坪是不是空着，他保证说是空的，她便跨出门槛，跟他一起穿过花园的围墙。

那地方隐蔽僻静，虽然透过树枝看去，大海近在眼前，能清晰地听到海浪的咆哮声。水滴这一下那一下地从树上掉下来，但这种雨不怎么大，伤不着他们。

"好了，让我听听，"他语气安慰，"你可以无拘无束地告诉我。我是你母亲的朋友，你知道。也就是说，我了解她；我也可以做你的朋友。"

这番话多危险，要是他不想让她疑心他是她母亲的负心人。不过，眼前这个艾文斯似乎不知道那个恋人的名字。

"我不能告诉你，"她固执地回答说，"除非它跟我本人的变化无常有关系，其余的关系到别人的隐私。"

"我为此感到遗憾。"他说。

"我开始喜欢上一个我想都不该喜欢的人，这意味着毁灭。我得走开。"

"你是说离开小岛吗?"

"是的。"

皮尔斯顿陷入沉思。他想回到伦敦去已有一段时间了；可是，由于他在此地有了新的热望，便一直没走。但是，带她一起走能给他提供机会，好保护她、照料她的心思，引导她，同时也可以使她远离潜伏的危险，虽然一个单身男子承担这种监护任务，多少有点儿不便。不过，这也没什么不可以的。他突如其来地问她是不是真想出走一段时间。

"我还是最喜欢呆在这儿，"她回答，"不过，到别处去我也不该在乎，因为我觉得我不得不走。"

"你喜欢到伦敦去吗?"

艾文斯的脸上顿时没了哭泣的样子。"怎么可能呢?"她说。

"我一直寻思着，你可以到我的住处去，在那儿发挥一点儿作用。我刚刚租下一套新房子，人们把那种新地方称作寓所，你可能听说过那种寓所；另外，我在房子后面还有一间工作室。"

"我没听说过。"她没感兴趣地说。

"哦，我那儿有两个仆人，在我的仆人度假时，你可以帮他们一两个月。"

"给家俱上光有用吗？我会干那个。"

"我没有多少家俱需要上光，可是你可以清理工作室里的石膏、泥块，还有石头屑，帮我做模型，为我所有的维纳斯劣作拂去灰尘，还有手、头、脚和骨头以及其他物品上的灰尘。"

艾文斯吓了一跳，不过，这个主意挺新鲜的，她被吸引住了。

"只是一段时间？"她说。

"只是一段时间。你想多深短就多短，想多长就多长。"

惊讶过后，艾文斯开始深思熟虑地讨论他提出的方案，根据她的态度，根据她胸脯上下起伏，他可以观察出她对他的感情在多大程度上超出了友谊，可能还有感激。他们年龄之间的差距没什么大不了，他希望按他的心愿塑造她一番之后，能赢得她。至于是什么令她伤心落泪，反正她不会再细说了。

自然，她不需要做多少准备，可是，她做的准备真是太少了，比他想象的还少。她好像渴望着马上就出发，不让任何一个活着的人知道她的离去。如果说她陷入情网，起初还不愿离开小岛，那她现在怎么又这般仓促呢？他无法理解。

但是，他做得极其小心，对这位姑娘，他的兴趣既饱含激情，又有所防备，他绝不想对她做出任何让步。于是，他把她留下，只身离开小岛，在距火车站几里远的一个地方等她，在那儿，他让她透过马车车窗看见自己，然后才走进旁边的车厢。此时，他周身灼热，那灼热几乎是一种喜悦，这是他第一次为他照管的人而感到欢悦，她继承了那个早就与他本人有关联的肉身，还沿用了那个名字；他也为事情就要走上正路而感到喜悦，许多年来，事情总是一错再错。

第十一章　那幻影萦绕不去

当他坐着四轮马车把艾文斯从火车站接到公寓大门口时，天色已暗下来。皮尔斯顿租下了公寓的整个儿一层，那时候，这种事在伦敦比现在稀罕得多。皮尔斯顿把艾文斯领下马车，嘱咐搬运工把行李卸下来，便上楼去了。令他惊讶的是，他的楼层静悄悄的，他用钥匙打开门锁走进房间，里面一片漆黑。他下到大厅，见艾文斯正无依无靠地站在行李旁边。

"你知道我的仆人们干什么去了吗？"乔瑟林问。

"什么，他们没在吗？先生？噢，那么说我的疑惑没错喽！你没锁酒窖，是不是，先生，千真万确吧？"

皮尔斯顿想了想。他觉得他可能把钥匙留给那位年长的仆人了，他以为他是可以信赖的，况且，酒窖里的存货不多。

"噢，那么说是这么回事！从上一个礼拜或大上个礼拜，她就一直很古怪。噢，对了，她从通话口传下疯疯癫癫的口信，命令我们干这个干那个，后来，我们根本不理她那一套了。我看见她们两个昨晚出去了，可能她们不等你回来就度假去了，说不定永远不回来了！如果你写封信来，先生，我会把地方给你准备好，你没有下人了，虽然这根本不是我们的差事！"

皮尔斯顿再上楼去一看，酒窖的门开着，一些酒瓶已经空了，还有许多被劫走了。不过，房间里的其他东西好像还完好无缺。他写给管家的信仍在邮箱里，像邮差放进去时一样。

这时候，行李已经送到楼上；艾文斯也像那些行李一样，立在门口，门厅搬运工站在后面，询问需要他帮什么忙。

"到这儿来，艾文斯，"雕刻家说，"这下我们可怎么好呢？这里的情况真是糟透了！"

艾文斯也拿不出什么好办法，后来，她脑子里忽然一亮，她可以生火啊！

"生火？啊！对……我正琢磨我们能不能对付过去。真是节外生枝——让人为难！"他嘀咕着，"好啊，生火。"

"这是厨房吗，先生？跟起居室混在一起？"

"对。"

"那，我想我能暂时把这里要做的事做起来，无论如何得等你找到帮手，先生。至少，能找到炉膛我就能做。这地方不像我想象的那么大！"

"对啊，鼓起勇气来！"他面带柔和的微笑，"我今晚要出去吃饭，这地方就留给你尽量整理吧，楼下搬运工的妻子会帮你一起干。"

于是，皮尔斯顿就走了，从此，他们开始了同居一处的生活。他越来越强烈地感到，危险正在她故乡的小岛上等着她，他决心不把她送回去，待那个情人或情人们冷静下来再说，他或他们似乎打扰了她。至此，他甘愿采取这步冒险的举动，只因他对她热切的思慕。

事实上，这是双重的孤独，因为，虽然这层楼上只有皮尔斯顿和艾文斯两人，可他们并没有彼此相伴，既然皮尔斯顿现在拥有了机会，可他却小心谨慎，害怕走近她，以前他没有机会却冒冒失失地去找她的时候，也是这样害怕。他们静悄悄地过着日子，他经常把要告诉她的话写在纸片上，放在她能看得见的地方。发现她对他们的孤独处境毫无感觉，他并很痛楚，假如她体验到任何情感的交流，她一定会欣然地生活在这样的处境中。

考虑到，虽然不够深入，很难说她是一个务实的姑娘，按这个词的一般理解，她对友善之辞的反应所表现出的务实品性，真是令人恼火，这种反应不顾他本人以及她的正常举止，一味地躲避着他。每当他造出某个烹调方面的借口，穿过几步外镶着马赛克的大厅，大厅隔在他的房间和厨房之间，从门道里对她说话，她总是回答说，"是，先生，"或"不，先生，"照样忙着她的活计。

按常规，他当即就该找一对相当合适的仆人，可他却继续靠这一个人来侍候，或者说还不足一个人，也就是这位小屋姑娘。到某家俱乐部去就餐，以前一直是他不变的习惯，现在，他坐在家里，面对着难以下咽的骨头或牛排。他限制自己只能吃这两

样东西，以免她抱怨一个人干这么多活儿，要求把她送回家去。杂役女仆两三天来一次，造成食物和酒类地过高消费，于是，皮尔斯顿担心的不是她的到来，他担心她跟艾文斯谈天，会让艾文斯醒悟到她目前的处境有点儿奇怪。艾文斯自己大概能看出来他以前住这儿的时候，公寓里总是有两到三个仆人；可是，他现在为什么没有那样做，其中的理由好像根本没触动过她。

他本打算让她单独住在工作室里，但出于偶尔的原因，又发生了变化。不过，一天早晨，他把她打发过去，不一会儿他自己也进去了，见她正忙着打扫雕刻和模型上的积尘。

对灰尘，她永远不会无动于衷。"真像蓓口运煤船的货舱，"她说，"把这些泥人美丽的脸蛋都弄脏了。"

"我想，你终有一天会结婚吧，艾文斯？"皮尔斯顿意味深长地看着她说。

"可能会也可能不会。"她说话时候露出半个微笑，手里仍忙着收拾那些模型。

"你实在有些随随便便了。"他说。

她调皮地掂量着那句评语，没再说什么。他禁不住想去抚爱她，但却不能，这使他的面孔显出可望而不可即的样子，尤其当他盯着她那曲线优美的侧影之时；那线条柔和而又独具特色的鼻子，那圆润的下颌，便滑到喉咙的地方，那玫瑰色的脸颊上，扑闪着一帘睫毛，不断地向下瞥视。他曾多么煞费苦心地想用泥土来再现那张面孔的模样，却总是徒劳，一旦捕捉住实体，便失去了精髓所在！

那天晚上，天已经黑了，他在紧张地写信，便派她出去买邮票。她走了一刻多钟还没回来，他突然从伏案中抬起头，恍然想起他刚才忘记一件事：她对伦敦一点儿不熟悉。

因为天色已经非常晚了，他便派她去最近的邮局，就两三条街那么远，他提要求的时候，一副平常的态度，她便快活地答应了。他怎么能做出这种欠考虑的事？

皮尔斯顿走到窗前。九点半了，因为她没回来，窗帘还没遮上。他打开落地窗，来到阳台上。他台灯上的绿罩子把射向暗夜的光线遮住了。右面延伸着一条长长的街道，泛着路灯发出的昏暗的光线，那路灯有的独自一个，有的三五成群，其中偶尔冒出一只蓝的或红的。不知从是罗西尼的一只热闹的进行曲。巡逻兵模模糊糊的黑影，正沿着褐色的马路来回转动着。屋顶上弥漫着一堆死灰色的雾霭，能看见几点星星在闪光，尽管低处仍泛着日光的苍白，簇簇烟囱管点缀着天空，有肘状的、有叉子状的，还有拳头状的。

从整个儿这片夜景中，传出地面的喧闹声，绵延到走远，东一下西一下的吱嘎声、人声、锡笛声、狗叫声，像海上的泡沫似的，浮泛在表面。这种种噪音让他产生一个强烈的感觉，在这巨大的声音的海洋里，没有谁确曾想到要休息。

在这片无边无尽的人海中，有一个存在，他的艾文斯，正孤身漂荡。

皮尔斯顿看看手表，她走了有半个小时了。即使她回来了，站在这么远的地方也看不清楚。他走进屋，戴上帽子，决定到外面去找她。他走遍了这条街，根本没有她的影子。从街角到邮局她可以走三条路，他随便选择一条，便一头扎进去，径直来到邮局，发现那里一片荒凉。此刻，他心急如焚，变得神情恍惚，他以最快的速度返回来，到家却发现她没回来。

他想起来自己曾告诉过她，一旦找不到路就叫一辆出租车拉回来。说不定，她现在就照这话做了。他又走到阳台上，庄严的街道上几乎没有人影，路灯立在那儿，像安置好的哨兵，正等着延迟了很久的列队。他脚下的一个地方，马路被掘开了，立着一盏红灯，角落里有两个人在无聊地交谈，好像正要浴着中午的阳光。像猫一样喜欢偷偷摸摸的恋人们，他们从不在日光下露面，正在地下室的门里门外互相嬉戏、打逗。

他一心注意出租马车，每当有马匹带着嗒嗒的马蹄声驶近他的房前，他都屏住呼吸，可每一次它都朝街区那边驶过去了。每当马车上的两盏灯远远地跳跃着，越走越近，越来越大，他都以为是朝他而来。想必是艾文斯吧？唉，不是，它走过去了。

他急得发疯，又从楼上奔下来，不由自主地出了房门，朝中心部位走去，那里仍是一片喧嚣。快走到喧闹的大街时，他看见一个小小的身影正沿着对面的街道缓缓地走过来，他急匆匆地赶过去，正是她。

第十二章　一扇铁格子窗降到中间

"噢，艾文斯！"他喊道，带着一位母亲那种亲切地克制着的责怪，"你这样做叫我多么慌张啊！"

她好像不觉得做了什么不对的事，对他的着急感到非常吃惊。他放心了，没再多说什么，后来，他突如其来地问她愿不愿挽着他的胳膊，因为她肯定觉得累了。

"噢，不，先生！"她向他保证，"我一点儿也不累，一点也不需要挽扶，谢谢你。"

他们没用电梯，徒步走上楼，他用钥匙开了门，两人便进到层里。一进来，她就到厨房里去了，他跟着她进去，坐在一把椅子上。

"你在哪儿来着？"他说，脸上挂着几份的关怀，"你在外面不该超过十分钟。"

"我知道这里没什么事儿，觉得我应该瞧瞧伦敦，"她天真地回答，"所以，买完邮票我就继续往前走，走到时髦的街道上，那些太太们在街上走来走去，就像大白天似的！好像在威尔斯街上，人们晚上刚参加完圣马丁集会，往家里走一样，只不过更优雅一些！"

"啊，艾文斯呀艾文斯，你不能这样乱跑！你不知道我对你的安全负有责任吗？我是你的——嗯，保护人，其实上，我在法律和道德上负有义务。我天天想着怎么把你没伤着没碰着地送回你家乡的小岛，可你竟在大半夜里这么无所顾忌！"

"但是，先生，我敢段定，街上的绅士们比家里任何地方的人都彬彬有礼得多！他们穿着最时兴的衣服，不屑于去伤害我，还有他们谈情说爱的样子，我以前没听说过这么有礼貌的。"

"好了，你再也不能这么做了。等哪天我会告诉你为什么。你手里拿的是什么？"

"捕鼠器。厨房里有许多老鼠，不像我们那地方的那么干净，我觉着我得想法儿捉住它们。因此，我就走那么远去买，这附近没有开门的商店。我现在就把它放上。"

她说完就去做了，皮尔斯顿仍坐在椅子上，看着她，她好像一门心思地忙着手里的事情。的确，见她故意限制自己的兴趣，真让人惊讶。她就这样满足于接受生活所提供的日常琐事，固执地拒绝去瞧一瞧，通过他能给她展现出一个何等开阔的生活世界。只要她说一句话，他就去领许可证，第二天早晨就跟她结婚。她真的看不出他有这个意思吗？如果是真的，她简直称不上是女人；可是，那轻快的、难以捉摸的、随心所欲的举止却分明标示着。

"它一次只能捉住一只老鼠，"他心不在焉地说。

"但是，我夜里会听见的，然后再把它放上。"

他叹了口气，让她一个人自己在那儿消遣，就去歇着了，虽然他一点儿困意也没有。没过几小时，大概因为哪一扇门没关上，他听到捕鼠器咔嗒一声，另一位觉轻的人肯定也听到了，因为，几乎没过多一会儿，走廊那边就传来噼啪噼啪的赤足声，还伴着的窸窸窣窣衣服声，再以后就安静了，过了一会儿，这功夫足够她重新放好捕鼠器了，皮尔斯顿被厨房里传来的一声尖叫吓了一跳。他从床上一跃而起，胡乱披上晨衣，急匆匆朝喊声冲过去。

艾文斯正站在椅子上，光着脚，裹着披肩；捕鼠器倒在地板上，老鼠在旁边跑来跑去。

"我刚想把它拿出来，"她激动地说，"可它从我手上溜走了！"

"一个像你这样的姑娘，竟然把自己扔给一个像那个采石工那样庸俗的家伙！你是怎么回事呢？"

她的脑子正专心致志地想着眼下的事情，对他这句不搭界的话，好一阵子才反应过来，"因为我是一个蠢笨的姑娘。"她平静地说。

"什么！你不爱他吗？"乔瑟林说道，惊讶地抬起头盯着她，她还站在那儿，忧虑中透露出二十年前亲吻他的那位艾文斯的模样。

"谈这个没什么用处。"她说。

"那么说，是那位士兵？"

"对，虽然我没跟他说过话？"

"从没跟那个士兵说过话？"

"没有。"

"是哪一个待你不好，欺骗你了吗？"

"不是，当然不是。"

"啊，我真是搞不清楚；我不想打探你不愿意告诉我的事。来吧，艾文斯，为什么不告诉我到底是怎么回事呢？"

"不，现在不告诉你，先生！"她说，那可爱的粉扑扑的脸蛋和棕色的眼睛朝他转过来，带着一副祈求的神情。"我明天会把一切都告诉你，假如我愿意的话！"

他返回自己的房间，躺下来陷入沉思。她回房以后，过了几刻钟，捕鼠器又咔嗒地响了一声，皮尔斯顿支起胳膊肘听着。这地方是那么安静，偷工减料的门板又是那么薄，他甚至能听见老鼠在陷阱的金属丝里蹦跳的声音。但这一次他没听到脚步响。反正他醒着，也睡不着，他就起来，提着灯来到厨房，拿出老鼠，又放好捕鼠器。往回走的时候，他又听了听。他能看见远远的艾文斯的房门；但那个小心的管家没听见第二次捕捉。房间里传出一声轻柔的喘息。

他回到自己的卧室，斜倚着身子，心情非常抑郁。她对他全然不觉，厨房里那荒凉的景象，加上冷冷的炉架，使他体会到一种前所未有的痛苦的孤独。

其实，他是多么傻啊，竟然对这位年轻女子这般投入。她毫无防备，她甚至没想到他们离得这么尽可能潜伏着危险，这些事实上正好构成了一种防卫，抵御了来自他的危险，这一点甚至不亚于她是她母亲的幻影。然而，他的沮丧就源于这一点。

第二天早晨，皮尔斯顿一瞧见她，立刻就感到，这种局面说什么也要结束了。他打发艾文斯到工作室去，然后给一家代理处写了一封信，要找两个仆人，写完信，他就来到他的作品那里。艾文斯正忙着摆正那些允许她碰的东西，呆在这些模型和雕像里边是这位姑娘的快活事，她第一次用那种留恋的津津有味的态度打量它们，她的心灵正费力地想去领受美的观念，对于美，她虽然明白一点儿，却从来不会想起来。她母亲在心智上的聪慧本该随同容颜和形体一起传给艾文斯第二，由于掺入了她父亲的平庸，就被冲淡了；对于一个像皮尔斯顿这样的回忆者来说，这个双重构成中的两个对立面常常不分你我地绕在一起。

工作室里只有他们俩儿，他的情感找到了发泄口。他用双臂搂着她说，"我亲爱的、甜蜜的小艾文斯！我想问你一件事，你大概能猜到是什么吧？我想知道：你愿不愿意嫁给我，并且永远跟我生活在这里？"

"噢，皮尔斯顿先生，这话多么可笑！"

"荒唐？"他有点畏缩。

"是的，先生。"

"哦，为什么？我太老了吗？想必我们之间没有什么严重的差距吧？"

"噢，不是，如果说到结婚这事，我不会在乎年龄的。这种差距对丈夫和妻子来说，没什么关系，虽然年龄相称的两个人彼此为伴会更好一些。"

她想挣脱出他的怀抱，不小心撞倒了女王福斯蒂娜的头，他没有去接它。

"你还没说明这为什么荒唐！"他尖刻地说。

"啊，我不知道你对我有这样的想法。我从来没想到过！我一个人孤零零地呆在这里，我该怎么办好呢？"

"答应吧，我可爱的艾文斯！然后我们就立即出去结婚，这是再明智不过的。"

她摇着头，"我不能，先生。"

"这对你来说一定会不错的。你不喜欢我，也许？"

"我喜欢你，十分喜欢。但不是那种喜欢，根本不是。不过，经过一段时间以后，我可能会爱上你，假如——"

"那么，就试试吧，"他温柔地说，"你母亲就是这样！"

这话刚一出口，皮尔斯顿就该把它收回来，他顿时感到这话妨碍了他的目标。

"妈妈爱你？"艾文斯用不信任的眼神盯着他。

"是的，"他小声说。

"想必你不是她的负心人吧？那个——"

"是，是！别再提它了。"

"那个从她身边逃走的人？"

"就算吧！"

"那么，我绝对绝对不会再喜欢你的！我原来不知道他是一位绅士，我——我还以为——"

"那时候，不是一位绅士。"

"噢，先生，请走开！我这时看见你就受不了！也许我应该——喜欢上你，像开始那样；可是——"

"不，如果我逃走，我就——！"皮尔斯顿羞成怒。"我一直对你以诚相待，你对我也该这样！"

"你想让我告诉你什么？"

"至少应该让我明白你为什么不接受我的请求。到目前为止，你所说的理由正好与此相反。好了，我亲爱的，我不生气。"

"你是不发火。"

"不，我生气。好了，你的理由是什么？"

"他的名字叫艾萨克·皮尔斯顿，说到底。"

"怎么回事？"

"我是说他向我求婚，使我误入歧途，按岛上的习俗做了，后来，有一天早上，我去礼拜堂跟他偷偷地结了婚，因为母亲不喜欢他；而到了那个时候，我也不喜欢他了。后来他跟我吵架，就在你和我到伦敦来以前，他跑到根西岛去了。后来，我看见一个士兵，我一直不知道他叫什么名字，但我爱上了他，因为我说爱谁就很快地爱上谁。不过，这样做不对，所以我就尽量不去想他，他走过去，我也不理他。可是，这样我受不了，我不停地哭来哭去。当时，我很难过，你邀请我来伦敦，我根本没在乎，想都没想，就来了。"

"苍天在上！"皮尔斯顿脸色苍白而悲苦，这番表白令他何等惊讶。"你怎么能做出这种令人难以相信的事情？或者不如说，你以前为什么不告诉我？此时此刻，你是一个身在根西岛的男人的妻子，你一点儿也不爱他，反过来却爱上一个士兵，甚至从来没跟他说过话的士兵；然而，我却在这里险些给我们两个蒙上耻辱，由于你听任我爱上你。啊，你真是一个邪恶的女人！"

"不，我不是！"她撅起嘴巴。

不过，艾文斯看起来脸色苍白，眼睛总是盯着地板。"我说过，你想要我是荒唐的！"她接着说，"就算我没嫁给那个讨厌的艾萨克·皮尔斯顿，我也不会嫁给你，既然你告诉我，你是当年那个从我母亲身边逃走的男人。"

"我已经受到惩罚！"他痛苦地说，"像我这种男人总是不知怎么地就吃到最坏的果子。虽然我根本没伤害你母亲。啊，艾文斯，我要称你为亲爱的艾文斯，看在你母亲，而不是你本人的分上，我得明白我能做点什么，以帮助你摆脱困境，根本不用怀疑，你现在遇到了麻烦。你为什么不能爱你的丈夫呢，既然你已嫁给了他？"

艾文斯望着旁边那尊雕像，似乎她那精妙的构造很难想得明白。

"他是那个长着黑胡须的人吗？一副典型的本地人模样，有个星期天，我见你跟他走在一起。跟我一个姓吧？当然，你肯定没注意到有个地方一共才六个姓。"

"是他，他就是艾克。就是那天晚上，我们闹翻了。他责怪我，我就反过来责怪他；第二天他就走了。"

"太好了，按我的说法，我得考虑一下，在这种时候该为你做点什么好。第一件事，我觉得，应该叫你丈夫回家。"

她不耐烦地耸耸肩膀，"我不喜欢他！"

"那你为什么嫁给他？"

"我们按岛上的习俗彼此证实之后，我不得不这样做。"

"你不该抱着这个想法。到了这个时代，再那么想是可笑的、过时的。"

"啊，他总是抱着他的老观念不放，他可不这么想问题。不管怎么说，他走了。"

"啊，我敢说，这不过是你们之间的小口角。如果他回来，我要让他开始做点生意……家里那间小屋还在你手里吗？"

"是的，那是我的不动产。斯托克沃尔奶奶正替我照看着。"

"好的。你立即回家，我亲爱的夫人，等你丈夫回来跟你言归于好。"

"我不回去！我不希望他回来！"她抽泣着，"我想跟你呆在这儿，或者呆在哪儿都行，就是不回他那儿！"

"以后你会好起来的。好了，回公寓去吧，艾文斯，听话，一小时之内准备好行装，在大厅里等我。"

"我不要！"

"啊，你必须这样做不可！"

她看出再违抗下去是无济于事的。刚好在指定的时刻和地方，他跟她会合了，他只拿了一只手提包和一把雨伞，她带着一只箱子和其他东西。他吩咐搬运工把艾文斯和她的东西搬到一辆开往火车站的四轮马车里，他从门里走出来，瞧着身后，直到那辆出租马车开过来。然后，他上了车，坐在姑娘身边，便一块儿动身了。

他们面对面坐在一节空荡的车厢里，乏味的旅程开始了。他仔细地打量着她，这时，她的天机已经泄露了，他一边看着她一边纳闷自己怎么会猜不出她的秘密。他就这么瞧着她，姑娘的眼睛里总是充满反抗，最后，她哭了。

"我不想到他那里！"她发出痛楚的抽泣声。

皮尔斯顿几乎跟她一样痛苦，"你为什么要把你自己还有我推进这样的境地呢？"他苦涩地说，"如今后悔也没用了！我也不能说我真的感到很后悔。它给我提供了一条路，以使我走出难堪的境地。就算你没嫁给他，你也不会嫁给我！"

"不，我会的，先生。"

"什么！你会？刚才你还说你不会。"

"我现在更喜欢你！我对你的喜欢要多得多！"

皮尔斯顿叹了口气，从情感上讲，他并不比她长多少。阻碍他发展的那个东西是他丢不开的不幸，这使他成为上帝的造物中最不协调的一个。他脑中闪过一个念头，可是，他不能把这个建议说出来，那样做太没有人性了，况且，他不能对于一个有阅历的岛上同乡这么做，从种族和传统上说，她差不多算得上一个女性亲属了。

在那个灰溜溜的永远也忘不掉的日子里，这一对儿再没说什么。阿芙洛蒂忒、阿什脱罗思、弗雷娅，或者任何一位小岛上的爱之女王，无论她是谁，正在恶狠狠地惩罚他。她明白该如何去惩罚她的信徒，她真是再明白不过了，只要他们胆敢丢掉喜怒无常的脾性，返回固定不变的状态，她就要惩罚他们。这诅咒何时才能中止呢——他的躯体随年龄的增长自然而然地前移，而他的心却始终不变？或许只有随生命去了结了。

把她安顿到她自己的房子里以后，他的第一个举动就是去礼拜堂，据她的陈述，婚礼是在那儿举行的，他得证实一下。也许，他心中还抱着什么不合逻辑的希望，说不定她是自由的，即使已丧失了贞洁，这种自由也并不是不存在。可是，白纸黑字写得清清楚楚：艾萨克·皮尔斯顿，安妮·艾文斯·卡罗，某某某的儿子和女儿，于哪一天结婚，订婚人，主婚牧师和两个见证人都签了字。

第十三章　她被遮住看不见了

初冬的一个晚上，空气干燥多风，一条隐蔽的小路上，一个人影在孤零零地踱来踱去，小径隔开森林城堡的庭院和艾文斯的小屋，通向附近的红国王城堡废墟。附近的几间小房子——好像都是从坚固的岩石中凿刻出来的——漆黑一片，唯有艾文斯这幢小小的不动产上的上层窗子，透出微弱的灯光。在遥远的海面上，那些停泊在神秘的屠宰场流沙边上的灯船，泛出点点光亮，与这边的小屋遥相呼应。那流沙就像一条分界限，让野性难驯者和留恋家庭者各得其所。

大海呜咽——不仅仅是呜咽——在废墟下面的巨砾中间，波涛猛烈冲击着海岸，一会儿升起来，一会儿又落下。在海浪声的陪伴下，小屋里也传出时起时落的呻吟声；听起来，水的声声叹息和生命的声声叹息似乎不过是两种不同的哀诉，它们其实都是深受烦扰的尘世存在，在某种意义上说，它们的确如此。

皮尔斯顿——徘徊在小径上的人就是他——从灯船望到小屋的窗子，然后又望回去，等候在身外的海的阵痛和屋内的女人的阵痛之间。不一会儿，屋子里又传出婴儿的泣哭声，声音特别微弱。他继续平静地徘徊，然后又朝西走，在小径的转弯处站了好一阵。后来，轻快的车轮声和快步的马蹄声打破了睡梦中的小村的宁静。皮尔斯顿回到小屋门口，等着车辆的归来。

这是一辆轻型二轮马车，车一停，一个男子从车上跳下来。此人戴一顶宽边帽，遮上了大半张脸，只能看见他长着一些黑胡须，修剪得像一排紫杉篱笆，整个儿一副典型的岛上人模样。

"你是艾文斯的丈夫吧？"雕刻家马上问道。

这个人用本地人口音回答说是。"我刚刚乘今天的船回来，"他补充说，"我没法早点到这儿。我在彼得港签下了工作合同，不得不把活儿干完。"

"噢，"皮尔斯顿说，"你回来，说明你打算跟她重重归于好？"

"噢，我不知道这事，但我会的，"此人说，"我会做好的，像别的事一样。"

"如果你真这么想，你的老本行就有一件好生意在岛上等着你。"

"那么，我会竭尽全力的，"此人说。他的声音虽然有点急躁易怒，但精力充沛，这表明，总的来看，他能把事情料理妥当。

给车夫付过钱，乔瑟林和艾萨克便走到屋子里，这两人无疑出自一个世系，这个小岛上有通婚的习俗，虽然他们拿不出什么证据来证明这一点。楼下的房间里一个人也没有，屋子中间摆着一张方桌，桌子中间有一块小小的毛垫，垫子中间放着 盏灯，房间显然仔细打扫过，东西摆放得很整齐，以便迎接一个重大事件的到来。

陪艾文斯住在这房里的那位老妇人从楼上走下来，对来人的询问，她回答说，事情进展得很顺利，但是这会儿，谁也不能上楼去。给他们摆完椅子和精美的食品，她又回去了，他们坐下来，那盏灯刚好立在中间，一个爱恋着上面那个受着煎熬的人，却对她没有权力；一个对她有无限的权力，却不爱她。他们一边东一句西一句地谈天，一边听着头顶上的地板传出的脚步声，皮尔斯顿满腹焦虑，非常留神，艾萨克心平气和地等待着事情的自然发展。

不一会儿，他们听到那微弱的叫声又响起来，接着，本地的医生从楼上走下来。

"她现在怎么样了？"皮尔斯顿说，不爱说话的艾萨克也随着抬起头，等着回答，他觉得这回答即是给一个听的，也是给两个听的。

"太好了，相当顺利，"那位专家先生回答说，看来，这话他在别的地方也说过，他的马车没在门口，他便坐下来跟两人一起松口气。他走后，斯托克沃尔太太又走下来，告诉他们说，艾萨克的到来他妻子已经知道了。

这位逃避责任的采石工似乎想继续呆在原地，喝完那杯麦芽酒，经过皮尔斯顿的催促，他便上楼去了。这时，屋子里没有别人了，皮尔斯顿一下子把胳膊肘支在桌子上，双手掩面。

艾萨克去了没多久。他戴着一副刚才所没有的主人的样子走下来，邀请乔瑟林上楼去，因为她说想见见他。乔瑟林走上弯弯曲曲的老台阶，这回，丈夫留在下面了。

艾文斯的面色虽然白得像床单，但她看上去比他想象的快活得多，也幸福很多了，显然，她身边那个粉红色的小肉肉给她增加了勇气。她把手伸给他。

"我只想跟你说一句话，"她支着虚弱的身子说，"我想，看看你不会对你有多大伤害，虽然没过多久，我只想告诉你，我是多么感激你，是你让我和艾萨克重新安顿下

403

来。他也很高兴能重新回到家里，他说。是啊，你为我做了那么多善事，先生。"

她真的感到快乐也好，这些话仅仅是恭敬之词也好，皮尔斯顿不想去考究了。

他只是说他珍视她的这番谢意。"好了，艾文斯，"他温柔地补充说，"我对你的保护从此就交托给别人了。我希望过不了多久便能获知，你丈夫在这儿干起了一份小小的可靠的生意。"

"我希望能如此——看在孩子的分上！"她轻声地叹了口气，"你不想——看看她吗，先生？"

"孩子？噢，对……你的孩子！你一定得把她的教名取为艾文斯。"

"好的，我一定会的！"她小声地说，语气很坚定，随后有些怯生生地解开孩子的包裹。"我希望你原谅我，先生，原谅我隐匿了我轻率的婚姻！"

"假如你能原谅我向你求爱的话。"

"当然。你那时怎么会知道呢！我希望——"

皮尔斯顿吻着她的手，向她辞行，随后，转身离开她和刚刚出生的小生命——在另一种情境下，他还会遇见她——眼里含着泪花，走出那间卧室。

"这个幻梦就此结束吧！"他说。

许门，似乎恰恰在这时缠住了皮尔斯顿，他披着秘密的或公然的伪装，带来有失体面的嘲弄，若说他像个手持火炬的主角，不如说他带着滑稽丑角的意味。皮尔斯顿离开了那位姑娘，那位他无私地爱过的姑娘，两天以后，他在皮卡迪利大街上碰到了他的朋友萨默斯，他穿得非常漂亮，正急匆匆地向前走，带着一副专注的表情。

"我亲爱的伙计，"萨默斯说，"你猜怎么着！有人叮嘱我不要告诉你，啊，该死的！我何不现在就和盘托出，早晚都一样。"

"怎么，莫非你就要……"皮尔斯顿以先见之明，开口说道。

"对。六个月前我在冲动中说过的话，我就要无情地履行了。我和妮克娜开始只是打趣，最后终于诚心诚意了。下个月我们就要永远地彼此拥有了。"

第三部

一个六十岁的年轻人

在我身上你或许会看见余烬，
它在青春的寒灰里奄奄一息，
在惨淡灵床上早晚总要断魂，
给那滋养过它的烈焰所销毁。

——威廉·莎士比亚

第一章　她在新的季节返回

随着艾文斯第二次与她丈夫重新聚首，一切都告结束，二十年的岁月给往事覆上了层层薄纱；这座被称作岛屿的灰白色半岛看上去跟从前一模一样；虽然原先有许多人每天将他们的身影投到小岛那夏日单调的白色之上，如今已不复见到他们去搅扰那里无色彩的阳光了。

然而，诸事大凡没有多少变化。静静的船只在码头上来来去去，凿子在采石场上叮当作声；一排排白色棕色相间的马一如既往地把大块大块的石头艰难地拉下山，八匹十匹一排，转着大洪水前的木头轮子。灯船每天夜里都闪烁在从流沙到贝尔灯塔的海面上，灯塔透过它的眼镜凝视着船只。每一次海涛卷起，卵石堤上便清晰地响起犬牙般的吞噬声，可卵石依然完好无缺。

男人们在客栈里吸着烟、喝着酒、啐着唾沫；只不过他们的茶点里比过去多了一丁点掺假，言谈里少了一些方言。但是，这段时间在这块海峡石头上却再也不见一个人的身影，那位雕刻家皮尔斯顿的形貌，他第一次用起凿子就是因为受到了岩石的煽动。

他寄居在国外好长一段时间，事实上。他眼下正呆在罗马的一家旅馆里。自从与艾文斯和她的初生儿在房间里分手以后，他一次也没去看望她，然而，时不时总要设法打探她的音讯。他慢慢知道了他们团聚以后，艾萨克就开始虐待她，直到乔瑟林援助给他的生意幸运地兴旺起来，他便一心扑在生意的琐事上，让艾文斯不受打扰地忙乎她的家务活，他们这个家之所以能维持那么平静而持久的协调，主要因素就是既无恨也无爱，只有一种包容一切的冷漠。

刚开始，皮尔斯顿私下里给她寄过几笔钱，他担心她丈夫在物质上亏待她；但他过不久就发现，这种帮助没有必要，社会雄心使艾萨克自命为一个颇具绅士风度的岛民，允许艾文斯有机会显示自己，这是他以前纯粹出于爱意也绝不会允许的。

一天晚上，皮尔斯顿返回旅馆去就餐，他整个下午都穿行在梵蒂冈的美术长廊中的胸像之间。很多人都有一种习惯，一种在不似之中追寻相似的下意识习惯，皮尔斯顿更是如此，在罗马的这种气氛中，在它的光与影之中，特别在它那反射的或间接的光线中，他常常辨认出或幻想他辨认出了与他故乡的海岬气氛相似的某些东西。也许在所有的东西里最能吸引住他目光的是石头。"永恒的城市"里的矿场废墟总令他想起家乡那处女矿矿场。

他脑子里这样漫游着，便在一张公用桌旁坐下就餐，他十分惊讶地听到对面有人提到他故乡的名字，一位美国绅士正跟他的朋友谈到一位女士——一位英国寡妇，他们在最近去海峡岛屿的一次旅行中，碰上了一位旧交，他说起这位女士许多年前还是年轻姑娘的时候随她的父亲到了旧金山。她父亲是刚刚从投石岛的石头商生意中退休的有钱人；可是，他参与了一笔大宗投机买卖，全部财产差不多丧失殆尽。乔瑟林进一步听到这位守寡的女儿名叫利弗尔夫人；她有一个继子，丈夫是位泽西绅士，一位鳏夫；这位继子是个有趣的年轻人，似乎很有前途。

皮尔斯顿震惊不已，这些事情虽然普普通通，却与他那位许久断了联系的玛西娅的经历相符。他们分离近二十年了，他几乎没有丝毫想追寻她的欲望，可是，此时此刻他受到深深的触动，决心一有机会就跟这位陌生人谈谈。

这面大桌子上盘盘碗碗一大片，他没能引起他们的注意，即使能够，他也不喜欢当众提问。一直等到晚餐结束，陌生人退席，皮尔斯顿也随后退席。

他们没在会客厅，他发现他们已出去了，追不上，但他们的话弄得他心神不宁，便在附近的斯巴拉广场来回溜达，等他们回来。下面的街道罩在黑影里，上面的蒙蒂教堂前散落着橘红色的光，夜晚的昏暗越来越沉重地降落在这又宽又长的台阶上，步行的旅人不停地上上下下，宛如渺小的蚂蚁；夜幕笼罩房子左面，雪莱曾住过那里，随后又笼罩房子右面，济慈就死在那里。

回到旅馆，他得知那两个美国人只是顺道就餐，住在别处。他再没看见他们；静下来想想，他并不太在意，因为有哪一位尘世的女子，象玛西娅这样无缘无故地突然离去，这么长时间音讯皆无，如今在迟暮之年还会在乎与他之间迟来的友情，即便他不辞辛苦寻觅到她。

关于玛西娅就这么多了。把他与古老的投石岛连接起来的另一条丝线又被一封来信搅动了，那是不几日之后，他接到一封艾文斯写来的信，信上说她丈夫艾萨克去年在自己的矿场因一次事故丧生，她一直生病，虽然好转了，生活也宽裕，但她很希望看看他，如果某一时刻他能回来的话。

好多年没有联系，现在又希望见见他，不可能仅仅出于想念他，可能还有别的什么原因，新一些的原因。不过，她的态度排除了所有疑虑，她没把他视做旧情人，也不是他的求爱今天有了结果。他回信说，得知她一直生病，他很难过，下次回英国他一定尽早去她家看望她。

她的请求勾起了他对故乡和故乡的种种情境的思念，他等不到下次回国的日子。一周以后，他再次站在熟悉的阶梯脚下，立在小岛入口处的房子耸立在那儿，就像屋檐上落着的灰鸽子。

他站在山顶——岩石的顶峰大多被称作山顶——观看远处采石场那一片繁忙的景象，无数台黑色的起重机散布在中心高原上，象落在那儿的大蚁群。他又向走了一会儿，对去年夺去艾文斯丈夫生命的那起事故做了泛泛的调查，并得知她如今虽是寡妇，但有许多朋友和同情者，这使得他对她的任何急切的关注都不必要了。因此，想一想没有任何重大理由促使他这么急迫地去看望她，又没事先通知她就回来了。或许她是受一时的情绪左右给他写信的，况且，分别这么多年，彼此之间难免会有一种浓厚的陌生感。于是，他走到山脚下，乘上海岸火车，火车很快带着他，沿堤岸转到五英里外的一处水域，他在那儿安顿下来，住了几天。

他一住下来，对故土浓厚的兴致便勃然而生。不管什么时候走出去，他都能看见

407

这座曾是他的家园的小岛像一只巨大的蜗牛，卧在海面上横跨海湾；正值春季，当地的汽船开始跑起来，他不感一丝厌倦地站在这些汽船的空荡荡的甲板上，环绕着小岛，他能看到悬崖顶端的红国王城堡遗址，东采石场的小村子就在后面。

在皮尔斯顿含混地承诺去找艾文斯之前，好些天就这样过去了。就在这时，他惊讶地收到她的另一封信，拐了很多弯儿才到他的手中。她听说他一直在岛上，猜想他一定呆在附近某个地方，为什么没有像他所说的那样"尽早"来看她呢？她一直想着他，希望见到他。

她的语气饱含焦虑，无疑她确实有话要说，只是不想写在纸上。他思索着可能是什么话，当天下午就去了。

淡忘多年的艾文斯的身影渐渐在他心中清晰起来。他十分清楚，自他成年以来，他对女性的看法便有了一个变化。以前，这个人对他而言不过是那典范和理想的暂时居所；如今，他的心越来越忠实于这个模本，连带她全部可悲的细部瑕疵；这些瑕疵不但没让他逃之夭夭，反而助长了他的温柔。像青春时代一样，他依然能够感受到激情的灼热，只是少了感情消散之时的恢复期。

第一个不寻常的发现是她已好久不住在她那间不动产的小屋里了。一打听，便有人领他沿马路来到现代城堡的西边，穿过通道，竟向那一度是他的故家的那幢房子走去。它一如往昔伫立在那儿，面朝海峡，一幢舒适而宽敞的建筑顶着咸涩的海风孤零零地站立着，前面长的卫矛属植物和别的一些灌木还是从前的老样子；但房子重新刷过油漆，很明显，一个兴旺富有的人最近住过这儿。

在前厅接待他的这位穿丧服的寡妇，唉！只不过是艾文斯第二凄惨的影子。过去二十年了，他还能指望什么别的样子呢？可能是他觉得自己还是老样子，不知不觉中便生出相反的想象。的确非常奇怪，她对他说的第一句话就是："怎么——你跟从前一模一样！"

"一模一样。是的，确实如此，艾文斯。"他悲哀地回答。因为他不能随他的同代人一起僵化，不能把自己撺出与时间不相称的境地。而且，时间虽披着喜剧的外衣，里面演出的却是悲剧。

"你这样很好，先生，"她接着说，"不幸的是我已人老珠黄！"

"唉，我为你而难过。"

他一直好奇地瞅着她，觉得很有趣；他知道她脑子里闪过什么样的念头：这个男人，从前在她眼里是一个远远走在生命旅程的前方的人，如今似乎变成了一个完全适宜的同龄人，他们两人几乎站在同一个水平面观望着世界。

为了一个幻象，他温情脉脉地来看望她，等到见到了她，他便发现那幻象已消失不见了；虽然完全丧失了那天然的实体的滋养，他依然忠诚不变。满怀热望地流连忘返。他们谈着往昔的光景，他从前的爱慕。那时她没瞧得上，如今想起这段时光，她的兴致比他还高。

坐着坐着，她就明显地对他有了吸引力。他仿佛看见她生活在他自己孩提时代的房子里，一种奇特的亲密感随之在他心中升起。本来，他们姓同一个姓也没什么，可是，又先后住同一个地方，便给这件意外的事增添了一种强烈的暗示。

"我父母亲住这房子的时候，我就常常坐在这儿，"他一边说，一边在壁炉旁安有窗子的角落坐下，那里可以俯瞰窗外。"那时候，我能看见外面一枝柽柳的摆动。柽柳外面同样是这野草蔓生的陡峭荒原，一直伸向大海，到了晚上，同样是远处那古老的灯船在眨眼。你也到这儿来看看，让我高兴一下。"

她把椅子摆在他指点的地方，皮尔斯顿站在她身边，把他儿时熟悉的景物指给她看。她的头靠近他的胸脯，几乎快挨上了。她的面孔一副沉思的模样，憔悴不堪，可怜的人，这说明她的婚姻一点儿也不快乐。

"今天你是这儿的主人，我是客人，"他说，"在这儿见到你我很高兴，多高兴啊，艾文斯！你过得很充裕，我想我猜得不错吧？"他在屋子里到处瞅瞅，看见了结实的红木家具，时髦的钢琴和书橱。

"是的，艾萨克让我过得舒舒服服的，是他要从我的小屋搬到这幢大房子里来的。他把它买下来了，我可以在这儿随便住多久。"

他的爱慕降格为友谊是不用说的了，但当时的情景中似乎有种会聚的趋向。暗示他可以在一个适当的时候向这位艾文斯求婚，好弥补对艾文斯第一的抛弃。那时，如果他没有爱上她，那个身材苗条，在伦敦他的寓所里捉老鼠的她，在今天这个年纪他一定会满足于彼此的友情。到底，他六十岁了，而她只有四十岁。他感到他可能会真的满足于此，真的太可能了。他几乎相信老迈与安详的舒适正降临到他那不安宁的漂泊的心上。

"唉，你终于来了，先生，"她接着说，"我感激你，我不喜欢写信，再说我不想拐弯抹角。你一点儿也没猜想一下我为什么这么想见你，甚至禁不住给你去了两封信？"

"我想过，但猜不出。"

"再猜猜。这可是一个可爱的理由，但愿你能原谅。"

"我看我肯定解不开这个谜。但是，在你没告诉我之前，我要说说我自己的考虑。我对你始终念念不忘，不管有没有价值你得珍重这份感情。就你本人而言，它始于十九年前或二十年前，在拐角处的小屋里看见你的第一眼，当时，我住进了对面的城堡。但是，那不是最开始。最开始是在那时候的二十年前，当时我是一个二十一岁的小伙子，从伦敦回到这里的家乡看望我父亲，偶然遇见一位温柔的女子，跟你一模一样；她天天从这窗下轻快地走过，我被深深地吸引住了；直到我苦苦追求陪她走了片刻。你知道，我不是忠实可靠的人，这一切不幸地结束了。但是，无论如何，她的女儿，你和我是好朋友。"

"啊，她在那儿！"艾文斯突然叫道，她的注意力从他追忆的话语中跑到别处去了。她透过窗子朝峭壁望去，近在咫尺的开阔地上，可以看见一个纤细的女性身影在漫步。"她在外面散步，"艾文斯接着说，"我不知道她今天下午会不会到这儿来看看？她住在对面城堡，当家庭女教师。"

"噢，她是——"

"对。她受到了非常好的教育——甚至超过了她祖母。我被忽视了，她父亲和我都

发誓不要让她在这方面有任何怨言。我们把艾文斯作为她的教名，按你的要求传下这个名字。我希望你能跟她说说话——我想你一定会喜欢她的。”

“就是那个婴儿？”乔瑟林支支吾吾地问。

“对，是那个婴儿。”

正提到的那个人这会儿越走越近，是第三个艾文斯，前两个艾文斯更现代更新型的翻版，在过去四十年里，他始终或多或少地跟这血统有着瓜葛。是一个气质高雅的人儿，差不多可以说雅不凡。她的形体比她的母亲和祖母要柔美一些，这使她在外形上而不是在年龄上更像一个女人。她戴一顶大盘遮阳帽，帽檐像一个轮子。轮子的辐条放射出纱褶，是帽檐的衬里，纱上的一道黑边便是轮圈。帽檐下面，聚在一块的头发低过眉毛，浓密的头发的色泽映衬在一双又大又深的眼睛的虹彩之中，反衬着她的肤色。她那颇为紧张的双唇薄薄的，合在一起，好像只是一条精美的红线。一种善变的气质出现在这张嘴上，迅速地从喜爱转为厌恶，从噘嘴转为微笑。

这是艾文斯第三。

乔瑟林和艾文斯第二满怀热情地继续瞅着她。

“噢！她现在不会来，她没有时间，”这位母亲嘀咕着，有些失望，“也许她打算晚上过来。”

这高个儿女孩真的越走越远，最后走出了他们的视线。皮尔斯顿站在那儿，仿佛置身梦中。正是她，每一个重要的细部都是，充满更强大的魅力，在四十年前吻了他。他把头从窗子那边转过来，又落回到他身边的这位居中的艾文斯身上。以前不过是心爱的遗迹，如今已成空空的神龛。从她身上的确能感到温暖的友情；但是，为恢复一个从前的梦而本可能要做的一切无论如何都无望地止住了，因为事物自身在一个家系的后代的伪装中露面了。

第二章　面对又一个化身有些疑惧

皮尔斯顿一直准备要走，可听到艾文斯挽留他再坐坐喝杯茶，便又坐下来。有一瞬间，他几乎不知道自己在干什么；一个朦朦胧胧的念头：艾文斯，那个焕然一新的艾文斯，可能要到这屋子里来，使他忍不住地又重新落座。

他忘了，二十年前他曾称眼前的这位皮尔斯顿太太为小精灵、狐狸精；而时间的流逝可能并没有磨去这些词儿暗含的精妙。他不知道她女儿给他造成的每个印象她都看在眼里。

皮尔斯顿很是费力地想冲淡和驱散刚发现的这位十二分温柔的人儿，他根本搞不清楚，或许，她从他脸上看出了一些情形，而他还以为别人看出的不多，他那遮遮掩掩的本性没逃得出她的眼睛。不管怎样，从那一时刻起，谈话采取了一种亲切的闲谈方式，他常常一边说着话，一边走着神。

但是，等有时间静想片刻，一阵寒颤便从乔瑟林身上掠过。在罗马他重新潜沉于艺术之中，全然没有任何起平衡作用的实际追求，曾滋养和强化了他对意象的天然敏感；如今，他感到他的老麻烦，他的宿命——实际上，他有时又称之为诅咒——又回来了。

他的女神还没有息怒，因为对她在艾文斯第一身上的幻影犯下的原罪；而今，在他六十一岁的时候，他被迫不停地走啊走，像犹太人亚哈随鲁一样，或者拿岛上人自己的话说，像一个瞎眼羊。

这位女神，在普通人看来，是一个抽象之物，对皮尔斯顿来说，却是一位真真切切的人物。在他的工作室里伫立着她的大理石像，他无数次地凝视着她，在各种变幻的光与影之中——在明丽的早晨，在昏暗的夜晚，在月光下，在灯光下。他熟悉她身体上的每一根线条、每一处弯曲；尽管它不是一个信仰，而是再三说起的那样一个程式，一个迷信，她的本质渗透进了三个艾文斯的身上。

"嗯，下一个艾文斯——你的女儿，"他笨嘴笨舌地说，"她是，你说，对面城堡的家庭教师？"

皮尔斯顿夫人再次肯定了这一事实，又说这个孩子常常回家里住，因为她，她的母亲太孤独了。她时常寻思如果她女儿整天呆在家里该多好。

"她弹奏那个乐器吧，我想？"皮尔斯顿说，指着钢琴。

"对啊，她弹得非常好听。她得到了钢琴家给予的最好的指导。她去沙埠学的。"

"她在家的时候住哪个房间？"他好奇地问。

"那边那间小屋。"

那是他自己住过的屋子。"奇怪。"他嘀咕着。

他喝完茶，又继续坐在那儿，但年轻的艾文斯没有过来。跟眼前的艾文斯，这位老朋友的谈话也是零星的。天色越来越暗，皮尔斯顿找不出再呆下去的理由。

"我希望能结识——你的女儿，"他临走的时候说，他知道他本该再加一句点破那命中注定的事实，"我温柔的新的心爱。"

"但愿没问题，"她回答说。"今晚她散步去了，便不会到这儿来了。"

"嗯，你还没告诉我，你想见我有什么特别的原因？"

"哦，不，我暂时不想说。"

"那好吧，我不费劲去猜了。"

"下次我一定告诉我。"

"要是有什么与你先夫的事情相关联，无论是什么小事情，就让我去做好了，我会尽力而为的。"

"谢谢你，我能很快再见到你吗？"

"肯定会很快的。"

他走后，她出神地望着他刚才一直站着的地方，"最好管住我的舌头，不用我说，自然会有结果。"

乔瑟林从房子里走出来，白色的路面从他脚下划过，可他觉得没有情绪回到他在

大陆小镇上的住处。他在崎岖的路上转悠了好长一阵，一路上寻思着刚才看见的那个女孩，不正是当初那位吗？她以新的形貌令人惊讶地重临人世。寻思着自己像一个痴愚的做梦人，竟为一个焕然一新的形象，一个不足他年龄三分之一的形象，如此突然地迷惑住了。毫无疑问，想象的延续作为一个存在的事实，虽然并非不同寻常，却有助于这个幻梦。

他转过新城堡的围墙，离开通往他住处的路，走上那条熟悉的小径，朝已成废墟的红国王城堡走去。他路过一间小屋，是这位新艾文斯出生的地方，他曾在这儿听到婴儿第一声啼哭。他停下来看看身后的西天，一轮新月泛着清辉，徐徐地升起。

他依然受巨大幻想的左右。这轮新月善变的景象，恰似一个象征，与他自己心中那个不断迁居的心爱的十二分地吻合，这使他觉得好像他的幽魂换了一个性别，突然升起在地平线上，瞧着下面的他。每月她第一次露脸的时候，他常常于人群之中偷偷地、个人独处时公然地屈膝三次，跪拜这个姐妹般的神灵，并给她那闪亮的容颜送去一个飞吻。对他的特性的这一诅咒还远没有耗尽。

这座城堡废墟的另一面冲海而立，四四方方，黑黢黢的。没有风，只有一点小浪，他想他可能听见了许多年前他熟悉的一个声音。确实传来了一个声音，但是从城堡废墟下面的岩石那传过来的。

"阿特威夫人！"

没有应答，也没人过去。这声音又响起来，"约翰·斯通尼！"

这两声呼唤都没人回应，喊声又传来，带着更急切的恳求："威廉·斯科尼本！"

毫无疑问，这声音是一位皮尔斯顿的，年轻的艾文斯？肯定吗？好像有什么事情使她不由自主地延留在那下面。悬崖的下边有一条陡峭的小路，城堡的围墙矗立在悬崖的顶峰之上，小路一直通到底下，声音就是从那儿传过来的。皮尔斯顿沿小路向下走，不久便看见了一位身着轻薄衣服的姑娘——正是他透过窗户看见的那位——正站在一块岩石上，显然动不得了。皮尔斯顿急忙走过去。

"噢，谢谢你过来帮我！"她有点胆怯地小声说，"我碰上了一件难堪的倒霉事儿。我住在这附近，其实我不害怕。我的脚陷进岩石的一条裂缝里了，怎么使劲都拔不出来，我该怎么办呢？"

乔瑟林俯身查看了引起麻烦的原因。"我想，如果你脱掉靴子，"他说，"你的脚就能够拔出来，把靴子留在那儿。"

她照他的建议去做了，但不管用。皮尔斯顿便伸手到裂缝里，试探着摸着了靴子上的钮扣，可是，他也解不开。他从口袋里掏出铅笔刀，又试了试，逐个地割破钮扣，靴子松开了，脚脱出来了。

"哦，我非常高兴！"她快活地叫着，"我正害怕整夜都得呆在这儿呢。我该怎么好好谢你呢？"

他使劲拉靴子，想把它拽出来，可是，想尽了办法也没拉动它，除非将它扯坏。后来她说："别再费劲儿了。这儿离家不太远，我可以穿长袜走回去。"

"我会帮助你的。"他说。

她说她不需要帮助，说归说，但还是允许他在没穿鞋的一边搀着她。一上路，她便解释说她从花园门出来后，一直站在那块大鹅卵石上看远处海面上的东西，夜色中借着月光刚好能看得分明，后来往下跳的时候，脚给楔进去了，就是他看见的那样。

不论白日里皮尔斯顿的年龄使他看上去是什么样子，反正在夜幕下，他是一个十分讨人喜欢的男人，仿佛没有任何苍老的迹象，他的外形虽然不像从前了，但跟他一半多数的时候比起来，变化甚少。他保养得挺好的，腰部依然挺直，头发和胡须削理得整整洁洁，动作敏捷，一件扣子系得紧紧的西装穿在身上，衬托出天生瘦削的体形；总而言之，此时此刻，在她面前，他想把自己表现成什么样的年龄就可以表现成什么样的年龄。她以一种平等的口吻跟他说话，把他看成一个并不高出她的同辈多少的人；随着夜色渐浓，愈加把他给遮掩起来，他以一种益发大胆的语调认可了她对他年龄的猜测。

这位水乡女子的轻率与无害的随意——艾文斯在沙埠上学期间轻易习得的——大大有助于皮尔斯顿扮演他的少年主角，这对他而言并不仓促。他只字不提他是这个岛上的乡民；并且，更小心翼翼地掩藏了他曾向她祖母求爱以及一心想娶那位迷人的太太的事实。

他发现，她从现代城堡的草坪去外面的岩石所经过的那扇小幽门，正是许多年前他常常穿行的那一扇门，他那时去的也正是同一个地方。

皮尔斯顿陪着她穿过庭院，差不多走到这府邸的大门，如今这地方得到了精心地护理，栽种了好多植物，远远超过他一人租用时的景象，实际上，几乎恢复到他是小孩子时的模样：秩序井然，整整洁洁。

她跟她祖母一样，太缺乏经验，不会隐匿自己，在这次小小的攀爬之中，她倚着他的胳膊，为他的大胆之举提供了不少的机会。等他道过别，她走进大门，把他留在黑暗中，一阵悲伤便袭过皮尔斯顿的心灵，把他在这位迷人的姑娘的陪伴中寻到的暂时的快乐一扫而光。假如梅菲斯特从庭院里冒出来，要以他的灵魂为代价让他重返青春，这位雕刻家一定会同意出卖他自身的一部分，此时，他觉得他非常需要一片红润的嘴唇和一个没有皱纹的额头。

但是，局外人只能视为荒唐的事，对他而言近乎一种悲哀。为什么他生来禀有这样的气质？这种连锁的兴趣即使在皮尔斯顿身上也很难产生，不过，由于种种因素汇在一起，就在这儿有了可能。三个艾文斯，第二个酷似第一个，第三个是对第一个的赞美，不管怎样从外表上看，是岛上远古的通婚和婚前结合风俗的结果，由此，外貌的类型从父母到孩子毫无二致，代代相传；因此，直到现在，在这个几乎是从大陆上切割下来的孤独的岩石岛上看见一位本地的男人和女人，就等于看见了岛上的所有人。他生来的癖性加上他总意识到早年的不忠，便左右了他后来的生命。

他心情灰沉地转过身，任自己走出院落。他没有踏上去滨海小站的那条二三里长的小路，又走到他发现她的那些岩石上，摸索到那裂缝处，它曾使心爱的这位来得太迟的新版本陷入困境。他在旁边跪下来，把手塞进去，好一番摇动，终于拉出了这只可怜的靴子。他端详了一会儿，把它放入衣袋，然后，沿着石头路，向威尔斯街走去。

第三章　焕然一新的形象越燃越亮

　　一旦皮尔斯顿想去拜访这位新艾文斯的母亲，便什么也阻挡不了他，这中间要经过一英里长的铁轨，还得加上一两英里的攀爬，才能到达小岛的顶端。两天之后，他再度踏上这条旅程，大概在午后吃茶点的时候，敲响了寡妇的房门。

　　正像他担忧的那样，女儿没在家。他在旧恋人身边坐下来，昔日她曾使自己的母亲黯然失色，而今她的孩子又使她本人黯然失色了。乔瑟林从衣袋里取出姑娘的靴子。

　　"这么说，是你帮艾文斯摆脱了困境？"皮尔斯顿太太吃惊地说。

　　"是的，我亲爱的朋友；在我没陷入困境之前，也许我该请求你帮我摆脱出来。但是，现在别管它了。关于这次遇险她跟你说了什么？"

　　皮尔斯顿太太凝神地看着他，"啊，能是你真是太惊奇了，先生，"她回答说。她好像非常感兴趣，"我以为是个年轻男人，一个年轻得多的男人呢。"

　　"就感情而言可能是……好了，艾文斯，我此刻就说正事吧！其实，许多年前我就认识你女儿。跟她说话，我能预料出她的每一个想法、每一个情绪、每一个动作；这些东西我已在你母亲和你身上揣摩得太久了。所以，我不用去熟悉她；她没存在之前我就已经熟悉她了。别感到震惊：我打算娶她——这样做我会特别高兴，如果这里边没有什么荒谬之处的话，也就是说，好像一个男人竟把自己变成一个这样的傻瓜，要让她屈尊地应允这件事。你知道，我可以使她相对更富有一些，我还可以纵容她的每一个突发奇想。这就是我的想法，直截了当。它将纠正我心中已错了四十年的东西。我死后，她将拥有大量的自由和大量的财产随意享用。"

　　艾萨克·皮尔斯顿太太好像只是略感吃惊；显然不觉震惊。

　　"啊，我没想到你有点被她迷住了！"她像开玩笑似的简简单单地说，但很难说这是无动于衷的态度。"前些年跟你的短短相处，我已经了解你的那类想法了，因此，在这方面你做什么事我都不会震惊。"

　　"可是，为此你不觉得我坏吧？"

　　"一点也不……顺便问一下，你猜到我请你来的原因吗？……啊，现在别管它了：这事儿过去了……当然，还得取决于艾文斯怎么想……也许她更愿意嫁一个年轻人。"

　　"假如一个满意的年轻人没有出现呢？"

　　皮尔斯顿太太脸上的表情说明她完全承认，一只在手的富鸟和一只密林中的小鸟不一样。她好奇的目光上上下下地打量着他。

　　"我知道对每个人来说，你都会成为一个很不错的丈夫，"她说，"我知道你会比许多只有你一半岁数的男人更好；虽然你与她之间存在十分大的差异，但比这更不平等的婚姻多的是，这是实情。作为她母亲，可以说我不应该拒绝你，先生，为了她，倘若她喜欢你。可难就难在这儿。"

"我希望你能帮我攻克这个难关，"他轻轻地说。"记住，二十年前我曾把一个不务正业的丈夫带回你身边。"

"对，你确实这样做了，"她同意；"此事带来的幸福我可能说不出多少，但我一直觉得，你对我的用意依然是高贵的。为了你我可以做我不会为任何其他男人做的事，促使我帮你获得艾文斯还有一个特别的理由——我完全有把握地觉得我正帮她嫁给一个好心的丈夫。"

"啊，那还得看以后的。不管怎样，我会努力配得上你这番看法。来吧，艾文斯，看在过去的分上，你必须帮帮我。在那些日子里，你仅仅感受到了友情，你明白，这使你今天能既容易又合适地给我以回报。"

谈了一小会儿之后，他的老朋友许下诺言，只要她能办到的事，她肯定会尽力去办。她没说她觉得他多么愚蠢。他不明白自打她给他写信，她便一直在尽力地做着她能做到的一切；甚至酿成了他这种感情，使他提出恳求。为了表明她的许诺诚心诚意，她请他一直等到很晚的时候，说不定艾文斯会碰巧过来看她。

皮尔斯顿幻想自己通过上周在岩石上扮演的角色，至少已激起了这位年轻艾文斯的兴趣，他害怕在进一步抬高他在她心中的地位之前，在明亮的光线下遇见她。因此，对这个建议他显得不知所措；皮尔斯顿太太见他犹豫不决，便提议说他们一起沿着艾文斯来的方向走走，假如她确实能来呢。

他接受了这个主意，没过几分钟他们就出门了。这时，月光如水，倾泻在他们身上，一直走到森林城堡的大门，然后又转身往回走。这样来回走了两三次以后，城堡庭院的大门啪嗒一响，走出一个身影，正是他们翘首以待的人。

他们一碰面，姑娘就认出陪在她母亲身边的这位先生正是在海岸上帮她的那一位；发现她母亲把这位侠义搭救她的人称作老朋友，她好像真的很高兴。她记得曾好几次听说这位既有才华又有地位的可敬的男人，他的祖先是她家乡小岛上的人，而且从姓名上看，很可能跟她本人还同属一个家系呢。

"你自己真的住过森林城堡吗，皮尔斯顿先生？"艾文斯，这位女儿，以天真而年轻的声音问道，"是在很久以前吧？"

"是的，过了有一段时间了。"雕刻家回答说，说话间他的心一沉，生怕她接着问到底有多长时间了。

"一定是我离开的时候，或者当我非常小的时候？"

"我觉得你那时候没离开。"

"但我觉得我当时没在这儿啊？"

"没有，或许你没在这儿。"

"我觉得她当时把自己藏在香菜地里了。"艾文斯的母亲温和地说。

他们就这样一路闲聊着走到皮尔斯顿太太的房子前；但是，乔瑟林抵住了寡妇的邀请和他自己心中的渴望，没进屋就走了。同重新显形的艾文斯相遇，明晃晃地面对她，而使他已获得的或他幻想他已获得的优势面临风险，需要许多勇气，他目前的心情还表述不出。

类似这样的夜晚散步在那个夏月渐盈的时期是经常有的。有一次，因为他们都是步行好手，聚会安排在小岛和皮尔斯顿寄居的小镇之间的半路上。到了这时候，年轻可爱的家庭女教师不可能没猜到这些漫步的最终原因是为了一桩婚事；但她倾向于相信皮尔斯顿考虑的目标是她母亲而不是她本人；尽管这位有教养、显然又富有的男子怎么会迷上她母亲——对于这位姑娘更现代的教养而言，她的相貌好像太平常了——她难以理解。

于是，他们相遇在卵石堤中间，皮尔斯顿从大陆来，两位女人来自岩石半岛。走过把石堤和海岸连在一起的木桥，他们沿亨利八世城堡的方向，走在碎石壁的边上。像岛上的红国王城堡一样，那里面也是露天的，等他们站到中间，满月的光辉便从四壁环绕的砖石上面倾注到他们身上，在回忆的挤压下，眼前的整个儿现实都从乔瑟林的脑子里渐渐被遮挡了。他的两个同伴谁也猜不出他在想什么。当年他就是要在这个地方与身边这位姑娘的祖母相会，如果她当时遵守约定，他就会在这里与她相会，这相会可能——不，一定——改变了他整个一生的方向。

相反，直到他心爱的第二个焕然一新的形象产生出来，填补她的位置，四十年已经过去了。但是他，唉，并没有焕然一新。所有这一切，他身边这位可爱的年轻姑娘一点儿也不知道。

年轻的一位跑到边上，透过围墙的一个开口去看大海，趁这个时机，皮尔斯顿悄声对她母亲说，"关于我的意思你向她做过暗示吗？没有？如果你真的不反对的话，我想你应该给她暗示一下。"

现在作为寡妇，皮尔斯顿太太就她本人而言，对她朋友的态度同他想娶她那些日子比起来远远不是那么冷漠了。如果她现在是他心中的目标，他无需向她请求两次。但是，她像一个好母亲的样子，把这一切都闷在心里，并说她当即就去跟艾文斯讲一讲。

"艾文斯，我亲爱的，"她边说边向姑娘那边走去，她正在窗洞里沉思，"皮尔斯顿先生追求你——按我过时的说法，就是向你求婚，你怎么想啊！如果万一他要这样做，你会鼓励他吗？"

"追求我，妈妈？"艾文斯带着一种询问的笑容说，"我觉得他对你有意！"

"噢，不，他并不是对我有意，"她母亲赶紧说，"他不过是我的朋友。"

"我不希望谁来追求我。"女儿说。

"他是一位上流社会的男人，他会把你带到伦敦的一幢气派的房子里，那很适合你的教养，而不是在这儿抑郁不乐。"

"我想那一定很不错。"艾文斯不在意地回答说。

"那就给他一些鼓励吧！"

"我不喜欢给他什么鼓励。那全都是他的事，我想。"

她说话时的心情异常轻松；可是，一等刚才小心地走开的皮尔斯顿又走过来，她便温顺地，虽然可能有些忧郁地走到他身边，她母亲退到后面。他们来到一处崎岖的下坡路，皮尔斯顿拉起她的手帮扶着她。到达平坦的路面后，她没作反对，让他继续拉着。

对于这个心灵漂泊的男人来说，这个夜晚不算不成功，虽然从长远的目光来看，起初的成功说不定比起初的失败还糟。眼下，她的温顺之中没有什么了不起的东西。一身现代的时装，一副时髦的派头，在月光下他看上去确实是个像模像样的绅士；同时，他的艺术修养和他见多识广的风度在这位姑娘眼里也不是没有吸引力，她一方面接触了有教养的中产阶级，另一方面又与小岛上那些粗俗、简单的居民生活在一起。她非一般的见地加快了她对现代感的强烈认同。

皮尔斯顿可能会觉得他对她的兴趣过于自私，如果在令人痛苦的往昔回忆中不存在一种补偿的话。回忆创造了他的爱，现在还在渗入，这爱成了他所知的最脆弱最焦灼最娇嫩的本能。它可能包含了过多的男孩子般的热诚，当他脸颊鲜红、脚步轻快，像个小姑娘的时候，有这样的爱慕就少不了这样的热诚；不过，要是这情感全都属于青春，就会有更多的表现。

皮尔斯顿太太不敢开诚布公，以免显得她好像觊觎他的财产，她完全没有想到他乐意献出财产，如果这样做可以使他弥补四十年前对她家庭的不忠行为的话。时间未能使他变得唯利是图，而是平息了他的雄心；虽然他希望娶艾文斯不完全是希望使她富有，但他知道她能富有起来，这超出她所能希冀的任何事情，正是想到这一点，他才任自己沉浸在对她的爱之中。

第二天早晨，他盯着他镜中的面孔自言自语，说他并没有完全衰老。虽然他看上去十分年轻，可他的面孔上留有历史的痕迹——清晰的历史篇章；他的额头不再是从前的空白页了。他知道他前额上那根线条的产生，这是被过去的烦恼在一两个月间画下的。他记得这灰白而硬直的头发的出现，那是在罗马期间的疾病引起的，当时他每天晚上都希望自己再不会醒来。这个起皱的眼角，那片憔悴的皮肤，他们源于那些沮丧的日子，当时一切都好像违逆他的艺术、他的力量、他的幸福。"你不能主宰你的生活、维持你的生活，乔瑟林。"他说。时间以他和爱为对手，而时间大概会赢得胜利。

"当我离开第一个艾文斯的时候，"他带着神经分分的悲愁继续说，"我有一种预感，终有一天我得为之受苦。而如今我正在受苦——已经受苦了，自从这个理想的女人学会只寄居在一个形象之中这一漫无节制的把戏以后。"

整个看来，他并不是没有预感到强迫是愚蠢之举。

第四章　向最后的化身猛冲

皮尔斯顿对这位年轻姑娘时不时地求爱，因萨默斯夫妇及全家在蓓口海滨广场的出现而中断了。曾一度像他本人的画一般年轻漂亮的阿尔弗雷德，如今是一位拖着家累的中年男子，戴着眼镜——一副破旧的眼镜，只能通过一片来观看外物——跟着一溜女儿，从大排到小，直至婴孩，她们的到来十分可观地增加了安置在海滩上的更衣

车女人的收入。

萨默斯太太——曾一度是知书达理、无拘无束的派恩·埃文太太——如今已退缩到她母亲和她祖母那种胆怯的可怜的精神状态，既尖刻又严厉地对待现时流行的文学艺术。这种状态甚至波及她长长的一排女儿那天真的存在上，打算不让她们那可爱的眼睛看到任何生活中的头骨和骷髅。她的例子又一次证明了一条规律：妇女代代相续，可能不具有累积的进步特征，她们作女孩子时的进取丧失在她们作妇人时的衰退之中；所以，她们一上一下地飘动在理智发展之流中，像河湾浪头上的废弃物。个中缘由或许并非她们个人的过错，而是她们作为孩子养育者的不幸。

这位风景画家像皮尔斯顿本人一样，如今已是一位院士，说他杰出，倒不如说他大众化，他已放弃对某些题材特殊的个人品位，那是他过去的特点，相反，他正忙于迎合搞装修的户主，满足他们天性中轻松愉快的层面，经由二流评论家的吹捧，确实赢得了他们的青睐。他用这种方式从英国和美国的富翁手中获得了许多巨额支票，借此给自己修建了一间豪华的工作室，在它周围又竖起一幢不协调的房子，还支付了成长中的少女们的教育费用。

萨默斯的处境好似唯唯诺诺的胡狼面对家庭、房子、工作室和社会声誉的这头巨狮——对他而言，不可思议的自负和狂热的想象已成往日的欢乐，如今一去不复返了——这种景象使皮尔斯顿这位画家的同辈人，觉得他也应该摆出一副毫不浪漫的老派姿态，同样做一名青春已去的老人。萨默斯一家在毗邻小镇呆了两周，这期间，他克制着自己，不去艾文斯所在的半岛，尽管它昏暗的诗化的轮廓——"沿着大海登上御座"——每一朝每一暮都在岸边锚地的对面迎候着他的双眼。

当画家及全家度完了海水浴假日起身回返时，他觉得他也该离开这地方了。可是，这样做而不去道别，至少应该向年长的艾文斯道别，似乎有点不友好，尤其是他们相识这么久了。一天晚上，他知道一天中的这个时候是追求她的最佳时辰，便顺着交合处那窄窄的连接带朝大岩石走了一会儿，恰在天黑之后到达皮尔斯顿太太的家门。

上层卧室里亮着灯光。他被告知他这位守寡的相识生病了，病得很厉害，虽然不很危险。同时，他又获知她女儿跟她在一起以及其他一些详情，他有些踌躇，该不该进去呢？这时，传下来一个口信，请他进去。听到了他的声音，皮尔斯顿太太希望见见他。

只要有一点儿仁慈心，他都无法拒绝，但是，他脑子里闪过这样的记忆，那位最年轻的艾文斯从未真正见过他，只不过见过他的轮廓，这轮廓适合他本人，就像适合一个比他小三十岁的人一样容易，与一副被幽暗的月光恢复活力的面孔也极为相称。因此，雕刻家战战兢兢地走上楼梯，走进楼上的一间小起居室，现在已变成了病室。

皮尔斯顿太太斜倚在沙发上，她的脸消瘦得令人意外，自打她突然发病到现在并没过多长时间。"进来，先生，"她一看见他就伸出了手，"但愿我没吓着你。"

艾文斯正坐在她身边读书。姑娘一下子跳起来，好像差一点识不出他来，"噢！是皮尔斯顿先生，"她顿时说，很快又加上一句，带着明显的吃惊和疏忽："我以为皮尔斯顿先生——"

　　她到底以为他怎样，她没说出来，这对乔瑟林来说暂时是个谜，直到她对他的态度显出一种新的变更，表明精确地结束那句话的词应该是"年轻得多"。如果皮尔斯顿现在没有重新面对她，他一定会泰然处之，忍受她对他看法的改变。但是，他再一次看着她，一种根深蒂固的情感再次复苏了。

　　皮尔斯顿刚刚获知，近些年来寡妇一直遭受这种不常发生的突发症的袭击。据说，是由于心绞痛的缘故，最吓人的就是它的阵发症。此刻，她已解除痛苦，只是感到虚弱、浑身乏力、神经紧张。不过，她不想谈论她自己，后来趁她女儿没在屋的机会，便说出了一直憋在心中的话。

　　内疚感困搅着她的客人，因为他不顾自己的年纪凭一己之私去求婚；而她却没感到一丝内疚。她心力交瘁，生怕他再也不来看艾文斯了，这情绪对她的健康免不了会有影响；因此，她坦率的程度连她自己也没预料到。

　　"烦恼和疾病引起各种各样的恐惧，皮尔斯顿先生，"她说，"我心中只有一个愿望，自打你第一次给它起名开始，我就始终怀着极大的希望；我一直这么心焦，是该有个结果了！你来了我确实很高兴。"

　　"你是指我要娶艾文斯的想法吗，亲爱的皮尔斯顿太太？"

　　"是的，就是这个意思。我怀疑你还有没有这个念头？还有吗？那么我希望能有个结果，让她答应下来，以便此事做个了结。否则，我担心她不知会变成什么样。她像我过去一样，不是一个务实的姑娘——看起来她现在很难安顿下来作一位岛民的妻子；而把她孤零零地留在这儿过活，我心里很是不安。"

　　"我希望你不会有什么事的，我亲爱的老朋友。"

　　"唉，这是种危险的疾病；一旦发作起来，就太折磨人了，要挺过去，我就得抛开所有的外在挂虑，大家都这么说。好了，你想要她吗，先生？"

　　"我毫无掺假地想！但是她不想要我！"

　　"我觉得她不像你想象的那么反对。我寻思要是直接向她提出来，现在我又是这种样子，事情也就成了。"

　　他们的交谈又沉入他们早期相识的那些日子，一直谈到皮尔斯顿太太的女儿回到屋里。

　　姑娘跟他们在一起呆了几分钟以后，她母亲说："艾文斯，自打我病情发作以来，我跟你谈过好几次的那件事，皮尔斯顿先生此刻就在这儿，他希望做你丈夫。虽然他比你大很多，但尽管如此，我不相信你能找到一个更好的丈夫。想想我现在这种状况，你能接纳他吗？自然，我是多么焦急地盼着死以前能看见你安顿下来？"

　　"可你不会死的，妈妈！你的身体正在好转！"

　　"不过是暂时的。来吧，他是一个好人，一个聪明人，也是一个富有的人。我希望你，噢，多么希望啊，成为他妻子！我只能说这么多了。"

　　艾文斯恳切地看着雕刻家，然后又看着地板。"他真想要我吗？"她的声音差不多听不见，她一边问一边转向皮尔斯顿，"他从来没对我这么说过。"

　　"我亲爱的姑娘，你怎么会怀疑呢？"乔瑟林马上说道，"但我不愿强迫你嫁给我，

仅仅出于善意不情愿地嫁给我。"

"我原以为皮尔斯顿先生比这年轻！"她朝她母亲嘀咕道。

"这不算什么，如果你想一想另一方面是多么重要。想想我们的处境，而他——一位雕刻家，有一幢大房子，还有一间充满胸像和雕像的工作室，从前，我给它们打扫过灰尘，和一些你一定会感兴趣的美妙的习作。想必这种生活正好适合你吧？你昂贵的教育在这儿就糟蹋了！"

艾文斯无意争辩。看得出，她像她祖母那时候一样温顺，好像对于她只有一个问题：她必须做还是一定不做，"好吧，我觉得我应该同意嫁给他，既然你叫我这样做，"她想了一会儿之后，平静地回答说，"我看这一定是一件明智的事，既然你希望这样，皮尔斯顿先生又真实——喜欢我。所以——所以——"

在这个关键时刻，皮尔斯顿没有退缩，尽管他有些不快。但是，使他牺牲明智，始终锲而不舍的是这种世代相传的激情中的历史因素，如果其三代的连续性可以这样描述的话。母亲握着女儿的手，她又拉过皮尔斯顿的手，把艾文斯的手放到他的手里面。

再没有什么争辩，看来这事就这样定下来了。后来，窗棂那边传来一声噪音，好像抛落的细纱；皮尔斯顿掀起窗帘，看见远处的灯船眨动着一只朦胧而模糊的眼睛。他原打算步行两英里路返回车站，现在看来，这么做一定会淋湿的。他只好等着，吃了晚饭，天气仍没有任何好转，他就接受了皮尔斯顿太太的邀请，在这儿过夜。

结果，他又住上了他是小男孩时常住的那间屋子，那是在他发财之前，也是在他自己的名字传到小岛之外的地方以前。

他睡下了，可睡了没多会儿，黎明乍出他就坐直了身子。如果这个婚姻的打算能实现，那他究竟为什么要住在伦敦之类的时髦城市呢？无疑，对他来说，跟这位年轻的妻子在一起，这个小岛是最好的地方。他可以像从前一样租下森林城堡——不过，最好买下来。如果生活能给他提供什么值得拥有的东西，那就是在他最后的日子里，能在他故乡的峭壁上，与艾文斯共有一个家园。

他就这样想着想着，天色越来越明亮了，他辨出什么东西在距他不远的地方鬼魅地一晃。当时，他正面朝窗子，偶然间发现镜子竖直地挂在那儿，所以他看见的是他自己的身影。这个发现把他吓了一跳。他照见的这个人在年纪上简直大大超出他感觉中的自己。皮尔斯顿并不愿意如此嘲弄地看待面前的这个形象，它的声音好像在说，"抱此不放才是悲剧！"可是，年龄的问题关系重大，他心里丢不下这鬼怪，最后他在影子那奇异的魔力中起身了。是他近来路走得太多，还是由于他的所作所为，他不知道；但是，二十年来，在早晨幽冷灰白的光线下，镜子里的他从未显得这么老迈过。当他的心灵依然故我之时，为什么他却一直为那日渐枯萎的皮囊而烦扰，为什么不能甩掉它，奔赴另一个，就像他理想的心上人常常做的那样？

因为她母亲生病，艾文斯现在住在家里，他走下楼梯，发现他们要两个人单独在一起用早餐。那会儿她没在屋里，过了几分钟她就走进来。皮尔斯顿已听说寡妇今天早晨感到好些了，而且，这顿饭他要与艾文斯坐在一起，这使他感到非常惊喜，便快快乐乐地朝她走去。满溢的日光从窗而入，她一看见他就吓了一跳；于是他想起来这是他们第一次在阳光中会面。

她是那么受不住，甚至转身离开屋子，好像她忘了什么事；当她再次进来时，她的脸色明显有些苍白。她恢复镇定，还道了歉。她说，前天夜里一直没睡，所以感觉不像往常那么好。

这话可能有些属实，但皮尔斯顿无法忘记她起初那受惊吓的样子。他晚上的看法到底在白天得到了确证：这个婚姻方案潜藏着悲剧。他决心无论他的心灵做出何等牺牲，从此刻起他不能再让自己遭到任何误解了。

"皮尔斯顿小姐，"等他们坐定后他说，"在我们进一步发展之前，你最好了解一下全部事实，这样，今后就不会有什么尴尬地发现了，我打算跟你谈谈我自己的事情——你不是太苦恼，觉得听不下去吧？"

"不——让我听听吧！"

"我曾一度是你母亲的恋人，想要娶她；但她不愿意，或者不如说她不能嫁给我。"

"噢，太不可思议！"姑娘说，她从他看到早餐桌，又从早餐桌看到他，"妈妈从没对我说起过。是啊，当然了，你可能这样做过。我是说，你的岁数够老了。"

她无心讽刺，他却把这话当作一种讽刺，"噢，对——确实够老了，"他不乐地说，"差不多是太老了。"

"对妈妈来说太老了吗？怎么会呢？"

"因为我属于你祖母。"

"不对吧？怎么可能呢？"

"我同样也是她的恋人。如果我当时保持忠诚而不是中途变卦的话，我会跟她结婚的。"

"但你不可能啊，皮尔斯顿先生！你的岁数不够老啊？哦，你多大年纪？——你从没告诉过我。"

"我非常老。"

"我妈妈的，还有我祖母的，"她边说边看着他，这眼光已不再是瞧着一个未来的丈夫，倒像是瞧着一个具有人形的不可思议地成为化石的遗物。皮尔斯顿看出来了，但他打算放弃他自己不愿割舍的游戏。

"你母亲和你祖母的年轻人。"他再次说。

"你还是我曾祖母的吗？"她带着期待中的兴致问道，此时此刻她把他的例子当成了一幕戏剧，这压倒了她对个人的考虑。

"不，不是你曾祖母的。你的想象甚至超出了我的坦白！……但是我真的很老，像你看到的那样。"

"我不知道！"她用一种惊骇的嘀咕声说，"你看着不像；而我以为你看上去那么大就是那么大。"

"而你——你很年轻。"他接着说。

紧跟着一阵沉默，沉默中她有点不自在，时不时盯着他，她张开的双眼和大大的瞳仁中兴许含着同情和不安。皮尔斯顿几乎没吃任何早餐，他一下子从桌旁站起来，说早晨天这么好，他想到峭壁上走走。

他真这样做了，沿着东北面的高坡走了将近一英里。实际上他已放弃艾文斯了，不是正式的。他本来打算在半小时内回到屋子，花早晨的时间探望一下病人；但不回来的话，前夜的计划就会无声无息地消散，像小小的会谈在艾文斯的脸上将她想爱他的迹象化为乌有一样。于是，皮尔斯顿一直向前走去，经过一小时的路程，他回到了他在蓓口的住处。

他的不见引起了怎样的反应，一整天都没有什么消息告知他。后来，到了晚上，从皮尔斯顿太太那边来了一张便条。便条是用铅笔写的，显然出自她的手笔。

"你突然走了，"她说，"这使我惊恐万分。艾文斯好像觉得她冒犯了你。她并非有意想这样做，我敢肯定。这令我焦虑不安！你能回复一封短信吗？想必你现在不会抛弃我们吧——我的心是多么惦记着我孩子的幸福啊！"

"抛弃你们我是不会的，"乔瑟林说，"这与原来的例子太相似了。但我必须允许她抛弃我！"

他这次返回来没有别的目的，只是向皮尔斯顿太太道个别，他发现她被搅得痛苦不堪。她紧紧抓着他的手，还用眼泪把它弄湿了。

"噢，不要为她生气！"她大声说，"她年轻不懂事。我们是一家子的人——不要娶一个基伯林人！如果你现在遗弃她，我会心碎的！艾文斯！"

姑娘过来了，"我今天早上的态度既草率又粗心，"她用低低的声音说，"请你原谅我。我希望自己遵守诺言。"

仍在流眼泪的母亲又一次把他们的手连在一起；婚约恢复如初了。

皮尔斯顿回到蓓口，他隐隐约约地感到这是多么奇怪啊：由于他是一个富有的求婚者，经她母亲的安排，善心和补偿的想法竟把他留了下来，其中还有他自己那逆着理智的欲望的推动。

第五章　快拥有她了

为准备他的婚姻，皮尔斯顿订购了一套崭新的红房子，是受到称许的肯欣顿式样，后面带一间新工作室，大如中世纪的谷仓。就在这儿，他与病体有几分康复的年长的艾文斯共谋，打算邀请她们母女俩儿与他共度一两个星期，想以此对后者的想象力产生一点影响，这是他在她们的房子里作客人所办不到的；另外，通过激起他未婚妻对这幢住宅的设备和家具的兴趣，使她生出一种想做其女主人的希望。

这个时候，住在城里又愉快又平静。整个过程中没有人来打扰他们，而且，正值淡季，大店主们对他们的要求殷勤备至。皮尔斯顿几乎跟他的客人们一样缺乏经验，因为这位雕刻家差不多忘光了他在早年生活中学到的家务知识，不过，他们可能考虑到来一种模拟演习，好接待可能来访的客人，一旦他们宣布他们已结为夫妇要在家中度过即将来临的冬季。

艾文斯妖媚动人，尽管有点儿冷淡。他又一次暗自庆幸时间为他保留了这最后的机会，又遇上了这家系中的一员。她有几分像她母亲，他曾在肉体上爱过她；而且，至今仍在爱她。说到他的佳偶，他只有一个挑剔：尽管她在外表上与她理想化的祖母相像，但她没有第一个艾文斯坦诚，而近似她母亲的少语。他从不知道她究竟在想什么，有什么感觉。可他好像对她这个血系的女人拥有那种习俗的权利，她偶尔需要有点自己的秘密还不会令他深感不安。

这是一个成熟而温和的下午，在一年中的这个时节，它们时常用金色的阳光为伦敦披上彩衣，还叫夕阳现出奇异的景观，假如你不知道它们是由厨房的煤烟和动物的汗气形成的，你一定会为之狂喜、为之喝彩。烟囱顶上那些垂直的、倾斜的、弯弯曲曲的和弧形的锌管形成了一个灰色的图案，映衬在天空中，很像早期的花体数字；公共汽车顶上的男男女女看着锌管后面的烟晶，色彩斑斓、熠熠生辉，这一块那一块地隐没在深深的赤褐色中。

刚下过一场暴雨，皮尔斯顿——不得不照顾好他自己——穿上一双胶鞋，在街上溜达了一小会儿。他悄无声息地走进工作室，里面，几束温和的光线已经使法儿溜了进来。他以为他会看见未来的妻子和岳母正等着他，还有一杯热茶。但是，就艾文斯一个人在，她正坐在棕色彩陶茶壶——艺术家都钟爱这种茶壶——的旁边，背朝着他。她握着手帕，拭着眼睛，他发现她正悄悄地落泪。

又一打眼，他发现她正冲一本书哭泣。这时候，她听见了他的响动，就走上前来。他装作没留意到她的伤心，然后就家具如何摆放交谈了几句。他喝过一杯茶后，她便出去了，书留在那儿了。

皮尔斯顿拿起书。这是一册旧课本，是《斯蒂维纳法语读本》，上面写着她的名字，那是她在沙埠中学读书用的课本，上面还有一些时间没过多久的课程表，他发现她那会儿，她只是一个见习家庭女教师。

一个女中学生——她实际上就是女中学生——冲一本课本哭鼻子，有点难以理解。她读着读着被其中的某个题目感动了？不可能。皮尔斯顿陷入沉思，面对欢天喜地置放起来的家具，他所有的兴致一下子全消散了。无论怎样，即将来临的婚姻又一次丧失了它的光彩。不过，他还是爱艾文斯，而且越来越柔顺，他有时担心自己溺爱过分，纵容她的每一个怪念头会因此惯坏了她。

他举目四望，巨大而宽敞的房间此刻阴影密布，他的习作、模型和其他杂物的惨白面孔正透过阴影凝神地望着他，它们似乎在说，"现在你打算怎么办，老男孩。"在从前那间朴素的工作室里，它们从没有显出过这个模样，他一生所有的真实成果都是在那儿完成的。对于一个像他这个年纪的男人来说，如果多年以来没做出什么值得一提的事——当然不是增加他作为一个艺术家的名声，那么对这样一个新地方他能指望什么呢？全都是因为他选定的这位女士，而她，好像不想要他。

在艾文斯身上，皮尔斯顿一直没观察到什么令他疑惧的新迹象，直到一星期之后

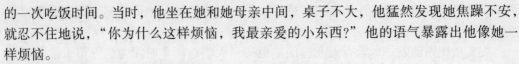

的一次吃饭时间。当时，他坐在她和她母亲中间，桌子不大，他猛然发现她焦躁不安，就忍不住地说，"你为什么这样烦恼，我最亲爱的小东西？"他的语气暴露出他像她一样烦恼。

"我烦恼吗？"她一边惊讶地说，一边把柔和的淡褐色的眼睛转向他，"是的，我想大概是吧！因为我收到一封信，是一位老朋友写来的。"

"你没拿给我看。"她母亲说。

"是的，我把它撕了。"

"为什么？"

"没必要留着它，所以我就毁掉了。"

皮尔斯顿太太没继续在这个话题上逼问她，而艾文斯好像是没情绪接着说下去。她们早早就歇息了，她们一贯如此；但皮尔斯顿却在工作室里走来走去，走了好一阵，沉思默想许多事情，一点儿也没悟到娶一个妇人与跟她结为一体绝不是一回事。艾文斯所说的"老朋友"听起来很像是"恋人"。要不然，这封信为什么会使她这般心烦意乱？

说来说去，就伦敦与他筹划的婚姻之间的关系而言，好像这个城市有某种怪异之处。她刚刚出现那会儿，她跟他在一起好像比现在轻松一些。而他把她带到这儿来，的确有助于实现他的目标，这幢房子无疑给她留下了深刻的印象——差不多慑服了她，虽然他承认没有什么自然法则或理性法则赋予她母亲或他本人任何权力，去驱策她违背她自己的意愿与他结为夫妻；但他决心善为利用她处在他的影响力之下这一时机，在她和她母亲离开前安排好婚礼的各项细节。

第二天一早他便着手此事。他遇见艾文斯，发现她脸上现出忧虑的痕迹；但他把这解释为一种担心，担心她前天晚上的沉默寡言冒犯了他。他当着艾文斯的面，直接请求她母亲，让她尽早定下日子，皮尔斯顿太太显得越发欣慰越发有生气了。她显然也不相信什么好事多磨的道理，就冲她的女儿说，"啊，我亲爱的，你听到了吗？"

最后商定的结果如下：寡妇和她女儿一两天内就起身回返，等待新婚之夜皮尔斯顿的到来，她们一到家他就动身前往。

遵照计划，在上文所说的夜晚，皮尔斯顿发觉自己已站在黑暗中的英格兰南部海岸。他就要靠近的那个小岛，远远望去仿佛是一个郁郁寡欢的面容，一个愁眉不展的造物，他仿佛有了预感，他就要失去他一直拥有的稀罕之物了。他只身前来，为了不使她们感到局促，打算在附近的港埠停留几个小时，安顿几项与婚礼有关的事宜，可是，那辆小轨火车一直在等他上车，他只好不耐烦地继续上路，决定把他这里的一些事情留给岛上来的邮差去处理。

他经过都铎城堡的遗址和淡而无奇的长长的碎石堤，它挡住了外海，可听到外海在茫茫无边的海湾中有节奏地起起落落。威尔斯山下小镇没有轻便马车，他像往常一样，把随身物品留下来待取，就徒步攀上山丘。

爬在最陡坡的半路上，他看见黑暗中停着一个身影，斜坡上有一个人，虽然很黑辨不清人的面孔，但皮尔斯顿从这个停住的陌生人撑着扶栏的样子判断出，这个人浑身无力了。扶栏树在路边，以帮助攀登者。

"有什么麻烦吗?"他说。

"噢，不，没什么，"对方回答说，"但这地方太陡。"

此人的口音不完全是英国人口音，好像来自某个海峡岛，这使他吃了一惊。"需要我扶你往山上爬吗?"他说，因为听声音，此人虽是一位年轻男子，可他好像虚弱乏力。

"不用了，谢谢你，我一直在生病，可我以为自己好了呢，看今晚天气不错，我就顺这条路往小岛走。看来，这对我来说太勉为其难了，因为我还是十分虚弱，走在这陡峭的斜坡上就显出来了。"

"自然。你最好拽住我的胳膊，不管怎样得走到坡顶上。"

这位陌生人只好这样做了，他们便继续朝山脊走去，走到石灰窑，陌生人站下来谢绝了他的搀扶，说，"谢谢你的帮助，先生。晚安。"

"我觉出你的口音不像是本地人，对不对。"

"是的，不是。我是泽西人。晚安，先生。"

"晚安，如果你肯定自己能登上去的话。"皮尔斯顿一边这么说，一边把他的路杖塞到年轻人的手里。

"再次感谢你。我休息一两分钟就会恢复过来。请别让我耽误你。"

说话的时候，年轻人把脸转向南方，站在那儿以一种固执的表情，紧紧盯着刚好看得见的贝尔灯塔。很明显，他希望独个儿留在这儿，所以乔瑟林就上路了，没再去打扰他，尽管这位年轻人接受了他的搀扶和路杖，却又渴望摆脱他的陪伴，显得有点儿出人意料，几乎有些刺激人的感情；乔瑟林是一个善感的人，跟年轻的时候差不多少，他一下子感到有点悲哀，这世界上竟有人不希望他的同情。

不过，皮尔斯顿那幢房子越来越近了，一种欣喜之情抹去了刚才的种种不快，是啊，他以后再到岛上来，那房子可能就是他亲爱的家园了，等他更老一些的时候，或许还是他永久的家园呢，到了那时候，他青春时代那千丝万缕的思绪又会久久地盘踞心头。这曾一直是他父亲的房子，也是他出生的地方，他打算在艾文斯和他掌管它的时候做一番扩建，这个想法令他着迷。当然，更大的快乐是看见一个高高的身姿优美的人儿站在敞开的门口，映衬在灯光下，可能正在等待他。

艾文斯，那个人儿，一认出他就轻轻地惊跳起来，但他走到她身边的时候本分地由他吻她，尽管她的不安难免太明显了，一个孩子走向一位准定严厉的家长，就是这个样子。

"啊，你怎么能猜到我即刻就来呢，"乔瑟林说，"如果我呆在城里，买点东西什么的，我就只能等最后一列火车到了才能赶到这儿。妈妈如何? ——我们的妈妈，很快我就该这样称呼了。"

艾文斯说她母亲一直不很好，恐怕自打她从伦敦回来就远远谈不上太好，所以她必须守在她房里。对她来说，这次做客也许有点吃不消。"但她不愿承认她是多么虚弱，因为她不愿妨碍我的幸福。"

乔瑟林此时所处的心境使他没去留心言谈举止的琐细，他没注意到她说最后那个词的时候有多么费劲。他们来到楼上皮尔斯顿太太的房间，她见到他，显然又轻松又充满谢意，这使他的客人深表感激。

"你来了我真是太，噢，太高兴了！"她声音有些沙哑地说，还一边伸出她那瘦削的手臂，抑制了一声啜泣，"我一直多么——"

一时间她说不下去了，艾文斯扭过身子哭泣起来，然后突然离开屋子。

"我的心里整天装着这事，"皮尔斯顿太太接下去说，"近来我无法入睡，我担心在她成为你的人之前，突然离去，而不能舒心地看着你们真正结为夫妇。过去你对我那么好，这使我确信她定会在你身上看出一个好丈夫来，我知道，我甚至因此而过虑了。其实，我不愿意让她知道我有多么忧虑。"

他们就这样一直谈到乔瑟林向她道了晚安。显而易见，在病痛的折磨下，皮尔斯顿太太对能得到他这个女婿感到十分高兴，这高兴已不再有任何保留了；她的感情驱散了他心中尚存的犹豫，那是由于他看出艾文斯的答应多半是一种服从而不是心甘情愿而涌起的。他走下楼梯，发现艾文斯正等他下来，他怀疑他不在期间这里发生过什么，使得艾文斯太太对这桩婚事感到了新的不安；可是他不能拿这个问题去问这位姑娘，因为这种不安独独起因于她的行为。

用晚餐的时候，他四下张望着想找她，虽然她跟他一起进的屋，可现在却找不着影子，他想起她说过她已经跟妈妈一起用过晚餐了，乔瑟林便静静地坐下来，一边沉思一边啜酒，差不多花了近半个钟头，然后，他猛然间怀疑她是不是碰上了什么事，便站在前面那扇门旁边，他来的时候，她就一直站在那儿，凝望着满月的清辉，自打他到这儿以后，月亮就升起来了。他冷不丁地打开餐厅的门，好像打扰了她。

"怎么回事，亲爱的？"他问。

"既然妈妈好多了，不需要我了，我应该去看一个人，我答应给他送个包裹，我觉得我应该去。不过，你刚刚来这儿看我，我想，当你在这儿的工夫，你不会同意我出去吧？"

"那个人是谁？"

"那条路下面的一个人。"她搪塞着说，"不太远。我不害怕，在晚上这个时候我经常一个人出去。"

他和善地向她保证说，"如果你真想去，我亲爱的，我当然不反对。我没有权力这样做，得等到明天，而你知道，即便我有权力我也不会用它的。"

"噢，但是你有这权力，妈妈既然生病，你就顶替了她的位置，除了——明天。"

"胡说，亲爱的。如果你想去你朋友家里，你当然可以去。"

"我回来的时候你会在这儿吗？"

"不，我打算回客栈去，看看我的东西是不是来了。"

"可是，妈妈没请你留在这儿吗？房间已经为你准备好了……天哪，恐怕应该由我来告诉你。"

"她确实叫我留下。但我带了一些东西来，发到客栈去了，我最好能住那儿。因此，我得向你道别了，虽然还不太晚，明天一大早我就过来，好问问你妈妈的情况怎么样了，并向你道声早上好。今天晚上你不久就会回来吧？"

"噢，是的。"

"不需要我跟你做个伴吗？"

"噢，不，谢谢你，不远。"

皮尔斯顿就出发了，他边走边寻思着，她做事的样子完全属于那样一种人，对这种人来说，做任何事情都是允不允许的问题，而不是一个判断的问题。他走了没多会儿，艾文斯就从衣橱里取了一个包裹，戴上帽子，披上外衣，沿着他那条路走下去了，一直走到森林城堡的入口处。她静静地站在那儿，能听到皮尔斯顿的脚步声，正经过东采石场，朝客栈走去；但她没再沿着那个方向行进。她朝右拐，拐进那条经常提到的小径，迅速地走过最后一间小屋；进入远处的隘路之后，她爬进红国王或弓箭城堡的废墟，它那方形的黑色团块映在月光下，衬着不看边际的大海。

第六章　心爱的在哪里？

皮尔斯顿太太整夜未睡，但她没让任何人知道；她自己很明白，焦心和婚礼迟迟不来加重了她的虚弱，这桩婚事她盼得太心切了。

她打盹那一小会儿，艾文斯来到她的房间。因为她女儿时常这样进来看看她，她就没怎么留心，为了让姑娘放心，她只是说一句，"我好些了，亲爱的，别再来了。你自己去睡吧！"

可是，这位母亲却重新陷入沉思。她对这桩婚事没什么忧虑，她十分有把握地觉得，这是她能为女儿做的最好的事情。到了那个时刻，岛上所有的年轻女子只有嫉妒艾文斯的分儿，因为年已六旬的乔瑟林却奇怪地特年轻，是一个漂亮的男人，这里的人对他的身世大体上都了解。而且，还清楚地知道他从他父亲那儿继承了多大数目的财产，以及他赢得的社会地位——无论如何，如果不辅之以他艺术上的声誉，这笔财产不会获取这样的地位。

但是，知子莫若母，艾文斯太柔弱了，柔弱得时不时沉入幻想，任自己纵情于本地的青年。皮尔斯顿太太禁不住暗自庆幸，她的女儿在这种情形下一直表现得多么听话啊！不过，对任何人来说，也许艾文斯本人除外，乔瑟林是最浪漫的恋人。的确，何曾有过这样的罗曼史，能像这个男人对他与她的家庭之间的关系所赋予的罗曼史那样？拒绝了第一个艾文斯，第二个又拒绝了他，而用最终的成就去成全第三个艾文斯是一个艺术的温柔的结局，如果谁对此视而无睹，他就是忘恩负义。

寡妇觉得，许多年前第二个艾文斯在伦敦那间工作室里，大概不会拒绝皮尔斯顿，如果命运没有安排她在求婚那一刻到来之前已经与另一人秘密结合在一起的话。

但是，总算有了个圆满的结局。"上帝啊！"那天夜里她时不时地说，"我给他写信

时的打算竟然实现了！"

当一切都顺顺当当地过去，回头一看她这一辈子是多么成功啊！她当初只是一个茅舍的姑娘，一个小矿场主的女儿，后来沦落为一个洗衣妇，地位卑微，做过各种的粗活。为了爱情而做成一桩不幸的婚姻，不过，幸亏乔瑟林的安排，从长远的眼光来看，这桩婚姻大大改善了她的处境，最后终于眼见她的女儿得到了她本人恰好错过的东西，安顿在一个富足而高雅的家里。

随着时间每分每秒地过去，这位病中妇人就这样自我鼓舞着。因为紧张的缘故，她似乎觉得已到了家人们开始活动的时间了，幻觉中，她听见女儿的房间里有谈话声。但是，她发现才五点，还没亮天呢。她在此刻这种状态中，甚至能看见床上挂着的东西正随着她的激动而颤抖。她昨夜宣称她不需要任何人陪她守夜，但她现在摇起了小手铃，不一会儿看护就来了。露丝·斯托克沃尔，岛上的一个妇人和邻居，皮尔斯顿太太十分了解她，她也了解皮尔斯顿太太的全部历史。

"我太紧张了，无法一个人呆着，"寡妇说，"我好像听见贝玑正给艾文斯小姐穿戴婚礼的衣装呢。"

"噢，不是，还没呢，夫人。还没有人起床。我得给您拿点吃的来。"

补充了一点儿营养之后，皮尔斯顿太太接着说，"我总是禁不住地吓唬自己，总觉得她不会嫁给他。你明白，他比艾文斯大。"

"是的，他是大，"她的邻居说，"但我觉不出如今还会有什么能阻止这桩婚事。"

"你知道，艾文斯心存幻想，至少幻想着另一个男人；一个二十五岁的小伙子。关于这事儿她一向非常隐秘而古怪。我倒希望她吵吵嚷嚷，连喊带叫地把它说出来，可她却恰恰相反。我知道她还喜欢着他。"

"什么——那个年轻的法国人，沙埠的利弗尔先生？我听说过一点点。但我可以说他们之间没有多少事儿。"

"我觉得也没有。但是我确信她昨晚见到他了。我相信那不过是向他道声再见，把他给过她的几本书还给他。我倒希望她根本不认识他，他是一个十分爱冲动的年轻人，大概会闯出祸来。尽管他生活在法国，可他不是法国人。他父亲是一位泽西绅士，成了鳏夫以后，他娶了我们这岛上一个同乡作第二位妻子。这就是那个年轻人在这边那么无拘无束的主要原因。

"哦，听你这么一说，我想起来了。她是本考伯家的，他的继母，早些年我听说过她的少许情况。"

"对，她父亲曾是这岛上最大的石头商；但如今这个姓已被这儿的人忘在脑后了。我还没出世的时候，他就隐退了。不过，妈妈以前常对我说，她是一个年轻貌美的女人，皮尔斯顿先生年轻的时候，她曾试图迷住他，跟他在一起而遭来人们不少非议。她随父亲一起去了国外，他父亲在这儿发了一笔大财，可到了那边却因为某个原因丧失了几乎全部家产。后来，她嫁给了这个泽西人，利弗尔先生，她是姑娘的时候他就一直喜欢她，她待他的孩子有如亲生子。"皮尔斯顿太太停住了，但是露丝没问什么问题，他便随即自我安慰地嘀咕着：

"艾文斯小姐怎么会认识这个年轻人呢，是这么回事：利弗尔太太的丈夫死后，她从泽西搬到沙埠；有一天，她特地跑到这个地方来，打听乔瑟林·皮尔斯顿先生。由于我姓皮尔斯顿，她就跟儿子一起来拜访我，艾文斯和他就这么相识了。艾文斯到沙埠女子精修学校以后，他们持续不断的秘密联系。他在那边的某个地方教法语，我相信，现在还在教。"

"唉，我希望她能忘了他。他不太好。"

"但愿如此，但愿如此……好了，我得想法打个盹儿。"

露丝·斯托克沃尔回到她的房间，觉得天亮前的一个钟头没必要再起来。因此，又躺下来，很快就睡着了。她的床挨着楼梯，中间仅隔着一层隔板，她的意识可能是，或者好像是被隔板外面轻轻掠过的接触唤醒了，那接触好像是手指在黑暗中摸索着下楼弄出来的。轻微的响动过去了，不一会儿，她迷迷糊糊地似乎听到了后门的开启声。

就在她快要进入第二次醋睡的时候，又发生了跟上次一模一样的事情；手指沿着她脑袋近旁的墙壁掠过来，下滑，再下滑，轻柔的开门声，关门声，再后来又是一片寂静。

这下，她完全醒过来了。这个过程的重复使整个事情显得挺奇怪的。既然这么早，第一次的声音可能是女仆下楼发出来的，尽管她为什么要这般蹑手蹑脚地在黑暗中走动还不清楚。但第二次发生就难以理解了。露丝走下床，掀开窗帘。曙光几乎还未泛出粉红，沙堤那边的灯光还未熄灭。但能看见靠在前院白色篱栅上的卫矛属灌木丛，还有浅色的路面，路上刚刚能辨出两个人影，一个稍稍落在另一个后面，露丝看着的那会儿，后面那个正追赶上来，与前面地走在一起。毕竟，他们可能是从岛南面来的矿工或灯塔守护人，或者是劳作一夜刚刚上岸的渔夫。这和她在屋里听到的噪声没什么联系，她便把整个儿这些事抛在脑后，又上床睡觉去了。

皮尔斯顿已说好要一大早来探望，以确知她歇息一晚之后的身体状况，看上去，他比艾文斯更担心她危险的病情。随后发生的事件促使他记起，他穿衣服的时候无意间看到两三个船夫站在村外的峭壁附近，他们显然正以浓浓的兴致观看着什么，好像是远处的一只船正驶向对面南威塞克斯的海岸。八点半钟，他走出客栈的房门，径直朝皮尔斯顿太太家走去。靠近的时候，他发现那天早晨似乎有一种奇怪的迹象萦绕在房子前面，这不仅仅是一个幻觉，大门、房门和两扇窗子都开着，尽管别的窗子的窗帘还没拉起来，这一切给住宅增添了一种空旷的、恍惚的印象，好像一个人受到突如其来的愚弄而目瞪口呆。敲门没有人应，他便走进餐厅，发现桌上没摆早餐。他脑中闪过一个念头："皮尔斯顿太太死了。"

正当他站在屋子里的时候，有个人从楼梯上走下来，是露丝·斯托克沃尔，手里忽闪着一封拆开的信。

"噢，皮尔斯顿先生，皮尔斯顿先生！上帝啊上帝！"

"怎么？皮尔斯顿太太——？"

"不，不！艾文斯小姐！她走了！——对——走了！你看看这个，先生。留在她卧房里的，可把我们吓糊涂了！"

他拿过信，迷惑不解地发现，信出自两个人的手笔，第一部分是艾文斯写的：

我亲爱的妈妈——你怎么会原谅我所做的一切啊！它看上去太像是欺骗了。可是，直到今天晚上以前，我从未动过一丝欺骗你或皮尔斯顿先生的念头。

昨晚十点钟我出去了，正如你可能猜到的那样，去跟利弗尔先生见最后一面，把他给我的书、信件和小礼物还给他。我只不过走出去几步远，走到弓箭城堡那儿，我们说好在那儿见面，因为他不能到这儿来。我到了那地方发现他正在等我，可他病得很厉害。这些日子以来，他在他母亲家里身体一直不舒服，不得不呆在床上，但是，为了前来跟我道别，他就起来了。过于劳累的旅途把他弄垮了，虽然我们在那呆啊呆，一直呆到十二点，可他仍觉得无力回家——其实连挪动几码的力气都没有。我曾费了好大的力气不再去爱他了，可我现在却仍在爱着他，我不能抛下他不管，任他等死。所以我扶着他——差不多是架着他——一步步挪到我们的房门，然后绕到房子后面。他在那儿好了一点儿。可是，他不能呆在那儿，当时每个人都在睡觉，我就扶他上楼，走进那间给皮尔斯顿先生准备的房间。我把他弄到床上，然后取来白兰地和你的一点滋补品。你看见我走进你的房间了吗，要不然你是睡着了？

我整夜坐在他身边。他慢慢地好转了，我们商量着最好怎么办。我觉得，尽管我曾打算放弃他，可我现在嫁给任何其他男人都不合适，我应该嫁给他。我们决定在任何人阻拦我们之前马上去做此事。所以我们天没亮就下来了，已动身去举行正式的婚礼。

告诉皮尔斯顿先生这不是预谋好的，不过是一个意外的结果。这样待他我深感抱歉，他一定觉得这很不公平，但是，尽管我不爱他，我确实打算遵照你的意思嫁给他。但是，上帝赐予我这机遇，要我保护我的爱，并且，我认为，阻止了我去做我此刻确信是错误的事情。——永远爱着你的女儿

艾文斯

第二部分出自一个男子的手：

亲爱的妈妈，——艾文斯上面已经解释清楚，我突然间为什么不能把她放弃给皮尔斯顿先生。如果我今夜没在您家里的一个房间受到款待，以及您女儿在阴暗的时辰一直精心地照料，我想我会死掉的。我们彼此相爱，无以言表。如果我们是活生生的人，我们此刻就无法抵御结婚，尽管朋友们不希望这样。请您把旁边这张便条送到我母亲那里，好吗？信里对我所做的事情给了一个解释——谨致问候，你的

亨利·利弗尔

乔瑟林转过脸去，看着窗外。

"皮尔斯顿太太觉得晚上有谈话声，但是，当然，她以为那肯定是幻觉。她记起艾文斯小姐在早晨一点钟走进她的房间，走到放药的桌子那儿。真是个诡秘的姑娘——他的年轻人一直在一两码之内的地方，就在那间屋子里，使用着应该由先生您使用的干净的床单！那是我们最好的亚麻布。装饰得漂漂亮亮的、还用迷迭香保养着。真的，先生，人家也许得说你有意不住在你的卧房里，好帮那个年轻人有张床住！"

"不要责怪他们，不要责怪他们！"乔瑟林以平静而无生气的声音说，"尤其是不要责怪她。这种状况不是她造成的。是我造成的……我就是这样待她祖母的……好了，她走了！你不必对此遮遮掩掩。把这事告诉岛上所有的人：说一个男人来娶妻，却发现她没在家。告诉每一个人她跑了。人们迟早会知道的。"

过了一会儿，一个女仆说："我们不能那么做，先生。"

"噢，为什么不能？"

"我们太喜欢她了，虽然她有很多错处。"

"噢，的确。"他说，他叹了口气。他觉出年轻的侍女们私下里都站在艾文斯一边。

"她母亲怎么能受得了？"乔瑟林问，"她醒了吗？"

皮尔斯顿太太本就难以入睡，又无意中听到这一音讯，变得十二分的心神烦乱、语无伦次，就像一个神志不正常的人；直到他到来前的一会儿，她的激动才得以平息，虚弱地躺在那儿，十分安静。

"让我走上去，"皮尔斯顿说，"好派个医生来。"

经过艾文斯的卧室，他发现那张小床没有丝毫躺过的痕迹。走到那间备用房间的门口，他朝里面望了一眼。在一个角落里立着一根路杖——他本人的路杖。

"这是从哪儿来的？"

"我们在那儿找到的，先生。"

"噢，是的——是我给他的。就好像我又在玩游戏！"

这是乔瑟林不由得涌出的最后的痛苦。他继续朝皮尔斯顿太太的房间走去，女仆走在前面。

"皮尔斯顿先生来了，夫人，"他听见她对病人说。但后者没什么反应，这位妇人就冲到床前，"她怎么了，皮尔斯顿先生？噢，这是怎么了？"

艾文斯第二宁静地躺在那儿，跟仆人离开她时的姿势一模一样；但是，她的唇间没了一丝呼吸，面孔僵硬，带着皮尔斯顿把她当做姑娘那会儿，在他的工作室里常有的那种表情。他明白她死了，虽然她最后的呼吸似乎刚停止没多久。

露丝·斯托克沃尔一下子失去了镇静。"都是因为发现艾文斯小姐走了，受了惊吓！"她喊道，"她害死了她母亲！"

"不要说如此可怕的话！"乔瑟林大声说。

"可她应该听她母亲的话——一她是一位好母亲！她是那么一心盼着婚礼，啊，可怜的人；我们忍不住让她知道发生了什么事！噢，多么忘恩负义的年轻人啊！那姑娘一定会为今天早晨的所作所为后悔的！"

"我们必须叫个医生来。"皮尔斯顿麻木地说着，一边匆匆离开房间。

本地医生来了，他只不过证实了他们自己的判断，对婚礼长期紧张牵挂，又加上这突如其来的坏消息，虚弱的心脏无疑难以承受这样的打击，他觉得没必要做验尸检查。

五个钟头以前，露丝透过早晨灰蒙蒙的薄雾看到的那两个模糊的身影，已走到森林城堡北面人口附近的那块开阔地上，通向老城堡废墟的小径在这里分岔了。一个过路人可能不会从他们两人之间捕捉到一个词儿。那个男子被那个女子搀扶着，走得很艰难。到了这地方，他们停下来，彼此亲吻了好一会儿。

"我们得一路走到蓓口去，如果我们不想被人发现的话，"他悲哀地说，"而我连这个小岛都走不过去，即使你搀扶着我，亲爱的。到山脚下有两英里路。"

哆哆嗦嗦的她想尽量说些安慰的话：

"要是你能走的话，我们就可能到威尔斯街了，在那儿一定有人认出我来。现在，如果我们到下面的小海湾去，我们难道不能撑一只小船，沿着海岸一直划到北边吗？我昨天晚上看见那儿有小船。然后，我们可以顺利地走到车站。水面异常平静，潮水正好顺那个方向流，不用我们使劲划，它自己就会把我们带过去。我经常用这个方法乘船外出。"

眼下似乎只能提出这一个方案了，于是，他们放弃这条直路，顺着那条隘路曲折前行。隘路上面架着老城堡的拱门，一路延伸下去，形成了要塞最初的护城河。

他们脚步轻快地朝下走去，啪嗒啪嗒的脚步声被直上直下的岩石表面反弹回来，带着一种不必要的粗野，打碎了周围如此宁静的世界。走了一会儿，他们就在峭壁低处开阔的岩脊上露出头来。

这一对战战兢兢的模糊身影沿着这条人行小径走下去，他们中间至少有一个非常熟悉这个地方，她觉得自己几乎不必用右手摸着天然的石头墙来引路，像她的同伴所做的那样。就这样他们上气不接下气地到达底部，踏上几码远的海滨砂石路，在附近险峻的海岸上，只能看到孤零零这一块砂石路。这里十分荒凉，经常在二十四小时之间没有一个活着的生灵前来拜访。幽闭的海滩上停泊着两三只打渔船和一对小一点的船，旁边有一条粗糙的下水滑道，还有一个涂有柏油的木板停船棚。这对恋人协力把最小的一只船推到坡面上，船一人水他们就爬了进去。

姑娘用问话打破了寂静，"浆在哪儿？"

他在船上四处摸索，但一只也没找到，"我忘了寻找浆了！"他说。

"它们锁在停船棚里，我想。这下我们只能操舵，听凭水流了！"

不错，正如姑娘所说，潮水确是冲北面飞奔而去；但是，每一次潮水涌起，都有一股窄窄的退潮流在特定的时刻沿海岸冲过来，它与外侧普遍的水流方向正相反，当地的水手把它称作"南流"。这种现象起因于贝尔东西两边海岸的特殊曲线；从海峡上游沿半岛两侧流过来的两股倒向的水流不得不向南弯曲，在贝尔外部汇合，然后又在那里与直面而来的潮汐流相遇。三股水流的交汇使这里的海面沸腾得像一口锅，即使天气平和也是如此。这个骚动不安的地区无人不知。人们都称之为急流地。

　　因此，即使外海此刻正朝北面奔向近岸锚地和威塞克斯大陆，可"南流"却全力冲向远处的贝尔和急流地。它不一会儿就拦住了这对恋人不幸的小船，他们划不过去——它只有河水那么宽，他们注视着身边的灰色岩石和小岛前端那狰狞的布满皱纹的额头，身不由己地向北面漂去。

　　他们无助地对望着，尽管青春年少，信心十足，看不出什么明显的恐怖。波浪越来越大，一上一下地颠簸着他们。小船飞奔着，浪头时常猛地拍打在它身上，使它转来转去，所以，从流沙那边冷淡地冲他们眨眼的灯船，忽而在他们右面，忽而在他们左面，那是他们唯一能用来确定方位的物体。不管怎样，他们总能以此辨出他们的走向，不管逆行还是顺行，一直稳稳地朝南。年轻人灵机一动。他取出手帕，划了一根火柴，把它点燃。她把她的手帕递过去，他也燃了它。剩下来唯一能烧的就是姑娘带来的那把小伞；它也被撑开来并点燃了，他拿着伞柄把它举起来，直到熄灭。

　　这时候，灯船逼近了，变得十分大，就在他们烧完手帕和雨伞之后不几分钟，船上发出带色的光亮，回答了他们。他们一下子拥抱在一起。

　　"我知道我们不会被淹死的！"艾文斯歇斯底里地说。

　　"我也认为我们不会。"他说。

　　天已放亮，一只船下水前来搭救他们，他们被托上深红的船体，船体边上饰有一些白色的大字母。

第七章　旧躯体有了新貌

　　十月的这一天，夜色渐浓，乔瑟林正坐在皮尔斯顿太太的尸体旁陷入深思。艾文斯既已走了，没有谁知道她去了哪里，他便充当起该家庭最亲近的朋友，尽心尽力地承担她母亲的亡故所引起的种种沉闷的义务。的确，如果是别的人处在这一境地中，他未必能这样做。说到艾文斯第二的亲人，她有两个兄弟，一个被大海淹死了，另一个已移居国外，除了眼前的这个艾文斯之外，她还有一个孩子，还是婴孩时他就天亡了。至于她的朋友们，她生前那么一心一意地筹划把女儿嫁给乔瑟林，而且几乎就实现了这一雄心，这渐渐使她与岛民们之间的关系疏远了，其实早在她年轻的时候，皮尔斯顿请求她本人嫁给他那阵子，这种疏远就开始了。在她向往而终究不能接受这一荣誉的同时，她和她丈夫一直在他所资助的石头买卖中经营着一项务实的生意；可是，伦敦工作室里那难以忘情的追求却使她从此感到与雕刻家之间有一种微妙的亲近感，与纯采石者之间有一种相应的疏离感；在艾文斯第二，这或许是一个无伤大雅的缺点。她女儿拒绝乔瑟林这事她永远不会理解，在她眼里，他一点儿不老，跟向她求婚时一样年轻。

　　此刻，他坐在黑暗中，一些似鬼的身影，那是他的爱从前借用的形体，身着悲哀的服装，当着他的面从墙上走下来，环列在她们的姐妹，这毫无知觉的尸身旁，像埃

涅阿斯在迦太基墙壁上看见画中的特洛伊妇女一样。她们中间的许多人，他已时不时地在雕像中理想化地做了刻画，但是，此刻思想起来并赋予了活力的她们已没有了光环，她们全都恢复了本来的面目，有缺点，有瑕疵。等他从恍惚中醒转过来，她们的声音已渐渐消隐；她们纷纷离去，各归其所，他则孤零零地留在这里。

这一天发生的事件可能会使他成为笑柄，他对此漠不关心。但他希望消除可能引起的误解。不过，这不可能。任何一个人都不会了解他的实情；是他所追寻的什么东西如此捉摸不定、可望而不可即、而后弃他而去；是什么东西给他留下这样一堆乱摊子，此刻他从刚刚的丧失中相信了这一点；最终是什么东西在离他而去的姑娘身上被发现了。这并非是说这肉体；他从未对那个屈过膝。这世上没有一个女人被他毁过，虽然他曾因那么多女人而充满激情。没有人会猜到那进一层的情感——那发自内心的怜爱——它躲在那延续了四十年而没有实现的命运后面，在他看来，那是一个讨人喜欢的命运，它的实现是令人狂喜的。他对艾文斯第三的迷恋会被世人视为一个老头子对一个少女的自私的占有。

他的生活似乎不再是一个专业人士的经历，而是一个幽灵的故事；他宁可突然消失，像这位安息者那样，而不愿出没在这个决定性的下午。他渴望在睡眠中消除他那嗜好，渴望制造出一些事端，好不再受他那些理想中的美的奴役。

他就这样坐着，直到天色漆黑，灯盏燃起。外面吹着寒风，远处流沙地的灯船一副烦乱而慵倦的模样。一记门铃声打碎了这枯涩的孤寂。

皮尔斯顿听到外面有人在说话，是一个女人的声音。腔调听起来很熟悉，口音却很陌生。在他的记忆之中，只有一个人完全拥有这样的声调；醇厚，好像一度强而有力。似乎经过一番问询和解释，不一会儿他就得知也许他想见见楼下这位女士。

"这位女士是谁？"乔瑟林问。

仆人踌躇了一下，"是利弗尔夫人，跟艾文斯小姐一起跑掉的那位年轻先生的母亲。"

"对，我要见她。"皮尔斯顿说。

他遮上死者艾文斯的脸，然后就下去了。"利弗尔，"他自言自语。以前，他的耳朵就听到过这个名字。对，他在罗马遇见的那两个美国游客说到一个女人的时候就是用的这个名字，当时他猜想那个女人兴许是玛西娅·本考伯。

一道突现的光刹那间照亮了许多熟悉的事情。他看到起居室里的这位戴着面纱的来客站起身来，带她来的那辆马车正等在门口。光线很暗，她长什么样子，他一点儿也没看见。

"皮尔斯顿先生？"

"我是皮尔斯顿先生。"

"你代表已故的皮尔斯顿太太？"

"是的——虽然我不是这个家庭的一员。"

"我知道……我是玛西娅——过去四十年了。"

"我正是这样猜想的，玛西娅，自打我们最后一面以来，但愿绳索量给你的地界坐落在佳美之处！但是，我的一生有各种各样的时刻，为什么你偏偏选在此刻来找我？"

"唉，今早与你的新娘一同私奔的那个年轻人是我的继子，我是他唯一的亲人。"

"我正下楼的时候，刚好也快猜到了。可是——"

"我自然想打听一下情况。"

"好吧，让我们慢慢来，把门关上。"

玛西娅坐下来。于是，他得知旧事与新事连在一起并非巧合。皮尔斯顿太太和看护她邻居曾谈到的那些模糊不清的事情，如今通过玛西娅本人之口已吐露给乔瑟林了：他们分手许多年以后，她如何在一贫如洗的父亲死后，成了穷人，作了这位已故的泽西恋人的妻子，当时他需要一位温柔的保姆和母亲，来照顾他刚刚故去的前妻留下的婴儿；他如何在几年之后去世了，留给她这个男孩，她在圣黑利厄尔和巴黎把他养大，直到他在沙埠一所中学当了法语教师；以及一年前，她和儿子如何在游小岛的时候结识了皮尔斯顿太太和她的女儿，"想要弄明白，"她更加谨慎地说，"不都是为了情感，我在青春时代一时冲动之下与之私奔的那个人如今怎样了，当时，只是由于我本人的意愿而没有跟他结婚。"

皮尔斯顿低下头。

"就这样，这两个孩子开始相识了，他们彼此衷情。"她细微地描述了艾文斯如何诱使她母亲让他上年轻的利弗尔的法语课，以便有相见的机会。玛西娅从没想要阻碍他们之间的亲密，近年来的愁苦使她对曾拒绝接受的姓氏重新有了兴趣；后来，她得知皮尔斯顿太太决意让女儿做乔瑟林的妻子，她才开始反对儿子与艾文斯接触。但是，想要阻止已经开始的事情已为时太晚。他近来一直在生病，前天晚上还吓唬她说不回家了。她今天收到的那张便条只是通知，说他和艾文斯马上就去结婚——在哪儿她不清楚。

"你打算怎么办？"她问。

"什么也不做：没什么可做的……我就是这样对待她祖母的——时光的一种报应。"

"为了我而那样待她。"

"是的。如今她为了你儿子而这样待我。"

玛西娅停下来沉思了好一会儿，待自己清醒过来，接着说，"我们不能打听一下他们是怎么离开小岛的吗？不能得到有关他们的一些情况吗？"

"噢，对，能办到。"

皮尔斯顿觉得自己仿佛做梦一般走在玛西娅身边，去寻觅他们共同的目标。他发觉几乎每一个附近的居民对这对恋人都比他本人知道得多。

在拐角处，一些人正在议论此事。谈话虽然躲躲闪闪，但皮尔斯顿和玛西娅能听懂方言，轻而易举就知道了说的是什么。那天早晨天一亮，就有人发现下面的小湾上有一只船不见了，人们看见这对恋人的火光以后，推断出他们就是偷船的窃贼。

皮尔斯顿下意识地转身朝小湾走去，没考虑玛西娅是否跟在他后面，虽然艾文斯和利弗尔那天早晨往下走的时候还没有这么黑，他沿斜坡下行，一直走到水边。

"是你吗，乔瑟林？"

这句话是玛西娅发出的。她在他身后，大约下到一半了。

"是我。"他说，并注意到这是她第一次以教名来称呼他。

"我看不见你在哪儿，我害怕跟在后面。"

害怕跟在后面。这话多么奇怪地改变了他对她的看法。直到这一刻她还是以过去那个傲慢的、难以对付的玛西娅的面目出现在他脑子里。在这一泄露中有一种陌生的凄楚。他走回去摸寻着她的手。"我会领你下去。"他说。他就如此做了。

他们望着远处的海面，灯船闪动着，好像早已把逃跑的事忘光了。"我真放不下心，"玛西娅说，"你认为他们安全上岸了吗？"

"是的。"答话的人不是乔瑟林，是一位船夫，他在停船棚的阴影处吸着烟。他告诉她灯船上的人把他们接走了，后来，应他们的要求，渡到对面的海岸，他们到了地上就徒步走到最近的车站，搭上了开往伦敦的火车。这个消息是一小时前传到岛上的。

"他们明早就结婚了！"玛西娅说。

"那更好。不要为此而难过，玛西娅。他不会因此而失掉什么。除了这个岛上大约二十个表兄弟以外，我在这个世界上也没别的亲戚了，她父亲就是其中之一，我会立即采取行动，使她成为他的一个好伴侣。

"至于我……我总算度过了漫长的一天。"

第 八 章
"呜呼！这灰色的幻影，曾经是一个人！"

在随后的十一月里，皮尔斯顿躺在伦敦他的寓所里，病得非常厉害，发着高烧。

艾文斯第二的葬礼恰巧在秋天这种湿乎乎的一个下午举行，阴冷的雨滴沿水平方向飞溅，好像原始的居民抛向喙状海岬——这海岬构成了这一叙述的场景——的投射物，雨滴差点儿落不下来，除非撞在物体的竖直面上。作为哀悼者随尸身进入教堂的只有一个人，乔瑟林·皮尔斯顿——短暂的变幻无常的恋人，永久的忠实的朋友。在葬礼之前，一直没找到什么办法与艾文斯取得联系，虽然这条死讯已在当地和其他报纸上刊登出来，以期吸引她的注意。

啊，当可怜的送葬队走出教堂，朝墓地移动的时候，一辆来自蓓口的出租马车正以最快的速度沿开阔的马路从山脚下奔来。马车在教堂门口停下，一对青年男女急匆匆下了车，马车等在那儿。他们沿着小路悄悄走来，恰好在躯体放在墓旁的时候，站在皮尔斯顿身边。

他没有回头。他知道那是艾文斯，还有亨利·利弗尔——这时候已是她丈夫了，他想。她充满懊悔的哀伤，虽然寂然无声，却弥漫在整个空间，让人透不过气来。皮尔斯顿发觉他们不希望他在场，他便退到后面；仪式结束的时候他依然离得远远的，她似乎很感激这个体谅人的举动。

这样，由于他本人的做法，艾文斯和这位年轻人都没以任何话语或示意跟他进行交流。葬礼过后，他们像来时那样离去了。

大概是那天在威塞克斯立在寒风刺骨的墓地里，使他烦乱的身心状况又增添疲惫，皮尔斯顿返回城里不久就病倒了，又是寒颤又是高烧，几个星期以来一直徘徊在生死的边缘。危机过后，当他重新体会到世界上竟有这等精神与身体安宁时，他听到周围有低低的谈话声和擦着地毯的脚步声。室内的灯光十分微弱，周围的一切都看不真切，眼前只有两个活动着的人影，一个是轻轻走动的保姆，还有一个客人。他辨认出客人是个女性，到目前为止他只知道这些。

一句低低的问话把他唤回到眼前的环境中："光线刺眼吗？"

这声音有些耳熟，是那位正看望他的女人发出的，他记起来了，这是玛西娅的声音，病前所发生的一切又重新回到他的脑际。

"你在帮忙照顾我吗，玛西娅？"他问。

"嗯。我一直留在这儿，直到你好起来，好像你没有别的女朋友来关心你是死是活了。我住的地方离这儿非常近，看着你缓过来了，我很高兴。我们一直都很担心。"

"你真好！……噢，你有他们的消息吗？"

"他们结婚了。他们来看过你，感到很难过。她坐在你身边，而你却认不出她。得知她母亲去世的消息她整个人都垮了，她一点儿没想到会这么快。后来他们又走了。我觉得她最好还是离开，现在你总算脱离危险了。好了，你静静地呆着，等我回来再说话。"

皮尔斯顿感到他身上发生了一种奇异的变化，这番小小的谈话已使它显露出来。他不再是从前那个人了。这场凶险的热病，或者说他的经历，或者是这两者，带走了他身上的某些东西，又在原来的地方换上了些别的东西。

在随后的日子里，随着心智的恢复，他越来越清晰地意识到那到底是什么：艺术感觉离他而去，面对唤起的往日的美丽形象，他再也感受不到那种真切的感动。他的鉴赏力只能体现在实用的事物上面，如果说对艾文斯的美好品性的回忆还能对他的情绪产生影响，那么她的音容笑貌却一点儿影响也没有。

刚开始他惊恐万状，随后他说，"感谢上帝！"

玛西娅不断到他的住处探问病情，带着她过去那种绝对的权威，发号施令，并且，每天下午都去他的房间去看望他，在他康复的过程中，她觉察到了乔瑟林感官方面的这种奇特的丧失。她曾说艾文斯越发出落得漂亮无比，她的继子倾心于她，她并不觉得奇怪——说完这句粗心大意的话她立刻就后悔了，担心这会让他心烦。可是，他只是回答说，"是的，我想她确实漂亮。她更是——一个明智的姑娘，她很快会成为一个好主妇的……我倒希望你不漂亮，玛西娅。"

"为什么？"

"我也不太清楚是为什么。哦，在我看来这好像是一个愚蠢的品性。我不知道这还有什么用处。"

"噢，作为女人，我觉得这里面有用处。"

"是吗？那么说我已丧失了对它的一切想象力。我不知道我是怎么回事。我只知道我不会为此而遗憾。鲁宾逊·克鲁索在病中失掉了一天：我失掉了一种能力，为这一丧失赞美上帝！"

这番表白之中有种令人怜悯的东西，玛西娅叹着气说，"也许你身体强壮起来，它就会回到你身上的。"

皮尔斯顿摇了摇头。随后，他一下子想起，自从玛西娅再度出现以来，他从未在充足的日光下，或者当她没戴帽子和厚厚的面纱的时候看见过她，她来的时候总是戴着这些东西，他下意识里一直把她当成他们早年在一起时的那个玛西娅，她嗓音变化不十分大，更很好地支撑了这一幻觉。威严的体形，好象的肤色，古典的轮廓，大而漂亮的鼻子和稍微突出的整齐的牙齿、漆黑的眼睛，这一切构成了依然是他想象中的那个玛西娅；当第一个艾文斯遭到轻视而她的后继者还没出世的时候，这位女王般的人儿曾冲昏了他的头脑。当他对美感到生厌的时候，正是这个旧念头使他对假想中的她的漂亮心生惆怅。现在他有些纳闷四十年过后，那表面的模样还能剩下多少呢。

"为什么你每天不让我看看你，玛西娅？"他问。

"噢，我不明白。你是说我不要戴帽子吗？你从没向我提过这个要求，我必须用这羊毛面纱遮住面部，因为冬天的寒风令我痛苦难忍，尽管厚厚的面纱对一个视力不太好的人而言很觉得别扭。"

不可征服的玛西娅视力不太好，她的面部正处于疼痛的阶段：这些简单的事在乔瑟林听来就像讲道一般。

"但是，当然了，我可以满足你的好奇心，"她接着说，态度和善，"如果你依然对我持有这种兴趣，那真是一种恭维呢。"

她从房间的暗处移到有灯光的地方——因为日光已消退了

——一下子摘掉帽子、面纱之类的东西。她亮艳艳地立在他的目光下，尽管有岁月的流逝，她的模样依然惊人地漂亮。

"真让我——伤脑筋！"他边说边不耐烦地扭过头去。"你好像，也就三十五岁，一天也不多。你还显得那么美。你不会把它当作一种惩罚吧，玛西娅！"

"啊，我可能会的！想到这么长时间过去了，而你还是不太了解女人！"

"怎么？"

"太容易受骗了。想想看：这是灯光，而你目前的眼力又差；还有……啊，我现在没有理由不实话实说了。的的确确！所以我就告诉你吧……我丈夫本来比我还年轻，可他有一个荒唐的希望，想让人们以为他娶了一个年轻的充满青春活力的女人。为了投合他的虚荣心，我尽量显得年轻一些。我们经常呆在巴黎，我的化妆的本领变得不亚于圣日耳曼区的任何一位已过妙龄的妻子。他死后我依然保持着这个习惯，部分因为这个恶习差不多已根深蒂固了，部分因为我发现它有助于我抚养他的孩子，与男人相处的一个小小手段。

"此时此刻我化妆得很厉害。但我可以改掉它。明天早晨我来的时候，是什么样就是什么样，如果光线明亮的话，你会发现时光并没有让你失望。记住：我跟你一样老，看上去也是这样。”

随着次日的来临，玛西娅没有食言，她一早就来了，正是个大晴天，她关上卧室的房门，走到窗子旁边，马上摘下一切，完全暴露在他的目光下，然后她说，“看看现在我是否叫你满意了，在你看来，美是毫无意义的。其余的我——一大部分——正躺在我家中的梳妆台上。我再也不会把它装扮在身了——绝不会！”

可她到底是女人，她双唇颤抖，两眼含泪，因为她暴露了曾受她自己支配的那无情的待遇。清晨那残酷的光线——就跟那天早晨艾文斯审视乔瑟林时的阳光一样——无须再添加光亮，无须色彩和阴影的伪装，一览无余地照着玛西娅，她身上曾经流溢的高贵的神采已所剩无几。她承受着岁月的塑造和刻画——一个老妇人，苍白而干枯，前额皱纹丛生、双颊凹陷、头发雪白。他曾亲吻过的这张面孔四十年来一直遭受着岁月的锉刻、凿打、鞭笞、炙烤和冰冻——还有大半辈子的思思虑虑。

“我非常抱歉，如果让你受惊了，”他没说话，她便接着说下去，声音沙哑而坚定，“但是，经过这样的岁月，蠹虫多多少少蛀蚀了衣服。”

“是的——是的！……玛西娅，你是一个勇敢的女人。你拥有历史上那些伟大的女人所具有的勇气。我再也爱不起来了，但我打心眼儿里钦佩你！”

“不要说我伟大。说我开始坦诚起来，这就够抬举我了。”

“那好——我什么也不说了，不过，一个女人居然能把时钟倒拨三十年，真是太奇妙了！”

“别羞辱我了，乔瑟林。我再也不会那样做了！”

体力刚刚恢复，他就说动她用一辆马车带他来到工作室。这地方本来一直空气畅通，现在却门窗紧闭，他们亲自动手打开门窗。他环顾着那些熟悉的物什——有的完整而成熟，大部分只是美的幼苗、嫩芽和细枝，正等待有才智的人去成全它们。

“不，我不喜欢它们！”他边说边扭过身去，“在我看来，它们简直奇丑无比！无论如何我没感觉到与其中任何一个有一丝一毫的联系或兴趣。”

“乔瑟林——这实在不幸了。”

“不，一点也不，”他又朝门走去，“让我回头看看。”他往回看，玛西娅一直保持沉默。“阿芙洛蒂忒——我这些拙劣的东西真是侮辱了她优美的形体！——弗蕾娅，宁芙，浮娜、夏娃、艾文斯和其他数也数不清的心爱的——我再也不想见到她们了！……‘代替馨香的必是臭味，代替美艳的一定是灼伤，’先知这样说过。”

在另一天下午，他们去了国立美术馆，想试试他对绘画的品位，以前他一直很好，不出她的所料，情况一模一样。他宣称，他在佩鲁吉诺提香、塞巴斯蒂亚诺和其他壮美的创造者的不朽之作中，没有看出什么更加令他感动的东西，跟他们路过的街头艺术家没什么两样。

“真奇怪！”他说。

“我不觉得有什么遗憾。这场热病摧毁了一种能力，这种能力毕竟给我带来过最大的痛苦，就算有一点点快乐的话。让我们走吧！”

眼下，他的身体康复得很快，带他回家乡呼吸新鲜空气的确是 一件最可心的事。玛西娅答应陪着他。"我看不出这有什么不可以，"她说，"一个像我这样无依无靠的老妇人，和你这个无依无靠的老头子。"

"是的。感谢上帝我终于老了。那条符咒解除了。"

这里应该简单地交代一下，皮尔斯顿离开这儿回到小岛以后，就再也没见过他的工作室和里面的物什了，他一直呆在家乡。没过多久发现自己对艺术与自然的倦美已彻底泯灭，他便指派他城里的代理人将其全部收藏都处理了；他又卖掉了房子的租契，在此期间，另一位雕刻家在那里赢得了不识前贤的年轻一代的肯定。第二年，他的名字被列在退休院士的名单里。

经过这样一场暴病，他也变得与实际年龄相称起来；他仍住在岛上，呆在他眼下拥有的那唯一的一幢房子里，那是威尔斯大街顶头的一幢较小的房子。他对玛西娅的友情日渐增强，他也觉得没有理由去中断它，所以，他为玛西娅在很近的地方弄了一幢多少类似的房子，把她的家具从沙埠搬到那里。每天风和日丽的下午，他便去接她，然后便朝贝尔或古老的城堡散步，不过，很少走完全程，他的坐骨神经病和她的风湿症总是挫败他们的雄心，除非碰上一个干燥无比的天气。现在，他已完全变更了着装的风格，总穿本地产的家常便服，而且是三十年前的式样，出自一位东采石场的裁缝之手。他也不理睬他那铁灰色的胡须，让其自然生长，热病过后的脱发又使他的头发所剩无几。所以，数一数他年纪只有六十二，望去却已是七十五岁以上的人了。

尽管他离奇的恋爱经历发生在很久以前，可在这小岛上几乎妇孺皆知，传播的速度之快和细节的详尽令人不可思议。有一次，沿着峭壁散步的时候，便谈起了眼下的一些闲言碎语，说的是他们现在的这种友情。

"我们的邻居对我们的事真是太感兴趣了。"他说，"他们说'那两个老人应该结婚；晚结也总比不结好，人们就是这样，总希望以最佳的千篇一律的习惯来圆满结束别人的历史。"

"真的，他们也不断跟我嘀咕这话，绕着圈子。"

"真有他们的！我相信某一天早上会有一个代表团等着我们，要为我们做媒，要我们尽快结下良缘……四十年前我们差不点就做成这事了，要不是你当时太自以为是的话！我以为你会回来，可令我很吃惊的是你没回来。"

"作为一个岛民，我的这种独立的观念不值得责怪，虽然作为一个吉伯林少妇，它们可能会受到责怪。以一个岛民的身份，我没有任何理由要回来，因为没有任何结果迫使我们结合，我也就没有那样做。我父亲一直在我面前宣讲这种观点，我跟着就服从了他的意见。"

"这个小岛就这样主宰了我的命运，尽管我们远离他乡。是的——我们身不由己……你告诉过你丈夫吗？"

"没有。"

"他没听到过什么吗？"

"我不知道。"

一天，他去看望她，发现她的处境很不舒服。一遇到某几种飓风，她所住的这幢小房子的烟囱就冒出浓烟，让人受不了，当时，正刮着那一类的风，她起居室的火炉也无法再燃下去，他不忍让一位患有风湿痛的女人在没有火炉的房间里瑟瑟发抖，便邀请她过来跟他一起吃午饭，像她以前经常做的那样。走在路上，他想，这已不是第一次了，由于他们住在两幢房子里而把她置于这种不方便的境地是多么没必要啊！其实，一幢房子更适合于他们目前频繁的交往，又能使她摆脱那令人不愉快的烟囱。再说，跟玛西娅结婚，他就成了那对年轻人的父辈，他想经常给他们一点零用钱这十分微妙的举动自然就顺理成章了。

因此，邻居们的热切希望想给他们的故事赋予一个完整的形式就要实现了，不管故事的主人公自己怎么想。当他直截了当摆出这个问题时，玛西娅承认她一直为她年轻时那个草率的决定而后悔；所以她很从容地接受了。

"我没有什么爱情可给予了，你知道，玛西娅，"他说，"但是我能够给予的这种友情却至死都属于你。"

"对我来说也差不多就这样——也许不能完全这么说。但是，像别人说的那样，无论如何我觉得，你会明白这是为什么，我应该作为你的妻子，在我死以前。"

婚礼定在这番谈话之后不久举行，不巧，就差一两天，玛西娅的风湿症突然加重了。好在疾病的侵袭只是暂时的，估计是在准备搬家的时候不小心着了凉引起的，他们觉得为这样的理由而推迟他们的结合很扫兴，于是玛西娅就被精心地捂起来，坐在轮椅上推进了教堂。

一个月过后的某一天，他们正吃着早餐，玛西娅高声叫道，"啊，我的天哪！"她在读刚收到的艾文斯写来的信，艾文斯与她丈夫一起住在皮尔斯顿为他们在沙埠购置的房子里。

乔瑟林抬起头。

"噢，艾文斯说她想跟亨利分手！你听说过这等事！她今天要到这儿来。"

"分手？这孩子是什么意思！"皮尔斯顿读着信。"荒唐的胡说八道！"他接着说，"她不知道她想要什么。我说她不可以分手！就这么跟她说，这事就这么了结。怎么——他们结婚多久了？不到一年。要是他们结婚二十年她又会怎么说呢！"

玛西娅一直在沉思。"我想她时常会不幸地感到懊悔，因为违背了她母亲的心愿，使她过早地离世，这懊悔免不了让她烦躁不安，"她嘀咕着，"可怜的孩子！"

没到午餐时间，艾文斯就到了，看上去十分激动，眼泪汪汪的。玛西娅把她领进里屋，跟她谈心，不多久她们一道出来了。

"噢，没什么，"玛西娅说，"我告诉她必须立刻回去，她已吃过一些了。"

"唉，你说得倒好！"艾文斯抽泣着，"可，可，可是如果你像我结、结婚这么久，你、你就不会这么说回去了。"

"到底怎么回事？"皮尔斯顿询问道。

"他说如果他死了，我，我，我应该仔细寻找一位长着淡色头发和灰眼睛的人，就、就、就为了在他的墓前轻视他，因为他是黑头发黑眼睛，而他认定我不喜欢黑头

发黑眼睛的人！他还说——可我不想这么不忠不义再说他什么了！我希望——"

"艾文斯，你母亲也做过同样的事，而她回到了丈夫身边。现在，你也得这么做。让我看看，有一辆火车——"

"你不得不先吃点东西。坐下，亲爱的。"

问题被午餐快完的时候亨利本人的到来解决了，他非常焦虑，面色苍白。皮尔斯顿出去参加一个事务性的会议了，这对年轻夫妇留在家里，以他们自己的方式解决他们的矛盾。

他的事务——随着心爱的和其他理想的泯灭而来的类似的事务中的一个——是改进一项计划：关闭威尔斯街的一些天然老泉眼，因为它们可能有污染，并铺设管道给小镇供水。众所周知，该计划是在他的资助下实施的。此外，他还忙于接受几幢生满青苔的、有直棂的伊丽莎白式的小屋，为的是拆毁它们，因为它们十分潮湿；后来他拆毁了它们，并在原地建起带空心墙、布满通风孔的新居。

时下，他偶尔被一些愚笨的年轻艺术批评家和记者提及，冠之以"过去的皮尔斯顿先生"；把他的作品归属于一个不乏天才之人的创造，认为他的才能终其一生也没有得到充分的认识。